弦歌三晋

张恒　注译

山西出版传媒集团　山西教育出版社

图书在版编目（CIP）数据

弦歌三晋/张恒注译．—太原：山西教育出版社，2017.5
ISBN 978-7-5440-8950-0

Ⅰ．①弦…　Ⅱ．①张…　Ⅲ．①古典诗歌-诗集-中国　Ⅳ．①I222.72

中国版本图书馆 CIP 数据核字（2016）第 302899 号

弦歌三晋
XIANGE SANJIN

责任编辑　郭文礼
助理编辑　晋晓敏
复　　审　刘晓露
终　　审　郭志强
装帧设计　王耀斌
印装监制　贾永胜

出版发行　山西出版传媒集团·山西教育出版社
（太原市水西门街馒头巷 7 号　电话：0351-4035711　4729801　邮编：030002）
印　　装　山西新华印业有限公司
开　　本　720×1020　1/16
印　　张　25.75
字　　数　409 千字
版　　次　2017 年 5 月第 1 版　2017 年 5 月山西第 1 次印刷
印　　数　1—3 000 册
书　　号　ISBN　978-7-5440-8950-0
定　　价　52.00 元

自序

承蒙山西教育出版社的重视与精心编排，拙著终将定版付梓、不日面世。古稀过五衰翁，亦可谓于愿足矣。

我幼年即喜诗，时不时还爱舞舞文弄弄墨，然皆属瞎掰胡说而已。记得还是小学三年级，《中国少年报》刚刚创刊，老师负责征订，大家争相响应。于是，在那个课外读物十分匮乏的年代，这份每周一期的四版八开小报就成为我无比钟爱的精神佳肴。未久，我即依照其登载的通讯地址，写了一首“诗”寄去。“诗”韵脚押得稀里糊涂不说，更糟的是我连基本的叹词“啊”“呵”都搞不清楚，故所有该“啊”“呵”处均以“呀”用之，遂留下了“新中国呀”“多光明呀”“新纪元呀”“多伟大呀”这样恐怕令吾家先祖“张打油”也会笑掉腮帮子的“绝唱”。初中时，我写诗的热情继续升温，想做一个诗人的梦想开始萌生，实际水平却仍在“时代的列车飞奔”“生活的熔炉沸腾”之类的套话中徘徊。上高中后，我才正儿八经读了一些古今中外名家诗作，分行码字的“伎俩”似也稍获进步。有一次，我奉命前往太原市郊晋祠附近劳动“支农”，彼时当地尚有非常广阔的稻田，又正逢抢种茬口，村民们直到半夜还在插秧，场景极具美感。我顿时雅兴勃发，拟就了一首小诗的腹稿。内容大多忘却，只记得最后的“点睛”两笔是，“再插几颗星斗水里游，清风戏一轮碎月亮”。对此诗自己甚为满意，随即寄给了山西的文学刊物《火花》，结果照例泥牛入海，杳无音信。须知，50年前的媒体绝不像今天这样丰富多彩，诗文投稿的成功率微乎其微，充其量不过百分之零点几。所以，我直到大学四年级，才终于发表了一首顺应当时形势其实纯为求名逐利的所谓“战天斗地”的诗作，就这在同学中也算得上殊为难得的荣耀了。

大学毕业后我做过七八年机关文书，继返归母校忝执讲席。此后数十年，瘦烛弱燃，薄光照人，唯望尽职，但求无愧，不知不觉渐致“蜡炬成灰”矣。其间，我教过的无数学生，在诗坛、在文苑、在艺林，在诸多“吐纳英华”的“码字”领域，纷纷迸放着亮丽的事业辉光，不少人已跃升为相关行当出类拔萃的角色。而我，纵然经常读诗，也由于“舌耕”之需对其技法进行过系列探究，纵然个人的文化底蕴也在教学相长之中不断丰厚，但真正动手写的诗却是越来越少。偶或“吟咏”，较之那些曾经弟子中的佼佼才俊，自己深感只有瞠乎其后、自叹弗如了。但是，我喜诗爱诗的那份心结并未消散，想做诗人的梦想远未寂灭。

大约10年前，我们山西大学拟举办一场名家古诗的诵读晚会，邀我参与策划。我建议，遴选范围不宜过宽，最好以在山西所作之诗为限，同时予以白话今译，这样视角集中，主线明朗，突出了本土特色也易于领会，便于激发聆听学子的地域亲和感与敬畏感。建议获得赞同，并嘱我操刀撰稿。于是，我从帝尧时的《击壤歌》开始，选译出汉武帝、曹操、唐太宗、李白、司马光、元好问、傅山、顾炎武、陈廷敬、徐继畬等人的近20首诗作，经我校音乐学院排练、美术学院布置，定名为“仰沧桑青史、诵斑驳华章”的大型演出成功亮相，现场反应颇为热烈。显然，精美绝伦的诗篇、与三晋大地息息相关的背景解说以及我差强人意的译笔，已使多数观众体味到一种崇高，感受到一种经典的魅力，沉浸于一种新奇别样而又肃穆圣洁的审美氛围。后来，我将这些内容制作成了PPT（演示文稿软件）课件，给中学生、大学生、公务员、社会其他人士，陆续做过二三十次讲座，效果堪称良好。可这时，我还根本未敢奢望将其出版成书。

2013年，一个偶然的机会，教育出版社刘立平总编辑看了我的课件。他认为，像这样着眼于山西有诗有译又有充足的故事容量的书籍目前尚无，社会效益、传播价值较高，是弘扬地方历史文化的好选题。随即，立平说了一句让我特别难忘的话：“张老师！我们一起给家乡做点有意义的事吧！”其谦和的为人、对我真诚的知遇之情令我非常感动，遂很快签订合同，我“签字画押”的很可能是我此生最后的一次出版协议，所以也暗下决心，力争完成一册高品质、高水准的家乡读物，一本雅俗共赏、士庶咸宜、别开生面、独具特色、赢得不同群体喜爱的精美图书。进入实际写作后我才发现，设置了这样的标杆，自己所面临的难度要比原来想象的多得多。

首先是选诗，如果蹈袭前人随便挑出一些或许容易，但我的期望是，一定要竭力检索，拾遗补缺，将曾在三晋大地留有诗作的晋籍与非晋籍先贤之作尽量吸纳，将这些诗作中出色的，尤其是地域色彩鲜明浓重的篇章尽量推出。为此，我除了通常的古诗辑本外，还将《山西通志》与山西各府、州、县志以及山西历代碑碣刻石资料中的诗作基本浏览了一次，又涉猎了相当数量的杂书，令人欣慰的是发现了不少诗作，却也大大增加了我的工作负荷。最终，经过反复掂量、多番筛拣、忍痛割爱，锁定了150首条件契合且描写对象绝无重叠的诗作。诗作未必都是作者的代表作，可无一不是折射着山西数千年岁月光华、人文风姿的篇章；与山西的山水风物、景观名胜相映生辉的篇章。

其次是撰制诗前说明，如果简单转抄几句当然容易，但我的期望是，一定要深入钩沉，广泛开掘，将诗作所附载的诗外话题尽量采撷，将诗作者拥有的精华事略、精彩轶闻尽量包罗。而为了最大限度地介绍作者，我所选的诗作，无论是谁、无论其有多少诗作，则皆为一人一首。如此，无疑越发增加了我的工作负荷。况且这些内容，大半散见于不同典籍，有的林林总总，有的洋洋洒洒，查找寻觅、汇集整理已颇不易，要在充其量千字左右的篇幅中裁剪压缩、连缀成文更是异常吃力。往往一两句话的弃取都得精心考订，完成一个小小的段落都须删繁就简，再三斟酌。最终，日复一日，聚沙成塔，我总算是码够了窃以为尚属饱满似也引人入胜的150篇阅读短章。

不过，真正让我耗费心力的其实还是译诗。如果仅仅转换转换古今词义，拼凑拼凑分行的文字组合可能容易。但我的期望是，一定要译出情采，译出气韵，译出旨趣，译出文化品位与艺术水准，成为足以再现原作魅力的“高大上”之作，即所谓“信、达、雅”皆具也。为此，挨着个儿精雕细刻、炼字炼句我绝不敢草率丝毫，铆着劲儿推敲韵律、整合平仄、打磨朗朗上口的明快节奏我绝不敢粗疏丝毫，而为了构建一个堪与原作的总体风格相得益彰的完美境界，更是绝对不敢有丝毫的苟且与轻忽。这样，我创作的艰辛、进程的障碍势必成倍增长，对我的能力形成了巨大挑战。故每每是，一个字一个词一个韵脚，几次十几次的修正、置换、梳理都难以如愿；通篇的诗意氛围，苦思冥想营造渲染也难以达到与原作珠联璧合的圆满。有时一天搞不定几行，遇到烦人的死结好几天都绕不过去。搜索枯肠一筹莫展，殚思竭虑寸步难行，焦灼郁闷乃至颓唐失落之感油然而生、不绝如缕，常常使我仿佛陷身泥淖，悲从中来、茫然无措。可是，一旦艰涩突破，灵感骤至，我久久呼唤的那幅画面、孜孜以求的那组意象，又倏然间扑入眼帘跃入脑海，一种柳暗花明的欣喜、妙手偶得的兴高采烈，也顿时飞上眉梢涌上心头。相继两三年我就是这样，在如同戴着镣铐跳舞的羁绊中，在宛似过山车般的跌宕中时起时落、挣扎前行。定稿之后掩卷再思，简直无法想象，真怀疑垂暮的我是如何熬过来的。支撑自己的信念，固然是欲为桑梓之地精英文化的传播略尽绵薄、聊作奉献，但不必讳言的因素更是，对我青少年时期的那份诗心、那个做诗人的梦想可以有个勉强的了断。当然，我也斗胆奢望，拙著能够成为一本无愧前贤、无怍后昆且无负于时代与历史的书，一本数十年后也能够有人喜爱、有人称许的好书。而不论何时，倘若读过拙著的人士能够认可一个蹩脚学人的苦心孤诣、敝帚自爱，则幸甚至哉也。

在我写作期间，刘立平总编辑给予了我极大的帮助与支持，我们一再磋商讨论、交换意见，我几次扩容篇幅，远超原定合同，立平均表示了充分的理解。责编郭文礼君，是我的系友校友，大学一年级时我曾为其授课，故彼此推心置腹、直言无讳，合作非常愉快。助理编辑晋晓敏女士、美术编辑王耀斌君，敬业精神也令我备极欣然。在此，谨向他们致以真切的谢意！向所有为拙著付出辛劳者致以同样的谢意！并恳请各路方家、各位读者，对拙著的疏漏、疵瑕、失当、失误之处不吝垂教，大力指正！

二〇一七年二月二日

目录

1. 壤父:《击壤歌》

▶ 阅读小引:远古无名老者的自由咏唱　考古发掘的疑似“尧都”

壤父，传说中尧帝时期的老者。西晋学者皇甫谧《高士传》中《壤父》一节言:“壤父者，尧时人也。帝尧之世天下太和，百姓无事。壤父年八十余，而击壤于道中。观者曰‘大哉帝之德也’。壤父曰‘吾日出而作，日入而息，凿井而饮，耕田而食，帝何德于我哉’。”不过，此处“击壤”并非叩击土壤，而是一种轮流击打木制板块或者瓦块比赛取乐的古老游戏。

尧帝，是我国上古“五帝”之一。司马迁《史记·五帝本纪》称：尧帝陶唐氏，黄帝后裔，帝喾之子，名放勋，“其仁如天，其知如神。就之如日，望之如云”；“明驯德”，“亲九族”，“便章百姓”，“合和万国”。孔子则盛赞“大哉尧之为君也。巍巍乎！唯天为大，唯尧则之。荡荡乎！民无能名焉”。被誉为仁德如天、智慧如神、温和宽厚而且勋绩齐天、民望崇高到无可挑剔、无法歌颂的超级圣君。

据史籍载，尧部落原居冀方即今河北唐县，继迁太原包括太原盆地一带，成为部落联盟首领后再迁平阳即今山西临汾地区，故有“尧都平阳”之说。不过，数千年来仅系传说，但上世纪中期起在其附近襄汾“陶寺遗址”的考古发现，却似乎提供了一定程度的有力佐证。

“陶寺遗址”属于原始社会末期文化遗址，约相当于公元前2600年左右到前2000年左右。在上千座等级鲜明、规模迥异的墓葬中，发掘出无数的石器，丰富多彩的陶器、漆器和玉器、骨器、铜器等。一个彩绘蟠龙纹的祭祀陶盘，证明了华夏龙文化的源远流长。一个纯度97.8 %的小铜铃与有着29个齿牙的铜制齿轮形器，充分显示了远古科技的无比璀璨。一个蒙着鳄鱼皮的彩绘鼍鼓，整体树干掏成一米多深的鼓腔，较殷墟出土的鼍鼓早近千年。一个残破的陶制扁壶上，竟留有毛笔蘸以朱砂书写的远早于甲骨文的雏形化文字，为认识汉字起源提供了新的探索空间。尤其是一座占地56万平方米的古城轮廓也得到了确认，其城基以及宫殿区、居住区、仓储设施等屋基，道路、水井遗迹，依稀可辨，布局井然。一方上千平米的半圆状土台，则被考定为兼具观察天象功能的祭祀台。这一切，足以说明当时的私有制度已经成熟，具备了原始国家的初步要素和基本标志。而据我国“夏商周断代工程”史学研究成果，夏朝约始于公元前2070年左右。如此前推“陶寺遗址”就与尧帝时代非常接近，古城幸许真有“尧都”的可能。

这首《击壤歌》，清代学者沈德潜编选《古诗源》时将其列为首篇，唯末句易为“帝力于我何有哉”。且附注说明“帝尧以前，近于荒渺”，某些所谓诗作实为“伪撰”，我国诗祖当“以《击壤歌》为始”。所以，也许正是这位生活于“尧都”附近的自尊自信的传奇老人，创作了中华文学宝库中记载最早的诗篇。而在这一带，至今仍有所谓“击壤台”、尧庙、“尧陵”遗迹等建筑存世。

日出而作①，	太阳出来劳作，
日入而息。	太阳落山休息。
凿井而饮，	喝着自己开凿的井水，
耕田而食。	吃着自己播种的粮食。
帝力于我何有哉？	帝啊王啊对我有什么恩惠呢？

【注释】

① **作**：起，有晨起后即劳作之义。

2. 舜帝：《卿云歌》

▶ 阅读小引：未必美好的君权“禅让”　帝王退位之际的唱和传说

舜帝，是尧的继承者，也是我国上古传说“三皇五帝”之一，一位获得后世盛赞的明君。按《史记·五帝本纪》的说法：舜为有虞氏，黄帝后裔，名重华，后经尧帝反复考验，渐委大任，“令舜摄行天子之政”先后28年；尧晚年时，知其子丹朱“不肖”，“不足授天下，于是乃权授舜”；但尧死后“三年之丧毕”，舜仍不愿登基，为“让避”丹朱而躲到“南河之南”，可“诸侯朝觐”的，“狱讼”打官司的，都不找丹朱却去找舜，“讴歌者”也不讴歌丹朱却讴歌舜；舜认为这是天意，才“之中国践天子位”，返回本土正式称帝。其后选任贤能，整饬礼乐，治水患，益山泽，巡狩各方，安抚戎夷，“四海之内咸戴帝舜之功”，“天下明德”的世风则“皆自虞帝始”。

在《史记·乐书》中，司马迁又引《礼记·乐记》“昔者舜作五弦之琴，以歌‘南风’”为例，赞扬了圣人对于礼乐教化的注重。后来，宋人郭茂倩编纂《乐府诗集》时将舜之所歌选入，计二首，谓之《南风歌》。清代学者沈德潜《古诗源》中又将其中第二首选入，即流传甚广的“南风之熏兮，可以解吾民之愠兮；南风之时兮，可以阜吾民之财兮”。诗中，舜希望温暖的南风解除百姓烦恼，来得及时的南风能增加百姓财富；所以，郭茂倩称颂“‘南风’者生长之音也，舜乐好之；乐与天地同，意得万国之欢心，故天下治也”。

舜晚年时，也认为其子商均“不肖”，因此“荐禹于天”，舜死后“三年丧毕”，禹同样“辞避”商均退居“阳城”，但“天下诸侯”又是纷纷背弃商均而去“朝禹”，禹始登基继位，建立夏朝。又据后人辑本《尚书大传·虞夏传》载：舜选定禹后准备辞位，“于时卿云聚，俊乂集”，“百工相和而歌‘卿云’”，舜先唱“卿云烂兮”4句，辅佐的部族头领“八伯”跪拜，唱“明明上天”4句，舜再“载歌”，唱“日月有常”12句。只见“八风循通，卿云丛丛”，以致“蟠龙”兴奋翻飞而起，“蛟鱼踊跃于其渊，龟鳖咸出于其穴”，祥瑞频频降临，众遂“迁虞而事夏也”。这就是所谓尧舜的“禅让”，一种“传贤不传子”的无私的权力交接。实际情况却远没有历代儒家宣扬的那样美好，在高风亮节的假象背后其实无不潜藏着激烈的争斗、角逐乃至杀气腾腾的政变。

舜这首歌也被郭茂倩的《乐府诗集》选入，谓之《卿云歌》。而据有关典籍载，舜登基后以蒲坂为都，即今山西永济一带，目前尚有舜帝陵存在。由此推定，《卿云歌》就应该是诞生于三晋大地的我国最早的帝王臣僚唱和诗作。值得一提的是，辛亥革命后《卿云歌》曾两度被改编为中华民国国歌。第一次是1913年4月8日，首届国会开幕时作为临时国歌，1915年袁世凯当政时更换；第二次是1922年，北洋政府将其稍作修改，正式颁定为国歌，南京国民政府上台后废止。著名的上海复旦大学，其校名也是取自《卿云歌》。

卿云烂兮，	吉祥的彩云灿烂而又圣洁，
糺[1]缦缦[2]兮；	悠然聚合在澄澈的晴空；
日月光华，	日月的光华交相辉映，
旦[3]复旦兮。	一个清晨接着又一个清晨。
明明上天，	至高的上苍明媚而又尊贵，
烂然星陈；	当空布满了亮丽的星辰；
日月光华，	日月的光华交相辉映，
弘[4]于一人。	最宏伟的勋绩首推舜君一人。
日月有常，	日月的轮回有其常道，
星辰有行；	星辰的排行有其规程；
四时从经，	四时的政事大多拥有了章法，
万姓允诚[5]。	千家万户也养成了朴实的民风。
于予论乐[6]，	让我等伴随这谐和的礼乐，
配[7]天之灵。	来祭拜那九天仙宫降福的神灵。
迁于贤善，	将帝座禅让于后辈贤达，
莫不咸[8]听。	望列位尽心辅佐无不听从。
鼚[9]乎鼓之！	铿锵的鼓声响起来吧！
轩[10]乎舞之！	昂扬的舞步跳起来吧！
菁华[11]已竭，	朕最美好的年华既已消逝，
褰裳[12]去之。	唯只愿撩衣告退安享余生。

【注释】

① **糺**：同纠，聚合缭绕状。

② **缦缦**：纡缓舒卷状。

③ **旦**：日出，也谓清晨。

④ **弘**：大、光大。

⑤ **允诚**：信实真诚。

⑥ **论乐**：论通伦，条理、顺序；论乐，可解为谐和乐章。

⑦ **配**：配祭神灵。

⑧ **咸**：全部、悉数。

⑨ **鼚**：读作chāng，鼓声。

⑩ **轩**：高扬、飞扬，轩轩即扬扬起舞状。

⑪ **菁华**：精华，也喻事物中最美好的方面。

⑫ **褰裳**：用手扯起下衣，此处有表示离去之义。

3. 伯夷、叔齐：《采薇歌》

▶ 阅读小引：儒家节义教育的兄弟楷模　饿死首阳山的执拗高士

伯夷、叔齐，是我国商周之交鼎鼎大名的高士，被孔子力赞的“古之贤人”。孔子认为，为了一个信念“求仁而得仁”“不降其志，不辱其身”，真正做到了无怨无悔者唯有他们够格。孟子称其为“圣之清者”，韩非子则认为圣人就是要“德若尧舜，行若伯夷”。后来，伯夷、叔齐也一直成为我国节义教育的典范性人物。

据有关典籍载：伯夷名元或允，叔齐名智或致，其父为商朝末年一个小方国孤竹国的国君。孤竹国大约在今河北卢龙一带，按我国古代“伯仲叔季”兄弟排行，两人应系长子与三子，夷、齐可能是他们的谥号。司马迁《史记》中以“列传第一”为之立传，称孤竹国君生前曾“欲立叔齐”为嗣，但父死后叔齐决心让位伯夷，伯夷则因“父命”坚决不从，竟至出逃，“叔齐也不肯立而逃之”，国人只好另立“中子”为君。出逃后的伯夷、叔齐闻知“西伯”即周文王圣明，同去投奔。到达后恰逢文王故世，其子周武王供奉着文王灵牌，准备兴师讨伐商纣王。伯夷、叔齐立即“叩马而谏”不让出兵，声称“父死不葬”却妄动“干戈”，“可谓孝乎？”举旗造反“以臣弑君”，“可谓仁乎？”武王部下想杀掉他们，姜太公制止道“此义人也”，令“扶而去之”。武王灭商后天下归顺，伯夷、叔齐却视作奇耻大辱，发誓“不食周粟”，拒吃周王朝的米粮，而跑到首阳山隐居，勉强“采薇而食”，最后“及饿且死”，死之前作了这篇《采薇歌》明志。

首阳山在哪里？清代历史地理学家顾祖禹《读史方舆纪要》中称，首阳山在蒲州即今山西永济“东南三十里”，也称雷首山，与“中条连麓”，实际就是山西南部的中条山麓偏西紧临黄河一段支脉。此外，首阳山还有陕西周至、甘肃渭源以至河北、河南、山东等多种说法。不过，“首阳”一名最早出现于《诗经》“唐风”的《采苓》篇，“采苓采苓，首阳之巅”，“采苦采苦，首阳之下”，“采葑采葑，首阳之东”，而“唐风”恰是古代山西晋南地区的民歌，所以此山在永济的说法似乎更具佐证。

伯夷、叔齐的执拗乃至过激的行为，今天如何评价完全可以见仁见智。但这篇纵然有着相当传说成分的《采薇歌》，毕竟为山西的文化宝库增添了独特的一页。

登彼西山兮，	登上那静寂的西山悄然隐居，
采其薇[①]矣。	采来点野豆叶儿权且充饥。
以暴易暴兮，	用一种暴力推翻另一种暴力，
不知其非矣。	已无人知晓这是失道的行为。
神农虞夏[②]忽焉没兮，	神农、虞、夏的时代遥遥远逝，
我安适归矣？	哪里还有我辈舒心的归趋？
于嗟[③]徂[④]兮，	不尽的吁叹呼唤着死的决心，
命之衰矣。	命运啊原来竟是如此衰凉悲戚。

【注释】

① **薇**：古代典籍多称“巢菜”，一种嫩茎、叶与果粒可食的草本植物，即野豌豆。

② **神农虞夏**：神农即炎帝神农氏，虞即舜帝有虞氏，夏即夏朝开国君王大禹。

③ **于嗟**：文言文感叹词。

④ **徂**：读作cú，本义为往、去，此处可作走向死亡解。

4. 虞人：《虞箴》

▶ 阅读小引：复兴霸业的年轻君王　规劝“和戎”引出的戒猎忠告

虞人，春秋时期掌管山泽与田猎诸事的官员。《虞箴》亦名《虞人之箴》，是《左传》所记晋国重臣魏绛借虞人之口转述给晋悼公的一首“箴谏”诗作。

晋国从晋文公起成为春秋“五霸”之一，但这个“霸”并非霸王之霸，实义为“伯”，按照《孟子》的说法即“诸侯之长”，国力强大、威仪超群的诸侯君王，诸侯“会盟”时“执牛耳”的“盟主”。后来，晋国“盟主”地位渐渐跌落，国内权臣与君王的冲突、卿大夫家族的争斗时起时伏，数十年间有多个家族被灭，灵公、厉公两位君王被杀。公元前573年，晋国从周朝王都洛邑迎回文公的玄孙周子承继死去的厉公，就是被理学大师朱熹赞为“才大段高”“有操有纵”的晋悼公。

悼公年纪轻轻却聪慧异常，且从小师事周王室卿士、著名智者单襄公，对晋国问题的根由心明如镜。故回国当天，就以下马威般的决断与柔中带刚的训教，迫使群臣立刻盟誓效忠。不日又当庭驱逐“不臣者七人”，凭借凛然的气势震慑了骄纵已久的卿大夫。随之，“立百官”“定百事”，颁布了一系列整“废滞”、减“赋敛”、扶“乏困”、禁“淫慝”、节“器用”与振兴经济、活跃市场的具体措施。很快做到了“举不失职，官不易方，爵不逾德”，即被荐者称职，在位者规矩，授爵者不失德；军中“师不陵正，旅不逼师”，服从指挥，纪律严明；使“六官之长”皆有了“民誉”，用朱熹之言就是“恰如久雨积阴”的晋国“忽遇天晴”，“赫然为之一新”。继而，则通过多种外交谋略与军事手段，成功削弱了主要对手楚国，八年之内“九合”诸侯主持“会盟”，晋国的威望急速提升，“盟主”地位得到新的认可，史称“悼公复霸”。

悼公所以“复霸”，诸多能臣辅佐极为关键，魏绛就是其中的佼佼者，而其最被后世称颂不已的佳话就是“和戎”。中原对于北方“戎狄”，素以武力“攘讨”为主。公元前569年，北方派人到晋国敬献“虎豹之皮”请和。悼公认为“戎狄无亲”，“不如伐之”。魏绛竭力谏阻，痛陈“和戎”之“五利”，悼公洒然领悟，乃令魏绛出面与“诸戎”一一结盟，开启了汉民族尊重少数民族、争取融洽相处的楷模性先河。

悼公虽然英明却喜狩猎，有点无度。魏绛就在论述“和戎”的同时，借周初史官辛甲“命百官”议“王”之缺失的往事，顺口念了这首《虞箴》，以夏朝君王后羿痴迷狩猎误国亡身的教训，旁敲侧击，委婉劝诫。机敏的悼公听出弦外之音，遂更加注意“修民事，田以时”，遵循自然节令，狩猎适可而止。古代学者杨雄、刘勰等均认为，《虞箴》是我国最早的“体义”完备的“箴谏”之辞。据北宋类书《册府元龟》解释，作者就是掌管田猎的“虞人”。因其最早出于魏绛之口，故可视为产生于远古山西的诗篇。

芒芒[1]禹迹，	禹帝的踪迹曾是何等辽阔浩邈，
画为九州[2]，	划分出了九州大地，
经启[3]九道。	还开辟了九条通达的大道。
民有寝庙[4]，	既让民众拥有了安全的居处，
兽有茂草。	也为禽兽留下了丰盛的水草。
各有攸[5]处，	彼此各得其所取之以时，
德用[6]不扰。	公德与私德从未蒙受干扰。
在帝夷羿[7]，	但及至夷羿篡夺了帝位，
冒[8]于原兽。	贪得无厌地沉湎于狩猎逍遥。
忘其国恤[9]，	国家的忧患全然抛到脑后，
而思其麀牡[10]。	整日里算计的就是杀兽的多少。
武不可重[11]，	武力的屠戮切忌一再滥用，
用不恢[12]于夏家[13]。	若如此绝不能振兴夏氏王朝。
兽臣司原[14]，	可是我这个看管田野生灵的小官，
敢告仆夫[15]。	也只有在仆役面前发发几句牢骚。

【注释】

① **芒芒**：广大辽阔、悠远久长。

② **画为九州**：画，此处有划分之义。据先秦典籍《尚书·禹贡》载，大禹治水前天下苍莽，不辨区域，大禹治水后划分为冀、兖、青、徐、扬、荆、豫、梁、雍九州。

③ **经启**：筹划、开启。

④ **寝庙**：本义为宗庙，也泛称住宅，此处指后者。

⑤ **攸**：所。

⑥ **用**：因此、由此。

⑦ **夷羿**：即后羿，为传说中夏朝时期东夷族首领，原为有穷氏部落长，善射。夷羿曾经推翻太康，立其弟为君，把持夏朝朝政，又自立为君，后因狩猎过奢，荒疏国事，被家臣寒浞谋杀。神话传说中，又有尧时十日并出，射落九日的英雄后羿，但二者并非一人。

⑧ **冒**：贪婪无度、不知满足。

⑨ **恤**：忧。

⑩ **麀牡**：古代对雌雄兽类的通称。

⑪ **重**：重复。

⑫ **恢**：扩大、弘扬。

⑬ **夏家**：代指夏朝。

⑭ **兽臣司原**：管理原野山泽狩猎事务的官吏。

⑮ **仆夫**：本义为车驾驭手，也泛指仆役。

5. 汉武帝刘彻:《秋风辞》

▶ 阅读小引:歌女出身皇后的悲喜命运　汾水上强势天子的怆然抒怀

汉武帝刘彻(前156—前87),高祖刘邦曾孙,景帝刘启少子,后被立为太子,景帝后元三年(前141)登基。在位54年,曾经抗击匈奴,开拓西域,平定南粤与朝鲜等地,还独尊儒术,完备吏制,兴修水利,屯垦边塞,建立了足可笑傲青史的功勋。

武帝与山西,也有着非同寻常的关系。武帝同母胞姐,嫁于汉初功臣、平阳侯曹参曾孙曹寿,世袭“食邑”,平阳即今山西临汾尧都区一带“万余户”,故被称为平阳公主。而武帝的首任皇后陈阿娇,虽是姑表婚姻,还留下一段“金屋藏娇”的美妙传说,但两人相处并不谐和。所以,建元二年(前139),18岁的武帝登基两年,就将所爱的一位女子卫子夫纳为夫人。

据《史记》等典籍载:卫子夫出身微贱,本是平阳公主府上的“讴者”即歌女;公主因武帝无子,即蓄养“良家”女10多人备用,一次武帝来访,却一个也看不上;就餐时歌女出场,武帝一见子夫即“独悦”,当天休息后起来,在御车中就把子夫“幸”了,而且“欢甚”;公主赶紧将子夫择日“奉送入宫”,后子夫“尊宠日隆”,生了三女一男。因此,出身“骄贵”的阿娇皇后大“恚”,又怒又妒又急,为给自己求子花掉九千多万钱依然无果。这样折腾了将近10年终于被武帝废掉,两年后子夫被正式册封为皇后,子夫的儿子被立为太子。远征匈奴的名将卫青、霍去病,一位是子夫之弟,一位是子夫的外甥。可是武帝晚年,却因疑有人以“巫蛊”加害自己大兴杀戮,两位公主被诛。征和二年(前91)太子也遭诬告,被迫反抗,事败自杀,执掌内宫38年的子夫随之自杀。后来武帝有所悔悟,对一生“所为狂悖”等,曾下《轮台罪己诏》自责,成为我国第一份保存完整的帝王检讨书。

武帝在位期间,曾经多次“巡狩”全国。元鼎四年(前113)“东幸汾阴”,“十一月甲子立‘后土祠’于汾阴脽上”,即在今山西万荣一带汾水之西临近黄河的高处建立土地神庙。此后,元封四年(前107)、元封六年(前105)、太初二年(前103)、天汉元年(前100),武帝又数次前来祭祀。《秋风辞》即作于某次祭祀途中，究竟何次史籍并无明确记载。《秋风辞》南北朝时期的《昭明文选》即已选入，宋人郭茂倩编纂《乐府诗集》时，援引野史作品《汉武帝故事》称，“帝行幸河东，祠后土，顾视帝京，忻然中流，与群臣饮宴，帝欢甚，乃自作《秋风辞》”。清人沈德潜《古诗源》中认为，辞有“《离骚》遗响”，是“乐极哀来”之作。但从其整体意境审视，虽有些欢乐内容，更多的还是深秋苍凉的景观，水一般流逝的光阴，使九五之尊的天子悲从中来，从而赋就这首帝王伤怀的千古名作。如今，万荣县仍有元成宗大德十一年（1307）刻石《秋风辞》以及清代建筑后土祠存世。

秋风起兮白云飞，	乍起的秋风啊远飞的白云，
草木黄落兮雁南归。	枯黄的草木飘落啊南去的大雁哀鸣。
兰有秀兮菊有芳，	兰是那样俏丽菊是那样幽香，
怀佳人[①]兮不能忘。	最难忘的却还是那心中的佳人。
泛楼船兮济汾河[②]，	雄伟的楼船疾驰在汾河，
横中流兮扬素波，	停舟中流啊水面上扬着银色的浪波，
箫鼓鸣兮发棹歌[③]。	宴饮的箫鼓响起行船的号子也在唱和。
欢乐极兮哀情多，	欢乐享尽哀情多，
少壮几时兮奈老何？	少壮有几时啊老之将至可奈何？

【注释】

① **佳人**：美人，有人认为指贤士或群臣，也有人强解为武帝宠爱的李夫人与钩弋夫人。

② **汾河**：汾，指汾水；河，古代专指黄河；汾水发源于山西宁武县管涔山麓，纵贯山西中南部而汇入黄河，现代也称汾河。

③ **棹歌**：棹指船桨，棹歌即划船时船夫所唱的歌，类如号子。

6. 曹操：《苦寒行》

▶ 阅读小引：一代枭雄的戎马实录　挥军太行山体味的艰凄悲酸

曹操（155—220），字孟德，小字阿瞒，沛国谯县即今安徽亳州人。其父曹嵩据称系西汉相国曹参之后，也有一说是本姓夏侯，因过继为天子亲随中常侍曹腾的养子而改名曹嵩，东汉灵帝时先后任职大司农、大鸿胪，为掌管农桑、仓廪、财政、仪典与礼宾等事务的重卿。曹操自幼“才武绝人”“机警有权数”，后来以平定黄巾军崭露头角，从此南征北战，东讨西伐，戎马倥偬数十年，击败北方割据势力，成为东汉末年“挟天子以令诸侯”、权倾朝野的豪杰，书写了一位乱世英雄光彩陆离的史话。生前曾经晋封魏王，死后谥号武王，其子曹丕篡汉后追尊为太祖武皇帝，故也以“魏武”称之。

曹操的诗文同样冠盖一时，独步天下。曹魏时人王沈所撰《魏书》言，“太祖御军三十余年，手不舍书。昼则讲武策，夜则思经传。登高必赋，及造新诗，被之管弦，皆成乐章”。曹操的一生是血与火的一生，作为大军统帅杀戮和死亡早已司空见惯，但作为文士和诗家，内心也充满着悲天悯人的情怀和复杂的精神世界，一定程度上如实反映了当时生灵涂炭的凄惨和不幸。诗作《蒿里行》中“铠甲生虮虱，万姓以死亡，白骨露于野，千里无鸡鸣，生民百遗一，念之断人肠”就是令人扼腕的名句。故南北朝人钟嵘在其《诗品》中称“曹公古直，甚有悲凉之句”，明人钟惺《古诗归》中赞其诗是“汉末实录，真诗史也”，清人沈德潜《古诗源》中则誉为“沉雄俊爽，时露霸气”。所以传世之作虽不多，但篇篇堪称精品。

据陈寿《三国志·魏书》等典籍载：东汉末年豪强袁绍的外甥高幹“才志弘邈，文武秀出”，是位很杰出的将领；袁绍占据北方时，委高干为并州牧，主管今山西太原一带先后7年，治绩卓越。汉献帝建安九年（204），曹操攻克河南邺城，高干迫于情势请求投降，曹操仍任命其为并州刺史。翌年，曹操远征乌丸，后方空虚，高干乘机叛变，进占上党即今山西长治一带，擒获太守。又举兵扼制壶关口，并企图袭取邺城。曹操派兵“击之”，高干失利后退入壶关城中顽强抵抗，久攻不下。建安十一年（206）夏历“春正月”，曹操亲率大军“仗钺征伐”，“围壶关三月”，高干不敌，只身前往匈奴“求救于单于”，但被拒绝。不久壶关城破，高干辗转多处期望再起，均遭挫败，走投无路之际意欲南下荆州投靠刘表，但行经上洛即今陕西商洛一带时被当地都尉捕杀。

就在此次战事中，在曹操带兵翻越太行山的征途，挥笔赋就了这首《苦寒行》。诗作详尽描写了一路经历的艰苦卓绝，抒发了作为主帅却厌倦战争的沉重心情，写得雄奇浩壮，慷慨悲凉，是我国文学长廊中光芒永在的顶级军旅诗章。

北上太行山[1]，	举兵北上太行山，
艰哉何巍巍。	巍巍太行何艰险。
羊肠坂[2]诘屈[3]，	羊肠小道崎岖颠簸难行走，
车轮为之摧。	损坏了的车轮一片凌乱。
树木何萧瑟，	树木遍野竟是如此的萧瑟，
北风声正悲。	惨烈的北风搅动了刺骨的严寒。
熊罴[4]对我蹲，	更无奈熊罴常当道，
虎豹夹路啼。	虎豹的咆哮就回荡在路边。
溪谷少人民[5]，	山谷荒凉人烟稀少，
雪落何霏霏。	纷飞的大雪啊滚如绵。
延颈长叹息，	仰天引颈长叹息，
远行多所怀。	远行征战多思念。
我心何怫郁[6]，	无边的郁闷顿时笼上了心头，
思欲一东归。	真渴望抛却这万马千军返回家园。
水深桥梁绝，	急流断桥阻绝了去路，
中路[7]正徘徊。	犹豫焦灼中更觉得举步维艰。
迷惑失故路，	迷途转向啊东奔西颠，
薄暮[8]无宿栖。	暮色苍茫里还不知何处可安眠。
行行日已远，	身后的落日越走越远，
人马同时饥。	人困马乏啊饥肠辘辘好熬煎。
担囊行取薪，	唯只可挑着行囊顺便捡些柴火，
斧冰[9]持作糜[10]。	凿开了冰块煮点儿晚餐。

悲彼《东山》[11]诗，	《诗经》里《东山》的诗句突然跳入脑海，
悠悠使我哀。	刹那间勾起我不绝如缕的悲酸。

【注释】

① **太行山**：位于山西东部，也是山西与河北、河南两省的界山。

② **羊肠坂**：羊肠，比喻狭窄蜿蜒的小路；坂，倾斜的山坡。羊肠坂，是古代由河南穿越太行出入山西的必经险道，向为兵家争夺之要冲，现山西壶关县有地名谓之，可能即在此处。

③ **诘屈**：盘旋曲折迂回不平状。

④ **熊罴**：我国古文中熊罴常常联用；罴，读作pí，有人解释是棕熊、马熊，实际上应是古人对较大熊类的泛称。

⑤ **人民**：此处人是人、民是民，人指个体，民有常住、聚居之意，与现代人民的涵义不同。

⑥ **怫郁**：惆怅、郁闷、忧愁。

⑦ **中路**：中途、途中。

⑧ **薄暮**：傍晚。

⑨ **斧冰**：斧作动词，用斧凿冰。

⑩ **糜**：粥。

⑪ **《东山》**：《诗经》“豳风”中有《东山》一篇，写远征士卒归乡途中的怆然思家之情。

7. 北魏孝庄帝元子攸：《临崩诗》

▶ 阅读小引：缭乱王朝的酷烈内讧　短命国君被勒死前的绝笔自悼

南北朝时的北魏孝庄帝元子攸（507—531），是一位“风神秀慧，姿貌甚美”的少年才俊，但也是一位非常短命的不幸君王。北魏是由鲜卑族拓跋氏建立的王朝，早年以盛乐为都，在今内蒙古和林格尔一带。道武帝拓跋珪天兴元年（398）迁都平城即今山西大同，孝文帝拓跋宏太和十八年（494）再迁河南洛阳，继而大力推动汉化改革，并将拓跋改姓为“元”。北魏尊奉佛教，大同云冈、洛阳龙门石窟均为当时开凿。

据北齐魏收所撰《魏书》与司马光《资治通鉴》等载：孝文帝与其子宣武帝元恪均短寿，元恪延昌四年（515）故世，虚龄6岁的孝明帝元诩登基。实际掌权的生母胡太后“性聪悟，多才艺”，但“淫乱肆情”，色心颇重，渐致“维恩不立”，宫闱内斗频发。到了明帝武泰元年（528）初，19岁的元诩与太后积怨剧增，欲借盘踞晋阳即今山西太原的羯胡军阀尔朱荣夺回权力，太后与“嬖幸”者闻讯，密谋下毒“鸩帝”，元诩“暴殂”而死。尔朱荣遂“起兵发晋阳”，拥立孝文帝的侄子元子攸为孝庄帝，并很快占领洛阳，将太后及所立幼主沉入黄河，再以“祭天”名义集结“百官”，令“胡骑围之”残杀“二千余人”。尔朱荣将其女立为庄帝皇后，自己受封“太原王”，获都督中外诸军事大将军等头衔，返回晋阳。后又数次成功用兵，消灭了敌对武装势力葛荣，还镇压了已经攻入洛阳几乎将庄帝推翻的宗室亲王元颢。

孝庄帝年轻气盛，也是位能干而有勇力的天子。对“虽居外籓，遥制朝政”，屡屡发号施令、飞扬跋扈的尔朱荣日益愤懑，“怏怏不以万乘为乐”，彼此矛盾越来越深，就动了剪除之念。永安三年（530）秋，尔朱荣来到洛阳，庄帝决心下手，声言宁可如曹魏时魏国皇帝“高贵乡公”曹髦那样冒险一死，也不愿再当傀儡苟活。故意假传皇后生子，请尔朱荣入贺。权倾朝野的尔朱荣自认无人敢于害己，走近“御榻”时猝不及防，因此未及招架就被庄帝“手刃”，随从30多人“亦为伏兵所杀”，其妻与族弟尔朱世隆逃出。但庄帝此举却引起了尔朱氏的激烈反抗，尔朱荣侄子尔朱兆迅即占据晋阳，率军直扑洛阳，在晋东南与尔朱世隆会合，徐州刺史尔朱仲远也起兵发难。是年末洛阳失陷，庄帝终被擒获。

又据当时学人杨炫之所著《洛阳伽蓝记》载：孝庄帝原以为黄河一向“奔急”，尔朱兆虽兵临城下，缺少“舟楫”也很难越过，谁知那天却特别“水浅”，以致“不没马腹”，可以“凭流而渡”，庄帝逃避不得，“故及此难”，被囚于胡太后所建的永宁寺“寺门楼上”。严冬酷冷“帝患寒”，向尔朱兆求条“头巾”竟然“不与”。不久又被押回晋阳，缢杀于三级寺。庄帝死前“礼佛”许愿，只祈来世“不为国王”。《洛阳伽蓝记》还记录了庄帝“临崩”时留下的这首自我挽歌般的绝笔诗作。

权去生道促①，	失却了王权骤然间已是生路渺茫，
忧来死路长。	愁绪纷扰的死亡旅程悠远漫长。
怀恨出国门，	怀揣着不尽的憾恨走出京师，
含悲入鬼乡。	饱含着满腔的悲凉步入鬼蜮之乡。
隧门②一时闭，	沉甸甸的墓门一朝关闭，
幽庭③岂复光④？	阴森的地府哪还有重生的曙光？
思鸟⑤吟青松，	揪心的鸟鸣犹在青翠的松林啼啭，
哀风吹白杨。	哀嚎的狂风噬咬着缭乱的白杨。
昔来闻死苦，	早闻知性命殒灭的无边苦楚，
何言身自当⑥？	轮到了自己又如何诉说此刻的凄怆？

【注释】

① **促**：短暂。

② **隧门**：隧本义为墓道，隧门即墓道之门。

③ **幽庭**：此处意为阴间地府。

④ **复光**：再见光明。

⑤ **思鸟**：古诗文中多指思侣求偶之鸟，此处有借物伤怀之寓意。

⑥ **当**：承当、面对。

8. 庾信：《就蒲州使君乞酒诗》

▶ 阅读小引：寄乡愁于诗赋的江南才子　山西古代美酒的诗章记忆

庾信（513—581），南北朝时期文学巨擘，字子山，小字兰成，祖籍南阳新野即今河南新野县，先辈迁居江陵即今湖北荆州。庾信“聪敏绝伦”，“幼而俊迈”，博览群籍，颇具“盛才”。天监元年（502）梁朝武帝萧衍建国，武帝中大通三年（531）主持编纂著名典籍《昭明文选》的太子萧统故世，萧纲继为太子。萧纲酷爱诗文，当时的诗文书法大家、庾信之父庾肩吾曾任其“中庶子”即亲随侍从，另一诗文高手、太学博士徐摛也颇获赏识，萧纲遂将徐摛之子徐陵与庾信同选为“抄撰学士”。于是，徐庾两对父子奉和太子，以宫廷生活为背景，创作了不少辞藻华艳、格调绮丽、讲究声律与用典的“宫体诗”，被人竞相仿效，“每有一文，京都莫不传诵”，号称“徐庾体”。

武帝太清二年（548），曾为北魏尔朱荣部将，而后南投梁朝的侯景发乱，次年春攻入京都建康即今江苏南京，囚死耄耋天子萧衍，庾信出逃江陵。不久，侯景迫使太子萧纲继位，谓之简文帝。简文帝大宝二年（551），侯景废掉萧纲自立为帝，萧衍七子梁元帝萧绎遂于次年即承圣元年（552）登基江陵，承圣三年（554）元帝令庾信出使西魏，抵达长安不久西魏已攻破江陵，杀掉萧绎，庾信无法回归。但西魏仰慕其大名与南国文明，乃授予车骑大将军、仪同三司。越三年，西魏被权臣宇文家族篡位，建国北周，更授庾信骠骑大将军、开府仪同三司，封爵义城县侯，也任过洛州刺史。

多年之后，取代梁朝的陈朝与北周“通好”，商定双方名士“还其旧国”，可北周就是不放庾信。尽管深受如此礼遇，而故土的思念，服侍异国的无奈，亲眼目睹的山河破碎、生灵涂炭、连年杀戮，仍使庾信心中充满惆怅苦涩，诗文风格转入凝重、沉郁、凄婉、悲慨，如《伤心赋》《枯树赋》《小园赋》与最出色的《哀江南赋》等，均有了不啻脱胎换骨的蜕变。杜甫所谓“庾信平生最萧瑟，暮年诗赋动江关”“庾信文章老更成，凌云健笔意纵横”，就是极为中肯的评价。

据唐人令狐德棻《周书》载：北周武帝天和二年（567），皇亲兼权臣宇文护之子中山公宇文训出任蒲州刺史，在今山西永济一带。彼时，当地有种驰名的美酒，酿成后密封一年，来年桑落时节开启，故名“桑落酒”。天和七年（572）宇文护被杀，宇文训也被赐死，成为宫廷斗争的牺牲品。可能是此前某年庾信路过蒲州，作这首《就蒲州使君乞酒诗》向宇文训索酒，对方似乎应允却有所耽搁，庾信又作一首《蒲州刺史中山公许乞酒一车未送诗》奉上。曰：“细柳望蒲台，长河始一回。秋桑几过落，春蚁未曾开。莹角非难驭，搥轮稍可催。只言千日饮，旧逐中山来。”从两首诗明显的打趣意味看，二人的交情应该是不错的。

萧瑟风声惨，	萧瑟的寒风撩动着心中的惨戚，
苍茫雪貌愁。	苍茫的雪原弥漫着满目的忧愁。
鸟寒栖[①]不定，	严冬里的飞鸟不知何枝可依，
池凝聚未流。	冰冷的池塘凝固了摇漾的清流。
蒲城桑叶落[②]，	人皆道蒲城的美酒桑落时节最美，
灞[③]岸菊花秋[④]。	灞水之滨乃是在菊花盛开的金秋。
愿持河朔[⑤]饮，	多渴望让我捧几坛黄河北岸的佳酿，
分劝东陵侯[⑥]。	好分送长安城中去国怀乡的江南挚友。

【注释】

① **栖**：鸟禽歇宿。

② **桑叶落**：有的版本为桑叶酒。据北魏郦道元《水经注》载，当时蒲州一带有“姓刘名堕者”极善“工酿”，“采挹河流，酝成芳酎”，封存一个“枯枝之年”，次年“桑落之辰”开启，“故酒得其名”即“桑落”；此酒“清白”像净洁之浆，“氛氲”独具“别调”，“自成馨逸”，“不与它同”，有如“兰熏”之芳又似“麝越”之香，是地方奉献朝廷最称“佳酌”的“贡选”。

③ **灞**：即灞水，陕西中部的河流，系渭水支流，因流经几代皇都长安，在我国古诗文中多有出现，名气甚高。

④ **菊花秋**：“菊花酒”也是我国古代美酒之称，西汉已经盛行；据记述西汉都城长安轶事的《西京杂记》载，此酒于菊花开时“并采茎叶，杂黍为酿之”，“来年九月九日始熟”，“故谓之菊花酒”。

⑤ **河朔**：古代泛指黄河以北地区，此处借称蒲州。

⑥ **东陵侯**：东陵，即秦始皇之父秦庄襄王与其母赵姬还有其曾祖秦昭襄王等人的墓葬群；东陵侯，指召平，秦末汉初人。据《史记·萧相国世家》载，召平本系“故秦东陵侯”，是封爵于东陵地区并负责监护的贵族，秦亡后沦为“布衣”，家贫，乃“种瓜于长安城东”，因“瓜美”世人谓之“东陵瓜”；清人倪璠认为，庾信以东陵侯用典入诗，有自比“本故梁亡国之臣”、求酒则含有欲“分劝”与自己一样无奈滞留长安的“诸南人羁士”的言外之意。

9．王褒：《渡河北》

▶ 阅读小引：虏入北国后的备受礼遇　黄河边触景生悲的故土思恋

王褒（约513—576），南北朝文学名家，字子渊，原籍琅琊临沂即今山东临沂，魏晋豪门王氏后嗣，于先祖东晋名相王导时南迁，其后七八代俱有当朝重臣。王褒“美风仪，善谈笑”，“识量淹通，志怀沉静”，“博览史传，尤工属文”，入仕后曾任秘书丞、郡守，袭爵南昌县侯。梁武帝萧衍“喜其才艺”，将弟鄱阳王之女许以为妻。

武帝太清二年（548）北魏降将侯景发乱，武帝与太子萧纲相继遇害，武帝七子梁元帝萧绎于承圣元年（552）登基江陵即今湖北荆州。元帝与王褒熟识，特邀其前去，彼此“相得甚欢”，“宠遇日隆”，“旬月之间”就累授吏部尚书、左仆射而位极朝堂。王褒却“愈自谦虚”，不以地位“矜人”，很为时论称道。承圣三年（554）北方的西魏大举南侵，直逼江陵，元帝令王褒“都督城西诸军事”。本以“文雅见知”的王褒，受命掌兵后“深自勉励”，竭尽“忠勤之节”，直至城陷之时，与元帝退入“子城”仍建议“固守”。但元帝决定出降，王褒等人遂被掳入长安。

西魏实际统治者宇文泰自称是王氏外甥，对王褒以舅辈礼待，授车骑大将军、仪同三司，王褒也深感“恩眄”。越三年，宇文泰家族篡权西魏，建立北周，封王褒石泉县子，食邑三百户。后历经明帝、武帝，王褒“常在左右”，“颇参朝议”，凡重大“诏册”皆令“具草”，相继获授太子少保、小司空、宜州刺史等职。王褒的遭遇极似庾信，也是与之共享盛名的文坛首领。其骈文《与周弘让书》，瑰丽典雅，缠绵凄婉，以流畅自如的笔触，表达了羁旅远方、怀念友人的缕缕愁绪，成为北地骈文上品佳作。诗现存40多首，这首境界苍郁、格调悲婉、抒发着异乡苦楚、故土恋情的《渡河北》，就是众所周知的一篇。

《渡河北》的诗名，即渡黄河北行、北上之意。王褒居留北方20多年中，西魏或北周控制的黄河，只有今日山西、陕西交界的纵向部分与山西、河南交界的横向部分，再往东流经河南省内的黄河，则由敌手东魏与后来的取代者北齐控制，故王褒渡河北进之处就只能是三晋大地。诗作中的常山即北岳恒山，主峰在山西浑源县南，跨太行山横亘晋、冀二省，代郡位于恒山之北，治所平城在今山西大同。鉴于先秦《管子》一书就有“恒山北临代”之说，《史记》也有“常山临代”的记载，又因为这里当时还是东魏或北齐领土，所以诗中的地名未必就是其目的地的实指，应该只是一种形容远行的对仗性用典。而从诗的整体内容判断，也应该是属于王褒来到北方后的早期之作。

秋风吹木叶，	秋风吹拂着无边木叶婆婆娑娑，
还似洞庭①波。	恍然间犹似洞庭湖起伏的轻波。
常山②临代郡③，	遥远的恒山紧傍着边地代郡，
亭障④绕黄河。	沿岸的军堡盘绕着曲弯弯的黄河。
心悲异方乐，	异乡的乐曲格外撩动愁思，
肠断陇头歌⑤。	真如同听到那令人肠断的陇头悲歌。
薄暮临征马，	暮色渐渐逼近了我远行的坐骑，
失道北山阿⑥。	茫然中竟至迷路在北山的山窝。

【注释】

① **洞庭**：洞庭湖，此处上下两句化用了楚辞《九歌·湘夫人》中“袅袅兮秋风，洞庭波兮木叶下”。

② **常山**：恒山的别名；按唐人徐坚等奉唐玄宗命为皇族少年编纂的百科类书《初学记》载，“恒山，五岳之北岳也”；《初学记》引儒学经典《尔雅》与《周礼》之说称“常山谓之恒山”，“并州，其镇山曰恒山”，又引先秦《管子》之言曰“恒山北临代，南俯赵，东接河海之间”。

③ **代郡**：代郡由春秋时期晋国权臣卿大夫赵襄子初置，战国时期属于赵国，南北朝的北魏分裂为西魏、东魏后，东魏于立国次年即天平二年（535）复置代郡，治所平城在今山西大同，辖平城、太平、武周、永固等县。

④ **亭障**：亭系有顶无墙、视野开阔的建筑物，亭障即设有望亭的军堡。

⑤ **陇头歌**：南北朝时期北朝的乐府民歌，或许魏晋时期已经产生，宋人郭

茂倩所编《乐府诗集》中选有《陇头歌辞》与《陇头流水歌辞》,《陇头歌辞》为“陇头流水，流离山下。念吾一身，飘然旷野。朝发欣城，暮宿陇头。寒不能语，舌卷入喉。陇头流水，鸣声幽咽。遥望秦川，心肝断绝”;《陇头流水歌辞》为“陇头流水，流离西下。念吾一身，飘然旷野。西上陇阪，羊肠九回。山高谷深，不觉脚酸。手攀弱枝，足逾弱泥”;清代学者沈德潜的《古诗源》则记为“陇头流水，流离四下。念我行役，飘然旷野。登高望远，涕零双堕。陇头流水，鸣声幽咽。遥望秦川，肝肠断裂”;无论何种记述，表达的都是一种流落他乡的羁旅愁人在惆怅的行役中思念故土的悲凉情怀。

⑥ **山阿**：阿，此处应读作ē。山阿，山的凹曲之处，楚辞《九歌·山鬼》句“若有人兮山之阿，被薜荔兮带女萝”。

10. 颜之推:《从周入齐夜渡砥柱》

▶ 阅读小引:冒险偷渡黄河的真切经历　晚年彻悟撰就的家训经典

颜之推(531—约590以后),字介,南北朝末至隋朝时的文学家,我国古代家庭伦理教育思想的伟大先驱。原籍琅琊临沂即今山东临沂,先祖东晋初年南渡,其父曾任梁武帝萧衍之子湘东郡王萧绎的谘议参军,居于江陵即今湖北荆州。之推出身诗书世家,兼之"聪颖机悟",7岁时即可诵读东汉王延寿艰深佶屈的《鲁灵光殿赋》,12岁就能聆听萧绎亲自讲说庄子、老子。但这样"虚谈非其所好",遂研习《周礼》《礼记》与《左传》等,"博览群书,无不该洽",为文则"词情典丽",在萧绎王府颇获称道。后被萧绎派往郢州即今湖北武汉一带,为郢州刺史萧绎15岁的次子萧方诸执掌"管记"。

武帝太清二年(548)北魏降将侯景发乱,翌年侵入建康,囚死萧衍,迫使太子萧纲登基,谓之简文帝。简文帝大宝二年(551)侯景派军袭击郢州,方诸与之推被俘,方诸被杀。侯景几次欲杀之推幸蒙部下爱才者说情始得免难,解送建康。是年冬侯景逼死萧纲自立,萧绎于次年称帝江陵,是为梁元帝。同年萧绎击败侯景,将其诛杀分尸,悬首示众,又令漆其头颅枯骨交付武库收藏。不久,之推折返江陵,萧绎授其为散骑侍郎"奏舍人事"并奉命校书。元帝承圣三年(554),北方的西魏南下攻破江陵,萧绎投降,不久遭害,之推被虏往北方。数年后西魏权臣宇文家族篡位,建国北周。大将军李穆看重之推学识,荐其前去弘农即今河南三门峡市一带,为李穆长兄阳平公李远管理"书翰",撰写文牍。

当时,北周领土主要在今陕西、四川与河南、湖北西部,今河南大部、山东、山西与长江以北的安徽、江苏,均由对立政权北齐控制,弘农已在北周最西陲,跨过黄河就是北齐。之推在这里可能过得并不遂心,有一说是为了伺机回归江南,故于北齐文宣帝高洋天保七年(556),之推借水势暴涨之机,带着妻儿连夜乘船偷渡,冒险通过黄河上最为恶浪湍急的"砥柱"危岩,穿越了一段异常惊骇的航程,到达今山西平陆而进入北齐。如此"勇决"的行动很为时人赞赏,文宣帝"见而悦之",命以"奉朝请"之衔"侍从左右"。这首《从周入齐夜渡砥柱》,就是其偷渡成功后有感而发之作。

后来之推并未回归江南，一直仕宦北方，到隋文帝时故世。之推早年“好饮酒，多任纵，不修边幅”，有点纨绔习气。但大半生的“饱尝离乱之苦，深怀忐忑之虑”，到暮年终于彻悟，人格认知渐趋完善，故精心撰写谆谆告诫子孙修身、养心、治家、处世、勉学、省事的《颜氏家训》20篇，成为中华文化宝库中声名卓著的“家教规范”，影响至为深远的不朽经典。而唐代的经学巨子颜师古，宁死不屈、凛然殉国的书法大师颜真卿及其堂兄颜杲卿，皆系之推颜氏家族彪炳千载的佼佼后嗣。

侠客重艰辛，	侠客般的征程就不免多有艰辛，
夜出小平津[①]。	趁着夜幕悄然间潜过古渡“平津”。
马色迷关吏，	融入黑暗的马色迷惑着边关小吏，
鸡鸣起戍人[②]。	怕只怕破晓的鸡鸣催醒镇守的兵丁。
露鲜华剑彩，	鲜灵灵的朝露映亮了佩剑的华彩，
月照宝刀新。	月光照耀的宝刀越显得锋利如新。
问我将何去？	欲问我准备前往何方？
北海就孙宾[③]。	将投奔北海孙公那样的高士仁人。

【注释】

① **小平津**：古代黄河上的重要渡口，东汉灵帝中平元年（184）开始设关守卫，通常认为在今河南孟津县东北；又据北宋类书《太平御览》所引《郡国志》称，“陕州平陆县小平津”，是东汉末年宦官张让劫持汉献帝处，而“南岸有勾陈垒”，是“武王伐纣”时会合“八百诸侯”之处；由此可知，小平津应该是从孟津到平陆横跨黄河两岸的渡口。

② **戍人**：指守关的军士。

③ **孙宾**：即孙嵩，字宾硕或称宾石，东汉青州北海即今山东安丘望族子弟；据史学家范晔《后汉书·吴延史卢赵列传》载，东汉桓帝时宦官唐衡当权，其兄唐玹为“京兆虎牙都尉”，率军驻防西都长安，但时人认为唐玹凭借裙带关系，“进不由德”，“皆轻侮之”，素来“廉直疾恶”的名门官员赵岐更是屡屡“贬议”，唐玹深为“毒恨”，后唐玹升为京兆尹，

则罗织罪名“陷以重法”，赵岐“家属宗亲”被杀，本人逃脱，漂泊“江淮海岱”，继而“自匿姓名”卖饼北海街头。某次孙嵩发现其非同“常人”，停车“密问”，赵岐素闻孙嵩人品，即“以实告之”，孙嵩就将其带回府中，“迎入上堂”，“飨之极欢”，又藏匿于“壁中数年”，直至“诸唐死灭”始获自由，孙嵩也因此义举名重一时。后孙嵩避乱移居荆州，赵岐则官至刺史、太仆、太常，并著《孟子章句》等书，成为功业卓著的经学家。某年，赵岐奉命出访掌控荆州的刘表，极力赞扬孙嵩“素行笃烈”，举荐其出任青州刺史，可他并未赴任，赵岐也以“老病”之名留在荆州，后还亲自为故世的孙嵩送葬，派人将灵柩送返安丘，书写了一段“君子喻于义”的友情佳话。颜之推借此典故，表达了期待到达北齐投奔知己的愿望，但是否有无实指之人不详。

11. 隋炀帝杨广：《云中受突厥主朝宴席赋诗》

▶ 阅读小引：说不尽功过是非的被弑君王　巡狩北疆匈奴的扬威健笔

隋炀帝杨广（569—618），隋文帝杨坚次子。文帝开皇元年（581）杨坚“受禅”夺取北周国柄，建立隋朝，庙号文帝，封杨广为晋王，任并州即今山西太原总管。文帝开皇八年（588）率军征伐陈朝，翌年灭之。开皇十年（590）转任扬州总管，平定江南豪强叛乱，助父统一了中国。开皇二十年（600），率军打退来犯突厥。同年文帝废太子杨勇改立杨广，于文帝仁寿四年（604）驾崩后登基。

隋炀帝实际上是一位颇具魄力的皇帝，却最终成为屡遭后世谤议的君王。其人胆气不凡，心志颇高，曾营建东都洛阳，开凿运河，大大推动了南北交流；同时革新官制，改进文教，广搜图书典籍，并编纂我国第一部官修方志《区宇图志》；尤其是首创“试策”取才，开启了我国延续1300年的科考制度初始模式。还亲巡西域“陈兵讲武”，击败“吐谷浑”，在焉支山下召见高昌国王与27国使臣，获献广大土地，仿效汉武帝设置“河西四郡”，巩固了丝绸之路的控制，甚至派兵过海两度示威台湾。这些功绩，均足以永垂史册。但他好大喜功，劳民伤财无度，每每调发徭役动辄上百万人，死者累积，怨声如潮。几次远征高丽受挫，国势越发衰败，导致民变四起，天下大乱，小说家言“十八路反王，三十六路烟尘”并不夸张。炀帝大业十三年（617）李渊起兵太原，攻入长安。翌年，炀帝在江都即今江苏扬州被亲随宇文化及等人缢杀。

此前，北方的突厥分裂，东突厥归附隋朝。据司马光《资治通鉴》等典籍载：大业三年（607）东突厥启民可汗来朝，炀帝“大陈文物”示强。同年夏历4月，炀帝开始“北巡”，入山西后经雁门、马邑抵达古榆林郡即今内蒙古准格尔旗一带，居留月余。8月初，“发榆林，历云中，溯金河”，“甲士五十余万，马十万匹，旌旗辎重，千里不绝”。还特造可容“数百人”的“观风行殿”，“下施轮轴”可以“离合为之”，“倏忽”间即能“推移”前进，“胡人惊以为神”，“每望御营”则“十里之外”就已“屈膝稽颡”。启民可汗搭建巨大的“庐帐”迎候，炀帝驾到后“奉觞上寿，跪伏恭甚”，“王侯以下”，“莫敢仰视”。炀帝“大悦”，赐可汗“金瓮”以及“锦彩”等物，他人也均重赏，且在宴席间留下了这首踌躇满志的诗章《云中受突厥主朝宴席赋诗》。

诗名中之“云中”概念有二，古郡云中初设于战国时赵国，约在今山西左云、右玉北部到内蒙古托克托一带，南北朝北周时又置云中县，也名云内，在今山西大同，隋文帝曾于大同之南为启民可汗筑城居住，“金河”即内蒙古南陲由东向西流的大黑河。故所谓“历云中，溯金河”，就是穿越古郡云中顺金河逆流东上，不久进入“紫塞”即长城。所以，炀帝“受突厥主”朝拜的“云中”，显然应该是北周所置的云中县。另据记载，炀帝8月上旬告别启民可汗出发南下，中旬入宁武关，下旬壬寅即26日就抵达太原，从行程时间判断，这个“云中”也绝不可能是远在七八百里外的内蒙古托克托。

鹿塞①鸿②旗驻，	旌旗凛然的仪仗霎时间排满边塞，
龙庭③翠辇④回⑤。	北国的大地迎来了御驾的巡回。
毡帷⑥望风举，	毛毡围拢的帷幔闻风飘举，
穹庐⑦向日开。	篷帐仰望着太阳的方向款款张开。
呼韩⑧顿颡⑨至，	匍伏的可汗一步一步叩首而至，
屠耆⑩接踵来。	部族的头领一轮一轮趋前朝拜。
索辫⑪擎膻⑫肉，	绾起长辫高高地捧出牛羊的鲜肉，
韦鞲⑬献酒杯。	衣袖紧束的双臂托起敬献的酒杯。
何如汉天子，	堂堂的汉家天子自应有所恩赐，
空上单于台⑭？	又岂能空着手儿登临这单于之台？

【注释】

① **鹿塞**：代指边塞。有人认为指古“鸡鹿塞”，但其在今内蒙古包头之西磴口县，而史载炀帝“北巡”时夏历8月9日始到达启民可汗“庐帐”，26日即到达太原，如系“鸡鹿塞”以当时条件绝难实现，故不可信。

② **鸿**：大，引申为广多、兴盛。

③ **龙庭**：本指朝廷，但汉代匈奴单于祭天地鬼神之处也以此称，故我国古诗文中常借指匈奴和其他边疆少数民族国家。

④ **翠辇**：翠羽装饰的帝王车驾，有喻其华美、尊贵之义。

⑤ **回：** 繁体字为迴，本义为转，此处可作巡回解，后来常用的“还、返”为其引申义。

⑥ **帷：** 围于四周的帐幕。据史籍载，启民可汗搭建的“庐帐”系“千人大帐”，炀帝曾在此款待启民可汗“及其部落酋长三千五百人”。

⑦ **穹庐：** 蒙古族等游牧民族所居的毡帐，即俗称之蒙古包。

⑧ **呼韩：** 西汉宣帝、元帝时期匈奴呼韩邪单于的简称，呼韩邪是第一位到中原朝见的匈奴单于，后又前来招亲娶走了名扬后世的美女王昭君；此处借指启民可汗。

⑨ **顿颡：** 叩首触地，屈膝跪拜。

⑩ **屠耆：** 本系匈奴语音译，义为贤者；此处借指启民可汗诸部属。

⑪ **索辫：** 长发辫起来的辫子。

⑫ **膻：** 牛羊肉的腥味。

⑬ **韦鞲：** 韦，即皮革；鞲，为束紧衣袖便于骑射的臂套。

⑭ **单于台：** 单于，读作 chán yú，汉代匈奴君主的称谓，此处借指启民可汗。单于台，据唐人李吉甫《元和郡县图志》载，在云中县“西北四十余里，汉武帝元封元年，勒兵十八万骑出长城，北登单于台，即此”；唐人杜佑《通典》也遵此说，唯称单于台在“县西北百余里”；隋代云中县曾改名云内，在今山西大同一带，现代有人认为单于台在今内蒙古呼和浩特西，恐未准确。

12. 薛道衡：《从驾幸晋阳诗》

▶ 阅读小引：口无遮拦的御用“文胆”　因天子妒忌诗才的遇害传说

薛道衡（540—609），南北朝末至隋朝时的诗文圣手，字玄卿，河东汾阴即今山西万荣人。那篇妙不可言的《人日思归》“入春才七日，离家已二年；人归落雁后，思发在花前”，就出自其人的笔下。

道衡出身河东豪门薛氏家族，学养极为优越，13岁作《国侨赞》即“颇有词致”，见者无不“奇之”，尔后“才名益著”，年纪轻轻就被誉为“关西孔子”。初仕北齐、北周，北周大丞相杨坚命其为内史舍人、散骑常侍，出使江南陈朝。杨坚“受禅”建立隋朝后，隋文帝开皇八年（588）又随晋王杨广征伐陈朝，兼掌“文翰”。后授吏部副职侍郎，因选官有结党之嫌流放岭南，不久“征还”，入宫廷秘书机构内史省，继升内史侍郎，加仪同三司，成为文帝的御用“文胆”，“声名籍甚”，一时无人可及。

然而，道衡禀性率真爽直“不护细行”，口无遮拦，文帝虽喜其“作文书称我意”，却每以“迂诞”规诫之，最后被外放襄州即今湖北襄阳当了地方官。杨广继位为隋炀帝后，转调番州即今广州刺史。道衡有所不满，故奏请“致仕”退休。而且，道衡在此前杨广与其兄杨勇争夺太子等事件中，也曾多次抵忤冒犯。但“爱其才”的炀帝还是于大业二年（606）秋冬将其召回，拟予委派掌管秘书监。道衡返朝后，可能有点急欲显摆文字功夫，故精心撰制《高祖文皇帝颂》呈上谢恩。洋洋洒洒两千六七百字，用尽华丽辞藻，竭力铺排夸饰，把文帝的“圣德”“神功”“大孝”“至政”鼓吹得简直“侔三皇而并五帝”。道衡以为颂扬其父必获赞赏，孰料高傲、多疑的炀帝看后却极其“不悦”，认为溢美“先朝”等于讥讽自己，因此对道衡仅降格“拜”了一个负责巡视监察的司隶大夫。大业三年（607）炀帝“北巡”，道衡随驾而行。8月上旬，炀帝在“云中”即今山西大同接见突厥启民可汗，下旬壬寅即26日回銮抵达太原。

《从驾幸晋阳诗》就是这个时候的应制之作，诗固然讴歌了“北巡”的盛况，开头两句又仿佛为炀帝的奢靡豪华、兴师动众寻求往古依据，但内在的针砭似也隐有流露。据载，道衡出任司隶大夫后，友人劝其谨言慎行，“卑辞下气”

一些，却依然“不悟”，甚至公开称道被炀帝砍头的名臣高颎，遂被某些臣僚以“负才恃旧，有无君之心”“诏书每下，便腹非私议”“推恶于国，妄造祸端”等罪名一再弹劾，性格强暴的炀帝终于恼怒难遏，敕令“缢而杀之”。还有记载是，因炀帝善诗且颇为自负，容不得一人“出其右”，而道衡名作《昔昔盐》中的“暗牖悬蛛网，空梁落燕泥”，则是令人叫绝、颇获传诵的佳句，炀帝妒忌非常，不能容忍，以致杀掉道衡之后仍悻悻而言，看你这回还能“作‘空梁落燕泥’否”？当然，这就有点编造色彩了。

省方①遵往册②，	天子的省察四方承续着传统古制，
游豫③叶④前经⑤。	君王的春巡秋狩契合着先圣遗训。
金吾⑥朝戒道，	晨光里威武的御林军戒道启程，
校尉⑦晚巡营。	到夜晚值守禁卫游走在沉静的行宫。
重峦下飞骑，	层叠的群山中驰骋过欢腾的车马，
绝浦渡连旌。	荒僻的小河口也飞渡着连绵的旗旌。
涧水寒逾咽，	寒意迷离的淙淙涧水越发宛似呜咽，
松风远更清。	远逝的松风更加显得飘逸而凄清。
方观翠华⑧反，	刚刚瞻仰了万岁爷回返的銮驾，
簪笔⑨上云亭。	为臣我就已经携笔登上礼赞的高亭。

【注释】

① **省方**：省视四方，观察民情。

② **往册**：往昔的简册，此处有古道、古训之义。

③ **游豫**：天子春巡为游，秋巡为豫，泛称帝王出巡。

④ **叶**：此处应读作xié，同“协”，即合、相合。

⑤ **前经**：前人的经典。

⑥ **金吾**：卫戍天子与皇宫，也承担巡逻京师职责的武装人员。

⑦ **校尉**：我国古代官制中有多种含义，此处指卫戍天子行宫的中下级武官。

⑧ **翠华**：本义为天子仪仗中用翠羽装饰的专用车盖与旗帜，代指皇帝的御驾。

⑨ **簪笔**：插笔冠帽，以备随时书写。

13．王通：《东征之歌》

▶ 阅读小引：《滕王阁序》作者的大儒祖父　献策宫阙碰壁的归途哀叹

王通（584—617），隋朝著名的私学教育家，字仲淹，原籍太原郡祁即今山西祁县，后迁绛州龙门即今山西河津，但故里通化镇几十年前划归万荣县。王通出身诗书簪缨世家，祖父曾为北周济州刺史，父王隆隋文帝初曾以国子博士待诏云龙门，弟王绩也是诗文大家。他的孙儿，就是写下那篇带有传奇色彩的《滕王阁序》的王勃。

王通出生时其父占卜得卦，祖父解为“上德而居下位”，“必能通天下之志”即博览群书，遂名曰“通”。幼龄“早慧”，饱读经史，15岁“有四方之志”外出游学，寻访各地名流请教切磋。18岁“举本州秀才”，彼时秀才已是最高科第，“必五策皆通”，每举不过一二人，所以名声大振，授协理户税的蜀郡司户参军兼蜀王侍读，不久辞官归乡。

隋文帝仁寿三年（603）王通“西游长安”，“奏太平之策十有二”，帝令公卿议之，“公卿不悦”，王通“知谋之不用”，遂“赋《东征之歌》而归”，文帝闻之，再招“不至”。

从此，王通隐于故里潜心著述，成《续六经》或曰《王氏六经》80卷675篇。同时授徒讲学，“门人弟子相趋成市”，“常以百数”，年纪轻轻即获盛誉，连附近的白牛溪都得到了“王孔子溪”的雅号。后成为唐太宗宰相的杜淹、温彦博，太宗极为赏识却不幸早逝的薛道衡之子薛收等，均是他的学生，甚至有人将初唐元勋房玄龄、魏徵、李靖等也附会门下。王通逝世后，被弟子“私谥”就是如同皇帝为死去功臣加封号那样尊奉为“文中子”，并仿《论语》形式将其言行编为《文中子中说》也称《中说》，而杜淹则依照司马迁《史记》中记叙孔子的规格，冠名《文中子世家》为恩师作传。

唐太宗贞观年间，王通之子王福畤重新编订《中说》，“纂述遗言，虚相夸饰”，增添了不少吹嘘成分，加之《续六经》除《元经》外俱都失传，故被部分学者疑为伪作。宋代大儒朱熹对王通“好自夸大”及其后人的“缵缉附会”也多有批评，但却认为《中说》“煞有好处”，“是后人假托”也“不会假得许多”，必须有个“坯模”才能“装点得成”；“假使悬空白撰”还如此“大有见识”，这样的人恐“非凡人矣”。因此，后世主流观点仍属肯定，宋代所编定《三字经》中已写入“五子者，有荀扬，文中子，及老庄”，将其纳入与先秦荀、扬、老、庄诸子平起平坐的行列；明世宗嘉靖九年（1530）又钦命陪祀孔庙，成为被社会顶礼膜拜的学业宗师。

王通著述虽丰，作诗甚少，他“西游长安”碰壁归来所赋《东征之歌》就是传世仅见的篇什。其中体现的，正是那种夙愿破灭又无可奈何的悒郁之情。

我思国家兮远游京畿[①]，	我为了报效国家远远地来到京畿，
忽逢帝王兮降礼布衣[②]。	一介平民突然间幸获王上的礼遇。
遂怀古人之心兮将[③]兴太平之基，	怀古训进良策最冀望振兴太平基业，
时异事变[④]兮志乖[⑤]愿违。	却因了时事的异变而致大愿未遂。
吁嗟[⑥]道之不行兮垂翅东归，	可叹啊吾道难行也只好低垂翅膀东归，
皇[⑦]之不断兮劳身[⑧]西飞。	仓仓皇皇向着故乡使劲儿西飞。

【注释】

① **京畿**：畿，东汉许慎《说文解字》言，“畿，天子千里地，以逮近言之则曰畿也”，指王都所辖方圆千里的地面；京畿，后世泛指京城及其周边地区，此处特指长安。

② **布衣**：布在我国南宋之前均为麻织，为贫苦百姓基本衣料，常与富人所用之帛也即昂贵的丝织品对称；故古代每以布衣代指平民，未获功名官爵的读书人也多以布衣自称或他称。

③ **将**：此处可作携带、捧着、送上解，也可引申为希望或请求进奉之义。

④ **时异事变**：据初唐宰相杜淹《文中子世家》言，王通“西游长安”时年方“盖冠”即20岁，“慨然有济苍生之心”，谒见隋文帝“奏太平之策十有二焉”，“推帝皇之道，杂五霸之略”，“稽之于今，验之于古，恢恢乎若运天下于掌上”，文帝“大悦”，但“公卿不悦”，而当时又“方有萧墙之衅”，也即文帝晚年废太子杨勇而改立次子杨广所导致的父子

反目、兄弟相仇、祸起宫廷；故时异事变所指的，应该就是这些时事的意外变异。

⑤ **乖**：违背，也谓不顺遂、不如意。

⑥ **吁嗟**：文言文感叹词，视语境不同可表示赞叹也可表示悲叹，此处当为后者。

⑦ **皇**：古同“惶”，即惶恐、惊悚。

⑧ **劳身**：劳苦了自身，麻烦了自身。

14. 王绩：《野望》

阅读小引：自拟墓志自我调侃的酒徒诗家　开创五言律诗的肇基篇什

王绩（约589—644），隋末唐初诗文大家，字无功，王通之弟，少小颖悟非常，博闻强记，才气丝毫不逊乃兄。15岁时赴长安拜见权臣杨素，“瞻对闲雅，辩论精新”，终使之先倨后恭，大吃一惊，四座也“服其英敏”，誉为“神仙童子”。薛道衡读过他的《登龙门忆禹赋》后，竟以“今之庾信”赞之。

然而，王绩生性简傲旷达，不拘礼法。隋炀帝大业末年，举试孝廉获“高第”，授官秘书省正字，却“不乐在朝”，自请外放江南六合县丞即县令副手。因极度嗜酒，多次误事“妨政”；又逢乱世，深叹“网罗在天，吾且安之”，干脆借口疾病，“轻舟夜遁”跑回家乡。唐朝建立后，王绩被征入京师门下省，成为随时听候天子诏令的秘书类角色“待诏”。有人问这差事“何乐”？回答是“俸薄”又“萧瑟”，唯每天“官给”的好酒三升“可恋”。上司“闻之”特准予“日给一斗”，被戏为“斗酒学士”。王绩得知太乐署主官焦革“善酿”好酒，就一再请求任其下属，未久焦革死去，焦妻依旧给他“送酒不绝”，后焦妻也死，王绩感慨“天不使我”长饮美酒，竟弃官而去。

归家后，王绩日以纵情山水“弹琴、为诗、著文”自娱。其北邻有位哑“隐者”仲长子光，洛阳人氏，“无室庐，绝妻子”，也在此“佣力自给”。王绩“爱其真”引为知己，与之移近“结庐”而居，纵不能“交语”却恣意对饮，日日“酣酒欢甚”，乐此不疲。在黄河之滨，王绩“有田十六顷”，遂与“奴婢数人”，“种黍”“酿酒”，栽“药草”、养鸭于此，自号“东皋子”，除《周易》与“老庄”之外，“罕读”他书。有官员来访，纵使“刺史谒见”一概“不答”，但如有“酒邀”，无论“贵贱”，欣然而至，一次能饮“五斗”，故自著《五斗先生传》，“高情胜气，独步当时”。并“追述”焦革制酒之法，兼采古技，撰《酒经》《酒谱》《醉乡记》；还有《三日赋》《游北山赋》《燕赋》以及四言咏史小诗《太公钓渭滨赞》《子推抱树死赞》《荆轲刺秦王赞》《伯牙弹琴对钟期赞》《蔺相如夺秦王璧赞》《项羽死乌江赞》等，篇篇堪称妙品。逝世前自拟墓志铭，称“有唐逸人，太原王绩”，“有父母，无朋友”，故字“无功”，“天子不知，公卿不识”，“于是退归，以酒德游于乡里”，“往往卖卜，时时著书”，“行若无所之，坐若无所据”，“若顽若愚，似矫似激”，“无思无虑，何去何从”，“哀哀孝子，空对长松”。其落拓不羁、放浪形骸情态，可谓活灵活现，跃然纸面。

王绩有《王无功文集》与后人辑本《东皋子集》传世，写于故里的《野望》就是其最负盛名的代表作。诗通过恬逸、闲静的乡景描绘，表达了个人孤寂、凄清的心境，排偶精美，格调谐和，也是文学史上具有五言律诗肇始意义的标志性篇章。

东皋[①]薄暮[②]望，	站在傍晚时分的河东高坡极目远窥，
徙倚[③]欲何依？	彷徨无定的心灵该到哪里寻找依归？
树树皆秋色，	棵棵绿树都已是秋色萧森，
山山唯落晖。	座座山峦只剩下落日的余晖。
牧人驱犊[④]返，	思家心切的牧人紧催着缓行的牛犊，
猎马带禽归。	狩猎回还的汉子将禽鸟挂满了马背。
相顾无相识，	眼前的过来人无一位熟识的知己，
长歌怀采薇[⑤]。	只有仰天长啸怀想那远古高士采薇的伤悲。

【注释】

① **东皋**：皋，读作gāo，水边的高地；东皋，指王绩隐居的黄河东岸高地。

② **薄暮**：傍晚，太阳快落时刻。

③ **徙倚**：徘徊、彷徨，往复行走。

④ **犊**：小牛，也泛指牛。

⑤ **采薇**：周武王灭商后，两位高士兄弟伯夷、叔齐，对于这样的“以暴易暴”深为“耻之”，发誓“义不食周粟”，而隐居于首阳山勉强“采薇而食”，最后“及饿且死”，死前还作《采薇歌》明志；故后世也以“采薇”指代隐居生活。

15. 唐太宗李世民：《谒并州大兴国寺》

▶ 阅读小引：旷代明君的太原行迹　“龙兴”之地存留的绝世碑铭

唐太宗李世民（599—649），祖父为南北朝北周柱国大将军，祖母是隋文帝杨坚的皇后独孤氏的姐姐，父李渊曾为文帝禁卫武官，隋炀帝大业十二年（616）出任太原郡留守。此时，炀帝屡屡失政，国势混乱，群雄蜂起。“聪明英武”的李世民“知隋必亡”，就积极“推财养士，结纳豪杰”，曾被誉为“太原公子”。

大业十三年（617），隋炀帝巡视江都即今江苏扬州时受困，世民力促其父乘机“举义”，起兵南征。至霍邑即今山西霍州附近，遭遇隋朝猛将宋老生所率两万精兵的强势阻击，又逢“久雨”，粮草断绝，李渊惧怯，准备退回太原。世民哭谏“军门”，坚决主张速战速进，终于采用诱敌智胜手段，击败忠贞不降但谋略不足的宋老生，继又突破多重阻击，攻占长安。次年隋炀帝死后，李渊登基建立唐朝，庙号高祖，逐步剪灭割据武装，平定了天下。唐高祖武德九年（626），封为秦王的世民发动“玄武门之变”，杀兄太子建成与弟元吉，迫其父退为“太上皇”而夺权继位，庙号太宗。太宗登基后修史，纵有夸饰篡改成分，文治武功的确灿然，被誉为“贞观之治”也实至名归，够得上是一位出类拔萃的明君。

太原相传系古代唐地，西周初年武王驾崩，年幼的成王继位，某日与弟叔虞玩耍，将一片桐叶剪作玉圭模样，称以此为凭封叔虞于唐，史官择日请行，成王曰“吾与之戏耳”，史官曰“天子无戏言”，说到就得做到，此即所谓“桐叶封弟”之说。所以，李世民助父由太原“龙兴”后乃定国号为“唐”。但其汲取隋炀帝教训，极少劳民伤财外出“巡狩”。太宗贞观十九年（645）率军亲征高丽，夏历10月班师，入山海关南下至定州西折，遂于12月14日重返太原，度过新年。阔别已久，今非昔比，自然感慨系之。除夕夜，“召侍臣赐宴守岁”并即席赋诗。上元节后，又去拜谒奉祀叔虞的晋祠，“正月廿六日”亲撰亲书《晋祠之铭并序》，盛赞此地风水“挺秀”“标奇”，颂扬其父“发迹神邦”，“举风电”，“笼天地”，赖其“神功”，成就“洪业”，称自己今日“临汾水”尤可“濯心”，“仰灵坛”更能“肃志”，祈望“勒芳猷于不朽”，“镌美德于无穷”，功业“令誉光于千载”。其碑刻，最早立于汾水之西太原故城乾阳门街，宋代故城毁弃，移入晋祠，至今犹存。绮丽隽美的词采，洒脱飘逸的运笔，被尊作“贞观宝翰”，是仅次于王羲之《兰亭集序》的行书杰作，我国文化圣殿的绝世奇珍。

《谒并州大兴国寺》也是李世民这次居留太原所作。大兴国寺可能就是太宗因“义师起于太原”而下令修建的“太原寺”，寺内有高祖“起义处号令堂”，后改名大唐兴国大崇福寺，简称大兴国寺。敦煌写本《往五台山行记》中称，“在河东城内，第一礼大崇福寺，入得寺门有五层乾元长寿阁”，应该是当时太原最有名气的寺院，但具体方位以及其他记载已难查考，只有唐人吴少微《唐北京崇福寺铜钟铭并序》一篇完整的文字传世，北京所指即唐代的太原。

回銮[1]游福地，	回銮时节乘兴来此福地一游，
极目玩芳晨。	纵目观赏在芬芳氤氲的清晨。
梵钟[2]交二响，	悠扬不息的庙钟交响起落，
法日[3]转双轮。	虔诚地旋转着法事的双轮。
宝刹遥承露，	尊贵的名寺承接着遥积的甘露，
天花近足春。	仙界的花束拉近了将到的阳春。
未佩兰犹小，	未曾绽放的幼兰娇小柔弱，
无丝柳尚新。	尚待垂丝的柳芽稚嫩清新。
圆光[4]低月殿[5]，	诸神的光环垂落在肃穆的殿宇，
碎影乱风筠[6]。	礼佛的人影摇乱了风中的竹筠。
对此留余想，	圣洁的氛围留给我多少念想，
超然离俗尘。	真希望跳出这俗气弥漫的凡尘。

【注释】

① **回銮**：因皇帝车驾谓之“銮驾”，特称其外出归来，此处指亲征高丽归来。

② **梵钟**：寺庙里的佛钟。

③ **法日**：依例诵经作法的日子。

④ **圆光**：佛门中佛祖与诸菩萨头顶的圆轮金光。

⑤ **月殿**：本义为月宫，此处比喻漂亮的佛殿。

⑥ **筠**：竹的雅称。

16. 杜审言：《经行岚州》

▶ 阅读小引：目空古今的诗文狂生 "诗圣"杜甫的顽傲爷爷

杜审言（约645—708），初唐诗人，字必简，襄州襄阳即今湖北襄阳人。唐高宗咸亨元年（670）举进士，授官汾州隰城县尉，在今山西汾阳。审言一向自恃"才高"，极为"傲世"，话语每每不"审"，多有"矜诞"之论，曾公开声言"吾文章当得屈、宋作衙官，吾笔当得王羲之北面"，就是说在其文章、书法面前，屈原、宋玉这样的大师只配当个衙官，就是王羲之也得称臣拜师。审言早年与名士苏味道、李峤、崔融并称"文章四友"，则天武后称帝时，已升为吏部副手侍郎的苏味道主持官员选试，审言参与判阅，事后竟说"味道必死"，众人惊问缘由，他回答"彼见吾判，且羞死"。自己的评语能将一位同样的才子羞死，或许仅为戏言，但狂放至此毕竟有点过分了。

可能性格使然，故杜审言出仕20多年，才由九品县尉升为七品洛阳丞。未及两三年，却"坐事"不知犯了何法，于武后圣历元年（698）贬到吉州即今江西吉安，当了个管户籍、仓廪的司户参军。次年，又得罪同僚郭若讷以及上峰周季童，被构陷"系狱"，拟予处死。审言13岁的次子杜并，居然乘季童"酒酣"，"袖刃"行刺，结果季童重伤，杜并被杀。此事很快震惊了朝野，后来官至宰相的苏颋感慨杜并"孝烈"，亲撰墓志，名士刘允济为文以祭。季童死前也表示"审言有孝子吾不知"，深悔若讷"误我"。武后闻知，召还审言"将用之"，问"卿喜否"，审言"蹈舞"而谢，并作《欢喜诗》颂恩，终于获授六品著作佐郎。唐中宗神龙元年（705）武后病危，被废20年的中宗复辟成功，武后宠臣张易之被诛，审言因交结张易之而流放峰州，远在今天的越南。三年后审言复职，任国家最高学府国子监主簿管理文书，继任修文馆直学士，成为主要为宫廷撰写"应制诗"的御用写手，可惜几个月就驾鹤西去了。此时，诗友李峤已官至宰相，经其奏请加赠了一个五品著作郎的头衔。

审言临终，诗人宋之问等同去探视，他声称"甚为造化小儿相苦，尚何言？然吾在久压公等；今且死，固大慰，但恨不见替人也"。意即我此生吃尽了世道命运这小子的苦头，还有什么说的？只是我活着压得各位太久，今死无憾，唯恨无人能接替我啊！仙逝在即仍如此肆无忌惮，其自负之状可谓呼之欲出。但审言在当时的确诗名卓著，作品颇丰，据云有文集10卷。惜多亡佚，仅有收诗43首的宋刻本存世。尤其值得一提的是，其人还留下一个了不起的孙子，即被誉为“诗圣”的杜甫，而杜甫则以“吾祖诗冠古”这样的极度溢美，赞扬了自己目空一切的爷爷。

《经行岚州》应系审言早期担任隰城县尉时，官差外出过路此处的作品。唐代的岚州在今山西岚县、岢岚、静乐一带，从诗的描写看这里的山水曾经是相当美丽的。

北地春光晚，	北地的春光总好像步履迟缓，
边城气候寒。	边城的气候愈显得格外清寒。
往来花不发，	从过路到返回仍未见花儿开放，
新旧雪仍残。	新旧交叠的残雪依然缀满了郊原。
水作琴中听，	淙淙的流水如同悦耳的琴音，
山疑画里看。	莽莽的群山仿佛画中的景观。
自惊牵[1]远役，	真畏惧陷身这远行的官差，
艰险促征鞍[2]。	艰险中也只有紧催乘马频频加鞭。

【注释】

① **牵**：牵制、束缚、羁绊。

② **征鞍**：代指乘马。

17. 陈子昂：《登泽州城北楼宴》

▶ 阅读小引：一掷“千缗”的成名造势　原由扑朔迷离的系狱冤死

陈子昂（659—700），初唐诗人，字伯玉，梓州射洪即今四川射洪人。子昂家境豪富，但为人“褊躁无威仪”，褊狭躁急，不遵礼法。据载，子昂青年时赴京赶考，遇“有卖胡琴者”索价“百万”，无人敢于问津，他则断然出手，将“千缗”即百万枚铜钱一车拉来购而得之，扬言“余善此乐”，次日专请各路君子光顾舍下聆听。届时识者不识者纷纷来到，子昂果然“酒肴毕具”殷勤款待。食罢子昂举琴，但并未演奏而是摔地“碎之”，引来众人一片惊愕。此时子昂声称，这种“贱工”操弄之器值得士人“留心”吗？而我“子昂有文百轴”却“不为人知”，随即“以其文遍送”，顿使“文词宏丽”的子昂“名满都下”，不久即中进士，又逢唐高宗故世，子昂赶紧“诣阙上书”，竟获得则天皇帝“召见”，授麟台正字，继授右拾遗，不过均系毫无实权的八、九品官衔。

武则天称帝后，子昂又作《大周革命颂》讴歌，但出于仕进的期盼以及锋芒外露的性格，也屡次上书放言高论。典型一例就是，有个驿站仆役徐元庆，其父曾被县尉赵师韫处死，后赵担任御史过此，元庆“手刃”仇人后自首。故有人主张“诛”，有人以其“孝烈”主“赦”。子昂遂上《复仇议状》，提出“宜正国法，然后旌其闾墓”，就是先杀头再在墓地立牌坊表彰，且望将自己高明的裁决“编之于令，永为国典”。一百多年后，柳宗元撰《驳复仇议》予以痛批，认为关键是要看元庆之父有罪与否，如有罪他就是“死于法”非“死于吏”，元庆杀人就是“仇天子之法”，当然应“诛”，如无罪就是赵滥杀无辜，上司不追究不处置，逼元庆“冲仇人之胸”动刀，认错的应该是官府，怎能“诛”之？柳氏见解显然远胜子昂，所以作为名篇选入《古文观止》。

武后万岁通天元年（696）北方契丹叛乱，初次讨伐失利。是年秋，武后命堂侄武攸宜为右武威卫大将军增援，子昂作为文书“管记”随征。据其友卢藏用称，子昂原为“参谋”，曾“乞分麾下万人以为前驱”，“奋身”报国，攸宜以书生之见“谢而不纳”，子昂再请“言甚切至”，攸宜干脆将其降为“军曹”，仅仅“兼掌书记而已”。但正是在这次出征中，他写下了“前不见古人，后不见来者；

念天地之悠悠，独怆然而涕下”这样的千古名句。次年回师，又在途经泽州即今山西晋城地区时，写就了这首《登泽州城北楼宴》的诗作。

武后圣历元年（698），子昂听说“父为县令段简所辱”，遂还乡“归侍”看望。段简继而罗织罪名予以“诈诬”，也为了厚索贿赂“二十万缗”，竟将子昂“收系狱中”，以致其“忧愤而卒”。也有一说是，武后的侄儿、权臣武三思，因子昂“夺其妓妾”，又怀疑其“摈排”即言语挤对自己，非常“嫉怒”，于是密令段简害死了这位“甚为当时所重”的诗人。

平生倦游[①]者，	此生厌倦了官场的宠辱浮沉，
观化[②]久无穷。	世事的变幻也已经览阅无穷。
复来登此国[③]，	又一次登临故地的城楼，
临望与君同。	远望时的感慨与诸君全然相同。
坐见秦兵垒[④]，	坐席处看得见秦军的壁垒，
遥闻赵将雄[⑤]。	很久前即闻知赵将的英勇。
武安君[⑥]何在？	当年的武安君白起于今何在？
长平事已空。	长平的厮杀早化作一派虚空。
且歌玄云[⑦]曲，	让我等且高歌玄云之曲，
衔酒[⑧]舞熏风[⑨]。	再把酒起舞于这和煦的祥风。
勿使青衿子[⑩]，	切莫使后辈书生青衫士子，
嗟尔[⑪]白头翁[⑫]。	为列位白发苍苍的老者叹惋悲悯。

【注释】

① **倦游**：游兴已乏，引申为对于官场仕途的厌倦思退。

② **观化**：观察世事变化，天地造化；若以观化听风引申，则有希望“改易视听”，看到社会“大化”的良好局势之义。

③ **此国**：此地、此邦。

④ **秦兵垒**：垒为古代作战时用作防守的壁墙；战国时期在泽州北百里左右，秦赵两国曾爆发过一场著名的长平之战，秦兵垒应是泛指彼时的工事遗迹，当地也有具体实指之处一说。

⑤ **赵将雄**：长平之战时，赵国最初统帅为名将廉颇，以逸待劳，战绩尚佳，后来换为赵括，轻率出击，中计被围，个人殒命，全军战败投降；故此处之“雄”，应为称赞廉颇。

⑥ **武安君**：长平之战秦国统帅名将白起的封号，据称战后曾“坑杀”就是活埋赵国军士40万，但恐有夸张。

⑦ **玄云**：为汉代鼓吹铙歌之一的曲辞名，已失传；铙歌是古代鼓舞士气的一种军中乐曲，或用于大驾出行、享宴功臣、班师凯旋等，有时也指凯歌或泛指军歌；另有一说是，西天王母命侍女所歌之曲，意即超然物外的仙歌雅乐；陈子昂随军远征归来，故有歌玄云之谓。

⑧ **衔酒**：犹言饮酒，也有连饮之义。

⑨ **熏风**：和风、暖风，南来之风；《礼记·乐记》言，“昔者舜作五弦之琴，以歌‘南风’”，有“南风之熏兮”语。

⑩ **青衿子**：衿为古代服装下连到前襟的宽长衣领，青衿原系周朝时的学子服装，后世乃以青衿子昵称年轻书生或秀才。

⑪ **嗟尔**：对另一方表示感叹之语。

⑫ **白头翁**：白发老者。

18. 唐玄宗李隆基：《巡省途次上党旧宫赋》

▶ 阅读小引：政变登基天子的治乱迁变　驾幸“潜龙”故地的今昔慨叹

唐玄宗李隆基（685—762），则天皇帝之孙，唐睿宗李旦第三子，武后于天授元年（690）废掉睿宗称帝，三年后隆基之母德妃因被诬以巫蛊诅咒武后而遇害，但武后对于“英断多艺”“仪范伟丽”“有非常之表”且敢说敢为的隆基却非常喜爱，十七八岁就委以右卫郎将、尚辇奉御等职，成为祖母的亲随。

武后故世后，中宗李显景龙二年（708）隆基赴潞州即今山西长治，以皇族临淄王的身份出任略低于州官却有权“别乘”一车的潞州别驾。景龙四年（710）返长安“来朝”，不久恰逢中宗“暴崩”，皇后韦氏欲效法武后，称制掌国。隆基遂联合姑母太平公主冒险发难，诛杀了韦氏及其亲信，拥立其父睿宗复位，自己争得太子头衔。两年后睿宗“禅位”于隆基，庙号玄宗。再一年，又剪灭了新的敌对势力姑母一党，赐死太平公主，彻底巩固了政权。此后30年治国颇多建树，缔造了不逊于“贞观之治”的空前繁荣的“开元盛世”。

玄宗诗文、书法功底深厚，音乐才具非凡，妙曼优雅的《霓裳羽衣曲》相传即其所制。有野史言，某中秋夜方士罗公远邀请玄宗仙游，抛手杖于空中化为一道银桥，过桥数十里后来到一座美丽的城阙，罗曰“此乃月宫也”；继而见数百名素衣仙女，飘然歌舞于庭，玄宗暗暗默记乐调在心，返回后命人谱出，就成了《霓裳羽衣曲》。可惜，到玄宗晚岁时，耽于声色，怠于政事，终于引发了从天宝十四年（755）起延续了七八年的“安史之乱”，唐王朝也从此走向了衰落。

潞州，是玄宗发祥之前的“潜龙”故地。据《旧唐书》等典籍载：玄宗到任潞州别驾后，境内“有黄龙白日升天”，玄宗出猎时见“紫云在其上”以及什么“日抱戴”“月重轮”“大人迹”等等，一年多即出现“符瑞”19次，所以对潞州始终感念至深。开元十一年（723）春，玄宗从东都洛阳出发“巡省”太原，途中专程“驾幸”潞州的治所上党，将当年曾经居住的府邸更名为“飞龙宫”，于此驻跸数日，还特意宴请当地“父老”，免税役5年，赦“大辟”即死刑以下罪犯。随行名臣张说“奉敕撰”《皇帝在潞州祥瑞颂十九首》《上党旧宫述圣颂》，张九龄献《圣应图赞》。玄宗则亲作《巡省途次上党旧宫赋》，并在序中追忆了当年的“未遇”与“空俟”等待，机会来临时刻的“一挥宝剑”，荣登大宝；慨叹往昔的“沉默”、如今的“逍遥”以及阔别多年的“旧居”虽“触目依然”，声威却已显赫无加；于是，在“击筑慷慨”“酌杯留连”之间，想到了汉高祖刘邦的《大风歌》，乃“题兹短什”留念。从序中的记述推断，或许正是在宴请“父老”的“乘欢”之际，玄宗赋就了这首即兴的抒怀之作。而其志得气满之状，也可谓溢于言表、呼之欲出了。

朕昔在初九[1]，佐贰此州[2]，未遇扶摇之力[3]，空俟海沂之咏[4]。洎大横入兆[5]，出处斯易[6]，一挥宝剑，遽履瑶图[7]。承历数而顺讴谣[8]，著天衣而御区夏[9]。嗟乎！向时沉默，驾四马而朝京师[10]；今日逍遥，乘六龙而问风俗[11]。爰因巡省途次旧居[12]，山川宛然[13]，人事无间[14]，忽其鼎革[15]。周游馆宇，触目依然。虽迹异汉皇[16]，而地如丰邑[17]。击筑慷慨[18]，酌桂留连[19]，空想《大风》[20]，题兹短什[21]。

三千初击浪，	想当年如击水三千的鲲鹏展翅初升，
九万欲抟空[22]。	正期望凌风翱翔直上九万里长空。
天地犹惊否[23]，	但那时连天地都惊骇国运不利，
阴阳始遇蒙[24]。	阴阳未顺的朝纲陷入了昏乱迷蒙。
存贞[25]期历试[26]，	故只求多番锤炼坚贞的志节，
佐贰伫昭融[27]。	在此处任职副手光大慧识静待龙腾。
多谢时康理[28]，	所幸者太平岁月终于造就，
良惭[29]实赖功。	很惭愧仰赖了寡人的微功。
长怀问鼎[30]气，	久怀着金殿问鼎匡复社稷的浩气，
夙负拔山雄[31]。	早抱有拔山盖世定国安邦的雄心。
不学刘琨舞[32]，	到今日再无须效法刘琨闻鸡起舞，
先歌汉祖风[33]。	似更应先唱汉祖刘邦的泱泱“大风”。
英髦既包括[34]，	英才贤达俱皆是囊括无遗，
豪杰自牢笼[35]。	豪士俊杰也悉数罗致笼中。
人事一朝异，	鼎革的义举赢得了人间巨变，
讴谣四海同。	称颂的声浪四海之内汹涌飞迸。
如何昔朱邸[36]，	又谁料曾经暂住的朱门旧府，
今此作离宫[37]。	竟成为御驾巡视威严尊贵的行宫。

雁沼澄澜翠，	鸿雁停歇的池沼还是那样清波翠绿，
猿岩落照红。	猿猴出没的峰岩还是那样落霞般红。
小山秋桂馥，	小山前秋日的桂子还是那样芬芳馥郁，
长坂旧兰丛。	高坡上往昔的兰草还是那样茂密葱茏。
即是淹留[⑧]处，	朕能够驻跸于当年的滞留居处，
乘欢乐未穷。	与父老乡贤乘欢尽兴真个是其乐融融。

【注释】

① **昔在初九**：昔，过去；初九典出《易经》乾卦“初九，潜龙勿用”，其象辞曰“潜龙勿用，阳在下也”。言事物发展之初，纵有成长之势，仍属微弱，举止应当谨慎，不可贸然，也比喻尚未发迹。

② **佐贰此州**：指其任潞州别驾时，为辅佐主官的副职、二把手。

③ **未遇扶摇之力**：未逢乘风直上的良好情势。

④ **空俟海沂之咏**：俟，等待；海沂，海边。意即暂居潞州静待临海高歌。

⑤ **洎大横入兆**：洎，及至、等到；大横入兆为帝王登基之兆，此处玄宗借喻其时来运转，典出《史记·孝文本纪》。汉高祖刘邦故世后惠帝继位，其母吕后专权，惠帝早逝，吕后扶其子少帝继位，越四年吕后死去，高祖旧臣陈平、周勃等诛杀吕后余党，废黜少帝，派使者赴封地晋阳迎立代王刘恒，代王唯恐有诈，部属也意见不一，遂占卦“卜之龟”，“卦兆得大横”，曰“大横庚庚，余为天王，夏启以光”，是得天下吉兆，又命人查证了实情，始赴长安继位，庙号文帝。

⑥ **出处斯易**：言一旦时来运转，进退均非难事。

⑦ **遽履瑶图**：遽，立刻、迅即，也可作遂、就解；履，到任、登位；瑶图，图籍、版图，或帝王世系、族谱。此处指（玄宗）自己挥剑夺权，步入了帝王行列。

⑧ **承历数而顺讴谣**：承历数，犹言承天道、遵天命；讴谣，歌唱、歌谣。据玄宗重臣张说《皇帝在潞州祥瑞颂十九首》中称，潞州“州南六十里有羊头山”，“皇帝临潞州，景龙二年九月已后”，有童谣云“羊头山北作朝堂”，传为将出天子的预言，故玄宗认为自己登基上承天意，下顺民心，理所当然。

⑨ **著天衣而御区夏**：著天衣，穿戴起帝王衮服即龙袍；御区夏，统治华夏。
⑩ **驾四马而朝京师**：当年地位“沉默”，回京师朝拜只能乘四马一驾之车。
⑪ **乘六龙而问风俗**：今日却如乘龙一般“逍遥”，驰骋天子六马御驾，外出察访民情。
⑫ **爰因巡省途次旧居**：爰，于是；巡省，巡视省察；途次，途中停歇。意即因为巡省途经潞州，留宿曾经居住的府邸。
⑬ **山川宛然**：山川仿佛仍是原来的样子。
⑭ **人事无间**：人事间断不多，相差不大。
⑮ **忽其鼎革**：忽然已经革故鼎新，江山易代。
⑯ **迹异汉皇**：人生踪迹有异于汉高祖刘邦。
⑰ **地如丰邑**：此地已经堪比刘邦的故里丰邑。
⑱ **击筑慷慨**：筑系我国古代一种大体如筝但以竹尺击打的弦索乐器，因《战国策》与《史记》中记有高渐离击筑、荆轲和而歌“风萧萧兮易水寒，壮士一去兮不复还”，登车壮别、冒死行刺秦王的史事，故后世也以击筑喻指慷慨放歌。
⑲ **酌桂留连**：斟桂酒盘桓，很留恋此地。
⑳ **空想《大风》**：空，广阔旷远，空想《大风》有遥想《大风》之义；大风，指汉高祖刘邦之《大风歌》“大风起兮云飞扬，威加海内兮归故乡。安得猛士兮守四方”！
㉑ **题兹短什**：兹，此；什，诗章。意即作此短诗。
㉒ **三千初击浪，九万欲抟空**：引《庄子·逍遥游》典故以喻志向远大，气势非凡；《逍遥游》中言，北方大海有大鱼名“鲲”，“鲲之大不知其几千里也”，“化而为鸟”名“鹏”，“其翼若垂天之云”，迁徙于南方大海时，“水击三千里，抟扶摇而上者九万里，去以六月息者也”，就是说击起的波浪能达到3千里，乘着风力能直冲9万里高空，一飞就是6个月方才停歇。
㉓ **惊否**：否，此处应读作pǐ，不利、不顺，为《易经》中所言否卦，主凶象，天地不交，万物不通。逆境波折中君子须谨言慎行，养德避难，诸事“熟虑而从”，当可“否极泰来”。
㉔ **遇蒙**：蒙为《易经》中所言蒙卦，初时气运未发，事业起步，每多迷

惑，不免混沌无序，危机潜伏；君子须隐忍待机，学习修炼，蓄势图强，则渐可通达。遇蒙或另有一解，为遇到宜居之处，典出汉传佛教禅宗经典《六祖坛经》，惠明和尚请教六祖惠能“今后向甚处去”，惠能回答“逢袁则止，遇蒙则居”，其具体含义后人有多种诠释。

㉕ **存贞**：存，培育、保全、储积；贞，品节、操守。

㉖ **历试**：多番考验。

㉗ **昭融**：光大发扬，语出《诗经·既醉》“昭明有融”，也借指君王的鉴察。

㉘ **时康理**：时康，时世太平；理，治理、整理、使有了条理。

㉙ **良惭**：很惭愧。

㉚ **问鼎**：相传夏禹曾铸九鼎，象征九州，商汤灭夏后夺得，盘庚迁都于殷时鼎也迁入，周武王灭商后又夺得，不久成王即位，周公辅政，“定鼎”东都洛邑，所以鼎被视为传国重器，统治权力的最高象征。据《左传》载，鲁宣公三年（前606）楚庄王率军北征，到达周王朝东都洛邑之郊，有点忘乎所以，竟向前来犒劳的天子使臣“问鼎之大小轻重焉”，使臣对曰“德之修明，虽小重也”，否则“虽大轻也”，周之天下“天所命也”，“天命未改”，故“鼎之轻重，未可问也”；故后世以问鼎喻指觊觎王位，图谋夺权，但此处有匡复社稷之义。

㉛ **拔山雄**：引项羽《垓下歌》首句“力拔山兮气盖世”，表示雄心豪迈。

㉜ **刘琨舞**：司马氏晋朝人祖逖，青年时与刘琨“俱为司州主簿”，关系甚好，每每“共被同寝”而眠，曾半夜“闻荒鸡鸣”，古人多认为不祥，祖逖却称“此非恶声也”，用脚催醒刘琨，二人遂早早“起舞”，健身练武，后都成为名臣名将，也留下了一段闻鸡起舞的励志故事；诗中以刘琨舞用之而未用祖逖，显然是为了协调平仄与变化字词所致。

㉝ **汉祖风**：即汉高祖刘邦《大风歌》。

㉞ **包括**：总括、囊括。

㉟ **牢笼**：作动词用，罗致聚拢于其中。

㊱ **朱邸**：朱红漆门之府邸，即上党旧宫。

㊲ **离宫**：天子出巡时居住的帝宫。

㊳ **淹留**：停留、逗留，此处有挽留、相聚之义。

19. 张九龄：《奉和圣制早渡蒲津关》

▶ 阅读小引：最早识破安禄山的先觉重臣　蒲州黄河铁牛的前尘近事

张九龄（678—740），盛唐诗坛耆老，唐玄宗时重臣，字子寿，韶州曲江即今广东韶关人。脍炙人口的名句“海上生明月，天涯共此时；情人怨遥夜，竟夕起相思”以及“兰叶春葳蕤，桂华秋皎洁；欣欣此生意，自尔为佳节”等，均是其人之作。

张九龄“幼聪敏，善属文”，13岁即受到广州刺史“嗟赏”，“此子必能致远”。后“登进士第”，初授秘书省校书郎，玄宗为太子时曾“举天下文藻之士”亲自“策问”，九龄应对甚优，授谏官右拾遗。玄宗登基后一度病辞，开元六年（718）召回，由于为吏部选人“前后数四”，次次“平允”妥切，“才鉴”赢得认可，迁任议定功赏的司勋员外郎，又获中书令也即宰相张说器重，赞其必为“后来词人称首”者，擢升专事草拟皇上诏诰的中书舍人。张说故世后九龄几度浮沉，开元二十二年（734）终于官拜中书令兼修国史，成为唐朝500多位宰相中屈指可数的岭南人士。

据云九龄身体羸弱，却风度翩然，行事有点“躁急”，却敢于直言。玄宗生日“百僚上寿，多献珍异”，唯中书令独进《金镜录》五卷，“言前古兴废之道”，颇得“赏异”，但也屡犯“圣颜”。某年，安禄山坐罪执送长安，九龄力主诛死，玄宗欲“舍”，九龄再奏坚称，“禄山狼子野心”，必须“戮之”以绝“后患”，玄宗反责其“误害忠良”而赦免了禄山。继又因权臣李林甫排挤等，被贬外放为荆州大都督府长史。10多年后禄山造反，玄宗逃亡四川，思及已故九龄“先觉”，始“下诏褒赠”，谥号“文献”，遣使特赴“韶州致祭”，并将“诰辞”刻于山崖，后又追封为三公之一的正一品“司徒”。

开元十一年（723）春玄宗起驾东都洛阳“巡幸”太原时，九龄与百官随从。抵达太原后诏令并州为府，置为北都，官员比照京师“补授”，免当地税役一年，贫户两年；原参与“起义”户5年，子孙“才堪文武未有官者”恩准举荐；并亲撰《起义堂颂》立碑乾阳门街，为高祖、太宗“刻石纪功”，又作诗《过晋阳宫》。而后渡黄河返回长安。一路上玄宗还制诗多篇，九龄大都“奉和圣制”呈献了和诗，《奉和圣制早渡蒲津关》就是其中之一。

蒲津即位于蒲州即今山西永济西南的黄河渡口，其关口素为晋、秦咽喉。从诗的描写看，玄宗应是乘舟过的黄河。但在次年，就命宰相张说主事修建蒲津铁桥，于两岸“各造铁牛四”，每尊高近两米，长达三米，“其下熔铁为山，又为铁柱灌之”，用以拉紧多条铁索，横搭无数船只，连起跨河“浮梁”，张说还亲撰《蒲津桥赞》记其事。金元时期一度毁坏，明代数次修复，几百年来“蹄响如雨，车音若雷”，为畅达南北交通贡献至巨，到清代因黄河改道彻底废弃。20世纪80年代，北岸四尊铁牛以及牵牛铁人，在湮没多年之后出土，得以重见天日，成为国宝级的巨型文物以及当地耀眼的旅游景观。

魏武中流[1]处，	曾经是魏武击水中流的所在，
轩皇[2]问道[3]回。	看如今贤明的圣上察访归来。
长堤春树发，	长堤的春树绽发出欢畅的嫩绿，
高掌[4]曙云开。	拂晓的仙掌峰张开了祥云瑞霭。
龙负王舟渡，	真仿佛群龙承载着王舟飞渡，
人占仙气来。	护驾的人流也沐浴着仙气跟随。
河津[5]会日月，	日月光华齐聚于黄河古渡，
天仗[6]役风雷。	威严的仪仗驱策着连天的风雷。
东顾重关尽，	东去的重关虽然是渐行渐远，
西驰万国[7]陪。	西征的途中却已有万方恭迎等待。
还闻股肱郡[8]，	更欣闻在那股肱之地太原重镇，
元首咏康哉[9]。	元首的吟咏道尽了盛世康哉。

【注释】

① **魏武中流**：魏武即曹操，因其曾封魏王，谥号武王，其子曹丕篡汉后追尊为太祖武皇帝，故有此称；中流，江河的中央，渡程的中途。魏武中流指曹操过蒲津事，东汉建安十六年（211）曹操西征马超，先故意与之重兵对峙潼关，却暗遣大将徐晃率部北上，乘虚夜渡蒲津，预先扎营河西，继而曹操统大军从风陵津北渡黄河，再从蒲津西渡，沿黄河西岸“连车树栅”，抢筑甬道南下，出奇制胜大败马超。

② **轩皇**：黄帝轩辕氏，此处喻指唐玄宗。

③ **问道**：察访民情，兼言查访贤者。玄宗在太原所作《过晋阳宫》中有“习俗问黎人，亲巡慰里闾”语；而由于是从王朝“龙兴”之地太原归来，似也隐含问道先祖之义。

④ **高掌**：指西岳华山东峰，峰侧石上有痕，仰望宛似人掌，五指具备，故也名仙掌峰。

⑤ **河津**：河之渡口。

⑥ **天仗**：天子的仪仗护卫，也借指天子。

⑦ **国**：此处指狭义之国，如地方、郡县、邦国。

⑧ **股肱郡**：股肱指大腿与上臂，也引申为腿与臂，因其作用关键，故喻指天子或王公级人物的得力辅臣；股肱郡则喻指对于王朝意义备极重要之地域，此处专称太原。

⑨ **康哉**：颂世道太平之词，典出《书经·虞书·益稷》“皋陶拜手稽首，飏言曰‘念哉，率作兴事；慎乃宪钦哉，屡省乃成钦哉’；乃赓载歌曰‘元首明哉！股肱良哉！庶事康哉’”！所赞者是指君明臣良，诸事安康。

20. 王昌龄：《潞府客亭寄崔凤童》

阅读小引：屡遭远贬流放的“七绝圣手”　无端被杀引出的报应轶话

王昌龄（？—约756），盛唐诗人，字少伯，其人出身寒微，史料记载有限，生年尚有争议，籍贯也有长安、太原与江宁即江苏南京诸说。

昌龄早年，一直在长安附近乡居耕读，“薄暮垂钓，平明去耘”。唐玄宗开元七年（719）开始出游，开元九年（721）秋至潞州即今山西长治，后转太原客居，开元十一年（723）返长安科考落第。次年出游西域，可能还去过安西重镇即今吉尔吉斯的碎叶城。其间，写下了“秦时明月汉时关，万里长征人未还；但使龙城飞将在，不教胡马度阴山”，“烽火城西百尺楼，黄昏独坐海风秋；更吹羌笛关山月，无那金闺万里愁”，“青海长云暗雪山，孤城遥望玉门关；黄沙百战穿金甲，不破楼兰终不还”等著名边塞诗，加上“寒雨连江夜入吴，平明送客楚山孤；洛阳亲友如相问，一片冰心在玉壶”，“闺中少妇不知愁，春日凝妆上翠楼；忽见陌头杨柳色，悔教夫婿觅封侯”等千古名句，明代学者王世贞赞其为可与李白“争胜毫厘，俱是神品”，清人沈德潜称其“深情幽怨，意旨微茫”，“妙绝古今，别有天地”，甚至还赢得了“七绝圣手”的美誉。

开元十五年（727），昌龄“进士登第”，授秘书省校书郎。此后，与高适、王维、王之涣、孟浩然等人过从颇多，又结识李白、岑参，但仕途则几无寸进。开元二十二年（734），才以“博学宏词登科”出任河南汜水县尉，未两年就因“不护细行”遭贬岭南。开元二十八年（740），任较县尉稍高的八品官江宁县丞。同年，昌龄游襄阳拜访孟浩然，二人“相见甚欢，浪情宴谑”，在“食鲜”即享受鱼虾美味的聚饮中吃喝太多，浩然本来毒疮将愈，反致“疾动而终”，因重新发作与世长辞。

玄宗天宝七年（748），昌龄再因“不谨小节，谤议沸腾”而遭贬龙标，在今贵州与湖南交界一带。为此，李白作“杨花落尽子规啼，闻道龙标过五溪；我寄愁心与明月，随风直到夜郎西”一诗以寄。“安史之乱”后昌龄离开龙标北还，天宝十五年（756）途经亳州时，不知何故被刺史闾丘晓所捕杀。据载，嗣后宰相张镐节度河南、淮南军事，闾丘晓违令当斩，乃以上有老亲奉养请求免死。张镐回答昌龄之亲“谁养”，遂予“杖杀”之。如此因果报应的轶事，大概多属杜撰了。

这首《潞府客亭寄崔凤童》，应是昌龄早年游经潞州时的诗作，凤童生平待考，有长治人士认为其人系潞州府尹。但潞州唐代虽有过崔姓大都督府长史，却名叫日知，且玄宗开元十六年（728）始赴任，因年事高玄宗还亲作《赐崔日知往潞州》相送，到职不久即“致仕”归乡逝世，其间并无昌龄到访潞州的记录。且倘若所寄就是其人，昌龄作为晚辈与小小的芝麻官校书郎也绝不可能直呼其名，故此说未必妥当。

萧条郡城[①]闭，	冷冷清清的潞州府城已悄然关闭，
旅馆空寒烟。	旅居的馆舍中只留下散淡的寒烟。
秋月对愁客，	金秋的明月枯望着惆怅的孤客，
山钟[②]摇暮天。	山寺的远钟摇碎了暮霭沉沉的长天。
新知偶相访，	新结识的知交恰来到访，
斗酒情依然。	轮番痛饮的豪情委实令人思恋。
一宿[③]阻长会，	最惋惜一夜的居停阻绝着恒久会聚，
清风徒[④]满川。	空余那无奈的清风吹遍了苍莽郊原。

【注释】

① **郡城**：州郡衙门所在城市，也指所在城市城垣。

② **山钟**：山寺的钟声。

③ **一宿**：住宿一夜，指居留之短。

④ **徒**：空、空自。

21. 李白：《太原早秋》

阅读小引：闲居北地抒写的乡思妙笔　搭救小军官郭子仪的晚年获报

李白（701—762），在我国诗歌群星辈出的唐代，无疑是最耀眼的一位。李白字太白，号青莲居士，本人说法籍贯陇西成纪即今甘肃秦安，实际成长于绵州昌明即今四川江油。其自称“十五好剑术，遍干诸侯；三十成文章，历抵卿相；虽长不满七尺，而心雄万夫”；一生“笔落惊风雨，诗成泣鬼神”，留下了将近900首斑驳陆离的佳作，也留下诸多趣味盎然、不同凡俗的逸闻。

譬如，他出世时母亲梦见太白金星而得名，他幼年时被铁杆磨针的老媪激励，他10岁时梦笔生花。譬如，他到长安拜访年长40余岁的贺知章，这位文坛元老读罢其诗，惊为“谪仙”，立刻解下金龟换酒，与之“终日相乐”，后经知章举荐唐玄宗金殿召见，一篇“奏颂”龙颜大喜，竟“亲为调羹”以“赐食”，诏为供奉翰林。他极度嗜酒，整日豪饮，玄宗自度新曲召其填词，却醉卧酒肆，入宫后“以水洒面”，顷刻秉笔“成十余章”，“帝颇嘉之”，大概就是杜甫所谓的“李白斗酒诗百篇，长安市上酒家眠；天子呼来不上船，自称臣是酒中仙”。当然，最为后人津津乐道的，还是那段令高力士脱靴、杨贵妃磨墨的大醉“草诏”或是“醉草吓蛮书”。甚至连他的死，都有了醉酒采石矶、入长江捉月溺毙的雅传。虚虚实实的事体未必就是真正的李白，却展示了一位才华横溢、个性鲜明、落拓无羁、桀骜不驯的“诗仙”形象。

唐玄宗开元二十三年（735），李白挚友元演之父担任太原军政长官并州尹，元演邀其同去探望，二人翻越太行山到达，李白受到了元家的热忱款待，“琼杯绮食”，天天“醉饱”。那时的太原城还在汾河之西，所以也经常相约出城，到邻近的名胜晋祠游玩，还曾北上雁门关一带观瞻。从是年夏一直居留到次年春，《太原早秋》即是此时之作。玄宗天宝十二年（753），名满天下的李白再次来到太原。或许正是此行触发了诗人的感慨和灵感，也或许是在此前不久，李白又作长诗《忆旧游寄谯郡元参军》送给元演，回顾了二人聚散难忘的深厚友谊，特别是留下了“时时出向城西曲，晋祠流水如碧玉；浮舟弄水箫鼓鸣，微波龙鳞莎草绿”这样颂扬太原名胜晋祠风光的千古名句，也以“其若杨花似雪何”“百尺清潭写翠娥”“翠娥婵娟初月辉，美人更唱舞罗衣”这样的描绘赞美了太原歌女的风姿绰约、楚楚柔情。

又据元朝人辛文房《唐才子传》等书所记：李白在太原时，昔日的小军官郭子仪犯事被执，李白见状对此人甚“奇之”，乃言说于主帅“救其死罪”。到了唐肃宗至德二年（757），郭子仪已成为平定“安史之乱”的赫赫功臣，李白却因依附叛乱的永王李璘获罪，囚禁浔阳。子仪闻知后为报当年之恩，请用自己的官爵“以赎”李白，才得以从轻发落流放夜郎。两年后遇赦返回，勉强度日，又两年故世。60多年后，唐文宗诏令将李白的“歌诗”与“裴旻剑舞、张旭草书”封为“三绝”。

岁落众芳[①]歇，	转眼间岁月转凉花草凋落，
时当大火流[②]。	“大火星”正在渐渐的西流。
霜威出塞早，	寒霜早至如欲出塞就越须趁早，
云色渡河秋。	萧瑟的风云已飘来黄河上的初秋。
梦绕边城月，	梦魂环绕着边城的明月，
心飞故国楼。	心儿却飞向了故园的高楼。
思归若汾水，	思乡之情恰如这绵长的汾水，
无日不悠悠。	无时无刻无不是愁绪悠悠。

【注释】

① **众芳**：百花，也比喻草木之芳香。

② **大火流**：大火，指大火星；流，此处指星宿的游走变化，特指西行，典出《诗经·七月》“七月流火，九月授衣”。大火星并非现代意义的火星，而是一颗恒星，我国古人认为属于东方苍龙七宿之“心宿二”，实际就是天蝎座α星，系天蝎座中最红的巨星、光变明显的半规则变星，从夏历七月大火星渐渐西流下行，秋天逐步到来；故“七月流火”描述的是气候的转凉，而不是形容炎热。

22. 王维：《登平陆城楼作》

▶ 阅读小引："安史之乱"遭受的人生跌宕　撰写于桑梓之地的仅见诗篇

王维（701？—761），唐代诗坛翘楚，字摩诘，祖籍太原祁即今山西祁县，父辈迁居蒲州即今山西永济一带。王维"九岁知属辞"，"工草隶"，与其弟王缙"俱有俊才"，以"博学多艺"齐名当时。唐玄宗开元九年（721），王维举进士，历官右拾遗、左补阙、监察御史、吏部郎中等。

玄宗天宝十五年（756），"安史之乱"反军占领长安，安禄山素知其才名，派人迎至洛阳"迫以伪署"，授官负责研修政令的给事中。可时任太原府少尹即副手的王缙，却因协助大将李光弼固守"北都"、击败史思明10万大兵围攻而赢得局势转折，论功升为刑部侍郎。"安史之乱"平定后，王维因"伪官"被囚，王缙乃请以自己的官衔赎其"兄罪"，不久又查得王维当时曾作诗"万户伤心生野烟，百官何日再朝天？秋槐花落空宫里，凝碧池头奏管弦"，抒发"悲恻"，向往君王，遂予赦宥。但此诗未见于《全唐诗》。后王维官至中书舍人、正四品尚书右丞，王缙更是两度官拜宰相，兄弟之"友悌"为"多士"所推崇。

王维尊奉佛释，常年"蔬食素衣""不茹荤血"，置业终南山下的辋川别墅，"斋中无所有，唯茶铛、药臼、经案、绳床而已"，与名僧道友或"弹琴赋诗，啸咏终日"，或"以玄谈为乐"，或"退朝之后，焚香独坐"潜心"禅诵"。妻亡不娶，"三十年孤居一室，屏绝尘累"。临终之际，为其弟与"平生亲故"作"别书"多幅，"舍笔而绝"。

王维"诗名冠代"，且"娴音律"，善绘画。据中唐时人李肇《唐国史补》中载：某君有《奏乐图》，王维看后"熟视而笑"，人问缘由，回答曰所绘"是《霓裳羽衣曲》第三叠第一拍"，"好事者集乐工验之"，居然毫无"差谬"，众人乃皆"服其精思"。王维之画"特妙山水"，尤其擅长表达"山水平远"的意境。唐代时已有人称其"幽深之致，近古未有"，北宋官制《宣和画谱》认为，王维"画不下吴道玄"即大画家吴道子，"诗篇中"也均"自有画意"，其《山水图》《辋川图》《骊山图》均被称为"神品上上"之作。苏东坡在观赏其《蓝关烟雨图》后，更以"味摩诘之诗，诗中有画；观摩诘之画，画中有诗"盛赞。惜画作大都亡失，现存《雪溪图》《辋川图》等多非真迹。但诗作名句如“大漠孤烟直，长河落日圆”“明月松间照，清泉石上流”“行到水穷处，坐看云起时”“白云回望合，青霭入看无”等等，乃至这首《登平陆城楼作》中间的两组对句，无不体现着这样的特色。

《登平陆城楼作》在《全唐诗》中本名《登河北城楼作》，约作于开元十五年（727）。河北是山西平陆县之旧称，原为周朝初年分封诸侯时的虞国，相传辅佐殷商明君武丁的贤相傅说，早年陷身“版筑”即作为夯筑土墙的刑奴服役时就在此地。虞国被晋国灭掉后，因其在黄河之阳定名为大阳邑，汉代设大阳县，南北朝北周时改名河北县。天宝元年（742）因出土了“大刃”处镌有篆文“平陆”二字的古戟，遂改称平陆至今，故明清《山西通志》编选时更名为《登平陆城楼作》。这首诗，也是王维留在桑梓之地屈指可数的珍贵篇什。

井邑①傅岩②上，	在古贤傅说曾经为奴的岩畔，
客亭③云雾间。	故乡迎客的亭舍笼罩在云雾之间。
高城眺落日，	站在高耸的城楼眺望沉沉落日，
极浦映苍山。	极目处依稀的河滨衬映着苍茫群山。
岸火孤舟宿，	岸边的微火相伴独宿的孤舟，
渔家夕鸟④还。	捕鱼人的鱼鹰也已经停歇船沿。
寂寥天地暮，	暮色中的天地虽然越发寂寥，
心与广川⑤闲。	我的心却与广阔的川流一样悠闲。

【注释】

① **井邑**：故里、故乡；唐代河北县原归蒲州管辖，后归陕州，玄宗天宝元年改为平陆县，所以王维以井邑谓之。

② **傅岩**：傅说当年做苦工之地。据《史记·殷本纪》载，殷帝武丁即位后图谋“复兴”但“未得其佐”，以致“三年不言”，忽“夜梦得圣人”名“说”，“说”读作 yuè，实同“悦”，有郁结获解的欣喜之义，故武丁“使百工营求之野”，得“说”于傅岩，原来是一名陷身“版筑”的“胥靡”，即围木板夯筑土墙的服役刑奴，召回来后“与之语”，却果有“圣

人”之见，立即“举以为相”，国遂“大治”；后其人以傅岩作姓，故曰傅说，为傅姓之祖；从明代起，傅说被钦定为陪祀北京历代帝王庙的列朝贤臣之一；唐人张守节《史记正义》引地理书《括地志》之说，称傅岩“即傅说版筑之处”，“在今陕州河北县北”的古“虞国、虢国之界”，又称此地还有“圣人窟”“傅说祠”等遗迹，如今山西平陆仍有相传之傅岩存在。

③ **客亭**：古代多指驿亭，即驿站所设供过往官员等旅客憩息的处所，有时也指供游客观赏景物的亭台。

④ **夕鸟**：结合上下句视之，此处可作渔家捕鱼的鱼鹰解。

⑤ **广川**：指眼底的黄河波流。

23. 崔颢:《结定襄郡狱效陶体》

▶ 阅读小引：唯以色相娶弃的换妻劣行　黄鹤楼羞退李白的诗坛趣闻

崔颢（？—754），盛唐诗人，汴州即今河南开封人。《旧唐书》中将他与王昌龄、高适、孟浩然并列为“开元、天宝间文士知名者”。唐玄宗开元十一年（723）或稍前稍后，年轻的崔颢即已“登进士第”。据云其人“有俊才”却“无士行”，嗜好赌博，纵情酒色，娶妻专挑漂亮，稍有“不惬”立刻“弃之”，“前后数四”换掉老婆。早期诗作也颇为“浮艳”，“多陷轻薄”。或许正是这些因素的妨碍，以致20多年游宦外地，仕途几无升迁。从近年出土的崔颢给人所撰墓志铭显示，开元二十四年（736）他还只是河南扶沟的一个县尉，到玄宗天宝九年（750）才以试用太子司议郎的从七品官阶当了个监察御史。后调京师出任管理皇家车马等事的从六品太仆寺丞，复任议定功赏的司勋员外郎，没几年就故世了。

不过，持久的漂泊生涯却使崔颢眼界大开，吴楚江淮直到辽西塞北都留有踪迹，也使其人生感悟、创作取向大为改观。唐人殷璠《河岳英灵集》中称其“晚节忽变常体，风骨凛然”，“一窥塞垣，说尽戎旅”，意即后期作品转入了雄奇、劲健，部分展现“塞垣”、描叙“戎旅”的诗句，甚至可与南北朝文学巨擘“鲍照、江淹并驱也”。

同时，崔颢还写下了一些清新隽永、真切自然的状景纪事诗。首屈一指的就是那篇虽“拗律”却境界超凡、被后人誉为“意得象先，神行语外”而独占“千古之奇”的《黄鹤楼》，“昔人已乘黄鹤去，此地空余黄鹤楼；黄鹤一去不复返，白云千载空悠悠。晴川历历汉阳树，芳草萋萋鹦鹉洲；日暮乡关何处是？烟波江上使人愁”。再加上那段流传已久的趣话，即李白登黄鹤楼读到此诗，自叹“眼前有景道不得，崔颢题诗在上头”，后特作《鹦鹉洲》《登金陵凤凰台》欲“较胜负”，其中的“鹦鹉来过吴江水，江上洲传鹦鹉名；鹦鹉西飞陇山去，芳洲之树何青青”以及“凤凰台上凤凰游，凤去台空江自流；吴宫花草埋幽径，晋代衣冠成古丘”，模仿痕迹鲜明却显然瞠乎其后。所以，崔颢的《黄鹤楼》被宋代诗评家严羽认定为唐人七律“第一”，并被清人蘅塘退士与其继室徐兰英编选的《唐诗三百首》列为七律首篇。

大约开元二十九年（741）到天宝二年（743），崔颢曾在太原河东节度使属下的代州中都督府做了一段负责监察的录事参军，其间奉派定襄查办过民间讼狱。定襄唐代属于忻州，又有记载称天宝元年（742）时曾将忻州改名定襄郡，辖秀容即今山西忻州忻府区一带与定襄即今山西定襄等县，故此处或并非仅指定襄一县。崔颢到达后，避之以刑，晓之以理，经过多番仔细审理，妥善处置了纷争，清除了积案，促进了当地社会风气的好转。事后，乃效法陶渊明素朴的体式文风，作这首《结定襄郡狱》诗记之。

我在河东[①]时，	当我游宦河东大地之时，
使往定襄里。	曾经被派往定襄查访视事。
定襄诸小儿，	定襄有一帮无良的子弟，
争讼纷城市[②]。	整天是争斗诉讼扰乱街市。
长老莫敢言，	非仅只长辈人不敢责备，
太守[③]不能理。	父母官竟然也万难处置。
谤书[④]盈几案，	相互攻讦的状子摆满了公案，
文墨[⑤]相填委[⑥]。	无用的判词堆成了摞摞废纸。
牵引[⑦]肆中翁，	店铺的老者常遭推搡扯拽，
追呼田家子。	农家的少年屡受追骂呵斥。
我来折此狱[⑧]，	我来后勉力断决这些积案，
五听[⑨]辨疑似[⑩]。	多向的辨析澄清了是非曲直。
小大必以情，	均凭借以情服众概无例外，
未尝施鞭棰。	从未曾施行过一次鞭笞。
是时三月暮，	理顺了乡风又恰逢暮春三月，
遍野农桑起。	遍地的农桑氛围更加安适。
里巷鸣春鸠，	成双的斑鸠鸣叫在平静的里巷，
田园引流水。	新引的流水装点了田园的风姿。
此乡多杂俗，	此地的民族习俗历来错杂，
戎夏[⑪]殊音旨[⑫]。	混居的“戎夏”各有各的心志。
顾问[⑬]边塞人，	要尽职尽责安抚好边塞群众，

劳情曷云已[14]？　　　　殚精竭虑到何时敢说个松弛停止？

【注释】

① **河东**：代指山西，因其在黄河之东，古代每以此称之；顾炎武《日知录》中言，“河东，山西一地也；唐之京师在关中，而其东则河，故谓之河东；元之京师在蓟门，而其西则山，故谓之山西；各自其畿甸之所近而言之也”。

② **城市**：此处城指城内、市指街市，与今日通用概念有所不同。

③ **太守**：汉代时为一郡最高行政长官，隋朝起废郡存州，太守已不再是正式官名，仅为州官别称或尊称。

④ **谤书**：诽谤性的书信，此处指相互诋毁的状子。

⑤ **文墨**：此处指判决文本。

⑥ **填委**：堆积。

⑦ **牵引**：此处指拖拉扯拽。

⑧ **折此狱**：断这些案件，我国古代常称断案为折狱。

⑨ **五听**：我国古代官员断案时观察事主内心活动的途径与方式，源自《周礼·秋官司寇·小司寇》“以五声听狱讼，求民情，一曰辞听，二曰色听，三曰气听，四曰耳听，五曰目听”。

⑩ **疑似**：疑，惑、迷惑；似，像，类似。此处疑似有真伪、是非之义。

⑪ **戎夏**：少数民族与华夏汉人。

⑫ **音旨**：言辞与心意。

⑬ **顾问**：此处可作顾惜、宽慰解。

⑭ **曷云已**：曷，何、何时；云，以古汉语论此处应为语助词，但结合该诗实际或可解为言说；已，停止、完结。

24. 宋昱：《题石窟　寺魏孝文所置》

▶ 阅读小引：马嵬坡被诛杀的杨氏亲信　描写云冈石窟的最早诗作

宋昱（？—756），唐代官员，籍贯不详。据《旧唐书》《新唐书》等典籍零星记载：唐玄宗天宝元年（742）为监察御史，后成为杨贵妃族兄、权臣杨国忠的亲信，升任负责草拟圣旨的五品官中书舍人。天宝十二年（753）宋昱主持“铨选”，因“选法未善”曾经受到赴试者的诘难。次年“雨潦”，“霖雨六十余日”不绝，玄宗以“未称职”罢免“左相陈希烈”，令“杨国忠审择”新人，玄宗属意于大臣吉温，但吉温与安禄山交厚，国忠“惧其威权”，故与宋昱等密谋竭力阻止，使“柔而易制”的韦见素获任。宋昱作为国忠党羽，则凭借势力不断“招徕赂遗”，以致“财货山积”。天宝十五年（756），安禄山反军逼近长安，玄宗出奔巴蜀，行经马嵬坡发生兵变，国忠与妻儿等被杀，杨贵妃被缢死。宋昱在劫难逃，也被同时“诛灭”。

宋昱的这首《题石窟　寺魏孝文所置》，最早见于北宋类书巨著《文苑英华》，后收入《全唐诗》，为目前传世记述山西大同云冈石窟最早的诗作。

大同云冈石窟与洛阳龙门石窟、敦煌莫高窟、天水麦积山石窟并称为我国四大石窟。南北朝时，鲜卑族拓跋氏豪杰拓跋珪建立北魏王朝，于天兴元年（398）正式称帝，立都平城即今大同，庙号太祖。其时，佛教发展迅速，与本土宗教屡有抵牾，北魏的支持取向几度转折。太武帝拓跋焘时敕令废佛，毁寺焚经，屠戮僧尼，或迫令还俗。来自陇西凉州的名僧昙曜“独坚固道心”，誓死“持守其身”，后被劝止，仍“密持法服器物”，“不暂离身”，“闻者”极为“叹重”。太武帝之孙文成帝拓跋濬于兴安元年（452）嗣位后，又下诏恢复佛法，第二年昙曜就“被命赴京”，令其“管理僧众”。据云，一次文成帝外出遇到昙曜，“御马”居然衔住“曜衣”不放，时人均“以为马识善人”，文成帝与皇后遂对昙曜“奉以师礼”，更加尊重。继而昙曜建议，“于京城西武州塞”即今之武州山，“凿山石壁，开窟五所，镌建佛像各一”，佛像身形仿照北魏从太祖到文成帝“五帝”，“高者七十尺，次六十尺，雕饰奇伟，冠于一世”。这就是云冈最早的“昙曜五窟”，即今天的第16至20窟。北魏中兴明君孝文帝拓跋宏登基后，开凿的势头达到高潮，今天第5窟中17米的巨型坐像以及最大的石窟第6窟，均成于其时。直到孝文帝太和十八年（494）迁都洛阳止，云冈大规模开凿了40多年，同时还建起了规制宏大的灵岩寺等佛寺。后来，仍有一些民间人士出资继续开凿，终于形成一道洞窟绵延达一公里、窟龛两百多个、大小雕像五万余躯的令人仰之弥高的艺术群落，也被联合国教科文组织列入了世界文化遗产的名录。

梵宇[①]开金地[②]，	佛门的寺宇创建在黄金般的佛地，
香龛[③]凿铁围[④]。	飘香的石窟如同开凿在铁围山陲。
影中群象动，	光影里尊尊雕像宛若悄然晃动，
空里众灵飞。	空蒙中好似无数的天神在飞。
檐牖[⑤]笼朱旭[⑥]，	殿檐下的高窗轻笼着朝阳的软红，
房廊挹翠微[⑦]。	禅房前的屋廊牵连着岩头的青翠。
瑞莲[⑧]生佛步[⑨]，	朵朵瑞莲变幻出佛祖隐约的脚步，
瑶树[⑩]挂天衣[⑪]。	玉洁冰清的仙树挂满云霞般的彩衣。
邀福功虽在，	祈福求福的功效或许至今依旧，
兴王[⑫]代久非。	“孝文”中兴的时代却早已物换人非。
谁知云朔[⑬]外，	谁曾想有幸来到遥远的边疆塞外，
更睹化胡[⑭]归。	能目睹这“化胡成佛”的胜景而归。

【注释】

① **梵宇**：佛寺、佛教庙宇；因佛经均由古印度书面语即梵文写就，故佛教传入我国后往往用“梵”表示与佛教有关的事物。

② **金地**：佛教声言菩萨所居处以金铺地，故谓之，也称金田。

③ **香龛**：供奉佛像或神灵牌位的阁子，此处指石窟。

④ **铁围**：佛教语，即铁围山，音译为“斫迦罗婆罗”，又作铁轮围山或金刚山、金刚围山。佛教认为，世界以须弥山或曰妙光山为中心，有八山八海围绕，内七海充满八功德水，第八海为碱海，所谓人间“四大部洲”东胜神洲、南瞻部洲、西牛贺洲、北俱卢洲就在碱海，包围碱海的就是铁围山；此处借指武州山，也喻开凿石窟之难。

⑤ **檐牖**：牖，读作yǒu，窗；檐牖，挨近屋檐的高窗。

⑥ **朱旭**：绽放出浅红色光芒的初升朝阳。

⑦ **挹翠微**：挹，牵引、拉住、收纳；翠微，青翠而又微茫缥缈的山色。

⑧ **瑞莲**：吉祥的莲花；莲花是佛教圣物，佛教许多传说均与莲花有着深厚渊源，许多尊贵物件也以莲花象征；据五胡十六国时后秦译本《大智度论》载，佛祖释迦牟尼以莲花“所成之台座”而“坐之”，认为莲花“软净”，“欲现神力，能坐其上令花不坏”，且其“漫陀耆尼池”与“阿那婆达多池”中的莲花“大如车盖”，“可容结跏趺坐”即两脚交叠盘坐修行，因此寺庙中的佛像大都以莲花为座打造，其他饰物也以用莲花者为多。

⑨ **佛步**：据隋代所译《佛本行经集》载，佛祖出生后“无人扶持，即行四方”，四面“各七步”，“步步举足”处都出现了大莲花，行过七步后“观视四方”，“口自出言”道“世间之中，我为最胜；我从今日，生分已尽”，根本不像“小婴孩之言”，乃是“菩萨希奇之事”；还有记载是，佛祖向四方行七步后，所言为“天上天下，唯我独尊；今兹而往，生分已尽”；按照《佛学大词典》的解释，“唯我独尊”来自古印度巴利语，即“为此世之最上者”之义。

⑩ **瑶树**：传说中如玉一般白色的树，也作树之美称。据西汉刘安《淮南子》载，瑶树是一种生长在昆仑山北的仙树。

⑪ **天衣**：佛教所谓的诸天人穿着之衣，也喻指天空中飘浮的云霞。

⑫ **兴王**：励精图治、勤政纳谏的有作为君王，典出《国语·晋语》“兴王赏谏臣，逸王罚之”。此处指北魏孝文帝拓跋宏，拓跋宏在位29年，革除鲜卑旧俗，吸纳汉族先进文化，实施汉族典章制度，推行土地均田制、赋税租调制与户籍的邻、里、党“三长制”，尊儒崇经，建立学校，易汉服，说汉话，并迁都洛阳，带头将拓跋改为汉姓“元”，大大促进了社会发展，史称“孝文帝中兴”。

⑬ **云朔**：云州、朔州的并称，也泛指山西雁门关外北方边远地带；唐玄宗天宝元年（742）曾将云州改名云中郡，将朔州改名马邑郡，肃宗乾元元年（758）云中郡再改为云州，两地所辖即今山西大同、朔州一带。

⑭ **化胡**：教化胡人，借称教化佛教；我国本土道教以老子李耳为祖师，老子是春秋时期哲人，据云其晚年留下《道德经》5000言，从位于今河南灵宝县的函谷关骑青牛出关西去"莫知其所终"，因此在佛教传入我国未久就有了老子曾到印度教化佛教之说，南北朝范晔在《后汉书·郎颛襄楷列传》中称"或言老子入夷狄，为浮屠"，三国时期私人史家鱼豢所著《魏略·西戎传》中也称"盖以为老子西出关，过西域，之天竺教胡，浮屠属老子弟子"；西晋道士王浮则杜撰出《老子化胡经》，将释迦牟尼说成老子弟子尹喜的转世后身，这样道教就成了佛教的宗祖，故此书一直受到道教的追捧和佛教的激烈攻击，与之有关的争论千百年来未曾停歇。

25. 岑参：《骊姬墓下作 夷吾重耳墓隔河相去十三里》

▶ 阅读小引：边塞诗人出塞前的故地重游 晋国动荡往事的怀古叹惋

岑参（约715—770），盛唐诗人，祖籍河南南阳，先世移居江陵即今湖北荆州。曾祖岑文本作过唐太宗的宰相，后嗣几代显贵，官宦辈出，但到岑参时已经衰颓，本人“少孤贫”，早年多有蹉跎。据其《感旧赋》序中言：“五岁读书，九岁属文，十五隐于嵩阳”，20岁时就“献书阙下”，向朝廷毛遂自荐，满期待着“云霄坐致”平步登云坐着就来，“青紫俯拾”紫袍玉带捡起就是；谁知“金尽裘弊，蹇而无成”，金钱花光皮裘穿烂，还是如同瘸腿前行，以致10年过去“年三十未及一命”，好运从无垂顾；故自奉“相门子”的他，也只有喟然叹息“昔一何荣矣，今一何悴矣”，道尽了求官的坎坷与落魄的窘困。

唐玄宗天宝三年（744），岑参总算登进士第，却仅仅授了个伺候太子的九品官右内率府兵曹参军。盘桓几年并不如意，遂决心远赴边塞，投身军旅，选择了另外的仕进之路。天宝八年（749），岑参前往龟兹即今新疆库车，为安西节度使高仙芝“掌书记”管公文两年。天宝十三年（754）再赴“北庭”即今新疆吉木萨尔县一带，在北庭都护、伊西节度使封常清帐下担任判官，实际就是一种幕僚性质的助理，继任掌管军需事务的支度副使，越两年返回。凭借四五年难得的西域体验，岑参写下了“君不见走马川行雪海边，平沙莽莽黄入天；轮台九月风夜吼，一川碎石大如斗，随风满地石乱走”“北风卷地白草折，胡天八月即飞雪。忽如一夜春风来，千树万树梨花开”这样“语奇体峻”、气势恢宏的名句以及“故园东望路漫漫，双袖龙钟泪不干；马上相逢无纸笔，凭君传语报平安”这样发人沉思的小诗，成为唐代边塞诗人中当之无愧的翘楚。而其人，后来果然官至记录皇家大事的亲随起居舍人、正四品嘉州即今四川乐山刺史。

在赴西域之前，大约天宝五年（746）左右，岑参曾从长安出发，入游绛州、晋州，即今山西临汾市南、运城市北的汾河流域一带。岑参少时，曾随家人居于山西阳城附近的王屋山青萝河畔，后来移住晋州。所以，岑参入游期间，特作《题平阳郡汾桥边柳树》忆旧，“此地曾居住，今来宛似归；可怜汾上柳，相见也依依”，并自注“参曾居此郡八九年”。平阳即晋州的别称，诗中充分表达了对于这方土地的满腔亲切之情。而这一首写于骊姬墓下的诗，显然也是岑参此次入游时的作品。

骊姬是春秋时期晋国献公讨伐骊戎时获得的宠姬，为了使其亲生子奚齐继位，曾施展种种手段，离间献公与太子申生以及两位公子重耳、夷吾的关系，以致申生自尽，重耳、夷吾出逃，酿成了动荡不息的宫廷内乱；但献公故世未久，奚齐即被权臣谋杀，夷吾回国登基为晋惠公；后惠公死去，其子怀公继承，国政越发混乱，重耳遂回国夺得王位，就是历史上声名煊赫的晋文公。

骊姬①北原上，	举头北望原野上就是骊姬的坟头，
闭骨已千秋。	从葬埋到今朝已过去千百个春秋。
浍水②日西注，	比邻的浍河日日夜夜向西流去，
恶名终不流。	可怎么都冲不走她声名的丑陋。
献公恣耽惑③，	最叹惋晋献公一意孤行沉湎媚惑，
视子如仇雠④。	将亲生的儿子视之为冤家寇仇。
此事成蔓草，	遥远的往事早化作丛丛衰草，
我来逢古丘。	我来时只能看到那残存的古丘。
蛾眉⑤山月苦，	山月仿佛美人的弯眉仍含着苦情，
蝉鬓⑥野云愁。	鬓发般的乱云似乎也飘洒着缕缕悲愁。
欲吊二公子，	欲赶往夷吾、重耳的墓前凭吊致祭，
横汾⑦无轻舟。	却找不到一叶渡得过汾水的小舟。

【注释】

① **骊姬**：据《史记·晋世家》载，晋国献公五年（公元前672）“伐骊戎，得骊姬”，献公“爱幸之”，献公十二年（公元前665）生子奚齐，献公即“有意废太子”，故“使太子申生居曲沃”，并令另两个公子“重耳居蒲”，“夷吾居屈”，到黄河边上戍守，只有奚齐居于绛都，以此使晋国人士感到“太子不立也”，骊姬则表面“佯誉”暗中却令人“谮恶太子”，说其坏话；献公二十一年（公元前656），骊姬假充献公梦见太子故世的母亲齐姜，教太子赶快在曲沃祭祀，太子奉上祭肉后，骊姬使人暗置毒

药，献公狩猎归来欲食，骊姬“从旁止之”，称肉来自远处宜先“试之”，结果“与犬死，与小臣死”，骊姬乘机哭泣挑唆，导致献公大怒，太子惊恐不知所措，自尽身亡；献公又因骊姬谗言，认定重耳、夷吾同谋，次年派兵讨伐蒲、屈，迫使两公子相继出逃；三年多后献公病笃，将少年奚齐托孤老臣荀息辅佐，但献公故世仅一月，大夫里克就杀掉新君奚齐，不久再杀献公另一幼子悼子，荀息随之殉难；里克迎立重耳不果，复迎立夷吾回国继位，是为晋惠公，这场被称作“骊姬之乱”的宫廷动荡才告停歇。但是，如果透过表象深入审视，简单的“美女祸国”结论未必就是历史原初的真相，献公与三个成年儿子的矛盾冲突延续数年，甚至不惜动用武力，很可能有着更为复杂的政治博弈和权力争斗的纠葛。而《史记·晋世家》以及更早的《左传》并未写明骊姬下落，直到西汉《列女传》中才有了里克“乃戮骊姬，鞭而杀之”的记录。后世传言的“骊姬墓”，唐人李吉甫《元和郡县图志》称在绛州正平县即今山西新绛，岑参所见大约就是此处，还有在今山西曲沃县城四牌楼下的说法，其实均系伪冢，皆不可信。

② **浍水**：即浍河，山西境内黄河支流汾河的小支流，发源于山西浮山、沁水山中，在翼城一带汇合后西流，经曲沃、侯马、新绛汇入汾河。

③ **恣耽惑**：恣，放纵、听任；耽惑，迷惑、迷于诱惑。

④ **仇雠**：雠，读作chóu，原义为校订文字，也是仇的异体字；古文中仇雠二字连用，作仇敌、仇家、冤家对头解。

⑤ **蛾眉**：如蛾子般的弯眉，形容女性之美或代称美女。

⑥ **蝉鬓**：古代妇女的一种发型，此处泛指女性鬓发。

⑦ **横汾**：横渡汾河。

26. 卢纶：《难绾刀子歌》

▶ 阅读小引：专写工艺精品的罕见古诗　曾经驰名千载的并州刀剪

卢纶（748—约799），中唐诗人，字允言，蒲州即今山西永济一带人。唐玄宗天宝时避"安史之乱"，随家移居鄱阳郡即今江西鄱阳，后举进士屡试不第。唐代宗大历六年（771）左右，蒙宰相元载"赏重"，"取其文"进呈天子，获授阌乡即今河南灵宝县尉，继任秘书省校书郎、监察御史，也获得过一个从五品检校户部郎中的虚衔。大历十一年(776）元载坐罪被杀，卢纶也遭变"称疾"而去。但当时，卢纶与韩翃、钱起、李端、司空曙等10人，"联藻文林"，"契分俱深"，均为名重一时且惺惺相惜的诗家，被誉称为"大历十才子"。其中"辞情捷丽""所作特胜"者首推卢纶。

唐德宗建中二年（781），因希图削弱藩镇割据势力引发多地叛乱，长安一度失陷，德宗前后两次出逃。幸赖忠贞不贰的铁勒族名将浑瑊拼死护卫，全力抵抗，经四五年苦撑才转危为安。后浑瑊驻节蒲州，出任拱卫黄河要地的河中节度使多年，礼聘卢纶为帅府判官，作为亲随幕僚跻身兵旅，留下了"月黑雁飞高，单于夜遁逃；欲将轻骑逐，大雪满弓刀""林暗草惊风，将军夜引弓；平明寻白羽，没在石棱中"等传世名篇。卢纶故世20余年后，"雅爱其诗"的唐文宗曾命人专门搜罗，"得诗五百首"进呈。或许，就是在卢纶作为判官居留故乡蒲州时，得到了一把并州出产的刀子，造型精美，锋利无比，所以爱不释手，而写下这首竭尽夸饰的赞颂之作《难绾刀子歌》。

诗中，"难绾"应该是制刀人的题刻，并州是太原的别称。大约汉代起并州的冶铁技艺即已领先华夏，魏晋六朝时所产刀具尤其是剪刀渐渐驰名，到唐代则成为了举世皆知的超级品牌。唐代诗人任华曾以"锋芒利如欧冶剑，劲直浑是并州铁"比喻书法大师怀素和尚"狂草"的遒劲刚健。诗人杜甫与宋代诗人陆游、周邦彦、黄孝迈，元代诗人杨维桢，则分别以"焉得并州快剪刀，剪取吴淞半江水""诗情也似并刀快，剪得秋光入卷来""并刀如水，吴盐胜雪""算人间没个并刀，剪断心上愁痕""便欲手把并州剪，剪取一副玻璃烟"这等夸张的笔触，一再赞扬其锋利无比。明代文人江盈科还记录过一段笑话，言某医者"自称善外科”，有将官中箭求治，医者随即为之剪去箭杆，将官纳闷问道，我需要“亟治”的是内伤，医者回答“此内科事”与我无关，而这个荒唐医者手中所操的正是“并州剪”。明末名臣、抗清失败投水殉节的义士陈子龙，也以“并刀昨夜匣中鸣，燕赵悲歌最不平；易水潺湲云草碧，可怜无处送荆卿”抒怀明志。直至清末，同盟会要员朱锡梁仍留下过“销铸并州刀，剪尽尾形辫”这样的诗句。可见，并州刀剪的精良质量是多么有口皆碑，独占市场鳌头的时光多么悠久漫长。然而，历代直接描写此物的文字却几近于零，故卢纶这首将其形容得神乎其神且富含远古科技信息的诗篇，无疑属于我国古诗中着眼生产经济视角的凤毛麟角般的珍品。

黄金鞘里青芦叶，	仿佛黄金刀鞘里插着纯青的芦叶，
丽若剪成铦[①]且翣[②]。	如同精美的羽扇剪裁得锐利轻灵。
轻冰薄玉状不分，	微薄的脆冰片玉也与其难分高下，
一尺寒光堪决云[③]。	一尺寒光似能够射入天际的流云。
吹毛可试不可触，	飞快的锋刃吹毛可断不可碰触，
似有虫搜阙裂文[④]。	奇巧的裂纹真好像虫迹书写的字痕。
淬[⑤]之几堕[⑥]前池水，	淬火时的铁胚曾几度投入池水衍炼，
焉知不是蛟龙子？	怎知道不是那蛟龙之子华丽转身？
割鸡刺虎皆若空，	愿宰鸡欲刺虎皆若无阻无碍，
愿应君心逐君指。	全然是得心应手随君指处任意纵横。
并州难绾[⑦]竟何人？	并州的“难绾”究竟何许人氏？
每成此物如有神。	所造的刀子居然是件件绝妙如神。

【注释】

① 铦：古代一种类如现在铁锨的农具，也作锋利解。

② 翣：大扇，也特指古代仪仗中的大掌扇或者钟鼓架等方面的某些羽制饰物。

③ 决云：有与云比齐之义，也是一种超级猎鹰猎鹘的别称。据五代王仁裕《开元天宝遗事》载，唐玄宗之兄申王“有高丽赤鹰”，之弟岐王“有北

山黄鹘”，玄宗“甚爱之”，每次出猎必将其“置之于驾前”，可能飞得极高，故玄宗谓之“决云儿”。

④ **虫搜阙裂文**：阙裂的纹路仿佛虫蚀过后的文字般的痕迹；春秋中后期至战国时代还有一种吴、越、楚、宋等南方诸国盛行的特殊文字，笔画蜿蜒盘折，腹鼓脚垂，首尾尖出，变化多端，如同虫体之弯曲，却显得华贵深奥，常见于青铜钟鼎与兵器、玺印等，称为“虫书”，此处的虫搜或许也包含“虫书”之义。

⑤ **淬**：读作cuì，指淬火，是一种将烧红的金属毛坯投入水、油等液体中后立即取出，以提高其硬度的制作技艺。

⑥ **堕**：本义为掉下来、坠落，此处可作扔进去、投入解。

⑦ **难绾**：绾，系起来、盘卷。难绾，应该是这种刀子的品名，或者是当时对这种刀子制作人氏的称誉之谓，类如近世的“王麻子刀剪”。

27. 李益：《同崔邠登鹳雀楼》

▶ 阅读小引：负心传奇主角的变态传闻　意境不逊王之涣的登楼感赋

李益（748—约829），中唐诗人，字君虞，原籍陇西姑臧即今甘肃武威，后迁东都洛阳。唐代宗大历四年（769）进士，但早年仕途不顺，遂“郁郁”游历“燕赵”，在北疆一带为几位节度使担当幕僚，“从军十年”，“往往鞍马间为文”，多有“抑扬激厉悲离之作”。故每诗成，乐官即“赂”而“求之”，度曲“供奉天子”，成为当红的边塞歌者。50多岁时被“雅闻其名”的唐宪宗召为从四品秘书少监、集贤殿学士。又曾因“自负其才”欺谩“士众”，遭谏官举报贬职，晚年升至礼部尚书后“致仕”归休。

而后世流播甚广者，乃是唐人传奇小说《霍小玉传》中一桩李益的负心传闻。传闻称李益举进士后，赴长安参加吏部授官选试，其时“思得佳偶”，经能说会道的虔婆鲍氏搭线，结识了“音乐诗书无不通解”实际更是皇亲霍王与宠婢所生的妙龄美女霍小玉，云雨贪欢之余，“援笔成章”留下了“引谕山河，指诚日月”的“恳切”盟誓，“日夜相从”亲热二年。李益获官离去前，表示4个月“必当”前来“奉迎”。可回家时父母已为其定亲表妹卢氏，李益不敢抗命，只得背弃小玉。小玉“数访音信”均“虚词诡说”，“屡空”钱财托人寻找也毫无结果，终于“悒怏成疾”。后李益返长安，仍潜居“不令人知”，及至小玉获悉，“遍请亲朋，多方召致”，“日夜涕泣”，“期一相见”，依然“晨出暮归”，竭力躲避。小玉“冤愤”不已，病愈沉重，长安“稍有知者”皆憎李益“薄行”。未久蒙一“豪士”用计，将其软硬兼施逼入小玉家门，小玉“含怒凝视”，“时复掩袂”泪下，“长恸”号啕“而绝”，李益才有愧意，“缟素”送葬，“哭泣甚哀”。但李益成婚之后，还是每显怪异，二人寝息时忽见男子“藏身映幔，连招卢氏”，卢氏“鼓琴于床”，“同心结”突从门外抛入怀中，引发李益震怒，多次“捶楚”“毒虐”卢氏，最终诉讼分离。后虽“三娶”，疑神疑鬼总是没完没了。对一位喜悦的姬妾，外出时竟用大浴盆倒扣于床，加以封条，归来必定“详视”一番，“乃开”放出。

《霍小玉传》不免夸张，但李益“多猜忌”，“防闭妻妾”，“过为苛酷”，以至“散灰扃户”撒下石灰、关锁妻妾门户等变态举止，新旧《唐书》都有记载。不过，李益毕竟写下了大量佳作，著名的边塞诗“回乐峰前沙似雪，受降城外月如霜。不知何处吹芦管，一夜征人尽望乡”就是此君的手笔。

这首《同崔邠登鹳雀楼》中的崔邠，小李益三四岁，均系少年登第进士，官至礼部侍郎。据《全唐文》言，唐宪宗元和九年（814）崔邠曾作《登鹳雀楼》诗，故李益诗也可能作于同时。鹳雀楼位于蒲州即今山西永济，北宋沈括《梦溪笔谈》中称其“前瞻中条，下瞰大河，唐人留诗者甚多，唯李益、王之涣、畅当三首能壮其观”。而纵使是唐代以后的无数留题，能超越王之涣那首“白日依山尽”与李益者同样寥寥。

鹳雀楼[1]西百尺樯[2]，	看鹳雀楼西无数风帆此来彼往，
汀洲[3]云树共茫茫。	望河洲沙岸云遮树罩一派苍茫。
汉家箫鼓[4]空流水，	汉武巡幸的楼船箫鼓早已远远流逝，
魏国山河[5]半夕阳。	古魏国的山河也融入渐渐落尽的夕阳。
事去千年犹恨速，	事去千年仍哀叹岁月的匆促，
愁来一日即为长。	愁来一日都苦痛光阴的漫长。
风烟并起思归望，	迷蒙的景色同样牵动着思乡的归情，
远目非春亦自伤。	虽非是春意撩人却依然触目神伤。

【注释】

① **鹳雀楼**：亦名鹳鹊楼，位于今山西永济古蒲州城旧址西南黄河岸边，南北朝北周权臣晋国公宇文护为“镇河外之地”，“筑为层楼”，时间应在北周孝愍帝元年（557）到武帝天和六年（571），因常有鹳雀栖息得名，历隋唐到宋金“代为胜概”，骚人墨客吟咏不绝，元朝初年毁于兵燹；20世纪末启动复修工程，仿唐制四檐三层的新鹳雀楼已于2002年落成。

② **樯**：帆船上挂风帆的桅杆，也引申为风帆或帆船本身。

③ **汀洲**：汀，水边的平地；洲，水中的陆地。

④ **汉家箫鼓**：指汉武帝“行幸河东”，曾数次到“汾阴脽上”即今山西万荣汾水之西临近黄河高处祭祀地神“后土”；某次“行幸”途中武帝与群臣宴饮楼船，感慨光阴似水，岁月如流，乃作《秋风辞》，中有“泛楼船兮

济汾河，横中流兮扬素波，箫鼓鸣兮发棹歌。欢乐极兮哀情多，少壮几时兮奈老何”语。

⑤ **魏国山河**：此处典出《史记·孙子吴起列传》，战国时魏武侯泛舟黄河而下，至“中流”顾视大将吴起曰“美哉山河之固，此魏国之宝也”，意即如此坚固山河拱卫，魏国有宝啊！吴起当即对曰“在德不在险”，然后列举远古数例告诫，“若君不修德”同舟之人都可“尽为敌国”，山河之固毫无价值，武侯连连称“善”，其后建树也算得上一位有为君王；鹳雀楼所在地，从春秋末期赵、魏、韩瓜分晋国，到战国时秦、楚、齐、燕、赵、魏、韩七雄纷争，均属魏国，故有此说。

28. 杨巨源：《同赵校书题普救寺》

阅读小引：发生在名胜宝刹的悲喜情缘　风流小说隐含的亲历迷踪

杨巨源（755—？），中唐诗人，字景山、巨济，河中府人。河中府通称蒲州，唐玄宗时设府，领今山西永济一带数县。唐德宗贞元五年（789）登进士第，一生仕途平稳，到唐穆宗长庆四年（824）以中央最高学府副职、从四品国子监司业告老辞归。宰相中有“爱而惜之”者作诗送行，命以河中府少尹的虚衔领薪颐养，京师官宦与诗人纷纷相和道别，韩愈也作《送杨少尹序》奉赠，充分说明了其人的厚重声望。巨源“才雄学富”，其诗“语极精工”“用功颇深”，从早到晚“摇首微咏不辍”，以致历久“成疾”到老不停，回乡数年后故世。这首《同赵校书题普救寺》，可能是中年时的诗作。

普救寺位于蒲州即今山西永济，距黄河蒲津渡口与名胜鹳雀楼只有数里，是当时规制宏大、香火鼎盛的宝刹，也是过往人士寄居的精舍。和巨源友谊笃厚的元稹，正是以此为背景写下了令人叹惋的传奇小说《莺莺传》。传中的张生，23岁“游于蒲”住普救寺，结识17岁的崔莺莺，不久坠入爱河，张生又“赋《会真诗》三十韵”，更加打动莺莺，二人床笫私情越发缠绵；后张生返长安科考，有函寄回；莺莺复信尽诉惆怅，且以儿时所玩玉环一枚、绣鞋丝饰一绺与文竹“茶碾子”相赠，称“玉取其坚润不渝，环取其终始不绝”，“愁绪萦‘丝’”，“泪痕在‘竹’”，祈“因物达情，永以为好”；张生将信示友，闻者“莫不耸异”，杨巨源赋《崔娘诗》“清润潘郎玉不如，中庭蕙草雪消初；风流才子多春思，肠断萧娘一纸书”以记，元稹也续写“《会真诗》三十韵”；但张生却决计断交，并振振有词称像莺莺这样的漂亮“尤物”，“不妖其身，必妖于人”，我德“不足以胜妖孽”，只有“忍情”割舍。于是，“始乱终弃”的张生倒被元稹描绘成什么“善补过者”，莺莺纯真的期待却化作了痛苦的泡影。后张生途经崔氏居地，又去求见，莺莺“终不为出”，仅仅传诗一首“自从消瘦减容光，万转千回懒下床；不为旁人羞不起，为郎憔悴却羞郎”，爱恨交加的复杂感情跃然纸上，呼之欲出。

鉴于《莺莺传》篇末还有故事系元稹为暂居其宅的诗人李绅讲述后，李绅大为吃惊，写了《莺莺歌》的记载，及张生与莺莺相遇的时间“庚辰”即德宗贞元十六年（800），推算出此时的张生又与元稹年龄相近。所以，从宋代学者赵令畤到近代陈寅恪等都认为，《莺莺传》实际就是元稹个人的风流韵史，莺莺即其远房表妹崔双文的乳名。此说或许未必确凿，却给元稹的品行带来巨大的负面影响。后元稹虽官至尚书左丞，《旧唐书》中仍给予“无士君子之检操”的评价。到了金代，文士董解元将《莺莺传》改编为《西厢记诸官调》，元代戏剧家王实甫进一步创作杂剧《西厢记》，通过张生与莺莺几经波折的“大团圆”，才升华出“愿普天下有情人都成了眷属”的美好主题。

随着《西厢记》的传播，普救寺的名气也不断远扬，广为人知。被俗称“莺莺塔”的舍利佛塔，于10多米外以石击石，即可从塔身传来类如蛙鸣的清脆回声，成为我国古代建筑一大奇观，至今依然吸引着众多游客。

东门高处天，	伫立于东门放眼辽阔的高天，
一望几悠然①。	远望处有多少秀色韵味盎然。
白浪过城下，	银白的浪花川流不息涌过城下，
青山满寺前。	古刹前满都是葱葱郁郁的峰峦。
尘光分驿道②，	驿道的岔口上人影飞尘各奔一方，
岚③色到人烟。	深山里的薄雾正融入左近的炊烟。
气象④须文字，	万千景象自须要隽美的文字描摹，
逢君大雅⑤篇。	真荣幸看到你宛似“大雅”的瑰丽诗篇。

【注释】

① **悠然**：常用以形容闲适、恬淡，此处有情趣、韵致无尽之义。

② **驿道**：我国古代官修的大道，一路皆设驿站，供来往官员或官差士卒食宿、补给。

③ **岚**：山中的雾气，我国古诗文中多以其表述缥缈、朦胧的虚幻之美。

④ **气象**：景色、景象、景观。

⑤ **大雅**：本为《诗经》内容风、雅、颂三部分之一雅中的大雅，后世也代指诗歌佳作。

29. 欧阳詹:《初发太原 途中寄太原所思》

▶ 阅读小引:相知于古城青楼的难舍恋情　阴差阳错致死的怨女痴男

欧阳詹(755—800),唐代官员、诗人,字行周,泉州晋江即今福建晋江人。从小"事父母孝,与朋友信义","文章切深,回复明辩"。唐德宗贞元八年(792)高中进士第二,后来的文学大家韩愈列第三,其他20多人均极出色,被誉为"龙虎榜"。当时的吏部授官,对进士的"铨选"非常严格,贞元十四年(798)欧阳詹始获通过,出任最高学府国子监"四门助教",而韩愈尚未。翌年,欧阳詹率弟子跪伏皇宫,竭力举荐韩愈,但又过了两年韩愈才"铨选"合格。此时欧阳詹却已病逝,韩愈特作《欧阳生哀辞》致悼,忆及二人"相知"之深,称"闽越之人举进士"欧阳詹是第一个,"虽未得位"名声已经"流于人人",德行已经"信于朋友","詹与其父母皆可无憾也"。

欧阳詹著述丰富,有《欧阳行周文集》百余篇传世,对"八闽"士林的文气振兴产生过巨大的鼓舞与激励。朱熹为其宗祠所撰联语"事业经邦,闽海贤才开气运;文章华国,温陵甲第破天荒",就是非常精辟的赞誉。

不过,此君最令后世感喟不已的,则是一段发生于北都太原的悲怆恋情。据其同时代名士孟简《咏欧阳行周事》等文字记载:德宗贞元"己卯岁"即十五年(799),欧阳詹"献书相府",上策纵论国事,"风韵清雅,词旨切直",但因"东方军兴",就是正在讨伐河南宣武军与淮西藩镇的作乱,上司无暇"慰荐"。郁闷的欧阳詹随即"倦游太原",在赴"大将军宴"时"席上有妓",其中一位可谓"北方之尤"的漂亮女子,屡屡注目于他,欧阳詹也很"感悦",遂将其"留赏累月","以为燕婉之乐",就是如同夫妻般快快乐乐过了几个月。唐代侍奉官绅之妓,文艺素养大多很高,琴棋书画每每无所不通,遇到出类拔萃的才子,一见倾心、彼此敬慕也是顺理成章,欧阳詹与伊人就恐怕绝不仅只是皮肉之欢,难免有着情投意合、恨相见晚所碰撞的真爱火花。所以,及至离别之时"妓请同行",欧阳詹担心"十目所视,不可不畏",答应回到长安后"来迎"。而二人刚刚告别,一出城门未走多远,欧阳詹就写下了《初发太原 途中寄太原所思》这首仿佛一步三回头似的恋恋不舍的诗章。

欧阳詹归去后，因事衍期失约，妓乃“积望成疾”生命垂危，“死之夕”将其浓密的发髻剪下后嘱咐丫环，待“所欢”即所爱者“访我”来时一定以此为赠，并附绝笔诗曰：“自从别后减容光，半是思郎半恨郎；欲识旧来云髻样，为奴开取缕金箱。”不久，欧阳詹果然派人“密往迎妓”，却只能带着发髻与绝笔诗“空归”，他见状“恸怨”难遏，悔恨不已，10多天后便与世长辞。孟简“叹息其事”，遂作五言长诗以记，情节细节以及欧阳詹的死因或许有点夸张，内容应该基本属实，后世流传也颇为广泛。直到民国初年，前清遗老、当过东北伪满洲国总理的郑孝胥，将其改编为更加哀婉悱恻的文言小说《函髻记》。

驱马觉渐远，	策马前行越走越觉得身后远去，
回头长路尘。	频回首也只见长长的一路烟尘。
高城已不见，	巍峨的太原城已从眼底消逝，
况复城中人。	更何况城里面割舍不下的伊人。
去意自未甘，	离别的无奈到此刻仍有不甘，
居情谅犹辛。	守望思念的你想必还在酸辛。
五原[①]东北晋，	从“五原”东北的晋地遥遥登程，
千里西南秦。	到千里西南关山迢递的三秦。
一屦不出门，	那一双绣鞋儿不能够出门相随，
一车无停轮。	这一对车轮儿却在拼命的飞奔。
流萍[②]与系匏[③]，	漂荡的浮萍与孤悬的匏瓜两心相知，
早晚期相亲。	朝朝暮暮期盼着再来拥吻我的卿卿。

【注释】

① **五原**：原，地势高而平坦的原野，多以彼此的高低差或河流分隔命名；五原指长安即今陕西西安一带的毕原、白鹿原、少陵原、高阳原、细柳原。

② **流萍**：漂荡无定的浮萍，比喻漂泊的人生。

③ **系匏**：典出《论语·阳货》“吾岂匏瓜也哉，焉能系而不食？”匏瓜是一种较大的葫芦，也可泛指葫芦，味苦难食，故常空系悬挂，以喻人才未仕或弃置不用，也喻退隐、闲散。

30. 武元衡：《度东陉岭》

阅读小引：唱和美女诗人的高官俊男　惨遭谋刺砍杀的“坚正”宰相

武元衡（758—815），唐代重臣、中唐诗人，字伯苍，则天武后曾侄孙，但祖辈已落籍洛州缑氏即今河南偃师一带。唐德宗建中四年（783）以榜首举进士，颇获天子赏识，赞为“是真宰相器”，宪宗元和二年（807）升至同中书门下平章事即宰相之一。且宪宗知其“坚正”而有操守，“眷礼信任”更过于别的宰相。当时，各路节度使往往拥兵割据，成为藩镇军阀，经常武装对抗朝廷。在剑南西川即今四川中西部，节度使刘辟叛乱失败，元衡临危受命出掌西川，莅任后“绥靖约束，俭己宽民”，该安抚的安抚，该管束的管束，自奉俭朴，宽厚待民，仅三年就治理得“上下完实”，“蛮夷怀归”，赢得了多民族的拥戴。

元衡“雅性庄重”，“淡于接物”，不喜应酬，但学识卓异，才华横溢，又是相貌堂堂、风度翩翩的超级俊男，被誉为诗坛“瑰奇美丽主”，在西川曾与官妓脱籍的美女诗人薛涛来往唱和。据云，元衡到职不久外出察访，战火蹂躏后的田园荒芜、民生凋敝使其深为焦虑，作诗感叹“路半嘉陵头已白，蜀门西更上青天”，看了一半就愁成这样，再往西更难于上青天了。薛涛闻之后，乃续末句成诗“献武相国”，曰“蜀门西更上青天，强为公歌蜀国弦。卓氏长卿称士女，锦江玉垒献山川”，字里行间不乏安抚之情、激励之意。又据称，元衡的《听歌》“月上重楼丝管秋，佳人夜唱古梁州。满堂谁是知音者，不惜千金与莫愁”与《赠歌人》“仙歌静转玉箫催，疑是流莺禁苑来。他日相思梦巫峡，莫教云雨晦阳台”就是写给薛涛的。于是，被后世敷衍成一段透着诸多暧昧的风流轶话。其实，比元衡年轻10岁的薛涛这时已经40岁出头，故两人更多恐还是惺惺相惜的神交而已。

元和八年（813），宪宗“召还”元衡再任宰相，每以大事“委之”。次年，淮西藩镇吴元济叛乱，藩镇王承宗、李师道暗中相助。元衡支持宪宗，力主发兵征讨，招致多方忌恨。元和十年（815）夏，元衡凌晨上朝时突被藩镇唆使的一帮刺客拦截，顿时灯笼打灭，肩膀中箭，护卫“格斗不胜”，刺客冲了上来棒击元衡“左股”，使其坠马砍杀之，削走颅骨逃逸而去。重臣裴度也同日遇刺，幸免于难。事件迅即震惊朝野，引发众怒，白居易以“大唐国耻”上书坚请严惩。面对如此挑衅，生性果敢的宪宗并未退却，而起用裴度为相继续征讨，吴元济、李师道终被剪灭，王承宗谢罪投降，朝廷权威、统一局势得以强化，史称“元和中兴”。

元衡为官期间曾数次经三晋出塞，《度东陉岭》即是某次途中之作。陉岭系位于山西北部的雁门山古代别称。初唐时于岭西要隘建关戍守，名为西陉关，明代复修，即至今尚存遗迹的雁门关。郭子仪平定安禄山之乱时，又在岭东设东陉关。元衡所过就是此岭此关，抒发的显然是一种惆怅难掩的感慨，同时透露的似乎还有征调军队的信息。

又过雁门北，	再一次经过雁门北去关外，
不胜南客悲。	南来的官客禁不住满腹伤悲。
三边①上岩见，	攀上山崖遥远的边地扑入眼帘，
双泪望乡垂。	回望乡邦却已是双泪垂垂。
暮角云中②戍，	守军的号角刺破了云中郡的暮色，
残阳天际旗。	残阳染红的天际又好似万旗翻飞。
更看飞白羽③，	更看那调兵的羽书火速传递，
胡马在封陲④。	皆因为胡人的军马虎视在北陲。

【注释】

① **三边**：古代时曾将幽州、并州、凉州称作三边，后也泛指边疆。

② **云中**：战国时赵国设云中郡，约在今内蒙古托克托到山西左云、右玉北部，南北朝北周时又置云中县，在今山西大同一带，古人也常以云中泛指雁门关外广大边陲地区。

③ **白羽**：可指羽箭、羽扇等，也借指士兵；古代军令文书插白色鸟羽以示紧急，飞骑夺路传送，称作羽书、羽檄，此处应系此意。

④ **封陲**：所划定的边疆疆界。

31．裴度：《中书即事》

▶ 阅读小引：化为文学名篇的两桩义举　肩负“国之安危”的忠贞栋梁

裴度（765—839），唐代名臣，字中立，绛州闻喜即今山西闻喜人，出身于世代诗书簪缨的河东裴氏家族。据载：裴度原本“质状眇小，相不入贵”即无贵人相，某相士甚至称其可能“饿死”；后裴度游览佛寺，发现有丝织包裹遗落栏杆，即刻收起等待，“至暮”无人，次日清晨又来等待，少顷一妇人“疾趋而至”，原来是她筹借到价值“千余缗”即1000多吊铜钱的“玉带二”“犀带一”，准备馈送要人解救无罪下狱的父亲，前来“祈祝”时丢失，承蒙送回连连“拜泣”，“请留其一”报答，裴度“不顾而去”；异日再逢相士，顿时惊叹，称其“有阴德及物”，必定“前途万里”，果然高中进士。到元朝，关汉卿据此编写了杂剧《山神庙裴度还带》，而且搞出一段“大团圆”，让妇人变成姑娘，与状元裴度结为夫妻。

还带故事纵有传说成分，但裴度确实“操守坚正”。唐德宗贞元五年（789）中进士后，因“忠于事上”“勋德”不凡逐步升迁。宪宗元和十年（815）任刑部侍郎，由于积极支持宰相武元衡打击藩镇军阀吴元济等作乱，凌晨上朝时突遭刺客袭击，连中三剑，“初断靴带，次中背”又“伤其首”，坠马落入沟中逃脱。可裴度并未退缩，三天后即奉宪宗令继任宰相督军征讨。那篇选入中学课本的《李愬雪夜下蔡州》中生擒吴元济的奇袭战例，幕后统帅就是其人。由此赐勋上柱国，受封晋国公，食邑3千户，文豪韩愈还撰《平淮西碑》赞颂。元和十四年（819）调赴太原尹、北都留守、河东节度使。

裴度肩负“国之安危”20年，“乱臣贼子”惧其“威棱”，声望几乎等同平定“安史之乱”的郭子仪。但也数次陷入宫廷党争，“累为奸邪”排挤。一段时期，担心功高惹祸，乃寄情逸乐，避论政事，就有人搜罗美女作为歌妓敬奉。一位“新授”湖州录事参军的八九品小吏，“未赴任遇盗”丢失文书，家乡的未婚妻也被州官强逼献于裴度相府，某日裴度“微服出游”，在旅店偶逢小吏，听其凄然泪下诉说“苦事”；第二天，有官仆赶来旅店召小吏进入相府，发现厅堂所坐正是旅店那人，急忙谢罪，“拜伏流汗，不敢仰视”；裴度却说“昨见所话，诚心恻然”，立刻为之补授文书，另将其未婚妻送往旅店，又赠钱“千贯”助其赴任。这段轶事后来演绎为话本小说《裴晋公义还原配》，收入明代冯梦龙编辑的《喻世明言》。

到唐文宗时，宦官当道，朝政晦暗，裴度虽进位中书令却更加心灰意冷，便在“留守”的东都洛阳“筑山穿池”，建府邸、修别墅，再“不问人间事”。但文宗开成二年（837），又命其以中书令出任太原尹、北都留守、河东节度使，裴度因老病“固辞”，文宗却以请“为朕卧镇北门”之托拒绝，裴度只好到职，未及二年故世。这首《中书即事》，抒写了隐忍的无奈与节操的正直，表达了古稀统兵、不惜生命忠心报君的意向，也流露了对小人的藐视与最终回归田园的期冀，整体判断应该就是莅职太原时的诗作。从清代起，裴度还获得无上殊荣，被钦定为列朝79位贤臣之一，陪祀北京历代帝王庙。

有意效承平[①]，	虽有意致力于世道的升平，
无功答圣明[②]。	愧无功报答今上的圣明。
灰心缘忍事，	心灰意冷皆因为隐忍太多，
霜鬓为[③]论兵。	鬓发斑白却还得论武谈兵。
道直身还在[④]，	守正不阿但所幸此身仍在，
恩深命转轻。	皇恩深厚也只好将老命看轻。
盐梅[⑤]非拟议[⑥]，	担当重任并非原初的本意，
葵藿[⑦]是平生。	葵花向阳的赤诚已洒尽了终生。
白日长悬照，	朗朗青天固然是白日常照，
苍蝇谩[⑧]发声。	总难免污浊的苍蝇嗡嗡有声。
高阳旧田里[⑨]，	选一方屈原那样的田宅吧，
终使谢归耕。	我终将辞官归去解甲耕耘。

【注释】

① **效承平**：效，此处作效劳、效力解；承平，多指政治清明造就的太平世道。

② **圣明**：神圣英明，古代也作为敬语指称君王。

③ **为**：此处可当做、做事、行事解。

④ **道直身还在**：道直，恪守正道；身还在，有躲过劫难之意。唐代从中叶起宦官势力膨胀，唐文宗大和九年（835）冬，新晋宰相李训等获得文宗认可，密谋诛灭控制朝政的宦官仇士良集团，乃假借观览“祥瑞”甘露之名，将仇士良等诱至左金吾卫即禁卫军衙门后院，但不慎事泄，双方展开激斗，宦官集团虽有死伤，却劫持文宗成功，随即开始大举反扑，李训与众多朝臣以及无辜民众千余人被杀害，酿成一场惨烈无比的宫廷血案，史称“甘露之变”；裴度远在洛阳未陷祸患，后还上疏解救“全活”了株连下狱者“数十家”。

⑤ **盐梅**：典出《尚书·商书·说命》“若作和羹，尔唯盐梅”，认为调味品中最佳即是盐与梅，故后世转化为成语“盐梅之寄”，以喻托付重任，担当重任。

⑥ **拟议**：事前的考虑或谋划，此处可作初衷解。

⑦ **葵藿**：葵即向日葵，藿指藿香，古人二者连用多单借向日葵之属性，以喻下对上之赤诚相向、忠心耿耿，典出三国曹植《求通亲亲表》“若葵藿之倾叶太阳，虽不为之回光，然终向之者，诚也”。

⑧ **谩**：污蔑，诽谤，散布诋毁性流言蜚语。

⑨ **高阳旧田里**：指屈原旧田宅，并喻高士居所。高阳即高阳氏颛顼，我国上古传说的部落联盟首领，所谓“三皇五帝”中“五帝”之一，北方之帝玄帝，屈原在其《离骚》中自称“帝高阳之苗裔”；又据南北朝北魏郦道元《水经注》载，“屈原有贤姊，闻原放逐，亦来归”，“因名曰秭归”即今湖北秭归县，“县东北数十里有屈原旧田宅，虽畦堰縻漫，犹保‘屈田’之称”；此句也有版本为“嵩阳旧田里”，嵩阳即河南嵩山之南，或因河南是裴度晚年常居之地乃有此说。

32. 令狐楚：《游晋祠上李逢吉相公》

▶阅读小引：与声誉不良宰相的毕生深交　暮年时触景伤情的挥泪思念

令狐楚（766或768—837），唐代名臣、中唐诗人，字壳士，宜州华原即今陕西铜川耀州人。编纂五代《周书》之唐初名臣令狐德棻之后裔，父曾为太原府功曹参军，是协助府尹主管人事考绩的佐官。令狐楚“才思俊丽”，精通骈文，书写“章奏”尤为高手。唐德宗贞元七年（791）举进士，但为了守候“庭闱”侍奉父母，恳切谢绝了别处厚聘返回太原，仅以八品衔为河东节度使“掌书记”当秘书。德宗“好文”，每逢“太原奏至”都能辨是否“楚之所为”，非常欣赏。

贞元十七年（801）河东节度使郑儋猝死，“不及处分后事”，“军中喧哗”发生纠纷，“十数骑持刃”驰来，迫令狐楚“至军门”，“诸将”围之逼写“遗表”，“楚在白刃之中”援笔“即成”，晓情谕理“读示三军”，“无不感泣”，乱局“乃安”，因而“声名益重”，逐渐脱颖而出。唐宪宗元和九年（814）官至翰林学士与草拟圣旨的中书舍人。当时，裴度正以宰相兼彰义军节度使“招抚”淮西不驯藩镇，另一宰相李逢吉则“与度不协”，时有矛盾。据云逢吉性格“忌刻”“险谲多端”，往往睚眦必报，“务偿好恶”，官场声誉不佳，令狐楚却夙有“风仪”，为人“宽厚有礼”，“累居重任”，操守“如初”。可是，令狐楚与逢吉却非常“相善”，曾取《易经》“二人同心，其利断金”意，合编彼此唱和诗为《断金集》。所以，有些历史记载的是非实在难以简单评说。

唐文宗太和六年（832），令狐楚出任河东节度使兼太原尹、北都留守。太原是其少时读书之地，嗣后“随计成名”之地，故视之“实如故里”，当地“邑老”尤其欢迎。令狐楚也熟悉乡风，能“因人所利而利之”，“绥抚”分寸“有方”，军民均皆大悦。后来官拜宰相，进封彭阳郡开国公，也曾几度陷入党争，屡有进退，故世后赠授司空。这首《游晋祠上李逢吉相公》，就是令狐楚“作镇”太原的诗作。

晋祠位于太原西南晋水源头悬瓮山麓，南北朝北魏郦道元《水经注》中有言，“《山海经》曰‘悬瓮之山，晋水出焉’”，且灌溉了附近大片良田。又据史载，西周初年武王驾崩，年幼的成王继位，某日与弟叔虞玩耍，将一片桐叶剪作玉圭模样，称以此为凭封叔虞于“唐”，史官当即择日请行，成王曰“吾与之戏耳”，史官曰“天子无戏言”，不能嬉笑，说到就得做到，此即所谓“桐叶封弟”的传说。但“唐”在何处素有异议，一种观点就是太原，故北魏时这里已建有唐叔虞祠，北齐时更“大起楼观，穿筑池塘”，遂成著名胜地。从诗中看，令狐楚与逢吉早年相结太原，过从密切，经常一道游览晋祠，30多年后自己旧地重游，无缘共行也俱都老去，不禁感慨万端，潸然泪下，期望将泪珠坠入水流漂向洛河，把思念送到友人身边，充分说明了二人的交往深厚与情谊久长。

不历晋祠三十年，	不到晋祠不知不觉已经有三十年，
白头重到一凄然。	满头白发重访故地越令人倍感凄然。
泉声自昔锵[①]寒玉，	泉声一如既往仍像清冷的碎玉摇荡，
草色虽秋耀翠钿[②]。	入秋的草色依旧绽放着翠珠般的光闪。
少壮同游宁有数，	少壮时的结伴同游哪还记得次数，
尊荣再会便无缘。	现如今官爵尊荣却可惜相会无缘。
相思临水下双泪，	面对着淙淙流水滚落思念的泪，
寄入并汾[③]向洛川[④]。	就拜托仿佛接力的群河传递君前。

【注释】

① **锵**：形容泉水清脆悦耳的响声。

② **翠钿**：用碧玉制造且嵌着金花的漂亮首饰。

③ **并汾**：此处应是借称晋水与汾河，晋水从并州悬瓮山涌出后汇入黄河的支流汾河。

④ **洛川**：指洛河，发源于陕西，入河南后流经洛阳，由巩县汇入黄河；当时，李逢吉正以太子太师为东都留守，驻节洛阳，故令狐楚作此语。

33. 韩愈：《奉使常山早次太原呈副使吴郎中》

▶ 阅读小引：因敢言屡遭放逐的诗文大师　匆促过路受款待的酬谢留赠

韩愈（768—824），唐代文学大师、儒学思想家，字退之，河南府河阳即今河南孟县人，祖籍幽州昌黎，故也有韩昌黎、昌黎先生之称。韩愈最大贡献在于，以其为旗手、为主将发起的“古文运动”，实际就是抵制魏晋六朝以来追求“偶对”、崇尚“骈丽”、雕琢辞藻、忽视内涵的浮华倾向，倡导复兴先秦、西汉时期灵活率性、不拘形式、注重“抒意立言”“文以载道”的质朴文风，在我国文化史上产生过划时代的影响。被苏东坡誉为“文起八代之衰”，后世所尊“唐宋八大家”中也占据首席宝座。宋神宗元丰七年（1084），钦命入祭文庙，陪祀孔子。

韩愈三岁丧父，自知“孤子”，越发“刻苦学儒，不俟奖励”，但科考数度落榜，唐德宗贞元八年（792）始“登进士第”，当时授官还须吏部严格“铨选”，贞元十七年（801）始获通过，出任国子监教职“四门博士”，次年调任监察御史。韩愈“操行坚正”却“拙于世务”，“发言真率，无所畏避”，未及两月就以《御史台上论天旱人饥状》为灾民请命，又痛陈太监强行勒索、贱买民间货品的“宫市之弊”，结果被远贬为岭南阳山即今广东阳山县令。唐宪宗元和元年（806）召回，元和四年（809）授都官员外郎，几个月后就再因“妄论”降为洛州即今洛阳一带的河南县令。后复任国子监教职，遂作《进学解》调侃自己的不识时务“累被摈黜”，而留下了“业精于勤荒于嬉，行成于思毁于随”的经典名言。

元和十年（815），韩愈升为草拟天子诏诰的中书舍人，继因随宰相裴度平定淮西藩镇之乱升为刑部副职侍郎，但元和十四年（819）又遭放逐。原来，凤翔法门寺有所谓“释迦文佛指骨一节”，据云“三十年一开，开则岁丰人泰”，届时就要迎入皇宫供奉数日，“王公士庶”往往“奔走舍施，唯恐在后”，百姓也狂热叩拜，甚至有“废业破产，烧顶灼臂”者。这一年，劳民伤财的活动又要举行，韩愈毅然上书“谏迎佛骨”，吁请停办，力主将这些“枯朽之骨，凶秽之余”，“投诸水火，永绝根本”，“断天下之疑，绝后代之惑”。宪宗看罢大怒，立即将其贬为岭南潮州刺史，韩愈诗中名句“一封朝奏九重天，夕贬潮阳路八千”所指就是此事。次年召回，出任从三品国子监祭酒即国家最高学府主官，越一年转任兵部侍郎。

唐穆宗长庆元年（821），常山郡即今河北正定一带发生兵变，回纥将领王廷凑杀死节度使自立，朝廷讨伐失利。次年二月，韩愈“奉使”前往“宣谕”，随即兼程上路，入晋后途经太原，河东节度副使吴丹热情接待，这首《奉使常山早次太原呈副使吴郎中》就是韩愈留赠吴丹的诗作。而后，韩愈匆匆告别，早晨出发当晚就赶往百多里外的寿阳，又很快抵达常山，“集军民”晓之以“逆顺”之理，“辞情切至”，获得“畏重”。后又经多方斡旋，廷凑接受招抚，兵变遂告平复。越三年韩愈故世，赠授礼部尚书，谥号“文”。宋神宗元丰七年（1084），钦命以“先儒”入祭文庙，陪祀孔子。

朗朗闻街鼓[①]，	猛听得声声街鼓响亮而又清晰，
晨起似朝时。	真好似到了上朝时刻催人早起。
翩翩[②]走驿马[③]，	但如今一路匆匆轮换着驿站的快马，
春尽是归期。	或许要春光褪尽才能有个归期。
地失嘉禾[④]处，	叔虞收获“嘉禾”的宝地虽难寻觅，
风[⑤]存蟋蟀辞[⑥]。	《诗经·唐风》却留下《蟋蟀》的辞句。
暮齿良多感，	越来越老的我总不免多愁善感，
无事涕垂颐[⑦]。	两腮边无缘无故已是泪水淋漓。

【注释】

① **街鼓**：唐代开始最初设置于京师承天门以及“六街”街头的“警众”鼓，傍晚击鼓开始夜禁，关闭城门与坊市等门，凌晨击鼓夜禁解除，以维护社会治安，后其他城市逐步沿用。

② **翩翩**：飞翔貌，以喻乘车马疾驰状；但此处第一个翩似有翻倍、成倍增加之义，第二个翩则有反转、变动之义，意即为紧急赶往钦命目的地，沿途轮番反复、一次一次不断调换马匹，这样解释上下句的对仗才更贴切，更加符合律诗的规则。

③ **驿马**：驿站的马匹。驿站为我国古代设于官道而专供传递公文的官差或过往官员等人食宿、补给、换马的场所，通常30里左右一站，形成了遍及各地的完整的服务体系。

④ **嘉禾**：一种所谓“异母同颖”即两条根茎共生一穗的异形谷类，古人以为祥瑞。据《史记·晋世家》载，周武王死去后年幼的成王继位，唐地“有乱”，辅政的周公派兵“诛灭”，某日成王与其弟叔虞玩耍，“削桐叶为珪”即将桐叶剪成礼器玉圭模样赏予叔虞，并曰“以此封若”将唐地封你了，史官就请择日实行，成王曰“吾与之戏耳”我是与弟弟说笑而已，史官曰“天子无戏言，言则史书之，礼成之，乐歌之”，“于是遂封叔虞于唐”，“故曰唐叔虞”，这就是著名的“桐叶封弟”的传说。叔虞到唐地后治理有方，“天降祉福”，发现了“异母同颖”的嘉禾，“献之成王”，成王作《馈禾》篇，命转送远征“东土”的周公，周公作《嘉禾》篇以谢；叔虞死后，其子燮改唐为晋，史称晋侯，春秋时期的晋国即由此肇始；叔虞受封之唐地，古代有太原附近一说，故韩愈如此叙写，但通过出土文物等证据显示，实际上应在今山西翼城、曲沃一带。

⑤ **风**：《诗经》中风、雅、颂之风。

⑥ **蟋蟀辞**：指《诗经·唐风》中的《蟋蟀》篇，是劝人勤勉、玩乐须有节制、不能荒废正业的诗作，也有感叹时光流逝、应该珍惜的涵义。

⑦ **颐**：面颊、两腮。

34. 白居易：《初入太行路》

▶ 阅读小引：晋籍诗人仅有的留晋篇章　仕路凶险深切体悟的借题发挥

白居易（772—846），唐代诗坛巨子，字乐天，号香山居士，祖籍太原，先世移居距长安不远的下邽。自幼“聪慧绝人”，据云“生七月”便默识“之无”二字，十几岁“以诗”拜见恃才傲物、谁也瞧不上的前辈顾况，顾况劈头就是一句“长安物贵，居不大易”的讥诮，待其看到“野火烧不尽，春风吹又生”时急忙改口“有句如此，居亦何难”，成为久传不衰的趣话。

唐德宗贞元十六年（800）白居易登进士第，此后跻身宦海数十年，政绩尚属可观。典型一例就是杭州刺史任上“筑堤捍钱塘潮”，“浚西湖水入漕河”，“溉田千顷”，又疏通年久失修的“六井”，引来西湖甜水“民赖其汲”，缓解了当地近海“地泉咸苦”之弊。唐武宗会昌二年（842）以正三品刑部尚书告退，为便利舟楫往来，又施私财开辟洛阳龙门八节石滩。死后获谥曰“文”，赠授尚书右仆射也即类似宰相的虚衔。

白居易“文章精切”，“文辞富艳”，“尤精于诗笔”，“至数千篇”。几度自编《白氏文集》，分藏庐山东林寺、洛阳圣善寺、苏州南禅院等处，传世作品近3000篇，为唐代诗人之冠。有《长恨歌》《琵琶行》等泱泱大作，也有无数像“日出江花红胜火，春来江水绿如蓝”，“松排山面千重翠，月点波心一颗珠”，“几处早莺争暖树，谁家新燕啄春泥”这样出神入化的妙句。而其《新乐府》之类的“讽谕”诗，“箴时之病，补政之缺”，更留下“剥我身上帛，夺我口中粟”，“夺我身上暖，买尔眼前恩”，“是岁江南旱，衢州人食人”，“岂知阌乡狱，中有冻死囚”，“虐人害物即豺狼，何必钩爪锯牙食人肉”等揭示现实疮痍的沉重记录。

白居易生前其诗已“流闻”宫廷，“士人争传”，且大名远播外域。契丹国主“亲以本国文字译出，诏番臣读之”，“鸡林”即朝鲜半岛新罗国宰相常以重金求购，在日本更受追捧，东京博物馆至今珍藏着古抄本《白氏文集》残卷。所以，在唐代是声望远高于李白、杜甫的诗人。故世后，唐宣宗曾作七律“缀玉联珠六十年，谁教冥路作诗仙。浮云不系名居易，造化无为字乐天。童子解吟‘长恨’

曲，胡儿能唱'琵琶'篇。文章已满行人耳，一度思卿一怆然"吊之，成为评价精辟又极为罕见的帝王悼臣诗。

白居易《新乐府》中，有《太行路——借夫妇以讽君臣之不终也》一诗。称"太行之路能摧车，若比人心是坦途。巫峡之水能覆舟，若比人心是安流"，"行路难，难于山，险于水"，"不独人间夫与妻，近代君臣亦如此"，"朝承恩，暮赐死"，"只在人情反复间"，真切地表现了作为臣下"伴君如伴虎"的战战兢兢。这首《初入太行路》与之可谓异曲同工，白居易通过翻越太行山的亲身体验，所抒发的依然是人心叵测、世路难行，实际就是对官场险恶的痛切感慨。

天冷日不光，	冷飕飕的天空中日色无光，
太行峰苍莽。	太行群峰愈显得莽莽苍苍。
尝闻此中险，	早听得此地万分凶险，
今我方独往。	今日里我正要独自前往。
马蹄冻且滑，	马蹄冻僵又是异常的路滑，
羊肠[①]不可上。	"羊肠坂"简直就是不可翻越的山岗。
若比世路难，	但较之艰难险恶的宦海与尘世，
犹自平于掌。	真如同伸开的手掌一样平展坦荡。

【注释】

①**羊肠**：比喻狭窄曲折的小路，此处或指曹操的《苦寒行》中提及的"羊肠坂"，现山西壶关县有地名谓之，是古代由河南穿越太行山出入山西的必经险道。

35．贾岛：《北岳庙》

▶ 阅读小引："推敲"典故阐述的苦吟趣事　焚香拜诗的愤懑"诗奴"

贾岛（779—843），中唐诗人，字阆仙，幽州范阳即今河北涿州人。出身寒素，又"连败文场"屡考不第，而致"囊箧空甚"，只好出家为僧。但其以诗为命，每每字斟句酌雕琢，是所谓的苦吟派诗人。

据云，某日贾岛骑着瘦驴顶着大伞横过京师街头，"时秋风正厉，黄叶可扫"，顺口吟出"落叶满长安"，下句却"杳不可得"，良久突然想出"秋风吹渭水"，顿时"喜不自胜"，却"唐突大京兆"即冒犯了过路的长安行政长官刘栖楚，被关禁闭一天。而其最出名的还是那个"推敲"的故事，说某日访友归来，得句"鸟宿池边树，僧敲月下门"，又觉该用"推"字，就在"驴上吟哦"时作"推敲之势"，恰逢也是"京兆"大员的韩愈"车骑"路过，仍"神游象外不知回避"，遂被拿获，韩愈问明情由后曰"'敲'字佳"，且邀其"并辔而归，共论诗道"，引为"布衣交"。另有一说是，贾岛在洛阳时因官方禁僧人午后外出，以诗"不如牛与羊，犹得日暮归"表达怨尤，被素性"弘通"，交人不计贵贱的韩愈发现，乃"教其为文"，嘱其还俗继续科考，故《新唐书》将其列为"韩门弟子"。

不幸的是贾岛依旧"累举不中"，直至年近花甲才被派到遥远的遂州长江县即今四川蓬溪，当了个掌管文书事务的九品主簿，后稍升为普州即今四川遂宁负责官库的"司仓"，未到任即逝世。"临死之日家无一钱，唯病驴、古琴而已"。但这位灵气不俗又能呕心沥血的"诗奴"才子，却留下了诸如"泪落故山远，病来春草长"，"白鸟飞还立，青猿断更号"，"长江人钓月，旷野火烧风"，"寒山晴后绿，秋月夜来孤"，"默听鸿声尽，行看叶影飞"等"情"采飞扬的绝妙佳句，而那句已成为著名箴言的"十年磨一剑"也是出自其人手笔。

贾岛还有一个著名典故，就是在其《送无可上人》中"独行潭底影，数息树边身"下面，夹注的小诗"二句三年得，一吟双泪流。知音如不赏，归卧故山秋"，可见为了这10个字搜索枯肠到了何等地步。据载，贾岛"每至除夕"必将

“一岁所作”置于案桌，祭酒“焚香再拜”，曰“此吾终年苦心也”，然后边“痛饮”边咏诵，喟叹“知余素心者，唯终南紫阁、白阁诸峰隐者耳”，除了山中隐者无人理解，足见贾岛对自己的怀才不遇该是何等的愤懑与酸楚。

贾岛生平史载甚少，一度客居太原，到过山西南部盐池，渡过北部的桑干河，《北岳庙》应该就是此时之作。北岳即恒山，是儒家经典《周礼》中所称的并州镇山，主峰位于山西浑源，海拔2016米，绵延直至河北，秦汉时就有祭祀，最早的庙宇则始建于北魏太武帝太延元年（435），隋炀帝于大业四年（608）“八月辛酉”曾经“亲祠恒岳”。不过，河北曲阳县城内也建有北岳庙，但明孝宗时学者、吏部尚书马文升就有上疏指出，“致祭”恒山“历秦汉隋唐”均在浑源，“庙址犹存”，五代石敬瑭割让“燕云十六州”后才移祭曲阳。鉴于此，再结合诗中“岩峦”层叠“万重”、其势“诡怪”又“难测”的描写判断，此诗作于丛山中的浑源显然是更加合理。

天地有五岳[①]，	天地间矗立着雄奇的五岳，
恒岳居其北。	恒山即位居于神州的北陲。
岩峦叠万重，	峰岩万重层峦叠嶂，
诡怪浩难测。	拥多少诡秘无常怪异莫测令人生畏。
人来不敢入，	纵使是朝拜者也未敢深入，
祠宇白日黑。	白日的庙宇里照样是一派昏黑。
有时起霖雨，	有时候又突然喜雨连绵，
一洒天地德[②]。	顷刻间就仿佛洒遍了上苍的恩惠。
神兮安在哉？	尊一声此方的神灵可在哪里？
永康我王国。	护佑我当今的圣朝永驻康辉。

【注释】

① **五岳**：即东岳泰山、西岳华山、中岳嵩山、北岳恒山、南岳衡山，是我国古代享受皇家祭祀的神山，也是道教名山。

② **德**：此处为古汉语意动用法，作动词使用，表示霖雨一洒若天地施恩、获万物感德之状，所体现的正是贾岛之诗所谓“瘦硬”的语约意丰特色。

36. 李贺：《平城下》

▶ 阅读小引：惊骇名家的“总角”神童　传说辞世成仙的呕心“诗鬼”

李贺（790—816），中晚唐诗人，字长吉，河南府福昌即今河南宜阳人，唐高祖李渊宗室之后，但家道早已衰落。据云，李贺因“七岁能辞章”得名，韩愈与友人皇甫湜“始闻未信”，遂赴其家“使贺赋诗”，他“援笔”则成，仿佛早有“素构”打好腹稿一般。甚至有一说称李贺已经“以长短之歌名动京师”，韩愈、皇甫湜却“未知其人”，于是登门拜望，出来一个留着羊角辫的“总角”娃娃，二人“面试一篇”，李贺“旁若无人”成诗《高轩过》。开头就是“华裾织翠青如葱，金环压辔摇玲珑。马蹄隐耳声隆隆，入门下马气如虹”，二人“大惊”，竟与其“联镳”即一起牵着马缰带回“所居”，“亲为束发”，视作神童。实际情况是，唐宪宗元和二年（807），18岁的李贺在洛阳以诗拜谒韩愈受到赏识，20岁时因韩愈、皇甫湜来访而作《高轩过》致敬，表达了“我今垂翅附冥鸿，他日不羞蛇作龙”渴望时来运转的热切期冀。

此后，李贺通过河南府试，取得京试资格。这时，与之“争名者”搬出了所谓的“避讳”找茬儿，说李贺“父名晋肃”，他应该“不举进士为是”。因此，韩愈特撰《讳辩》驳斥这等荒唐论调，称“父名晋肃，子不得举进士”，如果“父名‘仁’”，难道“子不得为人”吗？“考之于经，质之于律”，查查“国家之典”，李贺“举进士”犯了哪一条呢？然而，《讳辩》选入了《古文观止》，李贺依然名落孙山。唐宪宗元和六年（811），才经人推荐获授从九品奉礼郎，实际就是一个专为宫廷朝会或祭祀时安排标牌、导引就位跪拜的无聊官差。李贺深感憋屈，以“承箕帚”的“臣妾”作诗自嘲，叩问“天眼何时开？古剑庸一吼”，勉强干了两年就辞职回乡了。

李贺“天才俊拔”，文思“惊迈”，词语“奇诡”，境界幽异，格调虚荒，当时就“无能效者”，后人更以“诗鬼”赞之。据云，李贺除了“大醉、吊丧”之外，天天日出即起，而后“骑弱马”，“背古锦囊”，带一个唐代极多的少数民族仆役“小奚奴”，出去边走边想，有“所得”便“书投囊中”，“暮归”后回家将诗补足。其母每看到囊中太多，就会说“是儿要呕出心乃已耳”。或许，正是这种不把心吐出来绝不罢休的执着，不断点燃着其人灵感的火焰，才升华出如被毛泽东借用的“天若有情天亦老”“雄鸡一声天下白”以及“黑云压城城欲摧”等大量独具神韵的妙语。

元和九年（814），李贺前往潞州即今山西长治，投奔韩愈的侄婿泽潞节度使的幕僚张彻，其间也到过山西其他地方，约两年左右离去，不久夭亡。描写北国守边将士生活的《平城下》，应该就是此时的诗作。又据野史有言，李贺死前曾见红衣人乘“赤虬”驾临，声称玉帝建起“白玉楼”，“召君为记”，并说“天上差乐”，公事“不苦”，李贺“独泣”良久“气绝”，闻窗外“勃勃有烟气”与行车吹管之声，成仙去也。

饥寒平城[1]下，	戍守在又冷又饿的平城之下，
夜夜守明月。	夜夜相伴的只有那明月高挂。
别剑[2]无玉花[3]，	离家日久的剑刃亮泽已失，
海风[4]断鬓发。	大漠的阴风狂吹着散乱的鬓发。
塞长连白空，	绵延的边塞直通向惨白的天际，
遥见汉旗红。	遥望汉家军旗闪耀着火红的光华。
青帐吹短笛，	青色的营帐传来了短笛呜咽，
烟雾湿画龙[5]。	腾飞的烟雾润湿了龙幡上的图画。
日晚在城上，	向晚时分站立平城城头，
依稀望城下，	隐隐约约眺望平城城下，
风吹枯蓬起，	朦胧中枯黄的蒿草随风飘起，
城中嘶瘦马。	平城内嘶叫着瘦骨嶙峋的战马。
借问筑城吏，	问一声整修城垣的带兵小吏，
去关几千里？	远离开几千里乡关有什么可怕？
惟愁裹尸[6]归，	回答是最担忧在无谓煎熬中裹尸而去，
不惜倒戈[7]死。	最不惧奔赴疆场挥戈死斗血染尘沙。

【注释】

① **平城：** 西汉初置，在今山西大同西北，南北朝时北魏道武帝拓跋珪皇始

三年（398），由盛乐即今内蒙古和林格尔北土城子遗址一带迁都于此，同年夏历12月2日（399年1月24日）改元天兴，正式称帝，唐代时平城曾置为北恒州、云州，为对抗突厥边陲重镇；此外，隋文帝开皇十六年（596）曾于春秋时期晋国赵简子所立平都故城置平城县，唐代沿袭，在今山西和顺仪城村一带；李贺所言之平城，应指前者。

② **别剑：** 东晋干宝所撰志怪小说《搜神记》中，有一干将、莫邪夫妇曾造雌雄二剑而献出一剑故被楚王杀害、儿子长大用另一剑舍身复仇的故事，又衍变出《晋书·张华列传》中二剑相遇、入水化龙相携逝去的传奇，后世遂以比喻夫妻之生离死别。

③ **玉花：** 宝剑闪烁的光芒。

④ **海风：** 海，瀚海，指戈壁沙漠，海风即北方吹来的狂风。

⑤ **画龙：** 军营旗帜上所画的龙图。

⑥ **裹尸：** 典出范晔《后汉书·马援列传》中名句“男儿要当死于边野，以马革裹尸还葬耳。何能卧床上在儿女手中耶”？所表达的原本是一种捐躯疆场、视死如归的英雄豪气，但此处仅指困守边陲，无谓而死。

⑦ **倒戈：** 战斗到死，戈矛倒地，非反戈一击之义。

37．许浑：《晚登龙门驿楼》

▶ 阅读小引：赠诗天官仙女的梦幻神游　鱼龙变化之地的临流吟啸

许浑（约791—854），中晚唐诗人，字用晦或作仲晦，则天武后时宰相许圉师六世孙，祖籍安州即今湖北安陆，后居润州丹阳即今江苏丹阳。据元朝人辛文房《唐才子传》等载，唐文宗太和六年（832）许浑举进士，曾为县令，因“苦学劳心”，“有清羸之疾”就是过于瘦弱，以“伏枕”即长年卧床免官，后获授家乡六品佐官润州司马；唐宣宗大中三年（849）拜监察御史，又任睦州、郢州二州刺史，在今浙江建德、湖北鄂州一带，未久“抱病退居”，“缀录所作”，编为诗集。但许浑在《乌丝阑诗》自序中称，其少学诗，“虽志有所尚而才无可观”，“大中三年守监察御史，抱疾不任朝谒，坚乞东归”；“守”有在职之意，故实际是这一年辞掉监察御史，坚请归乡；次年“编集新旧五百篇”，“置于几案”，“聊用自适”，只为个人观赏，非为“求知”他人。自序最后标明时间地点，“庚午岁（850）三月十日于丁卯涧村舍手写此本”。所以，后来其诗500余首以《丁卯集》传世。

许浑乐于“林泉”，喜以水入诗，论家有“许浑千首湿，杜甫一生愁”之评。但更为人赞赏的是其“登高怀古”诗作，“格调豪丽”每具“壮心”，犹若“强弩初张”，生前身后“慕者极多”。《唐才子传》还载：许浑“早岁”游历江南名山天台，“仰看瀑布”，“旁眺”群峰，望着“霏烟”中朦胧的佛寺，踏着“悬壁”上的“石桥”，诵着从太原南迁会稽的东晋名士孙绰的《游天台山赋》，“兼晨”登临，“穷览幽胜”，越感“王事不果，有负初心”，“傲然有思归之想”。后昼眠又“梦登”此山，见“宫阙凌虚”，听旁人说“此昆仑也”，“远见数人方饮”，招其“就坐”共酌，到晚“而罢”，这时“一佳人出笺求诗”，“未成”梦醒，吟成“晓入瑶台露气清，庭中惟见许飞琼。尘心未断俗缘在，十里下山空月明”一首。异日“复梦至山”再遇佳人，曰“子何题余姓名于人间”，原来是王母娘娘的侍女许飞琼，遂立即改为“天风吹下步虚声”，佳人曰“善矣”。虽系故事也反映了其人“才思翩翩”以致“仙子所爱，梦寐求之”的知名度，甚至有崇拜到“家家自谓”得其诗如得“骊龙”明珠可“照夜”长明的说法。

这首《晚登龙门驿楼》中之龙门，为唐代绛州一县即今山西河津。据说大禹治水时凿开县西北的龙门山，“断门阔一里余”，使“黄河自中流下”，裂山狂啸而过，怒涛汹涌，浊浪澎湃，形成了秦晋大峡谷中最险要的一段，相传每年春天均有无数鲤鱼逆流前来，一旦跃过即化为龙，但寥寥无几，故古代也将科考举进士者喻为“登龙门”。龙门也是古代黄河边上一个重要渡口，势必设有驿站，史载还有望河楼之说。许浑途经此地，乘兴登临，眺望着气势磅礴的黄河激流，又联想到那个神奇的传说，不免有所感悟，而写下了这首似乎还折射着几许励志光华的诗作。

鱼龙多处凿门开，	将这样可使鱼龙变化的山门凿开，
万古人知夏禹材。	万古千秋无人不知夏禹的雄材。
青嶂①远分从地断，	远列两岸的青峰如从地底劈断，
洪流高泻自天来。	居高直泻的洪流仿佛凌空飞来。
风云有路皆烧尾②，	风云有路但务须争得天火烧尾，
波浪无程尽曝腮③。	跳不过联翩大浪就只能干晒两腮。
心感膺门④身过此，	心想着鹏程锦绣恰又身临此境，
晚山秋树独徘徊。	独步在晚山秋树里真是思悟满怀。

【注释】

① **青嶂**：如同屏障般高峻的青山。

② **烧尾**：鱼跃龙门成功之后的化龙过程，后人以此比喻科举登第或显达高升。典出北宋类书《太平广记》所引汉代地方志书《三秦记》，称“龙门之下，每岁季春有黄鲤鱼自海及诸川争来赴之”，但“一岁中”能跃过去“登龙门者不过七十二”，一旦“初登龙门即有云雨随之，天火自后烧其尾”，于是“乃化为龙矣”。

③ **曝腮**：鱼跃龙门不得成功时的晒腮窘相，后人以此比喻科举落第或处境困顿。典出唐代类书《艺文类聚》所引《三秦记》，称“河津一名龙门，大鱼集龙门下数千不得上”，“上者为龙”，“不上者”即谓之“曝鳃龙门”。

④ **膺门**：李膺门下，借指获得名高望重者赏识接纳，典出范晔《后汉书·党锢列传》；李膺是东汉桓帝时期士大夫集团“八俊”之一，被誉为“人之英也”，曾亲冒“矢石”几次率部击破鲜卑“犯塞”，使之“望风惧服”，“声振远域”，也曾免官讲学“教授常千人”，彼时宦官集团势力膨胀，李膺则断然诛杀了当权宦官张让“贪残无道”的弟弟，令“诸黄门常侍”即众宦官一时“鞠躬屏气”不敢出宫；在“朝廷日乱”“纲纪”废弛之际，李膺仍“独持风裁”，“以声名自高”，很受“天下士大夫”钦仰，凡能“被其容接者”竟以“登龙门”称之，引为荣耀。

38. 张祜：《冬日并州道中寄荆门舍》

阅读小引：自诩“侠士”文人的受骗笑谈 “一声何满子”赢来的卓越诗名

张祜（约792—854），中晚唐诗人，字承吉，贝州清河即今河北清河人，也有河南南阳等说，但其长期寓居江南。张祜出身望族，诗才不凡兼且任侠，曾奔走各地到处投谒名卿显宦，谋求“汲引”仕进，结果并不如意。做过几次幕僚，均因性格“狷介”与人“不合”而去。最幸运的一次是蒙重臣令狐楚赏识，亲书“荐表”，令以其“新旧格诗三百首”入京“进献”，还是一无所获“寂寞而归”。

有野史载：张祜失落之际“漫游江淮，嗜酒”，每以“侠士”自诩；某晚一腰间挂剑“装饰甚武”很像侠士之客前来，手提一囊，囊中物“血流于外”，问此处“张侠士之居”吗？张祜然之，客“既坐”即开言道，自己“有一仇人十年莫得”，今已“杀之”，指囊称“此其首也”，又称“有恩人”仅“去此三里”，已“多年未报”，可否暂借“钱十万”容我“报之”，明日“即还”，以后“为尔赴汤蹈火”绝无忌惮；张祜“信之”，将所积尽量给予，客“留囊而去”。次日“未见其反”，恐人首惹事准备掩埋，与家人“开囊出视”，原来“乃猪首也”，始知上当。从此“豪侠之气顿衰”，似乎才真正看破红尘，定下心来，筑室太湖之北的名城丹阳，隐居终老。

张祜布衣一世，诗名却很了得，深受同辈及后辈诗人“钦重”，凡交游“知己者皆当世英儒”，其诗作“览物品游”，“往往超绝”，尤善宫体小诗，“声唱流美”，“裁思精利”，“颇谐音调”，到晚年“诗益高，名益重”，友人杜牧曾以“谁人得似张公子，千首诗轻万户侯”盛赞。北京国家图书馆，有其南宋初年西蜀刻印《张承吉文集》10卷珍藏。而后世最为张祜赢得诗名的，则是那首出语浅显、旨趣隽永而广为人知的小诗“故国三千里，深宫二十年。一声何满子，双泪落君前”。

《何满子》是曲牌名，但本系唐玄宗时著名歌者，因犯事论斩。据白居易言，何满子“临刑进此曲以赎死”，“一曲四调歌八叠，从头便是断肠声”，后究竟被杀还是被免说法不一，曲牌却流传下来。张祜有自记称：唐武宗有位能歌会吹笙的宠姬孟才人，武宗病重时望着“密侍左右”的她说，“吾当不讳尔何为”

我不行了你怎么办？才人“指笙囊”哭道，“请以此就缢”上吊，接着又主动为武宗歌《何满子》一曲，歌罢气绝，武宗“令医候之”，但是“脉尚温而肠已断”，张祜遂作《孟才人叹》。“一声何满子，双泪落君前”所述也是此事。

《冬日并州道中寄荆门舍》，约作于唐宪宗元和十四年（819）稍后。当时，平定藩镇军阀叛乱的名臣裴度，出任河东节度使坐镇太原。不久，积极谋求仕进的张祜前来拜见，呈送竭尽溢美之词的《献太原裴相公三十韵》。这首诗应该也是此时之作，虽名为远致江南家人，诉说了些许思念，更炽烈的却是一种期冀投身麾下、建功立业的热切表白，自我兜售、希望恩主览阅提携的渴求昭然若揭。诗固然写得豪情满怀，气宇轩昂，却不免充满着过多的虚幻色彩。

圣明神武①尚营边，	英武功高的大将军尚且鼎力守边，
我是何人不控弦②？	我算个什么人能不弯弓向前？
身着貂裘③随十万，	穿戴起裘皮的戎装身随雄兵十万，
心思白社④隔三千。	虽思念退隐田园却也路隔三千。
云沉古戍⑤初寒日，	浓云笼盖的古军营冬寒渐近，
雁下平陂⑥欲雪天。	大雁暂歇的河畔似已雪意缠绵。
却为恩深归未得，	只因了深厚的恩遇未可回归，
许随车骑勒燕然⑦。	且待我疆场驰骋满载着勋业凯旋。

【注释】

① **圣明神武**：古代多用以称颂帝王，但神武也用以赞美高级将领，此处应指后者。

② **控弦**：持弓、拉弓，借指从军。

③ **貂裘**：貂皮大氅，质轻而御寒性甚佳，此处借指北方边军的高档军服。

④ **白社**：借指隐士或隐士居处，典出王隐《晋书·逸民传》董京事；司马氏篡魏为晋后，董京“被发徉狂，忽至洛阳”，“止宿白社中”，“时乞于市”，身着“残碎缯絮”之“百结衣”，“后数年去，莫知其所”，有记载称“后隐居于横县”。

⑤ **古戍**：古老的军堡、城垒、营寨等边防建筑。

⑥ **陂**：读作bēi，池沼、水边，也指坡地。

⑦ **勒燕然**：范晔《后汉书·窦融列传》载，东汉和帝永元元年（89），窦宪率军出征北匈奴，发多路兵马直驱今蒙古国境内西南，“战于稽落山大破之”，“虏众崩溃”，北匈奴“单于遁走”，逐渐迁往欧洲，窦宪又“追击诸部”，“斩名王以下万三千级”，获“马、牛、羊、橐驼百余万头”，其他“八十一部率众降者前后二十余万人”，经两年远征，持续弥久的汉匈战争终于结束；窦宪班师之前登上“去塞三千余里”的燕然山即今蒙古国杭爱山，由随军从征的文史学大家班固撰《封燕然山铭》“刻石勒功，纪汉威德”；从此，后世即以勒石燕然比喻成就了功勋。

39. 杜牧：《并州道中》

阅读小引：馈送歌女的传世真迹　属地纷争真伪可疑的"清明时节"

杜牧（803—853），晚唐诗人，字牧之，号樊川居士，京兆万年即今陕西西安人。先祖乃西晋名臣良将杜预，祖父杜佑官至宰相，是集30余年心血编定政史巨著《通典》的全才学者，父亲杜从郁曾任宫廷秘书丞，堂兄杜悰唐宪宗招为驸马，后也官至宰相。出身诗书簪缨世家的杜牧"自负经纬才略"，少时就曾撰述多篇治国策论，还仿效曹操注释《孙子兵法》。23岁写出气势如虹的警世雄文《阿房宫赋》，声名渐起。唐文宗太和二年（828）26岁举进士，后官至正四品刺史、草拟宫廷诏诰的中书舍人。

据云，杜牧为官"刚直"，不"龊龊小谨"，敢于"指陈病利"，言语"切至"。诗作名句"商女不知亡国恨，隔江犹唱后庭花"，"一骑红尘妃子笑，无人知是荔枝来"，"东风不与周郎便，铜雀春深锁二乔"等无不隐含讽喻。后人评其诗"圆快奋急"，如"铜丸走坂，骏马注坡"。但作为贵胄子弟，也沾染着浓厚的膏粱习气。太和三年（829）杜牧曾为江西观察使沈传师幕僚，太和七年（833）赴扬州为淮南节度使牛僧孺"掌书记"管公文。其间经常出入青楼，嫖娼狎妓，以为"人不知之"，实际"街卒"早有"密报"，牛僧孺遂暗派士兵30名，"易服随后"跟从"潜护"。待杜牧离别时，才将"数十百"件"密报"展示，劝其注意"风情不节"，杜牧"大惭"，"泣拜致谢"。牛僧孺死后慨然为撰墓志铭，多年后又作"十年一觉扬州梦，赢得青楼薄幸名"自嘲。

杜牧为沈传师幕僚时，有位13岁的"乐籍"歌女张好好，其人"玉质""艳态""绛唇""云步"，舞起来顾盼"垂袖"，唱起来如"雏凤呼"，杜牧甚喜之，"自此每相见，三日已为疏"。三年后，好好却被沈传师之弟沈述师纳之为妾。太和九年（835）杜牧在洛阳又巧遇好好，但她已被弃，靠"当垆"卖酒度日，二人还同到杜牧馆舍叙旧，泪洒"满襟"，"恸哭"一番。事后杜牧作诗记之，幸得传世，书法遒劲，笔力雄健，宋徽宗获得后亲题"唐杜牧张好好诗"并钤玺印。后辗转数百年，清乾隆时入于宫禁，又被末代皇帝宣统携出流散民间，1956年由收藏名家张伯驹无偿捐出，成为凤毛麟角般的国宝级文物。

史料虽无记载，但至少有两首诗作可以证明杜牧到过山西。一是《过田家宅》所过的“安邑”即今山西夏县，二就是这首《并州道中》，抒写的显然是某次官差途中劳累困顿的不爽之情。至于那首被山西汾阳、安徽池州等地争来争去的“清明时节雨纷纷”，杜牧《樊川文集》中根本未见，南宋时期的类书《锦绣万花谷》中始以“出唐诗”初次露面，却无作者具名，后来书商攒凑《分门纂类唐宋时贤千家诗选》时才拉扯到杜牧名下。故清代尊康熙帝圣谕编辑的《全唐诗》不收，国学大师陈寅恪也认为其出处“殊为可疑”。近年来更有人考证称，诗的真正作者很可能是与杜牧交情不错的许浑。况汉语表达中“杏花村”每每与“桃花店”对列，多为虚指泛指。所以，无论作者是谁，也绝不可能作于汾阳或者池州，各执一词都不过是为了贴金地方的牵强附会而已。

行役[①]我方倦，	东奔西走的官差真令人厌倦烦闷，
苦吟谁复闻？	苦不堪言的咏叹可有谁来倾听？
戍楼[②]春带雪，	春日里戍军的望楼依然披着残雪，
边角暮吹云。	边镇的号角刺破了暮色中的流云。
极目无人迹，	纵目远眺也找不到些许人迹，
回头送雁群。	回首望去却只能目送那远去的雁群。
如何遣公子[③]，	该如何重归我高门子弟的本位，
高卧醉醺醺。	好清清静静安心睡卧且喝个醉意沉沉。

【注释】

① **行役**：百姓兵役、劳役之类的跋涉，官员公务外出的奔波。

② **戍楼**：守军的望楼。

③ **遣公子**：遣本义为释放，也作指派、派往等；公子，富贵人家子弟的雅称，也指读书人。

40. 李商隐：《寒食行次冷泉驿》

▶ 阅读小引：卷入"党争"夹缝的尴尬女婿　心理创痛激发的怪异诗情

李商隐（约813—约858），晚唐诗人，字义山，号玉溪生、樊南生，原籍怀州即今河南沁阳，先世迁居荥阳。商隐聪颖早慧，"幼能为文"，但少年失父，生活艰难，十二三岁就"佣书贩舂"即给人抄书、捣米挣钱补贴家用。唐文宗太和三年（829），诗文名家令狐楚以兵部尚书、东都留守出"镇河阳"，商隐携所作拜谒，年过花甲的令狐楚"奇其才"，置之"华馆"，"待以嘉宾"，嘱咐儿子令狐绹等与之切磋。令狐楚善写"章奏"，精通骈文，还专"以其道授商隐"，又"表署"推荐他为巡官，几度助其"资装"赴京应考，惜屡试不第。太和六年（832），令狐楚出任河东节度使坐镇太原，商隐跟从前往。文宗开成二年（837），商隐由令狐绹扶持得中进士。是年末令狐楚故世，临终特召商隐至前，曰"吾气魄已殚，情思俱尽"，然"所怀"未了，请其"助我成之"，代书遗表上奏天子。此后，商隐应邀远赴西北泾州即今甘肃泾川一带，为泾原节度使王茂元"掌书记"。

当时，以宰相牛僧孺、李德裕为首的两方，互相攻讦各不退让，拉帮结派交替主政，缠斗多年，史称"牛李之争"或曰"党争"。令狐一家是"牛党"主将，茂元则是"李党"要员。茂元"爱其才"，乃招商隐为女婿，令狐绹则指其"背恩"，时论也责其"诡薄无行"，使之倍觉尴尬。唐宣宗大中四年（850）令狐绹官拜宰相，商隐屡去"陈情""自解"，均遭冷遇。某次又访未果，遂题诗厅壁"郎君官重施行马，东阁无因许再窥"，令狐绹"见之恻然"，百感交集，令关闭此厅终生不开。不过，还是给商隐补了个太学博士教职，但其似乎未受任就前往剑南投奔了东川节度使，六七年后病卒。

商隐"为文瑰迈奇古，辞难事隐"，作诗必"检阅书册，左右鳞次"，反复搜索，被称为"獭祭鱼"，虽"繁缛过之"但"旨能感人"，"横绝前后"。据云，白居易极喜其诗，戏言"我死后得为"你儿子"足矣"，白居易死后商隐为之撰墓志铭，后生子果以"白老"名之却极傻，继又生一"聪俊""英秀"的"娇儿"，人谓才是居易"后身也"。或许，正是早年不幸、壮岁落魄、无端卷入政治旋涡的打击，导致一定的心理创伤与性格畸曲，激发了商隐偏执的刻苦与异类情思，才留下许多“如百宝流苏，千丝铁网”的意象诡谲、旨趣幽眇的诗作以及“春蚕到死丝方尽，蜡炬成灰泪始干”，“身无彩凤双飞翼，心有灵犀一点通”，“沧海月明珠有泪，蓝田日暖玉生烟”，“春心莫共花争发，一寸相思一寸灰”等隽句，还有个中隐含的宛若朦胧诗般神秘难解的爱情与生命密码。

唐武宗会昌三年（843），商隐再次来到太原，还到山西交城拜访已故岳父茂元的“故府”，《寒食行次冷泉驿》应该就是在此期间的返程之作，后商隐留居永乐即今山西芮城一年多。冷泉驿是冷泉关口的重要驿站，冷泉关位于太原盆地通向晋南临汾盆地的必经之路雀鼠谷北段，“数十里间道险隘”，历来为兵家争夺的雄关要道，今山西灵石尚有冷泉村存在。

归途仍近节，	归途中还是临近了寒食时节，
旅宿倍思家。	寄宿客舍越发感到想家念家。
独夜三更月，	孤独的夜晚高悬着三更的凉月，
空庭一树花。	空旷的庭院里映一树惨淡的花。
介山[①]当驿秀，	直对驿站的介山秀色葱茏，
汾水绕关斜[②]。	穿越雄关的汾水弯弯绕绕顺势而下。
自怯春寒苦，	本已经非常畏惧春寒的难耐，
那堪禁火赊[③]？	哪还能再消受冷食禁火苦苦的敲打？

【注释】

① **介山**：唐人李吉甫《元和郡县图志》称，介山在汾州介休县“南二十里”，即今山西介休延伸到灵石的绵山，相传就是春秋时期随晋文公出奔19年、归国后“不言禄”不争功的介之推携母隐居“而死”之处；按照《左传》原初记载，之推失踪后文公“求之不获”，遂封“绵上”为之推祭田，表示“以志吾过，且旌善人”，记住自己的过失，表彰好人，《史记》中增添了之推隐于“绵上山中”不出、文公环山“封之”“号曰介山”的内容，但所谓文公下令放火“焚山”迫其露面而致其死亡之类情节，则多系后人的杜撰。

② **斜**：此处协韵应读作xiá。

③ **禁火赊**：赊，此处协韵应读作shā，作长、久、长远；禁火，是古代我国尤其是北方流行的寒食节的主要习俗；据东汉桓谭《新论》首先记载，寒食节的来由就是源于民众对介之推的祭念，所以要禁火、食冷餐，具体时间多在夏历冬至后105天，清明节前一两天，从清代起明定为清明节前一天；古代寒食节活动内容颇多，也非常隆重，现代已渐渐废置不过。

41. 温庭筠:《陪河中节度使游河亭》

阅读小引：相貌奇丑品行不检的填词妙手　被杀才女道士的同好知音

温庭筠（？—866），晚唐诗词名家，字飞卿，初唐宰相温彦博之后，太原府祁即今山西祁县人，久居长安附近的鄠县即今陕西户县。庭筠“天才雄赡”，“敏悟”超常，情思“绮丽”，“能走笔成万言”，“尤工律赋”，更善“鼓琴吹笛”，自称“有弦即弹，有孔即吹”。晚唐科考，须押官定标准韵脚，八韵一篇，庭筠每逢临场，“笼袖”筒手两掌五指一叉，瞬间一韵乃成，“八叉手成八韵”，得雅号“温八叉”。

凭借如此非凡的艺术禀赋，庭筠终于成为唐诗转型宋词的开先河人物。五代时人赵崇祚编辑我国首部词集《花间集》500篇，首卷即是此君所作，其入选的66篇作品也系18位作者之冠。清奇纤巧、字字珠玑的妙句“小山重叠金明灭，鬓云欲度香腮雪”，“过尽千帆皆不是，斜晖脉脉水悠悠”，“玉楼明月长相忆，柳丝袅娜春无力”，“柳丝长，春雨细，花外漏声迢递”，“细雨晓莺春晚，人似玉，柳如眉，正相思”，“城上月，白如雪，蝉鬓美人愁绝”以及“鸡声茅店月，人迹板桥霜”等，均是其人杰作，故被后世公认为“花间派”词家的当然鼻祖。

庭筠写尽柔情蜜意，据云却相貌奇丑，人谓“温钟馗”。而且交游“尘杂”，常与一些贵胄子弟“蒲饮狎昵”，沉醉酒色。考试时还“多为邻铺假手”，给人传送夹带舞弊。因其种种“薄行”屡遭摈斥，屡次落榜。唐宣宗甚至责其“夙著雄名”但“徒负不羁之才，罕有适时之用”，敕令远贬，直至晚年方得到一个国子助教头衔。聊可欣慰的是，留下名言“易求无价宝，难得有情郎”的超级才女道士鱼玄机，10岁左右与已届“不惑”的庭筠结识，从此相互诗词酬唱，直至庭筠故世与玄机致死婢女坐罪被杀，亦师亦友相知十四五六年，为后世演绎者增添了不少驰骋想象的浪漫空间。

庭筠在长安时，宰相令狐绹对其“待遇甚优”。宣宗喜听《菩萨蛮》，令狐绹请其代撰20首献上，并嘱保密，庭筠却“遽言于人”很快泄露。宣宗赋诗，有“金步摇”三字求令狐绹对，庭筠教以“玉条脱”应之，似低俗但极工巧，令狐绹不解，庭筠称典出《南华经》，又戏言“中书内坐将军”，调侃令狐绹居相府却如武夫“无学也”。唐懿宗登基后，令狐绹于咸通元年（860）左右外放河中节度使，驻守蒲州即今山西永济一带，庭筠曾去拜访。此前不久，蒲州在黄河渡口新建了一座亭台，李商隐还以“左右名山穷远目，东西大道锁轻舟；独留巧思传千古，长与蒲津作胜游”，描述了亭台的建构宏伟与技艺精美，《陪河中节度使游河亭》应该也是这时之作。直至宋代，河亭一直都是当地极为知名的景观。

咸通四年（863），令狐绹调任淮南节度使。不久，庭筠落魄广陵即今江苏扬州，因怪令狐绹不“助力”拒去拜谒，仍一味“狂游狭邪”，还跑到盐铁转运使衙门“乞索”要钱。后又“醉而犯夜”，让巡街军官“虞候”一通狠揍，打得“败面折齿”破相掉牙，这时才去“诉于绹”。“虞候”被捉来拷问时“极言庭筠狭邪丑迹”，令狐绹对这个智商超群、放荡不羁的老风流也有点哭笑不得，无可奈何，只好“两释之”了事。

倚阑愁立独徘徊，	独倚着栏杆忡忡愁绪徘徊脑海，
欲赋惭非宋玉[①]才。	欲写首好诗却愧无宋玉的高才。
满座山光摇剑戟，	满座扑面的山光晃动在护卫的剑戟，
绕城波色动楼台。	绕城流过的浪波拍动着美丽的楼台。
鸟飞天外斜阳尽，	晚归的飞鸟消失到夕阳落尽的天边，
人过桥心倒影来。	桥心的过客好似轻踩着倒影走来。
添得五湖[②]多少恨，	多少年湖海漂泊的怅惘骤然平添，
柳花飘荡似寒梅。	抬望眼飘飘柳絮竟如同冷丝丝的落梅。

【注释】

① **宋玉**：战国时期楚国著名文士、辞赋巨子，生年较屈原为晚，一说系屈原弟子，班固《汉书·艺文志》称其赋16篇，今多亡佚，传世之作除《九辩》可认定外，他如《风赋》《高唐赋》《神女赋》《登徒子好色赋》《对楚王问》等，究竟是否其人所作历来多有争议，但这些作品在我国文学乃至文化史上均占居着相当重要的地位。

② **五湖**：古代所指说法不一，此处应系泛指江河湖海，大地山川。

42. 薛能：《留题汾上旧居》

▶ 阅读小引：关照旧部引发的军变横祸　常喜挖苦“凌人”的孤傲大吏

薛能（？—约880），晚唐诗人，字太拙，汾州即今山西汾阳人，也有蒲州之说。唐武宗会昌六年（846）登进士第，由盩厔即今陕西周至县尉做起，历从事、判官、御史、郎中等职，20多年后官至同州刺史，在今陕西大荔一带，再任“京兆大尹”即都城长安市长。唐懿宗咸通十四年（873）拜三品工部尚书，继奉命出掌徐州军。唐僖宗乾符五年（878），迁忠武军节度使，驻守今河南中部，抵御造反气势正盛的黄巢。僖宗广明元年（880），数千徐州军移防溵水，途经许州即今河南许昌。薛能因多为旧部，格外关照，允许入城住宿。当时藩镇之间经常争斗，徐州军纪律不佳，滋事扰民，许州军惧遭袭击，“疑怒”顿生，夙有异心的大将周岌乘机鼓动发难，率众围攻徐州军，驱逐薛能“据城”自封“留后”，即唐代节度使缺位时的代理职称。未几日，又追杀掉薛能并屠“其家”。数年后，周岌被另一支藩镇军阀鹿晏弘消灭。

薛能本系文人，尤“耽癖”热衷于诗，必“日赋一章”以为定例。其为官“治政严察”，公事公办，拒绝私下“请谒”，晚年崇佛，“奉法”虔谨，这些均可称道。但也“资性傲忽”，“喜凌人”挖苦忤犯他人，话语不免“佻轻”刻薄，且常以“第一流自居”，很少提携照拂后进之士。友人赵璘“仪质琐陋”个头瘦小，成名后娶媳妇，请其“为傧相”，薛能却送诗嘲之“不知原在鞍轿里，将谓空驮席帽归；火炉床上平身立，便与夫人作镜台”；坐在轿子里人都不知，以为是空驮着帽子回来，站到炉床才够得上给老婆当镜台，调侃赵璘之矮实在夸张得可以了。还有位据说是公主之子的刘得仁，“持诗卷”造访薛能切磋，薛能过目后即称“千首加一首，卷初如卷终”，讽刺其“无变体也”。鉴于此，后世论家多以“量人如此非厚德君子”责之。升任节度使期间，每每频繁更换“武吏”，其子准备“雅拜”新科进士，却令先佩带“櫜鞬”即箭囊弓套，人问何故？回答是为让他“消弭灾咎”，藐视之情溢于言表。如此极易树敌的行止恐绝非个案，所以导致叛将得逞，最终丧命。不过，也有本人逃脱而仅死家人一说。

这首《留题汾上旧居》，是薛能短暂归乡又即将告别之际的诗作。诗叙写了对故园的恋恋不舍，又以邻家孤苦的老翁反衬，表达了不敢过分奢求荣华富贵的意念，也诉说了宦海浮沉多年感受的无尽凶险与祸端。薛能还有一首作于外地的《怀汾上旧居》，有“素汾千载傍吾家，常忆衡门对浣纱；好事喜逢投宿客，刈田因得自生瓜”“投暗作珠何所用，被人专拟害灵蛇”之语，思念着乡居生活的闲适，将做官视作明珠投暗，沦为了荼毒生灵的工具，足见其虽位高爵显，统兵行伍，文人的悲悯心态与复杂情怀并未泯灭。不幸的是，薛能最终还是被自己毕生追逐的飞黄腾达所戕害所吞噬。

乡园一别五年归，	一别五年的家乡故园终于可以稍归，
回首人间总祸机①。	回想这乱纷纷的人间总是充满祸机。
尚胜邻翁常寂寞，	毕竟强过了长年孤苦的邻家老翁，
敢嫌裘马未轻肥②？	哪再敢嫌什么衣裘不轻巧乘马不够肥？
尘颜不见应消落，	俗世的红尘到此处理当消散，
庭树曾栽已合围。	庭院中曾经亲栽的小树已合抱成围。
难说累牵还却去，	但不能说官差牵累我还得离去，
可怜榆柳尚依依。	最让人怜爱的榆柳仍然在不舍地依依。

【注释】

① **祸机**：伏于隐微之处暗中待发的祸患、祸殃。

② **轻肥**：“轻裘肥马”的缩称，指生活富贵奢华，典出《论语·雍也》“乘肥马，衣轻裘”。

43. 李频：《游冽石》

▶ 阅读小引：曾为“晋阳八景”的清冽寒泉　崛围山前遗存的良臣祠堂

李频（？—876），晚唐诗人，字德新，睦州寿昌即今浙江建德人。少时读书即聪颖“秀悟”，精于“记览”，“于诗特工”。大约20岁左右，拜访过当时诗名鼎盛、“士多归重”的杭州刺史姚合。一两年后姚合回京师长安任职，不久李频也来到长安，姚合喜其诗且“爱其标格”即赏识其品格风范，乃“以女妻之”召为快婿。唐宣宗大中八年（854）李频举进士，由秘书省校书郎转南陵县主簿掌管文书，在今安徽芜湖。唐懿宗咸通五年（864）或稍后，考核“入等”，授武功县令。

武功位于长安附近，不少人是京师禁卫军神策军成员，往往横行不法，地方官无可奈何。有个神策军小军官，拒交赋税“六年不送”仍招摇闾里，李频设计“械送”入狱，一一呈报其“宿恶”，获准处死。又督催“所负”赋税者严惩不贷，“豪滑”之徒因此“大惊”，均“屏息奉法”再不敢胡作非为。另一方面，李频竭力赈济安抚饥民，修复荒堰，疏浚旧渠，引水溉田，谷物“大稔”，赢得丰收。未久县风“大治”，“京畿”受益良多，事迹“可传”，懿宗特赐“绯衣银鱼”就是四五品官始可拥有的服饰嘉奖。此后历都御史、都官员外郎，唐僖宗乾符二年（875）出任建州即今福建建瓯一带刺史，次年故世，当地“父老相与扶柩哀悼”，并为“立庙”，“岁时”祭奠，有了“灾沴”还要去祷祝求拜，说明尽管在职不长却也颇得好评。

李频举进士之前，曾以长安为中心居北方十多年，《游冽石》就是此时之作。冽石即位于太原北郊上兰村旁的冽石山，亦名烈石，是太原西山系列中最北的山峦，也是汾河进入太原盆地的出山峡口，山中清泉不息，水温甚低，极为甘冽，故有“寒泉”之称，“冽石寒泉”为古晋阳八景之一。泉稍下游，就是迄今犹存的窦大夫祠。

窦大夫即春秋末期晋国大夫窦犨，其封地“狼孟”在今太原北郊。据传窦犨在这里筑过三交城，还修坝阻洪，开渠导水，扩展农田，广惠于民。但与晋国当权重卿赵简子政见不合，最终被杀。正应简子之邀赴晋的孔子，到达黄河边闻讯十分感愤，当即回程而去，赞窦犨“晋之贤大夫也”，亲作琴曲《盘操》致哀。从李频诗作看，至少在唐代此地已有了纪念窦犨的建筑，周边美景令人神往。又据记载，宋神宗“元丰八年（1085）六月二十四日汾水涨溢”，窦犨“旧庙”损坏“遂易今庙”，乡人“祈求”灵应“屡获”，经地方官“敷奏”皇上，御赐庙额“英济侯”，言其“生而英灵死而济物故也”，民众则俗谓“冽石大王”。为此，金朝大定二年（1162）阳曲知县史纯还专门立碑劝止这种“语涉怪诞又无出处”的“讹谬”称呼，碑文收入清光绪时山西巡抚胡聘之所编《山右石刻丛编》。窦大夫祠现有庙堂为元顺帝至正三年（1343）重修，并立有李频《游冽石》诗碑，惜“冽石寒泉”已基本断流。不过，祠、冽石山与附近也以古晋阳八景之一“崛围红叶”著称的崛围山等，仍属非常出名的旅游胜地。

原诗	译文
游访曾经驻马看，	游访此地之际我曾经停下马儿观看，
窦犨遗像[①]在林峦。	窦大夫的遗像就供奉在林木萧森的山间。
泉分石洞千条碧，	石洞分隔的清泉流淌成千百条碧绿，
人在冰壶[②]六月寒。	人在六月却仿佛消受着冰壶贴身的轻寒。
时雨欲来腾雾霭，	或如同及时雨正要来升腾起团团冷雾，
微风初动漾波澜。	或如同微微风刚刮过摇荡开层层波澜。
个中若置羊裘叟[③]，	这其中若有位披着羊皮短褂的老翁，
绝胜当年七里滩[④]。	绝胜似当年那严子陵垂钓的七里滩。

【注释】

① **窦犨遗像**：犨，读作chōu，窦犨遗像有最早系石刻像之说；关于赵简子杀窦犨与孔子不入晋国事，《史记·孔子世家》的记载是，赵简子“使人召孔子”，孔子正“不得用于”卫国，遂去“西见赵简子”，“至于河”即黄河边，闻窦犨“之死也”，遂临河而叹“美哉水洋洋乎！丘之不济此，命也夫”，感慨自己不能过河了，是命啊！在子路追问下又愤然曰“赵简子未得志之时”用窦犨等“从政”，“及其已得志”却“杀之乃从政”，古有因“刳胎杀夭”即剖腹取胎残杀幼小者“麒麟不至”，有“竭泽涸渔”

者“蛟龙不合”，有“覆巢毁卵”者“凤凰不翔”，“鸟兽之于不义也尚知辟之”而远远躲开，况孔丘我呢？实际上，赵简子是当时卓越的政治人物，但社会理念与孔子多有分歧，杀窦犨的原因也未必如此简单，故孔子这番言论似有着相当情绪化的色彩。

② **冰壶**：我国古代夏日消暑可盛冰的玉壶，古人也用以比喻品德高洁。唐代诗人王昌龄名句“洛阳亲友如相问，一片冰心在玉壶”所指即此，具体实物现已无存；也有一说为盛冷水，以明代宣德年间青花瓷实物一件为孤证，恐非确论。

③ **羊裘叟**：指东汉隐士严光；据范晔《后汉书·逸民列传》载，严光“字子陵”，“会稽余姚人也”，“少有高名”，与光武帝刘秀“同游学”，但刘秀夺取天下登基后却“变名姓隐身”了；刘秀“思其贤”令各地“物色访之”，“后齐国上言”称“有一男子披羊裘”垂钓“泽中”，刘秀“遣使”恭请三次“而后至”，客于馆舍；异日刘秀“车驾”亲临，严光卧而“不起”，刘秀“抚光腹”拍着他肚子说“咄咄子陵”，难道不能助我治治天下？严光佯睡“不应”，“良久乃张目熟视”刘秀，言“士故有志，何至相迫乎？”刘秀只得“升舆叹息而去”；又邀严光入宫叙旧，两人仰面躺着相谈“累日”，严光“以足加帝腹上”，次日观天象的太史上奏，称发现“客星犯御坐甚急”，刘秀笑曰“朕故人严子陵共卧耳”；严光不做官，就连当个随时提提意见的谏议大夫也拒之，坚决回乡退居富春江边，闲暇则垂钓自适，“年八十终于家”，成为我国古代声誉顶级的高士；“后人名其钓处为严陵濑”，也称严陵滩、子陵滩，在今浙江桐庐。

④ **七里滩**：指严光垂钓处，一说即严陵滩，也有记载称是与严陵滩相接的一处滩。

44. 韦庄：《绛州过夏留献郑尚书》

▶ 阅读小引：坎坷词家晚年的意外显达 寻获重建杜甫草堂的千秋功德

韦庄（约836—910），晚唐诗词名家，字端己，京兆杜陵人，在今陕西西安南郊。据云系唐初宰相韦见素之后、诗人韦应物四世孙，然而家道已衰，少时“孤贫”，但其“才敏过人”，也刻苦“力学”，不断追逐功名，却是屡试屡败。唐僖宗广明元年（880），45岁的韦庄再度科考不中，又恰逢黄巢军攻入长安，滞留两年后始避逃洛阳。继作《秦妇吟》诗，通过某“秦中”女子的讲述，诉尽了战祸的惨不忍睹。“乱定”后“公卿”读罢无不惊讶，竟以“秦妇吟秀才”呼之。晚年韦庄显达，忌谈身陷黄巢，选集不收此作，故除诗名外失传。直至百多年前才从敦煌石窟发现写本，洋洋洒洒238行1666字的七言乐府，已成为所有唐诗中的第一长诗。

不过，韦庄被广为称道的还是赵崇祚《花间集》所收48篇绮艳词作。其妙句如“思帝乡，春日游，杏花吹满头；陌上谁家年少，足风流，妾拟将身嫁与，一生休；纵被无情弃，不能羞”；如“露桃花里小腰肢，眉眼细，鬓云垂，唯有多情宋玉知”；如“昨夜夜半，枕上分明梦见，语多时；依旧桃花面，频低柳叶眉，半羞还半喜，欲去又依依”；如“白马玉鞭金辔，少年郎，离别容易；迢递去程千万里，惆怅异乡云水，满酌一杯劝和泪”等；闺情闺怨跃然纸上，字字脍炙人口，终使之拥有了与温庭筠并驾齐驱的盛名。

唐昭宗景福二年（893），躲难外地多年的韦庄回到了长安继续应举，结果依旧落第。乃作诗自嘲道，高中者“皆乘骏马先归去”，我却“独被羸童笑晚眠”，只有“对酒暂时情豁尔”，可是“见花依旧涕潸然”。唐代科考除了成绩以外往往还需要名流举荐，58岁的韦庄只得屈尊求人，前往绛州即今山西新绛一带拜访驻守的郑尚书，受到了很好的招待，临别时作此《绛州过夏留献郑尚书》答谢，并假借对自己过去不谙世情的责备，表达了渴求提携的愿望。有无因果关系未知，但第二年韦庄即进士及第。此处郑尚书所指不详，但僖宗中和三年（883），以宰相、兵部尚书出镇战略要地河东节度使的名臣郑从谠，曾居留绛州即今山西新绛一带数月，是年韦庄离开黄巢所占的长安后或去拜访，故该诗也有可能作于此时。

中进士后，韦庄初授秘书省校书郎，后朝廷使节“宣谕西川”，实际就是招抚称雄此处的藩镇军阀王建，韦庄随从前往成都，深受王建赏识，归来后任左补阙，仍是一个谏议类七品小官。唐昭宗光化三年（900）韦庄编定诗集《又玄集》，首次选入女诗人22家，名闻后世的薛涛诗作即始见于此，还收有女道姑鱼玄机的诗作，为我国文化宝库增添了别具价值的遗产。次年，韦庄应邀再赴成都，为王建“掌书记”主管文牍事务。其间，寻访到杜甫的“浣花溪故址”，惜“芜没已久”几近消失，韦庄“诛茅”刈草，“重作草堂”继以居住。正是基于这一功德，杜甫草堂才得以胜迹流芳，存续至今，成为我国历史文物中一道格外发人遐想的灿烂景观。

唐哀帝天祐四年（907），把持朝政的黄巢叛将朱温篡唐建立后梁。韦庄等力劝已晋爵蜀王的王建自立，王建率众哭唐三日登基，史称前蜀。王建称帝后，“郊庙之礼、册书赦令皆出庄手”即制度条例均由其草拟，不久官拜宰相，将近古稀的韦庄才真正赢得了人生的时来运转。越三年故世，谥号“文靖”。

朝朝沉醉引金船[①]，	天天都沉醉在金杯高举的酒宴，
不觉西风满树蝉。	不觉得西风渐起已听到树树鸣蝉。
光景暗消银烛下，	时光伴随着银灯烛泪悄然流逝，
梦魂长寄玉轮[②]边。	梦魂却总是牵绕着朝堂的周边盘旋。
因循每被时流诮，	曾只知墨守成规常被流俗讥笑，
奋发须由国士[③]怜。	欲奋发还冀望栋梁之臣顾念提携。
明日客肠何处断？	明日里客路茫茫肠断何处？
绿槐风里独扬鞭。	迎着暗绿的槐风挥开我孤独的马鞭。

【注释】

① **引金船**：引，作取来、拿出；金船，古代一种金质酒器；引金船形容深受款待。

② **玉轮**：月亮的别名，此处借指天宫，喻称金殿、朝廷。

③ **国士**：一国中才能出众、作用重要的人物。

45. 司空图：《丁未岁归王官谷》

▶ 阅读小引：预置墓穴退隐的“休休”居士　二十四品论诗的不朽力作

司空图（837—908），晚唐诗人兼诗论家，字表圣，号知非子，河中府虞乡即今山西永济人，居于中条山麓风光旖旎的王官谷。唐懿宗咸通十年（869）举进士，得主考官礼部侍郎王凝“特所奖待”。不久王凝被贬商州，司空图感其知己，跟从前往。后来王凝成为宣歙即今安徽皖南观察使，司空图仍为幕僚。朝廷命其赴京任用，他不忍背离而去，还遭到弹劾降职。但也赢得重臣卢携欣赏，以“高士”誉之。唐僖宗广明元年（880）卢携官拜宰相，召司空图为礼部员外郎，继升五品司级官员礼部郎中。

是年冬，黄巢反军攻破长安，司空图之弟的仆人段章投降，登门拉着司空图之手劝其加入，称自己的新主人张将军“喜下士”，请“往见之”，不要“虚死沟中”，以致泪下，司空图依然拒绝。后僖宗出奔四川，司空图“从之不及”，退返王官谷。僖宗光启元年（885）扑灭黄巢，重归长安，司空图随之还朝，授官中书舍人。未及数月，就又因当权宦官与节度使的矛盾引发混战，僖宗再度出奔，几路节度使的军马相继进入长安。黄巢“据京师”时破坏尚轻微，皇城“九衢三内，宫室宛然”，可“诸道”兵马“破贼”时却“争货相攻，纵火焚剽”，“宫室居市闾里十焚六七”。这一次又遭“乱兵复焚”，“宫阙萧条，鞠为茂草”，民众死亡无算。也使司空图彻底心灰意冷，看透人生，乃于“丁未岁”即光启三年（887）告别官场，回到王官谷故园，同时写下这首对于多年忽视伦理教化而导致的朝纲紊乱、烽火连年表达了哀婉郁闷之情的诗作。

此后，司空图朝廷屡召不赴，一直隐居。并将其毁于战乱的濯缨亭修复，更名“休休亭”。作亭记称，“休也，美也”，“量其才一宜休，揣其分二宜休，耄且聩三宜休”，总之是决心一休了之。又增号“耐辱居士”，以《耐辱居士歌》题于亭。曰“休休休！莫莫莫！伎俩虽多性灵恶，赖是长教闲处着。休休休！莫莫莫！一局棋一炉药，天意时情可料度。白日偏催快活人，黄金难买堪骑鹤。若曰‘尔何能’，答言‘耐辱莫’”。但每逢春秋村社祭祀，必与“闾里父老鼓舞相乐”，绝无“傲色”。晚年，司空图预置坟茔棺木，有时邀友朋坐于墓穴，“赋诗酌酒”，谓之“暂游此中”。当时寇盗猖獗，“所过残暴”，却因敬畏“图贤”从不祸害王官谷，不少士民得以免难。

唐昭宗天复四年（904），把持朝政的朱温欲请司空图为礼部尚书，佯装老朽拒就。三年后朱温篡位，唐朝灭亡。翌年末代君王哀帝被弑，司空图闻之悲伤“不食”，数日逝去。有后人辑本《司空表圣诗集》与多篇论诗文字传世，最知名的《二十四诗品》，以雄浑、冲淡、纤秾、沉着、高古、典雅、洗练、劲健、绮丽、自然、含蓄、豪放、精神、缜密、疏野、清奇、委曲、实境、悲慨、形容、超诣、飘逸、旷达、流动诸项区分我国诗歌风格，至今仍是古典诗论中不朽的经典。

家山牢落①战尘西，	战火的烟尘虽说在寥落的故园之西，
匹马偷归路已迷。	单骑独马悄悄归来却已是乡路迷离。
冢上卷旗人簇立②，	旗幡卷动的坟头环聚着肃立的人众，
花边移寨鸟惊啼。	花甸边移建的新寨仍响着鸟群的惊啼。
本来薄俗③轻文字④，	累积多年的世风衰败与教化轻忽，
却致中原动鼓鼙⑤。	终导致叛乱的旗鼓震撼了中原大地。
将取一壶闲日月，	且让无奈的我捧一壶浊酒消闲岁月，
长歌深入武陵溪⑥。	就好似长歌深入那与世隔绝的武陵清溪。

【注释】

① **牢落**：寥落。

② **簇立**：簇，聚集、围拢；簇立，环绕肃立。

③ **薄俗**：习俗浅薄、世风倾衰，典出班固《汉书·元帝纪》“民渐薄俗，去礼义，触刑法，岂不哀哉！”

④ **文字**：此处指文章典籍，可引申为个中包含的礼教内容。

⑤ **鼓鼙**：本义为古代的大军鼓与小军鼓，后多借指战争行动。

⑥ **武陵溪**：陶渊明《桃花源记》中，捕鱼的武陵人步入桃花源时一路沿着的小溪，后人多以武陵或武陵溪作为桃花源的借称，并以喻隐居。

46. 后唐庄宗李存勖：《题北京西山童子寺》

▶ 阅读小引：兴于忧劳亡于逸豫的短命君王　赞颂太原童子寺的绝佳留题

五代后唐庄宗李存勖（885—926），出生于应州即今山西应县，先祖为西突厥别部沙陀族，后归顺唐朝从西域东移，祖父因功获赐李姓，其父李克用又因镇压黄巢崭露头角，授河东节度使，再因节度使混战中支持朝廷进封晋王坐镇太原，与占据河南等地的梁王朱温不断军事争斗。

后梁开平元年（907）朱温篡唐自立，次年克用故世，临终赐存勖三支箭，称朱梁“吾仇”，北方的契丹、盘踞幽州的燕王刘守光均“背晋以归梁”，“此三者吾遗恨也”，“与尔三矢”嘱“无忘乃父之志”。此后存勖供箭太庙，每用兵隆重请出“盛以锦囊”背负“前驱”，得胜后祭告奉回。经15年征战，终于俘燕王，败契丹，并于后梁末帝龙德三年（923）灭掉后梁称帝，定都洛阳，年号同光，又远征四川灭掉王建创立的前蜀。自谓承嗣唐朝，在北都太原为唐高祖、太宗等建庙奉祀，史称后唐。

李存勖足智多谋，勇武善战，且崇尚汉学，工诗词晓音律，尤喜“歌舞俳优之戏”。到了“仇雠已灭”“天下已定”登基后，这一癖好却不断膨胀，开始恣意妄为，整日与宠信优伶厮混玩乐，还亲扮丑角粉墨登场，导致朝纲昏暗，引发多地叛乱，威逼京师。同光四年（926）侍卫亲军发生兵变，突袭皇宫，存勖抵抗“击杀数十百人”后中箭重伤死去，几位优伶“善友”将其尸身同乐器一起焚烧。因此，北宋欧阳修《新五代史》中，既赞其当年“举天下之豪杰莫能与之争”，“意气之盛，可谓壮哉”，又叹“及其衰也，数十伶人困之，而身死国灭为天下笑”，进而借机讲述了一番“忧劳可以兴国，逸豫可以亡身”“祸患常积于忽微”的“盛衰之理”。

李存勖传世诗词不足10篇，诗清奇，词婉约，篇篇堪称上品。《题北京西山童子寺》写于其称帝之前，北京即北都太原，故城在汾河西岸。唐代僧人道世所编《法苑珠林》载，“并州城西有山寺，寺名‘童子’，有大像坐高一百七十余尺”，唐高宗“显庆末年巡幸并州”，携皇后武则天“亲到此寺”与更有“大像高二百尺”的“北谷开化寺”拜谒，“礼敬瞻睹，嗟叹希奇”，“大舍珍宝财物衣服”；还京后“至龙朔二年（662）秋七月”，又赐特大袈裟两领“遣中使驰送二寺大像”，“童子寺像披袈裟日”，“从旦至暮放五色光，流照崖岩，洞烛山川”，“道俗瞻睹”者成千上万，络绎不绝。日本名僧圆仁慈觉《入唐求法巡礼行记》中，也记其唐文宗开成五年（840）访童子寺，目睹“两重楼殿，满殿有大佛像”，又“见碑文云：昔冀州宏礼禅师来此山住，忽见五色光明云，从地上空而遍照，其光明云中有四童子坐青莲座游戏，响动大地，岩巘颓落，岸上崩处有弥陀佛出现，三晋尽来致礼，多有灵异”，禅师乃请建寺“号为童子寺”。现在通行说法是，童子寺始建于南北朝北齐天保七年（556），金太祖天辅元年（1117）毁于兵火，明代嘉靖元年（1522）重建，后渐荒废，但尚存千年燃灯石塔、摩崖石刻遗迹，近年来考古探索又发现寺基、佛像、佛头以及中原地区现存最早的唐代寺院壁画等。

昔时童子[1]慕清闲，	当年有童子倾慕这里的清净安闲，
今古犹传在此山。	今古相传仍然修炼在此处的深山。
百派[2]峥嵘流海内，	上百道河川曲曲弯弯流过大地，
千溪突屼[3]透云间。	数千条小溪奔突飞荡直下云端。
猿啼岭上深幽静，	猴群的啼叫点缀着岭上的幽邃静寂，
虎啸岩边去复还。	似还有断续的虎啸起落在远方的岩边。
恼想翠花[4]崚谷[5]变，	想几代王朝已如高峰低谷般转换，
空留禅室喜登攀。	空留得说佛诵经的禅堂供人游乐登攀。

【注释】

① **童子：**除日本圆仁《入唐求法巡礼行记》中所记“四童子”传说外，明嘉靖三十一年（1551）版《太原县志》则称，童子寺“在县西十里龙山上，北齐天保七年弘（宏）礼禅师起建为栖道之所”；“时有二童子见于山”即出现于山，“又有大石俨若世尊仪容”即弥陀佛释迦牟尼，“即镌为像，遂名童子寺”；还有《太原县志》版本称，童子寺“前建燃灯石塔，高一丈六尺，复凿二石室以处众僧”，燃灯石塔至今残存。

② **派**：河水的支流。

③ **突屼**：高高低低、高低起伏状。

④ **翠花**：同“翠华”，翠羽装饰的皇帝专用车盖与旗帜，常代指皇帝御驾或皇帝，此处可作江山社稷解。

⑤ **崚谷**：崚，山高峰叠；崚谷，此处比喻巨变。

47. 魏野：《解城中条》

阅读小引：名相寇准挚友的涉妓妙答　中条山四人联句的陶然诗踪

魏野（960—1019），北宋著名草野诗人，字仲先，陕州即今河南陕县人。毕生“不求闻达”，惟“嗜吟咏”，其乡东郊山水“景趣幽绝”，遂手植“竹树”，“凿土”丈余，名“乐天洞”，前置草堂，自号“草堂居士”。其诗清隽明丽，颇多佳句，里巷传诵，声闻天子，甚至辽国“契丹使至”都要索取，有幅历代文士赞赏备至的联语“洗砚鱼吞墨，烹茶鹤避烟”就出自此公笔下。但朝廷“招之”，魏野竟以“麋鹿之性”难以“瞻对殿墀”为词，甘愿“愚守”于“畎亩之间”谢绝。左近友好则“多载酒肴”与之游处酬唱，“过客居士”常常留住“累宿而去”，当地“前后郡守”也“皆所礼遇”，每每屈尊“造谒”。“不喜巾帻”的魏野，“无贵贱”一概“纱帽白衣”见之。死后，天子以“陕州处士”之称下诏旌表。而其逸事中最可道者，就是与名臣寇准的交情。

寇准宋太宗太平兴国五年（980）19岁举进士，30岁出头即官拜副宰相参知政事。其人敢于担当，公忠体国，可是性格固执，举事偏狭，“有直言之风”，“少包荒之量”，主政“定策”每多“不慎”“不密”。宋真宗景德三年（1006）罢相，贬为陕州知州，遂与魏野成为文字知音。如魏野所言，寇准“宴会寻常召不才”晤面，“蜗舍曾蒙数度来”拜访。彼此以诗赠答，并留下一些颇有趣致的逸闻。

据载：某次寇准与魏野二人相携游览某寺，彼此各有题诗，不久又去，寇准的题诗已用“碧纱”橱窗珍重“笼护”，魏野题诗却是“尘昏满壁”；一位“慧黠”的随行“官妓”赶紧用衣袖擦拭，机敏诙谐的魏野立即自我调侃，“若得常将红袖拂，也应胜似碧纱笼”。后寇准“镇北都”太原，又召魏野至。该地有一张姓妓女，虽美色却待客十分冷峻，“举止生梗”，绰号“生张八”。某次陪侍“府会”时魏野遂“打油”戏之，“君为北道生张八，我是西州熟魏三；莫怪樽前无笑语，半生半熟未相谙”，引得“合坐”大笑。此外，深知寇准弱点的魏野曾自称“狂篇”献诗劝其急流勇退，“好去上天辞将相，归来平地作神仙”。可惜寇准无悟，真宗天禧三年（1019）再次回朝拜相，不到两年就卷入宫廷夺权争斗，坐为重罪远贬岭南雷州半岛，越一年死于异乡。

这首《解城中条》亦名《游解城中条山联句》，有引言曰“解城之南出五里，抵中条山；山有绝壁介立，俨若峡束，缘岸溯流，似有人迹。琅琊王衢、赵郡李识、处士魏野、江东僧用晦，披榛索径，深入数百步，止于泉石之畔；道路未远，尘事且隔，云鸟风物，鸣动左右，而山语野笑，乐坐尽日；因相与濯足，命为联句诗一章，凡二十句。用晦书于岩壁，时淳化五年（994）秋八月三十日”。就是说，诗实为宋太宗淳化年间魏野与三位友人共同吟成，但他们的生平已无记载，故多种版本均列为魏野之作。解城即解州城，故址在今山西运城解州镇。诗作不仅表现了中条山的景色明媚与生态完美，也充分抒发了二三知己身心全然融入大好自然的陶然忘机、怡然自得之情。

万仞云根泉①，	万丈高峰的山泉直从云端飞落，
清泠濯我足。	凉爽无比的清流洗涤着我们的双足。
森森沧爪甲②，	就连那趾甲盖儿都感到森森冷意，
凛凛寒肌肉。	凛凛的寒气瞬间浸透了筋肉肌骨。
来初自试探，	初来时不免要慢慢地探试，
坐久频舒缩③。	坐久后才越来越可以伸缩自如。
触开浪花白，	踢碎的浪花刚荡开款款的银白，
踏破苔衣绿。	再踏破苔藓地衣浅绿的嫩肤。
肺俯亦清泠，	到此刻五脏六腑也均清净无尘，
形影相照烛④。	唯只有一介身形半水倒影悄然相顾。
忽罢避游鱼，	忽而又却步避让匆促闪过的游鱼，
未归妨渴鹿。	流连忘返中惊扰了急切渴饮的小鹿。
惧浊远泥沙，	厌惧了污秽浑浊理应远离泥沙，
就⑤荫怜草木。	想亲近宁静的林荫就必须怜惜草木。
浸润易调畅，	这样的滋润浸染最易怡心养性，
狎翫⑥难羁束⑦。	更难得纵情肆意的嬉戏毫无拘束。
欲伐⑧我未能，	往深处再前进已经未能继续，
先起人何速。	先赶紧将泡久了的脚跟儿收住。

此会高且闲，	野游的会聚充满高洁闲逸的雅趣，
愿继渔父躅[⑨]。	真期望效仿那位洒脱的渔父浪迹江湖。

【注释】

① **云根**：指深山高远云起之处。

② **沧爪甲**：沧，寒冷；爪甲，常用为指甲，此处系为趾甲。

③ **舒缩**：字面义为身体的伸屈收展，也有盈缩卷舒、顺势进退的更深喻义；典出《战国策·秦策》“进退、盈缩、变化，圣人之常道也”，西汉刘安《淮南子·俶真训》“至道无为，一龙一蛇，盈缩卷舒，与时变化，外从其风，内守其性”。

④ **照烛**：照亮，照见，照耀。

⑤ **就**：此处作靠近、挨近。

⑥ **狎翫**：游乐、嬉戏，沉溺其间，常作贬义用。

⑦ **羁束**：羁绊束缚，也同“拘束”。

⑧ **伐**：本义为击杀，转义为征伐、攻打、砍伐、开辟等，此处有深入前行之义。

⑨ **渔父躅**：躅，足迹，渔父躅可作步渔父后尘，典出曾被认为屈原所作而实系伪托的《渔父》；文中，渔父批评屈原过于“深思高举”，“凝滞于物”，不能“与世推移”，因此“自令放为”即自找放逐，最后高歌“沧浪之水清兮，可以濯吾缨；沧浪之水浊兮，可以濯吾足”而去，故被后世赞为识破红尘、遁迹江湖的智者与隐士形象；此处也与开始处的“濯我足”相呼应予以篇末点题，深化了主旨，抒发了别样的襟怀，虽为多人联句却构成了几如一气呵成的浑然境界。

48. 潘阆:《芦芽山》

▶ 阅读小引:屡涉宫廷权斗的冒牌隐士 疑似出逃晋地的喘息之作

潘阆(?—1009),北宋诗人,字梦空,大名府即今河北大名人,明人徐象梅《两浙名贤录》等书记载为原籍山西太谷,学术大家钱锺书之父钱基博的《中国文学史》也执此论,另尚有扬州之说。潘阆文名卓著,但性格莽荡,言行放浪,素以“逍遥子”自号,赢得隐士美誉,其“倒骑驴”的怪诞举止更被后人赞赏。钱基博则认为,宋初“江湖散人之诗”潘阆虽开“前路”,却每以“才气自喜”,“奔走公卿而不得富贵”;南宋诗人刘克庄也称,魏野“聘召而不至”才是“真隐士”,潘阆屡屡“叫呼而求用”,实际是一个“不甘寂寞”的功利人物。

宋太宗初年,“累试不捷”的潘阆开店“卖药京师”,颇好“交结”权贵。有资料显示,售者多属富人喜欢的所谓“炼丹”之类。太宗太平兴国七年(982),御弟赵廷美与宰相卢多逊谋夺皇位事泄,潘阆竟也参与了这一“大逆不道”之事而被追捕,装作僧人“五更持磬”才混出城门,冒充“箍桶匠”逃往山西又到陕西避难,后藏身中条山,辗转流落杭州等地。太宗至道元年(995),重返京师“卖药”的潘阆,通过宦官王继恩斡旋,得到皇上召见,获赐进士,授“国子四门助教”,未久即以“所为狂妄”“追还诏书”。越两年太宗临终,潘阆又跟着王继恩等谋废太子另立他君。事败再次出逃,继而被逮下狱。幸蒙新登基的宋真宗赦免,且给了个七八品芝麻官滁州参军。潘阆为之作诗自嘲,“微躯不杀谢天恩,容养疏慵世未闻;昔日已为闲助教,今朝又作散参军”,声称“到任也应无别事,愿将清俸买香焚”。晚年,此君的俗欲始有收敛,才真正多了些“归隐之志,高放之情”,具备了一点“逍遥子”的心境。

潘阆有位忘年交许洞,许洞的外甥就是撰写《梦溪笔谈》的沈括。据《梦溪笔谈》载:潘阆藏匿中条山时许洞曾“密赠”一诗调侃,“潘逍遥!平生才气如天高。倚天大笑无所惧,天公嗔汝口呶呶。罚教临老头,补衲归中条。我愿中条山,山神镇长在。驱雷叱电,依前赶出这老怪”。就是说,天公都恨你这个恃才傲物、胡言妄语“呶呶”不休的“潘逍遥”,故罚你补着和尚破衣躲在中条,我希望“镇”中条的山神,能像以往一样用惊雷闪电赶出这个“老怪”。许洞是扬州人，潘阆入中条时年岁尚小，故也许是二人熟识后的打趣，且潘阆重返京师后也数度外出，或者是再上中条时许洞的戏作。

这首《芦芽山》见于清乾隆《钦定四库全书》史部“山西通志卷二百二十三”，潘阆《逍遥集》中则名为《夏日宿西禅》。潘阆的诗苏轼曾给予极高的评价，赞其绝不在同代名家石曼卿、苏舜钦之下。位于山西宁武的芦芽山，系吕梁山脉管涔山主峰，海拔2739米，风光秀丽，景色幽美，著名的冰洞胜境，全洞冰结历300万年不化，晶莹古奥，姿彩万千，洞外一里许却是地下煤层自燃形成的一口热雾迷离的“火山”，两相对应堪谓奇观。潘阆第一次被追捕，农历四月逃出京师，避难山西恐已入夏，从此诗状物抒情之内容判断，有可能就是这时的作品。

此地绝炎蒸①，	在此地全然阻绝了暑热的蒸腾，
犹疑到不能②。	曾犹豫冀望接纳有无可能。
夜深如有雨，	凉夜深沉的恍惚中似感到雨丝轻飘，
寺静若无僧。	了无声息的禅院真如同了无寺僧。
枕润③连云石，	湿润润的木枕紧傍着闲云野石，
窗明照佛灯。	亮悠悠的窗口掩映着摇荡的佛灯。
平生多贱骨，	不知好歹的贱骨真是一辈子犯贱，
寒逼④恐难胜。	遭到这样的苦寒相逼怕就怕很难支撑。

【注释】

① **绝炎蒸**：阻绝了暑热熏蒸，从潘阆当时的处境分析，似也暗含着逃出京师、避开了祸端的双关意味。

② **不能**：有不可为也有不允许之义，此处似有潘阆请求前来而获允许的表达。

③ **枕润**：润，干湿适度、细腻光滑；古人之枕多为木枕，故有此说。

④ **寒逼**：山中寒气逼人，实际上隐喻的是自己的被追捕、被缉拿。

49. 范仲淹：《绛州园池》

▶ 阅读小引："新政"受挫后的变相夺职　巡视河东时的名园记胜

范仲淹（989—1052），北宋政治家、文学家，字希文，唐代宰相范履冰之后，祖籍邠州即今陕西彬县一带，唐末时家族南迁苏州吴县。仲淹两岁失父，母携其改嫁，从继父姓，名为朱说。长大后知悉家世，乃"感泣辞母"前往应天府即今河南商丘的应天书院求学，苦读"昼夜不息"，冬日寒冷"惫甚"则以水浇脸，食物不足则整日"糜粥继之"，"人不能堪，仲淹不苦也"。宋真宗大中祥符八年（1015）终于举进士，旋即迎母"归养"，恢复原姓，更名仲淹。

此后20多年，政治才能迅速展现，但因多次上疏，犀利直谏，言语每每激昂，又陷入"朋党"之争，而致屡升屡贬，几起几落。为之，同僚梅尧臣曾作《灵乌赋》相送，称乌鸦鸣叫报凶本是"献忠"，人反以其"多凶"，认定"凶从尔出"；规劝其应学"凤之时鸣"，把准时机分寸说话，令人"不怪"也"不惊"。仲淹读罢，作同名《灵乌赋》回赠，以斩钉截铁的名言"宁鸣而死，不默而生"表达了不屈不挠的决心。

宋仁宗康定元年（1040），位居西北的西夏崛起，不断举兵进犯。外贬的仲淹始被召回，授陕西经略安抚招讨副使，到任后"号令明白，爱抚士卒"，招纳羌族各部共击西夏，在其防区延州即今延安一带，修复彼此策应的要塞抗阻敌侵，"大兴营田"，"养兵蓄锐"，西夏称之为"小范老子"，谓其"腹中自有兵甲"，不敢冒犯。但仲淹功绩固然堪赞，整体战局却难占上风，最终只好以每年"赏赐"西夏大量银、绢、茶叶的代价议和，换取边境安宁。

仁宗庆历三年（1043），仲淹官拜正二品参知政事即副宰相。不久仁宗亲书手诏征询国是，仲淹上"明黜陟""精贡举""均公田""修武备""厚农桑""减徭役"等《答手诏条陈十事》，并主张革新官制，严格考核，"裁削幸滥"之辈，由于"规模阔大"，"更张"步伐过快，导致"人心不悦"，"谤毁稍行"，反对声势日益激烈，所谓的"庆历新政"遭受挫折。次年夏，仁宗为了缓解矛盾，变相夺职，诏准仲淹以宣抚使离京巡视河东等地。《绛州园池》就是此行途经绛州即今山西新绛时所作，此外还在平阳、太原写过《尧庙》《晋祠泉》等诗。庆历五年（1045），仲淹参知政事被免，再次贬官外放，短暂改革宣告失败。清圣祖康熙五十四年（1715）钦命以“先儒”入祭文庙，陪祀孔子。又被定为列朝79位贤臣之一，陪祀北京历代帝王庙。

绛州园池亦称绛守居园池，隋代始建，原系绛州官署附属花园，也是颇为著名的北方园林。唐穆宗长庆三年（823），绛州刺史樊宗师“凿高槽”，“绝窦墉”，“为池沟”，拓展扩建，又作777字文《绛守居园池记》刻石立碑，以喻“奇奇奇”，仲淹的描绘也可印证其美。后世荒毁，清光绪二十五年（1899）在遗址上“重加建筑”，“亭榭渠塘一如旧制”，但又屡遭破坏。近年来已经修复，且与太原碑林公园一道获批，成为山西仅有的两处国家重点公园。

绛台使君①府，	有幸拜访尊敬的绛州太守贵府，
亭阁参②园圃。	亭台楼阁错落在绿茵茵的园圃。
一泉③西北来，	清泉一道打从西北汩汩流来，
群峰高下睹。	高高低低的崇山峻岭历历在目。
池鱼或跃金，	池沼的游鱼仿佛飞跃的金光蹦出水面，
水帘长布雨。	假山上的水帘飘洒着断断续续的雨珠。
怪柏锁蛟虬④，	怪异的松柏犹若被锁的蛟龙虬龙，
丑石斗貙⑤虎。	奇绝的丑石好似缠斗中的小虎大虎。
群花相倚笑，	挨挨挤挤的花簇喜笑颜开，
垂杨自由舞。	潇洒的垂杨任由着兴致翩跹起舞。
静境合⑥通仙，	似这般静谧的佳境理应直通仙界，
清阴不知暑。	凉爽的绿荫更令人霎然间忘掉了酷暑。
每与风月期，	每遇到如此观风赏月的盛会，
可无诗酒助？	又怎能没有把酒吟诗的雅助？
登临问民俗，	登临之际再问问当地的民俗，
依旧陶唐⑦古。	却原来依旧像帝尧陶唐时代淳厚古朴。

【注释】

① **使君**：汉代太守或刺史的别称，后世也用作对州郡长官的尊称。

② **参**：相间、夹杂，此处有交错布局之义。

③ **一泉**：指绛州鼓堆泉；据载，古代绛州城以及周边多为苦井，水咸不宜饮用，也难溉田，隋文帝开皇十六年（596），驻守此地的将军梁轨主持，从绛州城北10多公里处九原山鼓堆泉开渠溉田，又引一部分入城民用，并初建官署花园；文帝仁寿四年（604）驾崩，隋炀帝登基，诏令握有重兵的其弟并州总管杨谅回朝，杨谅情知不妙，举兵反叛，委任三晋官员，以薛粹为绛州刺史、裴文安为晋州刺史，后杨谅失败被囚而死；就在这次事变中，薛粹、裴文安为了抵御炀帝将领周罗睺的进攻，在绛州“伐土筑台”形成池沼，与花园合成为绛守居园池；宋仁宗嘉祐元年（1056），即范仲淹作此诗后10多年，司马光公出绛州，又撰《鼓堆泉记》，惊叹鼓堆泉“水极清洁，洞鉴毛发”，“盛寒不冰，大旱不耗，淫雨不溢”，称道所开“三渠”，一条由“高地入州城，使州民园沼之用”，两条“散布田间灌溉万余顷”，“田之所生”作物“肥茂香甘，异他水所灌”，余水则“皆归之于汾”，对这一惠民工程表达了由衷赞美。

④ **蛟虬**：古代传说中能引发洪水的龙和带角的小龙。

⑤ **貙**：读作chū，古人所述似狸而大的猛兽，也有解释称狸即豹猫，貙就是云豹。

⑥ **合**：应当。

⑦ **陶唐**：帝尧号为陶唐氏，绛州与传说中的尧都平阳接近，属于陶唐氏部落领地，此处用以誉当地民风的古朴。

50. 文彦博：《太原府统平殿朝拜》

▶ 阅读小引：与包公一诺千金的儿女姻缘　北宋二帝御驾亲征的勋业礼赞

文彦博（1006—1097），北宋名臣，字宽夫，号伊叟，汾州介休即今山西介休人。彦博聪颖早慧，“幼时与群儿击球”，球坠入“柱穴中不能取”，彦博“以水灌之”，便使“浮出”。2010年六一儿童节，中国邮政还发行《文彦博灌水浮球》特种邮票纪念。宋仁宗天圣五年（1027）进士，后升迁迅速，50岁官拜宰相，未久加封潞国公，曾因对王安石变法持异议外放。宋哲宗元祐元年（1086）变法派失势，复授平章军国重事，实际是礼遇老臣的咨询职务，准“六日一朝”，“一月两赴”宫廷讲经，但其以高龄年年请辞，“居五年”才如愿“致仕”退休。

彦博“公忠直亮，临事果断”，“尊德乐善”，待人“平居”“谦下”。与同科进士包拯“包青天”交情甚厚，有诗赠和，还“愿相与姻缔”结为儿女亲家。包拯死时其子包绶仅5岁，长大后彦博真将一女许配于他，还专作《举包绶》一文上奏，称包拯“秉节清劲，直道立朝”，后继“惟绶一身，孤立不倚”，“能世其家，恬静自守，不苟求进次”，故望朝廷重视。晚年时，彦博在洛阳与司马光诸友好以及布衣文士13人，常常相聚“置酒赋诗”，“以道自重”，谓“洛阳耆英会”，91岁故世，谥号“忠烈”。从清代起，也与范仲淹一样获得钦定，陪祀于北京历代帝王庙。著有《得报帖（又名内翰贴）》《祠部帖》等精美书法传世，藏故宫博物院。

彦博为官近60年，位至一品，曾数度仕宦三晋。26岁由绛州通判转任并州榆次知县，随之戏作《初知榆次县题新衙鼓上》一诗，“置向谯楼一任挝，挝多挝少不知他。如今幸有黄紬被，努出头来早放衙”。挝就是击打，黄紬被即黄绸官被，诗引宋太祖赵匡胤对某县令“切勿于黄紬被里放衙”睡懒觉的教诲，表达了决心“努出头来”早起务公的志向。30年后又以尚书左仆射“判太原府”，再后“拜司空”领河东节度使。但其直接表现三晋的诗不多，《太原府统平殿朝拜》就是颇具历史价值的鲜见之作。

五代十国末期，宋太祖于建隆元年（960）篡位后周自立，随后陆续平定南方诸国，而占有河东太原与附近十几州的小国北汉依旧割据。太祖开宝元年

（968）宋军发动进攻，直逼太原，太祖连下数十道诏书劝降，均遭拒绝，后契丹救援北汉的兵马赶到，宋军被迫撤退。翌年，太祖御驾亲征，在太原城下苦战四五个月未能取胜，只得二次撤退。开宝九年（976）再度出兵，因太祖突然驾崩中止。宋太宗赵光义登基后，太平兴国四年（979）经过充分准备，重新御驾亲征，先击败契丹援兵，陆续扫平周边，筑起长连的围城久困太原孤城，昼夜轮番攻击。然而，仍付出惨烈牺牲才迫使北汉投降，这就是被后世演绎为文学故事的“三下河东”。为此，宋真宗天禧五年（1021）诏令“并州建资圣禅院，为将士战亡者追福”。宋仁宗皇祐五年（1053）又诏令资圣禅院内建统平殿，奉安檀香木制“太宗御容”，以“显扬祖宗”功业“之盛美”。资圣禅院明孝宗弘治时“没于汾水”，统平殿“亦无存”，遗址位置应该在今汾河东岸。

逆垒[①]弥天甚，	逆贼固守的城垒曾有过盖天的凶险，
君王驻翠銮[②]。	皆仰赖圣君王御驾坐镇率军苦战。
荆榛[③]亲剪伐[④]，	罪孽的荆棘乱木几度亲征剪伐，
家业[⑤]信艰难。	太祖太宗的大业创建真是无比艰难。
一剑江河定，	但毕竟一剑纵横平定了江河，
千年庙社[⑥]安。	也终于迎来宗庙社稷千载的安然。
故城[⑦]禾黍美，	毁弃的故城已经种遍了丰美的米粮，
无复验泥丸[⑧]。	绝不会再出现当年抵抗王师的愚顽。

【注释】

① **逆垒**：逆贼控制的壁垒，此处指北汉占据的太原；北汉建立者刘崇，系五代十国后晋河东节度使、北京即太原留守刘知远之弟；后晋出帝开运三年末至四年（947）初，契丹攻破开封，虏走出帝，刘知远在太原称帝，史称后汉；刘知远死后，后汉隐帝乾祐四年（951），大将郭威灭掉后汉，建立后周；刘崇遂步其兄后尘在太原称帝，就是北汉；国土虽小，但凭借地形优势以及当年并州一带强悍的民风，相继传4帝，与后周、北宋抗争了近30年。

② **翠銮**：銮原意为天子车乘的仪铃，也代称天子御驾；翠銮，指宋太祖、太宗所坐之装饰华美的御驾。

③ **荆榛**：荆棘杂草，也比喻艰难或者邪恶。

④ **剪伐**：此处比喻宋太祖、太宗对北汉的御驾亲征。

⑤ **家业**：借指王业、君国大业。

⑥ **庙社**：宗庙社稷，引申为宋王朝的江山。

⑦ **故城**：废弃了的太原城；宋太宗太平兴国四年（979）终于平定北汉后，对在太原付出巨大代价、遭遇的顽强抵抗极为愤懑，又鉴于唐高祖李渊、后唐李存勖、后晋石敬瑭、后汉刘知远等皆由太原崛起称帝，为了永绝此地“龙脉”，遂下诏曰“盖以山川险固，城垒高深，致奸臣贼子违天抗命，因其悖逆，诖误军民”，“今既荡平，议须更改”，令“太原旧城并从毁废”，“别于榆次创立并州”；攻克太原未及半月，太宗就亲自坐镇，“遣使分部徙居民于新并州”，随之“焚其庐舍”，“万炬皆发，官寺民舍，一日俱尽”，“民老幼趋城门不及，焚死者甚众”，然后亲作《平晋记》刻石立碑；次年又下诏“壅汾河、晋祠水灌太原”，彻底夷平了这座近1500年历史的古城；太平兴国七年（982）复于汾水之东唐明镇重建新城，即今日太原之雏形，而一概不修十字街，均为丁字街，以期钉死“龙脉”不再“龙兴”帝王，这一格局一直遗存到上世纪50年代才渐渐打通。

⑧ **验泥丸**：文彦博诗末自注，“太祖朝，天兵至城下，城中作十丸掷空中卜之，外虽破里头完，则城尚可保平安；太宗朝，天兵再至，复为此卦，而一掷内外俱碎，城遂下”；卦肯定不会如此灵验，太原城最后攻破也未必因此，恐怕多半还是传说而已。

51. 欧阳修：《过并州晋祠泉》

⊙ 阅读小引：晋祠景物风情的洋洋讴赞　文史巨擘暮年的“六一”之乐

欧阳修（1007—1072），北宋文学大家，字永叔，吉州永丰即今江西永丰人。宋仁宗天圣八年（1030）进士，同科状元王拱辰，娶河东绛州籍重臣薛奎长女为妻，欧阳修在夫人死后续娶薛奎次女，再后拱辰妻亡故，又续娶薛奎小女。欧阳修以诗戏之曰，“旧女婿为新女婿，大姨夫作小姨夫”。

欧阳修少时文章已“嶷然有声”，中进士后更加“名冠天下”。仁宗景祐三年（1036）范仲淹因“言事”抵忤宰相被贬，引发朝臣分歧，互以“朋党”相攻讦。欧阳修支持仲淹，也被远贬到夷陵即今湖北宜昌。到仁宗康定元年（1040）仲淹又获重用，升授陕西经略副使，遂请欧阳修“掌书记”，他却以可“同其退不同其进”回复，“笑而辞”之。仁宗庆历三年（1043）仲淹官拜参知政事即副宰相，推行新政变革，屡屡遭到对立势力的抨击，指责仲淹等人搞“朋党”之说又起。次年，已身为谏官的欧阳修乃作驳论雄文《朋党论》反斥，观点鲜明地指出“朋党之说，自古有之”，关键在于“君子以同道为朋”，“所守者道义，所行者忠信，所惜者名节”，“以之修身，则同道而相益；以之事国，则同心而共济”；而“小人以同利为朋”，“同利之时”可以“暂相党引”，“利尽”时即“反相贼害”，“故为人君者”应“退小人之伪朋”，“用君子之真朋”。也就是这一年，欧阳修“奉使河东”巡视，《过并州晋祠泉》就是写于此时的诗作。

晋祠位于太原西南晋水源头悬瓮山麓，此地也被认为是西周初年成王“桐叶封弟”其弟叔虞的受封之处，故最迟南北朝北魏时就有了祭祀祠宇与“楼观”“池沼”等。但现存主要建筑全国重点保护文物圣母殿，则建于欧阳修中进士稍前的宋仁宗天圣年间，实际奉祀的乃是仁宗之母、执掌朝纲10多年的太原籍女强人刘太后，并非现在所称的叔虞之母也即姜太公的女儿邑姜。无论如何，这座宏伟的殿堂以及同时修筑的十字桥杰作“鱼沼飞梁”、40余尊精美绝伦的仕女木雕，已成为我国文化遗产中出类拔萃的奇珍。

庆历五年（1045），仲淹新政失败，再度被贬，欧阳修也降职为滁州知州，在这里自号“醉翁”，写下了脍炙人口的《醉翁亭记》。后又参与编纂《新唐书》，“私修”《新五代史》，从而奠定了其人史学巨擘的历史地位。

仁宗嘉祐二年（1057），复职京师的欧阳修受命主持礼部“贡举”。当时应试中单纯追求词语“险怪奇涩”的所谓“太学体”盛行，欧阳修对此非常“排抑”，“凡如是者”不录，落第的“嚣薄者”就拦阻其马首“聚噪”闹事，巡街兵丁“不能制”。但正是这一榜，使最终与他同列“唐宋八大家”的苏轼、苏辙、曾巩等才俊同中进士，而大大遏制了陋习，带动了后世文风的良性发展。嘉祐五年（1060）仁宗“推赏”其“修《唐书》劳苦”，转礼部侍郎兼翰林侍读学士，后增授二品参知政事，封乐安郡开国公，屡加“食邑”俸禄。

宋神宗熙宁二年（1069）王安石变法启动，欧阳修又因异议，被外放为蔡州即今河南汝南知州。在这里，欧阳修自号“六一居士”，又作《六一居士传》自况自嘲，称“吾家藏书一万卷”，集“金石遗文一千卷”，“有琴一张”，“棋一局”，“常置酒一壶”，“以吾一翁老于此五物之间”，“岂不为‘六一’乎？”再次年告老卸职，死后谥号“文忠”。明世宗嘉靖九年（1530）钦命以“先儒”入祭文庙，陪祀孔子。

古城南出十里间，	在古城之南左近十里的原野，
鸣渠夹路何潺潺。	路两边欢唱的清渠银波潺潺。
行人望祠[1]下马谒，	这样美丽的祠庙过往行人总不免下马拜谒，
退即祠下窥水源[2]。	还都会再探探殿宇下那喷溅如珠的泉源。
地灵草木得余润，	灵秀沃土的绵延恩泽惠及一草一木，
郁郁古柏[3]含苍烟。	枝繁叶茂的古柏也仿佛吞吐着苍翠的云烟。
并儿自古事豪侠，	并州的男儿自古崇尚豪侠，
战争五代[4]几百年。	征战割据竟然争雄五代数百余年。
天开地辟真主出，	开天辟地的本朝圣主始创伟业，
犹须再驾[5]方凯旋。	仍凭借几度剿伐才终于得胜凯旋。
顽民[6]尽迁高垒削[7]，	迁尽了不驯的士民捣平了坚固的城池，
秋草自绿埋空垣。	只剩下自生自灭的秋草覆盖着空荡荡的残垣。
并人昔游晋水上，	想当初此地的百姓逍遥嬉戏晋水之上，
清镜照耀涵朱颜。	明镜般的细浪投影过多少红润的笑颜。

晋水今入并州里，	而今的晋水早就溶入了并州乡下，
稻花漠漠浇平田。	无言地浇灌着稻花摇漾的平旷良田。
废兴仿佛无旧老，	千载兴亡似乎从来没有个衰朽枯竭，
气象寂寞余山川。	唯将那沧桑巨变的寂寥遗落在曾经的山川。
惟存祖宗圣功业，	最感慨太祖太宗的丰功伟绩，
干戈象舞被管弦[8]。	已编作雄浑豪迈的歌舞世代相传。
我来览登为太息，	前来游览的我真为之叹息不已，
暂照白发临清泉。	甩开了华发也照照这宛若明镜的清泉。
乌啼人去庙门阖，	到傍晚庙关人去只听得归鸦啼叫，
还有山月来娟娟。	刚刚升起的皎月依偎在幽静的峰巅。

【注释】

① **祠**：即晋祠；据清代道光版《太原县志》载，“晋祠在县西南悬瓮山麓晋水发源处”，“《魏地形志》‘晋阳有晋王祠’”，“北齐天保中大兴营建”，“北齐后主天统五年（569）改为‘大崇皇寺’”，“唐高祖举义师，祷于此，太宗亲制碑文仍名晋祠”；《太原县志》还载有“修晋祠碑”，为“太平兴国九年（984）甲申五月丁丑朔”，“将仕郎尚书职方员外郎赵昌言奉敕”撰文，“翰林待诏中大夫司农少卿赐绯鱼袋张仁庆奉敕”书丹，可知唐五代时晋祠曾经毁坏，宋太宗太平兴国四年（979）攻克太原灭北汉后复修，宋仁宗天圣（1023—1031）时将叔虞“改封汾东王”，并“建女郎祠于水源之西”，应该就是留存至今的圣母殿。

② **水源**：北魏郦道元《水经注》言，“《山海经》曰‘悬瓮之山，晋水出焉’”，李白有诗“晋祠流水如碧玉”，极赞其清澈甘冽之美；晋水从仿佛倒悬之瓮的山中发源而从祠下流出，妙不可测，故游人多窥之。

③ **古柏**：晋祠古柏至今犹存，据云栽植于周朝初年，树龄已近3000年，有两株，一名“齐年柏”，一名“长龄柏”。

④ **战争五代**：战争，此处指征战争斗；五代，非指五代十国的五代，而是泛称从南北朝到宋的几百年，民性强悍的太原一直是军事攻防颇为激烈的重镇，也几乎成为每一位改朝换代君王的发迹之地。

⑤ **再驾**：指宋太祖、宋太宗对北汉据守的太原之两次御驾亲征。

⑥ **顽民**：北汉时顽强抵抗宋军进攻的太原士民。

⑦ **高垒削**：指宋太宗火烧太原城；据载，太原城被焚毁另建后，“七十七年故城父老不入新城”，愤恨程度可想而知，后通过“宽其赋输，缓其徭役”，“河东之民”才渐渐安定下来。

⑧ **干戈象舞被管弦**：干戈象舞，皆为古代模拟击刺、格斗等武功的舞蹈；被，此处同披，覆盖，有伴奏之义；管弦，管乐器与弦乐器，亦借指音乐；意即宋太祖、太宗的丰功伟业，已经成为了不断传颂的音乐舞蹈。

52. 韩琦：《游开化寺》

▶ 阅读小引：太原蒙山大佛的古寺祖源　名碑名帖《昼锦堂记》的显赫堂主

韩琦（1008—1075），北宋名臣，字稚圭，号赣叟，相州安阳即今河南安阳人。宋仁宗天圣五年（1027）20岁虚龄高中进士第二。其人“识量英伟”，“天资朴忠”，能“折节下士，无贱贵礼之如一”，“临事喜愠不见于色”，故早富“盛名”，“年甫三十天下已称为韩公”。曾奉旨安抚四川灾民，经略陕西抵御西夏，无论升降顺逆，均能不计“危疑”，尽力事君，竭诚事国。

仁宗皇祐五年（1053），韩琦授武康军节度使“知并州”，驻节太原。武康军辖区与契丹接壤，有数片土地被其“冒占”与“侵耕”，韩琦乃以昔日文约据理力争，终使对方归还，且“凿堑立石以限”。六七十年前，大将潘美为对抗契丹，曾将大批居民内迁，在忻州、代州与岢岚北陲抛下大量荒地。韩琦认为弃而“不耕”无异“资敌”，遂奏请只以“北界十里为禁”，“其南则募弓箭手居之”，亦兵亦农“垦田”9600余顷“岁得粟数百万斛”。两年后“以疾自请”获准，改授家乡相州知州。

仁宗嘉祐元年（1056），韩琦由相州召还朝廷，越二年拜同中书门下平章事、集贤殿大学士，从此官居一品宰相10年左右，论者称“厚重”可比西汉元勋周勃，“政事”可比唐代贤相姚崇。宋神宗时，因对王安石变法持异议等故，两度奏请归乡养老。故世后神宗闻之恸哭“辍朝三日”，并亲篆其碑以“两朝顾命，定策元勋”赞之，下旨配享宋英宗“庙庭”，谥号“忠献”。从清代起，被钦定为列朝79位贤臣之一，陪祀北京历代帝王庙。清文宗咸丰二年（1852），又命以“先儒”入祭文庙，陪祀孔子。

韩琦在太原期间，公务繁忙，几无闲暇。直至离开前夕，才与僚属观览了当地名刹开化寺，并设宴把酒道别，《游开化寺》就是记叙此行的诗作。

开化寺位于汾河西岸古晋阳城西北十数里，北齐文宣帝高洋天保二年（551）赐名始建。与此同时或稍晚七八年，又在寺后依山开凿“高二百尺”即60米左右巨佛，与临近的童子寺“高一百七十余尺”巨佛交相媲美，成为盛极一时的佛门宝地。唐高宗与则天皇后前来礼拜后，钦赐特大袈裟两领披身巨佛，“流照崖岩，洞烛山川”，金光耀眼，极尽辉煌。而从韩琦诗作可知，彼时的开化寺“全山”雕就“佛身”，“万木”勾连“高阁”，飞泉直泻，松柏茂密，奇绝如画，蔚为大观。及至元末寺渐毁废，佛首掉落，佛身坍塌，仅有北宋所建金光佛、化身佛两座连理舍利塔幸存。上世纪80年代发现巨佛残踪，修复后定名“蒙山大佛”，已成为太原颇为壮美的文化景区。

韩琦曾在家乡相州，筑昼锦堂颐养。英宗治平二年（1065），由欧阳修撰文、书法圣手蔡襄书丹、另一书法高手邵必题额，立石堂前，碑阴还刻有司马光之文，故被尊为“四绝碑”，即载誉千秋的《昼锦堂记》碑。惜原碑已失，仅存拓片与元代重刻。但后世名家米芾、赵孟頫、祝允明、八大山人朱耷以至康熙皇帝等，均曾书录《昼锦堂记》。最负盛名者当属明代书画巨子董其昌之草书，附于本人所绘《昼锦堂图》之后，二者相得益彰，相映生辉，堪称中华艺术宝库中珠联璧合的稀世佳作。

开化得地胜，	开化古寺真是占尽了地势优越，
崇侈[1]何代作？	如此的巍峨壮丽可是何时构作？
全山馋[2]佛身，	整整一个山身凿就了宏伟的巨佛，
万木亘[3]高阁。	千伸百展的林木勾连起高耸的楼阁。
烟霞无四时，	香烟迷漫彩云缭绕无分朝夕晨昏，
为我张幄幕。	恰好为我横撑起遮阴的帷幄。
飞泉乘空来，	飞迸的甘泉犹若当空涌来，
直在庭砌落。	直冲向殿宇的台阶频频溅落。
松柏森成行，	一行行的青松翠柏森严有序，
斗状蛟龙恶。	一棵棵又都像蛟龙恶斗般的奇特。
如整万人阵，	植树人仿佛在演练万人军阵，
偏伍[4]不敢错。	布设编排未敢有丝毫的错讹。
距城才一舍[5]，	距离府城只不过二三十里，
旷绝[6]类霄堮[7]。	绝世的美景已经类如天国。
噫吾何自劳，	叹自己何至这样自讨苦吃，

日窘吏事缚。	日复一日繁忙于公务的束缚。
到官逾二期，	转眼间赴任超过了两年，
未克造[8]林壑。	都无暇看一看此处的水光山色。
引疾得乡邦，	因病还乡的奏请终于获准，
昼锦行[9]遂着[10]。	衣锦荣归之际才得以稍事消磨。
猛抛公几[11]烦，	先将那文案的烦恼统统甩到脑后，
不负真境约。	绝不能辜负这胜似仙境的邀约。
精庐[12]始一登，	美轮美奂的佛殿刚刚登临，
百虑已澄却。	乱纷纷的尘世忧虑就骤然澄澈。
徘徊延宾僚，	于是我挨着个儿延请宾客僚友，
开席盛燕酌。	步入座席开宴畅饮把盏共酌。
歌留岭上云，	酬唱的歌吟挽住了岭上的流云，
吹[13]乱风前铎[14]。	佐酒的吹弹摇动着飞檐下的铃铎。
勿讥清赏累，	莫讥笑尽情尽兴的风雅劳累，
粗继东山乐[15]。	权当是粗浅地学一回隐逸悠闲的快乐。

【注释】

① **崇侈**：高大华丽。

② **馋**：此处作只、仅止、刚好、整个。

③ **亘**：连绵不尽的延伸、贯通。

④ **偏伍**：春秋战国时期，以战车25乘为偏、步卒5人为伍，偏伍即指军兵编排。

⑤ **一舍**：舍，本义为客馆，引申为歇宿；我国古代行军30里为一舍，故也用以借指30里，此处当为概说。

⑥ **旷绝**：绝无仅有，举世无匹。

⑦ **霄堮**：堮，地面上凸起而构成边限之处；霄堮即指天边、天际。

⑧ **造**：此处作到访、拜访。

⑨ **昼锦行**：犹言昼锦还乡；据《史记·项羽本纪》载，项羽引兵“西屠咸阳”，“烧秦宫室”，搜罗“货宝妇女”准备东还，有人劝说“关中阻山河

四塞，地肥饶”，可以为都“以霸”，项羽回答：“富贵不归故乡，如衣绣夜行，谁知之者？”班固《汉书》中则将“衣绣夜行”记为“衣锦夜行”，意即衣着锦绣夜间行走，无法炫示绮丽斑斓；后世反其意用之，遂以衣锦昼行、昼锦还乡比喻荣华富贵后大白天彰显阔绰，夸耀故里。

⑩ **着**：接触、挨上、达到，此处可作实现。

⑪ **公几**：古人办公盘腿书写所用的低矮案桌，也可引申为政务。

⑫ **精庐**：佛寺、僧堂。

⑬ **吹**：此处为器乐吹奏。

⑭ **铎**：此处指寺内殿檐下的铃铛。

⑮ **东山乐**：引东晋豪门名士谢安典故，指隐逸悠闲之乐；据唐代房玄龄等所撰《晋书·谢安传》载，谢安自幼“神识沈敏，风宇条畅”，权臣王导“深器之”，故少时即有“重名”，但其不愿做官，“累违朝旨”，每以“疾辞”，“寓居会稽”，“高卧东山”，与王羲之等“出则渔弋山水，入则言咏属文”，远隔红尘，逍遥自得，乐在其中；40岁后因朝中谢氏族人均皆逝去，始出山“仕进”，“东山再起”的成语即源于此；后又因与其弟谢石、侄谢玄、子谢琰统兵，以少胜多，大败北方前秦苻坚的数十万大军，即著名的淝水之战而永载史册。

53. 司马光:《故绛城》

▶ 阅读小引:“修齐治平”的君子典范 “筋骸癯瘁”苦撰的《资治通鉴》

司马光(1019—1086),北宋名臣、文史学大师,字君实,号迂叟,陕州夏县即今山西夏县人。其“打破缸”的佳话,当时就被“京洛间画以为图”传赞不已。又据云,12岁时随父赴任四川,在栈道遇巨蟒,他随即持剑直刺蟒尾,使之疼痛前窜,无法伤人,急速滚下山崖。

司马光“德行淳正,学术通明”,为人“孝友忠信,恭俭正直”。20岁高中进士甲科后蒙皇帝赐宴,依例帽顶插花,新进举子无不争相夸耀,唯他“不戴”,“同列”以君命提醒才勉强“簪”了“一枝”。司马光曾蒙宰相庞籍提携,后庞籍罢相降为并州知州,他主动随行恩公,出任并州通判辅佐,庞籍再因失职遭贬,他“三上书”为之激辩,引咎于己,庞籍死后“拜其妻如母,抚其子如昆弟”,颇获时论好评。苏轼弟苏辙殿试“制策”,指责朝政词语“切直”,考官拟予黜落,司马光竭力谏争,赞其“有爱君忧国之心”,终使以“末级”取之。

司马光官至极品,但自奉甚严,“于物澹然无所好”,几十年“多穿麻葛粗布”,“食不敢常有肉”,尤难得不纳妾不蓄妓,夫人张氏不育,多次为其“讨小”都被拒绝,仅过继侄子司马康为嗣。朝廷恩赏大臣财帛,将所赐全部留给任职的谏院“公使”,夫人故世却只有典当三顷薄田始得装殓安葬。而在写给继子的家教名篇《训俭示康》中,则留下了“俭,德之共也;侈,恶之大也”“由俭入奢易,由奢入俭难”这样的不朽箴言。

宋神宗登基后,熙宁二年(1069)启用王安石推行“变法”。司马光坚决反对,认为“病民伤国”必致“天下怨谤”,王安石毫不退让,司马光遂上书自请离京,谋了个西京御史台的挂名闲职。从此“居洛阳十五年”,“绝口不论”朝政,改号“迂叟”悉心著述,终于完成了千古不朽的史学巨制,神宗钦定书名《资治通鉴》,意即治理天下可资借鉴的古事通览。1300多年浩如烟海的文献取舍,300多万字的文稿裁定,日均进度五六百言,基本亲力亲为,夙兴夜寐,呕心沥血,仅残稿就堆满两间房屋。神宗元丰七年(1084)书成时,已是“筋骸癯瘁，目视昏近，齿牙几无，神识衰耗”。但因“变法”引发民怨越积越多，司马光反而威信大增，盼其“相天子，活百姓”者甚众。次年神宗驾崩，宋哲宗10岁继位，高氏太皇太后当权，随即召其回朝拜为尚书左仆射即宰相。司马光抱病“躬亲庶务，不舍昼夜”，决计“救焚拯溺”，元祐元年（1086）就废尽“新法”，未数月即与早年“游处相好”的政敌王安石接踵故世。赠温国公，谥号“文正”。以儒家“修身齐家治国平天下”的标准衡量，司马光堪称君子，不啻“完人”。元世祖忽必烈至元四年（1267），钦命以“先儒”入祭文庙，陪祀孔子。从清代起又被定为列朝79位贤臣之一，陪祀北京历代帝王庙。

春秋时晋国早中期的都城名“绛”，史称“故绛”，在今山西绛县、翼城、曲沃一带。公元前585年迁都新田，谓之“新绛”，在今山西侯马、新绛一带。晋国从文公起成为诸侯盟主，号令列国、威震天下百余年。盛极一时的故都，富丽堂皇的王宫殿宇，后世均已荡然。宋仁宗嘉祐元年（1056），任并州通判的司马光到此，触景生情而成诗《故绛城》，所抒发的正是一位伟大历史学家的沧桑感叹。

文公[①]恢霸略[②]，	是文公光大了恢宏的晋国霸业，
征讨辅周衰[③]。	用军事铁腕扶撑着周王朝的衰微。
奕世为盟主，	继而后世代相传皆为盟主，
诸侯听会期[④]。	诸侯列国俯首听令恭敬如仪。
山河表里[⑤]在，	“表里山河”的天地形胜至今依旧，
朝市古今移。	当年的都城却已经荡然无余。
欲访虒祁[⑥]处，	欲寻问那虒祁古宫曾经的所在，
乡人亦不知。	此地的乡里人也不知些许踪迹。

【注释】

① **文公**：即晋文公，姬姓名重耳，春秋“五霸”之一，但此“霸”实义为“伯”，按照《孟子》中的解释就是“诸侯之长”，诸侯“会盟”时的“盟主”；文公之父晋献公，已先后兼并了许多诸侯小国和狄、戎等少数民族地区，使晋国疆土“西有河西，与秦接境，北边翟，东至河内”，囊括了

今山西南部和黄河对岸陕西、河南大片领土，经济、军事实力不断增强；但也爆发了宫廷争斗，以致太子自杀，重耳等出逃；公元前636年，流亡19年的重耳归国夺得政权，凭借大半生磨难成熟的政治才略与诸多能臣的辅佐，也依托献公铺垫的强势根底，又通过改制变革，使晋国“政平民阜，财用不匮”，迅速崛起，先替周天子襄王平定“王子带之乱”，公元前632年“城濮之战”又击败楚国，“一战而霸”，奠定了晋国作为诸侯“盟主”的百年基业。

② **霸略**：争雄称霸的文韬武略。

③ **周衰**：春秋时期名为“天下共主”实已权势衰落的周王朝。

④ **会期**：会盟日期，盟主决定诸侯列国均须按时赴盟。

⑤ **山河表里**：意即外河内山，典出《左传》；“城濮之战”前楚军背险扎营，晋文公“患之”，又听到似乎不祥的歌谣更加疑虑，谋臣狐偃也是其舅父遂为之鼓气曰，“战而捷，必得诸侯；若其不捷，表里山河，必无害也”；就是说打胜了必为诸侯“盟主”，如不胜晋国外有黄河屏障，内有群山高峻，易守难攻，也不可怕；故后世常以“表里山河”形容山西地势的得天独厚。

⑥ **虒祁**：即虒祁宫，公元前534年晋国平公建造；其故址，北魏郦道元《水经注》称在“新田绛县故城西南四十里”，唐人李吉甫《元和郡县图志》称在绛州正平“县南六里”，隋代末年还曾“依宫余址筑堡”，“名修义堡”，正平即今山西新绛，而今山西曲沃尚有修义村，侯马则有虒祁村，故其确切位置已很难认定；平公建造虒祁宫，据云是为了炫富有示威严，以压倒楚国“章华之宫”，所以竭尽奢华，耗资无度，却引起民众强烈不满，诸侯小国虽来祝贺落成，也是“归者皆有贰心”；司马迁在《史记·乐书》中，更借乐师旷之口称平公“德义薄”，又以师旷为其鼓琴奏“最悲”之音而致“平公恐惧”“晋国大旱，赤地三年”一事，针砭了这种恣意妄为的举措。

54. 赵瞻：《文湖渔唱》

▶ 阅读小引：扶灵安葬司马光的同道同僚　如画美景胜江南的古晋湖泊

赵瞻（1019—1090），北宋名臣，字大观，祖籍永城即今河南永城，父辈时徙居盩厔即今陕西周至。宋仁宗时“举进士第，调孟州司户参军”，继“移万泉令”又“改知夏县”，在今山西万荣、夏县主政数年，捐出“圭田”就是供官员私用于祭祀兼及养廉的土地而修建学宫，又设“八监堂”于县衙，书“古贤令”之成功“治迹”以为箴诫，后升知州等职。宋英宗治平元年（1064）拜侍御史，成为执掌监察、弹劾事务的御史台衙门主要佐官。其间，几次上书直陈英宗的决策失当，“言甚激切”，乃至不惜以“求退”抗辩，据理力争。越两年，调赴汾州即今山西汾阳出任通判，是一个虽然为副却有权“刺举”知州之“善否”的官衔。

宋神宗熙宁三年（1070），王安石变法全面推开。这时赵瞻已是京师要地管理民事的开封府判官，某次神宗问“卿知青苗法”之利否？赵瞻毫不掩饰地回答，“青苗法唐行之于季世扰攘中”即唐末乱世时，搜刮掠夺“掊民财”确实有利，“今欲为长久计”，对“爱养百姓”非常不利。王安石又欲请赵瞻“助己”也遭拒绝，遂贬放外地多年。神宗元丰八年（1085）天子驾崩，宋哲宗继位，由司马光主持废除变法，赵瞻入朝授朝议大夫又转户部侍郎。司马光故世后，奉诏扶送灵柩“归葬”，闻一路民众“哭公哀甚如哭其私亲”。哲宗元祐三年（1088）“擢枢密直学士签书枢密院事”，次年“以中大夫同知院事”，成为主管军务与边防诸事的最高机构枢密院首脑。再一年故世，当朝太皇太后高氏叹曰“惜哉忠厚君子也”，罢朝“二日”，“车驾亲临”致哀，赠银印青绶光禄大夫，谥号“懿简”。

这首《文湖渔唱》，应该是赵瞻在汾州做通判时的诗作。文湖，曾经是山西古代著名的大泽，故址在今汾阳。据北魏郦道元《水经注》载，文湖“东西一十五里，南北三十里，世谓之西河泊”。到宋朝时文湖仍方圆“围四十里”，“多蒲鱼之利”就是采收蒲草与捕鱼收益丰厚。后因补水河流文水也即文峪河改道，湖面逐渐减缩。明清以降到近代，更由于堵湖垦田与灌引过度日趋枯涸，最终湮灭。幸有赵瞻之手笔，为远古山西的秀丽描绘了这样一幅宛似江南的画卷，清澈的湖面碧波荡漾，泛浮着一望无际的莲荷，捕鱼人吟着歌儿从熟悉的水道摇船而过，悠扬笛音飘散到了红蓼覆盖的岸畔，阵阵橹声搅动起一团一团的鱼群。如今读来，真令人为黄土高原上这颗明珠的消逝喟然长叹，感慨系之。诗中，赵瞻诸人也乘着扁舟，摆开了水上酒宴，在明月清辉中放浪形骸，尽情狂歌，霎时间仿佛烦恼忘却，逸兴频添，于是借题发挥，表达了一番我国士大夫阶层那种世代沿袭的心灵通病，明明恋着官爵却总是自诩向往隐逸的文化矫情。

湖光潋滟泛莲荷，	碧波荡漾的湖光里浮动着无边的莲荷，
欸乃[1]渔郎惯此过。	哼着行船小调的渔郎轻松熟练地穿过。
笛韵吹残红蓼[2]岸，	几缕笛音渐逝在红蓼掩映的远岸，
橹声摇出锦鳞[3]窝。	橹声摇出的鱼群滚成了热闹的漩涡。
狂歌明月闲愁少，	遥望明月纵情狂歌顿觉闲愁少少，
放浪扁舟适兴多。	乘着扁舟放浪身心可真是快意多多。
莼菜鲈鱼[4]供一醉，	莼菜鲈鱼般的佳肴也仅只一醉，
掉头归去卧烟蓑[5]。	那胜如掉头归去肩披蓑衣永钓烟波。

【注释】

① **欸乃**：欸，读作ǎi；欸乃，摇橹的象声词，也指划船时的歌声。

② **红蓼**：蓼科植物的一种，多见于河湖沟渠岸边，生长迅速，枝叶茂盛，初秋时开玫瑰红或淡红色小花，紧密微垂，往往数个组合为圆锥状，观赏性甚强，我国古人常常以之入诗。

③ **锦鳞**：鱼的美称。

④ **莼菜鲈鱼**：莼菜，一种多年生水草植物，嫩茎嫩叶可食，莼菜鲈鱼为古人推崇的南国佳肴；据南北朝刘义庆《世说新语》载，西晋名士张季鹰，受权臣齐王司马冏之聘为“曹掾”即佐理，在洛阳“见秋风起”，想起家乡“吴中”的美味“莼菜羹、鲈鱼脍”，曰“人生贵得适意”，怎能“羁宦数千里”要这个“名爵”，于是“命驾便归”江南，不久司马冏在皇族内斗中失败被杀，季鹰毫未遭祸，后世则将思念故乡雅称“莼鲈之思”；诗中的此处与下句显然包含着这样的意思，莼菜鲈鱼也可能并非实指。

⑤ **烟蓑**：烟雨中披着蓑衣的垂钓形象，借喻悠闲适意的退居归隐生活。

55. 张商英:《五台山》

▶ 阅读小引：由排佛反悟的“护法”论家　亲攀“五台”赋诗的第一重臣

张商英（1043—1121），北宋名臣、佛学论家，字天觉，号无尽居士，蜀州新津即今四川新津人。宋英宗治平二年（1065）进士，宋徽宗崇宁二年（1103）蔡京官拜宰相尚书左仆射，商英“雅与之善”，升副相尚书左丞，后渐“不合”，转而抨击，被贬外放。徽宗大观四年（1110）重新起用为尚书右仆射，次年复遭弹劾罢职。史称商英“意广才疏”，只因承袭权臣蔡京为相，“小变其政”却获“忠直之名”，“天下皆不谓然”。不过，此君却有一个显耀的人生亮点，就是对佛门的推崇。

据云商英“长身伟然”，“姿采如峙玉”像尊耸立的玉雕，倜傥“负气”，“豪视一世”。早年曾入佛寺，见“藏经卷策齐整”，“怫然”曰“吾孔圣之书乃不及此”，归来“中夜不寐”，“欲著《无佛论》”，夫人向氏曰“既已无佛，何论之有？”后在同僚处“见维摩经”，翻至“此病非地大，亦不离地大”时深为叹服，遂“借归”，夫人曰“可熟读此然后著无佛论”，结果“悚然”反悟，从此“深信佛法”，非但未著《无佛论》，却在晚年撰制洋洋万五千言《护法论》，驳斥韩愈、欧阳修等人排佛之说，声称“儒者言性而佛见性”，“儒者劳心而佛者安心”，“儒者喧哗而佛者纯静”，“儒者争权而佛者随缘”云云，谓“儒者治外”仅及“皮肤”，道者也不过“治血脉之疾”，唯“释氏直指本根”，“治骨髓之疾也”，从而赢得佛门中人的高度赞誉。

宋哲宗元祐二年（1087）时，商英因不满改易王安石“新法”，被从开封府任上“发遣河东路”即今山西“提点刑狱”巡察司法。正是这一机缘，使之成为首位“瞻拜”五台山且作《续清凉传》一文以记的重量级官员。

商英在文中言：受命赴河东前数月，曾“梦游五台山金刚窟”，故八月到职十一月“即诣”，窟中“所见”竟“皆与梦合”，“恐冰雪封途”居一宿出山。次年夏，又借“督捕”群盗之机，携“妻孥”等“斋戒来游”。六月二十七日入山，抵“南台之侧”金阁寺，二十九日“至东台”，七月初一“沈币于北台，晚休于中台”，翌日“往西台”，遍访寺院祷祝八九天，各种异象接踵目睹。如屡见

“金灯”，有“金灯凡七现而隐”，“松上忽现群灯如连珠”，“溪上之灯忽如红日浴海腾空而上”，空中现“金桥及金色相轮”，“白云中现大宝灯”，“五色祥云”中“白圆光从地踊起如车轮百旋”，“等身白光菩萨立于光中”，甚至“现万菩萨队仗”，“宝楼宝殿，宝山宝林”，“紫芝宝盖”中“骑师子”的文殊菩萨与“升降游戏”的“七八尊者”等等。为了宣扬佛法，固然不免夸饰，但此文毕竟已经成为有关五台山历史的经典性文献。

尤其难得的是，商英登临五座台顶时均一一赋诗，加上这首被后人冠名《五台山》的“总咏”，以自命为佛门弟子的视角，全方位描写了五台山的巍峨博大、深邃幽眇，虔诚地赞颂了那种足可荡涤心魂的神奇圣洁与不染红尘、不落凡俗的超然气势，成为讴歌五台山最早的也可谓至今几乎无人可及的一组完美的组诗。

五顶[①]嵯峨接太虚[②]，	巍峨的“五台”台顶直通向神妙的天宇，
就中偏称[③]我师居。	清凉的奇境恰是我佛师最为惬意的居处。
毒龙[④]池畔云生慄[⑤]，	毒龙池畔盘绕着翻卷滚动的祥云，
猛虎岩前客过疏。	猛虎岩前尘世的俗客踪迹稀疏。
冰雪满山银点缀，	满山的冰雪犹若纯净的白银装点，
香花遍地锦铺舒。	遍地的香花铺就了锦缎一般的画图。
展开坐具[⑥]长三尺，	舒展开的僧衣纵然仅止三尺，
已占山河五百余[⑦]。	但却已占尽了无边的风光大好的沃土。

【注释】

① **五顶：**五台山东、西、南、北、中五座台顶；五台山初名清凉山，居我国四大佛教圣山之首，供奉文殊菩萨，东汉开始建寺，南北朝已达200余座，隋文帝诏令五座台顶建寺，为东台望海寺、西台法雷寺、南台普济寺、北台灵应寺、中台演教寺，五台山遂成正名；最早的“古五台”台顶位于今山西五台县城周遭，与现在所称台怀镇周遭的“五台”并不相同。

② **太虚：**天空、宇宙，我国古代文化概念中也指辽远空灵的玄奥境界、万物最原始的实体“气”或者道家认为的世界本源“道”等，此处有兼而用之的意味。

③ **偏称**：最合意、最适宜。

④ **毒龙**：五台山有毒龙潜居之说，日本名僧圆仁慈觉《入唐求法巡礼行记》中言“五台山乃万峰之中心也，五百毒龙潜山而吐纳风云，四时八节辍雷雹频降矣”，据传这些毒龙与当地猛兽均被文殊菩萨降伏。

⑤ **懆**：古同“慅”，有骚动之义。

⑥ **坐具**：佛教语，也称“随衣坐”，僧人用以护衣、护身、护床席卧具的布巾。

⑦ **山河五百余**：赞佛法广大无边，也兼有赞自然形胜大好之义；典出《广清凉传》卷上，称北魏孝文帝拓跋宏曾经避暑五台山，佛祖（大圣）“化为梵僧”，向孝文帝“乞一坐具之地”以“修行住止”，“帝许之”，“梵僧乃张坐具”，不料一张开就广大无边，“弥覆五百余里”。

56. 黄庭坚：《薄酒丑妇歌》

▶ 阅读小引：弥补苏轼诗意的谐趣妙品　镌刻于山西襄垣的久远碑石

黄庭坚（1045—1105），北宋诗文、书法大家，字鲁直，号山谷，洪州分宁即今江西修水人。庭坚自幼聪明"警悟"，传其7岁时所作之诗《牧童》"骑牛远远过前村，吹笛风斜隔垄闻；多少长安名利客，机关用尽不如君"，就已颇得夸赞，显示了过人一筹的意味。

宋英宗治平四年（1067）庭坚得中进士，初任县尉，宋神宗熙宁五年（1072）选试学官，举为优等，擢北京国子监教授，但北宋首府是东京即今河南开封，北京则在今河北大名。同年，因上书指责王安石变法调出京师的苏轼，在湖州见到庭坚诗文，大感惊异，赞为"超逸绝尘，独立万物之表"，世已"久无此作"，庭坚"声名始震"。后入东京授职秘书省校书郎、五品秘书丞等，还蒙司马光举荐参与校定《资治通鉴》。但仕途并不顺畅，两度遭贬远放，最终戴罪客死宜州即今广西宜山。直至百多年后南宋恭帝德祐元年（1275），才诏准获谥"文节"。然而，庭坚在文化领域却赢得了巨大荣誉。由于曾被苏轼赞赏，后世称为"苏门"学士之一，实际当时就有"苏黄"二人诗文齐名之论。而书法则将其人与苏轼、米芾、蔡襄并列为北宋"四大家"，传世作品件件价值连城。现已流入日本的《李白忆旧游诗草书卷》，幅长近4米，龙飞凤舞，精妙绝伦，为李白包含有描写晋祠风光的"晋祠流水如碧玉""微波龙鳞莎草绿"等佳句的游历山西千古名篇，留下了绝无仅有的翰墨奇珍。

《薄酒丑妇歌》亦名《薄薄酒》，为二首之一。诗的起因是，熙宁七年（1074）苏轼出任密州即今山东诸城知州，与当地学官赵明叔成为友朋。据苏轼所记，其人"家贫，好饮，不择酒而醉"，还常爱自嘲"薄薄酒，胜茶汤，丑丑妇，胜空房"，苏轼深感"言虽俚而近乎达"，乃据此发挥成《薄薄酒》二章赠之，有"薄薄酒，胜茶汤，粗粗布，胜无裳，丑妻恶妾胜空房；五更待漏靴满霜，不如三伏日高睡足北窗凉"等语，进而抒发了一番对官场劳碌的厌倦与不满。庭坚得此诗读罢后，认为苏轼"愤世疾邪"陈义"甚高"，而"赵君之言近乎知足不辱"，乐天顺势，并不觉得委屈，故重新"代作二章"，弥补"其意"。

诗通过一连串的比对，论述了追求富贵荣华远不如自由自在生活的闲适无忧，最后一笔更宛若大俗又似绝唱，照应首尾，画龙点睛，奇趣横生，启人笑颜，非常别致地颂扬了一种安贫乐道的超然期许。

宋哲宗元祐三年（1088）庭坚又将此诗再书一幅送友，仍有拓片存世。大约其后不久，山西襄垣将此诗镌为碑刻，附名《江南黄庭坚述怀》。据称，庭坚曾到该地为母求医，也有说法是曾来游览该地的名胜凉楼，遂留此诗。诗具体成于何处或者尚可探讨，但其碑刻晚清尚在，光绪二十七年（1901）被山西巡抚胡聘之编纂的《山右石刻丛编》收录。所以，毕竟是一首与山西有过独特关系的诗作。

薄酒终胜饮茶，	有薄酒总胜过饮淡茶，
丑妇不是无家。	有丑妻就不是没有家。
醇醪[1]养牛等刀锯，	琼浆玉液养牛无异刀剐锯切，
深山大泽生龙蛇[2]。	深山大泽才最宜龙蛇腾化。
秦时东陵千户食，	秦时的东陵侯曾食禄千户，
何如青门五色瓜[3]？	何如青门外自种五色香瓜？
传呼鼓吹拥部曲[4]，	前呼后拥军乐铿锵统兵率伍，
何如春雨一池蛙？	何如春雨中听一池鸣蛙喧哗？
性刚太傅促和药[5]，	刚正的太傅也只能唯求速死，
何如羊裘[6]钓烟沙？	何如轻披着羊皮小袄垂钓烟沙？
绮席象床[7]雕玉枕，	享用着绫罗席象牙床雕玉头枕，
重门[8]夜鼓不停挝[9]。	皇宫前催起的夜鼓却已不断敲打。
何如一身无四壁，	何如那孑然一身家无四壁，
满船明月卧芦花？	装载着满船的明月独卧芦花？
吾闻食人之肉，可随以鞭扑之戮；	我听说吃人肉食即可被随意鞭死，
乘人之车，可加以鈇钺[10]之诛。	乘人车马即可被酷刑诛杀。
不如薄酒醉眠牛背上，	真不如薄酒醉眠在牛背上，
丑妇自能搔背痒。	还有个丑丑的婆娘搔着痒痒。

【注释】

① **醇醪**：读作chún láo，醇厚的美酒。

② **蛇**：此处协韵应读作shā。

③ **秦时东陵千户食，何如青门五色瓜**：据《史记·萧相国世家》载，秦朝有东陵侯名召平，秦亡后沦为“布衣”，家贫，遂“种瓜于长安城东”，因“瓜美”世人谓之“东陵瓜”；汉代长安有12门，东边最南的城门霸城门俗名青门，又称召平所种之瓜“有五色”，故也谓之“青门瓜”“五色瓜”，召平失去侯位，日子反而过得越发轻松愉快。

④ **部曲**：本为古代军队的编制单位，据西晋司马彪《续汉书·百官志》载，“将军领军皆有部曲，大将军营五部，校尉一人，部下有曲，曲有军候一人”，后世也指私家军队与家仆。

⑤ **性刚太傅促和药**：性刚太傅，指汉代大臣萧望之；和药，和合配制的剧毒药酒；据班固《汉书·萧望之》传载，望之祖上“以田为业”，其人则勤奋问学，精通诸经，汉宣帝时被荐于当权大将军霍光，却因性格倔强不获重用，霍光死后曾为太傅教授太子8年，匈奴呼韩邪单于来朝，望之力排众议，主张高格礼遇，后以王昭君的出塞远嫁促成汉、匈“和亲”；太子登基后即汉元帝，望之为辅政大臣之一，深受尊崇也多有勋绩，晚年时遭天子亲近宦官诬告拟于下狱审问，望之愤而自杀，死前催促弟子，快取“和药来，无久留我”；元帝闻讯即惊又悔，竟致“却食”“涕泣”，后又“加恩”子嗣，每年遣使祭祀望之坟茔。

⑥ **羊裘**：羊皮衣、羊皮袄，借指东汉隐士严光；据范晔《后汉书·逸民列传》载，严光“会稽余姚人也”，“少有高名”，与光武帝刘秀“同游学”，交情甚好，刘秀夺取天下登基后却“变名姓隐身”了；刘秀“思其贤”令各地“物色访之”，“后齐国上言”称“有一男子披羊裘”垂钓“泽中”，刘秀“遣使”恭请三次“而后至”，但严光坚拒做官，刘秀无可奈何，只得放其回乡，严光从此退居富春江边，垂钓自适，“年八十终于家”，其行止素来被我国的文人士大夫称道不已。

⑦ **绮席象床**：华美的坐席，象牙雕饰的床。

⑧ **重门**：此处指皇宫之门。

⑨ **挝**：读作zhuā，击打、敲打。

⑩ **鈇钺**：铡刀与大斧，也是古代腰斩、砍头的刑具，并泛指刑戮。

57. 麻秉彝：《广胜寺》

▶ 阅读小引：琉璃宝塔映照的珍奇壁画　千年佛寺秘存的“金藏”奇葩

麻秉彝（1129—1178），金代官员与诗人，字仲常。麻氏祖籍青州，先世移居山西中条山麓风光秀丽的王官谷，故其被称为河中府虞乡，即今山西永济人。当地尚有“麻秉彝世系功德碑”遗存，另一说为临晋即今山西临猗人。后来更加著名的诗人、三晋河汾诗派的主将麻革，就是秉彝之孙。

秉彝“自幼敏悟”，“以孝闻”，金海陵王天德三年（1151）进士，因施政“有能声”，由县令起渐升至兵部侍郎。且其颇善“诗文”，同科状元王彦潜赞为有杜牧风骨，惜49岁辞世，作品散失无余。所以，被清代郭元釪编入《全金诗》中的《广胜寺》一诗，就成为其仅有的传世之作，也是古人描写广胜寺极早极少的佳篇。有一首所谓唐太宗的《广胜寺赞》“鹤立蛇行势未休，五天文字鬼神愁”，其实是太宗的《梵书唵字赞》，一说为唐玄宗的《题梵书》，陕西、河南多座寺院均有类似刻石，故显然是牵强之说。

广胜寺位于山西洪洞境内霍山南麓一处山岗，寺旁有奔涌的霍泉流出。东汉桓帝建和元年（147）始建时，称阿育王塔院，也名俱卢舍寺，历代屡有废兴。唐代宗大历四年（769），汾阳郡王郭子仪奏请重建，取“广大于天，名胜于世”意，御题匾额赐名“广胜”。在唐代，还建起了敬奉霍泉的水神庙。后来，广胜寺在山岗下增建下寺，元明清几代又多次毁坏与复修。元代复修时绘制的大量壁画至今犹有存在，特别是水神庙内泰定帝元年（1324）的“尧都见爱大行散乐忠都秀在此作场”壁画，已成为我国古代戏曲演出生动的形象标识，他如“卖鱼图”“保鲜图”“烧水图”“对弈图”“捶丸图”等生活壁画，也成为当时当地民俗风情的精美写照。而从明武宗正德十一年（1516）到世宗嘉靖六年（1527）历时12年重建的上寺“飞虹塔”，13级浮屠周身七彩琉璃镶嵌，菩萨、天王、金刚、弟子造像，团龙、飞凤、麒麟、骏马等奇巧雕饰，加上那直插云霄的铜铸圆顶，祥光流转，秀色生辉，巍然耸峙500年，堪称冠盖中华的佛塔国宝。

广胜寺是全国重点保护文物，而其还有一桩更足以永骄后世的贡献，就是

《赵城金藏》的秘藏。“金藏”即金代刻印的《大藏经》，金熙宗皇统九年（1149）开刻，发起者为潞州即今山西长治佛门女弟子崔法珍，传其曾自断臂膀，誓死化缘，感动了无数善男信女慷慨解囊，致“有破产鬻儿应之者”，历“三十年始就绪”，终于在金世宗大定十三年（1173），将这部近7000卷、每卷一轴展开可达10米的宏浩工程刻成，大定十八年（1178）前后印制完毕进献朝廷。到近代“金藏”大都散失，唯广胜寺近5000卷秘藏幸存。上世纪30年代发现后，因广胜寺当时尚属于赵城县，乃定为此名。1949年移交国家图书馆，成为与永乐大典、四库全书、敦煌遗书并列的镇馆之宝，也被学界公认为汉文佛典的稀世奇珍。

盘云梯石上崇岗，	蜿蜒盘转的石梯直通向峻峭的山岗，
殿角峥嵘古道场①。	峥嵘的殿角下就是岁月久远的道场。
寺纪汾阳亲奏额②，	汾阳王亲奏圣上获赐匾额的碑记犹在，
塔传阿育③久腾光。	阿育宝塔闪射着千百年不息的祥光。
檐前山耸千螺④秀，	飞檐前的群峰仿佛无数美女高卷的发髻，
槛外溪分二带⑤长。	栏杆外的溪流又如两条飘带净洁悠长。
种种尘缘都洗尽，	刹那间尘世的孽缘荡涤得无影无踪，
只因身在白云乡⑥。	只因为此刻的我已经置身于佛国仙乡。

【注释】

① **道场**：梵文意译，音译为菩提曼拏罗，玄奘《大唐西域记》称释迦牟尼成道之处为道场，后借指供佛、诵经、修行场所，也用作寺院别称，或者僧尼、道人做法事法会等行动。

② **汾阳亲奏额**：汾阳指唐代平定“安史之乱”名将郭子仪，因其曾封爵汾阳郡王，故有此称；代宗大历四年（769），子仪镇守河中府，部属李光瓒报送建寺呈文，子仪随之亲奏朝廷，当年5月获准，代宗御题匾额，赐名“大唐（历）广胜之寺”。

③ **塔传阿育**：阿育，即阿育王，古印度摩羯陀国建立的孔雀王朝第三代君王，公元前273年至前232年在位；阿育王早年好战，通过武力统一了南亚次大陆一带，后愧疚于前半生荼毒生灵，杀戮无算，开始尊崇佛教，

广修寺庙，整理经籍，推动了佛教的空前繁兴，被称为从“黑阿育王”时代转向“白阿育王”时代，并被佛门誉为护法名王，也成为“放下屠刀，立地成佛”的典范，其晚年倡导的宽容政治与非暴力主义，对印度的历史文化产生过巨大影响；据载，释迦牟尼圆寂后火化，遗骨谓之佛骨，遗体结晶的无数珠状物谓之佛祖舍利，曾被八国分去建塔安奉；阿育王统一后发掘诸国旧塔，取出佛祖舍利，分为84000宝函广传各地，一函重建一塔弘扬佛法，“汉地”建塔19座，一说“案诸典籍寻访”有20座，其中即有5座在山西的晋州、代州、并州、榆社、蒲坂，晋州所建的“霍山南塔”就是广胜寺之肇始。

④ **螺**：指螺髻，形容古代女性盘卷如螺状的发型，也用以比喻耸峙如螺髻的峰峦。

⑤ **溪分二带**：广胜寺旁的霍泉，流量充沛，易于灌溉，但所在之洪洞，从商周起到上世纪50年代合并止，素属洪洞、赵城二县，而发源赵城的霍泉却要经过洪洞才能转回赵城，故二县为了争水，千百年来不断诉讼，屡爆械斗，唐代时以“洪三赵七”将水分为两股，溪分二带即指此意；但诉讼、械斗、扒抢乃至死伤，后世依旧频频发生，清代雍正三年（1725）遂以铁柱分隔，并建分水亭，将分水诸情、分水图刻石立碑，又以“分水”二字起头，镌制楹联“分三分七，分割铁柱；水清水秀，水成银涛”，以为永记，至今尚存。

⑥ **白云乡**：仙乡、神仙居处，典出《庄子·天地》“乘彼白云，游于帝乡”。

58．赵秉文：《代州书事》

▶ 阅读小引：离任时百姓齐送的载誉州官　国亡前催人泪下的奉旨草诏

赵秉文（1159—1232），金代重臣，被元代脱脱主修的《金史》赞为“金士”中“巨擘”的学者与诗人，字周臣，号闲闲居士，磁州滏阳即今河北磁县人。金世宗大定二十五年（1185）进士，初授县令，金章宗明昌六年（1195）入朝担任应奉翰林文字、同知制诰，成为起草天子诏令的侍从。不久因上书论罢免宰相胥持国、起用宗室完颜守贞一事涉嫌“狂妄”，遭到拷问，供出曾与“交游”“私议”的诸人，均使下狱，仅秉文“特免”，故招致时论非议。此后其浮沉官场，曾两度仕宦山西。一次是出任同知岢岚军州事，章宗承安五年（1200）去职。一次是出任平定州知州，具体时间据秉文传世文集《滏水集》中《涌云楼记》所言，为“大安二年（1210）夏四月，余来莅平定”，少其30余岁的诗文忘年交元好问，在为之所撰墓志铭中也有相同记载。

平定州的前任“苛于用刑”，“盗贼无大小”一概棒杀，每闻赦令将至，皆先使“贼死”然后才“拜赦”执行，但盗贼却“愈繁”。秉文则“每从宽厚”处理，未几月反而“盗贼屏迹”。荒年时又率先自捐“俸粟”，力倡豪门出资“振贫”，“全活”百姓“甚众”。两年后奉调回朝时，老幼同送“恋恋不忍诀”，已出城仍然“遮留之再三”，才得以作别而去。

这时，北方蒙古帝国崛起，金王朝被逼不断南退。金宣宗贞祐二年（1214），只好由中都燕京即今北京迁都南京开封府即今河南开封。贞祐四年（1216），秉文获授翰林侍讲学士，又官至二品礼部尚书，并同修国史，兼执掌专事征求隐逸之士、刊辑经籍的集贤院，朝廷的诏书、敕告等多出自其人手笔。金哀宗正大九年（1232）正月，蒙古军大举围攻南京，城内因饥饿与瘟疫死亡数十万，秉文奉命撰诏，为哀宗“布宣悔悟哀痛之意”，及至蒙古军撤去，仍“日以时事为忧”。是年三月，哀宗意图转换国运，将年号改称“开兴”，秉文奉令再撰《开兴改元诏》，其“感人”之深以致“闾巷间皆能传诵”，“洛阳人拜诏”后更是“举城痛哭”。到五月，年逾古稀的他便与世长辞。又二年蒙古帝国灭金，哀宗自缢身亡。

秉文“为人至诚”，公私交往无城府“不立崖岸”，“历五朝官六卿”而“自奉”始终“如寒士”，从不以“大名自居”。尤其是，“自幼至老未尝一日废书”，学识渊博，著述颇丰，诗书画均极出色，草书尤为“遒劲”，名冠一时。其诗“笔势纵放”，“律诗壮丽，小诗精绝”，作为诗坛盟主数十年，仕宦山西期间也留有不少篇什。这首《代州书事》所指的代州，治所在今山西代县，与其出任同知岢岚军州事的地区临近，应该就是此时的作品。

金波①曾醉雁门州②，	代州的金波美酒真令人沉醉难休，
端有③人间六月秋④。	果然有人间的六月竟这样凉爽如秋。
万古河山雄朔部⑤，	万古河山雄视着漠北塞外，
四时风月⑥入南楼⑦。	一年四季的风情都仿佛尽收南楼。
汉家战伐⑧云千里，	远征匈奴的汉军烟尘曾经席卷千里，
唐季英雄⑨土一丘。	唐代的此地英豪早已化作郊野的荒丘。
系马朱栏重回首，	系马楼边的朱栏再回望滹沱河水，
烟波谁在钓鱼舟？	迷蒙的波光里是谁人垂钓在逍遥的轻舟？

【注释】

① **金波**：即酒，古代多为米酒即俗称之黄酒，故谓金波；代州金波酿造历史久远，唐宋时已是知名酒品，直至近代。

② **雁门州**：即代州，南北朝前曾属雁门郡，隋唐时代州一度也称雁门郡，宋以后至清均称代州，辖左近繁峙、五台等数县。

③ **端**：此处作果真、确实。

④ **六月秋**：言代州夏季凉爽如秋。

⑤ **雄朔部**：朔部，通常指塞外山西北部到内蒙古一带边疆地区；代州境内群峰险峻，高耸绵延，有两厢对峙“其形如门”、据传大雁南归北去必“飞出于其间”的雁门山，长城中段最重要的戍守关卡、咽喉要道雁门关即屹立山口，雄峙北陲，故有此说。

⑥ **四时风月**：言代州远山似冬，近水似春，气候夏令仿佛秋日，有其独特风光。

⑦ **南楼**：代州城南俯临滹沱河水的楼阁，据云曾是与鹳雀楼比齐的古代名楼，诗人元好问等均有题咏。

⑧ **汉家战伐**：指西汉时期武帝远征匈奴，曾有几次由此出兵进击，代州以北也是战伐的重要地区之一。

⑨ **唐季英雄**：季，一度时间，但也作晚、末、一个朝代的最后阶段解，此处应是泛指唐代，唐代有不少英雄出于代州一带；其开国名将、为唐太宗夺权登基建立奇勋并被后世奉为门神爷的尉迟恭，就是紧邻代州之西的朔州鄯阳即今山西平鲁人，尉迟恭早年依附的豪强刘武周，正是在此起兵反隋，割据称帝，且与新建的唐王朝武装争斗数年；唐玄宗时郭子仪平定安禄山之乱，也曾在此作战，大败叛军，扭转了危局；唐末沙陀族藩镇将领李克用，则出生于紧邻代州东北的神武川新城即今山西应县，后辅佐其父割据朔州、代州与云州即今山西大同等大片地区，继因帮助朝廷剿灭黄巢等功授河东节度使，再进封晋王，朱温篡唐建立后梁次年故世，归葬新城；其子李存勖袭位后，经多年征战灭掉后梁，同光元年（923）称帝，自谓承嗣唐朝，史称后唐；而李克用手下有12位骁勇义子，加上李存勖谓之“十三太保”，也多为这一带人或从这一带发迹的人物。

59．郝天挺：《游石壁》

▶ 阅读小引：邀游玄中寺的“有呈”谢诗　被誉称堪比苏武的贤孙郝经

郝天挺（约1161—1217），金代大儒、教育名家，字晋卿，祖籍太原，先世移居泽州陵川即今山西陵川。天挺资质聪颖，也曾入太学就读，但因“多疾”，“厌于名场”，不复科考“就举”，专以讲学授徒为业，渐致声誉远播。大诗人元好问少时，叔父为了培养这个过继子，特请从中都燕京调任陵川县令，使好问拜师天挺6年。金宣宗贞祐二年（1214）蒙古帝国南侵，金王朝被迫由燕京迁都南京即今河南开封。次年燕京陷落，天挺举家避难河南，生活困顿，仍“耿耿自信”，宁死不傍“富儿之门”，临终前“浩歌自得”，“不以死生为意”。故世后元好问专程前往吊唁，继撰《郝先生墓铭》，对恩师之人格道德与授业理念均给予极高赞颂。

天挺避难河南时，幼小的长孙郝经也离开陵川。蒙古帝国灭金后，郝经随父移居燕京，白天给人扛米背柴“负薪米”打工度日，“暮则读书”苦研经籍，终于脱颖而出，被荐于尚属藩王的忽必烈，成为其重要的汉族谋士，且留下一段颇具传奇色彩的史话。

蒙古帝国蒙哥汗九年（1259），蒙哥汗猝死于征讨南宋的巴蜀前线合州钓鱼城下。次年忽必烈夺权继位，授郝经翰林侍读学士，令其“佩金虎符”出使南宋，却被南宋权相贾似道羁押真州即今江苏仪征，但长达16年誓不“屈身”。忽必烈至元十一年（1274），借此口实兴师问罪进攻南宋，次年春似道只得“礼送”郝经北还。据明人蒋一葵《尧山堂外纪》载：有人馈送郝经大雁为食，他却作诗“霜落风高恣所如，归期回首是春初；上林天子援弓缴，穷海累臣有帛书”系于“雁足”，“署年月姓名”，压“郝氏印方”放飞，希望传信朝廷；3月，大雁居然被捕获于开封，郝经仍在归途，不久抱病到达燕京，忽必烈赐宴祝贺，7月故世，谥号“文忠”，时人以苏武誉之。郝经反对“唯汉独尊”，主张“从道不从君”，事奉异族有其特定的时代缘由，这种坚贞的忠烈气节则被传为美谈，赢得有识之士的广泛敬仰。

天挺诗文所传极少，这首《游石壁》始见于明宪宗成化十一年（1475）刊刻的《山西通志》，并注明“在交城”。清代郭元釪补编《全金诗》，该诗为《游石壁有呈二首》之第二首，所指就是山西交城石壁山谷中的玄中寺。寺始建于南北朝北魏，唐太宗赐名“石壁永宁禅寺”，蒙古帝国元太宗窝阔台赐名为“龙山护国永宁十方大玄中禅寺”。北魏名僧昙鸾曾在此住持弘法，奠定了佛门净土修行理念，故被视作净土宗之源头宝刹，也被日本净土宗奉为开山祖庭。

《全金诗》又载：汾州即今山西汾阳“学宫门右有石嵌壁中，乃金郝天挺募建文庙”所立，还附其《题宣圣庙》一诗，“金碧辉煌梵刹雄，玄元楼观五云中；如何万代纲常祖，释奠今无数亩宫”。诗以佛家“梵刹”、道家“玄元楼”的宏伟壮观作反衬，为“万代纲常”之祖、至圣文宣王孔子庙的狭小憋屈感叹不已。足以证明天挺曾讲学汾州，筹款重修文庙，也游览了相距不过百里的交城玄中寺，并赠诗“有呈”款待自己的僧人。

绝壁[①]秋容胜，	古寺周遭的绝壁秋色浓浓，
荒坛冷气清。	荒寞的佛坛却有些冷气清清。
野僧留客饮，	备好酒饭的山僧殷勤留客，
山鸟罥[②]人鸣。	喧闹的野鸟就在人前人后飞鸣。
已极登临兴，	登临的兴致已然达到了极点，
无穷今古情。	也迸放了抚今思古不尽的幽情。
浩歌一樽酒，	让我们举起杯来长歌一曲，
四海共升平。	祝愿那四海的安宁天下太平。

【注释】

① **绝壁**：玄中寺建于石壁山谷之中，周边危峦陡立，峭岩奇崛，确实堪称绝壁。

② **罥**：读作juàn，此处作缠绕、盘绕。

60. 王公庭：《悬空寺》

阅读小引：《山右石刻丛编》的珍稀收存　栈道"栈阁"改建的绝壁古寺

王公庭，金代文士，浑源州即今山西浑源人，其人身世不详，可是一通颇有价值的碑刻却使之幸而留名。清光绪二十七年（1901），山西巡抚胡聘之编纂的《山右石刻丛编》40卷刊印面世，汇集了晋省北魏到元代所存碑刻720多通，又亲自补写了说明，对文化遗产的保护功著千秋，贡献至伟。丛编中收有一通"在浑源州"的《悬空寺记并诗》碑刻，立石时间为金朝大定十六年（1176），后镌立石者为僧人行□，施主是王公庭、马信、马□□、马□□。从碑文内容看，为重阳之后二日作者与人"同游"悬空寺，有感撰之。因未镌其名，从常理分析权定为首位出钱的施主王公庭。

悬空寺是以构建独特著称的寺观，据云李白游览时曾大书"壮观"二字，明代旅行家徐霞客也以"天下巨观"称道，但历代为之赋诗作记之人却寥寥无几。所以，这篇《悬空寺记并诗》就成为古人赞美悬空寺最早的且差不多是仅见的珍稀文字。作者在记中言，这一日"天晴气爽，月朗风轻"，几位来到"邑之南"即浑源县城南"六七里"的"石峡桥栈阁"，此地"若巴蜀之道则经商大驿路也"；仰望"临壑之数峰"，"巍峨之万丈中"，"凿石为龛，植木为榭"，"上不至于山之巅，下不至于陆地"，"悬空叠屋，四山掩映"，"流水潺湲"如"泻清声之漱玉"，"非丹青而何尽者哉？"继而"闭目想之"，"一废一兴，迄今几千百年矣"，而居此高处者能"息其心"，"俱忘物我"，"久视富贵于浮云，甘受贫穷不忧戚"，"弃骨肉"以"栖枝宿鸟"为侣，"不生七情，屏绝六欲"，"凭栏视行人往还"藐小得简直"有如移蚁"；又访寺中"二禅者"，皆为"敦朴之人"，一位"四十有九"，一位"行满七十二"，在此"相挈八季"，与之"水乳难分，荷真"修炼始终"未尝有惮"，作者赞叹"真大善知识也"；所以"乐而忘归，高述其游"，写下了这篇《悬空寺记并诗》。

由此可知，悬空寺一线曾是非常繁忙的驿路，架设过栈道，寺最早只是栈道中途提供休歇的"栈阁"。据记载，悬空寺初建于北魏孝文帝太和十五年

(491)，很可能就是借原有的“栈阁”基址改造而成，故当地人六七百年后仍以旧名称呼。而作者所留之诗，用语浅近却不乏机智，笔触洗练却韵致十足，状物抒情相得益彰，篇末点睛更是余味无穷，尤具妙趣。在古人仅见的不多首悬空寺吟咏中，这位几近无名氏的诗作，实在算得上是其中非常出类拔萃的篇什。

识破尘缘万事休，	看破了尘世因缘也就万事可休，
翛然[①]归去罢追求。	逍遥自在地归去抛却无谓的追求。
悚人垒壁凿石磴，	令人胆寒的岩壁凿出顽石梯阶，
厌俗悬崖置层楼。	厌恶凡俗的悬崖叠起了层层危楼。
明月清风真共用，	明月清风真能够尽情享用，
皴[②]松瘦柏是吾俦[③]。	干裂苍松坚挺翠柏最是爽心的挚友。
经年掩户绝宾客，	到此处常年闭户杜绝宾客，
独乐玄中玄更幽。	独乐于玄中之玄更感觉幽里通幽。

【注释】

① **翛然**：翛，读作xiāo；翛然，无拘无束、自由自在之状，典出《庄子·大宗师》“翛然而往”。

② **皴**：读作cūn，干裂、起皱。

③ **俦**：读作chóu，匹、侣，可解释为相配、相当的伙伴，同好、同道友朋以至夫妻。

61．耶律楚材：《过清源谢汾水禅师见访》

▶阅读小引：蒙古帝国政纲设计的奠基大师　北京颐和园的永存墓葬

耶律楚材（1190—1244），金代至蒙古帝国时期诗人、蒙古帝国名臣，字晋卿。出身契丹贵族，是被金所灭的辽国皇室后裔，世居燕京即今北京玉泉山一带。其父仕金官至尚书右丞，花甲之年得子时蒙古已迅速崛起，预感此儿必“为异国用”，故借《左传》语“虽楚有材，晋实用之”名之。楚材家族精通汉学，本人“博极群书，旁通天文、地理、律历、术数及释老医卜之说”，“下笔为文”每如“宿构”一气呵成。又拜高僧万松禅师学佛，“杜绝人迹，屏斥家务”，“无日不参，焚膏继晷”，“废寝忘餐者几三年”，取号湛然居士。

蒙古帝国成吉思汗十年（1215）攻占燕京，闻知楚材之才征召拜谒，见其“身长八尺，美髯宏声”，甚为欣赏，曰“辽金世仇，朕为汝雪之”。楚材却回答“臣父祖”均已“事”金，“既为之臣”，能“仇君”吗？成吉思汗更加“雅重”，以蒙语“吾图撒合里”即“大胡子”呼之，令亲伺“左右”。此后10年楚材一直随从征战，窝阔台继位后又辅佐10余年。其间，满怀着以儒家“夫子之道治天下”以“佛之教治一心”的济世期盼，不断讲述“天下虽得之马上”而“不可以马上治”之理，敦促武力强势而“文道”淡漠的蒙古帝国走上治国正路。其最大的历史贡献是，竭力阻止攻城略地时屠戮百姓，肆意劫掠，毁坏农田，保护了千百万民众的生命财产。

到蒙古帝国窝阔台汗二年（1230），中原北方地区大多已被征服。为此，楚材专呈“便宜一十八事”即临时法令请“颁天下”，又请设立“十路”课税体系，以杜绝将领横征暴敛，中饱私囊。当年秋，窝阔台发动灭金之战，亲率一路大军进入山西。次年春，破“河中诸城”，又渡河“克凤翔”“攻洛阳”，直逼金都开封。“夏五月”窝阔台避暑北返，“八月幸云中”到了今山西大同，楚材均一路陪驾随行。在云中，楚材将“十路”课税的“廪籍及金帛”献上，窝阔台大为欣喜，即刻授其为中书令即宰相。“冬十月”到第二年，楚材再次随窝阔台南下“亲征”，不久灭金。

因之，楚材多次途经太原，《过清源谢汾水禅师见访》就是这一期间的诗作。清源古称梗阳，隋文帝开皇十六年（596）置县定名清源。上世纪50年代与徐沟合并，即今山西太原清徐县。诗中汾水禅师未详，但足以看出是与作者相知非浅的佛门高师。

耶律楚材任中书令后，进一步借鉴中原法统，明定礼仪、完善刑律、细化官制、整饬吏治、创建户籍、分理军民、鼓励农桑、薄减徭赋、推行儒教、兴办学校、编修刊印经典等，从而大大加速了蒙古帝国“汉化”进程，缓解了民生伤痛，稳定了社会局势，经济状况渐趋良性循环。以致窝阔台“亲执”酒觞谢之，“非卿则中原无今日，朕所以得安枕者卿之力也”。楚材故世后政纲曾一度反复，世祖忽必烈登基后才最终纳入正轨。忽必烈中统二年（1261），遵遗愿将楚材移葬于故里玉泉山东侧瓮山，即今北京颐和园之万寿山，至今犹在。

汾水禅师个里①人，	汾水禅师可真是此中的高人，
杖藜寻我过清源②。	拄着拐杖来将路过清源的我访寻。
半盂红果情何厚，	半小碗的红果品嚼浓浓的情谊，
一盏清灯话细论。	一盏清灯下痛快淋漓谈古论今。
山水景中君适意，	青山绿水间的陶醉最适君意，
兵戈堆里我销魂。	金戈铁马的生涯已是我的热衷。
他年相约云深处，	愿有朝一日相约白云深处，
松竹萧萧静掩门。	在松涛竹影里掩上我们静居的柴门。

【注释】

① **个里**：其中，此中。

② **清源**：源，水流所从出。

62. 元好问:《过阳泉冯使君墓》

▶ 阅读小引:十六岁少年的爱情绝唱　诗词巨子几乎散失的吊挽真迹

元好问(1190—1257),金代至蒙古帝国时期诗人,字裕之,号遗山,秀容即今山西忻州人。7岁能诗,后师从名儒郝天挺6年,“淹贯经传百家”,又返故里苦读。不久蒙古军南侵,乃“下太行,渡大河”避居中岳嵩山一带。礼部尚书、文坛耆老赵秉文阅其诗大为赞赏,称杜甫以来“近代无此作也”,因而“名震京师”开封。金宣宗兴定五年(1221)中举,为官10年左右金亡,从此杜绝仕进,潜心撰制,寄兴诗词,成为当时数一数二的文坛巨匠。

元好问诗词中最为后人熟悉的,就是那两句曾被无数痴男恋女唏嘘感叹的“问世间情为何物,直教生死相许”。据其记述,“乙丑岁”即金章宗太和五年(1205),好问“赴试并州”,“道逢捕雁者”言,晨“获一雁杀之”,另一“脱网者悲鸣不能去,竟自投于地而死”,好问深为哀婉,“买得之,葬之汾水之上,累石为识,号曰雁丘”,并作《雁丘词》,即以那两句激情荡漾的妙语开篇。好问接着写道,大雁这“天南地北双飞客”,经历过“老翅几回寒暑”,你们有“欢乐趣”,你们有“离别苦”,你们中同样“更有痴儿女”;继又模拟那自死大雁的口吻曰,“君应有语”,望着这“渺万里层云,千山暮雪”,我孤身“只影为谁去”啊?随后好问再写道,大雁尸横之“汾路”,已经“寂寞当年箫鼓”,失去了大唐以前的繁华,只留下“荒烟依旧平楚”。但我欲“招魂”又“何嗟及”呢?因为就连“山鬼”都为你们“暗啼风雨”,就是“天”也妒忌你们的“生死相许”啊!最终是那些“莺儿燕子俱黄土”,而“千秋万古”的你们,请“留待骚人”墨客“狂歌痛饮,来访雁丘处”吧!16岁的“神童”才子,就这样从两只大雁的本能悲剧中,升华出一曲足可流传永恒的爱情绝唱。

好问毕生,著述“至百余万言”,所作诗词高达1700余篇。这首《过阳泉冯使君墓》非其代表作,却有着一段独特的故事。

诗中的冯使君即冯泰亨,平定州乡绅,该州阳泉村即今山西阳泉人。蒙古帝国海迷失后称制摄政后第二年(1248),好问由故乡前往真定路即今河北正定一带，筹划刊刻所编金诗总集《中州集》，后又长居真定路获鹿县，曾数次往返途经阳泉村，或于某次蒙泰亨款待，成为朋友，再来时泰亨已故，遂凭吊坟前，作成此挽诗颂扬了泰亨隐逸田园的高士风骨，留在该州军事长官都元帅聂圭府上。几十年后的元成宗元贞元年（1295），平定州乐平即今山西昔阳籍翰林侍讲学士王构回乡，访其父旧交泰亨宅邸，问及自己幼时所见好问诗事，泰亨二孙懵然不知。王构急命人去到聂家，才从旧藏中寻获。王构随即亲自摹拓一份，且以“里闬晚进”即同乡后辈身份附言，标明“此遗山先生”之“真迹”，并作续诗，泰亨二孙乃将好问与王构之诗制成六棱石幢，立于祖父墓侧。清宣宗道光三十年（1850），恰系阳泉村人的知名学者张穆校刊《元遗山先生集》，发现无此诗作，始予补入。这一风雨沧桑700多年的石幢至今犹在，为好问书法留下了堪称绝无仅有的遗墨瑰宝。

一笛悠然此地闻，	一缕轻柔的笛音就从这里飘入耳中，
住山[①]还忆大冯君[②]。	住进了静寂的道院越发思念大来冯君。
已看引水[③]浇灵药，	早已见识过你引自清泉浇植的灵药，
更约筑亭留野云。	也曾经相约筑一座山亭挽留散淡的闲云。
前日褒衣[④]笑皤腹[⑤]，	不久前还调笑宽袍富态大腹便便的你，
今年宿草即荒坟。	到今年旧日的草莽竟化作凄凉的荒坟。
东邻谁举游岩例[⑥]，	看东邻是谁人也在比齐隐逸的高士，
秋菊寒泉[⑦]尚可分。	将秋菊寒泉料理得依然是那样分明。

【注释】

① **住山**：本为佛门禅宗语“不破参不住山，不开悟不闭关”，也有“行脚住山”之说，意即参悟到一定境界始可住山闭关，安心静修，此处或喻指借宿阳泉栖云道院，元好问有《阳泉栖云道院》一诗“方外复方外，翛然心迹清。开窗纳山影，推枕得溪声。山路远谁到，石田平可耕。霜林不嫌客，留看锦峥嵘”似可证之；据张穆《元遗山先生集》序言中称，“吾家阳泉山庄，即诗所咏栖云道院”，就是说栖云道院后来毁弃，张穆家族在此建起了名为阳泉山庄的园林。

② **大冯君**：即冯泰亨，字大来，平定州人聂圭（1169—1252）任当地军事

长官都元帅时，泰亨曾为其属下节度副使，实际只是一个多由乡绅担当而只是协助维护地方治安的小小散官，故平定州志未有记载；仅张穆《元遗山先生集》序言中称，“大来者，遗山往来阳泉时东道主人也。计亦磊落丈夫，而其名爵则《州志》已失纲罗。盖文献之放失也，非一日矣”；还称在其阳泉山庄“东北一里而遥，有土冈斗上，中央宛宛若盂，俗名围洼；迤西冯氏旧茔，香亭石柱刻有遗山吊冯大来副使诗”，明确记录了泰亨墓地的具体方位。

③ **引水**：似为引泉水之意；阳泉村因有众多泉水由平地涌出，本名漾泉，后谐音为阳泉，“阳泉春色”曾为平定八景之一，明嘉靖时分为大阳泉、小阳泉二村，现大阳泉村已获得“中国历史文化名村”称号。

④ **褒衣**：古人常以褒衣博带连用，即穿宽袍系阔带，典出班固《汉书·隽不疑传》“褒衣博带，盛服至门上谒”，实际就是身份尊贵者以及儒士的正装，也用以形容气质、教养、风度。

⑤ **皤腹**：皤，读作pó；皤腹，大肚子，大腹便便。

⑥ **东邻谁举游岩例**：意为冯氏邻里谁与游岩比齐，以衬托之法赞泰亨为隐居高士；游岩即田游岩，据宋祁、欧阳修等所撰《新唐书》中载，为京兆三原人，唐高宗初年“补太学生”，不久主动“罢归”，“入太白山”隐居，其母与妻“皆有方外”之志，遂“共栖迟山水间”，后入箕山“居许由祠旁”，取号“由东邻”；许由相传系尧时高士，司马迁《史记》中称“尧让天下于许由，许由不受，耻之逃隐”，西晋皇甫谧《高士传》中称，许由逃遁于“颍水之阳，箕山之下”，尧又召其“为九州长”，许由非仅不受，且“恶闻其声”竟至“洗耳于颍水”，被奉为隐士鼻祖；后来，高宗巡幸嵩山，“亲至其门”造访游岩，游岩“野服出拜”，自谓“泉石膏肓，烟霞痼疾”意即痴迷田园生活，由于高宗敕令曾一度“赴都”，授侍从太子的五品官太子洗马，继而借故“还山”，从此“蚕衣耕食，不交当世”，彻底弃绝红尘。

⑦ **秋菊寒泉**：菊花秋日独开，不与群芳竞秀，古人誉为花中隐者，寒泉也是古人期冀超脱世俗、远遁山林、宁心养怡的标志景观，此处秋菊寒泉似均有这样的寓意。

63. 段克己：《戊申四月游禹门有感》

阅读小引：河汾遗民中的“二妙”诗家　大禹治水开辟的河道览胜

段克己（1196—1254），金代至蒙古帝国时期诗人，字复之，绛州稷山即今山西稷山人。早年与其弟段成己并负才名，均考中辞赋进士。礼部尚书、文坛耆老赵秉文非常赏识，曾以“二妙”誉之，又为其居里亲题“双飞”两字。但此时，金王朝已濒临崩溃，政事腐败，社会混乱，强大的蒙古不断南侵，二人遂避难黄河边上龙门山中即今山西河津。克己自号“遁庵”，以寓远遁尘世之意。

金哀宗天兴三年（1234）蒙古帝国灭金，但克己仍与其弟以及多位同好结社赋诗，寄情山水，过着自得其乐的隐逸生活，时人赞为“儒林标榜”。元世祖忽必烈更改国号为“大元”后30年，即元成宗大德五年（1301），有位名为房祺者将克己、成己与麻革、陈庚等8位活跃于黄河、汾水一带的金代遗民名士诗作编为《河汾诸老诗集》。在20多年后的元泰定时期，曾任吏部尚书的段氏侄孙段辅，又将克己、成己的诗词合编为《二妙集》，请著名理学经学大师、翰林学士吴澄作序。吴澄认为，“二段先生”“心广而识超，气盛而才雄”，其诗句如“冤血流未尽，白骨如山丘”，“四海疲攻战，何当洗甲兵”等，记叙了金末战乱惨状，表达了期冀社会安定的殷切心态，外加更多的逍遥世外之作，堪称陶潜“之达”、杜甫“之忧”，“兼而有之者也”。克己本人也有词集《遁庵乐府》传世，大多“骨力坚劲，意致苍凉”，虽“怅怀今昔”，所流露的则是一种比较复杂的微妙心情。

这首《戊申四月游禹门有感》，作于蒙古帝国贵由汗三年（1248）春。禹门也就是黄河秦晋大峡谷中的龙门，位于今山西河津县西北，据说系大禹治水时开辟，故也谓禹门。南北朝北魏郦道元《水经注》中言，“龙门为禹所凿，广八十步，岩际镌迹尚存”。秦汉典籍《尔雅·释水》卷言，“龙门地势险，河率破山以行，禹功于此最难”。明代王圻、王思义父子所编的类书《三才图会》也称，黄河流经此处时“宽约百步，两山对峙，河冲其中，夹岸断壁，状近斧凿”。裂山而过的黄河，激流汹涌，狂涛澎湃，相传非神龙不可飞越，每年春天均有无数鲤鱼逆流前来，一旦跳过即化为龙，因而名曰龙门。克己作此诗时蒙古帝国尚未更改国号，但灭金已14年，攻占河汾地区已20多年。较之动荡不休的金末，社会情势逐步稳定，民生状况开始好转。所以，从诗作体现的主旨判断，尽管克己远离尘嚣，未涉宦海，而对于能够和平安居的新朝现实还是满意的，也予以了蒙古统治者比较正面的评价。

黄河一线天上来，	绵延一线的大黄河仿佛天上飞来，
两山突兀屏风开。	两岸屏风般的峭壁宛如利斧劈开。
天生圣人为万世，	天生的圣人大禹治水造福万世，
惊涛拍岸鸣春雷。	才有了这惊涛拍岸的轰鸣胜似春雷。
冷云直上三千丈，	冷森森的浪花激荡起三千丈的云雾，
石巅古庙高崔巍。	越显得山巅的古庙高耸而又雄伟。
断碑岁月不可考，	断碑的岁月已经无法考辨，
丹书[①]剥落空莓苔。	剥落了的字迹覆盖着茸茸的青苔。
吁嗟[②]去古盖已远，	真感慨远去的往古的确远去，
荒辞漫汗[③]相惊猜。	残缺难认的词语猜得人抓耳挠腮。
安居平土[④]果谁力?	今日里靠什么安居于和平的土地?
愚民耳目[⑤]诚可哀。	愚民们偏执的见识实在是悲哀。
一声渔笛起何处，	突然间一声渔笛不知从哪里响起，
沧洲[⑥]雅兴还悠哉。	似这样寄情化外的雅兴何等悠哉。

【注释】

① **丹书**：古代碑碣制作，须先以朱砂将文稿书写石面，谓之书丹，再行凿刻；此处丹书则指凿刻已成的碑文。

② **吁嗟**：感叹词，典出《楚辞·卜居》“吁嗟默默兮，谁知吾之廉贞”。

③ **荒辞漫汗**：荒辞，罕见、难懂词语，此处也有断碑文字遭受岁月剥蚀之义；漫汗，散乱零落的样子。

④ **安居平土**：有灾难过后得以安居之义，典出《孟子·滕文公下》“险阻既远，鸟兽之害人者消，然后人得平土而居之”。

⑤ **耳目**：此处作视听也即对事物的认知解。

⑥ **沧洲**：洲，水中陆地；沧洲，也谓滨水所在，古人多喻隐士居住的净土。

64. 段成己：《寿尊兄遁庵先生》

阅读小引：充满遁世情结的遁庵寿诗　终于应召出仕的提举学官

段成己（1199—1279），金代至元朝诗人，字诚之，段克己之弟，绛州稷山即今山西稷山人。金哀宗正大七年（1230）中进士后短暂出仕，当了一段为知县掌管文书的九品主簿。未及两年，在蒙古帝国灭金之前，与其兄一道避居黄河边上龙门山中即今山西河津，自号“菊轩”，过着乐山乐水的闲适生活。

克己故世后，成己由龙门移居“晋宁”即平阳，在今山西临汾尧都区。原因是“郡侯李姓”“迎菊轩辟庠北郭”，就是此地姓李的知府聘请成己在平阳城北办学授徒。后来，蒙古统治者又将成己征召为平阳路提举学校官，掌管一方教育事务直至晚年。有记载称成己曾拒绝不赴，但其本人所撰《霍州迁新学记》碑文中，有“至元四年（1267）冬十一月既望，宣授平阳路提举学校官段成己记”的自书落款，显然是受任了的。而且，当时的平阳是北方顶级文化重镇，杂剧艺术的发源地，也是雕版印刷业的中心。蒙古帝国灭金后的第二年，就由耶律楚材提议，在这里建立了校刊、编集图书文献的官方机构“经籍所”，被房祺《河汾诸老诗集》编入的名士陈庾曾受命掌管“所事”，麻革等“诸老”均应聘相继加入，故同为“诸老”的成己也可能参与。元世祖忽必烈至元八年（1271），国号正式改为“大元”。至元十六年（1279），元军在珠江三角洲西南的崖山海战中大获全胜，南宋灭亡。同年，81岁的成己故世。

这首《寿尊兄遁庵先生》，是成己写给其兄克己的贺寿诗，“遁庵”即克己之号。从内容看，时间应在二人“知命”之年以后。诗中，成己赞美了其兄过人的才华与超然脱俗的品格，似乎还有劝勉宽慰之意；同时，对于毕竟走出兵连祸结的社会形势表示了充分认可，阐发了饱经离乱、晚年可以安享太平的欣慰之情。如此记述，对于更加客观认识被后世汉族史家过分丑化的元蒙统治情景，应该说还是有价值的。

笔头风雨斡[1]千钧，	抡起了千钧妙笔能挥洒急雨柔风，
早岁尝充观国宾[2]。	想当初也曾赴京赶考应举都门。

避事就闲真得计[3]，	抛却那红尘扰攘安享闲散何等快慰，
有才无用且藏身。	难绽放满腹的才华正好退隐山林。
虚名到底将安济[4]？	过眼的虚名到头来有什么用项？
涉世[5]而今不厌贫。	尝够了世事的凶险也就不厌清贫。
白发相看老兄弟，	白发如霜的老兄老弟欣然相看，
暮年同作太平人。	暮年时让我俩同作一回太平之人。

【注释】

① **斡**：旋转，此处有挥舞文墨之义。

② **观国宾**：进京入朝、赴京赶考的雅称，典出《周易·观卦》“观国之光，利用宾于王”，意为朝拜王国实地观察，以判定是否利于宾服效劳；杜甫《奉赠韦左丞丈二十二韵》中，在“读书破万卷，下笔如有神”这一名句之前有“甫昔少年日，早充观国宾”，所言则是其早年到东都洛阳赴考进士事。

③ **得计**：此处作契合心意，典出《庄子·徐无鬼》“于鱼得计，于羊弃意”，即鱼儿得水悠闲自在，羊肉清除了膻味，皆为舒心快意之事。

④ **安济**：何补、何助、何益。

⑤ **涉世**：此处有历经世事沧桑之义。

65. 刘秉忠:《过天井关》

▶ 阅读小引:元王朝立制的“成宪”国师　北京雏形元大都的营建总理

刘秉忠(1216—1274),蒙古帝国到元初政坛要人、城市工程建筑名家。初名侃,字仲晦,邢州即今河北邢台人。其人“风骨秀异”,“志气英爽”,“八岁入学日诵数百言”,一度落发为僧,法号子聪,后至云中即今山西大同南堂寺“留居”四年,“于书无所不读”。得名僧海云禅师赏识,荐予尚系藩王的忽必烈,因博识多智“论天下事如指诸掌”而深受器重,成为最早的汉人智囊,“人称聪书记”。蒙古帝国蒙哥汗九年(1259),蒙哥汗猝死于征讨南宋的巴蜀前线合州钓鱼城下,同时进攻长江中游鄂州的忽必烈,听从汉人谋士建议,带着秉忠等亲随赶回北方,抢在其弟阿里不哥之前控制了政权,次年即位于开平即今内蒙古多伦,庙号世祖。阿里不哥举兵反扑,争战数年,最终失败。

忽必烈登基前秉忠就曾谏言,承袭耶律楚材理念,晓之以“马上取天下不可以马上治”的忠告。忽必烈登基后询问“治天下之大经、养民之良法”,秉忠遂借鉴中原“祖宗旧典”,以“古制之宜于今者”一一“条列”上呈,如“建元纪岁”,“颁章服,举朝仪”,完善官制,“宣抚”远边,起用前朝“旧臣”与“山林遗逸”以及尊儒学、兴教化、轻差徭、禁滥杀等,忽必烈大多“录用”实施,致国事“粲然一新”。秉忠虽功勋卓著,但20多年却只以僧人身份辅佐。世祖至元元年(1264),忽必烈诏令还俗,复其刘姓,赐名秉忠,授光禄大夫太保参领中书省事,实际就是一品宰相。后忽必烈又特遣礼部侍郎为秉忠择妻成婚,赐宅第于奉先坊。至元八年(1271),经秉忠建议取《易经》“大哉乾元”意,忽必烈正式改号“大元”。秉忠作为制度的设计定型者,也被誉为元朝堪比国师之“一代成宪”的人物。

然而,其人最有意义的贡献还是对元上都、大都的营建。忽必烈即位前数年,即命秉忠“建城郭于龙冈”即开平城,登基后更名上都。至元四年(1267)又命秉忠营建中都,在其主持规划下,道路宽阔,街巷整齐,“宗庙宫室”宏伟壮丽,分百姓居里为50坊,商家按行划地设市,开漕引水入城,11道城门均借《易经》命名,成为延续至上世纪50年代的北京旧城雏形,位置在今天安门北到北土城路南，有些城门称谓如光熙、健德、安贞等仍在使用。至元九年（1272）改名大都，正式定都于此。

秉忠一生著述不少，有《藏春诗集》《藏春词》等遗存。这首《过天井关》是其组诗五首之一，天井关位于山西泽州太行山最南麓的晋豫边界，据云因关边有深不可测的天井泉三处而得名。崇山峻岭、重峦叠嶂中仅有一径可通，又与著名的险道羊肠坂相连，向为沟通中原与晋地的军事要冲、兵家必争之地，故又名雄定关。这首诗应系秉忠某次途经此处的感兴之作，但显然也是一篇站在元蒙立场的寄意述怀之作。

云冷风高天井关，	云冷风高时刻我要经过天井凶关，
太行岭上看河湾。	登上太行之巅眺望遥遥的黄河湾。
九州①占绝中原地，	横贯中原占尽了九州的冲要，
一堑拦回左界山。	恰如一道天堑逼退了左岸的丛山。
王霸分争图未卷，	王霸大业的争锋至今日宏图未就，
英雄鏖战血犹殷②。	苦战的将士仍在铺洒着殷红的血斑。
华阳③春草年年绿，	山南地北虽然是春草年年又绿，
汗马南来不放闲。	远征归来的兵马却不能有丝毫消闲。

【注释】

① **九州**：代指中华大地，据先秦典籍《尚书·禹贡》载，大禹治水前天下不辨区域，治水后划分为冀、兖、青、徐、扬、荆、豫、梁、雍九州，故有此称。

② **殷**：此处协韵应读作yān，指红黑色。

③ **华阳**：古地名；西周时期诸侯封国华国，都城位于中岳嵩山之南，嵩山最早也有华山之称，故名华阳，在天井关之南今河南新郑一带；另有一说为西岳华山之阳，即今陕西秦岭以南及至四川、云南、贵州，作者曾随忽必烈远征云南到过这里，故也可能指此处或泛指神州各地。

66. 王恽:《玉壁城怀古》

▶ 阅读小引：一场恶战的“临风吊古”“天苍苍，野茫茫”的从此流传

王恽（1227—1304），元初大臣、文学名家，字仲谋，号秋涧，卫州汲县即今河南卫辉人。元世祖忽必烈中统元年（1260）入仕，次年授翰林修撰等职并国史院编修官，不久兼中书省左右司都事，在管“钱谷”、选“材能”、议决“典礼”、考定“制度”方面均有建树，深为“同僚服之”。世祖至元五年（1268），忽必烈设立监察机构御史台，王恽受任监察御史，揭发贪奸“知无不言”，“论列凡百五十余章”。此后一生宦游，始终守正不阿，行止“端方”，且“好学善属文”，著述颇丰，诗词、散曲也极出色，有刻本《秋涧先生大全集》百卷遗存。故世后赠授从一品翰林学士承旨、二品资善大夫，追封太原郡公，谥号“文定”。

世祖至元九年（1272）时王恽曾奉调河东，出任平阳路总管府判官即僚佐数年。据其自记，“至元甲戌（1274）冬十月廿五日”，由稷山赴万泉即今山西万荣，途经“故城”，“临风吊古”，“慨然有作”，成此《玉壁城怀古》。因为，700多年前这里曾经爆发过一场激烈的攻防大战。

南北朝时北魏分裂为东西两魏，最初东魏势强，但西魏却占据了河东战略重地，即今山西运城市之部分辖区。西魏文帝大统四年（538），大将王思政奏请筑城玉壁，“城周八里，四面并临深谷”，以为扼制东魏的要塞，遗址在今山西稷山县城西南。东魏孝静帝兴和四年（542）初冬，大丞相权臣高欢从其控制的“别都”晋阳出征，围攻玉壁，王思政据险固守，又恰逢大雪严寒，“士卒多死”，高欢无奈撤军。孝静帝武定四年（546），高欢再集重兵“西伐”，“连营数十里”直逼玉壁城下。玉壁守将韦孝宽坚决抵抗，高欢令堆土丘，凿地道，断水源，用火烧，造攻城车，甚至请方士用所谓“孤虚术”推算指点，竭尽“攻击之术”，孝宽皆一一“破之”。高欢还派人劝降，发射巨额悬赏“邑万户”“帛万匹”“封开国郡公”等人城策反，将孝宽之弟“锁至城下”以杀威胁，孝宽依然“慷慨激扬”，绝无退却，部下“莫不感励”。结果，“苦战”了五六十天，高欢部下“死者七万”，损兵近半，仍了无进展。又见“有星坠于”军营，“众驴并鸣”，以为

苍天示警，人人“慑惧”，自己也“智力俱困”一病不起，只得告败而去。

这时，西魏乘机传言高欢已经“中弩”重伤。为了辟谣，高欢只好勉强“坐见”官员。席间，敕勒族将领斛律金以乡音悲歌了一曲“敕勒川，阴山下，天似穹庐，笼盖四野；天苍苍，野茫茫，风吹草低见牛羊”，高欢“哀感流涕”，黯然“和之”，次年即“崩于晋阳”，东西两魏的实力对比也开始转换。而苍凉沉郁的《敕勒歌》却从此流传，成为千古不朽的名篇。

我行河东几欲遍，	我已经几乎将河东大地走遍，
大抵盘回山阜[1]转。	大多是群峰起伏千回万转。
南崖高与北山齐，	看此处陡峭的南崖比齐北山，
玉壁城根分一线。	玉壁的城基划出了鲜明的一线。
荒烟废垒照坏土[2]，	废弃的兵垒掩映着荒烟乱坟，
炮具梯冲经百战[3]。	想当年这里曾百般攻杀轮番恶战。
短碑盛说郧君灵[4]，	短碑古刻赞颂着韦孝宽的智谋，
万骑阴风响平甸[5]。	万骑奔突般的阴风仍旧响在郊原。
一曲悲歌敕勒川，	一曲沉重悲凉的“敕勒川”唱过，
当时神武[6]已凄然。	惨败的神武高欢已是泪眼凄然。
韦公守御尽良策，	韦孝宽的防守非但用尽了绝招，
更著百升飞上天[7]。	更巧计离间将对手的栋梁折断。
乃知诬杀咸阳[8]日，	谁可知名将斛律光冤死未久，
即是邕皇入邺[9]年。	高欢的后嗣就落到王都被破王朝崩盘。

【注释】

① **山阜**：阜，原指无石土山；山阜，泛指山岭。

② **坏土**：坏，此处应读作pēi，土丘；坏土，犹言抔土，借指坟墓、坟堆。

③ **炮具梯冲经百战**：炮具梯冲，指石炮、云梯、冲车一类古代军器，此句所叙概括了玉壁城大战的激烈；据唐代李延寿所修《北史·列传第五十二》载，高欢攻城时，先令“起土山”欲乘高“以入”，“攻具昼夜不息”，韦孝宽则将城中紧对的两座高楼“缚木”连接，“多积战具”，筑起

更“高峻”的防御工事；高欢又令“凿地道”，孝宽则环城开掘堑壕，派兵“屯堑”，“积柴贮火”，对方一旦挖通，随即“擒杀”，继而点燃柴火以大皮囊“吹之”，将“伏地道内者”烧伤逼退；“城外又造攻车”进攻，孝宽令“缝布”做成厚实帷幔，随攻车“所向”而“悬于空中”阻挡，“城外又缚松于竿”，“灌油加火”，欲“烧布”“焚楼”，孝宽令“长作铁钩”，“利其锋刃”，“火竿”一到就“以钩遥割”，顿时“松麻俱落”；高欢再令以“梁柱”支撑，于城下“四面穿”地洞21道，“以油”灌入“梁柱”，“放火烧之”，致“柱折”洞塌，“城并崩坏”，孝宽乃令“随崩处”一一竖起坚固“木栅”严守，使高欢一筹莫展；孝宽则以少胜多，一战成名，获得后世史家的诸多好评。

④ **短碑盛说郧君灵**：郧君，即韦孝宽，孝宽在西魏被北周取代后的武帝保定元年（561）进封郧国公；王恽过玉壁时，据载尚有北宋哲宗元祐（1086—1094）时期所刻赞美孝宽业绩之庙碑存在。

⑤ **甸**：郊外，郊野，也泛指原野。

⑥ **神武**：此处指高欢，高欢死后三年，子高洋篡权东魏建立北齐，追谥高欢神武皇帝。

⑦ **百升飞上天**：北周、北齐对峙期间，演唱过《敕勒歌》斛律金之子斛律光，英勇善战，治军严明，屡屡击败北周，成为北齐栋梁，后升为大将军，官拜左右丞相，袭其父咸阳郡王，又别封武德郡公、清河郡公，韦孝宽为除其人，利用北齐朝臣矛盾，命编造“百升飞上天，明月照长安”等歌谣，在北齐都城邺城到处散布；百升，古代计算容量为一斛，暗指斛律光，明月则是斛律光的异名，意即斛律光终将篡位夺权，据以离间，后孝宽计谋终于得逞。

⑧ **诬杀咸阳**：咸阳，指斛律光，北齐武平三年（572）被后主高纬诬杀并灭族。

⑨ **邕皇入邺**：邕皇，指北周武帝宇文邕；斛律光被杀后武帝甚喜，下令大赦境内，武帝建德四年（575）即大举进攻北齐，建德六年（577）“灭齐入邺”，追赠斛律光上柱国、崇国公，曰：“此人若在，朕岂能至邺！”诗作为了突出因果关系，年代有所夸张。

67. 吕思诚:《与妻戏作》

▶ 阅读小引:贫窘微贱书生的慰妻调笑 富贵后赠诗再诉的一世情深

吕思诚(1293—1357),元代名臣,字仲实,平定州即今山西平定人。思诚出身书香,但早年家境清贫,据云曾在故乡的冠山凿石为窟,面壁苦读。元代时平民才俊经朝官举荐可入国家学府国子监伴读,称“陪堂生”,思诚后来即获此良机,又于泰定帝元年(1324)举进士入仕。在县官任上时,鼓励农桑,倡导美俗,抑制“豪滑”,扶持“良民”,驱逐“惑人”道士,拆除迷信“淫祠”,政声突出,渐获升迁,官至礼部尚书、集贤院侍讲学士,兼国子监祭酒即最高学府校长。后拜枢密副使、中书左丞等,成为内阁重臣,并承旨兼修国史,负责总裁辽、金、宋三史,元顺帝对其“眷顾弥笃”,加荣禄大夫,亲赐“玉带”嘉奖。

然而,思诚素性“刚直”“劲拔”,“不为势利所屈”。任国史院编修时,皇帝要调阅国史,竟断然拒绝,称“国史纪当代人君善恶”,天子无权“观阅”,事遂作罢。任监察御史时,上书指斥蒙古族权臣彻里帖木儿“变乱朝政”,皇帝未听,思诚即将自己的官员“印绶”退于“殿前”以示抗辩,以致遭到贬职。顺帝至正十年(1350)丞相脱脱帖木儿拟发行新币“交钞”,思诚当庭厉言厉色激烈反对,被以“狂妄”弹劾,收回“所赐玉带”,再次贬职到湖广。后“召还”复任中书左丞,加一品光禄大夫,故世后谥号“忠肃”。

这首《戏作》是思诚的与妻诗。据元代学者陶宗仪《南村辍耕录》所记,思诚“先生文章政事皆过人”,“而廉洁不污”,早年未显达时“一日晨炊不继”断了早饭,欲“携布袍”换米,其妻面有“吝色”,思诚信口吟就此诗。诗略带诙谐地劝妻子,穷日子咱就穷过,也表白了一个读书人迥异平民的理想追求,最后再以苦尽甘来、金榜题名的美好憧憬安抚慰勉。明代官员叶盛《水东日记》又记:明英宗天顺四年(1460)叶盛在思诚妹妹的五世孙、南京刑部尚书耿九畴府上,曾见过另一首思诚的《寄内》诗,前几句是“自从上马苦思卿,一个穷家两手擎;少米无柴休懊恼,大男小女好看成”;“上马”有外出做官之意,一离家就苦思其妻,感慨贫寒之中还得靠她全力支撑,嘱其要达观度日,精心教养儿女;

继而写道“恩深夫妇情何极，道合君臣义更明；早晚太平遂归计，连杯共饮话离情”；以君臣之道与夫妇之恩相提并论，又以将来退归返乡后连杯共饮、同话离情的亲密期待，首尾呼应，画龙点睛；正如叶盛所赞，“公之诗情真语切”几可比齐“元白”也。

我国古代，类似这样赠予结发妻子的作品传世甚少，而思诚一人即独有其二，充分说明了他与夫人的琴瑟谐和、相敬相爱，也成就了一段旨趣盎然、令人叹惋的佳话。

典却春衫办早厨，	典当了春衫置办几顿早炊，
老妻[①]何必更踌躇？	问老妻何必犹豫踌躇？
瓶中有醋堪烧菜，	瓶里有醋仍可以勉强烧菜，
囊里无钱莫买鱼。	囊中无钱咱就不要买鱼。
不敢妄为些子[②]事，	从不敢费心于些小的杂事，
只因曾读数行书。	只因为还读过几行诗书。
严霜烈日皆经过，	等到那严霜烈日统统过去，
次第[③]春风到草庐。	缕缕春风必定会吹向我们的草庐。

【注释】

① **老妻**：明人蒋一葵《尧山堂外纪》引此诗时，老妻为山妻。

② **些子**：少许、一点儿，此处指除读书之外的杂事。

③ **次第**：依照顺序、一个接一个地，元明俗语也作齐整、排场用之。

68．杨基：《春日山西寄王允原知司》

▶ 阅读小引：屈死苦役“工所”的按察大员　惨遭“腰斩”的天才诗友

杨基（1326—1378后），元末明初著名诗人，字孟载，号眉庵，祖籍嘉州即今四川乐山，长于吴中即今江苏苏州与附近的浙江湖州，与小其10岁的高启等结为诗友，被称为“吴中四杰”。当时南方反元起义接踵爆发，元顺帝至正十六年（1356）始，张士诚割据吴中一带，建国称王10多年，杨基与高启都曾效力。杨基为丞相府“记室”管理文书，高启被张士诚的淮南行省参知政事饶介召为幕僚，但均相继离去。朱元璋击败张士诚等、驱逐蒙元建立明朝后定都南京。二人虽一度获用，却俱皆招致不幸结局。杨基由河南荥阳知县升至山西司法监察主官按察使，后却因蒙受谗言夺职，罚做苦役屈死“工所”，有《眉庵集》传世。而死得更惨的，则是年仅39岁虚龄的高启。

高启“博学工诗”，“天才高逸”，早岁成名，与朱元璋重臣宋濂、传奇谋士刘基刘伯温并列为“明初诗文三大家”。朱元璋称帝后，洪武元年（1368）应召入朝，授翰林院国史编修官参修《元史》，并奉命“教授诸王”，成为皇家子弟的业师。朱元璋又欲擢升其为户部右侍郎，高启却以“年少不敢当重任”婉拒，据云还作诗“有所讽刺”。朱元璋怀恨“未发”，“赐白金放还”。高启归乡后，与苏州府知府魏观交往“甚欢”。洪武七年（1374），魏观在张士诚旧宫故址改建苏州府衙，请高启撰写摆装梁栋时的祭文《上梁文》。结果，魏观被诬告“兴既灭之基”，为灭亡的张士诚复兴奠基，而被诛死。朱元璋又见《上梁文》有“龙蟠虎踞”等疑似赞颂张士诚语，勃然大怒。且高启还有《郡治上梁》一诗，“郡治新还旧观雄，文梁高举跨晴空；南山久养干云器，东海初升贯日红；欲与龙廷宣化远，还开燕寝赋诗工；大材今作黄堂用，民庶多归广庇中”；用语大大触犯了朱元璋的忌讳，遂以“有异图”之名令将其“腰斩于市”，野史记载甚至被“截为八段”。高启死后，杨基曾以诗哭吊“旧知”，称其“鹦鹉才高竟殒身”，“思君别我愈伤神”，哀叹“每怜四海无知己”，“哽咽东风泪满巾”，暗暗表达了对这种滥杀文人行径的强烈不满。所以，杨基被罚做苦役或许也与之有关。

这首《春日山西寄王允原知司》是杨基任山西按察使时的作品，时间约在洪武五年（1374）稍后。其诗前有序曰，“并州春半，无花可赏”，“追忆旧游，情动于中”，成诗“五首”，于公务“之暇”吟咏品味，即仿佛“春色之在目也”，王允原知司“善咏诗”，应系明代省级“三司”即布政使司、按察使司、都指挥使司之一的主官，故杨基“录以赠”之。这首为“五首”中第一首，诗回想了农历二月花朝时节的江南风光，不无夸张地描述了游春盛况以及锦簇花团、珠光宝气氛围中亲见亲历的低吹浅唱、载歌载舞，最后以颇为俚俗的自称表白了疏狂个性、郁闷情绪，似乎也借机抒发了仕宦北方的隐约牢骚。

并州春半，无花可赏，追忆旧游，情动于中，因赋长句五首，公退之暇，咏而味之，庶几春色之在目也。允原知司善咏诗者，就录以赠。

十里烟光湿翠苕[①]，	十里烟光染绿了湿湿的芦苇池沼，
二分春色到花朝[②]。	浅浅的春色刚刚迷漫了二月花朝。
无人快击华奴鼓[③]，	虽无人可以飞快击打华奴羯鼓，
有伴同吹弄玉箫[④]。	却有伴一道吹奏那弄玉的管箫。
遍地锦围歌处席，	遍地的锦绣围拢着歌吟的席地，
满身珠压舞时腰。	满身的珠翠仿佛压弯了舞动的腰。
莫嗔[⑤]老子疏狂甚，	莫责怪“格老子”我疏狂太甚，
曾醉扬州廿四桥[⑥]。	想当年就曾醉倒在扬州的二十四桥。

【注释】

① **翠苕**：苕，芦苇花，此处之翠苕似也泛指芦苇与芦苇花。

② **花朝**：指花朝节，也称花神节、百花生日；至少从唐代起花朝节已经形成规模，时间在夏历二月十五日，与正月十五上元节、八月十五中秋节等，均是我国延续悠久的传统节日，后江浙一带又多以二月十二日为花朝节，届时有祭祀、庙会、赏花、插花、饮宴、歌舞以及姑娘们拜花神祈福等诸多民俗活动，清代以来渐渐消逝。

③ **华奴鼓**：即花奴鼓，就是羯鼓；羯鼓源自西域，腰部细两边阔，以羯羊即公羊皮覆面，小床凳为架，左右两槌敲之，也谓双杖鼓；羯鼓盛唐时

非常流行，有汝南王李琎小名花奴，颇善击打，唐玄宗欣赏备至，每每召入宫中表演，故又获称“花奴鼓”；羯鼓节奏急促，音色响亮，击打时头应如“青山峰”一般沉稳，手应如“白雨点”一般飞快，玄宗本人及其宰相宋璟、音乐大师李龟年等也都是羯鼓行家；但据北宋沈括《梦溪笔谈》所记，沈括生时羯鼓已渐失传人，“遗音遂绝”，仅在“乐部”中“名存而已”。

④ **弄玉箫：** 箫之雅称，典出汉代托名刘向所著《列仙传》；称有萧史者“善吹箫”，可以“作凤鸣”模仿凤凰之音，秦穆公遂以爱女弄玉“妻之”，并为建造“凤楼”，萧史天天教弄玉吹箫，竟引动了凤凰“来集”，于是“弄玉乘凤，萧史乘龙”，夫妇同成仙而去；后世则不断有人将其引入诗文，或者演绎成为更加生动凄美的爱情神话故事、小说、戏曲等。

⑤ **嗔：** 生气、怪罪。

⑥ **扬州廿四桥：** 古代所传扬州的美丽景观，最早见于晚唐诗人杜牧的诗作“青山隐隐水迢迢，秋尽江南草未凋；二十四桥明月夜，玉人何处教吹箫？”后因被一再引用名气越来越大，几乎成为聚焦扬州风情的一个经典性意象；但杜牧所指是二十四座桥还是一座桥名，历代未有定论，沈括《梦溪笔谈》补谈中言，“扬州在唐时最为富盛”，“可纪者有二十四桥”，并列有桥名，又注明“今存”六桥，因古代文献记载仅此一条，故多数人仍以一座桥名视之，清人李斗《扬州画舫录》中称“廿四桥即吴家砖桥，一名红药桥”。

69. 高巍：《从军吟》

▶ 阅读小引：皇位篡夺大战中的智勇斗士　毅然自杀殉节的不二忠烈

高巍（1354—1402），明初官员，字不危，辽州即今山西辽县人，新中国成立后更名左权县。高巍“能文章”“尚气节”，有“孝行”，明太祖朱元璋时入为南京太学生员，后用为前军都督府管理军法的左断事。曾一度遭贬，朱元璋故世、长孙建文帝即位不久召还。朱元璋生前，将诸子大多封为“藩王”分驻各地，建文帝担心尾大不掉，威胁皇权，开始“削藩”，但步骤过急，手段过猛。高巍上疏提出异议，主张“推恩”渐行，即“在北诸王子弟分封于南，在南子弟分封于北”，逐代予以缩小，使之“不削而自削”。如此稳妥的方案可惜未能实施，“藩王”中势力最强、年岁最大，也最具有军事才能、实战经历的燕王朱棣，已打着“清君侧”的旗号，于建文元年（1399）七月起兵北京了。

朱棣起兵后，通过收编、招降、计取很快集聚了力量，建文帝派出老将耿炳文讨伐失利，继派年仅30岁的袭封曹国公、其表兄李景隆取代，令高巍“参赞军务”。高巍毅然上疏，愿冒命游说燕王，“晓以祸福”劝其“休兵”，建文帝“许之”。高巍到北京后，以“死忠死孝”的决心一再致书求见，朱棣根本不理，只好悻然离去。而拥兵50万的李景隆，却于十一月初大败于北京之东郑村坝，朱棣以少击多，先用“精骑”突袭连破“七营”，又出奇兵“左右”冲杀，“斩首数万级，降者数万”，“其余望风奔遁”，遗落“马二万余匹”，“兵资器仗不可胜计”。这时，朱棣决定进攻大同，诱使退至德州的景隆喘息不得，引兵救助，用北国严寒拖垮其所率“南卒”。乃于十二月中领军过紫荆关，建文二年（1400）正月破蔚州入山西。景隆果然中计，也跟过紫荆关一路追来。

高巍的《从军吟》，就是这次行动途中的诗作。作为助手，对主帅及其军威雄壮显然多有溢美，对胜算似也信心十足。实际上，二月初朱棣攻大同不克，但战略目标达成，乃绕道北走居庸关，转了一圈回到北京。无功往返的“南卒”士兵却陷入了毕生未遇的冰天雪地，“冻馁死者甚众，坠指者十之二三”，“委弃铠仗于道”无数。四月，景隆“合军”60万重新“北伐”，与朱棣决战于保定府之东白沟河，几番“拉锯”最终再败，景隆丢弃德州，逃奔济南，遂被免职。后朱棣打到南京时，首先开放金川门迎敌投降的就是这位无能无德的贵胄皇亲。

而高巍，兵败后退至临邑，遇到山东参政即省级行政副职铁铉。二人“相持痛哭”，决心共赴济南“誓死拒守”，协同将军盛庸屡次战胜“燕兵”，朱棣围城三月无果。此后，济南作为抵抗朱棣南进的要塞，一直岿然不倒。建文四年（1402），朱棣避开济南，从安徽突破淮河防线，渡江夺取南京，成功篡位。高巍闻讯，毅然自尽殉节。铁铉则宁死不屈，惨遭凌迟。二人均被朱棣列为“奸臣”，但却写下了足可永载青史的悲壮篇章。160多年后的明穆宗时，高巍与另外两位死于朱棣之手的晋籍官员张昺、暴昭，合称“三杰”奉旨祭祀于太原。济南建“七忠祠”，高巍也荣列其中。

百万貔貅①过太行，	百万雄兵越过了苍莽的太行，
军容整肃阵堂堂②。	威严齐整的队列阵势堂皇。
亡群走兔无藏薮③，	背离族群的孤兔难有藏身的草泽，
失木飞禽④近上苍⑤。	失去落脚之树的飞鸟已临近死亡。
白刃林磨山振响，	无数如林的刀锋摩挲得群山振动，
红旗风动日无光。	红旗翻卷的风尘淹没了骄阳的辉光。
将军驻马鞭麾⑥指，	看将军驻马挥鞭金戈指处，
信宿⑦擒燕会晋阳。	定可以速战速决擒获燕贼会聚晋阳。

【注释】

① **貔貅**：读作pí xiū，我国神话传说中一种凶猛的但能够招纳福运、驱除祸患的吉祥兽，后来古人也常以其代称威武的军旅。

② **军容整肃阵堂堂**：这首《从军吟》原诗仅见于明代宋端仪所记《立斋闲录》，朱棣夺权登基，继位之历代皇帝均其子子孙孙，故后来选入《山西通志》《辽州志》时进行了大幅度的修改，成为“百万貔貅过太行，盘桓路曲转羊肠。层层石磴霜疑滑，叠叠皮裘露袭凉。白刃林摩山震响，红旗飞动日辉光。何如直任宵征急，圣主惓惓保晋阳”，并更名《从征晋阳》，彻底清除了对朱棣的不敬处，主题也变得含混模糊，全然磨平了原诗鲜明的憎爱与锐利的锋芒。

③ **薮**：本义为湖泽，也指水少而植物茂盛的草泽。

④ **失木飞禽**：朱棣起兵北京不久，建文帝即下诏夺其王爵废为庶人，故以此与前句中之“亡群走兔”对举，比喻朱棣背叛朝廷后的众叛亲离、走投无路。

⑤ **上苍**：此处有俗语“西天”之义，用以表述朱棣之接近覆亡、快上西天。

⑥ **麾**：古代指挥作战的旗帜，借代为指挥，也同“挥”。

⑦ **信宿**：连宿两夜，或谓两三天，形容时间之短。

70. 曹端：《题夷齐庙》

▶ 阅读小引：八品教官的学术辉煌　“公生明，廉生威”的原创首倡

曹端（1376—1434），明初理学大家、教育名师，字正夫，号月川，祖籍山西曲沃，先世移居河南渑池。曹端“少负奇质，知读书”，“造诣笃实”。明太祖朱元璋登基后，为了重建蒙元以来失落的纲常秩序，大力推崇宋代理学。理学开山祖师就是写过美文《爱莲说》的周敦颐，再由程颢、程颐兄弟与朱熹等人逐步奠定，属于一种在修身立德、弘扬礼教、构筑宗法道统方面更具应用功效的儒学体系。

周敦颐有篇仅数十字的《拙赋》，以“拙”自喜，以“巧”为“所耻”，尤“患世多巧也”，谓“巧者言，拙者默；巧者劳，拙者逸；巧者贼，拙者德；巧者凶，拙者吉”，唯“天下拙”始可“上安下顺，风清弊绝”。曹端读罢甚为感悟，遂以“拙巢”名其书屋，“笃志”学业“寒暑不辍”，竟将“下足”处之地砖磨损“皆穿”，终致“博通五经”，对“诸儒文集”探幽发微，阐释“性理”，“日事著述”，使程朱之“绝学”重新“复见于今”，赢得了被后世尊之为“明初理学之冠”的盛誉。

明成祖永乐六年（1408），曹端应考河南省试，中第二名举人。次年赴京会试却屈居副榜榜首，即进士落第者中头一名。后授八品小官山西霍州学正主管教育，殚精竭虑传播“圣学”，攘斥邪说，更以“躬行实践”为要，诸生甚服“其教”，庶民也“皆化之”。永乐十六年（1418）母逝，清贫的曹端徒步回乡奔丧，不久父亡，他“五味不入口”，遵古训“庐墓”即傍墓搭屋伴居6年。弟子纷纷赶去，集于“墓次”受讲。曹端守孝期满，改授山西蒲州学正，霍州请求复职，蒲州不放，两地“上章争之”，三年后重授霍州学正直至故世，先后16年。所著《太极图说述解》《通书述解》《孝经述解》《四书详说》《性理文集》《儒学宗统谱》《存疑录》《家规辑略》等，大都完成于此。明宣宗曾颁书慰勉，晋王朱济熺过霍州时专门请见，称“今幸识曹先生矣”，为建“颁书阁”珍藏“经籍”。曹端死后，霍州百姓“罢市巷哭”，“诸生服心丧三年”，私

赠谥号“靖修”。清文宗咸丰十年（1860）钦命以“先儒”陪祀孔子，立灵位于文庙。

据载：有知府郭晟求教为政之道，曹端答以“其公廉乎”，不就是公与廉吗？又说“公则民不敢谩，廉则吏不敢欺”；这一论断，就是流传极广的著名官箴“公生明，廉生威”的最早出处。曹端暮年悟得“太极图”精旨，特绘《月川交辉图》揭其妙，为“其图天上一月，川中九月”，附诗“天月一轮映万川，万川各有月团圆；有时川竭为平地，依旧一轮月在天”。有释者言，诗起句“喻统体之太极”，承句“喻各具之太极”，转句“喻万感之俱寂”，合句“喻一理之常存”，成为我国文化经典中一段充满玄机、含蕴无穷的趣闻。

这首《题夷齐庙》之庙，是祭祀殷周鼎革之际高士伯夷、叔齐的建筑，在蒲州即今山西永济首阳山，北魏郦道元《水经注》已有记载，近代毁废。此诗可能是曹端短期出任蒲州学正时所作，叙事质朴，论说中和，赞美了伯夷、叔齐，对拒绝二人劝止出兵推翻纣王的周武王褒贬也很有分寸，是充分体现着曹端理学思想的诗篇。

嗟哉孤竹君[①]，	最令人赞叹孤竹国的国君，
生子何振振[②]。	养育的儿子是何等淳厚忠诚。
有道中天日，	崇高的品德犹似当空的白日，
无心出岫云[③]。	脱俗的身心好像出山的闲云。
兄能遵父命，	哥哥能坚执不移恭从父命，
弟晓重天伦。	弟弟也深明大道仰重天伦。
逊国俱逃国，	为互让国君双双逃离了故国，
求仁各得仁[④]。	意在求仁终于成就了仁行。
海滨避殷纣[⑤]，	曾暂居海滨躲避失政的殷纣，
渭水[⑥]归周文。	又敬慕文王的贤圣投奔渭水之滨。
既武征诛动，	却未料武王正准备兴师征伐，
迎锋谏诤陈。	竟迎向刀丛毅然挡马力谏休兵。
非将图富贵，	但绝非是故作奋勇博取富贵，
只要有君臣。	只担忧君臣的纲常恶倾如崩。

若不逢神武[7]，	若无有姜太公明智的拦阻，
应须杀义人。	这样的义人早已丢掉了性命。
寰区[8]周作主，	直至周王朝平伏了五湖四海，
志节殷逸民。	仍誓死守志甘愿做殷商的遗民。
宁忍西山[9]饿，	宁可忍受采薇而食的饥饿，
不为东注宾。	也决不东去扮演那变节的来宾。
清风播宇宙，	清俊的风骨名播宇内，
大义立乾坤。	浩然的正气永垂乾坤。
今古传公论，	从古至今承传着公认的论断，
经权[10]自有分。	国统的维护与鼎革均应原由分明。
武王用权当，	武王推动的鼎革或许恰当，
二子守经真。	俩兄弟捍卫国统更是无比真纯。
是此而非彼，	肯定武王仿佛就得否定夷齐，
非此不敢云。	而否定武王我更不敢妄言乱评。

【注释】

① **孤竹君**：殷商末年的小方国孤竹国国君，有子伯夷、叔齐，按古代“伯仲叔季”兄弟排行，应系长子与三子；据《史记》等典籍载，孤竹君生前“欲立叔齐”继位，父死后叔齐决心遵从伦常序列，让位其兄伯夷，伯夷因有“父命”坚拒，甚至出逃，叔齐“不肯立”也随之出逃，但二人对当时的殷纣王并不满意，遂隐居渤海之滨，后闻知周文王圣明，同去投奔；到达后恰值文王故世，其子周武王打着文王灵牌准备“伐纣”，二人立即“叩马”阻拦，称“父死不葬”却妄动“干戈”非“孝”，起兵造反“以臣弑君”非“忠”，武王部下欲杀之，被谋臣姜太公制止；武王灭纣建立周朝，二人发誓“不食周粟”，到首阳山再次隐居，“采薇”果腹终至饿死，死前作《采薇歌》明志；后被儒家奉为“不降其志，不辱其身”的贤人，也是我国古代节义教育的楷模性人物。

② **振振**：诚实仁厚貌，典出《诗经·麟之趾》“麟之趾，振振公子”，《诗经》最早的注本西汉《毛诗故训传》言“振振，信厚也”。

③ **出岫云**：岫，山洞，有时也泛指山或山的峰顶；古代则多以出岫云比喻人之散淡闲适，心无世俗羁绊。

④ **求仁各得仁**：典出《论语·述尔》，门生子贡问孔子“伯夷、叔齐何人也?”孔子回答“古之贤人也”；子贡又问他们这样做“怨乎?”，孔子回答“求仁而得仁又何怨?”想求仁得到了仁，他们会有什么抱怨呢?

⑤ **殷纣**：殷纣王，殷商王朝最后一位君王。

⑥ **渭水**：黄河支流，发源于甘肃省，流经陕西关中平原一段，是古代农业社会极为富饶的地带，也是周文王、武王建立周王朝的发祥之处。

⑦ **神武**：《易经·系辞上》云，“古之聪明睿知，神武而不杀者夫”，隋唐时期注疏家孔颖达言，“《易》道深远，以吉凶祸福威服万物”，“古之聪明睿知神武之君”，“用此《易》道能威服天下，而不用刑杀而畏服之也”，故后世多以神武颂扬帝王或顶级将相，此处指姜尚姜子牙；据载，姜子牙暮年“穷困”，“渔钓”为生，周文王出猎遇于“渭之阳”，相谈“大悦”，称“先君太公”就说过将“有圣人”助周“以兴”，“吾太公望子久矣”，今日得之，当即以“太公望”尊称，立为国师，成为武王灭纣的主要辅佐，后世也俗称为“姜太公”。

⑧ **寰区**：天下、尘世、人间。

⑨ **西山**：伯夷、叔齐《采薇歌》有言，“登彼西山兮，采其薇矣”，或即首阳山。

⑩ **经权**：经权关系，是儒家思想的一个重要理念；朱熹言，“经者道之常也，权者道之变也”，“经是万世常行之道，权是不得已而用之”，仅到了“经有不可行处而至于用权”，“变如迅雷烈风”，“不可以为常”，“则非圣贤不能行也”；就是说，经是世界正常的道统，权只是过程中短暂的变异，非到万不得已不能轻易为之，且真正可以恰当使用者唯有圣贤而已；曹端借此说所表达的见解，对武王仅仅是一种有限的认同，而对伯夷、叔齐却给予了极高的评价与赞美。

71. 于谦：《咏煤炭》

⊙ 阅读小引：巡抚山西成名的护国干城　较之《石灰吟》更靠实的咏物宝章

于谦（1398—1457），明代名臣，字廷益，号节庵，浙江钱塘即今杭州人。明成祖永乐十九年（1421），就是明王朝由南京迁都北京的第一年，于谦考中进士，明宣宗登基后“授御史”，当庭“奏对”，“音吐鸿畅”铿锵利落。不久，宣宗叔父、汉王朱高煦仿效乃父朱棣举兵造反，宣宗御驾亲征山东迫降高煦，令于谦“口数其罪”。于谦“正词崭崭，声色震厉”，高煦“伏地战栗”连称“万死”，宣宗“大悦”。继而，朝廷拟派大臣以各部副职头衔巡抚地方，强化管控。宣宗知于谦“可大任”，宣德五年（1430）亲自“手书”，越四五级破格提升，命33岁的于谦以兵部右侍郎巡抚山西、河南。随后巡抚正式定为官爵，实际上就成为山西有史以来的首位巡抚。

于谦到任后清廉勤勉，律己极严，“轻骑遍历所部”，“延访父老”虚心问教。在河南“厚筑堤障”，“计里置亭”监视防范黄河水患，在山西则奏请于偏远的大同专设御史，改“私垦”田为“官屯”，收粮“以资边用”，凭其“威惠”，太行山的“伏盗”也都“避匿”收敛。当时官场贿赂公行，于谦赴京却总是“空橐以入”，连土特产都拒绝携带。并作诗明志“绢帕麻菇和线香，本资民用反为殃；清风两袖朝天去，免得闾阎话短长”。因此曾被构陷，“系狱三月”几乎“论死”，继判为贬官。但山西、河南“吏民”一再上书，请“留谦者以千数”，驻地皇族晋王、周王也出面说情，终于官复原职。

明英宗正统十三年（1448），外任19年后于谦奉召回京，实授兵部左侍郎。翌年，蒙古瓦剌部族进犯，英宗御驾亲征失败，在今河北怀来土木堡被俘，英宗之弟景泰帝临危即位。未久，瓦剌挟持英宗直逼北京，于谦受任兵部尚书，“率师”列阵“九门”抵抗，并亲临北城德胜门外首当其冲的防线指挥，瓦剌连攻不胜，被迫退兵。一年后瓦剌求和，释放英宗归来，被尊为太上皇。景泰帝时于谦一直是核心辅臣，“所论奏无不从者”，加之性格“故刚”，嫉怨者不少。又由于种种纠葛，景泰八年（1457）正月，朝臣徐有贞、武将石亨与太监曹吉祥等发动政变，迎立英宗复辟。数日后于谦以“谋逆”等罪名被杀。死后查抄“家无余资"，"萧然仅书籍耳"，英宗有所后悔。明宪宗成化二年（1466）于谦获得平反，孝宗弘治二年（1489）谥号"肃愍"，神宗万历时升谥"忠肃"。清代起钦定为列朝79位贤臣之一，陪祀北京历代帝王庙。如今，杭州的于谦墓、于忠肃公祠、北京的于谦祠均在，可惜访客寥寥，颇遭冷落。

于谦"平生所作诗文"，按其子于冕言"惟巡抚梁、晋时为多"。这首《咏煤炭》深情讴歌了地方特产，借以表达了自己的人生抱负。山西是著名的煤炭之乡，但古代士大夫以此入诗者寥寥，故于谦此诗绝对算得上是山西乃至中华文化宝库中无比珍奇的篇章。而其那首闻名的"粉骨碎身浑不怕，要留清白在人间"的《石灰吟》实系伪托，所以只有此诗才是体现于谦政治理想的更靠实的咏物抒志之作。

凿开混沌①得乌金，	凿开沉睡的世界采得可贵的乌金，
藏蓄阳和②意最深。	孕蓄着光明点点饱藏着暖意融融。
爝火③燃回春浩浩，	微微的火苗燃回了春日的和煦，
洪炉照破夜沉沉。	熊熊的洪炉照破了夜幕的深沉。
鼎彝④元赖生成力，	青铜的重器全赖这样的烈焰锤锻，
铁石犹存死后心。	铁一般的石块却满怀牺牲的赤心。
但愿苍生俱饱暖，	但愿那天下苍生都能有个温饱，
不辞辛苦出山林。	你也要不辞辛苦毫无畏惧走出山林。

【注释】

① **混沌**：我国古人认为盘古开天之前"天地混沌如鸡子"，世界是一种元气未分、模糊一团的状态，此处借指大地、地层内部。

② **阳和**：阳气、暖气、春天的气象，此处借指煤炭的光热。

③ **爝火**：炬火，典出《庄子·逍遥游》"日月出焉，而爝火不息"，也作小火解。

④ **鼎彝**：鼎，本为古代烹煮器；彝，古代酒具；鼎彝也是祭祀的用具，最早皆为青铜制造，故也作为我国古代青铜礼器的泛称。

72. 薛瑄：《登中条山东头》

阅读小引：理学“河东学派”的开创高师　《猫说》寓言痛贬的昏官恶吏

薛瑄（1389或1392—1464），明代教育名家、理学大儒，字德温，号敬轩，山西河津人，故居南薛里今已划归万荣县。薛瑄系河东望族薛门俊杰，“颖敏”早慧，入塾过目“成诵”，“日记千百言”。后随其父县学教官寓居河南，钻研程朱之学“至忘寝食”。明成祖永乐十八年（1420）河南乡试第一夺得解元，次年举进士入仕，仍日日苦读“性理诸书”。与曹端惺惺相惜结为道友，曾以“质纯气清，理明心定；笃信好古，距邪崇正；有德有言，以淑后人；美哉君子，光辉日新”这样的赞语讴颂故世的曹端。

明英宗正统元年（1436），薛瑄受任山东提学佥事掌管教育，遂以朱熹主持庐山白鹿洞书院时制定的《白鹿洞书院学规》“开示学者”，名训“博学之，审问之，谨思之，明辨之，笃行之”就是其中重头要领。薛瑄并经常“延见诸生”，“亲为讲授”，“才者乐其宽”，“不才者惮其严”，统统受益不菲，被尊为“薛夫子”。后升职京师又罢官归乡，但理学“造诣益邃”，投师问教者甚多。正统十四年（1449）英宗亲征瓦剌被俘，其弟景泰帝即位，薛瑄应召回京。不久瓦剌围攻北京，于谦指挥抵抗，薛瑄“分守北门有功”。景泰四年（1453），出任最高司法衙门大理寺正卿。

薛瑄为官“光明俊伟”，勤勉刚直，蔑视昏庸与碌碌无为。其人曾作有《猫说》寓言一篇曰：我家苦“鼠暴”猖獗，求人乞“得一猫”，体态“魁然”，“爪牙”锋利，我想“鼠暴当不复虑”无须烦恼了；开始，此猫被拴着驯养，“群鼠闻其声”又“相与窥其形”，看着非常厉害，故“月余”不敢“出穴”；但待其驯养熟悉放开后，此猫却只会逮“出壳鸡雏”，一听“啾啾”就“起而捕之”，及至“家人逐得，已下咽矣”，“家人欲执而击之”抓起来揍它，我制止道“物之有能者必有病”，吃小鸡虽是“其病”总不会无一点“捕鼠之能”吧；可是，此猫还是“饥哺饱嬉，一无所为”，一见“鸡雏”就“捕之而走”，群鼠“窥之益熟”，视其“无为”，渐渐“复出”，“为暴如故”；家人气极，数落我道，什么“有能者必有病”，这家伙唯“有噬鸡之病”毫“无捕鼠之能”，“真天下之弃材”，于是狠抽了几棍子赶走了。薛瑄借此，实际是辛辣地讽刺了那些尸位素餐、纵恶欺善的害民官员。

景泰八年（1457），被瓦剌释放的英宗复辟，授薛瑄礼部右侍郎参与内阁“机务”，继因“力言于帝”反对处死于谦被降“一等”，乃以年迈求退获准，大喜曰“吾道则亨也”我的思想有望广传了，第四天便离京还乡。将毕生所上“奏疏”皆删而“不存”，专心设教故里，“四方从学者日众”，致“市馆”旅店“不能容”。遗著《读书录》颇多“性理”名言，还有《薛文清公全集》46卷传世，终于承袭曹端开创了影响深远的理学“河东学派”。

薛瑄暮年的某日，一边“检阅旧书”与文稿将其“束置架上”，一边还高兴地吟着诗句“七十六年无一事，此心唯觉性天通”，突然“遘疾”发病，随即“正衣冠危坐而逝”，据传顿时“迅雷振屋，白气上升”，系“天顺八年（1464）六月十五日也”。死后赠授礼部尚书，谥号“文清”。明穆宗隆庆六年（1572）钦命以“先儒”入祭文庙，陪祀孔子。

《登中条山东头》也名《登中条山东顶道观》，一种舒心快意与热爱家园之情可谓闪烁字里行间，显然是其脱离官场、回归故乡后的闲暇游憩之作。

魏国中条①此尽头，	曾属于古魏国的中条到此已是尽头，
登临暇日兴悠悠。	闲暇时举步登临真令人雅兴悠悠。
两崖势转黄流静，	两道宛转的山崖导引着平静的黄河水，
万壑声寒碧树秋。	万重沟壑中浓绿的树海荡开了寒秋的风吼。
官舍②飞甍③临远谷，	馆阁上的飞檐指向远处的深谷，
琳宫④细路绕层丘。	道观内的小径环绕着层层土丘。
风光满目皆吾土，	看不够的美景正是我的家园，
逸气飘然总胜游。	超然物外的乡居更胜于官场的浮游。

【注释】

① **魏国中条：**我国春秋时期，有名为毕万者事奉晋国献公有功，受封魏地成为卿大夫，其后世在晋国卿大夫的不断搏杀中一直未遭剪灭，公元前

403年晋国最后胜出的赵、魏、韩“三卿”被周天子威烈王册封为诸侯，前376年“三卿”彻底废掉晋国末代国君，史称“三家分晋”，秦、楚、齐、燕、赵、魏、韩七国争雄的战国历史由此开端；中条即中条山，西接华山，东连太行，绵延数百里横亘于山西南端，走势狭长如条，因而得名，战国时中条山属于魏国，故有此说。

② **官舍**：本义为官署或官员居宅，也用以称呼接待官宾贵客的馆舍，此处当指后者。

③ **甍**：读作méng，屋脊。

④ **琳宫**：本义为仙宫，也用作道观、寺院、殿堂等的美称。

73. 王越：《登大同角楼次刘草窗韵》

▶ 阅读小引：功垂“九边”的一代名将　岳飞《满江红》的另指作者

王越（1426—1498），明代名将、知名诗人，字世昌，祖籍山西清源即今太原清徐，先祖移居河南浚县。王越出身卦师之家，少年早慧，呼为神童。七八岁时县内祭孔，一只待祭活兔脱逃，县官令其作诗试之，他出口成章“我今放汝上广寒，甚弗遗迹到人间；殷勤寄与嫦娥信，丹桂留枝待我攀”。长大后王越“姿表奇伟”魁梧帅气，学文“手不释卷”，论武“多力善射”，对宋亡后“胡虏入侵”，“愤懑于胸”，又“苦读兵书”，“期有所为”。中河南乡试第三，景泰帝二年（1451）赴京应考，据说殿试时一阵“旋风”将其刚成文稿“卷去”瞬间“不见”，匆匆补作仍极“出众”，高中进士。不到10年脱颖而出，“超拜”即越级提升为三品司法监察大员山东按察使。

当时，北方蒙古经常南侵，明王朝专设“九边”重镇驻军北疆防御。明英宗天顺七年（1463），大同镇巡抚都御史出缺，30多岁的王越被荐继任，后又兼管宣府镇，并总制过延绥、宁夏、甘肃等镇军务，从此“久历边陲”。因有“大略”，“胆智过绝于人”，善断“敌情”与“将士勇怯”，每每“动有成算”，“出奇制胜”，“身经十余战”屡建功勋，官至二品兵部尚书，封爵“威宁伯”，“岁禄千二百石”，“掌前军都督府”，“总五军营兵”。且其文才“锦心绣腹”，诗作如“海涨江奔”，被名家钱谦益赞为“有横槊磨盾、悲歌出塞之思”。那首流传甚广的俚俗诗“雁门关外野人家，不养桑蚕不种麻；百里并无梨枣树，三春那得桃杏花。六月雨过山头雪，狂风遍地起黄沙；说与江南人不信，早穿皮袄午穿纱”云云，一说也是其人手笔。

山西北陲是王越戎马生涯的重地，曾在此留下不少诗作。这首《登大同角楼次刘草窗韵》中的角楼，位于明代大同城墙最西北“乾”方，是其镇城之楼，亦名乾楼、镇楼。八角多层，恢宏壮丽，秋日登临尤为惬意，“镇楼秋爽”曾为大同八景之冠。清末塌毁，近年已原样重建。刘草窗乃明代著名儒医与诗人，“景泰十才子”之一，与父均做过太医院御医。王越是依其原韵作的和诗，时间应在莅任大同不久，所体现的则是一种效法前贤、先忧天下也不乏自负的英雄情结。

明孝宗弘治十年（1497）蒙古鞑靼部侵扰甘肃，明王朝“先后会举七人”抗击俱“不称旨”，只好重新起用古稀老人王越“总制”西线“边务”。翌年，王越“三路进剿”，在贺兰山大胜鞑靼，同年冬逝世于甘州即今甘肃张掖前线，谥号“襄敏”。正是这次战役，又将王越与岳飞搭上了干系。

岳飞的《满江红》，豪放悲慨，大气磅礴。然而，其孙岳珂详尽搜罗的祖父遗稿《金佗稡编》以及宋元所有典籍却皆无记载，直到明世宗嘉靖十五年（1536）面世的《岳武穆遗文》才首度录入，故近世学界巨子余嘉锡、夏承焘、钱钟书等均认定应属后人伪作。再据内容推测，实际撰写者很可能就是击败鞑靼的王越或其僚属。此说有人反对，争议一直持续至今。否定的论据并非不力，但作为一首激励过无数中华儿女的壮烈篇章，归于岳飞似也更具相得益彰的精神价值。

彩云飞过几层檐[①]，	五彩的云霞飞过了层层飞檐，
楼上人呼酒再添。	楼上的饮宴人呼唤着再把酒添。
半壁夕阳红影瘦，	半边沉落的夕阳红影越来越瘦，
一钩山色翠眉[②]纤。	一钩弯曲的山色真仿佛美眉纤纤。
我非能画王摩诘[③]，	我非王维画不出这样的好风光，
谁是先忧范仲淹[④]？	又有谁敢是先忧天下的范仲淹？
遥想滕王[⑤]旧时阁，	遥望处想起了滕王的旧时楼阁，
潇潇暮雨掩珠帘。	淅淅沥沥的雨丝模糊了傍晚的珠帘。

【注释】

① **彩云飞过几层檐：** 刘草窗原诗是《登楼有感》，“翠华遥隔塞云寒，白草黄沙道路难。国耻几时能雪洗，群言何事只澜翻。河东未必无关羽，江左谁知有谢安。俯仰乾坤独惆怅，夕阳楼上一凭栏”。

② **翠眉：** 古代妇女的一种眉饰，或描作浅绿的眉毛，也用以形容女子的美眉。

③ **王摩诘：** 即王维，王维是伟大的诗人，也是顶级画家，苏轼曾以“味摩诘之诗，诗中有画；观摩诘之画，画中有诗”赞颂王维画作的绝美境

界、独特妙趣。

④ **先忧范仲淹**：先忧，引自范仲淹《岳阳楼记》“先天下之忧而忧，后天下之乐而乐”语；仲淹曾于宋仁宗康定元年（1040）获授陕西经略安抚招讨副使，抵御西夏建有功勋，王越受任大同镇巡抚都御史，经历颇似仲淹，遂用此典表达志向，也可旁证诗应为莅职大同不久之作。

⑤ **滕王**：唐高祖李渊第22子李元婴，唐太宗时受封滕王，食禄滕州，在今山东，后转洪州即今江西南昌出任都督，又转隆州即今四川阆中；滕王“妙音律”“工书画”，尤善画蝴蝶，有“滕王蛱蝶江都马，一纸千金不当价”之称，还喜筑楼阁，在滕、洪、隆三州均建有滕王阁，最著名者就是王勃《滕王阁序》所赞美的南昌滕王阁，王越所指也即此阁。

74. 何乔新：《山西大饥人相食哀叹之余漫成一律》

▶ 阅读小引：灾害攀升的沉重纪录　触目惊心的荒年惨状

何乔新（1427—1502），明代大臣，字廷秀，号椒丘，江西广昌人。明英宗亲征蒙古瓦剌部族失败被俘，其弟景泰帝即位，乔新之父何文渊曾为吏部尚书，继加太子太保。景泰五年（1454），乔新登进士第。明英宗天顺元年（1457）复辟夺权成功，文渊被“削其加官”，不久又传闻“朝命逮捕”，“惧而自缢”身死。乔新也遭构陷，仕途一度受阻，后才渐升至刑部司级官员郎中。因不徇情不枉法，皇家侍卫特务衙门“锦衣卫卒”犯法，照样“捕治”不贷，故此声名“大起”。明宪宗继位后，又由福建按察副使、河南按察使升至湖广右布政使，管理一省行政事务。宪宗成化十六年（1480），受命以都察院副都御史巡抚山西。正是在这里，乔新亲眼目睹了毕生所见最为凄怆的人间惨祸，也书写了其仕宦业绩中最堪称道的一页。后来，乔新官至二品尚书，“刚正清严，始终一致”，“年七十六”以高龄辞世，追赠太子太保，谥号“文肃”。

明代的山西，鉴于人口增多、过度垦殖、森林砍伐、植被破坏等导致的生态危机以及地球气候变迁周期的影响，自然灾害大幅攀升。有研究称，从朱元璋登基到崇祯末年，山西发生旱灾174次，平均0.63年一次，水灾113次，平均0.40年一次，其他灾患300多次。据史料显示，成化二年（1466）左右开始出现“人相食”的记载，其后八九年又几度出现。稍获好转五六年后，成化十七年（1481）再次发生巨灾，翌年更加恶化，不少地方大旱，颗粒无收，有的地方却淫雨连月，河流暴涨，黄河南北“诸水溢出”，人畜稼禾损失极重。持续数年“连遭荒歉”，“疫疠流行”，“死亡无数”，“人相食”，“饿殍盈野”的记载频频出现。

是年，乔新本已召拜刑部右侍郎，但宪宗仍敕令其“赈济饥民”。乔新用尽种种办法，救活“三十余万人”，安置“流冗”即流离失所者“十四万户”，赢得好评。其间，还曾撰诗二首。除了这首为白骨累累的现实情景“哀叹之余”信笔“漫成”的七律外，在另一首《晋阳途次所见作》中，则以“阿母前行儿后追，儿追不及哭声悲；只知各自求生路，肯复回头一顾儿”“二八丫环泣路隅，逢人但道乞为奴；岂知富室都悬罄，谁有余粮养侍姝”“只愁四月槐芽老，从此贫家又绝粮”“县令传言禁食人，谁怜百姓甑生尘”“幼稚呱呱羸老泣，不知何日见秋成”这样活生生的词语，描绘了一组饱受灾害摧残的黎民苦难与社会悲情的不幸图卷，为如此创巨痛深的一段历史留下了真切的阐释，至今读来仍令人胆战心惊，潸然泪下。

春风不入野人家，	救命的春风吹不到乡野农家，
白骨如丘事可嗟[①]。	类如坟丘的白骨真令我哀叹惊诧。
小瓮满储彭越醢[②]，	小瓮里满藏着捣碎了的人肉，
轻车稳载德光羓[③]。	载着干尸的破车还在往回暗拉。
头颅无复归黄壤，	无数的头颅难以入土为安，
腥腐犹能饱暮鸦。	四处的腥腐却喂饱了傍晚的群鸦。
立马邮亭[④]倍惆怅，	驻马于驿路的亭台惆怅倍增，
几行老泪洒烟霞。	几行老泪刹那间已然洒落烟霞。

【注释】

① **嗟**：叹息、喟叹。

② **彭越醢**：醢，读作hǎi，本指用肉或鱼等制作的酱，也指古代将人杀死剁成肉酱的酷刑；彭越系秦末起义首领之一，因归顺刘邦，屡立战功，成为西汉开国名将，受封梁王，后被诬告谋反，刘邦将其废为庶人，流放蜀地，中途遇见刘邦夫人吕后，又被骗回，吕后认为“彭王壮士”，“徙之蜀”是刘邦自种“遗患”，力劝及早“诛之”，于是彭越被杀并被灭族，尸体“醢之”，做成肉酱“遍赐诸侯”予以恐吓警告，彭越醢借用的即此典故。

③ **德光羓**：羓，读作bā，即腊干了的肉；德光即辽太宗耶律德光，登基后恰值五代后唐庄宗李存勖、明宗李嗣源相继故世，闵帝李从厚遇害，末帝李从珂篡位，遂接受李嗣源女婿石敬瑭割让燕云十六州并称臣等条件，出兵助其灭掉后唐建立后晋，石敬瑭死后，出帝石重贵拒绝称臣，耶律德光又率军南侵，灭掉后晋，但在还师途中暴毙河北栾城，为防遗体腐烂，乃“破其尸，摘去肠胃，以盐沃之”，运回漠北安葬，汉人以“帝羓”呼之，德光羓借用的即此典故。

④ **邮亭**：驿路沿途供传送者憩息的亭台，古代驿传也叫邮驿，故有此称，也泛指驿馆。

75. 李瀚：《登鹿台山》

▶ 阅读小引：敢顶撞当权太监的“严正”御史　搜书藏书刻书的传世盛绩

李瀚（1452—1535），明代大臣、著名藏书与图书刊刻家，字淑渊，号石楼，祖居山西翼城，后移居沁水。明宪宗成化十六年（1480）应山西乡试，高中解元即第一名，次年举进士。初授县令，又授监察御史巡视陕西边陲与蒙古的茶马贸易，扼制走私，革除弊漏，又秘密遣使擒获了终南山惑众妖僧，从而崭露头角，升按察副使，后官至河南行政主官布政使。明武宗正德四年（1509）入京，拜最高监察衙门佐官都察院左副都御史。

当时，武宗信任的贴身宦官刘瑾得宠，执掌内廷太监亲随机构司礼监，一时“权擅天下”，“公卿以下”皆畏其势。李瀚为人“廉谦”，执法“严正”，“性情耿介”，不“诡从”。有刘瑾附庸太监“鬻贩私盐”事泄，却被另一党羽“攘为己有”，刘瑾干扰处置，讥讽挖苦都察院都御史，竟使“语塞”。李瀚奋起抗辩，“厉词以对”，同僚吓得“股栗”两腿发抖，最后还是逼其党羽退出“所攘”赃物，并予罢职，获得“时论”称道。正德五年（1510）刘瑾伏诛，凌迟处死，李瀚暂掌国事“月余”，次年转拜“留都”南京二品户部尚书。到任后力主“裁冗食”“节浮费”“广储蓄”，又打击“私揽岁课”，多方充实“虚空”的“廪藏”，“积米数十万斛”，几年后告老归田。在故乡传化伦理，教化民风，前来求师“问业”的士子“户履常满”，提携少俊“贤德”均如“己出”，闲暇则“徜徉咏歌”，高寿而终。

李翰毕生孜孜求购“海内图籍”，藏书“万卷”。而其最可名垂史册的文化作为，乃是对古本图书的竭诚刻印。元好问所编金诗总汇《中州集》，元末已只存残卷，“景仰”同省“前哲”的李翰，悉心搜集近20年，明孝宗弘治九年（1496）任陕西按察副使时将其10卷并《中州乐府》一卷刻印于西安，为迄今可见最全最早的版本。同年又整理刻印《新刊五子书》20卷，保存了先秦几位边缘哲人鬻子、鹖冠子、子华子、尹文子、公孙龙子的著述。弘治十年（1497）调赴河南，随之刻印当地乡贤王恽的《秋涧先生大全文集》100卷。次年又亲撰序言，刻印秦始皇丞相吕不韦的《吕氏春秋》26卷，刻印理学兄弟程颢、程颐《二程全书》65卷，南宋学者洪迈《容斋随笔》74卷。还曾刻印元好问《遗山先生诗集》、元代学者许谦《读四书丛说》、金代山西状元李俊民的《庄靖集》、河汾诗家段克己、段成己等人的《河汾诸老诗集》，以及元世祖忽必烈山西籍谋臣郝经的《陵川集》等，还主持纂修首部《沁水县志》。这些书卷，大多已成为无价宝典，有的仅止北京国家图书馆、美国国会图书馆、日本东京图书馆、台湾“故宫博物院”等处珍藏。其贡献可谓功德无量，也令人肃然起敬。

这首《登鹿台山》中之鹿台山，位于沁水县城西南，因山台拱叠而起耸立群峰之中，据云又有鹿常年嘶鸣其间，故以得名。李翰在诗中，将良好的民风赞叹与远古人文踪迹的点染融为一体，仿佛用文字描绘了一幅清新恬淡的山乡水墨丹青，而步入云霄般的攀登体验，又似乎隐约而不乏自得地寓意了自己不断成功的科考之路。

谁谓云霄远？	谁人说云霄无比的遥远？
跻攀[①]有路通。	欲登攀自然有路可通。
山川皆禹迹[②]，	山水间随处可见禹王的踪迹，
勤俭属唐风[③]。	俭朴的民俗延续着陶唐余风。
佛屋洪崖半，	高高的悬崖半藏着古老的佛堂，
人家[④]邃谷中。	稀疏的农舍散落在幽谷之中。
重华耕稼处[⑤]，	据传说这里是舜帝耕作的旧地，
翘首见遗宫。	频举首仰望那饱经沧桑的遗宫。

【注释】

① **跻攀**：攀登。

② **禹迹**：据传大禹治水时踪迹遍及黄河流域广大地区，遂有此说。

③ **唐风**：尧帝陶唐氏时的风尚；据传尧之部落原居冀方即今河北唐县，后迁居太原盆地，尧成为部落联盟首脑后再迁平阳即今山西临汾北部一带，沁水也在其中，古代文人常以唐风赞扬这些地区的风尚美好。

④ **人家**：此处指农家居所。

⑤ **重华耕稼处：**重华，舜帝之名；据《史记·五帝本纪》载，舜家世寒微，“父曰瞽叟”是个盲人，母死后父娶继母，生子名“象”，继母“嚚”，“弟象傲”，父也“顽”，均“欲杀舜”，舜几次“避逃”免难，仍“以孝闻”，“事父及后母与弟”非常“笃谨”，舜还曾耕作于“历山”，打鱼于“雷泽”，制陶器于“河滨”，几经磨炼考验，尧帝“知舜之足授天下”，后终“践天子位”；舜耕作之历山，一说就在沁水与附近翼城、垣曲诸县交界处，登鹿台山即可远眺其主峰舜王坪；但历山之所在地，还有山东济南、鄄城甚至安徽东至等说法。

76. 杨一清:《鼓堆》

▶ 阅读小引：大学士头衔最多的内阁首辅　司马光曾为作记的绛州名泉

杨一清（1454—1530），明代重臣，字应宁，号邃庵，别号石淙，原籍云南安宁，父亲科举高中外出仕宦，落户湖广巴陵即今湖南岳阳。一清少而“能文”，10岁左右“以奇童”被“荐为翰林秀才”，直送京师深造。又蒙天子激赏，入拜湘籍状元黎淳门下，明宪宗成化八年（1472）18岁举进士，因父死“丧葬丹徒”，在今江苏镇江，并举家移居于此。三年“服除”归京，即授内阁秘书成员中书舍人。

任京官多年后，一清擢升山西按察使司佥事，佐理一省司法与监察事务，继而几度调迁。明孝宗弘治十五年（1502），以都察院左副都御史督理陕西“马政”，实际就是整治蒙古边境茶马贸易中的猖獗走私。从此，迅速崭露头角，脱颖而出，明武宗登基后即命其“总制三镇军务”，掌管陕甘宁一线边境防务。后来，为歼灭当权宦官刘瑾精心谋划，一举告成。一清“论功”加太子少保，拜户部尚书，复改吏部尚书。明世宗嘉靖三年（1524），命以兵部尚书再次“总制陕西三边军务”，诏书“褒美”之词竟以名将郭子仪“比之”。回朝后，相继拜武英殿大学士、谨身殿大学士、加特进左柱国华盖殿大学士，成为内阁首辅，也成为明代荣获大学士头衔最多的名臣。世宗御赐“耆德忠正”“绳愆纠违”银章两枚，加正一品俸禄。但暮年曾遭政敌构陷，几乎夺官，故世后谥号“文襄”。清代纂修的《明史》中，赞其德行“阔大”，“博学善权变”，“时政最通练”，尤其“晓畅边事”，才与能均“一时无两”，可比唐代名相姚崇云云。

这首《鼓堆》诗中的鼓堆，系山西绛州山水名胜，位于今新绛县西北。据载，东周贞定王三年（前466）这一带发生强烈地震，喀斯特溶洞崩裂，地质变形，隆为九个圆岭，称九原山。车马踏之有声如鼓，故称鼓堆。地震时挤压原有水系，形成新的岩溶大泉，名为鼓堆泉，分龙王泉、琵琶泉、莲花泉等29个泉眼，流成长长的鼓水进入汾河，“石鼓神泓”遂成绛州十景之一。隋文帝开皇十六年（596），驻绛州将军梁轨开渠多道，引泉溉田或入城民用，并傍官衙构建园林，成为闻名久远的景观。唐穆宗长庆三年（823），绛州刺史樊宗师又“凿高槽”，“绝窦墉”，“为池沟”，予以扩建，并撰777字文《绛守居园池记》，隐喻“奇奇奇”立碑为志。

宋仁宗嘉祐元年（1056），时任并州通判的司马光“以事至绛”，与诸官员游览后特作《鼓堆泉记》。认为鼓堆“穹窿而圆”，“状如复釜”倒锅，“水源充满石下”，故“人马践之”嘭嘭“如鼓声”，再汇而“溶为深渊”，“水极清洁，洞鉴毛发，盛寒不冰，大旱不耗，淫雨不溢”，其南分为“三渠”，一条“载高地入州城”使用，两条“散布田间灌溉万余顷”，“田之所生”作物“肥茂香甘，异他水所灌”，盛赞“是水”有“清明之性”“温厚之德”“润泽之功”，还有永不枯竭的“常一之操”。针对这大自然的恩赐，吟诗撰文者素来甚众，一清之诗算得上是篇官阶最高者的大作。

蹑磴①回冈幽复幽，	踏着盘山石径登临真是清幽追着清幽，
陵晨飒爽②类新秋。	清凉清爽的清晨就好像步入新的清秋。
背岩茅屋烟初动，	背靠岩壁的茅草屋顶已见炊烟初升，
过雨沙田秫③自稠。	夜雨洒过的沙土田中高粱是越长越稠。
双窦飞泉珠气合，	两股飞泉涌出洞穴珠光雾气交相辉映，
千章④巍树翠云浮。	千万棵巍巍林木有如翠绿的浮云飘流。
清狂谢朓⑤仍豪兴，	仿效那乐山乐水的谢朓今也发发豪兴，
竟日追陪高适游⑥。	整日里追随陪伴着高人雅士尽情闲游。

【注释】

① **蹑磴**：蹑，踏、踩；磴，石头台阶。

② **陵晨飒爽**：陵晨，凌晨、清晨；飒爽，此处应作清新、凉爽。

③ **秫**：读作shú，狭义指黏高粱，广义则泛指高粱。

④ **章**：此处指大木材、大树。

⑤ **清狂谢朓**：清狂，才学过人之士的清高狂傲，也是一种藐视世俗的率性而为，多指青年时期，故有年少轻狂之说；谢朓，朓读作tiǎo，是南北朝时齐朝诗人，出身豪门世族，高祖父为晋代重臣谢安之弟，母贵为公

主；谢朓“少好学，有美名”，酷爱自然，寄意山水，留下了不少写景状物出语绝妙、格调“清丽”“圆美流转如弹丸”的旖旎诗作，如“余霞散成绮，澄江静如练”“天际识归舟，云中辨江树”等皆成千古名句，其谐和的平仄、工整的对偶，也为唐代律诗形成开启了先河，李白所赞“俱怀逸兴壮思飞，欲上青天揽明月”的诗家中就包括其人；31岁出任宣城太守，后又任尚书吏部郎，惜36岁即遭陷下狱，不久毙命，后世以谢宣城、谢吏部称之。

⑥ **高适游：** 高适是唐代著名诗人，但此处的高适解释为高人适士的减缩表达似乎更契合诗意，适士即古代所谓之上士，与高人一样均属于对杰出才俊的夸赞性称呼；不过，大约在唐玄宗天宝三年（744），高适曾与李白、杜甫共赴汴州即今河南开封游览，又同到宋州即今河南商丘，居于梁园三月之久，遍游宋州名胜，还一道前往齐鲁等地游览，彼此开怀畅叙，尽兴挥毫，留下了精彩的诗章，也成就了一段文坛佳话，故此处的高适游或许包含着双重的意味。

77. 才宽:《谒中镇和韵》

▶ 阅读小引:治军"严峻"统帅的丧命前线　古代"五镇"之首的祭拜感赋

才宽(约1458—1509),明代大臣、守边名将,字汝励,直隶迁安即今河北迁安人。明宪宗成化十四年(1478)进士,授山东商河知县。其人"坦直旷达,不拘小节,遇事裁决如流",同级官员"铨叙"考绩最优,升"留都"南京刑部郎中,继任陕西西安府知府、南直隶淮安府即今江苏淮安知府,多有"异政","善决疑狱",再以都察院右副都御史巡抚甘肃,未久"军民悦,西夷服",官声越发斐然。遂拜工部左侍郎,又转二品尚书。后因不附当权宦官刘瑾,被外派"总制三边",驻防陕甘及至山西北陲,抵御蒙古年轻的强势首领、被称为"小王子"的达延汗袭扰。

大约就在这时,才宽曾作《巡边赋志》抒怀,曰"荒边无树鸟无窝,三月春残砚屡呵;壁上题诗来感慨,尊前杂戏舞婆娑",在荒凉的边地暮春时冰冷的砚台还得不断呵气化冻,但壁上前辈的题诗令人感慨,也聊有歌舞略解烦忧;又曰"到头时事浑难料,屈指年华剩几何;愿立功名豪侠子,重磨宝剑莫蹉跎",明知来事难料,也深惜年华所剩无多,还是毅然表明心迹并勉励下属,期望建功立业就要争做豪侠,不断磨亮宝剑,切莫蹉跎岁月。鉴于如此志向,才宽执行军法非常"严峻",有部将"怯懦"临阵"稍缩",即"粉其面,红绿其衣,巾帼其首",强令扮作妇女"游示诸营"羞辱,故虽"军威振肃","所向克捷",但对其"含愤"抱怨者不在少数。明武宗正德四年(1509)冬,"小王子"蒙古军进攻陕西定边"花马池",掠夺这一盐池的食盐。才宽亲自"督战"出击,蒙古军"佯败"退却,才宽求胜情切,冒险深入,遭遇埋伏中箭身亡。高级官员牺牲前线,算得上一位英雄了。而赋志诗作,似乎也成了其人悲壮的谶语。死后获赠太子太保,谥号"襄愍",并赐"祭葬",皇帝所赐祭文依然存世。

这首《谒中镇和韵》中的中镇,也就是位于山西霍州、洪洞、古县三地交界之处的霍山,为我国古代"五镇"之一,最高峰海拔2540多米。"五镇"指古代享受朝廷祭祀的仅次于"五岳"的五座名山,即东镇山东沂山、南镇浙江会稽山、西镇陕西吴山、北镇辽宁医巫闾山、中镇山西霍山。"岳"与"镇"的祭祀由来已久，但隋代之前只有东南西北“四镇”，隋文帝开皇十四年（594）诏以霍山为镇，宋代时确立中镇祭祀，明代时“五镇”规格提升，皆封为神，祭祀更加隆重。《谒中镇和韵》就是才宽参加某次祭祀或是随同朝中重臣拜谒霍山时的唱和之作。

峥嵘[1]绝顶不堪攀，	巍峨耸峙的中镇绝顶简直是无法登攀，
天下瞻依[2]有数山。	能享受祭拜瞻仰普天下也不过几座神山。
上帝高居申玉宇[3]，	上帝高高的居处似有连绵的琼玉楼阁，
浮生何处觅玄关[4]？	但人生又到哪里寻找成仙入佛的玄关？
地悬风雨云霄外，	脚下的土地仿佛悬浮在风起雨落的云霄，
路在星河咫尺间。	凌空直上的道路通向了咫尺星河之间。
吟赏自随卿相[5]后，	跟随着当朝的要员观赏吟咏，
翻愁车马入尘寰。	反发愁来时的车马再返回那喧闹的尘寰。

【注释】

① **峥嵘**：此处指山峰的高峻耸峙。

② **瞻依**：原指对父母的瞻仰依恃，典出《诗经·小弁》“靡瞻匪父，靡依匪母”，东汉经学家郑玄解释曰，“言人无不瞻仰其父取法则者，无不依恃其母以长大者”，此处指祭祀膜拜。

③ **玉宇**：玉制殿堂，传说中的天帝与神仙居处。

④ **玄关**：佛家声称的入道之门，所谓“玄关大启，正眼流通”，也是道家声称的内在修炼的一个突破性关口，所谓“玄之又玄”的“众妙之门”。

⑤ **卿相**：公卿国相，借指朝中的重臣高官。

78. 乔宇：《题塔》

阅读小引：危急时敢作敢为的严厉绞杀　获罪于君臣惨斗的罢职尚书

乔宇（1457—1531），明代名臣，字希大，号白岩，山西乐平即今昔阳人。少时随父居京，受教于杨一清。明宪宗成化二十年（1484）与太原王琼、和顺王云凤同中二甲进士，被誉为“晋中三杰”“河东三凤”，一时光昭乡里，荣耀桑梓，传为科举盛事。

登第之后，乔宇升迁很快，明孝宗弘治十五年（1502）擢为掌管礼乐的最高衙门副职太常寺少卿。孝宗故世武宗登基后，正德元年（1506）受命“遣祀中镇、西海”，“分告于西蕃园陵镇渎”，就是代表皇上到山西霍山祭拜中镇之神，到青海湖祭拜西海之神，并向镇守边陲田园山陵的部族头领通报新君继位。途经山西浑源时，乔宇曾游览恒山，写下了散文名篇《恒山记》，《题塔》也是在此期间的作品。

乔宇回朝后，历数沿途亲见弊端，条陈“恤边民，厚边军，广储蓄，省科派，慎守令，重祀典”六计上奏，大多采纳。正德六年（1511）获授“留都”南京礼部尚书，再转兵部尚书“参赞机务”。正德十四年（1519）封爵南昌的宁王朱宸濠造反，直逼南京，乔宇“严为警备”，布防“戍守”，“谈笑自如”毫不慌乱，有宦官“预伏死士”准备勾结宁王，乔宇当机立断“大索城中”捕杀“三百人”，“悬首江上”，使之失去内应，不敢举兵东向，终被平息。

正德十六年（1521）武宗驾崩，因其无子而从湖北安陆即今钟祥迎回15岁的近支皇族、孝宗侄子武宗堂弟继位，是为明世宗。乔宇召还北京，出任二品吏部尚书。不久，所谓“大礼之议”的争论爆发。起由是，古代故世之父称“考”，内阁首辅杨廷和以及乔宇等大臣认定，世宗应尊孝宗为生父“皇考”，以继子身份承嗣，将其真正生父已故兴献王改为“皇叔”，但遭世宗拒绝，部分大臣也附议，称世宗承袭的是国“统”并非皇“嗣”，理应尊生父为“皇考”，彼此不让相持数年。世宗嘉靖三年（1524），正式颁布圣旨，准备祭告天地宗庙，追封生父兴献王为先帝“皇考”，降孝宗为“皇伯”。乔宇与多数官员均表反对，有200多人聚集宫外强烈请愿，世宗劝退不听，拘捕“首事”8人。众人越发激动，擂门痛哭“声震阙庭”，世宗盛怒，严令四品以上86人停俸“待罪”，以下134人“狱讯”，又令“廷杖”，惨死大板之下达16人。“遇事不可，无不力争”的乔宇，上书以“举措乖违，人心骇愕”再次劝谏，世宗厉言“切责”，于是“乞休”归乡，后又被“追罪”彻底“夺官”罢职。故世30多年，明穆宗时才予复爵，赠授少傅，谥号“庄简”。

《题塔》所指之塔，即我国至今尚存最大的全木结构佛塔山西应县木塔、全国重点保护文物佛宫寺释迦塔。塔建于辽代清宁二年（1056），高67.31米，底层八角平面直径30.27米。明成祖与武宗均因征战蒙古途经此塔，游览题词，成祖为“峻极神工”，武宗为“天下奇观”。而乔宇在诗中居高俯视、人如蜂蚁的夸张比喻，更可谓写绝了木塔高耸入云的气势，也道尽了诸多登临者“心中有、笔下无”的强烈感受。

矗矗栏杆面面迎，	重重叠叠的栏杆仿佛转着圈儿相迎，
盘空万木费支撑。	盘空勾连的万木耗费了多少支撑的苦心。
山川一览云中[1]胜，	云中大地的山川胜景一览无余，
烽火[2]遥连塞上兵。	遥远处的烽火台直通向塞外的兵营。
岁纪辽金[3]留往迹，	留存至今的古迹铭刻着辽金的记忆，
郡经秦汉[4]有威名。	历经秦汉的州郡早拥有威烈的声名。
云梯踏遍穹隆顶[5]，	踏遍了层层云梯登上这恍如天穹的塔顶，
蜂蚁纷纷下界行。	望下界乱纷纷的人流真好像蜂蚁爬行。

【注释】

① **云中**：战国时赵国设云中郡，约在今内蒙古托克托到山西左云、右玉北部，南北朝北周时又置云中县，在今山西大同一带，古人也常以云中泛指雁门关外北方边陲一带地区。

② **烽火**：应指传报敌情的烽火台。

③ **岁纪辽金**：可解为塔内碑碣或留题的记载。

④ **郡经秦汉**：云中从秦汉以来就是抗击匈奴、抵御北方外敌的战略重地，故有此说。

⑤ **穹隆顶**：穹隆，中间高起、周边弧形下覆之状，常喻天空；穹隆顶，形容木塔内宏畅而逐渐斜垂的顶部。

79. 王琼：《晋溪别墅》

▶ 阅读小引：几乎坐罪“论死”的多面人生　古稀出征“西陲”的功臣太师

王琼（1459—1532），明代名臣，字德华，号晋溪，山西太原县即今太原市晋源区人。太原王氏，据云始祖为周朝灵王的“太子晋”，王姓均为其后，故太原王氏不仅是晋阳望族，历代皆有“显者”，也被认为是天下王氏世系之源。

明宪宗成化二十年（1484）王琼高中进士，授职工部，因做事“有心计”，“善钩校”，精于稽查核算，受命治理运河三年，逐条详记一切，卸任交接时“不爽毫发”，遂以“敏练”著称。明武宗正德八年（1513）官至二品户部尚书，“诸郡”税入、库存一清二楚，“边帅”请拨粮草，“某仓某场”储备多少“屈指”就知，休想冒领。次年，皇城乾清宫毁于大火，王琼重新“营建”有功，“宠遇”超过“诸尚书”，两个儿子也获得“锦衣千户”的“恩荫”。正德十年（1515）转拜兵部尚书，请旨废除“首功进秩”即以人头论功恶习，制止了“妄杀”平民。几年后江西南昌宁王朱宸濠造反，“举朝惴惴”不安，王琼请“诸君勿忧”，称此前委任王阳明赴赣州“提督军务”，“正为今日”防范，不久王阳明果然击败宁王，平息叛乱。后来，王阳明成为千古名垂的学术大师。

王琼“才高”智广，但也“善结纳”会逢迎。武宗喜冶游耽逸乐，佞臣钱宁、江彬得势，朝中直士愤然，王琼却“厚事”二人，不免失德，还身着“亵衣”，“潜入”武宗寻欢嬉戏的场所“豹房”，与皇上“通宵狎饮”。明世宗登基后，钱宁、江彬被处酷刑，碎尸“磔”杀。“言官”开始弹劾已任吏部尚书的王琼，加之派系倾轧，坐罪“论死”。经其竭力“自辩”，世宗嘉靖元年（1522）改为“戍边”流放陕西绥德。其间，长子王朝立前去侍奉，王琼希望在故里筑一园林，待遇赦归家时养老。朝立迅即照办，嘉靖五年（1526）落成于晋源悬瓮山泉西侧、今晋祠景区之内，并以王琼别号命名为晋溪园。次年，世宗“悯琼老病”准其回乡“还籍为民”。可只过一年，就因“边警”严重只得再次起用王琼，以兵部尚书兼右都御史全权督办“陕西三边军务”。

这首《晋溪别墅》应该就是在这样背景下的诗作。诗极为精彩地描绘了园林之美以及舒适安逸且不乏雅趣的闲居生活，似乎表达了看淡世事、不欲出山的心境，却也流露着几许踌躇满志的矫情。随后，王琼遵旨出征，赶赴前线，无顾古稀高龄统兵数年，屡次击败入寇外敌，“抚降”多个边疆异族部族，“诸番荡平，西陲益靖”，“录功加太子太保”，也洗刷了自己往昔的污点，赢得了驻地百姓的拥戴，“甘肃军民”恐其调离后再受外敌“侵暴”，竟至“相率”上表“奏留”。但未久王琼即故世京师，赠授太师，谥号“恭襄”。死后家族遵其遗命，晋溪园改作晋溪书院，从此直到20世纪新学兴起止，历经400多年培养才俊无数，进士、举人据载就达六七十人。如今书院已重新修复，为晋祠景区平添了一抹翰墨沧桑的文化亮色。

家山①谁用买山钱？	故乡有山谁还费什么买山的金钱？
竹坞②当溪亦胜缘③。	清溪依傍的竹林茅舍也算结尽了善缘。
菡萏④池通苹叶水，	碧绿的荷池连通着浮萍流散的长渠，
垂杨门俯稻花田。	垂杨轻拢的院门俯视着稻花飘香的园田。
烟霞拍塞⑤藏诗橐⑥，	烟霞刚刚注满了藏诗的袋囊，
鸥鹭将迎载酒船。	鸥鹭已经在迎候载酒的小船。
我已得归宁更出，	退隐乡居的我岂愿东山再起，
北庭⑦休勒草堂篇⑧。	荒乱的北疆写不出悠闲自在的辞篇。

【注释】

① **家山**：故乡，此处有家乡山川之义。

② **竹坞**：长满竹子的山坳，也代指竹屋、竹楼。

③ **胜缘**：佛家语，犹言善缘。

④ **菡萏**：读作hàn dàn，古人对荷花的雅称，有时也称未开的荷花。

⑤ **拍塞**：充满、充斥。

⑥ **橐**：读作tuó，袋囊。

⑦ **北庭**：原指汉代匈奴北单于的王庭，唐代又设北庭都护府掌管从甘肃到新疆天山以北一带防务，后世遂以此泛称北方少数民族统治地区。

⑧ **草堂篇**：此处借诗人杜甫典故，以喻乡居之诗作；唐代“安史之乱”时杜甫避难四川，在成都的浣花溪畔构筑茅屋，谓之草堂，生活数年相对闲适，成诗240多篇，后草堂废弃不存，晚唐诗人韦庄游宦成都时，寻得其旧址予以重建，从此又经历代修葺保存，现已成为我国著名的文化遗迹。

80. 王云凤：《虎谷》

▶ 阅读小引：被斥为“先忠后佞”的弯曲仕途　趋奉当权宦官的纷纭是非

王云凤（1465—1518），明代大臣，字应韶，山西和顺人。从小“勤奋好学”，“于书无所不读”，“尤为精深”理学，且擅书法，真草隶篆均“自成一家”。明宪宗成化二十年（1484）20岁时，与乔宇、王琼同中二甲进士，人称“河东三凤”，为山西士林留下一段难得的佳话。

云凤性格“刚方”，“耿介独往”，“足不蹑公卿门”，敢于“犯颜直谏”，“屡疏弊政”。当时，僧人出家须经官方批准，发放凭证“度牒”可免徭役赋税，但定数严格，明孝宗时盛行“斋醮”即做法事，导致僧人大增；孝宗弘治八年（1495）云凤已升为礼部司级官员祠祭郎中，上书请“停减斋醮”，“禁给度牒”，未获回音，遂三次“极谏”，详列其弊“千余言”，终于奏准。还有太监李广，每以邪术“祷祀”蛊惑天子，又交结外戚，“表里通恶”，“人莫敢言”；云凤“独不惧”，再上书“请斩广以谢宗庙”，李广大怒，先令道士“设醮”欲咒其死无果，继以“他事”诬其入狱，云凤以诗明志“成败付天难逆睹，忠贞在我自须坚”，“人益敬重”，以“直”而“声振天下”。不久贬为陕州知州，李广倒台后“督学陕西”主管教育，力倡“先德行，后文艺”，“拔信善，崇正学”，强势“锄刁恶”，“毁淫祠”，但常以“酷法”抽打“生徒”，竟致“多有死者”。

明武宗登基后，太子时期即侍奉左右的宦官刘瑾，升任内廷亲随机构司礼监掌印太监，还控制了专为皇上监视官绅、刺探情报的东厂、西厂，一时大权在握，炙手可热。武宗正德四年（1509），经刘瑾心腹、吏部尚书张彩举荐，云凤出任国家最高学府主官国子监祭酒。“朝夕讲述，约束有矩”，尽职尽责，却又上书请将刘瑾“所行新法”定为“律令”，“刻板颁行”天下，且无顾列代宦官讳忌，竟欲请刘瑾“亲莅太学”视察，还以“节省之名”大裁生员，要一些人“自备薪米”就学，引发诸多非议。故刘瑾处死后被斥为“先忠后佞”，仕途受阻，做了几年处理章奏的闲差“留都”南京三品通政使等，就遭弹劾归休，未久故世。

然而，如果辩证分析，刘瑾其实绝非一无是处，用事期间曾经针对时弊采取过不少改革措施，编为《见行事例》，涉“吏部二十四事，户部三十余事，兵部十八事，工部十三事”，史称“刘瑾变法”，其身败名裂的直接原因实际仍系权力斗争。所以，云凤支持刘瑾很可能有着施政理念的认同因素，仅仅断言为趋炎附势未必就是原初的真相。

云凤家乡旧居位于和顺虎谷，山环林绕，风水绝佳，乃自号“虎谷”，也有《虎谷集》存世。其为文“不假雕刻摹仿”，为诗清奇古雅，朴实无华。这首《虎谷》纯用白描表现乡居逸趣，有着鲜明的陶渊明风格，尤与名篇《归园田居》之二“野外罕人事，穷巷寡轮鞅；白日掩荆扉，虚室绝尘想；时复墟曲中，披草共来往；相见无杂言，但道桑麻长；桑麻日已长，我土日已广；常恐霜霰至，零落同草莽”异曲同工，境界则毫不逊色渊明，是一篇颇能代表云凤文学特色的诗作。

深山草木稠，	山深处的草木真叫个密密麻麻，
结庐向虚敞。	搭一座茅庐直面虚空更显得宽敞。
尽日无人至，	整日里清清静静了无人迹，
禽鸟互来往。	仅只有各色各样的鸟儿来来往往。
读书心力倦，	待读书读到精神倦怠的时刻，
手曳①青藤杖。	就顺手拖出那青藤的拐杖。
出门何所之？	信步出门到何处最好？
独坐磐石②上。	且找块厚墩墩的野石独坐其上。
山头白云生，	仰望着山头的白云缓缓飘升，
我心自萧爽。	我心中也荡起潇洒不禁的舒爽。
田夫驱犊来，	悄然间赶着牛犊的农夫已经走近，
喜道桑麻③长。	高高兴兴聊聊农事年景话题儿越叙越长。

【注释】

①**曳：**牵拉，拖拽。

②**磐石：**厚实坚硬体积较大的石头。

③**桑麻：**本义为桑树与麻，种桑养蚕取丝、植麻取纤均为古人重要的生计活动，故我国传统诗文中常以此借指农作物、农事乃至年成的丰歉。

81. 石玠:《隰州道中》

▶ 阅读小引:怪癖天子的财政能臣 抗辩无奈的“引疾”告退

石玠(1463—1521),明代大臣,字邦秀,直隶藁城即今河北藁城人。明宪宗成化二十三年(1487)与其弟石瑶同举进士,初授知县,后以监察御史“出核大同军储”稽查军队的储备,又“按察”甘肃、陕西,归来所呈“边务”诸事均合“机宜”,受到器重渐次升迁。明武宗登基后,以都察院右副都御史赴任边防重镇大同巡抚,继奉召回京授兵部右侍郎,再迁右都御史出掌都察院,武宗正德十年(1515)官至二品户部尚书。其弟石瑶也曾任尚书并兼文渊阁大学士,留下了兄弟尚书的稀有美谈。

石玠为人“有操行”,“持正”不阿。有外官、宦官诸权贵企图“独领”云南银业管理“场务”、或者请船“贩载食盐”、多占盐税、茶引等手段牟利,石玠一概制止。尤其是武宗不安宫禁生涯,“好骑射”,喜亲自“躬御边寇”,“奋然欲以武功自雄”;当时蒙古“小王子”达延汗经常袭扰北陲,正德十二年(1517)秋,武宗居然避开多次阻止的大臣,趁夜“微服”潜出京城德胜门,来到三四百里外宣府镇调兵遣将,自称“总督军务威武大将军总兵官”,奔赴阳和卫即今山西阳高前线,令户部“输帑银一百万两”;石玠抗旨坚称“不可”,武宗“弗从”,最后也只折中拨付“其半”。不久,武宗就在应州即今山西应县一带,“督诸军”与“小王子”大战“五日”,据云还亲自操刀上阵杀敌一人,取得“大捷”,迫使“寇引去”。后来武宗又数次光临宣府,建立行宫,还到大同、太原、偏关、榆林等地游览,靡费不小。但另有一说是,“武宗数北巡,日有调集,军费不资”,全仗石玠“经营筹划”,从来“未尝告匮”,保证了这位怪癖天子的巨额开销。

正德十四年(1519),武宗“自加太师”头衔,又欲“南巡”,众官跪谏“阙下”劝阻,武宗竟“廷杖”百余人,抽打致死十数人,下“锦衣卫狱”数十人,致“诸大臣莫敢言”,唯有石玠上疏,竭力辩护予以“论救”,武宗盛怒,“严旨”令其“自陈”检讨。石玠颇多失望,不久即“引疾”求退告老还乡,家居二年故世,死后受赠太子少傅。

这首《隰州道中》的隰州，包括今山西隰县、蒲县、永和、石楼、大宁诸县。石玠之父石玉，曾由监察御史升至山西司法监察主官按察使，石玠同样担任多年按察官员，在其所作另一首《过隰州》中，有“观风有子继亲威”的感慨，并自注“成化间先公尝为按察于三晋，故云”。“观风”指考察民情、调查政事的是非得失，说明石玉也到过隰州“观风”。而此诗，也应该是石玠某次“观风”隰州一带时的作品。

城郭寥寥倚泬䆪[①]，	孤落落的城郭紧傍着沟壑纵横，
几层山色暮云东。	重重叠叠的山色抚弄着暮归的流云。
皇图[②]自尔封疆[③]远，	到此地才越发感到王土的辽远，
官辙频劳车马通。	官差繁忙仍还得马去车来一路飞奔。
三月莺花怜晚景，	莺欢花笑的三月晚景令人怜爱，
连朝风雨见年丰。	连绵的和风喜雨昭告着五谷丰登。
人家[④]多傍林峦住，	乡民的窑舍就贴在树木笼盖的岩崖，
一望依稀在画中。	远望处朦胧缥缈真像是步入画中。

【注释】

①泬䆪：泬，此处读作xuè，䆪，读作hōng；泬䆪，形容山谷沟壑的空阔深邃。

②皇图：王朝的版图。

③封疆：界域标记、疆界。

④人家：农家居所，此处似指当地的窑洞。

82. 石珤：《滹沱》

▶ 阅读小引：被诬为“奸党”的落难相国　不肖后辈变卖的诗画家珍

石珤（1464—1528），明代大臣，字邦彦，号熊峰，直隶藁城即今河北藁城人。明宪宗成化二十三年（1487），与其兄石玠同举进士，入选翰林院庶吉士，是进士中优里挑优、有幸继续研修深造也较易接近高层的美差，三年期满择优再选，石珤获授翰林院修撰。明武宗登基后，由侍读学士迁升国家最高学府国子监祭酒，武宗正德十六年（1521）拜礼部尚书。翌年明世宗继位，吏部尚书王琼获罪，石珤奉命取代。当时，由于武宗之为君失措，遗弊甚多，“群小窃柄，铨政混浊”，石珤该整治者整治，该罢黜者罢黜，一时名望“大孚”，却与内阁首辅杨廷和发生矛盾而被调职，又被派往山东祭祀东岳泰山与孔子故里。事后，石珤“屡乞致仕”还乡，但谏臣纷纷“交章请留”，才重新“赴官”复任。石珤从山东祭祀回朝后，40多位重臣大员留题诗文庆贺，书写在一幅据说是著名画家文征明所绘《泰山图》的画面四周，石氏后辈保存了480多年。如此珍贵文物，却在2005年被不肖后辈变卖，至今下落不明。

世宗嘉靖三年（1524），杨廷和被罢首辅，诏令石珤以吏部尚书兼文渊阁大学士“入参机务”，居官一品。但其性格“刚方”“清介端亮”“孜孜奉国”，唯以“力行王道”为务，并不盲目趋附“帝言”。是年，由近支皇亲入宫继位的世宗下旨，准备追封其生父兴献王为先帝“皇考”，将兴献王之兄、真正的天子明孝宗降为“皇伯”，数百名大小官员认为有悖“大礼”，激烈反对，争执三年的“大礼之议”再次升温。其时，世宗本望自己倚重的石珤“援以”支持，石珤却“据礼”抗辩，“持论坚确”。未久，不少“廷臣”长跪宫门“伏阙泣争”，痛哭流涕请求收回圣命，遭到世宗镇压，几十名四品以上官员削夺俸禄，16名四品以下官员被“杖毙”而死。而石珤又是这一行动的“助之”者，因此大失“帝意”。后来石珤又多次上书奏谏，世宗由“不悦”乃至“大愠”。于是，政敌乘机攻击，斥为“奸党”，石珤被迫辞官“乞归”。世宗又责其“归怨朝廷，失大臣谊”，免除“一切恩典”，不准驿站迎送，堂堂相国只好小车一辆装载行李还乡。

京师同情者无不“叹异”，称“自来宰臣去国”未有“若珤者”。越二年故世，谥号“文隐”，明穆宗时予以提升，改谥“文介”。

这首《滹沱》诗所描写的滹沱河，发源于山西繁峙，又通过代县、原平进至忻定盆地，从五台、盂县间穿越太行山到达河北，汇合多条河流后由天津入海。滹沱河在山西境内330多公里，曾经养育了流域一带的广大百姓，也是抵御北方边患的前沿战地，一条极具民生意义与军事价值的河流。古代无数文人墨客，都像石珤一样为之挥毫赋诗，盛赞其壮丽景色与英雄气质，惜今已风光不再，几近干涸。

往日驱车出雁门[1]，	往日里曾经驱车远出雁门，
几从渔牧到河源。	跟随着渔牧人将滹沱之源找寻。
三泉[2]戛石湍犹小，	三溪甘泉轻敲碎石流速似小，
万壑潨流[3]水正浑[4]。	千万道沟川却汇成了激浪飞迸。
势落平原通海啸，	滚落平原的声势犹如大海呼啸，
气蒸恒岳见云屯。	扑向恒山的水雾宛若乱云升腾。
无端忽作崩城怒，	突然间又卷起城郭崩裂般的怒涛，
似为英雄洗血痕。	真仿佛为战死此地的英雄清洗血痕。

【注释】

① **雁门**：此处兼指雁门山与雁门关，雁门山属于恒山山系，位于山西代州即今代县境内，绵延高耸，峰峦险峻，有两相对峙“其形如门”，据云大雁南归北去必“飞出于其间”，遂以名之，从唐代起在此设关，明代时建筑砖石关城，更成为扼守冲要、防御外敌的军事重镇。

② **三泉**：滹沱之源的三条泉流；石珤撰有《滹沱河记》，称“恒山之阳有巨川焉，曰滹沱，源出代郡泰戏山下，汇为三泉，流稍延漫”，泰戏山在山西繁峙县城东北130华里处，亦名武夫山、大孤山。

③ **潨流**：潨，读作cōng，水流会合之处；潨流，由小水流会合为大水流。

④ **浑**：此处指水流混合时的喷涌激溅之声。

83. 李梦阳：《出使云中》

▶ 阅读小引：敢揍皇后之弟的新锐诗星　杂剧《中山狼》讥讽的负友传说

李梦阳（1473—1530），明代文学大家，字献吉，号空同，祖籍河南扶沟，生于陕西庆阳，今属甘肃。据云生时“母梦日堕”于怀，乃起此名。明孝宗弘治五年（1492）陕西乡试第一，荣登解元，次年举进士，初授户部主事，后升五品郎中。梦阳“才思雄鸷”，尤善诗歌，有“雄深豪丽”“纵横开阖”甚至“神于青莲”李白之评。针对当时盛行的所谓“台阁体”，即讲究形式、只求雍容典雅且歌功颂德倾向明显的“萎靡”诗作，梦阳力倡“文必秦汉，诗必盛唐”，“卓然以复古自命”，携同状元康海与何景明、徐帧卿、边贡、王九思、王廷相等，掀起了一股意在革除现世流弊、恢复文学本真的强势新潮，被誉称“前七子”，继由“后七子”一脉相承，对嗣后一二百年的诗文风格影响深远，成为中华文学史上一段醒目的记忆。

梦阳为官不惧“势要”，敢言敢行。孝宗与其张皇后谐和“笃爱”，“起居如民间伉俪”，是我国除皇后外再无嫔妃“别宠”的唯一天子。弘治十八年（1505）梦阳“应诏上书”，痛陈“二病三害六渐”，又诉皇后之弟张鹤龄“招纳无赖”，“势如翼虎”，并直称皇后为“张氏”，被鹤龄反诬不敬，皇后之母也“泣诉”不已。但孝宗性宽，不愿重惩梦阳，下狱几天即赦出，还将鹤龄“切责”一番。有大臣请“杖”梦阳安抚皇后之母，孝宗“弗许”，称尔等希望“杖毙梦阳”，我岂可“杀直臣”快“左右”之心？梦阳有恃无恐，一日遇见鹤龄竟然大骂，又用马棍击打，以致打落“二齿”鹤龄都不敢计较。

明武宗继位后，宦官刘瑾“乱政”。梦阳参与谋划倒刘，被构罪下狱“将杀”，急书“片纸”请康海“救我”。刘瑾敬慕状元康海，几次邀招康海均“不肯往”，为了友人只得拜谒，刘瑾“大喜”迎接，旋即释放梦阳。后刘瑾凌迟处死，康海竟因“谀瑾”免官，梦阳则迁升江西提学副使，却陷入当地官场争斗，被以欺凌“同列”“挟制上官”罢职，武宗正德十四年（1519）南昌宁王造反失败，又被诬为“党逆”遭捕，彻底削去官籍，有《空同集》传世。而康海免官后则绝意仕进，居家乡陕西武功，精研声律，度曲编戏，自办“康家班社”，亲操琵琶登台，“主盟艺苑垂四十年”，与王九思共创“康王腔”，奠定了流传至今的秦腔演唱基础。据传，康海为梦阳付出牺牲，但其获罪时梦阳“不置一词相救”，故康海谴责“负心兽”的杂剧名作《中山狼》就是讥讽梦阳。但不少学者已阐明，实际上纯属“好事者”的一种“附会”之说。

这首《出使云中》的诗名，系明清学者钱谦益《列朝诗集》中所称，另名《秋望》。云中是山西长城之外广大边地的泛称，弘治十三年（1500）梦阳曾奉户部之命过山西赴陕西榆林犒劳驻军，弘治十六年（1503）又曾“饷军西夏”即给宁夏驻军发放粮饷，行前将妻儿安置河南开封后经山西北上。从诗所渲染的情境与所用典故判断，应该就是在这两次押运军需的途中，而作于分隔山西、陕西的黄河北段沿长城一线。诗雄奇苍劲又不乏几许悲慨之感，是其作品中的名篇。

黄河水绕汉边墙①，	黄河流水盘绕着汉家长城的高墙，
河上秋风雁几行。	河上的秋风里掠过了几行鸿雁。
客子②过壕追野马③，	穿越壕堑的边兵烟尘滚滚中追逐演练，
将军弢箭④射天狼⑤。	箭囊满满的将军时刻准备射向豺狼。
黄尘古渡迷飞挽⑥，	古渡口的飞沙模糊了运粮送草的车船，
白月横空冷战场。	苍白的月亮斜挂在冷凄凄的旧日战场。
闻道朔方⑦多勇略，	早听得节度朔方的郭子仪多勇多谋，
只今谁是郭汾阳⑧？	问今朝又有谁人能够是汾阳郡王？

【注释】

① **边墙：**即长城；我国现存砖石砌筑长城基本筑于明代，真正完成了西至嘉峪关、东至山海关并延伸到辽宁而将8800多公里的长城连成一线的伟大工程，其中近360公里为挖掘的壕堑，还有2200多公里天然险阻，而从北京居庸关起更修建了内外两道长城，内长城由河北涞源入山西灵丘平型关向西，外长城由河北怀安入山西天镇，过大同向西，两道长城在山西总计800多公里，彼此延伸到黄河东岸的军事重镇偏头关会合，此诗实际所指应为这一段长城。

② **客子**：居于异乡的人，此处指戍边军士，一说为作者自称。

③ **野马**：典出《庄子·逍遥游》"野马也尘埃也，生物之以息相吹也"，后世不少学者将其解为游气、游尘，并形成"野马尘埃"的成语，比喻易逝的事物或者不羁的性情，因而此处的野马多被解为兵马荡起的、滚动的风尘，但也可能是作者带有想象色彩的实指。

④ **弢箭**：弢，读作tāo，本义为弓衣、弓袋；弢箭，装弓箭于袋囊，有整兵待发之义。

⑤ **天狼**：星名，即大犬星座α星，我国古人天文划分中，属于二十八星宿中井宿的天狼星官，又将如今所称船尾星座与大犬星座的部分星宿，整体想象为一张横跨南天的巨弓，归入井宿弧矢星官，其箭头仿佛正射向天狼星官，故占星家也用以预卜侵掠，古人则每以"射天狼"比喻抗击外敌，如苏轼词作《江城子·密州出猎》名句"会挽雕弓如满月，西北望，射天狼"。

⑥ **飞挽**：飞刍挽粟的省略语，刍即饲草兼指饲料，粟泛指米粮，飞形容其快，挽指拉着车船，意即急速运送粮草军需。

⑦ **朔方**：多用以泛称北方，但唐代名将郭子仪，"安史之乱"爆发后曾受任朔方节度使率军讨伐，再综合下句分析，此处应是指代其人。

⑧ **郭汾阳**：郭子仪平"安史之乱"后封爵汾阳郡王，故有此称。

84. 张士隆:《盐池》

阅读小引:解州盐池的异闻旧事　晋商得天独厚的起步财源

张士隆(1475—1525),明代官员,字仲修,号西渠,河南安阳人。明孝宗弘治八年(1495)乡试中举,入京师太学深造,和同县之崔铣、陕西吕柟等"相砥砺",以学业品行闻名士林,弘治十八年(1505)与崔铣同举进士,三年后吕柟更高中状元。明武宗正德八年(1513)士隆受命为河东巡盐御史,监察管理山西南部的解州盐池。

解州盐池位于今山西运城盐湖区,在中华民族形成与发展的进程中,贡献至巨,意义非常。《史记·五帝本纪》载,黄帝"三战"击败炎帝,仍有蚩尤"作乱","不用帝命",黄帝"征师"攻之,擒杀蚩尤,才被"诸侯咸尊"为天子。又有史载,蚩尤被杀后遭到肢解,"身首异处","血入池化卤","即解之盐池也"。北宋沈括《梦溪笔谈》称,"解州盐泽方百二十里","卤色正赤","俚俗谓之蚩尤血"。远古传说表明,史前的人类似乎就为控制盐池曾经激烈争斗。后来,盐池也一直是历朝历代国计民生重要命脉,多以官营管控,私商涉足则获利颇丰。东周晋国昭侯六年(前740)所铸"戎生编钟",就有"遣卤积与取金繁汤"即晋国运盐到今安徽临泉一带换铜的铭文。被称为晋商鼻祖、春秋战国之交的猗顿,也是因"盬盐"就是由盐池发家而可与"王者"斗富。西汉时著名的"盐铁会议",反对意见激烈抗辩5个多月,仍未能中止官营政策。唐代宗大历十二年(777)诏封盐池为"宝应灵庆池",立"神祠"祭祀。蒙古帝国灭金后在盐池首设盐运使,窝阔台汗八年(1236)建"运司城",运城之名即由此而来。到明代,为防范私盗,保障官营,提升税收,竟"环池四面","周围以墙",筑起一圈高两丈余、宽一丈半、方圆百多华里"屹然如城"的护盐"禁垣"。

当时,防御蒙古的北疆"九边"军事重镇,各镇驻兵军需运送非常艰难,官方遂鼓励民间力量"输粮"前线,折价领取"盐引",回来后凭单提取部分官盐,许其私卖,谓之"开中"之法。这种贸易利润很高,既临盐池又靠近粮道的山西人得天独厚,故纷纷"争赴九边"贩粮换盐,继又有人"自招游民",临近前线"自垦边地"种植输送,省却"运粟之苦"厚得"偿盐之利",原始积累迅疾完成，渐致延伸到其他盐场、诸多行业，威名远扬四五百年的晋商劲旅，就是这样迈开了发展壮大的第一步。

有资料载，士隆受命河东巡盐御史时，解州盐池年产量已接近一亿公斤。巡盐御史虽为六七品官，却职责重大，也是个肥缺。但士隆到职不久，即弹劾盐运使刘瑜贪污使其罢官。又打击垄断豪富，平衡商家权益，严管晒盐质量“去其暇”以取“美盐”，整修盐道“凿青石槽”“开茅津”渡口，至黄河边一路都成“车可行”的“大衢”。并针对“开中”过多等弊端，提出修正建议，上书户部获准“从之”。此外，还创办正学书院，“兴起文教”，政绩堪赞。这首《盐池》，显然是其在解州的诗作。后来，士隆官场几度浮沉，知命之年任陕西按察副使时故世。

何年幻出水晶宫?	是何年变幻出这样美丽的水晶宫?
百里盈盈入望中。	一百里波痕脉脉的闪烁都在望中。
雪涌池头重缀白，	池边连缀着似雪涌的层层莹白，
日烘波面浅浮红[①]。	太阳烘烤的水面泛起了浅浅的暖红。
搨花[②]聊假轻风力，	借点儿轻风晒盐真像是梳理棉田，
艺草[③]休言煮海功[④]。	收获丰厚却不必费什么煮海的艰辛。
怪底[⑤]奇形成斗颗，	奇形怪状的颗粒凝结得令人惊叹，
剩劳鬼手与神工。	简直是多余了再劳顿那些鬼手神工。

【注释】

① **浮红**：解州盐池的原水谓之卤，是浓度极高的盐溶液，也含有多种杂质包括铁盐胶态杂质等悬浮其中，而呈红色。

② **搨花**：搨，读作tà；搨花，给棉花地松土锄草，此处有比喻晒盐之义。

③ **艺草**：艺，种植、栽培，如《孟子》“树艺五谷”，此处有比喻盐成之义。

④ **煮海**：沿海地带将海水引入池中蒸发而制盐，古人名曰煮海。

⑤ **怪底**：惊怪、惊异。

85．刘龙：《星轺驿和于少保韵》

▶ 阅读小引：明代独一无二的晋籍“探花”　途经英烈留诗处的仰慕奉和

刘龙（1476—1554），明代大臣，字舜卿，号紫岩，山西襄垣人。襄垣是晋朝高僧、我国第一位前往古印度求取佛经的法显和尚故乡，传其早年曾在此地的仙堂寺修行。刘龙少时读书仙堂寺，明孝宗弘治十二年（1499）高中进士第三即“探花”，与明世宗嘉靖十一年（1532）高中第二即“榜眼”的汾州人孔天胤，成为未出“状元郎”的明代山西仅有的两位“前三甲”。

刘龙科举高中后，直授翰林院编修，继任专为皇帝“进讲”经史的经筵讲官，毕生仕途大体平稳，史载行迹不多。明武宗时曾两度主持顺天府即京师地区乡试，所选才俊“俱称得人”，擢升礼部侍郎。明世宗嘉靖五年（1526），因帝母章圣皇太后欲“入谒”世庙事，刘龙曾以“祖宗家法”无有“母后入庙之礼”上疏诤谏。次年调赴“留都”南京二品礼部尚书，再改吏部尚书、兵部尚书，越六年诏令回京，不久“乞休”归乡。故世后赠授太子太保，谥号“文安”，并下旨“谕祭”，钦赐祭文给予了“明敏之才，醇正之学，早魁甲第，振美词林”如此之高的赞誉。

这首《星轺驿和于少保韵》中的星轺驿，是古代山西从晋东南通往河南的最后一处驿站，位于今山西泽州南部太行山要隘天井关前，周边又形成一个繁华的古镇。星轺为帝王使者车驾，也借指尊贵使者，以此雅称称驿名足见地位之重。魏武帝曹操、隋炀帝、唐玄宗、宋太祖、太宗以及无数文豪显宦均曾经过，留下了大量诗文。于少保，即明代获得“少保”官称的于谦，明宣宗宣德五年（1430）受命巡抚河南、山西，往返两地时多次停宿星轺驿。明英宗正统十一年（1446）遭诬陷弹劾，下狱几乎“论死”，因晋豫官民一再上书陈情请留，始得复官。就在这一事件前后于谦又过此处，作《登星轺驿楼》并被刻石立碑。诗曰“驿楼高架与云齐，晓日登临思不迷；卷幕全无三伏暑，凭栏转觉众山低；闲花故向吟边落，野鸟偏于静处啼；十六年来成一梦，后人谁为继新题”，在绝佳的抒情写景之中，似也流露着几分难言的苦涩与忧郁。

刘龙此诗所作时间，从其履历看或许应在由京师绕道故乡莅职南京途中。明英宗天顺元年（1457）于谦惨遭杀害，宪宗成化二年（1466）平反昭雪。刘龙路过星轺驿时访得于谦旧碑，但已覆满苔藓无法辨识，大约颇多感伤，结尾处“后人谁为继新题”可能越发使之悲恸，乃步原韵和诗以寄，为这位可敬的前贤了却了一桩冥冥中的夙愿。惜碑已无存，星轺驿也被转换成一个俗巴巴的名字“拦车村”，还将那个垒城玩耍的小儿项橐挡住行路又驳倒孔子而使之无奈“回车”的传说生拉硬扯到了此处。

原诗	译文
太行不与众山齐，	雄奇的太行绝不是众山可与比齐的，
万壑千岩入望迷。	万壑千岩一望无际真令人扑朔迷离。
未暇日边论远近，	未能够贴近骄阳去估量它的远近，
只从天下定高低。	只从这天底下的巍峨也足以断个高低。
旌旗影拂闲云度，	旌旗的丽影掠过悠闲的云朵度关，
鼓吹声兼好鸟啼。	驿站边街市的鼓乐纠缠着翠鸟的轻啼。
少保经行今几载？	于少保途经此地至今已有几载？
细磨碑藓[①]认留题。	竟要我细擦拭碑刻上的苔藓辨认留题。

【注释】

① **碑藓**：覆盖了碑石的苔藓类植物。

86. 陆深：《吕梁行》

▶ 阅读小引：浦东陆家嘴的故地旧主　每官“一地”编书一集的勤励良臣

陆深（1477—1544），明代大臣、诗文名家，字子渊，南直隶松江府上海人，陆深出身耕读富庶之家，祖父、父亲虽未取得功名，却均喜读书，尤爱搜书购书。陆深承继传统，到晚年时其书楼“江东山楼”等已积书数万余卷，为我国历史上非常著名的藏书家。如今驻有多家世界著名银行的上海金融中心浦东陆家嘴，就是其家的旧宅与祖茔所在。

明孝宗弘治十八年（1505），陆深以“二甲第一”即总榜第四高中进士，又入选翰林院庶吉士，即擢拔少数佼佼进士继续研修深造，三年期满择优再选，留用为翰林院编修。这时孝宗已经故世，明武宗继位，亲信宦官刘瑾得势，嫉恨翰林院官员对其藐视，因此大量外放，陆深也被下派南京，刘瑾处死后复职。武宗故世后明世宗继位，世宗嘉靖七年（1528）陆深升至国子监祭酒即国家最高学府校长，兼充为皇帝“进讲”经史的经筵讲官。讲官所撰“讲章”，礼部尚书“入参”内阁“机务”的武英殿大学士桂萼往往“改窜”，学识渊博有点“倨傲”的陆深颇感不满，某次“进讲”后直禀世宗“阁臣不宜”如此，得罪了“性刚使气”的桂萼而被远贬福建，嘉靖九年（1530）转调主管教育的山西提学副使。

陆深任职山西仅一年多，却在代州“大阅诸生”，“盂县试诸生”，在忻州“试院雨中阅卷”，繁峙“率文武诸生较射”，在平定观摩“高岭书院”，到昔阳拜访古稀前辈乔宇，东西南北跑了许多州县，还完成了专记三晋世情风物的《河汾燕闲录》，不失为一位恪尽职守的官员。后迁浙江按察副使、四川行政主官布政使等。嘉靖十六年（1537）“召为太常卿兼侍读学士”，继任承担太子、亲王教育等事务的詹事府三品詹事，世宗南巡时掌行宫“翰林院印”，“御笔”亲删“侍读二字”以示尊重。越三年辞官，于故居筑“后乐园”养老，“土岗数里宛转有情，俨然如山”，乃自号俨山，故世后赠授礼部右侍郎，题赐“先代名臣”，谥号“文裕”。

陆深毕生读书治学不辍，勤奋著述，诗文书画均极出色。传世有《俨山集》100卷、《俨山续集》10卷，还有札记《河汾燕闲录》与《传疑录》《停骖录》《同异录》《知命录》《史通会要》《金台纪闻》《溪山余话》《豫章漫抄》《蜀都杂抄》《古奇器录》《春雨堂杂抄》《愿丰堂漫书》等合编一起的《俨山外集》。陆深每官“一地”必成书“一集”，在明代官员中可谓首屈一指。《四库全书总目提要》称其“篇章繁富”而“大抵根柢学问，切近事理”，已成为研究明代历史的“佳本”性典籍。

这首《吕梁行》，可能作于某次观览或者舟行之际，具体是吕梁的何处未详。诗描写了汹涌澎湃的大黄河，惊涛激荡、狂澜咆哮中所展示的磅礴雄浑与奇伟壮丽，令人荡气回肠的豪放状景，又夹带着简单议理，点缀着几许婉约情调，在陆深任职山西时的数十篇诗作中，是最有气势也最为精彩的一篇。

君不见吕梁[1]之水天下奇，	君不见吕梁之水真是天下最奇，
奔腾轰涛[2]无停时。	奔腾咆哮从来就没有个停止。
飞冰走雪耀日色，	仿佛冰飞雪崩中跳荡着太阳的光华，
龙吟鲸吼啼蛟螭[3]。	宛若龙吟鲸吼搅和着狂蛟的长嘶。
恍如鳌足[4]昨夜折，	又像那撑天巨鳌的大足夜半断折，
银河倒倾忙骤驰。	劈空倾泻的银河真赛似乱马急驰。
又如天鼓[5]落下界，	或如同雷霆般的天鼓滚落下界，
神丁六甲[6]相追随。	还伴着一群神兵神将呐喊跟随。
舟人伏枕不敢睡，	舟中人紧贴着枕头未敢合眼，
稚子未解惊满颐。	懵懵懂懂的孩子也挂着满脸的惊惧。
黄河源自星宿海[7]，	黄河的源头来自星宿海，
千里万里归天池[8]。	千里万里涌入了遥远的天池。
济川以南数十水，	是济川以南数十条的支流，
汇同滦[9]会来于斯。	可着劲儿一股脑儿争汇此地。
蓄受既富发泄盛，	吸纳了丰富的贮存才能有强势迸发，
俯视此理良无疑。	俯望着眼前的磅礴更深感至理无疑。
不信请看田道间，	不信再看看这田间道边，
夜来春雨今朝泥。	昨夜的春雨已全然化作了遍野的晨泥。

【注释】

① **吕梁**：泛指吕梁山一线，明代时这一带州县有汾州、石州、兴县、岚县、临县、交城、文水等，归太原府管辖，明神宗万历二十三年（1595）汾州升而为府。

② **漷**：漷，读作huò，波涛冲击的声响。

③ **蛟螭**：螭，读作chī，我国古代传说中的无角龙；蛟螭，犹言蛟龙，古代传说中能够翻江倒海、兴洪发水的龙。

④ **鳌足**：我国神话中女娲补天作为巨柱撑天的大龟四足；据西汉刘安《淮南子·览冥训》载，“往古之时，四极废，九州裂，天不兼覆，地不周载”，天倾地陷而导致“火爁炎而不灭，水浩洋而不息，猛兽食颛民，鸷鸟攫老弱”，各种灾害极其严重；“于是女娲炼五色石以补苍天，断鳌足以立四极”，终于将天撑住，又熄火止水，除掉吃人禽兽，拯救了世间苍生。

⑤ **天鼓**：天神所击之鼓，我国古籍中也有“雷曰天鼓”“雷天地之鼓”的说法，或者称“干雷”，即俗称之干打雷。

⑥ **神丁六甲**：道教所谓的六丁神、六甲神，简称六丁六甲，皆为真武大帝部将，受天神役使能“行风雷，制鬼神”，道士用符做法召请声称可镇邪驱妖。

⑦ **星宿海**：我国古人认为的黄河源头，因拥有无数湖沼得名，位于青海玛多县境，现代科学考定的黄河源头是卡日曲、约古宗列几处。

⑧ **天池**：指海，东汉许慎《说文解字》言，“海，天池也。以纳百川者。从水，每声”。

⑨ **潨**：读作cōng，水流会合之处。

87. 吕柟:《登河东书院书楼》

▶ 阅读小引：贬官状元推动的文教振兴　与王阳明南北比齐的讲学巨匠

吕柟（1479—1542），明代教育名家、理学大儒，字仲木，号泾野，陕西高陵人。明武宗正德三年（1508）高中状元，直授翰林院修撰。未及两年因忤犯当权宦官刘瑾“引疾”还乡，刘瑾处死后复任。正德九年（1514）皇城乾清宫失火焚毁，吕柟借此上书，呈“人所不敢言”之失政“六事”，因无结果再“以父病”告退。两次乡居期间，筑东郭别墅开始讲学，学子纷纷慕名而至，又建东林书屋容之，武宗故世明世宗继位后奉召回京。不久又因上书过直激怒圣上，世宗嘉靖三年（1524）贬为山西解州判官“摄行州事”即代理知州。

解州是古代山西名州，治所在今运城解州镇。吕柟到任后“劝农桑，兴水利”，减官差徭役，抚鳏寡孤独，筑堤保护盐池。且尤其注重教育教化，为乡贤司马光建祠，制定《吕氏乡约》倡导美风美俗，借城北广慈寺旧址创建解梁书院，“四方学者”络绎不绝前来投师。吕柟亲执教席，针对宋代理学家程颐、程颢兄弟与周敦颐、张载的著作，完成并付梓刻印了教本《二程子抄释》10卷、《周子抄释》3卷、《张子抄释》6卷以及东汉刘熙《释名》8卷、司马光的《集略文集》31卷，诗集7卷，并主持纂修《解州志》，短短三年对振兴当地的文教事业贡献至伟。以吕柟为范，自行刻印典籍此后即成为解梁书院的良好传统，现存版本就有《孝经》《弟子规》《女千字文》《唐鉴》《六艺纲目》与司马光《易说六卷》《稽古录》《家范》、康熙《庭训格言》、张之洞《輶轩语》等，绽放为我国书院史上一个出类拔萃的亮点。

嘉靖六年（1527）吕柟调离解州，晚年升任“留都”南京国子监祭酒，再升二品礼部右侍郎。但仍讲学不辍，“吴楚闽越”士子从者甚众。嘉靖十八年（1539）“致仕”归休，又在故乡讲学数年，虽“家无长物终身未尝有惰容”。其学术精神承袭先哲薛瑄，“以穷理实践为主”，“躬行礼教为本”，强调“即事即学，即学即事”，“一时笃行自好之士多出先生之门”，众皆尊称泾野先生，几与讲学江南的理学大师王阳明“中分其盛”，平分秋色，属国朝鲜也奏请以“其文为式”作为范本。故世后高陵“罢市”三日悼念，世宗也“辍朝一日”并“赐祭葬”，解州与各地弟子均设灵牌致哀。所著还有《四书因问》《周易说翼》《尚书说要》《毛诗说序》《春秋说志》《朱子抄释》《泾野子内篇》等。清穆宗同治二年（1863），钦命以“先儒”入祭文庙，陪祀孔子。

《登河东书院书楼》是吕柟与人同登书楼的“和韵”即唱和诗二首之一。河东书院较解梁书院稍早，系正德九年（1514）巡盐御史张仲修倡议，由士民集资献地捐材出工合力兴建，从建成到清德宗光绪二十八年（1902）改为新式学堂，持续近400年，故址在今运城盐湖区大渠村，书楼部分遗迹尚存。诗中，吕柟对书院的幽美环境、丰富珍藏与解州文化的厚重赞叹不已，也流露着些许一言难尽的味外之旨，故很可能是其刚到任后前来观览时的作品。

离城十里①地清幽，	离城十里的书院果然是地势清幽，
南对中条起玉楼。	南对那中条群峰屹立着华美的层楼。
坟典②以来俱顿足，	远自上古的典藏令人停步留恋，
海山③何处可寻头？	丰厚的书山学海到哪里寻找源头？
日斜仄径缘新雪，	新落的初雪轻贴着日影微斜的小路，
花暗东篱④感旧秋。	黯然的菊丛似仍在思念已去的金秋。
此计读书须半白⑤，	如此多的经籍怕要读到须发花白，
无材犹愧佐名州。	无才的我真惭愧佐理这文光耀眼的名州。

【注释】

① **离城十里**：河东书院所在处距古解州城40多华里，而距管理盐池的“运司城”约10华里左右，故此处之“城”有可能即指“运司城”，或是概数；吕柟所作另一首“和韵”是，“谪宦条阴借地幽，西风暮雨日登楼；慢披黄卷怀玄晏，忽对青山欲白头；石树犹新霜后叶，山禽久报院中秋；当年建置心何壮，地是虞乡和夏州”。

② **坟典**：指我国最原初的古籍，也泛称所有古籍，典出《左传》楚灵王称赞左史倚相“是良史也，子善视之，是能读三坟五典八索九丘”；通常解释，“三坟五典”指三皇五帝之书，“八索九丘”指八泽九州之志，已大多失传，也有是指八卦或者《河图》《洛书》等解释。

③ **海山：** 学海书山之略称。

④ **东篱：** 借陶渊明“采菊东篱下，悠然见南山”诗意，后世文人多以其指代菊圃、菊园或者菊花装点的高雅的庭院。

⑤ **半白：** 古诗文中多用以表示须发斑白。

88. 杨慎:《临晋道中》

▶ 阅读小引:惨遭"廷杖"的流放状元 "滚滚长江东逝水"的原创著者

杨慎(1488—1559),明代诗文大家、顶级学者,字用修,号升庵,重臣杨廷和之子,四川新都即今成都人。明武宗正德六年(1511)状元及第,直授翰林院修撰。明世宗登基后又任御前经筵讲官,继升五品翰林学士,可谓青年得志,鹏程无量。但其操守坚正,风骨刚直,多次不顾安危指责天子过失,终于遭受毕生命运的巨大逆折。

正德十六年(1521)武宗故世无子,经杨廷和与诸臣策划,从湖北安陆即今钟祥迎立15岁的近支皇族、武宗堂弟继位,是为明世宗。按照廷和等人设想的"大礼"程序,世宗应以明孝宗即武宗之父的继子身份承嗣,尊孝宗为生父"皇考",改称真正的生父已故兴献王为"皇叔"。可是,性格倔强的世宗坚决反对转换身份,部分大臣也上书附议,双方陷入僵持。世宗嘉靖三年(1524)时权力渐稳,决定追封生父为先帝"皇考",降孝宗为"皇伯","大礼之议"的争论再度激化。杨慎挺身而出,"偕廷臣"200多人聚集宫门"力谏",世宗"震怒",拘"首事八人",杨慎等更"撼门大哭,声彻殿庭",世宗越发气愤,传令"悉下诏狱",严刑"廷杖"。10天之内杨慎两次屁股被打"几至毙命",然后立即发配云南永昌卫即今保山。杨慎"扶病"前行"万里",到达"戍所"时已经"惫甚",奄奄一息。且世宗对杨慎与其父廷和衔恨至深,此后30多年几次大赦均不惠及。杨慎也自嘲为博南山人、金马碧鸡老兵,直至72岁老死云南。

然而,正是这样的劫难,使之远离宦海,潜心撰述,成就了门类斑驳、五彩缤纷的学术业绩。据《明史》称,有明一代"记诵之博,著作之富",杨慎当推"第一",除"诗文外杂著至一百余种",涉及文史哲、辞赋、书画、音乐、戏剧、金石、训诂、民俗、宗教、天文、地理、医学、生物诸多领域。生前就有刊印而"行于世",现存最早最全刻本为明神宗万历十年(1582)的《太史升庵文集》81卷,已成为我国文化宝库中弥足珍贵的遗产。世宗扼杀了一位状元的仕途,却导致了一名学术巨子的辉煌。世宗驾崩后,继位的明穆宗一登基,即于隆庆元年(1567)为杨慎平反昭雪,追赠光禄寺少卿,谥号"庄介",明熹宗时升谥“文宪”。而那首传唱不衰的《三国演义》开篇曲《临江仙》，“滚滚长江东逝水，浪花淘尽英雄；是非成败转头空，青山依旧在，几度夕阳红；白发渔樵江渚上，惯看秋月春风；一壶浊酒喜相逢，古今多少事，都付笑谈中”，也是其栖身云南时的大作。

杨慎生于北京，流放之前至少有5次由北京赴故乡四川的记录，所走路线基本都是通过山西渡黄河入潼关经陕西前往，《临晋道中》应该就是某次行程中的赶路记事。临晋系山西古代名县，1954年与猗氏合并为临猗县。杨慎赴四川最风光的一次，乃是嘉靖元年（1522）恭领君命，主持祭祀长江源头“江渎神”与巴蜀藩王“陵寝”。从此诗透露的内容看，很有可能就是这次官差途中的作品。

茅店昏烟集，	茅店里升起了灰蒙蒙的烟雾，
榆乡燎火[①]开。	乡村边点燃的火炬迅速排开。
宵征[②]何太急？	迎着夜色启程官差为什么如此匆忙？
暝望忽相催。	昏暗的征途正在前方急切等待。
月树群鸦散，	月光笼罩的树丛群鸦惊散，
霜桥列骑回。	落霜依稀的桥头成队骑士一路奔来。
解城[③]闻漏点[④]，	解州城的声声更鼓已经听到，
星宿满梅台。	新亮起的星斗又缀满锦缎般的天台。

【注释】

① **燎火**：延续燃烧的火，也称火炬。

② **宵征**：夜行，并有为官差奔忙之义，典出《诗经·小星》“嘒彼小星，三五在东。肃肃宵征，夙夜在公”。

③ **解城**：解州城，系山西历史名城，故址在今运城解州镇。

④ **漏点**：漏鼓的鼓点声，古代打更报时的更鼓也称漏鼓。

89. 苏祐:《太原怀古》

阅读小引：力主和平边贸的善战总督　古城雄奇往事的沧桑咏叹

苏祐（约1493—1573），明代大臣、守边将领，字允吉，号穀原，蒙古族人，先世落籍濮州即今山东鄄城与河南范县一带。明世宗嘉靖五年（1526）举进士，初授知县、监察御史。嘉靖十二年（1533）夏历九月，奉旨“巡按”军事重镇宣化、大同。恰在此时，大同发生兵变，软禁巡抚，杀死总兵，占据全城，其他官员退避阳和卫即今山西阳高。又因贸然高压打击，导致叛乱升级，官军大败。后来，苏祐与继任巡抚采取分化瓦解、招纳安抚等软硬策略，及至次年春终于平定，苏祐由此朝野知名。

嘉靖十六年（1537）苏祐再次奉旨“巡按”山西，三年后转迁山西行政副职布政使司左参政，分守雁门关，后入京供职。嘉靖二十六年（1547），复以都察院右副都御史巡抚山西，两年后再入京授兵部右侍郎。未及一年，嘉靖二十九年（1550）蒙古土默特部俺答汗重兵侵犯，大同守将死难，朝廷震惊。遂紧急下诏，擢升苏祐兵部左侍郎代行大同总督事。苏祐受命后，以其子为侍从护卫，父子单车赶路直驱前线，迅即调防，部署抵抗，稳住了局势。不久，论功实授大同总督。

俺答汗发动战争有一明确诉求，就是迫使明王朝开放边境，进行贸易，换取蒙古地区缺乏的中原商品。有鉴于此，苏祐上书痛说利弊，力主尽早设立“马市”，双方平等互利交流物资，很快通过“廷议”批准实施。俺答汗奉表谢恩，关系大为缓和。可是仅仅一年，“马市”即被关闭。俺答汗怀恨不已，嘉靖三十二年（1553）挥军10万多路杀来，京师一日数惊。苏祐只得分兵邀击，并自率铁骑疾驰防卫要道迅速阻截，经数日苦战终将敌方逼出长城。进阶二品兵部尚书仍兼大同总督，赠封父祖两代，荣立诰命墓碑。后来，被诬告兵饷“不靖”即不清而一度削籍为民，故世时赐祭营葬。

苏祐戎马一生，但勤于著述，诗词尤其出名。山西是其建功立业的主要地区，也留下过不少作品。这首《太原怀古》，讴歌了春秋时期太原居民的一次群体壮举，颂扬了一位太原义士的忠心赤胆、侠骨豪情，表达了对于历经沧桑的太原名胜、流淌着英雄血脉然而一再承受离乱之苦的太原古城的敬畏与叹惋。诗写得深沉厚重、气势昂然，又不乏绮丽风姿、绰约神韵，在无数赞美太原的相似篇章中，算得上是一首难得的佳作。

独上山城思寂寥，	独自登上了山城的城楼思绪空寂浩渺，
英雄千古恨难消。	有多少远逝的英雄曾在此遗恨难消。
鸣蛙尚产居民灶[①]，	抗击水攻的坚守竟使闹蛙繁衍于灶台，
惊马空留义士桥[②]。	桥底潜刺的义士又吓得仇家的马匹惊逃。
齐洞[③]僧归云冉冉，	北齐的佛洞边冉冉祥云伴随僧侣归来，
汉宫[④]人去雨潇潇。	昔人已去的汉代废宫却只见细雨潇潇。
堪怜此地多离乱，	最感叹这方大地经受过频频离乱，
莫向明时[⑤]负酒瓢。	莫辜负当今世界天下清平的诗酒逍遥。

【注释】

① **鸣蛙尚产居民灶**：青蛙、蟾蜍繁殖于灶台，说的是春秋末期晋国一段往事。当时，晋国卿大夫家族经多年的互相绞杀兼并，只剩下智氏、韩氏、魏氏、赵氏四家，智氏又超越赵氏势力升为最强，公元前455年，智氏首脑智瑶也称智伯者因索要土地遭拒，遂强胁韩氏、魏氏一道攻击赵氏，赵氏不敌，首脑赵襄子于次年率众退逃晋阳；晋阳城最初由襄子之父赵简子委托家臣董安于修建，城池坚固，仓廪宽大，而且“公宫”墙垣皆以“荻、蒿、楛、楚”之类枝干填充，“公宫”殿堂皆以“炼铜为柱”支撑，随后掌管晋阳的家臣尹铎，又遵简子之意，减轻赋税，集聚食粮，笼络人心，将此地打造成为赵氏的战略“保障”；所以，襄子退逃晋阳后受到民众的普遍支持，那些枝干与铜柱，又可用来大量造箭提供守城武器，故智伯久攻不下，于是引汾水“围而灌之”，晋阳城只差“三版”即六尺就要被彻底淹没，城中困难到“巢居而处，悬釜而炊”，“沈灶产鼃”也就是青蛙、蟾蜍都跑到了灶台上繁殖，甚至“易子而食”，但却“民无叛意”；后襄子派人“潜出”游说，策动韩氏、魏氏倒戈，联手反攻偷袭，将汾水倒灌智伯军营，乘乱攻击，杀掉智伯，“尽灭智氏之

族”；从此，赵、韩、魏三卿鼎立，最终瓜分了晋国，我国历史进入战国时代。

② **惊马空留义士桥**：义士桥即豫让桥，据传遗址在今太原晋祠附近的赤桥村；智伯被杀后，其家臣豫让决计复仇，先装作整修厕所者混入赵襄子府邸准备行刺，但被识破，襄子认为如此忠烈算个“义人”，予以释放，可豫让并未罢休，还“漆身为厉，吞炭为哑”，以漆涂身使长满疮癞，咽下热炭把嗓子烧哑，彻底改容改音，再次潜伏襄子经过的桥下行刺，因襄子的乘马惊起又被抓获；这时豫让提出要求，“愿请君之衣而击之”，以致为智伯“报仇之意”，襄子很是感慨，真的将衣服递了过去，豫让“拔剑三跃”，在上面狠砍三刀，而后自杀于桥头。

③ **齐洞**：指我国南北朝北齐时期建于太原西山的童子寺、开花寺，或也包括附近的天龙山石窟等；童子寺、开花寺最初皆系依山凿洞，雕制佛像，继而配建佛阁，童子寺最大佛像“高一百七十余尺”，开化寺最大佛像“高二百尺”，均在五六十米以上，大约金代以后渐毁，明世宗嘉靖时童子寺曾经重建，现除燃灯石塔等少数遗物外已经荡然无存。

④ **汉宫**：指西汉旧宫故址；汉高祖刘邦登基后，沿用秦制置太原郡，郡治晋阳，高祖十一年（前196）废太原、雁门二郡，合置为代国，立其子刘恒为代王“都晋阳”，后刘恒入继皇位即汉文帝，文帝二年（前178）立其子刘参为太原王，均建有宫阙。

⑤ **明时**：政治清明之时，古人常用以称颂本朝。

90. 谢榛：《雁门》

▶ 阅读小引："游道"广泛的独眼诗客　故世后知音乐妓的琵琶绝响

谢榛（1495—1575），明代著名平民诗人、诗学论家，字茂秦，号四溟山人，山东临清人。其人文才非凡，精通音律，尤善填词，少时即已成名，中年寓居彰德即今河南安阳，得明世宗堂弟、赵康王朱厚煜赏识，纳为门下清客。继又浪迹四方，与达官豪富、文人儒士以至三教九流均有交往。

世宗嘉靖二十七年（1548）谢榛往游北京，初识青年进士李攀龙、王世贞。嘉靖三十一年（1552）攀龙、世贞与进士徐中行、梁有誉、宗臣，又邀谢榛入其诗社，且被尊为社首，次年进士吴国伦加入，承袭李梦阳"前七子"文学观念的新流派"后七子"形成。再后攀龙诗名"大炽"，与谢榛发生抵忤，"贻书绝交"将其挤出诗社。世贞支持攀龙，甚至以"何不以溺自照"即撒尿照照自己讥讽。实际上，谢榛之诗尤其五言诗"句烹字炼，气逸调高"，诸人中不仅"故推独步"，而真正提出识见超卓、丰富完备的诗论者也唯其一人，所撰《四溟诗话》已成为我国古代文化的精华著述。

因此，谢榛虽与"六子"决裂却"游道"更广。据云其"眇一目"是个独眼龙，但王公贵胄争相"延致"，"大河南北皆称谢榛先生"。嘉靖四十二年（1563）应邀赴晋，寓居太原，观访各地，与主纂《山西通志》的山西"督学"周斯盛、山西明代科考最优者汾州籍"榜眼"孔天胤等名士以及某些皇族"藩王"，酬答唱和，过从甚密，住四五年才离去。其间，留诗504首集为《适晋稿》，由天胤批点刊刻，占毕生所作二成，成为外籍诗家咏晋之冠。

明神宗万历元年（1573）谢榛再赴彰德，仍受到赵康王后嗣穆王的盛情厚待。"酒阑乐止"时，穆王命所宠乐妓"贾姬独奏琵琶"，贾姬"光华射人，藉地而坐"，奏"十章"皆为"榛所制竹枝词也"。谢榛却称，此均早年"鄙俚之辞"，"请更制"重作，次晨即"上新词十四阕"，贾姬"按而谱之，不失毫发"。未久，穆王竟将贾姬"盛礼"馈送谢榛。越两年后，谢榛享寿八旬故世，世贞闻讯写诗致挽。贾姬"奉柩"守灵，"每夜操琵琶"奏其词一曲，

“必恸绝而罢”。谢榛“归葬”后，伊人断然“自破乐器”，从此隐身里巷，传为知音轶话。

这首《雁门》中的雁门，属于山西北部恒山一段支脉，峰峦高耸，险峻奇崛，两相对峙“其形如门”，大雁迁徙必经之处，因而得名。雁门也是古代华夏中土衔接漠北的咽喉通道，极具军事价值的攻防要隘。战国时，赵国名将李牧在此“张左右翼”列为“奇阵”，“大破匈奴十余万骑”。西汉初，匈奴由此进犯太原，高祖刘邦率兵反击，中计贸然“北逐”，“为胡所围”于白登即今山西大同，经七日才勉强脱险。名将卫青、霍去病、李广等，也多次征伐匈奴进出于此。唐代开始设关，北宋时的“杨家将”也正是驻守于这一带抵御契丹辽国，书写了壮烈的英雄传奇。到明代，雁门关建起砖石高城，成为与蒙古部族紧张对峙的边防重镇，在附近发生过无数次武装冲突。谢榛此诗，意象浅显，用语平中见奇，战地的凄冷惨淡、肃杀苍凉乃至鬼蜮气息，寥寥几笔点染即已震人心魄，令人悲慨，不愧是一篇高手之作。

昔年雁门路，	踏上了雁门边陲年久的山路，
霜气逼征鞍。	严霜冷雾追打着行进的骑鞍。
野望天何惨，	遥望处荒野托起的高天何等惨淡，
徒行[①]老更难。	随心乘意的闲游已是越老越难。
人烟[②]隔水静，	长河远隔的炊烟静若死寂，
鬼火照沙寒。	沙海中的鬼火抖动着阴森的寒颤。
战伐空悲感，	持久的杀伐征战令人空自悲戚，
风凄戍角[③]残。	凄厉的风吼中断续飘逝的号角仍在呜咽。

【注释】

① **徒行**：步行，也形容无事闲行。

② **人烟**：原意为炊烟，也泛指住户、人家。

③ **戍角**：戍守驻军的号角声。

91. 孙继鲁:《双林寺》

▶ 阅读小引:“瘐死”大牢的蒙冤巡抚　平遥名刹的仅有诗纪

孙继鲁(1498—1547),明代官员,字道甫,号松山,先祖为大食即阿拉伯地区人,后入居浙江钱塘即今杭州,明初转居云南右卫即今昆明一带。明世宗嘉靖二年(1523),继鲁举进士步入仕途。其为人“耿介”,为官“以清节闻”,但也“好刚使气”。大约嘉靖十五年(1536)稍后,继鲁任南直隶淮安府即今江苏淮安知府,因抵忤监办皇家“织造”的太监被“诬逮至京”,经当朝大学士夏言“救免”复官,却拒而“不谢”。嘉靖十九年(1540)授湖广提学副使主管教育,越三年擢升山西布政使司参政即行政副职。其间,数次制裁无视法纪的皇族“宗藩”,故在调离时“宗藩”一帮纠结“百余人拥马发其装”,拦住车马检查其行装搜寻贪赃证据,发现除了衣服“外无长物”,于是“载酒谢过”,相送而去。

嘉靖二十六年(1547)继鲁再赴山西,以三品都察院右副都御史出任巡抚。当时,总督北疆军务的都御史翁万达,请撤山西“内边”兵,改调北线“力守大同外边”。继鲁慨然上书强烈反对,兵部也予认可。但世宗“不从”,下旨重新“廷议”,迫令改变。又以“挟制总督”“引往事”妄论“君上”之名,将做巡抚“仅四月”的继鲁提拿下狱。未久“疽发于项”,因颈部恶疮“瘐死”大牢。山西人士忆其昔年政绩,本望有所造福,却以“非罪”突然逝世,皆感“痛惜”,就连曾经刁难的皇族“宗藩”也上章“讼其冤”。明穆宗即位后昭雪,钦赐“祭葬”,赠授兵部左侍郎,谥号“清愍”。

这首《双林寺》,从继鲁经历推断应是任山西参政时所作。双林寺位于山西平遥县城西南,原名中都寺,后取佛教“双林入灭”之意改为现名,始建年代不详。据寺内宋真宗大中祥符四年(1011)刻石记载,南北朝北齐武平二年(571)已有复修,且有着“高可望省”能看到太原的“七层楼阁”。后遭坍毁,今之寺院为明清时重建。

双林寺最令人叹为观止的,乃是分列各个殿堂的大量彩塑。2052尊人物,完好无损者1566尊,集佛陀、菩萨、罗汉、金刚、仙女、武士乃至供养人等,再以祥云瑞霭、珍禽异兽、奇花美卉相烘托,风姿绰约,气象萧森。奇妙迷离的佛门情调，幽眇深邃的天国意境，均被表现得淋漓尽致又栩栩如生，仿佛人世间的万相百态也尽可在此洞悉无余。而神采奕奕、刚中见柔的韦驮，神志安详、洒脱飘然的自在观音，还有病罗汉、瘦罗汉、哑罗汉、醉罗汉、长罗汉、矮罗汉以及变幻莫测的千手千眼佛等，皆精湛无比。因此，被誉为“东方彩塑艺术的宝库”，双林寺也与平遥古城一道被联合国教科文组织列入世界文化遗产名录。然而，为之题咏的古诗则几近于无，故继鲁此作就不啻凤毛麟角，虽未涉及庙院本身，也为后人感知其周围环境提供了可贵实证。

南下台泉三十里，	打从台泉出发三十里路南行，
忽逢佳寺说双林。	忽然看到漂亮的寺院人道是“双林”。
山前耕地有千亩，	山前面的耕地可达千亩，
门外好松常数寻[①]。	庙门外棵棵的古松雄姿高耸。
凉拂溪风消暑气，	披几缕小溪边的凉风消消暑气，
香飡[②]涧水涤烦襟。	捧两口甜香的涧水冲一冲心头烦闷。
觉余一枕藜床[③]梦，	恍惚间小睡已醒仍似在梦绕床枕，
自扫苍霞[④]烂漫吟。	独自儿扫扫垂落身旁的云霞率性吟咏。

【注释】

① **寻**：我国古代的长度估量单位，东汉许慎《说文解字》言，“度人之两臂为寻，八尺也”，也有七尺之说。

② **飡**：吞、吃，也是餐的异体字。

③ **藜床**：藜是我国一种非常普遍的野生草本植物，其茎可以编制卧床、坐榻等，故古人多以藜床泛指简陋、简单的床榻。

④ **苍霞**：犹言青云。

92. 毛恺：《谒解州帝庙》

▶ 阅读小引：历代关羽崇拜的升格史踪 “武圣”故里的“武庙”之最

毛恺（1506—1570），明代大臣，字达和，号介川，浙江江山人。据说，此地毛氏还是湖南湘潭的毛氏先祖。明世宗嘉靖十四年（1535）毛恺举进士入仕，为官清廉正直，执法严明。嘉靖二十一年（1542）任南京工部主事，分掌芜湖关的税收，税银全数储存县库，令当地管理出纳，以示“纤毫不染”，有税吏滥收款额，悉令如数退还。嘉靖二十八年（1549）擢升知府，约七八年后又由山东按察副使调升山西，成为一省行政副职布政使司参政。嘉靖四十年（1561）以都察院右佥都御史巡抚保定，提督长城要隘紫荆关等处军务，因防卫有方蒙古鞑靼部数年不敢进犯。明穆宗隆庆二年（1568）官至一品刑部尚书，对违法京官概不徇情，一律查处，对无辜羁押囚犯均予释放。次年上《题禁滥狱疏》，列“刑之滥者”滥词、滥拘、滥禁、滥刑、滥拟、滥罚诸种，力请革除。又次年病归，同年重阳故世，追赠太子少保，谥号“端简”。

这首《谒解州帝庙》应系毛恺任职山西时的作品，拜谒的就是三国名将关羽故乡解州的关帝庙，在今运城解州镇常平村，为全国重点保护文物。汉献帝建安二十四年（219），关羽败于东吴大将吕蒙，丢失荆州，又被斩杀。以当时名将排行关羽其实未必拔尖，但后来渐被神化，民间开始立庙供奉，解州庙则始建于隋文帝开皇九年（589）。宋代时关羽崇拜得到官方推动，解州庙建筑规模扩大。因宋徽宗封关羽为忠惠公、崇宁真君、义勇武安王，故称崇宁宫。宋高宗时又封关羽为壮缪义勇武安王，孝宗加封为壮缪义勇武安英济王。金元两代，解州庙均多次修缮。明代关羽崇拜越发升级，官祭渐成定例，神宗时进封关羽为三界伏魔大帝神威远镇天尊关圣帝君，还有协天护国忠义帝、协天大帝之称，关帝庙其名从此叫响，解州关帝庙的建筑规模也达到鼎盛。到清代关羽封号继续添加，光绪帝时增至“忠义神武灵佑仁勇威显护国保民精诚绥靖翊赞宣德关圣大帝”26字，关羽已与“文圣”孔子对列，升格为中华民族尊贵的“武圣”图腾。解州关帝庙也承蒙康熙皇帝御书“义炳乾坤”匾额，咸丰御书“万世人极”匾额，还有慈禧太后赐题“威灵震叠”等荣耀，成为独占鳌头的天下第一、“武庙”之最。

不过，清代解州关帝庙曾几毁几修，现存建筑多为晚清、民国乃至当代重建。从《谒解州帝庙》可以看出，明代时殿堂巍峨，台阶层叠，不比今日所见逊色，而毛恺其诗写景雄健，抒情豪迈，也不愧是一篇阳刚之气凛然的杰作。

将军遗庙倚巑岏①，	将军的遗庙倚靠着高耸的峰峦，
涑水条山②自郁盘③。	拱卫周遭的涑水条山交错盘连。
隐隐云霾屯虎豹，	隐隐的云雾中似有虎豹潜伏，
巍巍殿陛④肃衣冠。	恭登巍峨的殿宇急忙肃正衣冠。
孤忠佐汉心如昨，	辅佐着刘备的蜀汉孤忠永在，
遗恨吞吴⑤泪未干。	却遗恨吞吴的失策死泪难干。
谒罢威灵重回首，	拜罢了关圣的威灵回首再望，
冷风萧瑟剑先寒。	萧瑟的冷风里刀剑已亮开烁烁光寒。

【注释】

① **巑岏**：读作 cuán wán，高峻耸峙貌，多指这样的山峰。

② **涑水条山**：涑水指流经今山西运城境内的涑水河，系黄河支流；条山指中条山，绵延数百里横亘山西南端，走势如条，因而得名；涑水河有一段即沿着中条山流过，解州关帝庙则坐北朝南，面向着中条山。

③ **郁盘**：曲折错落，纵横盘结。

④ **陛**：上升的台阶，多特指宫殿庙堂的台阶。

⑤ **遗恨吞吴**：典出杜甫写诸葛亮的诗作《八阵图》“功盖三分国，名成八阵图；江流石不转，遗恨失吞吴”，所涉及的是三国初期一段历史。汉献帝建安二十四年（219）东吴大将吕蒙夺权荆州，斩杀关羽，次年曹丕篡汉称帝，再次年刘备称帝成都；随即，为了夺回荆州，以替关羽复仇之由率军讨伐东吴，前来合兵作战的张飞却在途中死于部下之手，结果“吞吴”未成，反被东吴将领陆逊“火烧连营”彻底击败；但对“遗恨失吞吴”却有不同解释，一种说法是诸葛亮的遗恨就是未能吞并东吴，而苏东坡则以梦见杜甫又借其口称“非也”，“我本意谓吴蜀唇齿之国，不当相图”，却因“蜀有吞吴之意”，导致自损国力，埋下灭亡祸根，“此为恨耳”，就是说刘备的错误决策违背了诸葛亮联吴抗曹的战略大计，才是其真正的遗恨，后世认同此论者甚多。

93. 杨博：《五姓湖歌》

▶ 阅读小引：护卫京畿要地的杰出总督　游历故乡名湖触发的官场伤痛

杨博（1509—1574），明代重臣、名将，字惟约，号虞坡，山西蒲州即今永济人。明世宗嘉靖八年（1529）举进士，其人“魁梧丰硕”，“临事安闲有识量”，因才能卓越，嘉靖二十五年（1546）即“超拜”就是越级提升为右佥都御史巡抚甘肃，几年后“召拜”兵部侍郎，不久受命总督蓟辽军务，成为环卫京畿要地的重兵统帅。

嘉靖三十三年（1554），蒙古把都儿、打来孙部“十余万骑”进犯长城，杨博披甲胄夜宿古北口城头指挥抵抗，使“寇攻四昼夜不得入”，并派出死士“以火”夜袭敌营，致其退去，次年再次击败打来孙，论功升兵部尚书加太子少保。后大同一线紧张，又急令杨博前去总督军务。杨博迅速稳住局势，强化防卫，修复长城与堑壕，堵塞部分山岭通道，构筑相互衔接的堡寨与墩台，监制“箱车百辆”，供“有警”时调兵驰援。蒙古哼素把伶等部，屡以“轻骑寇边”，杨博计擒其首领，“又数出奇兵袭寇”，使之远遁。继之，杨博再任蓟辽总督，未及“廷议”召回，吏部不准，兵部“争之”，称“博在蓟辽则蓟辽安，在本兵则九边俱安”，遂归任兵部尚书。世宗深忧边患，杨博每每能未雨绸缪“先事为防”，故被“眷倚”如“左右手”，越数年改授吏部尚书。明穆宗登基后进少师兼太子太师，“诏以吏部尚书理兵部事”。故世后加赠太傅，谥号“襄毅”。

杨博虽半生戎马，勋绩超卓，位至一品，但也多次陷入官场纠葛，遭遇难关。曾受到著名权相严嵩的打压，还因部下战场失误与毙杀伤残兵员报功等几乎论罪，晚年又被弹劾庇护山西“乡人”。所以，对于仕途的凶深恶险体悟得越来越多，退居世外、栖身江湖的潜在幻想就不免日益滋生，《五姓湖歌》应该就是反映这样心态的诗作。

五姓湖曾是山西最大的淡水湖，地处中条山北麓，今永济县东北。湖之历史非常悠久，先秦古著《山海经》中名为长泽，三国时期的《水经》中名为张阳池，北魏郦道元《水经注》中分列为晋兴泽、张泽二湖。后一泽消失，一泽因附近有五姓居住演变为此名，但对此说法也有不同认识。据当地史志载，明代时五姓湖周边“多楼台，居人环绕”，到夏天“荷花尽发，灿若霞锦，杂以绿萍红蓼”，渔夫网者“间作”，“水凫沙鹭”，“飞浴相翔”，“致为胜观”；可惜当年之绮丽美艳今已不复存在。杨博在故乡，曾留有多篇赞美当地山川风物的诗作。《五姓湖歌》则以几近白话的语言，叙写了钓鱼人的与世无争，得乐且乐，又假借受其嘲讽的口吻，将自己统兵御敌、军功显赫却饱受流言蜚语且几乎招祸之可笑，狠狠奚落了一番，将草野百姓超然物外、快活逍遥的精神自由反衬得天花乱坠。或许，正是某次宦海落潮时乡居中的低层交往触动了其人感伤，才使之写下这一略含牢骚、聊带宣泄又似转移郁闷、疏解块垒的篇章，所流露的其实还是我国士大夫群体中那种自标高蹈却不免做作的归隐矫情。

晓披五老峰[1]上云，	清晨肩披着五老峰头的云霓，
晚钓五姓湖中鲤。	傍晚垂钓着五姓湖上的锦鲤。
忽逢渔夫三五人，	忽然间遇到了几位这样的渔夫，
问是五姓谁家子？	问一声是五姓中谁家的子弟？
自云无姓亦无名，	自称说无姓也无名字，
接辈相传常钓此。	仅知道祖辈相传垂钓此地。
月落天昏驾小舟，	月落天昏驾着小舟悠闲出没，
从来未见风波起，	从未见有什么风波涌起，
得鱼心自安无鱼心亦喜。	我们是得鱼心自安无鱼心亦喜。
公昔提兵在蓟门[2]，	你杨公虽曾经统兵蓟门，
单于系颈[3]呼韩[4]死。	擒杀过呼韩降服过单于。
颇闻飞语转流传，	却总有流言蜚语辗转传播，
彤弓[5]几付东流水。	御赐的勋禄几化作东去的逝水。
东流水真可笑，	似这样枉费心力实在可笑，
何如相将[6]日垂钓？	哪能像跟随着我们日日垂钓？
白云冉冉生，	眼前的白云冉冉而生，
玄鹤[7]双双叫。	身边的仙鹤成双成对儿呼叫。
极地与穷天，	你就是走遍了大地踏破长天，

居然不尽其中妙。　　　　　　也品不尽个中的乐趣其中的美妙。

【注释】

① **五老峰**：位于山西永济境内五姓湖之南，系中条山脉一段五座高峰即玉柱、太乙、棋盘、东锦屏、西锦屏之统称，据云远观仿佛五位老者有序列座，故以得名。

② **蓟门**：原指蓟门关，唐代起以关名置蓟州，也泛指这一地区，诗文中尤其多用，在今天津蓟县；蓟州为明代边防重镇之一，与辽东镇互为策应守护京畿，由蓟辽总督辖制。

③ **单于系颈**：单于，读作chán yú，本为匈奴首领的称谓，此处借指蒙古部族首领；系颈，自系脖颈表示臣服，典出西汉贾谊《过秦论》“百粤之君，俯首系颈”。

④ **呼韩**：汉代有匈奴呼韩邪单于，即王昭君远嫁之人，此处也借指蒙古部族首领。

⑤ **彤弓**：天子赏赐诸侯或功臣良将的漆成朱红色之弓，也有授令“征伐”之义，典出《诗经·彤弓》“彤弓弨兮，受言藏之；我有嘉宾，中心贶之”。

⑥ **相将**：相随、相伴。

⑦ **玄鹤**：我国古人误认为鹤寿命长，每每将其神化为仙，有所谓千岁“变苍”、两千岁“变黑”之说，这样的黑鹤就称为玄鹤。

94. 李攀龙：《登黄榆马陵 诸山是太行绝顶处》

阅读小引：再掀诗坛新潮的领军魁首　晋冀交界巅峰的倚天咏叹

李攀龙（1514—1570），明代文学名家，字于鳞，号沧溟，山东历城即今济南人。攀龙9岁失父，家境贫寒，但“自奋于学”，考取县学廪生，可从国家仓廪领取食粮资助读书。后夺得山东省试第二名，又于明世宗嘉靖二十三年（1544）举进士，供职刑部近10年，始授主事，后升至司级官员刑部郎中。

当时，刑部部分诗友结有一个诗社，攀龙与晚其三年举进士的王世贞继而加入。未久，几位诗友离京任官，攀龙、世贞成为诗社中坚。攀龙“才思劲骛”，却“独心重”小自己十几岁的世贞，引为知交。后来，又有嘉靖二十九年（1550）的新科进士徐中行、梁有誉、宗臣、吴国伦加入，再加上应邀加入的知名平民诗人谢榛。最初，诗社论年齿尊谢榛为长，后因发生歧见谢榛被“削其名”，转以攀龙“为之魁”。攀龙认为，文章自东汉张衡的《西京赋》、诗自唐玄宗天宝时期“而下”，“俱无足观”，没有一个够格；于本朝则“独推”作为“前七子”领袖的李梦阳，竭力弘扬梦阳“文必秦汉，诗必盛唐”的主张，其他“诸子翕然”随从“和之”。这样的美学倡导虽不免有所偏颇，对于消减彼时的文坛流弊、抵制文风倒退、维护文学的本真与独立性，却产生过一定的积极作用。且几位均系少年得志，“才高气锐”，“互相标榜”，“视当世”如“无人”，故很快“名播天下”，再次掀起强劲的诗坛新潮，与“前七子”齐名史籍的文学新流派“后七子”宣告形成，对于后世也产生过争议良多可又堪称深远的影响。

嘉靖三十二年（1553），攀龙由刑部外放顺德即今河北邢台出任知府，多有“善政”，获“上官”交相荐拔，三年后迁升陕西提学副使。陕西巡抚“檄令”即传唤其作文，攀龙怫然曰“文可檄致邪”，拒不理睬，又逢此地数次地震，“念母思归”，乃称病回乡，建白雪楼闲居。宾客慕名造访，一概“率谢不见”，“大吏至亦然”，遂使“简傲”之名远播。明穆宗继位后重新起用，隆庆三年（1569）诏拜河南司法监察主官三品按察使，性格也“摧亢为和”大加改观。次年奔母丧还家，“哀毁得疾”，竟致猝死。其诗文由挚友世贞辑为《沧溟先生集》30卷，其所编《古今诗删》选诗独具特色，从中摘编之《唐诗选》，作为童蒙教本曾经远超《唐诗三百首》，并且传入日本，成为继白居易以来最受追捧钟爱的读物，在其汉文学史上占有重要的地位。

这首《登黄榆马陵 诸山是太行绝顶处》系攀龙任顺德知府次年所作七律四首之一，是其诗中的名篇。黄榆即黄榆岭，马陵即黄榆岭北的马岭，分别位于山西和顺、昔阳与河北邢台接壤的太行山巅。明代时，在和顺大雨门村东建黄榆关、昔阳圪瘩店村东南建马岭关，设卡戍守，“黄榆古戍”还是和顺“十景”之一。从诗作可以想象，某次视察途中攀龙登上二岭，伫立于几与天齐的绝顶，游走在两省交界的峰尖险道，广阔无际的壮美山川，秋色映衬的萧瑟景观，尽在望中，皆收脚下，纵情饱览，思绪迸放，从而赋就了这篇豪兴勃发、气势恢宏的力作。

千峰郡阁①望嵯峨，	官楼上曾几次远望千峰雄峭巍峨，
此日褰帷②按塞过③。	今日里躬身察访又将关塞挨个走过。
落木悲风鸿雁下，	悲风落叶频催着鸿雁匆匆南下，
白云秋色太行多。	秋色萧森的太行白云越看越多。
山连大陆蟠三晋，	群山链接着平阔的陆地环护三晋，
水划中原散九河。	划破中原的大黄河散开了条条子河。
回首蓟门④高杀气，	回首处北国的蓟门杀气高高，
羽林⑤诸将正横戈⑥。	英勇奋战的精兵猛将正在浴血拼搏。

【注释】

① **郡阁**：州郡地方官所在官衙的楼阁，也兼指其公署府院。

② **褰帷**：掀起垂封的帷幔，表示官员敞开闭卫之隔，远视广听，纠察美恶，亲身接近社会，掌握真实世情，典出范晔《后汉书·贾琮传》；东汉时“黄巾新破”，“兵凶之后，郡县重敛”，问题甚多，“清能吏”贾琮出为冀州刺史，按“旧典”应乘着驿站的“传车骖驾”，垂下“赤帷”候众官“迎于州界”，贾琮到达后却“升车言曰”，“刺史当远视广听，纠察美恶，何有反垂帷裳以自掩塞乎”，立即“命御者褰之”揭开帷幔，因此“百城闻风”而“竦震”，贪赃枉法、作奸犯科之流均“望风解印”逃遁，“州界翕然”安定。

③ **按塞过**：按塞，巡视要塞；按塞过有的版本为接塞过，故似可解为逐塞走过。

④ **蓟门**：原指蓟门关，唐代起以关名置蓟州，位于今北京之东的天津蓟县，明代时为护卫北京的边防重镇，在此以及左近曾经与蒙古部族发生过多次战斗。

⑤ **羽林**：即羽林军，始名于汉武帝时所建守护宫廷的羽林骑，取义“为国羽翼，如林之盛”，得以入选的羽林郎多为本领出众的高门良家、功臣烈士子弟，后世则成为皇室禁卫军的一种通称，有时也用作对精锐之师的赞美与敬称。

⑥ **横戈**：代指战斗，如杜甫诗“胡星坠燕地，汉将仍横戈”，此次所指或系明世宗嘉靖三十三年（1554）蓟辽总督杨博率军击退蒙古把都儿、打来孙部“十余万骑”进犯长城之战。

95．王世贞：《过长平作长平行》

▶ 阅读小引：乃父被斩前后的兄弟泣诉　李时珍《本草纲目》的面世救星

王世贞（1526—1590），明代诗文与学术大家，字元美，号凤洲，又号弇州山人，南直隶太仓即今江苏太仓人。世贞出身科第簪缨之家，祖父、父亲皆为高官。本人更“生有异禀”，“书过目终身不忘”。明世宗嘉靖二十六年（1547）登进士第，初授刑部主事，与李攀龙“定交”结为诗友，声名“日益盛”，成为新潮文学群体“后七子”中主将，嘉靖三十二年（1553）升至司级官员刑部郎中。

当时，权臣严嵩秉持朝政，知名谏臣杨继盛因弹劾其“五奸十大罪”而下狱，世贞“时进汤药”慰问，并代其妻草状“讼夫冤”，继盛被杀后又“复棺殓之”参与治丧。嘉靖三十八年（1559），世贞之父、蓟辽总督王忬战事失职，论责当死。世贞只好与刚中进士的弟弟世懋“蒲伏”严嵩门下“涕泣”求宽，还自穿“囚服”跪挡“诸贵人”车驾哀告“乞救”，但仍被处斩。“兄弟哀号欲绝”扶灵归葬，“蔬食三年”，守孝期满依旧麻鞋葛巾“不赴宴会”。后严嵩获罪死亡，明穆宗登基后兄弟一道“伏阙”跪拜上诉，其父始得平反昭雪。再后，世贞借撰《嘉靖以来首辅传》之机，极力隐善扬恶，攻击严嵩，对其人历史形象的过度丑化产生了巨大影响。

穆宗隆庆三年（1569），世贞擢任一省行政副手浙江参政，年末改任山西司法监察主官按察使。次年六月莅职太原，十月母亲病危告假请归，到达泽州即今山西晋城时知母亡故，奔丧而去。这首《过长平作长平行》中的长平，是战国时期公元前260年秦赵长平之战战场，相传秦国大将白起“坑杀”赵国降兵40万人之处，位于晋城以北50多公里的山西高平县境。所以，此诗显系世贞到泽州前经过此地的触景生情之作，也是一篇充分体现“后七子”文学理念、带有鲜明盛唐七言歌行体风格的咏史怀古佳作。

明神宗万历元年（1573）世贞为母守孝期满，复职湖广按察使，又经几次辗转调迁“留都”南京司法衙门大理寺正卿。但因抵忤同年进士、当权首辅张居正又以“臣道太盛”国土“不宁”讥讽等事，被两度免官。居正死后，升任南京兵部、刑部侍郎，万历十七年（1589）进二品刑部尚书，第二年逝世，赠授太子少保。

攀龙死后，世贞继而作为“文盟”魁首“操柄”20年，“声华意气笼盖海内”，“士大夫及山人、词客、衲子、羽流”无不“奔走门下”，得其“片言褒赏”则“声价骤起”。典型一例就是，李时珍经27年努力编定《本草纲目》却无人理睬，只好拜访世贞捧稿求序，世贞延置10年，万历十八年（1590）初才写成，但予以了“实性理之精微，格物之通典，帝王之秘箓，臣民之重宝”的极好评价，很快引起书商重视刊刻面世，使这部几乎湮灭的药学巨著终于获救流传。而世贞之诗文与学术成就更是建树辉煌，存世《弇州山人四部稿》174卷、《弇州山人续稿》207卷、《弇山堂别集》100卷等堪谓洋洋大观，早已升腾为我国文化长河中亮丽的浪波。就连那部艳情洋溢的世俗小说《金瓶梅》，也有世贞所撰之说。

世间怪事那有此，	人间的怪事哪能有此地残酷无情，
四十万人同日死。	一天里居然将四十万人统统杀尽。
白骨高于太行雪，	堆起的白骨高过太行的积雪，
血飞迸作汾流紫[①]。	飞溅的血雨将汾河滚成浓烈的猩红。
锐头竖子[②]何足云？	脑袋尖尖的白起其实何足责备？
汝曹自死平原君[③]。	是短视的平原君把你们推向死亡的深坑。
乌鸦饱宿鬼车[④]哭，	到如今乌鸦还能饱睡鬼鸟还在哀号，
至今此地多愁云。	长空中还常常笼罩着阴森的烟云。
耕农往往夸遗迹，	田间的农夫总爱吹夸身边的遗迹，
战镞千年土花碧。	剥蚀千年的箭头仍印着泛绿的血痕。
即令方朔[⑤]浇岂散？	这般的晦气再好的方士岂能驱散？
纵有巫咸[⑥]招不得。	纵然是顶级巫师也难招往古的游魂。
君不见新安一夜秦人愁[⑦]，	君不见新安一夜的屠杀秦人同样悲愁，
二十万鬼声啾啾。	二十万怨鬼的哭嚎犹似啾啾的凄风。
郭开卖赵赵高出[⑧]，	郭开出卖了赵国秦国却出了个赵高，
秦玺也送东诸侯[⑨]。	还不是照旧将王朝御玺让给东来的豪雄。

【注释】

① **汾流紫**：血使汾河的水流成了紫红色；但流过长平之战战地高平的并非汾河而是一条较小的丹河，故此处或为夸张写法也或为作者误写。

② **锐头竖子**：锐头，指秦赵长平之战击败赵军的秦军主将白起，据西晋学者孔衍《春秋后语》载，白起“小头而锐，瞳子白黑分明；小头而锐，断敢行也，瞳子白黑分明者，视事明也”；此说本系褒义，与竖子连用就成为了不敬之称。

③ **平原君**：名赵胜，赵国武灵王之子、惠文王弟、孝成王叔父，以礼贤下士、广纳门客得名，为所谓战国四公子之一；但司马迁在《史记》中称，“平原君翩翩浊世之佳公子也，然未睹大体，鄙语曰‘利令智昏’，平原君贪冯亭邪说，使赵陷长平兵四十余万众，邯郸几亡”，意即平原君才是导致长平之战爆发、几乎使赵国亡国的罪魁；其过程是：公元前262年秦国攻占韩国的野王即今河南沁阳，切断了今河南西部韩国主要领土与其上党郡即今山西长治一带的联系，韩国桓惠王知上党郡很难再保，令郡守冯亭将郡属17城割送秦国以求退兵；冯亭却派人面见赵国孝成王，表示愿献城赵国，共抗秦国，孝成王“大喜”，但其另一位叔父平阳君赵豹告诫，“圣人甚祸无故之利”，深知最大的祸端就是白捡利好，面对强势秦军冯亭献城等于“欲嫁其祸于赵”，后患严重，“不如勿受”；可是赵胜力促接受，认为“发百万之军”攻击“逾岁”难得“一城”，“今坐受城市邑十七”，“大利不可失也”，孝成王信之，令其前往“受地”，果然招祸；秦国于公元前260年派大将王龁，改道西线进军迅速占领上党，稍南60多公里的赵国长平完全孤立，驻防抵御的老将廉颇“坚壁”以待，固守“不出”，意在拖垮远来的秦军再行反攻，却被孝成王误为怯战，秦国又以“千金”派人“反间”，称其最怕者是赵国名将赵奢之子赵括，“廉颇易与”好对付，最终必“降矣”，孝成王中计，是年7月由赵括取代廉颇；赵括极善纸上谈兵，实战毫无经验，未久即发动进攻，秦军新调主将白起示弱退却“佯败而走”，赵括贸然传令追击，被白起迂回穿插，分割包围，切断退路与粮道，“赵卒不得食四十六日”，致互相偷

杀充饥，后赵括亲自“搏战”中箭身亡，赵军40万人投降，除240名幼小者外均被斩首“坑杀”，赵国元气大伤；此处，王世贞沿袭了司马迁的观点，认为这些人的死非因白起，而是误导孝成王贪小失大最终引发长平之战的平原君。

④ **鬼车**：我国古代传说中恐怖的怪鸟，据云夜间发出车行之声，故以得名；又据一些杂记书籍载，“鬼车春夏之间稍遇阴晦则飞鸣而过”，“爱入人家烁人魂气”，谓“此鸟昔有十首”，“为犬啮其一”，故“俗称九头鸟”，“血滴人家，能为灾咎”。

⑤ **方朔**：即东方朔，西汉著名文士，上书自荐于武帝，诏拜为郎，其人不拘细行，性格滑稽，机敏善辩，每以谈笑逗乐之言讽喻政事，诤谏得失，又精于“射覆”即猜测覆盖之物，每射多中，留下不少轶话，后来渐被神化，被占卜星相、方术者流奉为祖师。

⑥ **巫咸**：相传为帝尧时期的星相师、医师，用筮即一种蓍草占卜的始创者，能“延人之福，愈人之病”，“以鸿术为尧之臣”，另一说为商代太戊帝时期的国师。

⑦ **新安一夜秦人愁**：秦朝末年陈胜吴广起义，各地纷纷响应，楚国旧贵族项羽很快脱颖而出成为主力，公元前209年项羽领军与秦将章邯、王离所率40万秦兵决战钜鹿，在今河北平乡，项羽先歼灭王离，又迫使章邯诸部20万人投降，后恐惧于“其心不服”，遂乘夜出击，除章邯几位将领外全部“坑杀”于新安，在今河南义马，距白起“坑杀”赵军40万仅迟50多年，所以此处含有轮回报应的意思。

⑧ **郭开卖赵赵高出**：郭开，赵国末代君王幽缪王时重臣，晋阳人，据载那个对廉颇“一饭三遗矢”的著名诋毁就是其人主使，谓老将廉颇因国内争斗出奔魏国，并未获“信用”，赵国则“数困于秦兵”，故“赵王思复得廉颇”，派使者调查“廉颇尚可用否”，郭开是“廉颇之仇”，就厚送使者金钱令其“毁之”，廉颇见到使者“为之一饭斗米，肉十斤”，“又被甲上马”，表示勇力仍在，愿意效命，使者回国后报告“廉将军虽老尚善饭”，却又加了一句“然与臣坐，顷之三遗矢矣”，就是一会儿拉了三次屎，廉颇因此被弃用；此外，郭开性贪，赵国名将李牧屡破秦军，使国

稍安，后秦将王翦来攻，李牧、司马尚率军抵御，致其难胜，秦国乃重金贿赂郭开离间，郭开随即上告幽缪王"李牧、司马尚欲反"，结果李牧被杀、司马尚被废，越三月赵军就大败，都城邯郸失守，幽缪王沦为俘虏，赵国灭亡，故有郭开卖赵之说；赵高，秦朝权臣，秦始皇死后篡改遗诏赐死太子扶苏，拥立二世胡亥继位，大肆怂恿胡亥屠戮王族公卿，几乎杀光了始皇其他子女，并罗织罪名腰斩丞相李斯取而代之，"法令诛罚日益刻深，群臣人人自危"，加之"赋敛愈重，戍徭无已"，引发各地起义纷纷"叛秦"；最后关头，赵高又派亲信逼胡亥自尽，声言秦朝本来就是一个诸侯王国，始皇灭六国"君天下"称帝，"今六国复自立"，"秦地益小"，再以"空名为帝不可"，宜复"为王如故"，遂立始皇某孙公子婴为秦王，不久子婴处死赵高，但在位46天刘邦已兵临咸阳，子婴奉"玺符"投降；赵高是导致秦亡的根本内因，据记载祖上乃赵国王族，就是说当年郭开出卖赵国于秦，而后来赵国人赵高又将秦彻底出卖，此处同样含有轮回报应的意思。

⑨ **东诸侯**：指秦末起义者中不少人均系秦始皇灭掉的六国贵族。

96. 王崇古：《藐姑射山》

▶ 阅读小引："隆庆议和"的促成边帅　蒙古女杰"三娘子"的身世传奇

王崇古（1515—1588），明代大臣、著名将领，字学甫，号鉴川，山西蒲州即今永济人。明世宗嘉靖二十年（1541）中二甲进士，历刑部主事、陕西按察使、河南布政使等职，嘉靖三十四年（1555）为南直隶常镇兵备副使，与抗倭名将俞大猷多次出海袭击倭寇，屡有建树。明穆宗隆庆初年受命总督陕西、延、宁、甘肃军务，隆庆四年（1570）改授总督山西与大同、宣化军务，促成与蒙古部族的止兵、贸易，开启了一段民族友好的和平篇章。

中原与蒙古部族素有对彼此物资的实际需求，但关系时好时坏，难以形成正常交流体制，往往导致地下"私市"活跃。世宗嘉靖中期，蒙古土默特部阿拉坦汗即俺答汗崛起，控制了右翼蒙古，"通贡"愿望更加急切，为此屡屡出兵进犯，引发冲突。崇古主管前线事务，希望边境安宁，朝中重臣高拱、张居正等也在寻求良策。此时，恰好俺答的孙子把汉那吉投奔大同来降。据《明史纪事本末》之说，俺答有位名唤钟金哈屯的外甥女，也称"三娘子"，已许聘袄儿都司，因"貌甚艳丽"俺答据为己有，袄儿发兵攻击，俺答为求缓解，就将把汉那吉的未婚妻"偿之"，还有说法是俺答霸占的就是把汉那吉未婚妻，故把汉那吉愤而出走。不过，此等情节多为明代文人捕风捉影的编造，其实"三娘子"早嫁俺答，且与之一道执掌着权柄，是位文武全才、颇有见识的蒙古女杰。

崇古认为，把汉那吉事件正是促成俺答议和的良机，提出对策上奏，得到了朝廷支持。遂特别款待把汉那吉，授其官爵，赠锦衣送华车"厚其服食"，所释放的善意传出，"三娘子"即力劝俺答和平解决，避免动武。于是，经崇古派人与俺答谈判，隆庆五年（1571）达成"罢战""请封"、设"马市互取所需"等协议，把汉那吉体面回归，俺答受穆宗册封为顺义王，交还所保护的白莲教叛乱首领，"岁贡"马500匹、获赏等价丝绸诸物，划定地区共同管理，定期贸易，史称"隆庆议和"。俺答死后，32岁的"三娘子"又"转房"俺答长子，仍坚持修好政策。37岁时俺答长子死，明王朝深知"三娘子"的影响与势力，又恳请再嫁俺答长孙，加封其为忠顺夫人。"三娘子"对蒙古部族的制约，保证了双方边境数十年的正常交往。明神宗万历十五年（1587）再加封其为一品忠顺夫人，故世后还予以了遣使赐祭七坛的隆重礼遇。

万历三年（1575），“身历七镇”“勋著边陲”的崇古升任为二品刑部尚书，继转兵部尚书，不久告老归休。故世后赠授太保，谥号“襄毅”。这首《藐姑射山》或许就是其闲居后的诗作。《庄子·逍遥游》中言，“藐姑射之山有神人居焉，肌肤若冰雪，绰约若处子，不食五谷，吸风饮露，乘云气，御飞龙，而游乎四海之外”。藐有遥远之义，姑射之山位于山西临汾市，是吕梁山的支脉，由一道深谷裂出两半，断崖中腰有洞，当地名曰仙洞，传为帝尧夫人鹿仙女降生地，据云还有可通到陕西的陕西洞，因此古代奉作神山，也是道教名山，至今仍保留着一些明清以前的碑刻和建筑遗迹。

大谷名传姑射[①]山，	深深的裂谷间耸立起姑射名山，
琼宫仙子隔尘寰。	天宫仙子高高的居处远隔尘寰。
澄潭漭沆[②]蛟龙窟，	浩渺的清潭像有着蛟龙潜伏的洞窟，
秀岭逶迤虎豹关。	绵延的秀峰到处是虎豹出没的荒关。
树色晴连山色好，	晴晴的树色串连成浓浓的山色，
鸟声幽并水声闲。	幽幽的鸟鸣渐次融入流水的潺潺。
坐来[③]苍翠清人骨，	顿然间蓬勃的绿意清彻心骨，
思向山灵一破颜[④]。	多渴望能够与此处的神灵开颜笑谈。

【注释】

① **射**：此处应读作 yè。

② **漭沆**：读作 mǎng hàng，宽阔、广大。

③ **坐来**：向来、顷刻或适才。

④ **破颜**：开颜、露出笑意。

97. 张四维：《舅氏约游栖岩寺避暑诗以促之》

阅读小引：变革宰相张居正的恭谨副手　继任后尽除其法的短暂首辅

张四维（1526—1585），明代曾出任内阁首辅的山西籍重臣，王崇古的外甥，字子维，号凤磐，蒲州风陵乡人，在今芮城县。明世宗嘉靖三十二年（1553）中二甲进士，继以第一名入选翰林院庶吉士，是进士中优里挑优、有幸继续研修深造也较易接近高层的美差，三年期满留任翰林院编修，参与抄摹《永乐大典》的副本。

四维“倜傥有才智”，“明习时事”，又受到舅父与同乡杨博两位“久历边陲”的领军前辈熏陶，也深知“边务”。明穆宗继位后，蒙执掌吏部重臣、内阁大学士高拱赏识，穆宗隆庆三年（1569）“超擢”即破格升为翰林学士，仅两月拜吏部副职右侍郎。次年，蒙古俺答汗的孙子把汉那吉入境求降，时任大同、宣化前线军务总督的王崇古主张和平解决，朝臣有所争议，四维支持舅父，一再说服高拱，终于促成了与俺答的“议和”。崇古、四维均出身儒商富户，有御史弹劾河东盐池“盐法之坏”，皆因这些家族“势要横行”，垄断“专利”所致，四维上疏自辩，请求去官，高拱予以力保，还代君拟诏温婉“慰留”。明神宗继位后，张居正出任内阁首辅，神宗万历三年（1575）四维获授礼部尚书兼武英殿大学士“入赞机务”。

居正“当国”10年，在田亩、赋税、吏治、武备等方面厉行改革。其人“通识时变，勇于任事”，但独断专行，目中无人，“视同列蔑如也”。四维作为副手“事之”极为恭谨，“随其后”从未敢一置“可否”。居正的改革有所成效也失诸严急，结弊不少，且“威柄”几于“震主”，难免“祸发身后”。万历十年（1582）刚故世即遭轮番弹劾，终被削尽官秩，查抄家产，追夺生前所赐一切，下旨“以罪状示天下”，本当“剖棺戮死”姑令“免之”，中进士仅三年的长子张敬修自杀，弟张居易、次子张嗣修发配“烟瘴”之地，其他子女“遁避空室”藏匿“饿死者十余”。继任内阁首辅的四维，为了“大收人心”则“力反前事”，主张减轻“征敛”，理顺“政令”，“荡涤烦苛，弘敷惠泽”，“发舒”言路，“汲引”曾被排挤人士，赢得较好“时望”。未及一年就因父丧辞归，守孝未满又病死故乡，获赠太师，谥号“文毅”。明熹宗天启二年（1622）居正平反，后世毁誉不一，牵连其中的四维也被史家予以可谓褒贬参半的评价。

这首诗中的栖岩寺，南北朝北周时始建于山西永济西南中条山巅，初名灵居寺，隋文帝杨坚60寿辰即仁寿元年（601）六月十三，钦命30州各筑塔一座供奉佛祖舍利，十月十五午时“同下”舍利石函，灵居寺为筑塔之寺，并更名栖岩寺。后又在山巅、山腰、山麓分置上中下三寺，成为香火鼎盛千百年的名刹，据云唐玄宗还到此避暑，历代题咏者举不胜举。现中下寺已毁，隋文帝时所立《栖岩道场舍利铭碑》与安葬圆寂高僧的22座砖塔尚存。明神宗继位之前之后数年，四维曾因政坛纠纷，“移疾”回乡闲居，从此诗的内容判断应该就是这一期间与舅父崇古避暑栖岩寺的作品。

溽暑[①]烦尘宇，	酷热蒸腾的盛夏越让人觉得尘世烦忧，
祇园[②]想胜游。	也很想随舅父到此佛地畅然一游。
倦生程邈客[③]，	厌倦了身陷困窘还须孜孜劳顿，
兴发子猷舟[④]。	真不如坐拥一叶乘兴来去的轻舟。
瀑布湍[⑤]如雪，	悬空急落的飞瀑像雪一样银白，
丛林气似秋。	密林中飘来的清气凉爽似秋。
云岚[⑥]纷在目，	望不断的云遮雾绕尽收眼底，
神往若为留。	心驰神往的所在最愿成为永久的居留。

【注释】

① **溽暑**：暑气潮湿闷热的盛夏。

② **祇园**：祇树给孤独园之简称，印度佛教圣地之一，我国也用以代称佛寺；相传憍萨罗国的给孤独长者，为请成道之后的释迦牟尼前来说法，用巨金购置舍卫城南祇陀太子园地，太子又奉献园中树木，建成精舍，故以二人之名命为祇树给孤独园，据云玄奘取经印度时祇园已毁。

③ **程邈客**：有像程邈那样坐牢之义；程邈是秦代书法家，隶书肇基者，相传其原为小吏，善篆书，获罪下狱，日久生倦不愿虚度，遂“覃思十年”研究，“损益大小篆方圆笔法”，“少者增益，多者损减，方者使圆，

圆者使方”，成字“三千”，秦始皇“称善”，“释其罪而用为御史”，因方便“官狱隶人佐书”故名隶书，北宋官刻丛帖《大观帖》收有其书法《秦御史程邈书》。

④ **子猷舟**：有乘着兴致率意来去之义；典出南北朝刘义庆《世说新语·任诞》，王羲之第五子、东晋名士王子猷居山阴即今浙江绍兴时，某夜有雪，睡醒后“开室命酌酒”，“四望皎然”心情“彷徨”，遂咏西晋文豪左思《招隐》一诗，忽然想起远在百多里之外剡县的画家戴安道，立刻“夜乘小舟”去访，经一宿“方至”，到达门口却“不前而返”，“人问其故”，子猷答曰：“吾本乘兴而行，兴尽而返，何必见戴？”如此随心所欲，洒脱任性，被后世文人传为美谈。

⑤ **湍**：读作tuān，急促流动的水势。

⑥ **云岚**：山中的云雾之气。

98. 崔镛：《偏头关》

阅读小引：屹立于黄河岸边的军事要塞　交汇着内外长城的战略雄关

崔镛（1530—?），明代官员，字汝洪，陕西葭州即今佳县人。其父崔经曾为边防名将，明世宗嘉靖四十一年（1562）崔镛登进士第，四十三年（1564）授山西司法监察衙门按察司佥事，分掌阳和即今山西阳高一带，再升山西按察司副使。明穆宗隆庆四年（1570），蒙古俺答汗的孙子把汉那吉前来投奔，总督山西与大同、宣化诸镇军务的王崇古上奏朝廷，力主厚待把汉那吉，以此为契机化解困扰多年的边境敌对，最终与俺答谈判成功，双方订立了“互市”贸易等多款协议，史称“隆庆议和”，由此赢得了北疆地区数十年的和平。处理这一事件时，崔镛也是重要的参与者。此后经过转迁数职，升至都察院右佥都御使巡抚山西，并提督雁门诸关军务，晋封三品昭武将军。继因官场矛盾，告归故里，侍奉父母，又因父丧过哀患病，不久故世。

这首《偏头关》应该是崔镛巡抚山西时的诗作。在其提督的雁门诸关中，偏头关即为一关。偏头关位于山西最西北黄河东畔，是明代设于长城的重要关隘，据云因“地形东仰西伏，似人首之偏隆”而得名。明太祖洪武二十三年（1390），偏头关开始修筑关城，嗣后陆续扩建，隆庆三年（1569）包护了青砖。后来，又从偏头关起到北京居庸关止，建起第二道防线内长城。通常就将偏头关与内长城山西段的宁武关、雁门关并称“外三关”，将居庸关与内长城河北段的紫荆关、倒马关并称“内三关”。明代为抵御蒙古所设的“九边”重镇，山西境内有大同镇、山西镇两镇，山西镇负责守卫的实际就是偏头关、雁门关、宁武关一线。而偏头关恰在内外长城交汇之地，战略意义非同小可，故又以其为中心，沿着山峦起伏的长城建起了20多处堡寨，扼守冲要，彼此策应，形成非常完备的防御工程。到了清代，偏头关地区战火停息，遂于世宗雍正十三年（1735）改为偏关县延续至今。从《偏头关》一诗可知，当时的关城及其周围，兵民众多，人烟辐辏，颇具规模，诗中也描述了刻刻警惕的边事，粮草保障的艰难，同时表达了纵然远在荒陲、未敢倦怠丝毫的职责信念。

半壁孤城水一湾，	孤城的半壁斜倚着流水一湾，
万家烟火护偏关。	兵民万家的烟火守卫着偏头雄关。
黄河曲曲涛西下，	黄河的波涛曲曲折折奔腾西下，
紫塞[1]隆隆[2]障北环。	座座居高的堡寨环护于北疆前沿。
铁笛数声催戍急，	数声铁笛似在紧催着戍边的壮士，
玉沙千里叹储艰。	白沙千里的军需储运却最为艰难。
荒陬[3]斗绝[4]今如此，	偏远荒僻凶险卓绝已然如此，
未许将军即解颜。	坐镇的将军未敢有片刻稍展笑颜。

【注释】

① **紫塞**：北方的边塞，西晋学者崔豹《古今注》有言，“秦筑长城，土色皆紫，汉塞亦然，故称紫塞焉”。

② **隆隆**：此处形容一个个立起的紫塞高大坚实，不能作隆隆声解。

③ **陬**：读作zōu，本义为山之角落，也指边远偏僻的地方。

④ **斗绝**：陡峭险峻，也作孤悬解。

99. 张佳胤:《宿永乐宫》

▶ 阅读小引:“权略”超群的为官奇话　早于欧洲文艺复兴的壁画宏图

张佳胤（1527—1588），明代大臣、诗人，字肖甫，号庐山，又号䟸崍山人，四川铜梁人。明世宗嘉靖二十九年（1550）进士，授河南滑县知县。不久，拜访文坛“后七子”首领李攀龙，攀龙“大善”其诗，又经攀龙结识王世贞，成为毕生至交。故谢榛与攀龙、世贞决裂退出后，佳胤被论家补入了“后七子”名录。

佳胤“颖敏秀俊”，足智多谋。任滑县知县时，有剧盗高章等冒名京师特务衙门锦衣卫捕人“缇骑”闯入县衙后堂，刀逼勒索巨金，佳胤“神闲气定，款语揖让”，未对外呼救一声，且酒食伺候，麻痹对方，答应求富家借贷给予，在书写银券时却有意将送钱人填成本县几位捕盗高手之名，巧妙传出信息，制服了劫贼，“权略”被赞为“独步一时”，由此知名官场，屡获升迁，总有过人一筹之举。明神宗万历七年（1579），佳胤出任北方军事重镇宣化巡抚，蒙古部族头领八赖经常率兵侵扰，一次八赖被俘，佳胤传令斩首，同时却急奔刑场亲自宣布赦免，哄得八赖非常感动，“叩头誓不敢犯边”。万历十年（1582），因削减月饷引发杭州兵变，首辅张居正急调佳胤为浙江巡抚前去平息，不料民变也起。佳胤到达后知“乱兵”“乱民”未合，喜曰“尚可离而二也”。于是，先佯装“问民所苦”约见“乱民”头目，突然“下令除之”，接着转谕“乱兵”首脑，命其“讨乱民自赎”，“乱兵”随之攻击“乱民”，“擒百五十人，斩其三之一”，佳胤遂恭请“乱兵”首脑入内受赏，乘机统统诱杀，很快“二乱悉定”，诈术之高、手段之狠可想而知，却受到朝廷“优诏褒美”。未久，官拜专掌军事的戎政尚书兼蓟辽与保定军务总督，继于“敌出入要害”处建烽火台“百七十七”“营舍千八百楹”，筑长城20多公里，使防卫一线“屹然金汤”，论功加“一品诰”进太子太保，故世后谥号“襄宪”。有万历刻本《䟸崍山房集》等传世，明清学者钱谦益称其“高才贵仕兼而得之”，实“所罕见也”。佳胤死前特嘱其子，“元美友”即世贞乃“兄弟也”，“葬我必以王元美”作墓志铭，世贞潸然命笔而成，为二人的友谊画下了圆满的句号。

嘉靖四十三年（1564）佳胤曾出任蒲州知州一年多，《宿永乐宫》应该就是这一期间的诗作，共组诗四首，此为其中第一篇。永乐宫名大纯阳万寿宫，旧址原在山西芮城永乐镇，属于蒲州管辖。金代之前已有寺观，后毁于火，元定宗贵由二年（1247）再建，顺帝至正十八年（1358）竣工，历时110多年。上世纪60年代初因建三门峡水库，整体搬迁于县城北郊中条山麓，现存主要建筑一门三殿，为无极门即龙虎殿与三清殿、纯阳殿、重阳殿。永乐宫是全国重点保护文物，最著名的1000多平方米壁画，精彩绝伦，蔚为壮观，绘制时间几与有元一代同步，略早于欧洲文艺复兴，不仅是中华古代艺术的瑰宝，也堪称世界绘画史上的珍贵杰作。

税驾①南山麓，	公出时停车南山脚下，
投栖永乐宫。	到黄昏投宿永乐宫中。
地偏云下榻，	地势偏远仿佛只有流云寝息，
殿古夜垂虹。	夜晚的古殿堂披拂着迷离彩虹。
旧里②真人后，	吕祖的故里自有真人后继，
浮生过客中。	浮生一梦俱都是过客匆匆。
相邀华表鹤③，	真期望邀请那久慕的仙翁仙鹤，
来往太行东。	整日里逍遥来往于太行西东。

【注释】

① **税驾**：解驾、停车，有公务外出休息住宿之义。

② **旧里**：道教所奉的祖师吕洞宾，其故乡就在永乐宫所在的永乐镇招贤里。

③ **华表鹤**：据传为陶渊明所著《搜神后记》“丁令威”一节载，丁令威“本辽东人”，“学道于灵虚山”，“后化鹤归辽”落于城门“华表柱”顶，有少年“举弓欲射”，“鹤乃飞”并“徘徊空中”，言曰，“有鸟有鸟丁令威，去家千年今始归；城郭如故人民非，何不学仙冢垒垒”，“遂高上冲天”远去，故后世常以借喻久别之人，但此处似指仙人仙鹤。

100. 李贽：《朔风谣》

▶ 阅读小引：被邀晋地治学的“异端”前驱　愤然割喉自尽的叛逆怪才

李贽（1527—1602），明代著名的非正统学者、最具叛逆风骨的思想家，字宏甫，号卓吾，回族，福建泉州人。据载，李贽12岁作《老农老圃论》，就对《论语》所记孔子藐视欲学种田的弟子提出反论。明世宗嘉靖三十一年（1552）省试中举，嘉靖三十五年（1556）授河南辉县教谕，三年期满擢选南京国子监博士，再三年转北京国子监，任教于国家最高学府，后供职礼部刑部。明神宗万历五年（1577）升云南姚安四品知府，三年期满断然辞官，寓居湖北黄安，万历十六年（1588）削发为僧，落籍麻城龙湖芝佛院。

从此，李贽潜心治学近20年，并且“引士人讲学，杂以妇女”，“专崇释氏，卑侮孔孟”，批判意识日趋成熟。万历十八年（1590）其《焚书》刊刻麻城，意即自知不容当今必被焚烧。万历二十七年（1599）其《藏书》刊刻南京，意即只有藏之名山等待后世传播。这两种书与后来刊刻的《续焚书》《续藏书》等10余部，在文史学以至社会伦理、人性自由等方面均多有离经叛道之见，对儒家特别是宋明理学的抨击尤为犀利如锋，惊世骇俗。李贽坦然自命“异端”，“不以孔子是非为是非”，嘲笑“千年一律”的尊孔陈陈相因，实如“前犬吠形”后犬“随而吠之”，讥讽鼓吹“存天理，灭人欲”的“假道学”是“被服儒雅，行若狗彘”。其言论带有鞭挞现实、精神启蒙的鲜明色彩，故正统卫道士的猛烈声讨，谓之“毒流万世”，“坏人心伤风化”，“祸未知所终也”，推崇者则“承风步影”，“趋之若狂”，“少年高旷豪举之士多乐慕之”，“人挟一册以为奇货”，“儒释从之者几千万人”，官绅阶层如状元学者焦竑、书画大家董其昌、文学名家袁宏道三兄弟等都是其知交或挚友。

万历十九年（1591），李贽游览武昌黄鹤楼受到围攻，山西沁水进士、湖广布政使刘东星出面保护，交谈后“知其果有道者”，“始恨相识之晚”。万历二十四年（1596），有官员策动从麻城驱逐李贽，父丧守孝在家的东星遂邀其来到沁水，“历秋至春夜夜相对”切磋学术，李贽“终日闭户读书”，“不释手钞写”，

"勤苦"如"新学小生"，次年初夏赴大同住访数月，后又漂泊北京、南京等处两年多，曾经与意大利著名的传教士利玛窦三次会晤。李贽在山西期间留诗10余首，这首《朔风谣》通俗浅显却又耐人寻味，称得上是一篇充满禅意的醒人劝世歌。

万历二十八年（1600），李贽返回落籍地麻城，但因某些官员借"维护风化"之名，煽惑群氓"逐游僧，毁淫寺"，被迫再度出走，居所龙湖芝佛院与李贽预建的墓塔被烧，友人马经纶将其接至北京近郊通州，未久即遭人奏报惊动天子，诏令以"敢倡乱道惑世诬民"下狱，书籍"尽搜烧毁"，继令递解原籍福建管制。李贽愤而割喉自杀，"血流二日"惨死，却"书益传，名益重"，虽官方屡禁，《四库全书》不收，民间则私刻甚多，影响远大，"五四"以来更常被反孔人士奉为前驱，在我国文化史上无疑已经留下别具光华的最独特的一页。其通州墓葬，至今犹在。

南来北去何时了？	南来北去啥时候是个终了？
为利为名无了时。	为利为名就绝不会有个了时。
为利为名满世间，	看世间满是些为利为名者，
南来北去正相宜。	南来北去都好像非常的洽宜。
朔风三月衣裳单，	朔风呼呼的三月衣裳轻单，
塞上行人忍冻难。	塞上的行人强忍着冷冻磨难。
好笑山中观静[1]者，	更好笑空山中刻板的道徒，
无端绝塞受风寒，	无缘无故饱受着绝塞的风寒。
谓余为利不知余，	说我是为利我不知是我，
谓渠[2]为名岂识渠？	说你是为名你哪知是你？
盖名非利一事无，	如果说无名无利一事也无，
奔走道路胡为乎？	奔走于征路又为了什么忙乎？
试问长者真良图：	若要问长辈人真正的良策：
我愿与世名利徒，	我倒愿邀约世上的名利之徒，
同歌帝力[3]乐康衢[4]。	同唱曲自由的歌儿逍遥江湖。

【注释】

① **观静**：记述唐代禅宗六世祖师慧能言行的《六祖坛经》中载，慧能告诫门徒“汝等慎勿观静及空其心，此心本净，无可取舍，各自努力，随缘好去”，观静有沉溺于刻意坐禅、拘泥于刻板静修而并不随缘顺势之义。

② **渠**：此处代指他。

③ **帝力**：指帝尧时期自由自在的古谣《击壤歌》，即“日出而作，日入而息；凿井而饮，耕田而食。帝力于我何有哉”。

④ **康衢**：通向四面八方的宽阔大道，但此处也有借帝尧时期歌谣表示无机巧无邪心则自然快乐的意思；据战国时人列御寇所著《列子》载，“尧治天下五十年”，不知“治欤不治”，“亿兆”民众拥戴不拥戴，于是“微服游于康衢”，听到儿童在唱歌谣“立我烝民，莫匪尔极；不识不知，顺帝之则”，意即能够让百姓活得很好，没有人比你伟大崇高，无机巧无邪心快快乐乐，时时恪守着天帝之道，尧很是满意，“还宫召舜”随即“禅让”了天下。

101. 李尚思：《城西寺夏集》

▶ 阅读小引：成功晋商治家的德行范例　缔造科举奇迹的父子解元

李尚思，明代官员，生卒年不详，字从学，山西曲沃人。尚思之父，是明代著名的晋商李明性。明性少时好学，倜傥有志，因家境中落难以读书，遂外出经商“秦陇间”即陕西、甘肃一带，终至富甲一方。其毕生“内行周慎”，“为人长厚”，“治家甚严”。有人“伪增其值”故意抬价出售房产，也如数付钱“不更与较”。但族人中有高利放贷者“收息过当”，便“召而责之”，“手裂其券”，撕碎债券狠狠教训了一番，从此“举宗凛凛”，再无敢取不义之财。明性常为自己早年的辍学惋惜，一直督促后辈苦读诗书。所以，明世宗嘉靖三十七年（1558）其子尚思夺得山西省试第一，荣登解元，明穆宗隆庆二年（1568）高中进士。而尚思之子李永培，又于明神宗万历七年（1579）山西省试荣登解元，缔造了山西科考史上独一无二、我国科考史上也是凤毛麟角的父子解元奇迹。祖孙三代体现的，正是晋商最核心的传统素养即那种重德行、尚仁义、忠厚传家、诗书继世的儒商精神。

尚思举进士后初供职刑部，继任掌管高层人事机密的吏部验封郎中，再升都察院右都御史、四川巡抚。当时的四川还包括今贵州、青海的部分地区，民族矛盾复杂尖锐。尚思首先怀柔施惠，废除“采木之役”，凶年则竭力赈济灾民，赢取百姓支持，同时加强防范，积极备战。万历十八年（1590），蒙古土默特“火落赤”部进犯甘南，威胁川北，尚思派兵“扼险设伏”，迫其“遁走”。次年，四川边族“四哨番”作乱，尚思迅速征讨平定。后“火落赤”部再袭西宁，尚思立刻断然抵御，“寇不敢逼，西陲获安”。未几，“火落赤”部又纠结不少部落人马“合谋入掠”，尚思“移师灌口”，亲自指挥“分兵追剿”，直达岷山之下，方才勒碑记功“而还”。

任职四川巡抚时，尚思曾撰写过大量奏折，存世万历刻本《督抚奏议》已成为研究明代西南边疆历史的重要资料。万历四十年（1612），曲沃知县赵彦复纂修《沃史》，尚思为之作序，孤本现藏天津市图书馆。晚年，尚思由吏部侍郎“乞归”返乡，诗酒自娱，故世后获赠兵部尚书衔。有《梅轩诗稿》存世，《城西寺夏集》就是其中之一。

城西寺即曲沃感应寺，寺中之塔建于金世宗大定五年（1165），原高13层。元成宗大德七年（1303）地震，上部坠落，残存七八层从二层以上裂为两瓣，被俗称为“裂破塔”，寺毁后仍孑然不倒，遗存至今，堪称古代建筑质量坚实的一大奇观。尚思此诗，用语精巧，格调清奇，画面幽美，旨趣隽永，为后人留下了一次友朋会聚、避暑佛寺的高雅记录。其子永培中解元后早逝，也有上品诗作存世。

避暑花宫①集，	为避暑热邀友朋会聚禅宫，
清飙敞客襟。	阵阵清风吹开了座客的衣襟。
一峰当牖②静，	静寂无声的山峦直冲窗口，
双树抱台深。	环抱佛台的古树披着深深绿荫。
席引青莲色，	铺地的坐席引来青莲的秀色，
尊移古塔阴。	在移杯塔影的凉爽中开怀畅饮。
因君起妙悟，	诸君的谈吐真令人妙然顿悟，
潇洒白云心。	洒脱的心境赛过那悠闲自在的白云。

【注释】

① **花宫**：佛寺、禅宫，指曲沃感应寺。

② **牖**：读作yǒu，窗户。

102. 李溥:《登永祚塔》

▶ 阅读小引：已绘入市徽的太原双塔　穷家女儿“好佛”太后的离奇传闻

李溥，明代官员，生卒年与籍贯不详。明代官绅有多位称此名者。而从现存资料推断，这位可能就是明世宗嘉靖四十四年（1565）的进士李溥。李溥或许曾在山西做官，或许到过山西，或许就是晋人，生平记载寥寥，但却留下了堪称精美的《登永祚塔》组诗4首，成为吟咏太原标志性古迹的最早的也是最好的诗篇，此为其中之一。

永祚塔即当地民众俗称之“双塔”，所在寺院永祚寺也被俗称为双塔寺，位于太原古城东南角外五六华里。其中一塔约建于明神宗万历二十五年（1597）到三十年（1602）间，据云是为了补辅太原“文运”不足而修筑的文峰塔，配套小寺谓之永明寺。万历三十五年（1607），朱氏皇族驻藩太原的晋王朱敏淳以其过简，遂请五台山显通寺主持、高僧福登和尚前来统理扩建。及至万历四十年（1612），于旧塔左厢60米处筑成新塔，并建起大雄宝殿等几座殿宇。两塔均定名宣文塔，寺也更名为永祚寺，形成了“楼阁巍然”“两峰插天”的雄伟气势。

这次扩建的主要捐银者，相传系明神宗生母李太后。据云李氏原籍山西翼城，出身贫寒，父亲携家迁往京师附近通州的漷县谋生。后李氏入为裕王府侍女，得宠幸生子。明世宗驾崩后因太子已殁，裕王继位为明穆宗。穆宗在位6年辞世，其子10岁登基为明神宗，李氏封为太后。李太后“性严明”，“教帝颇严”，“帝或不读书”或有“其过”即“招帝长跪”，“帝涕泣请改”乃止。太后还曾积极支持内阁首辅张居正变革，推行“万历新政”，野史中甚至有二人彼此爱慕的所谓“黑心宰相卧龙床”的传闻。

太后晚年“好佛”，“京师内外多置梵刹，动费巨万”，晋王的扩建之举显然与此有关，塔名“宣文”很可能是取自太后的尊号“慈圣宣文明肃贞寿端献恭熹皇太后”中的二字以示崇敬，而寺更名“永祚”似也有着为年过花甲的太后祈福祈寿的意味。此后数百年，永祚寺“双塔”历经沧桑，却仍然屹立未倒，终于得以幸存。如今“双塔”已经绘入了太原的市徽，成为古城浑厚而亮丽的标志性图腾。

三晋楼城俯首看，	三晋的楼城尽可以低头观看，
一声长啸倚栏杆。	放开嗓子吼一声再斜倚栏杆。
振衣绝顶青云湿，	绝顶处整整衣衫抖落青云的潮湿，
酌酒危峰白日寒。	对酒危峰披拂着白日的幽寒。
矗矗[①]苍龙擎宇宙，	仿佛矗立的苍龙托起了茫茫天宇，
绵绵紫气[②]发林峦。	绵延的瑞气升腾在林木繁茂的山峦。
我来欲把星辰摘，	我来时原曾想摘几颗星斗，
到此方觉世界宽。	到此间才觉悟世界的辽远无边。

【注释】

① **矗矗**：高耸与重叠之状。

② **紫气**：紫色的霞霭，祥瑞之气。

103. 孙继皋:《豫让桥》

▶ 阅读小引：讲学东林书院的“致仕”状元　春秋义士铺演的血肉壮举

孙继皋（1550—1610），明代大臣，字以德，号柏潭，南直隶无锡即今江苏无锡人。其父仅为儿科痧痘医生，据云夜间梦见也是出身寒家的明武宗正德时期的南直隶状元唐皋入宅，遂为新生子取名继皋。明神宗万历二年（1574），继皋赴京会试考中进士。按照程序还要参加天子主持的殿试，作一“策论”文章献策朝廷，据此排定名次。当时，登基不久的神宗年仅11岁，故出题以“典学立政之要”发问，“典学”特指帝王勤学，“立政”专指帝王临政。继皋之答卷，开篇就是“帝王之继天以立极也，端其本以为学，而后可以立天下之治原，审其要以出政，而后可以弘天下之治化”，接着以“典学”之本在“纯心之道”，“立政”之要在“任人之道”执论，引经据典，纵横开阖，指陈缺失含蓄得体，奉勉新君真切周全，因此大获青睐，钦定第一，果然承继唐皋成为南直隶又一个名字中带“皋”的状元。

继皋状元及第后获授翰林院修撰，又任经筵讲官、侍读学士至二品吏部侍郎，但官场行状史载不多。神宗成年后沉溺淫乐，谏臣交章责难，神宗就令裁抑言官，继皋上疏奏阻，称“人才难得，言路至重”，“一例废黜，尤骇视听”。万历二十四年（1596）明穆宗陈皇后故世，神宗虽非其生，作为正宫“嫡母”却应护送灵柩出宫，神宗则借口“有疾”拟予“遣官代行”，继皋上疏劝止，“帝怒”竟投“其疏于地”。次年继皋即告病几次呈请“辞印”归休，讲学于家乡著名的东林书院，死后追授礼部尚书。

这首《豫让桥》见于继皋《孙宗伯集》，豫让桥指当年晋国义士豫让谋刺赵襄子处，在今太原风景名胜晋祠附近赤桥村，但山西襄垣、河北邢台也传有豫让桥遗迹。春秋末期，晋国卿大夫经多年绞杀兼并，只剩了智氏、韩氏、魏氏、赵氏四族。公元前455年，势力最强的智氏首脑智伯，强胁韩、魏合攻赵氏，赵氏不敌，首脑赵襄子率众退逃晋阳，坚守孤城，后襄子派人游说，策动韩、魏倒戈，联手击败智氏，杀智伯灭其族。此后，智伯家臣豫让决计复仇，先装作清厕劳奴“挟匕首”混入，欲行刺襄子但被识破，襄子赞其“义”免罪“释去”。豫让并未甘休，又“漆身为厉”生满癞疮，“吞炭为哑”烧坏嗓子，“使形状不可知”，潜伏襄子所过桥下再次行刺，因襄子“马惊”被抓。豫让曾作过晋国范氏、中行氏家臣，故襄子发问，二氏被智伯“尽灭”你“不为报仇”，反而“委质”事奉智伯，为何智伯被杀却如此“报仇之深”呢？豫让回答，二氏以平凡的“众人”待我，我也以“众人报之”，智伯以“国士”礼遇我，我即以“国士报之”，襄子听罢“喟然叹息而泣”。这时，豫让提出要求“愿请君之衣而击之”“以致报仇之意”，襄子“义之”，竟脱衣令人递去，豫让“拔剑三跃”，狠砍三刀后“伏剑自杀”，“赵国志士闻之皆为涕泣”。继皋此诗从内容判断，应是某次亲临桥边的感怀之作。

西风肃肃水萧萧，	西风是肃肃流水也是萧萧，
千古人称豫让桥。	千古称道的就是这豫让桥。
死去肝肠明白日，	毅然赴死的赤诚肝胆天日可鉴，
生前侠烈动青霄。	生前的侠烈浩气惊骇了云霄。
肯令友识心偏苦[①]，	毁容复仇的义心专令挚友昭告后世，
请得君衣恨未消。	请来仇家的长衣砍破了恨也难消。
多少临流国士泪，	有多少志士仁人洒泪于此，
忠魂寂寞不堪招。	却可惜一去不复的忠魂寂然难招。

【注释】

① **肯令友识心偏苦：** 专令友人认出的苦心。据《世纪·刺客列传》载，豫让“漆身为厉，吞炭为哑”后“行乞于市”，“其妻不识”，遂见“其友”，“其友识之”，哭劝“以子之才”如果“臣事襄子”，什么做不成？何必“残身苦形”一再做这难成之事？豫让回答，知“吾所为者极难”，但“将以愧天下后世之为人臣怀二心以事其君者也”，就是说我要给以后事君不忠的人树一个使之脸红的榜样，决死之前将情志愿望昭告友人并借其传诸后世，这应该就是豫让的苦心。

104. 唐登隽:《权店山中遇雨见民穴居感赋》

▶ 阅读小引：穷乡僻壤惨痛的民生画图　一位良知官员的悲悯喟叹

唐登隽，明代官员，四川人，明神宗万历四十五年（1617）时曾为南直隶应天府高淳知县，倡议重修过当地关帝庙，生卒年与其他资料不详。收录于清圣祖康熙四十六年（1707）版《平遥县志》中的这首《权店山中遇雨见民穴居感赋》，很可能就是其仅见的传世诗作，但却是一篇颇具人文情怀、史料价值的可贵之作。

权店位于山西武乡，明清时设有驿站，是从太原通向河南的必经要道，过往人士在此作诗留题者甚多，但如登隽这样的角度取材落笔者则未闻未见，堪称独一无二。其人或许曾在山西做官，或许曾因公外出山西，某次停宿于权店山中，亲眼目睹了穷乡僻壤民众生活的凄凉艰辛，悲慨难遏，感伤不已，从而通过充满惆怅和遗憾的语调，描绘了一幅贫苦百姓衣食住行苦难不堪的惨痛画图。

揽辔[1]行来堪蹙额，	骑着马走过这里使我眉皱前额，
山容鹑结[2]无颜色。	破破烂烂的山野无一点鲜活气色。
一望荒丘尽土扉，	望中的荒丘唯只见土灰的破门，
雨里烟迷人断绝。	雾蒙蒙的烟雨里几乎人影断绝。
活活冢[3]居土一撮，	活生生的住地好似坟墓一撮，
那知人世有楼阁?	哪知道人世间还有亭台楼阁?
口餍[4]糠秕不充肠，	吃粗糠咽苦菜也填不饱肚肠，
那知人世有膏粱?	哪知道人世间还有佳肴膏粱?
白藏花六[5]漫弥天，	更莫道晚秋时节已是雪花迷漫，
僵卧何从乞米钱?	哆嗦枯卧的你们到哪里乞讨米钱?
到此愁听雨铃曲[6]，	越思越想越难忍细雨敲击的酸楚，
倩人好绘流民屋[7]。	真应该请人绘一绘可怜的流民小屋。
我行其野不成寐，	此行的伤怀使我耿耿无寐，

忽闻土室人酣睡。	土屋内却传来呼呼的酣睡。
比之猿猱差一般，	穷乡僻壤的民生比猿猴悲惨，
天地之大犹有憾。	有多大的天地就有多大的遗憾。

【注释】

① **揽辔**：辔，读作pèi；揽辔，挽着马缰。

② **鹑结**：鹑衣百结的缩称，比喻衣服的补丁摞补丁状，此处形容穷山恶水的破烂。

③ **冢**：读作zhǒng，坟墓。

④ **餍**：读作yàn，吃饱、满足。

⑤ **白藏花六**：白藏，指秋天，是时五色为白，序属归藏，故作此称；花六，指雪，我国古人早知雪花“六出”即六瓣，故作此称。

⑥ **雨铃曲**：指词牌《雨霖铃》，传安史之乱时唐玄宗出奔蜀地，“西南行”入终南山褒斜谷，“霖雨”一旬不息，在栈道上“雨中闻铃”，“音与山相应”，顿然想起缢死不久的杨贵妃，怆然而悲，精通音律的玄宗乃“采其声”，度为《雨霖铃》曲“以寄恨”，随同出奔的梨园子弟艺名张野狐者，以古代管乐器觱篥“吹之”，“遂传于世”，格调忧伤是其突出特色。

⑦ **流民屋**：此处借王安石变法时期的典故，宋神宗熙宁七年（1074）春，“天下久旱，饥民流离”，推行五六年的变法弊端渐显，神宗“忧形于色”，唯恐“人情咨怨”导致“乱起”，欲“罢法度之不善者”，此时有位管理京师城门的小官郑侠，将“流民扶老携幼困苦之状”绘图献于神宗，并称“去安石，天必雨”，引起社会反响，后世称其图为《流民图》，未久安石罢职。

105．孙传庭：《乙亥警》

阅读小引：衰朽王朝倾塌前的终极柱石　败死李自成之手的悲剧英灵

孙传庭（1593—1643），明末名将，字伯雅，山西代州振武卫人。明朝初年于军事要地皆设卫所，人员亦兵亦农，世代承袭。传庭先祖曾受任振武卫百户长，由河南落籍此地。明神宗万历四十七年（1619）传庭举进士，初授知县，因其“沈毅多筹略”，大约七八年间就升至五品吏部郎中，后“告归”请假“家居”数载。

明朝末年，努尔哈赤所建大金崛起，其子皇太极时更名大清。到明思宗崇祯帝时，清军改变策略，屡次绕过双方对峙的山海关一线，向西进军突破长城骚扰内地，动摇民心，掳掠人丁财物。崇祯八年（1635）为夏历乙亥年，继上年攻击大同一带州县后仅仅几个月，是年春清军又经过黄河河套侵入山西，代州、忻州等地告急。《乙亥警》就是这时传庭作于故乡的诗，共二首，此为其中之一。诗虽然描写了御敌将士的高度警觉，更多抒发的还是国事危难之际的焦灼与感伤。不久清军退走，传庭离家复官，“超迁”顺天府丞即越级提拔为皇都北京地区的行政副职。

崇祯九年（1636），陕西一带高迎祥与李自成等造反势力发展迅猛，传庭再获重用，升任陕西巡抚奉旨“讨贼”。到任后积极筹资，扩建“秦军”，未几月接战迎祥，亲自引兵设伏险谷，将其击溃“擒之”，解京处死。崇祯十一年（1638），又协同三边总督洪承畴大败自成，“尽亡其卒”，自成仅率18骑逃入商洛山中。就在此时清军再度入关，从京郊通州直下济南，5个多月攻掠州县六七十个，劫走人口40多万、金银无数。为此，传庭被急调京“入援”，又令“尽留秦军”驻守蓟辽，传庭力主回军继续围剿自成，抗辩不成乃悲愤“乞休”，竟至被诬系狱，自成因而得到喘息。

崇祯十二年（1639），河南大旱，饥民遍野，一石谷贵达“万钱”，自成借机重振人马，谋士李岩授以“均田免赋”之说，并作“谣词”曰“迎闯王，不纳粮”，使儿童“歌以相煽”，顿时“应之者如流水”，“荷旗（锄）而往”，“日夜不绝”，“其势燎原”。一年多后自成即克洛阳，逼开封，烹死福王，诛杀陕西总督，朝廷为之震骇。只得再用传庭，钦命“剿贼”，惜为时已晚。传庭首战河南失败，被迫退至陕西，继而“募勇士，开屯田，缮器，积粟”，“三家出壮丁一”，造“载火砲甲仗”之车“二万辆”，拟固守潼关，待对方缺粮后“饥而击之”。但因备战“苛急”，“用法”过严，陕西士绅告状“哗于”京师，又因河南不稳，崇祯帝遂于崇祯十六年（1643）五月亲自“赐剑”传庭，加兵部尚书衔，再三催其尽快“督师”征讨。传庭“固知往而不返”，无奈奉旨出师，转战河南数月，一度几乎取胜，最终还是惨败。“冬十月”自成攻陷潼关，传庭殉职死难，衰朽的王朝丧失了最后的柱石。史称“传庭死而明亡矣”，从此自成再无劲敌，次年三月占据北京，崇祯帝自杀，国祚绵延276年的大明黯然落幕。

频年戎马任纵横，	连年来入侵的兵马恣意纵横，
此日长驱气转盈。	到今日更是长驱关内气焰嚣凶。
两镇[1]元戎争料敌，	两镇的将帅紧急筹划对策，
一时健旅尽婴城[2]。	一时间无数的健儿已据守高城。
楼烦[3]碛[4]外朝鸣角，	楼烦的荒漠外凌晨就号角频传，
石岭[5]峰头夜合营。	石岭的峰头夜色中仍旧布防未停。
燕壁[6]晋藩[7]俱咫尺，	东长城南太原俱都近在咫尺，
令人击目泪如倾。	眼望着这样的情景真令人泪雨淋淋。

【注释】

① **两镇**：指明代“九边”重镇之大同、宣府两镇。

② **婴城**：环城而守，如《战国策·秦策》“小黄、济阳婴城，而魏氏服矣”，南宋学者鲍彪注曰“婴犹萦也，盖二邑环兵自守”。

③ **楼烦**：原为春秋时北方部族狄人所建国名，在今山西朔州以北到内蒙古南部一带，战国时赵武灵王推行“胡服骑射”改革，楼烦即其学习对象之一，后来赵武灵王战胜楼烦，将其兵马收编土地兼并，秦始皇统一后曾置楼烦郡，西汉后楼烦仅以县存名，具体地理位置也屡有变化，故此处楼烦应系泛指山西北部地区。

④ **碛**：读作qì，水中的沙堆，引申为沙漠。

⑤ **石岭**：位于今太原北郊阳曲县，岭上有关即古代山西著名的雄关石岭关，石岭山形峭峻，关隘狭险，曾经是太原通往晋北忻州、代州以至内蒙古地区的必经之路，也是抵御北方外敌攻击太原进而侵犯中原的防卫要道。

⑥ **燕壁**：明代时为了加强北京防卫，从长城居庸关起修筑了两道边墙内长城，经直隶即今河北进入山西，由平型关起西至应州、代州、宁武等府州直到偏头关，此外还从平型关以南沿着太行山修筑了一道纵向长城；燕指河北北部，燕壁应该就是这些长城的泛称。

⑦ **晋藩**：晋王驻地，指太原、大同；明太祖朱元璋将诸子分封各地，成为藩王，其三子朱㭎受封晋王，就藩太原，十三子朱桂受封代王，就藩大同，子孙世袭均直至明亡。

106. 袁继咸：《题祁邑察院壁》

▶阅读小引：遭陷下狱引发的古代"学潮"　英风紧步文天祥的不屈雄杰

袁继咸（1593—1646），明代官员、明末义士，字季通，号临侯，江西宜春人。明熹宗天启五年（1625）进士，明思宗崇祯七年（1634）擢任山西提学佥事管理教育。行前，闻权势宦官张彝宪"有朝觐官赍册之奏"，就是官员拜见皇上先要注册审批，继咸随即奏本，称若"此令行"则官员乃至藩王为求通过，必"次第参谒，屏息低眉"，"跪拜"主事太监，致"天下为无耻事"，故"大不便"。彝宪颇为恼火，上奏与继咸"互讦"，崇祯帝支持宦官，继咸怏怏不乐，只好"孑身赴任"。这首《题祁邑察院壁》见于清乾隆四十五年（1780）《祁县志》，应该就是刚到山西不久的诗作。诗用略带调侃的语气描述了仿佛梦一般的升官，表达了对于当地先哲的仰慕以及奉皇命奔忙的身不由己，也抒发了期望承前启后做出事业表率的志士襟怀。

继咸在山西，秉持"立法严而用意宽"之宗旨，大力整顿省学三立书院，扩充生员，资助寒素，深获士林好评，巡抚吴甡也以"廉能"举荐，却因请托"不应"而得罪巡按御史张孙振，崇祯九年（1636）被诬"脏私"逮京下狱。三立书院百余弟子情绪激烈，在傅山等人带动下追随至京"上书"陈情，却三次"不得达"，遂广发"揭贴"大散传单，又聚集皇宫前"伏阙诉冤"，一时都门轰动，引来上千人士联名支持，成为我国历史上一次著名的"学潮"。继咸也将孙振的请托文字与"赃贿数事"供出，终于获得昭雪，调任湖广参议即行政主官布政使的助手"分守武昌"重镇。孙振流放边陲，傅山则"以此名闻天下"。后继咸曾致函傅山邀其赴武昌"同游黄鹤之胜"，碍因社会混乱未能如愿。

继咸在湖广，开始主要是对付农民军。崇祯十五年（1642）受命以兵部侍郎兼右佥都御史驻节江西九江，总督江西、湖广、应天、安庆军务。清军入占北京后，明宗室福王朱由崧称帝南京，建立南明政权，继咸"入朝"，劝福王"以恩泽收人心"，"以纪纲肃众志"。但南明弘光元年（1645）即爆发内斗，拥军自重的将领左良玉起兵武昌，进犯南京。过九江时继咸竭力劝止，良玉略有悔意，不料突然病亡，其子左梦庚秘不发丧，依旧率军东下。双方对峙之际，南京被清兵乘机攻破，福王被俘。梦庚却转而降清，并献出继咸邀功。继咸被解往北京途中，作诗“衰年哀二老，一死酬至尊；从容文山节，谁招燕市魂”，还致函傅山曰“不远盖棺”，然“断不敢负门下之知”，使弟子“异日羞称”于我，显然已抱定了效法文天祥成仁取义的殉国决心。所以，抵北京后继咸虽深受“礼遇”，甚至给予宫廷“内院”居住，仍断然拒绝易服剃发，朝拜清君，且步文天祥《正气歌》作《正性吟》明志，某些已变节弟子绕膝而跪，痛哭劝降恩师，继咸一概不理，誓言“大官好做，大节难移”，慨然就义。

继咸别号袁山，文天祥又号文山，南宋末年还有一位抗元志士谢枋得号叠山，三位均系江西人，江西也称江右，故被后人尊为“江右三山”。三位又均牺牲于北京，写下了民族英雄几近相同的壮烈史诗。

一官蕉梦[①]笑三刀[②]，	宛若睡梦中的恍惚真好笑官已升超，
万里孤征旧葛袍。	孤身万里上任还穿着粗葛的旧袍。
序接新秋晴暑烈，	岁月迫近了新秋晴日里依然酷烈如夏，
天邻绝邑暮风高。	长天紧贴着高城晚风却在更高处呼啸。
云瞻远树人怀狄[③]，	瞻望云端的远树怀想狄公仁杰，
檄捧长驱事愧毛[④]。	捧着官书频频奔走仍愧无毛遂的情操。
老去衣冠看骨立[⑤]，	到老时只剩下衣冠一袭瘦骨一握，
苍生谁起为心劳？	问众生能有谁继往开来为民辛劳？

【注释】

① **蕉梦：**即蕉鹿梦，比喻人生之似梦似真，变幻迷离，典出战国时人列御寇所著《列子》。有郑国“薪者”即樵夫，遇一“骇鹿”击而“毙之”，藏起来并覆以蕉叶，少顷忘记“所藏之处”，以为是做了个梦就一路唠叨，旁人“有闻者”，循“其言”得鹿，归告妻子，妻子却说岂有“薪者”是你梦见“薪者之得鹿”了吧；孰料，那个“薪者”夜里又梦到藏鹿之处与“得之之主”，次日就找上门索讨，两人“争之”不息，讼于“士师”即刑官，“士师”称双方都有梦都有真，故裁定“二分之”，国君

与国相也认为，除了黄帝与孔丘再生，否则谁也辨不清哪些是梦哪些是真，只能这样糊里糊涂，不了了之。

② **三刀**：指官员之升迁，典出唐代房玄龄等所撰《晋书·王濬传》。王濬夜梦“悬三刀于卧屋梁上，须臾又益一刀”，顿时“惊觉”甚惧，其“主簿”即秘书李毅却“拜贺”曰，“三刀为州字”，“又益一者”为益州，不仅非祸且是执掌益州的好兆头，不久果然官拜益州刺史。

③ **狄**：即狄仁杰，唐代名臣，太原人，则天武后大周时期曾两度拜相，以贤能著称。

④ **毛**：即毛遂，此处有愧无毛遂自荐而是被迫奔忙之意；毛遂为战国时期赵国平原君赵胜的门客，长平之战赵国惨败后，赵胜奉命出使楚国争取“合纵”抗秦，遴选随从门客19人，尚少一人，毛遂自荐前往，因其三年未被“称诵”赵胜不许，毛遂以未有机遇未能“脱颖而出”对之，乃成行，而在彼此谈判最艰难之际，恰恰是毛遂“按剑而前”，侃侃痛陈“利害”，才促使楚国歃血定盟，故归来后赵胜慨然赞曰“毛先生以三寸之舌，强于百万之师”。

⑤ **骨立**：形容人消瘦之极。

107. 韩霖：《赠公沙的西劳》

▶ 阅读小引：洋教推手火炮专家的杀身结局 以死“效忠中国”的外籍统领

韩霖（约1598—约1649），明末名士、探求西洋科技的先驱、山西天主教最早的发展干将，字雨公，山西绛州即今新绛人。其父经商江南，家资豪富。其母曾将万亩田产捐作“辽饷”，助朝廷抗击关外的清军。韩霖少时随父前往在今上海的松江府读书，又遍游苏杭、金陵、庐山、曲阜诸地。据称，其人“长身竦肩”，“翩然七尺”，“议论英伟”，“为文有奇气”，“书法在苏米间”类如苏轼、米芾，相交者皆“天下知名之士”，与董其昌、黄道周等均有友情。明熹宗天启元年（1621）应山西省试中举人，次年赴京会考落榜，却结识了前辈大臣、我国研习译介西洋科技第一人徐光启。未久，在绛州筑“卅乘楼”珍藏从江南所“购书数万卷”等，董其昌曾作《韩氏卅乘楼藏书记》讴赞。

约在中举人前一年，韩霖皈依了天主教，教名多默，并遵教规休掉侍妾。天启七年（1627），出资在绛州盖起我国首座教徒自建的地方教堂，徐光启亲撰碑记祝贺。后又捐建专供妇女的礼拜堂，助款在平阳与太原建堂。在其推动下，到明思宗崇祯四年（1631）绛州已有教堂30座，占到山西全省三成，且大量印刷教会书籍，成为全国天主教最为活跃的地区。崇祯十四年（1641），韩霖应绛州知州之邀编写为士民讲授“乡约”的教材，定名《铎书》。铎即铃铛，有宣示之意。该书在诠释明太祖朱元璋“圣谕六言”即“孝顺父母，尊敬长上，和睦乡里，教训子孙，各安生理，毋作非为”时，却不露痕迹地阐述了天主教的教义，转化为一册独具新意也被后世国际宗教界、汉学界高度评价的伦理读本。

韩霖从结识徐光启起即向其“学兵法”，又向意大利传教士高一志“学铳法”，实际就是西洋新式火炮技术。复经数年钻研，完成了《守圉全书》《慎守要录》《神器统谱》《炮台图说》等著作，介绍火炮用法、炮台筑法以及望远镜之类，成为名声拔尖的军事专家。所以，崇祯十六年（1643）山西巡抚蔡懋德特请其到太原三立书院，讲授“战守”与“火攻”。次年年初，李自成率军破黄河入山西，贵州遵义知府何刚进京上书论“治兵”之策，举荐5人中就有韩霖。继而，吏部侍郎、山西曲沃人李建泰自请以"私财饷军"出征抵抗，崇祯帝以"金卮"亲酌御酒送行，建泰委任的"军前赞画"也是韩霖。可惜，韩霖却在自成攻占太原时投降，随之进入北京，自成败退后避回山西，越数年被乱兵杀害，家族破产，大量著作除《守圉全书》等少数外也均失传。

这首《赠公沙的西劳》可谓非常罕见的"涉外"古诗。起因是，崇祯三年（1630）年初，朝廷购买的10多门西洋火炮与雇佣的葡萄牙统领公沙的西劳抵达北京前，在涿州恰遇清军入侵，公沙遂"星夜入药装弹"，"推车登城"，"四门点放"，"声似轰雷，四远震骇"，敌人"闻声而阻"退去。公沙赴京后，恰也在京的韩霖专程拜访请教，又作《购募西铳源流》记事。后公沙出战每有胜绩，但两年后清军进攻山东登州时，明军溃逃，公沙却"执灯发炮"，率外籍士兵数十人死战，直至牺牲。韩霖越发敬佩，称"未有九万里外人效忠中国如公沙的西劳者"，乃将此事此诗载入《守圉全书》。诗作虽不乏奉承当朝天子的口气，但真正表达的还是其希望"睁开眼睛看世界"的积极理念。

鲲鹏居北溟，	神奇硕大的鲲鹏鸟居住在北海，
海运则南徙[①]。	乘着海面卷起的飓风向南迁徙。
蜩与莺鸠笑，	蝉虫与斑鸠之流不免讥笑，
安以九万里[②]？	何苦这样一飞就是九万里？
何谓漆园生[③]，	为什么漆园的小吏庄生，
凭虚谈厥理[④]。	要凭空玄想讲述此中的义理。
今亲见其人，	今朝亲见了公沙其人，
西方之彼美。	才晓得遥遥的西方彼处的优美。
我皇缵[⑤]祖绪，	吾皇承继了先祖的遗绪，
四表重光被[⑥]。	普天下遍洒着德泽的光辉。
蠢尔辽左贼[⑦]，	愚蠢蛮莽的辽东满贼，
螳臂不自揣。	也不知估摸估摸挡车的螳臂。
西儒沐皇恩，	西方的贤士沐浴着浩浩皇恩，
愤彼四郊垒[⑧]。	奋身强固了四郊的壁垒。
允塞哉王猷[⑨]，	君王的谋略务实而又周全，

歼贼[10]如虱虮。	请外兵歼贼真如灭虱杀虮。
我从西儒游，	我曾经跟从西方的贤士游学，
谈天如测蠡[11]。	聆听其谈天说地总深感浅薄难齐。
今与西帅交，	现而今又与西方的军头交往，
谈兵如聚米。	聆听其谈兵论战就仿佛摆弄谷米。
鄙哉井中蛙，	总孤陋寡闻甘做井底之蛙，
宁不羞弧矢[12]？	怎能不蒙受武器落伍的羞耻？
圣代柔远人，	圣明的世道正招迎远来的宾客，
重译[13]安足比？	纵然是周公当政的时代何足比拟？

【注释】

① **鲲鹏居北溟，海运则南徙**：北溟，指北海；海运，指飓风卷动起大海之时；引自《庄子·逍遥游》，“北溟有鱼，其名为鲲。鲲之大，不知其几千里也；化而为鸟，其名为鹏。鹏之背，不知其几千里也；怒而飞，其翼若垂天之云。是鸟也，海运则将徙于南溟。南溟者，天池也”；“鹏之徙于南溟也，水击三千里，抟扶摇而上者九万里”；以此气势不凡之物为喻，赞美了公沙的西劳的来华。

② **蜩与鸴鸠笑，安以九万里**：蜩，读作tiáo，指蝉；鸴，读作xué，指灰雀类的小鸟；鸴鸠，也指斑鸠；引自《庄子·逍遥游》，“蜩与鸴鸠笑之曰：‘我决起而飞，抢榆枋，时则不至，而控于地而已矣，奚以之九万里而南为’”，蜩与鸴鸠嘲笑鲲鹏，我快速飞起，穿过榆枋树木，落到地面就很知足，何必一路九万里向南呢？

③ **漆园生**：指庄子，据《史记·老子韩非列传》载，“庄子者蒙人也，名周；周尝为蒙漆园吏”；漆园，一说为宋国蒙邑的漆树园，一说是古地名，庄子做过管理漆树园之类的小吏。

④ **厥理**：此理、其理。

⑤ **缵**：读作zuǎn，继承。

⑥ **四表重光被**：四表，四方极远之地、泛指天下；被，披、覆盖；典出先秦典籍《尚书·尧典》“光被四表，格于上下”，意即圣德溢于天下四方。

⑦ **蠢尔辽左贼**：此句现存版本是“蠢尔×左×”，挖去两字，应系清代重印所为，现据诗之创作背景与诗前的叙事推断，补为“辽左贼”；辽左是辽东的别称，也是清军入主中原前控制的重地，贼是明末对清军的蔑称。

⑧ **四郊垒**：指公沙的西劳守涿州时“四门点放”火炮事，也泛指其作战中华之功。

⑨ **允塞哉王猷**：允塞，充实、周到；猷，读作yóu，谋略，古代也与犹字通用；典出《诗经·常武》“王犹允塞，徐方既来”，意即君王英明多智，自可平定天下。

⑩ **歼贼**：此句现存版本是“歼×”，挖去一字，应系贼字。

⑪ **测蠡**：蠡，读作lí，瓠瓢，即用葫芦做的瓢；测蠡，用瓢测海；典出班固《汉书·东方朔传》东方朔《答客难》一文中之“以管窥天，以蠡测海”，后世演变为成语管窥蠡测，以喻所知狭小片面，见识浅薄。

⑫ **弧矢**：弓箭，此处指代武装、武力。

⑬ **重译**：本义为辗转翻译、间接翻译，但此处包含着“重译献雉”典故，以喻圣人当政，远国来朝。据范晔《后汉书·南蛮西南夷列传》载，“交趾之南有越裳国”，西周初周公摄政六年“制礼作乐，天下和平”，越裳国前来进贡“白雉”，大概是白孔雀之类，声言“道路悠远，山川岨深，音使不通，故重译而朝”，并盛赞“中国有圣人”，周公将其归功于“先王之神致”，“荐于宗庙”祭献。

108. 贾汉复：《无题》

▶ 阅读小引：善政多多的“贰臣”功臣　西安碑林“石经”的补刻雅献

贾汉复（1605—1677），明末清初官员，字胶侯，号静庵，山西曲沃人。少时系“武庠弟子员”即县武学生员，中年时为南直隶淮安府副将，清世祖顺治二年（1645）归降清朝，隶籍汉军正蓝旗，由佐领、都察院理事官升至工部、兵部侍郎。顺治十四年（1657）以尚书衔授河南巡抚，圣祖康熙元年（1662）转调陕西巡抚，任职12年“所举皆关大计”，政绩非常可观。

在河南，汉复“恤流离”，“垦荒芜”，招抚流民鼓励垦荒，很快开地“七万二千五百余顷”。在陕西，“抚秦七载”，“民安吏肃”，特别是重修了通往四川的古栈道“连云栈”，亲自“捐资募工，授以开凿之法”，即“以火锻石”立刻以醋浇之，顿时“石碎功成”，“道宽倍昔”加宽了一倍，大获公论好评。79岁的归休尚书党崇雅，撰《贾大司马修栈记》《贾老公祖抚秦修栈咏》两碑立于栈道南北端，现存西安碑林博物馆与汉中市博物馆。此外，还“修苍龙岭”即整修攀登华山的唯一险道，“复龙首”即治理荒废灌溉工程龙首渠，并疏浚供水工程通济渠，恢复唐秦王府“莲花池”，演变为今西安莲湖公园。其间，又主持纂修《河南通志》《陕西通志》，振兴河南贡院、陕西关中书院。同时，为家乡创办义学乐育群才堂、捐出私园再建书院，置公墓、立“养济院”、设“社仓”田数百亩备荒救赈，且“新解州关壮缪祠”，就是自己出资翻新了解州关帝庙。

汉复所作所为，桩桩件件值得赞美。而其更可彪炳史册的一项巨大贡献，则是《开成石经》的补刻。

《开成石经》是我国保存至今的石刻经书，唐文宗开成二年（837）完成，竖长安国子监作为太学士子抄录核校的标准版本，计《周易》《尚书》《毛诗》《周礼》《仪礼》《礼记》《春秋左氏传》《公羊传》《穀梁传》《孝经》《论语》《尔雅》12种。北宋时移至西安府学，成为西安碑林的发端。南宋时《孟子》升为经书，后世通称“十三经”，这样石经就缺了一经，数百年无有改观。康熙三年（1664）汉复“毅然镌补”，派人仿《开成石经》字样，以9方17面将《孟子》补齐。这套碑石114方、227面、650252字的完整经学宝典，已成为珍贵无比的民族文化遗产。

康熙七年（1668），汉复奉诏“回京”，从此再未授职。后由大才子玩家李渔为之设计，“垒石成山，引水作沼，平台曲室，奥如旷如”，筑成了北京最负盛名的园林“半亩园”，赋闲居此，直至故世后奉诏“归葬于沃”。但到了百多年后的清高宗乾隆四十一年（1776），中原统治日益巩固，开始大力宣扬忠义，遂下旨于《清史列传》中“另立《贰臣传》一门”附入，将当年降清的明代旧臣洪承畴、钱谦益等120余人均以“大节有亏”定为“贰臣”，汉复在列。倘若泉下有知，这些人恐也只能一声叹息了。

汉复虽系武将出身，却通诗文善书画，有真迹遗存，这首诗即见于其手书条幅，也是其传世唯一诗作。从诗意判断，应系康熙元年（1662）出任陕西巡抚前途经曲沃小住，离开之际道别乡亲时的作品。

夏云烂漫映彤弓①，	夏日的彩云掩映着朱红色的雕弓，
一路皇华②紫气通。	肩负着皇恩身披着紫气一路畅通。
朝命垂新③瞻斗北，	恭领了圣命瞻拜北斗赴任新官，
家声依旧振河东④。	家门的荣耀依然声震河东。
良朋携手关山外，	手拉手的好友直送到关边山外，
骏马连镳⑤风雨中。	相伴同行的骏马缓步在风雨之中。
世事从来多缱绻⑥，	想人间诸事从来是纠结难测，
何须搔首问鸿蒙⑦？	又何必抓耳挠头问什么冥漠的虚空？

【注释】

① **彤弓**：天子赏赐诸侯或功臣良将的漆成朱红色之弓，也有领受皇命的寓意，典出《诗经·彤弓》“彤弓弨兮，受言藏之；我有嘉宾，中心贶之”。

② **皇华**：赞颂奉旨出巡，语出《诗经·皇皇者华》。

③ **垂新**：赴任新职。

④ **河东**：山西西南一带，因在黄河之东故作此称，有时也泛指山西。

⑤ **连镳**：骑马并行。

⑥ **缱绻**：纠结萦绕、难解难分难测，语出《诗经·民劳》“无纵诡随，以谨缱绻”。

⑦ **鸿蒙**：天地未开前远古混沌时期的状态，也指朦胧迷茫的广袤高空。

109. 裴希度:《崇善寺》

▶ 阅读小引：王朝鼎革岁月的跌宕官运　藏有血写经文诸宝的幸存佛殿

裴希度，明末清初官员、诗人，生卒年不详，字晋卿，山西太原阳曲人。明思宗崇祯七年（1634）举进士，先后任知县、工部主事、监察御史。崇祯十七年（1644）三月，李自成的大顺政权占领北京，希度成为降官，用为宏文馆庶吉士，殊不知其母已经在大顺军进攻太原时投井自杀。清人计六奇《明季北略》中，还有这一年的“四月初四”，前崇祯侍读学士、执掌大顺宏文馆的降官何瑞征，敛取希度等人银两，请大顺丞相牛金星“至署饮到任酒”的记载。不久，明宗室福王朱由崧称帝南京建立南明政权，曾下诏令“六等定罪”惩治“从贼”官员，希度罪列四等，定以流放处刑。但南明政权很快覆灭，希度则转而归顺了入主北京的满清王朝，官至管理礼乐的最高衙门副职太常寺少卿。

处于动荡时代先后几易君主，论大节希度的确有亏，本人也十分纠结，故未及暮年即请“致仕”退休，唯以研习“性命”之学与寄情诗文为务。有诗集《澹明野啸》《澹明杂俎文集》以及将明代学者王世贞所编《尺牍清裁》28卷增至60卷加《补遗》一卷等传世，并补辑过《太原裴氏家谱》。在《澹明野啸》序中，希度坦言自己“黯滞硁憨”有点糊涂愚鲁，“与世风违而寡合”，故“潦倒二十余年”，“足踪所履几年，天下升沉，荣辱亦备极人世之遭遇”，这或许就是其中年以后的经历与心态的真实写照。清世祖顺治十五年（1658），著名学者魏象枢为《澹明野啸》作序，也以希度“诗中”不仅“有画”“有史”还“有刺”“有诤”“有泪”称赞，足见所涉主题之广深，且认为从王维“摩诘而后”，为诗“此道在太原者”属“先生无疑”，予以极高的评价。

这首《崇善寺》是希度的一篇悠闲之作。崇善寺位于太原市内城东南，始创于唐代，初名白马寺。明太祖洪武十六年（1383），朱元璋三子、晋王朱棡为追念故世一年的母亲孝慈高皇后，于白马寺旧址扩建新寺，洪武二十四年（1391）竣工，名曰崇善寺。据载，寺院南北长550米，东西宽250米，中轴一线有金刚殿、天王殿、大雄宝殿、毗卢殿、大悲殿、金灵殿前后纵列，布局浩阔，规制宏伟。明末清初渐趋衰落，清穆宗同治三年（1864）失火焚毁，仅有大悲殿残存。

清德宗光绪七年（1881）太原旧文庙水患淹没，次年由山西巡抚张之洞主理民间集资，借崇善寺废址起建新文庙。如今，崇善寺大悲殿已与文庙一道列入了全国重点保护文物名录。殿内三尊8米多高的观音、文殊、普贤菩萨贴金泥塑立像，佛门弟子刺血书写的《大方广佛华严经》、宋元明版经书上万卷，由原大雄宝殿壁画临摹的《释迦世尊应化示迹图》即成佛故事84幅、《善财童子五十三参图》即参拜学法故事53幅以及明洪武年间所铸铁狮子一双、正德年间所铸大钟等，均属于价值非凡的珍稀国宝。

迦和轻动草离离[①]，	寺中人轻轻走动地面上草色迷离，
解带留连共阿谁[②]。	且解带流连一番莫问同伴是谁。
岂有金龙能变日，	哪有什么金龙可以变作红日，
应无铁凤[③]得鸣时。	也未见殿脊上的铁凤鸣唱之时。
沙门[④]化佛成先觉[⑤]，	虔诚的苦修始能佛化成为先觉，
火宅[⑥]烧人自不知。	“火宅”烧人寻常人却盲无所知。
梵放寂寥松树下，	将梵情暂搁在寂寥的松下，
停车闲看旧朝碑。	停得车来悠闲观赏旧朝的题碑。

【注释】

① **离离**：语义广泛，繁盛、浓密、鲜亮、清晰、断续、迷蒙、旷远等皆可形容。

② **阿谁**：即谁、何人，古代口头语，有表示亲切的意味，佛门中也常转指佛性，以疑问语作为启引学人领悟的参究对象。

③ **铁凤**：古代屋脊上栋中央的铁制装饰物，形如凤凰，张两翼，下有转枢，可随风而转如将飞之状。

④ **沙门**：梵文音译，出家修道者之通称，也含有勤行众善、止息诸恶之义。

⑤ **先觉**：最先觉悟、觉悟早于常人者，佛门中认为释迦如来佛就是这样的先觉先知。

⑥ **火宅**：佛家语，喻充满烦恼的世俗人间，典出《法华经·譬喻品》“三界无安，犹如火宅，众苦充满，甚可怖畏，常有生老病死忧患，如是等火，炽然不息”，三界即佛家所谓之欲界、色界与无色界。

110. 卫周胤：《鸣谦驿答侍御裴晋卿》

▶ 阅读小引：敢为逃奴请命的遭贬直臣　台湾民众建祠奉祭的晋籍知府

卫周胤（1606—1660），明末清初官员、诗人，字郜孙，山西曲沃人。周胤少时丧父，与其弟卫周祚“奋起读书”，明思宗崇祯七年（1634）举进士，官监察御史。清朝定鼎北京后“搜遗逸，起前官”招抚明朝旧臣，周胤随即“投诚”，按原职授监察御史，清世祖顺治十年（1653）升至工部副职侍郎，后又任兵部侍郎。

据载，周胤“与人交不设城府”，临事“虽利害不为惑”。清初，满人贵族与有权有势者大量兼并土地，许多汉民被沦为耕奴，以致逃亡甚多，故拟予制定“逃人法”，以抓获三次即可处死与诸多“连坐”条例惩治。周胤却上疏“力言其弊”，直称自己“巡行各处，一望极目，田地荒凉，四顾郊原，社社烟冷”，“百姓流亡十居六七”，认为严酷的打击收效极微，力主减轻惩罚，“多宽逃人一次”多惠“百姓数家”，经各部会商施行，得到“朝议”好评，但未久却遭贬职，“移病”还乡。到了百多年后的清高宗乾隆四十一年（1776），下旨于《清史列传》中“另立《贰臣传》一门”，收当年降清明朝旧臣洪承畴、钱谦益等120余人，周胤与其弟周祚均以“大节有亏”在列。

周胤善诗，有抄本《寄园藏稿》363首传世，现存山西省图书馆，已列入国家珍贵古籍保护名录。写给好友裴希度的《鸣谦驿答侍御裴晋卿》即其中之一。鸣谦驿是古代出太原东南行的第一个驿站，距太原老城30多华里。从诗的内容看，应系周胤与希度刚刚道别后的赠答之作，也是一篇闪烁着我国古代名流士绅的优雅风度的诗作。

值得补叙的是，周胤故世后40多年，其子卫台揆则在台湾留下了颇为杰出的仕宦业绩。曾任国民党主席的连战之祖父连横所著《台湾通史》中载，“卫台揆字南村，山西曲沃人，以荫生知漳州府。康熙四十年（1701）调任台湾，以廉能称。始建崇文书院，时延诸生，分席讲艺，亲定甲乙，文学以兴。四十四年（1705）岁饥，请蠲本年租赋。在任之中，民安衽席。秩满，升广东盐法道，台人建祠祀之”。据称，台揆虽出身“贵介”，但为官尽心尽责，“谨小慎微”一如

“寒素”子弟。出任台湾知府时台湾光复仅18年，“孤悬海外”，“未渐文教”，“号称难治”。台揆首先“禁革”乱收钱税、频征徭役，自己“居台数年”不取“一夫一役”。又积极“以礼义”开化“其民”，首建崇文书院，并个人出资“捐置”了“义田”计“三十七甲一分四厘四毫”，保证了书院长期维持，进而推动各处陆续建起书院多所，台南历史文物馆内至今珍藏崇文书院门额一方。康熙四十五年（1706）任满时，当地人士认为回归以来能使民生世风大有好转者以“台揆之力居多”，故于台南“东安坊府城隍庙左”立“卫公祠”纪念。三年后台揆逝世，曾为其下属又系知交的名臣陈瑸，特撰《郡守卫公台揆德政碑记》立石祠前，冀望“台人”思德于“永永”，碑文收入《清朝碑传全集》。又据称，福建漳州拟辟“开台先贤主题公园”，“卫公台揆”塑像也赫然在列。

迢递[①]一何苦，	无休止的奔波是何等苦疲，
秋风吹我衣。	阵阵秋风吹拂着我的征衣。
悠悠行路子，	前路悠远的行路游子，
见雁晋昜[②]飞。	正望见大雁越过了晋阳南飞。
晋昜有美人[③]，	晋阳城有位翩翩的君子，
风雅素所归。	优雅的风姿令我一向尊随。
南北仅咫尺，	南北相隔仅如咫尺，
神亲形互违。	亲密的知音却又分离。
寄我制锦字[④]，	赠与我赛似锦绣的文字，
开缄兰气菲。	乍开封就溢出芝兰的芳菲。
顾言[⑤]一执手[⑥]，	但在那拱手道别的片刻，
盈盈晋之扉[⑦]。	幽深的晋阳城门已阻断了言语。
邮亭[⑧]惊残梦，	驿舍的静夜从残梦中惊醒，
怕见晓山晖。	真怕见山头升起催行的晨晖。
交久不能忘，	恒久的神交不能忘怀，
非子将畴依[⑨]？	除了你到何处寻求心灵的依归？

【注释】

① **迢递**：遥远、绵延，也指路途或者时间的久长。

② **晋昜**：即晋阳；昜为繁体字“陽”字的一半，古代也作为其简写异体字用，如春秋战国时期的铜质刀币“尖足布”，多铸有制造地名与币值，其中就有“晋昜”“晋昜半”的称呼。

③ **美人**：此处指才德、相貌、风度、教养均出众的男子。

④ **制锦字**：原意为锦字回文诗，此处喻指精美的辞章。据唐代房玄龄等所撰《晋书·列女传》载，五胡十六国前秦苻坚称帝时的秦州刺史窦滔，因罪“被徙流沙”即发配到大约今甘肃敦煌一带，窦滔妻苏蕙“思之”，遂织锦缎“为回文旋玑图以赠滔”，“词甚凄婉”，“凡八百四十字”，但“宛转循环以读之”可以反复成诗，后世好事文人曾对此不断研究，得三、四、五、六、七言诗有3752首、7958首甚至上万首之说，成为我国文化史上一大奇观。

⑤ **顾言**：顾，此处为文言连词，可作但是、只是解；言，文言语助词。

⑥ **执手**：握手，也可作拱手解。

⑦ **盈盈晋之扉**：扉，本义为门扇，引申为门，此处指城门。该句借汉代乐府体诗“古诗十九首”中“盈盈一水间，脉脉不得语”之诗意，表示虽近而无法言谈。

⑧ **邮亭**：驿站的借称；我国古代很早就建有完整的邮驿制度，有五里设一邮、十里设一亭、三十里设一驿之说，邮、亭多半只供传递文书者与过往人员歇息，驿则兼有接待食宿的用途。

⑨ **畴依**：依归于谁。典出《尚书·夏书·五子之歌》“万姓仇予，予将畴依”，传夏朝第三代君王太康不德失政，被东夷有穷氏头领夷羿推翻，太康“昆弟五人”流离洛河之滨，而作此叹悔之歌。

111. 卫周祚：《过殉难孝廉李齐沆其园有赋》

▶ 阅读小引：编入《聊斋志异》的梦幻异事　洪承畴墓志的撰制同僚

卫周祚（1611—1675），明末官员、清初重臣，字文锡，山西曲沃人。周祚少时丧父，与其兄卫周胤苦读诗书，“刻励不少懈”，后就学太原“三立书院”。蒲松龄《聊斋志异》中《小猎犬》所记，即其人一桩神奇的经历：说周祚因书院嘈杂移居“僧院”，但室中臭虫、蚊子、虱子、跳蚤甚多，通宵难眠；某晚忽见一“身高二寸许”的“小武士”，“首插雉尾”，骑小马着猎装，引着苍蝇大小的鹰“自外而入”，一会儿“又一人入”，腰挂“小弓矢”，牵着“巨蚁”似的猎犬，接着这样的“步者骑者”来了“数百”，纷纷“纵鹰腾击”蚊子“尽扑杀之”，驱猎犬“登床缘壁”将臭虫、虱子、跳蚤消灭“殆尽”；继而一戴“平天冠如王者”的“黄衣人”登上桌案，众武士趋前敬献“猎物”，后“王者登小辇”，众武士护驾“万蹄攒奔”而去。周祚“历历在目，骇诧不知所由”，转身一看壁砖间竟遗落着一只小猎犬，乃收入砚盒。小猎犬不食饭粒，只是“寻衣缝”啮“杀虮虱”，一日“昼卧”翻身觉腰底有物，“急起视之”，小猎犬已被不小心压死，室中则再无蚊虫。故事很可能由周祚的一个梦境附会而成，却毕竟给我国文学园林增添了一朵别有趣致的小花。

明思宗崇祯九年（1636），周祚山西省试第一夺得解元。次年举进士，七八年就升至司级官员户部郎中。不久清朝定鼎北京，周祚归顺，由吏部郎中升至刑部侍郎、工部尚书、吏部尚书。清世祖顺治十五年（1658）首设殿阁大学士，钦定洪承畴等10余人，周祚获授正一品文渊阁大学士兼刑部尚书，加少傅兼太子太傅、少师兼太子太师，清圣祖康熙时转授保和殿大学士兼户部尚书。

周祚处事“谨厚”，“敬以事上，俭以居身，诚以服物”，不谋“赫赫之名”不为“皦皦之行”。每归故乡断然“键户”关门“谢绝请托”，到老“田庐无改”，“家无余赀”，康熙帝赞其“品行端方，清慎素著”，故世后谥号“文清”。康熙四十二年（1703）“西巡”过山西时，特命内大臣赶赴曲沃“致祭”，御题“表率班联”恩准树立牌坊。可是，百多年后的清高宗乾隆四十一年（1776），周祚也与其兄周胤一样，被以“大节有亏”列入《清史列传》之《贰臣传》。

周祚诗文遗存不多，但洪承畴死后的墓志铭即其撰写。今北京香山法海寺遗址还有其康熙五年（1666）所书《御赐法海禅寺碑记》《敕赐万安山法海禅寺十方碑碛》刻石两通。这首《过殉难孝廉李齐沆其园有赋》见于乾隆二十三年（1758）《曲沃县志》，是其唯一传世诗作，大约作于60岁左右因病归乡期间。李齐沆系曲沃士绅，举人出身，“丰骨稜稜”，豪爽仗义，也是有名的孝子，曲沃至今犹存的四牌楼，古称望母楼，据传即其所建。崇祯十六年（1643）冬，李自成派兵渡过黄河，一度攻占曲沃，齐沆“见危授命”保护“民财”，“遭酷刑”拷打“虐焰惨天”，却至死拒不透露隐藏线索。所以，几十年后周祚依然感佩不已，遂成此诗。

孝廉李齐沆，癸未贼渡河，不屈死之。偶至其园，想见其人有赋。

隐居别榭[①]跨高原，	隐居的别舍跨立在高高的原陵，
万木争荣带远村。	蓬勃竞秀的万木围笼着僻静的小村。
半榻琴书惊已失，	半床头成堆的琴书惊叹已失，
满园松菊喜犹存。	幸喜有满园的松菊依旧迷人。
锄苗近砌[②]翻红药，	锄苗锄近了台阶药草花儿红晕摇曳，
种秫[③]盈畦待绿罇[④]。	一畦畦的高粱仿佛急待酿酒入盅。
系马庭前追往事，	系马庭前追忆悲怆的往事，
萧萧风雨暗黄昏。	霎然间似感到萧萧的风雨暗淡了黄昏。

【注释】

① **别榭**：榭，建筑在高土台上的敞屋；别榭，有别业、别墅的含义。

② **砌**：台阶。

③ **秫**：读作shú，狭义指粘高粱，广义则泛指高粱。

④ **罇**：樽的异体字，酒杯。

112. 傅山:《甲申守岁》

▶ 阅读小引:亡国之年岁尾的泣血哀歌　两度进京彰显的志士风骨

傅山(1607—1684),明末清初学者、书画家、医学家,也是著名义士,字青主,山西太原阳曲人。傅山出身书香,读书"精敏颖悟",每"十行并下,过目而成诵也"。后受业三立书院,成为山西"提学"袁继咸的门生。是时"天下将乱",不少自命士绅者"多迂腐不足道",傅山"愤之","乃坚苦持气节",蔑视看风使舵、随波逐流。明思宗崇祯九年(1636),继咸由于请托"不应"被巡按御史张孙振诬陷"脏私",逮京下狱。傅山带动三立书院众多学子,赴京"三上书讼之",又广发"揭贴"大散传单阐述真相,聚集紫禁城前"伏阙诉冤",赢得舆论声援,终使继咸昭雪,傅山也"以此名闻天下"。崇祯十七年(1644)夏历纪年谓之甲申年,三月李自成率军攻破北京,崇祯帝自杀,四月满清入关击败自成,十月宣布"定鼎燕京,以绥中国"。所以,这一年已属于清世祖顺治元年。但直至岁末,深陷亡国之痛的傅山仍感到苦楚难忍,愤不欲生,遂写下了仿佛血泪交流的诗作《甲申守岁》二首,此为其中之一。

据载,傅山甲申时曾"梦天帝赐之黄冠"即道服,此后一直着黄冠朱衣,号"朱衣道人",并自称"太原人作太原侨",以示尽忠朱明旧朝,虽处故乡也系暂住新朝而已。其间,除游历江南与鲁豫等地以及一度涉嫌"谋逆"系狱外,大多耕读家园,精研学术,诗文"信笔抒写"率出性灵,"俳调俗语皆入笔端",书画拙中见巧,时发奇趣,均冠绝一时。兼之博通医术,颇多良效,渐被传颂如神。傅山为母亲调制的"八珍汤",取羊肉、米酒、黄芪、良姜、莲藕、山药,配煨面熬煮韭菜佐味,就是太原名食"头脑"的起源。相传傅山授做法予回民朵氏饭庄时,因同时销售羊杂,特题店名"清和元",暗含"头脑杂割清和元"即割掉两个外族所建王朝头脑的寓意,饭庄至今犹在。

清圣祖康熙十七年(1678),诏令征举海内"学行兼优、文词卓越"之士,开特科擢选"博学鸿儒",次年春天子"亲试"143人,录50人授职翰林院。傅山也受举荐,却"固辞"不就,阳曲知县只好派役夫强抬"其床"送达京师,大学士冯溥亲来问候,"公卿毕至"造访,傅山仍"卧床不具迎送"之礼。都察院左都御史魏象枢以其“老病”报奏，钦赐“免试”，“特授内阁中书”优待，令地方官随时“存问”。冯溥请入宫谢恩，傅山“称疾”拒绝，又被强抬“以入”，望见已更名大清门的大明门，顿时“泪涔涔下”，趺扑倒地不进。象枢借机圆场“止！止！是即谢矣”这就算谢啦。次日傅山即离京归家，依旧只着布衣，山西“大吏”拜见，凡以内阁中书称呼一概不理，阳曲知县遵命赠匾“凤阁蒲轮”断然不受。临终拒穿官服，嘱以“朱衣黄冠”入葬。故顾炎武称颂其“萧然物外，自得天机”，另有人赞其“尚志高风，介然如石”，“明代养士三百余载，独先生为中流砥柱”。鉴于此，《清史稿》将其收入了列传“遗逸”篇，有以其居斋“霜红龛”为名的《霜红龛集》与医书《傅青主男科》《傅青主女科》以及书画作品传世。

三十八岁尽可死，	三十八岁的亡国之民尽可一死，
凄凄不死复何言？	凄然惨然地活着又有何言？
徐生许下愁方寸[①]，	心中的愁苦就好像昔日的徐庶，
庾子江关黯一天[②]。	更如同惆怅的庾信守望在黯然的年关。
蒲坐小团消客夜[③]，	枯坐蒲团消磨着宛然侨居的长夜，
烛深寒泪下残编[④]。	烛光的冷泪浸透了写不下去的诗篇。
怕眠谁与闻鸡舞[⑤]，	真怕睡倒后谁与我闻鸡起舞，
恋着崇祯十七年。	最难舍的还是大明朝这崇祯十七年。

【注释】

① **徐生许下愁方寸：**徐生，即三国时人徐庶；许下，指许昌；方寸，指心、心绪；此处是借徐庶的经历，抒发了有如“身在曹营心在汉”的惆怅之情；徐庶早年避乱荆州时与诸葛亮为友，后投奔刘备，又举荐了诸葛亮，刘备遂“三顾茅庐”请出；汉献帝建安十三年（208）因刘表之子刘琮欲降曹操，刘备被迫率部南退，曹操带领“精骑五千急追”，在当阳长坂坡大败刘备，“获其人众辎重”无数；此战中曹操俘虏徐庶之母，孝子徐庶只好前往许昌拜见曹操，行前指其心曰“本欲与将军共图王霸之业者，以此方寸之地也；今已失老母，方寸乱矣，无益于事，请从此

别”，意即失去母亲心绪全乱，已无法襄助刘备成就大业，所以请求离开；徐庶投奔曹操后，曾官至右中郎将、御史中丞，但后来引入文学作品并深入民间，就衍变成了其人“身在曹营心在汉”、为曹操“不设一谋”、似乎过得并不舒畅的故事。

② **庾子江关黯一天：**庾子，即南北朝文学名家庾信；江关，即瞿塘关，在长江三峡瞿塘峡南，又有湖北的荆门山与虎牙山二山夹江对峙，也称江关，但此处并非实指，而有代称乡关也即故乡之义；庾子江关黯一天，系借庾信之遭遇表达思恋故国的黯然愁绪；庾信本是南朝梁朝官员，梁元帝承圣三年（554）奉命出使北朝西魏，抵达长安不久，西魏进攻江南，元帝被杀，庾信滞留北方，后北周取代西魏，两朝对庾信均极尊宠，予以高官厚禄，但绝不放其南归；因此，二十六七年间庾信虽“位望通显”却“常作乡关之思”，所作《哀江南赋》与只存片段的《愁赋》等，寄寓的就是这种“悲不自胜”“泣将何及”的愤懑与悒郁，故后世也将故国思恋称作“庾愁”。

③ **客夜：**客居之夜，以喻亡国之后视故乡也如异国他乡。

④ **残编：**残缺不全的书卷或者文字篇章。

⑤ **闻鸡舞：**司马氏晋朝人祖逖，青年时与刘琨“俱为司州主簿”，关系甚好，每每“共被同寝”而眠，曾半夜“闻荒鸡鸣”，古人多认为不祥，祖逖却称“此非恶声也”，用脚催醒刘琨，二人遂早早“起舞”，健身练武，后都成为名臣名将，也留下了一段闻鸡起舞的著名励志故事。

113．傅眉：《古柏歌》

▶ 阅读小引：书画人杰酒仙父子的多味生涯　礼赞晋祠周柏的借物咏怀

傅眉（1628—1683），清代书画家，傅山之子，字寿髦，山西太原阳曲人。傅眉一如乃父，自幼聪颖且“力学”不倦，“每日出樵”打柴，而必“置书担上”，稍有憩息就认真“把读”。傅山常行医各处，外出“卖药四方”，傅眉总是与其“共挽一车”，傍晚抵达旅店，立即燃灯“课读”经史诸书，绝少偷闲。所以，傅眉精通“文献”，知识同样渊博，与人叙谈“古今治乱”“用兵成败”之道等，“言之凿凿”“滔滔不尽”。其诗文“不摹古人，不袭时贤”，书画“清雅奇逸，劲拔刚健”，尤善篆刻，铜刻更为一绝。所绘山水仿效傅山风格，古朴之中时见真趣，并多有为父代笔字画应酬之作传世。后世论家认为，傅眉字不及尊翁，画则隽巧过之。清世祖顺治十一年（1654），傅山因涉嫌参与明朝流亡政权将领宋谦密谋反清被捕，傅眉也牵连入狱。傅山“抗词不屈”，甚至“绝粒九日”几乎死去。后经人“奇计救之”，圣谕裁定“诬报”，准予“释宥”。清圣祖康熙二年（1663），山西行政主官布政使王显祚还为傅山购买住宅一所，即太原傅家巷4号院，上世纪六七十年代尚存。

傅山喜饮米酒，米酒的酒曲谓之糵，唐代还有位高僧唤作黄糵禅师，傅山遂以“老糵禅”如同自号老酒仙戏称，于是傅眉也以“小糵禅”戏称。傅山晚年某日“偶于醉后作草书而卧”，傅眉故意将己作换置案头，次日傅山醒后视之，慨叹笔下“中气已绝，殆将死矣”。傅眉大惊，赶紧说明真相，傅山乃直言无忌道“然则汝不食麦矣”，是借用春秋时晋国景公死前一段典故，等于说你活不到吃新麦那一天了。“后果如言”，傅眉先于傅山一年而逝。这样的轶事或许令人悲喜杂陈，却也生动说明了父子二人别具个性的生活情趣与超然脱俗的心灵境界。

傅山在世时，几度隐居太原风景胜地晋祠，云陶洞就是其主要住处，同时留下了一些诗作与题词，晋祠名泉难老泉亭的“难老”二字与吕祖阁神龛楹联“日上山红，赤县灵金三剑动；月来水白，真人心印一珠明”等即傅山所书所撰。《古柏歌》可能就是傅眉陪同傅山隐居晋祠期间的诗作。古柏即晋祠圣母殿左侧两株周柏，一名“齐年柏”，据测算树龄将近3000年，一名“长龄柏”，树龄稍晚，树围均可达五六米。欧阳修游晋祠时，就曾以“地灵草木得余润，郁郁古柏含苍烟”盛赞其美。傅眉其诗则借礼赞古柏，表达了与乃父一样虽经风雨磨难而坚守天道、顺乎自然、俯仰不受制于人的志向旨趣。从诗中也可知，当时的古柏一株虽倒一株尚立，今已两株俱倒，但远端的枝杈上仍然年年缀满新生的绿叶，与傅山题写的“晋源之柏第一章”碑刻相映生辉，仿佛不断倾诉着远去岁月的无尽沧桑。

晋祠众木临水多，	说不尽晋祠的树木临水最多，
青杨白柳交枝柯[1]。	青杨树白柳树枝繁叶茂交织如梭。
不能老大作妩媚，	比妩媚论婀娜虽不够数一数二，
此两柏树可奈何？	这两株古柏的情状可又如何？
左柏劫铜纽铁[2]起，	看左柏仿佛揪着铜扭着铁坐地而起，
老龙出没教其子。	又好像盘旋出没的老龙训教龙子。
攫云搏雨岩阿[3]幽，	潜身于弯曲的山凹拿云斗雨，
解牙蜕角[4]风尘里。	千年的风尘磨秃了锐角稀疏了牙齿。
造物[5]怂恿其笃生[6]，	幸蒙造物主特别的厚爱独享长生，
旁人诋娸[7]为半死。	却有人谰言妄议你已经半死。
右柏绝倒人莫嗔[8]，	看右柏扑倒在地莫要惊怪，
材与不材[9]稳放身[10]。	似这样似材非材顺其自然更宜全身。
重根拗捩[11]通心直，	重重的根系盘结而内心通达坚直，
小节脱略[12]碍眼新。	无拘束的小枝小节排开抢眼的簇新。
自是气力凭压物，	从此后听凭自己的气力横压他物，
岂其[13]颓委依倚人。	又何必东倒西歪还得靠人支撑。
左柏右柏幽影寒，	左柏右柏啊幽幽的树影如此清寒，
客子[14]徘徊于其间。	寄居的访客流连忘返徘徊其间。
右柏左柏幽影淡，	右柏左柏啊幽幽的树影如此清淡，
客子歌罢高云散。	寄居的访客唱罢了高天里云也飘散。

【注释】

① **柯**：草木的茎条，常与枝并用。

② **劫铜纽铁**：形容古柏奇崛刚劲。

③ **岩阿**：山弯、山的曲折处。

④ **解牙蜕角**：形容古柏衰老之状。

⑤ **造物**：创造万物，但多用以指称创造万物的神力，也指运气、造化。

⑥ **笃生**：生而得天独厚，典出《诗经·大明》“长子维行，笃生武王；保右命尔，燮伐大商”。

⑦ **诋娸**：娸，读作qī；诋娸，诋毁丑化，典出班固《汉书·枚皋传》“其赋有诋娸东方朔又自诋娸”，唐代学者颜师古注曰“诋，毁也；娸，丑也”。

⑧ **嗔**：读作chēn，责怪、气怒。

⑨ **材与不材**：处于有用无用之间，典出《庄子·山木》；谓“庄子行于山中”，“见大木枝叶盛茂”，但伐木者止步“不取”，问何故，答因“无所可用”，庄子叹曰“此木以不材得终其天年”，庄子出山后投宿旧友，旧友令童仆杀鹅款待，童仆问，“其一能鸣，其一不能鸣”，该杀哪只？旧友说“杀不能鸣者”，次日上路后“弟子问于庄子”，“山中之木以不材得终其天年”，而那只鹅却“以不材死”，那么“先生将何处”呢？庄子回答，我“将处乎材与不材之间”，接着又阐发了一番宏论，核心就是顺应自然、随势进退，方为护身避害的两全良策。

⑩ **放身**：自由自在，不受拘束。

⑪ **拗捩**：捩，读作liè；拗捩，歪曲、扭弯。

⑫ **脱略**：放任无拘、不以为意。

⑬ **岂其**：何必，典出《诗经·衡门》“岂其食鱼，必河之鲂；岂其娶妻，必齐之姜”。

⑭ **客子**：寄居异乡之人，以此自称似也含有如傅山“太原人作太原侨”的寓意，即身在故里也如暂住新朝，暗示着对于朱明旧朝的怀恋。

114. 阎尔梅:《霜红龛访傅青主》

阅读小引：诗悼“屠城”的“复社”名流　尽散家资救国的“布衣之雄”

阎尔梅（1603—1679），明末清初诗文家，字用卿，号古古，因其耳朵“长大”，“白过于面”，又号“白耷山人”，江苏沛县人。尔梅出身富庶，“博学善诗”，明思宗崇祯三年（1630）举人，明末继东林党之后抨击朝政最活跃的文人结社组织“复社”的著名成员。崇祯十七年（1644），李自成攻占北京推翻明朝，不久满清击败自成，有自成余部退兵沛县，招尔梅入伙，遭其撕碎牒文“大骂”拒之。

是年5月，明宗室福王朱由崧称帝南京，建立南明政权。尔梅“上书请兵北伐”，并“尽散家财”招募“死士”愿为“前驱”，据云达到7000多人。后应南明兵部尚书、督师江北的史可法之邀，赴扬州参赞军事，因谋划诸策皆“不听”“不行”，乃留书道别“而去”。次年夏，可法拒降死难，清兵强行攻破扬州，残酷“屠城”报复，尔梅特作近千字长诗《惜扬州》痛悼。诗先以扬州昔日的锦绣繁华铺衬，转而以“伤哉胡骑渡河南，杀人憔独扬州多”“鸣刀控矢铁锋残，僵尸百万街巷填”“妇男良贱苦鞭疮，疾驱枯骨投荒塞”“掠尽巨商掠贵介，裘马郎君奔负戴”“死者未埋生者死”“乱漂腥血腻红湍”这样令人揪心的文字，描绘了无辜生民蒙受杀戮荼毒的悲惨情状。

扬州失陷后，尔梅避走淮安，曾率“壮士伏城外”欲击清兵，众人却恐受扬州之祸不断阻拦，而降清成为当地巡抚的赵福星也“遣官”招徕，尔梅虽以“丧节事人何异死，有家劳梦不如无”“岂有丈夫臣异类，羞于华夏改胡装”回绝，但也只好“散其众”，“遁海上”削发为僧，自称“蹈东和尚”。旋即又“联络四方魁杰”，“走山东”“至河南”图谋“再举”。因“事发”被捕“下济南狱”，后“脱走”归乡，追缉者随即赶来，致其弟、侄“就逮”，“妻妾同自缢”。尔梅则“讬死夜遁”，易名“翁深”隐身，历游楚、蜀、秦、晋等省及至塞外“凡十年”，直到“狱解”始还。此后又数度出行，遍走北方，交结志士，仍望光复故国。清圣祖康熙十年（1671）尔梅再游山西，辗转各州县近一年，在太原专赴傅山居斋“霜红龛”拜访，彼此极为投契，结为“岁寒之盟”。《霜红龛访傅青主》即此次见面的题赠之作，尔梅对于傅山的人品才学给予了极高评价。

不过，这时满清王朝的统治已日趋稳固，“历艰险”“久奔走”的尔梅深知“大势已去”，难以回天，遂从此蛰居家乡，整日寄愁“于酒”，“醉则骂座”。常慨然曰，“吾先世未有仕者”没个当官的，“国亡”时却能“破家为报仇”而使“天下震动”，事虽“不成”，但“疾风劲草”一番，作为“布衣之雄”则“足矣”。每每“高歌起舞，泣数行下”，算得上一位义士了。所以，《清史稿》将其与傅山一样收入列传“遗逸”篇，有《白耷山人集》传世。

狼孟[①]西南大卤[②]平，	阳曲西南的大盆地平溜溜得平，
汾川直逼太原城。	汾河的流水一路扑向太原古城。
山中有客能逃世，	山林中自有高士超脱尘俗，
海内无人敢好名。	看海内并无谁人敢与齐名。
金石编年[③]藏绿匦[④]，	探究考据的丰腴成果皆藏书匣，
渔樵结伴采黄精[⑤]。	只伴着打鱼砍柴的乡民采集黄精。
晋阳松栝[⑥]深秋老，	晋阳的青松翠柏深秋里越发苍劲，
秃笔烦君画几茎。	就请君为我摇摇秃笔画上几根。

【注释】

① **狼孟**：战国时赵国地名，汉代置为狼孟县，旧址在太原阳曲县黄头寨，今称黄寨，南北朝北魏时废县并入阳曲，故后世也将阳曲别称狼孟。

② **大卤**：太原包括太原盆地一带别称，唐人李吉甫《元和郡县图志》载“中国曰太原，夷狄曰大卤”，“其实一也”，意即大卤只是北方少数民族的叫法。

③ **金石编年**：金石，青铜钟鼎与石制碑刻之类文物，识别考据其中的文字补证历史记载的学术研究谓之金石学；编年，按年代顺序编排史料与有关著作进行学术研究；金石编年，称赞傅山著述的丰富、学术成就的超卓。

④ **匦**：读作guǐ，匣子、小箱。

⑤ **黄精**：一种中药材，据传有延年益寿之效；《清史稿》列传“遗逸”篇载，傅山“六岁”时“啖黄精，不谷食”，“强之”“乃饭”，后则“读书过目成诵”，故或有暗指此事之义。

⑥ **栝**：读作guā，古人谓“柏叶松身曰栝”，即桧柏，也称圆柏。

115. 顾炎武:《灵石县东北三十五里神林晋介之推祠》

▶ 阅读小引:"比迹河汾"的百科鸿儒　逝世山西留下的学术遗憾

顾炎武(1613—1682),明末清初学术巨匠,原名绛,字宁人,江苏昆山人,因居里有亭林湖,也被尊称亭林先生。明亡后曾在故乡参与抗击南下清军,兵败得脱改名炎武。顺治十四年(1657),因与当地富豪土地纠葛惹出人命官司,从此一直避祸离家漫游北方,所至主要地区之一就是山西,从清圣祖康熙元年(1662)起10余次出入此间,陆续居留六七年,与多位名士结为至交,最友好者即是傅山。二人在太原数度相聚,志同道合,惺惺相惜,其名句"苍龙日暮还行雨,老树春深更着花"就是康熙二年(1663)首次与傅山会面时的赠答之作。并且,筹划过垦荒雁门关外"务农积谷",还娶过一房小妾,而其毕生诗作300多首中有50多首写于山西。甚至相传晋商票号也是傅山与之共同"密计",意在"操纵金融","图举大事",连梁启超都称"山西票号相传为傅青主、顾亭林所创办"。在昆山,有幅"皇清处士顾公炎武"肖像,题词"一代大儒,学贯天人,隐居求志,比迹河汾";"河"即黄河,"汾"即汾水,"比迹"即脚印挨着脚印走遍,这几个字充分表明了炎武与三晋大地的密切关系。

有资料载,"亭林先生自少至老手不释书",虽多年萍踪浪迹,每出门"则以一骡二马捆书自随","马上无事"即"据鞍"背诵"诸经注疏",碰见"故友"未及招呼,有时跌下"崖谷","亦无悔也","往来曲折二三万里","览书"得"万余卷","偶有遗忘"到旅舍饭铺必"发书而熟复之",遇"边塞亭障"就招呼老兵在"道边酒炉对坐痛饮",咨问"风土"人文"区域"地理,"若与平生所闻不合"定"发书详正","无所疑乃止"。由于"精勤至此"才掌握了"渊涵博大"的知识,留下60余种500多卷无与伦比的著述。代表作《日知录》32卷1020条,"上篇经术,中篇治道,下篇博闻",浩瀚精深,包罗百科,自谓"平生之志与业皆在其中",坚守"良工不示人以璞"之古训,殚思竭虑不断雕琢,誓"以临终绝笔为定",逝世10多年方被刊刻于福建建阳。受其熏陶,外甥徐元文高中状元,徐乾学、徐秉义夺得进士第三即探花,兄弟三人造就了我国科举史上独一无二的家族奇迹。

《灵石县东北三十五里神林晋介之推祠》中所言之祠，位于山西灵石张嵩村。介之推事始见《左传》，但后人不断添油加醋，以讹传讹，越传越离谱越走样。康熙十六年（1677）炎武途经该处，感慨良多，遂成此诗。旨在正本清源，追根论底，破迷误驳谬见，批俗陋斥奇谈，是一篇充分体现其超凡认知的力作。介之推祠曾经殿宇壮观，松柏环绕，故谓神林，现仅存有极少遗迹。

康熙二十年（1681）夏，顾公由陕西再次入晋，“抱疾”到达曲沃，会见理学教育家卫蒿，并“挟图书子仆”，准备长期居此著述。次年正月初四（1682年2月10日），受曲沃知县熊僎之邀聚宴，初八拟答访熊僎，上马时失足坠地，“疾作竟日”辞世，在山西留下了这位文化大师最后的学术遗憾。清德宗光绪三十四年（1908）钦定入祭文庙，陪祀孔子。

古人有至心[1]，	远古之人常有着至为纯真的心，
不在狷与忍[2]。	不论是性格的急躁还是柔忍。
国禄既弗加，	君王的封赏既然未能给予，
吾身可以隐。	自可以无怨无悔退隐潜身。
去矣适其时，	离去时且要适得其时，
耕此荒山畛。	默默地找一处荒山开辟耕耘。
更与贤母偕，	携同贤明的慈母安闲避居，
丘壑情同允。	田丘沟壑也融入你高洁的深情。
卓哉鸾凤姿，	超群卓立的介之推宛如鸾凤，
飘飘高自引[3]。	飘然直上翱翔在神圣的苍穹。
向使属戎行[4]，	倘若是令其挥军征战，
岂其逊枝轸[5]？	难道会次于公卿名将栾枝、先轸？
出处何必齐，	个人出处的尊贵何必求齐，
此心期各尽。	最美好的心灵期许还是各尽所诚。
末世多浮谈，	可惜世风的衰败催生着浮浅的谈资，
有类激小忿。	就像是借机翻搅被压抑的愤懑。
割股固荒唐，	“割股”故事杜撰得固然荒唐，
焚山事可哂[6]。	“焚山”情节编造得越发笑人。

微哉仲子⑦廉，	孟夫子早批过那个“廉士”陈仲子，
立操同蚯蚓⑧。	要践行极端的操守只有变作蚯蚓。
遗祠君故乡⑨，	介君的故里毕竟立祠经久，
父老事惟谨。	乡亲父老岁岁年年的奉祀周谨谦恭。
牡丹异凡花，	富丽娇艳的牡丹异于凡俗的花，
春深洗铅粉⑩。	绽放到暮春时节照样落尽嫣红。
况此黄芦林，	更何况这快速枯黄的丛丛芦苇，
晚送秋风紧。	在傍晚秋风的击打中已是东歪西倾。
厉⑪彼顽钝徒，	劝那些愚顽笨钝的蒙昧之徒，
英名代无陨⑫。	普天下唯有千古相传的英名永不凋零。

【注释】

① **至心**：至诚至真之心、不受世俗蛊惑之心。

② **狷与忍**：狷，狷忿、急直；忍，狷之反义，柔忍、宽和。

③ **飘飘高自引**：此句以上九句，均系对《左传》中介之推故事最原初记载的阐释与评说；据《左传》载，春秋晋国献公时期发生宫廷内乱，公子重耳被迫出奔19年，公元前636年归国夺权继位，即为晋文公，而后封赏随其“从亡者”，诸人纷纷夸功，只有“介之推不言禄”不争赏，结果“禄亦弗及”，但之推认为，“献公之子九人”唯文公最终“主晋”，是“天实置之”即上天安排，既如此有人却“以为己力”，“不亦诬乎”等于胡说吗？“窃人之财”都“谓之盗”何况“贪天之功”呢？如今“下义其罪”下面夸功等于犯罪，“上赏其奸”上面奖励等于纵奸，“上下相蒙”，“难与处矣”再不想侧身其间了，其母嘱其“求之”，以令文公“知之”，之推称自己不苟同还仿效他人去求，岂不“罪又甚焉”，准备退身又去使知，岂不还是“求显”，遂与母一道隐居“而死”，文公闻知后赶忙去找，却“求之不获”，故将“绵上”之地封为之推祭田，曰“以志吾过，且旌善人”，全然是位认错诚恳、补救得体的君王形象；顾炎武认为，飘飘高蹈的介之推，卓然不群，有神鸟鸾凤之姿，才算得上是位真正的隐士、够格的高士。

④ **戎行**：行伍、军旅生涯，典出《左传》“下臣不幸，属当戎行，无所逃隐”。

⑤ **枝轸**：指晋文公属下两位名将，均出身公卿家族的栾枝与先轸；公元前632年晋国楚国爆发“城濮之战”，交锋于今山东鄄城与河南濮阳之间，栾枝是晋国下军主将，先轸是下军副将，但前期作战时先轸以智勇迅速制服卫国，显示了杰出的用兵才华，又恰值三军主帅、中军主将郤縠病故，文公遂断然将排序最末的先轸提拔为三军主帅，经其周全谋划、精明调度以及栾枝诸将的灵动指挥，晋国大获全胜“一战而霸”，文公登上了诸侯盟主的宝座。

⑥ **割股固荒唐，焚山事可哂**：哂，读作shěn，笑；此二句系对《左传》以后恣意杜撰介之推故事的指斥；顾炎武在《日知录》中明确指出，之推事“当以左氏为据”其余“理之所无，皆不可信”，并考证出战国时的《庄子》与《楚辞·九章》中即有了之推“割股”文公“焚山”的端倪，于是“瑰奇之行”开始彰显，“廉靖之心”渐渐沉沦；后世则越附会越多，说文公流亡时断炊挨饿难行，之推就割下大腿肉熬成肉汤进献，文公非常感动，承诺将来重赏，继位后恰恰忘怀，之推怨怒而去遁隐山中，文公有所愧疚，围山呼唤寻找不得，下令烧山逼其走出，之推直至烧死终不露面；顾炎武认为，编排这些荒唐可笑的情节，都不过是道德丧失的“末世”滋生的“浮谈”，宣泄一种浅薄低俗的“小忿”而已。

⑦ **微哉仲子**：微，此处可作“非”解；仲子，战国时齐国著名的高士陈仲子。

⑧ **立操同蚯蚓**：指孟子批评陈仲子的事；陈仲子出身贵族，家有封地豪宅，其兄食禄万钟，但仲子以为“不义”，且拒受齐国大夫之聘，隐居于陵，楚国以相位招请，仲子不屑，更远遁山中为人灌园勉强度日，曾三日无食，饿得眼无视耳无闻，爬到井边捡起一颗咬掉大半的李子果腹才支撑过来，故齐国将军匡章向孟子夸赞，此人难道不是真正的“廉士”吗？孟子不以为然，称仲子这种极端化的操守理想，除非将人变成蚯蚓，只吃土只饮水方可做到，而你却居有屋食有粮，能说清是伯夷那样的贤人还是盗跖那样的坏人所盖所种的吗？既如是，能进入“廉士”行列吗？

⑨ **遗祠君故乡**：介之推祠所在的张蒿村位于介山西麓，介山即后来所称的灵石、介休交界一带的绵山，相传介之推隐居、晋文公烧山与所封之推祭田就在此地；但顾炎武在《日知录》中指出，晋国“始见春秋”，“其都在翼”即今翼城、曲沃一带，“霍山以北”直到文公后60多年晋悼公时期“始开县邑”，“前此不见于传”，灵石、介休的绵山“与晋都远不相及”，又进而考定之推隐居与文公所封的之推“绵上”祭田，应该在“翼城县西”的绵山，俗称小绵山；所以，此处“遗祠君故乡”未必代表顾炎武的学术观点，只能说是作诗时的一种信笔而已。

⑩ **铅粉**：我国古代妇女化妆用的粉，有增白之效，与胭脂并提则称铅红，铅粉混合其他香料等物制成不同的化妆品，又通称铅华，也以此借指少女及至中年时期的女性容颜。

⑪ **厉**：激励、鞭策。

⑫ **陨**：读作yǔn，坠落、坠灭。

116. 于成龙：《壬戌仲春复过井陉口》

▶ 阅读小引：落第举子宦海中的发愤腾飞　政绩“卓异”的“廉吏第一”

于成龙（1617—1684），清代名臣，字北溟，号于山，山西永宁州人，故里今属方山县。明思宗崇祯十二年（1639）应山西省试名列副榜，即从落第举子中选前几名准赴京会试，但次年及至满清入主中原，成龙几度会试均告失败，清世祖顺治十八年（1661）45岁方通过吏部擢选，授官广西罗城知县。

此时，罗城一带刚刚“收归”，地势偏远，万山围绕，边民“犷悍”，环境凶险，首任知县被杀，二任吓跑。友人劝其放弃，他则负气表示“我辈虽无科第身份”，誓要“勿昧天理良心”有所作为。到任后，县城“遍地榛莽”，居民仅止“六家”，县衙破烂不堪，只好插“篱棘”当门窗，“累土”以为公务“几案”，夜晚须“枕刀一口”贮火枪“二杆”自卫，也感叹过“胡为乎来哉！悔无及矣”。但其没有退缩，反而更加发愤，迅即抚“吏民”召“流亡”，编制保甲管控治安，严打盗匪，渐使百姓“安其居”，得以“尽力耕耘”。还亲撰诗联嘉奖“勤而获者”，鞭策“惰者”，并请准“宽徭役”减盐赋，“建学宫”兴教，“设养济院”救孤贫。前后7年善政“次第举行”，“与民相爱如家人”，终令一县“大治”，被考核为“卓异”即全省官员最优，升四川合州知州。任满再评“卓异”，升湖北武昌知府、福建按察使，又被荐福建“廉能第一”，升布政使。清圣祖康熙十九年（1680），天子“特简”为直隶巡抚，次年奉召“入觐”，赐“帑金”“良马”与“御诗”以示“褒宠”，赞为“清官第一”。未久转迁二品两江总督，驻南京督理江苏、江西、安徽诸省。

成龙为官清正，有胆有识。在合州曾化妆乞丐潜伏盗穴“杂处十余日”，摸清底细一举捣毁，在武昌曾“骑骡”仅带两名随从“迳入”叛乱团伙，招降“其众数千”。据蒲松龄《聊斋志异》记：成龙视察江苏高邮时，恰值某豪贵嫁女“装奁甚富”，夜间被穿墙“席卷而去”，当地刺史“无术”破案，成龙遂下令关闭城门，“止留一门”通行，又大发告示令“各归第宅”，“次日查点搜掘”全城，同时暗嘱守门兵丁，发现出入两次者拘留，果然捕得二人押来，成龙命“解衣搜之”，长袍内“皆奁中物也”；皆因贼惧大搜，“急于移置”转赃，“物多难携”必然重复往还，恰被智擒。

而成龙最为称颂者，还是几近苛刻的廉洁自律。其人“历官”20年不携家眷，“不受属员一毫馈送”。做州官时，为了赈灾，节约长期不用肉菜，之食加糖之粥，得雅号“于糖粥”。转调赴任途中，一路上也只干啃萝卜佐餐。儿子前来探望，返乡时也仅割下半只咸鸭嘱其带回，又得雅号“于半鸭”。任总督后，仍“日食粗粝”，“佾以青菜”，复被戏称为“于青菜”。办公之际猝然长逝，遗物仅“粗米数斛”“绨袍一袭”“床头盐豉数盎而已”。南京百姓获讯，纷纷“罢市聚哭”，葬归之日“士民数万人步二十里外伏地哭”，“江涛”为之“不闻”。康熙帝再次赞其“天下廉吏第一”，“制诗”表扬，赐祭葬，加赠太子太保，谥号“清端”。

《壬戌仲春复过井陉口》作于康熙二十一年（1682）。是年春，从出仕即未还乡的成龙“乞假”安葬母亲后离家莅任总督。经太行山井陉口时，40多年前首次过此赴京赶考的失败，其后宦海的锐意争强而至迅速腾跃，可能统统浮上心头，遂写下这篇充满感慨也不免踌躇满志的诗作。几年前当地发现诗作碑刻，已成珍贵文物。

行行复过井陉口[①]，	日复一日赶路再次来到井陉口前，
白发皤皤[②]非旧颜。	可叹我白发苍苍已非旧时容颜。
回首粤川多壮志，	想当初赴任黔广川蜀充满宏图大志，
劳心闽楚少余闲。	后荣升闽乡楚地公务劳碌绝无余闲。
钦承帝命巡畿辅[③]，	曾恭奉御旨主政护卫京师的重地，
新沐皇恩出固关[④]。	又沐浴着新赐的皇恩驰出固关。
四十年前经熟路，	四十年前走过的熟识的道路，
于今一别到三山[⑤]。	如今一别就要奔向那就职的江南。

【注释】

① **井陉口**：陉，连绵山脉中断之处形成的可通行谷道；井陉，古人所称“太行八陉”之一，由山西平定横穿太行山直至河北，因“四面高中央下如井”得名；井陉口，指固关。

② **皤皤**：读作pó pó，形容头发斑白的状貌。

③ **畿辅**：京都周边与附近地区，清代时也是直隶省即今河北省的别称。

④ **固关**：井陉最西头的进出口关隘，明英宗正统二年（1437）初建关城，谓之故关，位于今山西平定旧关村，明世宗嘉靖二十二年（1543）西迁5千米重建关城，取固若金汤之意更名固关，位于今山西平定新关村，新旧两关部分遗迹尚存。

⑤ **三山**：指南京三山，因一山有三峰并列故得此名，位于南京西南长江边，其突出江中部分谓之“三山矶”，李白名作《登金陵凤凰台》中“三山半落青天外，二水中分白鹭洲”，所言即是此处景观。

117．魏象枢：《甲申闯贼陷宁武关周总兵战死》

阅读小引："夺官"待罪巡抚的尽忠成仁 夫妻死战殉身的不降总兵

魏象枢（1617—1687），清代大臣、学者，字环极，号庸斋、别号寒松，山西蔚州（今河北蔚县）人。清世祖顺治三年（1646）进士，早期在官场并不如意，顺治十六年（1659）以"母老乞终养"辞归，清圣祖康熙十一年（1672）重新出仕，从此即步步高升直至一品刑部尚书。暮年还乡时"除书数千卷外无长物"，笑曰"尚书门第，秀才家风"。天子御书"寒松堂"匾额嘉勉，故世后赐祭葬，谥号"敏果"。

所幸的是，正是10多年的乡居成就了象枢儒学名家的地位，有《寒松堂集》等传世。《甲申闯贼陷宁武关周总兵战死》应该也是其乡居期间的诗作，所表现的乃是明朝末年发生于山西的一桩悲壮的战事。

明思宗崇祯十七年（1644）正月，李自成建国大顺，称王西安。二月渡黄河进入山西，从汾州、静乐直逼太原，刚被"夺官"待罪的山西巡抚蔡懋德，决计坚守，拒绝投降。自成遂亲自"督众攻城"，城破后懋德断然自杀，同时战死与不屈死难官员"凡四十有六人"。自成憎恨懋德，验尸时还愤然"以刃断颈而去"。

此后，自成挥军北上，忻州"迎降"，但在代州即今代县却遭到激烈的抵抗。总兵周遇吉率部"凭城固守"，又接连数日"潜出"城外，杀伤"无算"，奈因"食尽援绝"只好突围退至宁武关城。自成兵马追来，"大呼五日不降"即"屠其城"，遇吉慨然不理，命"四面发大炮"回击。不久"火药且尽，外围转急"，又派出"弱卒"出城诱敌入内，然后落下闸门"杀数千人"，对方用炮连续轰城，遇吉则令人不断修复倾塌。其间，自成因有"四骁将"折损，畏惧"欲退"，但部下进言"我众百倍于彼"，即使反复"用十攻一"，岂能不胜？自成"从之"，转而采取"前队死，后复继"的车轮战法，终致"官军力尽"，关城陷落。遇吉依然坚持力战，及至"马蹶"倒地仍"徒步跳荡"，"格杀数十人"，直到全身箭刺"如猬"被虏还"大骂不屈"，竟被捆缚"高竿"乱射而亡，骨肉惨遭切割。遇吉的忠烈也大大激励了"城中士民"，纷纷参加"巷战"，"杀贼不可胜计”。其家仆随同“出斗”，“死亡略尽”，夫人刘氏据云系蒙古族，素性“勇健”，带领“妇女数十人”困守山巅总兵公署，“登屋而射，每一矢毙一贼”，使之不敢进逼，最后通过“纵火焚之”，遇吉“阖家”才凛然“尽死”。

有资料载，这一战遇吉凭借五六千人杀伤对方六七万人，是自成起事以来碰到的最顽强的抵抗，故自成非常担心后面的大同、宣府重镇“尽如宁武”，甚至计划退兵“还秦休息”再图“后举”。可就在此时，大同总兵与宣府总兵的“降表”相继送到，自成转而“大喜”，于是“决策长驱”北京的北门户居庸关，总兵不战“开门延之”，明王朝的崩溃步入倒计时。宁武关大战的历史评价可能不一，遇吉的精神却应该肯定，故后世的敬佩者、赞颂者举不胜举，也成为弘扬节义的文艺作品的生动素材。

公讳遇吉，辽东锦州卫人，贼至，大战城下，死之。城陷，其妻某氏督妇女巷战，矢尽亦死。

大呼高帝[①]出城闉[②]，	疾呼着高皇帝的威名杀出重门，
三百年来此一身。	三百年大明朝称得上第一英雄。
帐下投醪[③]多战士[④]，	与部属甘苦与共到临阵勇士自多，
军前拔帜[⑤]是孤臣。	强敌前唯有你战旗浴血独洒孤忠。
裹尸[⑥]不愧真男子，	慷慨殉国真不愧真正的男子，
擐甲[⑦]曾闻有妇人。	披甲御敌何听过这样无畏的夫人。
若使将军犹未死，	如果可以让将军未曾死难，
彗芒那敢近中宸[⑧]？	罪恶灾星的凶焰怎能够扫荡皇城？

【注释】

① **高帝**：即高皇帝，常特指庙号为太祖的王朝始创者，此处指明太祖朱元璋，其谥号为“开天行道肇纪立极大圣至神仁文义武俊德成功高皇帝”。

② **闉**：读作 yīn，古代城门外层曲城即瓮城的重门，也代指瓮城、瓮城一带或城本身。

③ **投醪**：“醪”读作 láo，古代用米所酿的浊酒，也用作酒的总称；投醪，投酒入江与军民共饮，喻上下同甘共苦，典出吕不韦《吕氏春秋·顺民》；

越王勾践败于吴国后“苦会稽之耻”，矢志复兴，为了“深得民心”，“身不安枕席，口不甘厚味”，“三年苦身劳力”，“内亲群臣，下养百姓”，以招徕“其心”，“有甘肥不足分”时自己“弗敢食”，“有酒”则“流之江与民同之”，最后终于灭掉吴国，成为春秋末期的霸主。

④ **战士**：此处指勇士、死士，非指一般士兵。

⑤ **拔帜**：拔旗另树，此处有独树一帜之义，典出《史记·淮阴侯列传》；韩信受命攻赵，快到井陉口时传令露宿，又“选轻骑二千人”令各“持一赤帜”，待赵军倾巢攻击时冲入赵营“拔赵帜，立汉赤帜”，然后“背水”列阵，次日交锋不久即故意“弃鼓旗”佯败，退至水边无路可退，部下只有“殊死战”，赵军“不胜”，“欲还归”，这时那些“奇兵”早已驰入赵营“皆拔赵旗，立汉赤帜二千”，赵军发现后“大惊”，顿时兵乱“遁走”，复被韩信两面“夹击”，大破之。

⑥ **裹尸**：捐躯战场，典出范晔《后汉书·马援列传》中名句“男儿要当死于边野，以马革裹尸还葬耳。何能卧床上在儿女手中耶？”

⑦ **擐甲**：披甲、穿起铠甲，典出《左传》“擐甲执兵，固即死也”。

⑧ **彗芒那敢近中宸**：彗，彗星即俗称扫帚星，古人认为是预示天灾人祸的凶星；宸读作chén，帝王居处；中宸，代指朝廷；据《明史·列传》156卷周遇吉部分载，李自成对遇吉非常敬重，到北京后曾多次说“他镇复有一周总兵，吾安得至此？”故后来有论家称，遇吉“忠义之气能动寇贼”，而痛斥那些闻风丧胆、屈膝求降之辈“不啻蛆虫粪秽矣”。

118. 赵吉士:《交山平寇》

▶阅读小引:武装举事多年的山民啸聚 软硬兼施一举平息的书生知县

赵吉士(1628—1706),清代官员,字天羽,号恒夫,安徽休宁人,自幼寄籍杭州。吉士出身官宦书香世家,学问深厚,勤于著述,毕生所撰颇丰。但其清世祖顺治八年(1651)中举人后再未考中进士,虽入官场却也升迁颇缓,清圣祖康熙七年(1668)才远赴山西交城当了一名七品知县。可正是在这里的5年,吉士"家计半为官赔",带头捐献数千银两发动当地筹资,开渠、掘湖、改田、植树、固城池、筑新路、兴办学校、纂修县志,使之"百废俱举"。而其最被史家称道的,则是平息了困扰官方40多年的交山变乱。

交山指山西吕梁山脉中交城西部一段群山,峰峦高峻,沟壑万千,明末就有多股山民武装啸聚,曾支持过李闯王军,有诨号"葫芦王"的任亮人马最强。满清入主北京后,任亮等又接受招安投降,被调山东作战。顺治五年(1648),交山驻军头目因敲诈贪赃被民众砍杀,变乱再度激起,官方讨伐失败。又恰逢大同总兵姜瓖举兵反清,山西各地数十州县易旗响应,交山武装借机出击,攻占交城、文水、汾州诸城,经清徐一路打到晋祠,直逼太原。不久,山西反清遭到镇压,交山武装被迫撤回。此时,任亮等也已潜归,多股力量仍各霸山头,据险设寨,对抗官府,还往往劫扰周边,被视为"盗贼渊薮"却一直难以扑灭。

吉士莅任交城后,决心彻底根除,遂制定"先抚后剿之策",凡投诚者"令招其党"减罪,"每获贼,善遇之",得以套出了"群盗阴事",察知"诸贼踪迹"。并推行"保甲法",有"匿贼者"一甲"连坐",优选"乡兵"巡守,官绅富户必须"家出一丁,与民均役"。吉士又亲自入深山劝人"力耕勿为盗",兼"察其形势"默记"而还"。再命每乡绘制地图,拼成大图。继则采取离间分化计谋,予以逐个削弱,且拉拢了任亮之子任国铉。

康熙十年(1671)10月朝廷下旨总剿,吉士认为如山民"一闻尽剿"必"畏罪自疑",战斗到底,主张"以驻防为名"调兵智取。如此部署停当后三路出袭,在国铉等人内应下,诱使"贼皆走上"了危崖绝地"三座崖"。这时吉士派人传话,尔等"良民"莫为"贼胁",官府将"按户"稽查人丁,"不在即以贼论”，听罢就有人悄悄逃走，最后仅存200余人，随即堵死去路围捕，“贼四窜”奔突，被俘“颇众”。接着“分搜”各个“巢穴”，又准许“降贼”抵押妻或子为人质，去捉拿“他贼以自赎”。所以，“入山”仅16日“盗悉平”，任亮等被处死。事后，吉士召山民中“始终不附贼者”37家，赏赐“羊酒”，“立为约正”相当于村长之类，又将1430家编入户籍管理，从此交山再无变乱。

《交山平寇》就是这一行动取得成功时的诗作。越二年吉士任满离去，此后仕途依然坎坷，还曾罢官多年，筑园林“寄园”寓居北京，最终补了个国子监的教学管理人员八品学正“而卒”。其所著《寄园寄所寄》，以12“寄”的编排记述了古代与明末丰富的轶事逸闻，采撷广博，雅俗皆陈，已成为我国笔记文学中一部宝贵的典籍。

古岸摩碑①画土疆②，	越过摩碑壁立的古岸去收回变乱的疆土，
书生拥盾事戎行③。	我一介书生也要操起盾牌谱写军旅篇章。
葫芦川指新屯寨④，	葫芦川已被新屯兵的堡寨锁定，
野子河⑤怜旧战场。	经过野子河时仍惋惜曾经失败的战场。
军吏论功无刃血，	得胜后论功行赏最首推刀刃无血，
村翁破涕进壶浆。	山村老翁已破涕为笑送上庆贺的酒浆。
由来不杀称神武⑥，	自古道不杀而立威才堪称神武，
此后何人更陆梁⑦？	看今后还有什么人敢在此称霸称王？

【注释】

① **摩碑**：摩崖碑，即在山崖峭壁摩平石面镌出的碑刻，赵吉士交山“平寇”时可能制作过摩碑，或者此地原来就有摩碑，但摩碑似也可解为摩挲碑刻。

② **土疆**：坚硬顽强、罅裂丛生、石块垒积不平的“磥礰磊魂之地”，也借指领土疆界。

③ **戎行**：行读作háng；戎行，军伍、军旅之事。

④ **葫芦川指新屯寨**：葫芦川，即交城葫芦河，有东西两条顺势而下，围绕着三座崖会合于葫芦口，三座崖极为险峻，又恰恰塞在当口，登攀通过非常

艰难，成为占山啸聚者牢固的门户；新屯寨，即靖安营，也称靖安堡，位于葫芦口西南30华里处，曾为官军戍所，清世祖顺治五年（1648）交山变乱时被焚成“废垒”，赵吉士到任后带头捐银534两，筹款集资“新筑”；圣祖康熙十年（1671）“平寇”总剿时，吉士先以调防为掩护与上峰派来的部队“约期进屯”，“七日置酒大享”麻痹对方，最后一天“夜半席未散”，吉士即“上马”合兵，“疾驱四十里”后“分三队”，“一袭东葫芦，一袭西葫芦”，自率一队“进驻东坡底”，切断了“两葫芦要道”，使“东西贼”之互援“并绝”，又经内应鼓噪，终于将其包围于死地三座崖而一举歼灭。

⑤ **野子河**：交城境内文峪河上游的中段河流，也称野则河；清世祖顺治五年（1648）交山变乱后，3000名官军前往讨伐；不久，变乱山民设伏野子河附近石锁关，歼灭入山送粮官军500余人，缴获无数，解粮官也被打死；彼此相持之际，恰值大同总兵姜瓖举兵反清，官军紧急调出作战，讨伐因此失败。

⑥ **神武**：指以智慧立威取胜而不动刑杀，典出《易经·系辞上》“古之聪明睿知，神武而不杀者夫”，隋唐时期注疏家孔颖达言“用此《易》道能威服天下，而不用刑杀而畏服之”。

⑦ **陆梁**：跳走的样子，西汉张衡《西京赋》中言“怪兽陆梁”，有嚣张、猖獗之义。

119. 朱彝尊：《送张劭之平遥》

▶ 阅读小引：崛起于“博学鸿儒”的平民翰林　萃集北京百科的首部指南

朱彝尊（1629—1709），清代诗人、文史学大家，字锡鬯，号竹垞，浙江秀水（今嘉兴）人，明代武英殿大学士朱国祚曾孙。彝尊“生有异秉”，读书“经目不遗”，学业诗文俱皆出色，填词更是一绝。奈家道中落，早年仅以教读为业，后“客游”南北充当幕僚。但所至各地“定交”者多为才俊，个人也“文名益噪”，声誉渐致鹊起。

清圣祖康熙五年（1666）春到次年秋，彝尊被山西行政主官布政使王显祚邀为幕僚，客居太原。彝尊有位同乡张劭，创作过一部极为流行的通俗小说《平山冷燕》，描写了平（如衡）、山（黛）、冷（绛雪）、燕（白颔）两对才子佳人的典雅恋情与完美结合。当时，张劭曾来山西，欲赴平遥，彝尊遂赠马一匹，并作这首《送张劭之平遥》为其壮行。从诗中看，彝尊似已到过那里，非常欣赏彼处风物，且认为《诗经》“魏风”中《汾沮洳》篇所表现的情事发生地就在平遥一带。

康熙十八年（1679），开“博学鸿儒”特科选贤，由天子“亲试”全国举荐之名士143人，录50人。已届“知命”的彝尊以平民身份入取，与潘耒等三人并称“四大布衣”，从此时来运转。未久，获授翰林院检讨参修《明史》，议事每有卓见。如提出“作史者未可存门户之见”，以自身“同异分邪正”，指出被赞捧至极的明末东林党人“不皆君子”，“异乎东林者亦不皆小人”，考证出因痛斥明成祖篡位而遇害的名臣方孝孺，所传“弟子朋友为一族”连坐被杀的“诛十族”之说并无“足据”。康熙二十年（1681）彝尊受任日讲起居注官，又奉旨主考江南乡试，越二年“入值南书房”，成为皇帝文字侍从，赐居“禁垣”，准紫禁城骑马，数度出席御宴，获赏锦缎、时果等。但因带人私进内廷抄书降官一级，后复原官，康熙三十一年（1692）退归家乡。

彝尊才气横溢，治学勤奋异常。早年“客游”时凡遇“丛祠荒冢、破炉残碣”断缺之文，必“搜剔考证”细“与史传参校同异”。数十年屡积藏书8万余卷，笔耕至老不辍。71岁完成《经义考》300卷，74岁完成《明诗综》100卷与附录《静志居诗话》，80岁编定毕生诗文总汇《曝书亭集》80卷，此外还有《词综》《易书》与食谱荟萃《食宪鸿秘》等。尤为难得的是，曾精心搜罗两年，刻苦钩沉1649种古籍，以星土、世纪、形胜、宫室、城市、郊坰、京畿、侨治、边障、户版、风俗、物产、杂缀13门分类，石鼓考列后，撰制首部北京地方志书《日下旧闻》42卷，清高宗乾隆时诏令增补，定名《钦定日下旧闻考》，已成为研阅北京历史文化的珍贵指南。有论家称，彝尊生时王士祯最“工诗”，还有“工文”“工考据”者，而“兼有众长”却独其一人。后来康熙帝“南巡”彝尊四次恭候“迎驾”，获御赐“研经博物”匾额褒奖，81岁故世。曾为赵吉士撰墓志铭，而为其撰墓志铭者则是山西阳城籍显宦、文渊阁大学士陈廷敬。

“彼汾沮洳”[①]吾旧游，	那汾水的低湿所在曾是我的旧游，
送尔匹马逾徐沟[②]。	送君一匹快马你需要穿越徐沟。
人行芳草碧于水，	行走在芳草丛中人都会嫩绿如水，
日出杏花红满楼。	晨光里绽开的杏花常常红遍群楼。
榼[③]中酒味苦桑落[④]，	满壶的酒味总飘着苦桑的别趣，
帘外鸟声黄栗留[⑤]。	帘外的黄鹂唱起来就没有个停留。
客居适意远亦得，	遂心快意的客居之处远点儿无妨，
摇笔赋诗何所求？	挥挥笔写写诗这样的人生还待何求？

【注释】

① **彼汾沮洳**：汾，即纵贯山西中南部的汾水；沮洳，读作jù rù，低湿的地方；《诗经》“魏风”中有《汾沮洳》篇，“魏风”是产生于山西的民歌，故以篇中此句代指平遥一带。

② **徐沟**：山西原有县名，上世纪50年代与清源县合并，成为今太原市清徐县。

③ **榼**：读作kē，古代盛酒的器皿。

④ **苦桑落**：苦桑，桑科植物的一种；桑落，南北朝北魏贾思勰《齐民要术》中“造酒法”言，“十月桑落，初冻则收水，酿者为上时”，是酿酒

的最佳季节；北魏郦道元《水经注》载，当时蒲州有“姓刘名堕者”极善“工酿”，酒成后要封存一个“枯枝之年”，次年“桑落之辰”开启，有似“兰熏”之芳“麝越”之香，“故酒得其名”谓之“桑落”，是古代产自山西的美酒；明代镏绩《霏雪录》中也称，“河东桑落坊有井，每至桑落时取水酿酒，美甚，故呼为‘桑落酒’”。

⑤ **黄栗留**：即黄鹂，《诗经·葛覃》有“黄鸟于飞”句，三国时东吴学者陆玑《毛诗草木鸟兽虫鱼疏》中解释，“黄鸟，黄鹂留也，或谓之黄栗留，幽州人谓之黄莺，或谓之黄鸟”。

120. 屈大均：《云州秋望》

▶ 阅读小引：险遭开棺戮尸的文字之祸　被乾隆皇帝大骂的其书其事

屈大均（1630—1696），清代诗人、学者，字翁山，号莱圃，广东番禺人。少时为县学生员，后受业于名士陈邦彦。清世祖顺治三年（1646）清军攻广州，曾参与邦彦等人反清斗争，失败后邦彦不屈死难，大均出走肇庆，向南明王朝永历帝呈《中兴六大典书》，又因父丧归乡。清廷发布迫使汉人遵从的“剃发令”后，曾作《藏发冢铭》《长发乞人赞》《秃颂》等讥诮抨击，继而彻底落发“逃禅”，出家故乡海云寺，并将居舍称作“死庵”以示忧愤。

顺治十三年（1656），大均开始云游四方，奔波各地。在南京拜谒葬朱元璋的明孝陵，在北京登景山哭悼崇祯帝自杀处，在辽东凭吊袁崇焕督师故垒，所作诗词多有感伤悲慨之叹。据说还在浙江与魏耕、祁班孙等人秘密联络郑成功北伐，后魏耕以“通海”处死，祁班孙流放，大均幸免。清圣祖康熙十二年（1673）吴三桂起兵云南反清，大均前往投奔，上书纵论兵事，被授广西按察副司，未久托病离去。康熙二十年（1681）清军彻底平定江南，两年后收复台湾，统治日趋稳固。大均遂退隐家乡，重披儒服，从此再不外出，专事治学授徒。

然而，其怀恋旧朝之情一直未泯，子女姓名皆嵌“明”字以示永记，诗文中不断流露对新朝的“悖逆之词”“不平之气”。尤其是，详尽搜罗从崇祯帝到其自杀后江南所建南明政权三代君王期间数百位牺牲殉国的义士行状，辑成《皇明四朝成仁录》12卷，非仅收有官员左懋第、阎应元、杨廷枢与少年英雄夏完淳、吕宣忠等，还记载了“细柳营瓦匠”“桐乡村人”“总兵家丁”“百川桥乞儿”等数十位低层庶民的刚烈事迹，且着意将明朝尊称“吾朝”，将清兵蔑称“夷”“虏”，屡加“屈大均曰”点评发挥，鲜明的憎爱洋溢纸面。鉴于此，清世宗雍正八年（1730）被发现后，死去的大均几乎被开棺戮尸枭首，书与刊板一律下旨焚销。清高宗乾隆四十一年（1776）又亲颁“上谕”，指斥大均“不能死节”，“遁迹”佛门“腼颜苟活”，却借亡国“托名”忠贞，“妄肆狂狺”，“其人实不足齿，其书岂可复存”，再次严令“逐细查明，概行毁弃”。存有遗书的屈氏近支曾孙判“斩决”，后获钦命免死。所幸，《皇明四朝成仁录》等大均著述还是被人秘藏下来，其中《广东新语》一书，涵盖天文地理、经济物产、农事民生、科技文化、风物习俗等诸多方面，极具史料价值，拥有古代广东“大百科”之美誉。

《云州秋望》作于康熙五年（1666）。是年，大均云游至西安，与名士李因笃“定交”。因笃筹划垦荒雁门关外，大均随其前往山西代州，又结识顾炎武，因笃还将一位抵抗清军战死将领的女儿介绍大均为妻。在此期间成诗数首，后携新妇经云中赴京师。当时的诗坛魁首王士祯曾赞大均之诗“尤工于山林边塞”，“一代才也”。这首格调旷荡豪放、境界雄健苍莽的诗作，就是很能显示其创作风格的代表性篇什。

白草黄羊外，	白草黄羊似乎都远在渺茫的天外，
空闻觱篥[①]哀。	总恍惚有几声隐约的胡笳戚戚哀哀。
遥寻苏武[②]庙，	翘首眺望欲寻索苏武庙的踪影，
不上李陵台[③]。	却绝不会登临那降将李陵的坟台。
风助群鹰击，	成群的雄鹰凌风翻飞往复奋击，
云随万马来。	团团云朵像追着万匹奔马滚滚涌来。
关前无数柳，	谁曾想关前习见的无数垂柳，
一夜落龙堆[④]。	一夜间就绿满了这边地的漠漠沙海。

【注释】

① **觱篥**：读作bì lì，古代的一种乐器，汉朝时由西域龟兹传入，以竹为管，以芦为首，形似喇叭，类如胡笳，也名笳管，边塞军中多用，其音调悲凉沉郁，故又有悲篥之称。

② **苏武**：我国古代著名的节士，西汉杜陵即今陕西西安人；汉武帝天汉元年（前100）奉命以中郎将“持节送匈奴使留在汉者”，到达后匈奴发生内乱，苏武受到牵连被扣，匈奴单于“欲降之”遭拒，就将苏武关入地下“大窖中”，并绝“饮食”，苏武“啮雪”，“与毡毛并咽之”，“数日不死”，匈奴遂转迁其“北海上无人处”，“使牧羝”就是放牧公羊，声言公羊生崽始可“得归”，北海据说就是今俄罗斯贝加尔湖；苏武在这里竟日“掘野鼠去草实而食”，但牧羊时必举西汉节符，节旄“尽落”依然如

故，历尽艰辛19年不屈，汉昭帝始元六年（前81）双方关系好转时才回归长安；汉宣帝时赐爵关内侯，悬画像于彰嘉功臣的麒麟阁。

③ **李陵台**：李陵之墓；李陵是西汉名将，大将李广之孙，我国历史上著名的降将，“善骑射”，也“谦让下士”，“甚得名誉”，有乃祖“广之风”；汉武帝天汉二年（前99）出击匈奴，李陵受命率一路“步卒五千人出居延”，在浚稽山遇匈奴军，以骑兵“三万围陵”，李陵引兵苦战有胜，匈奴乃增调“八万余骑”会攻，李陵寡不敌众，兵败“遂降”；武帝闻之“怒甚”，司马迁就因为其辩护而惨遭“腐刑”阉割，继又传言李陵教授匈奴演练兵阵，故被灭族，母、弟、妻、子均皆“伏诛”；据云，李陵与苏武曾在匈奴晤面，苏武归汉后致书劝其反正，李陵作《答苏武书》回复，诉尽乡国思念的同时，阐述了自己当年的无奈与蒙受的冤屈，写得声情并茂，慷慨悲凉，词采恣肆激越，已成为我国古文中的名篇，但也有论家认为是伪作。

④ **龙堆**：白龙堆的略称，原指西域天山南路之沙漠，后世诗文中多泛指边陲沙漠。

121．王士祯：《故关》

▶ 阅读小引：首倡“神韵”说的天子“词臣” 《聊斋志异》的“戏题”双赢

王士祯（1634—1711），清代大臣、著名诗人、学者，字子真，号阮亭，又号渔洋山人，山东新城即今桓台人。士祯出身官宦世家，“幼慧”而“能诗”，少时应童生试，县、府、道三级连夺第一，清世祖顺治十五年（1658）举进士，授江南扬州掌管刑狱的推官，任满后上司“交章”举荐，清圣祖康熙四年（1665）擢礼部主事，继升司级官员户部郎中，诗名也日渐飙升。

当时，“言诗者”厌于明末之文势衰萎、诗风纤窄浮薄的积弊，一度推崇宋元，但宋诗“质直”常常“流为有韵之语录”，元诗“缛艳”又易“流为对句之小词”。于是，士祯首倡“神韵”说，推崇唐人司空图所言“不著一字，尽得风流”，力主作诗“指趣”皆在“羚羊挂角，无迹可寻”，营造一种仿佛空中音、水中月、镜中像一般的含蓄隽永、气韵生动“言有尽而意无穷”的审美“神似”境界，从而赢得了士林的广泛共鸣，“天下遂翕然应之”。

康熙十七年（1678），帝询问陈廷敬等大臣“今世博学善诗文者”谁最优，几位皆称士祯，钦命“召对”，赋诗获赞，改迁翰林院侍读并“入直南书房”，成为近随“词臣”，又令录其诗300篇“曰御览集”奉上。从此，士祯“以诗受知”天子“眷遇甚隆”，官至国家最高学府国子监祭酒、都察院左都御史、一品刑部尚书。诗文声誉更随之不胫而走，扶摇直上，作为一代宗师“主持风雅数十年”。且其始终孜孜不倦，笔耕无辍，诗作达4000多首，文章数百种，有《渔洋诗集》《渔洋文略》等传世。尤喜广采搜，博征引，发精义，考源流，所撰《香祖笔记》《池北偶谈》等，均属于我国文化宝库中地位不凡的札记珍品。清高宗乾隆三十年（1765），追赠谥号曰“文简”。

士祯与《聊斋志异》的作者蒲松龄，也有一段独特的交往。松龄毕生科考不顺，康熙十八年（1679）40岁时“坐馆”即担任私塾教师于山东淄川名士毕际有家族，并兼处理文牍诸事，深受礼遇，古稀之年才“撤帐”归去。康熙二十六年（1687），为父守孝居家的士祯拜访毕家，松龄陪同接待，呈送《聊斋志异》抄稿，士祯阅读时评点30多处。康熙四十年（1710）士祯再度回乡，松龄又将全稿誊写，“辑为二册”致函奉上，希冀给予“奖进”荐引，得以“游扬而传”。后来，也正是因为受到士祯的“爱重”以及在卷后“戏题”之一绝“姑妄言之姑听之，豆棚瓜架雨如丝；料应厌作人间语，爱听秋坟鬼唱时”，《聊斋志异》才身价顿增，“流播海内”。可是及至后世，士祯的“戏题”反倒借助《聊斋志异》而成为其人知名度极高的诗作。

士祯为官期间，曾两次公出途经山西。第一次是康熙十一年（1672）出京主持四川省试，七月初由河北通过太行山井陉口要道故关进入山西，成《雨中度故关》诗“危栈飞流万仞山，戍楼遥指暮云间；西风忽送潇潇雨，满路槐花出故关”等数首，后由风陵渡过黄河从蜀道前往成都。第二次是康熙三十五年（1696），已任户部侍郎的士祯奉诏“祭告西岳西镇江渎”，即代表天子赴陕西祭拜西岳华山、西镇吴山之神，到四川祭拜长江水神。二月初士祯发京师，经井陉口再入山西，《故关》即作于此时。诗描写关隘的峻险奇伟、僻冷偏绝，皆仿佛信手拈来，转而以重忆当年槐花时节的旧日题诗强化情采，浓化意境，言近旨远，余味悠长，算得上是一篇折射着其人“神韵”美学光泽的“清新俊逸”之作。

绝塞依天险，	高耸的要塞依托着巍巍天险，
雄关[①]锁地维[②]。	雄峙的关隘锁住了大地的腰肢。
石横千仞壁，	嶙峋的巨石盘踞在千丈峭壁，
松偃万年枝。	苍劲的古松低垂着万年的老枝。
尽日无飞鸟，	整日里竟无有一只飞鸟飞来，
经春卧老罴[③]。	时令入春仍每每撞见懒卧的熊罴。
槐花秋雨[④]里，	想当初踏着槐花秋雨一路走过，
重忆旧题诗。	再到此悄然间又忆起曾经的题诗。

【注释】

① **雄关**：即故关，取固若金汤之意更名固关，位于今山西平定新关村。

② **地维**：大地之四角，古人认为天圆地方，故有此说；据西汉刘安《淮南子·览冥训》载，“往古之时，四极废，九州裂，天不兼覆，地不周载”，就是天倾地陷，结果是火灾“不灭”水患“不息”，“猛兽”“鸷

鸟”相率食人，于是女娲“炼五色石以补苍天”，“断鳌足以立四极”撑在了大地的四角。

③ **罴：**读作pí，熊的一种，一说即棕熊，古诗文中熊罴常连用。

④ **槐花秋雨：**康熙十一年（1671）王士祯入山西时正值七月槐花开放时节，遂有诗语“满路槐花出故关”，这次入山西则在冬末春初，故此句并非指当时之景而系回忆旧时。

122. 吴琠:《漳水源头》

阅读小引:"卓异"县令起步的股肱宠臣　米芾《千字文》的临帖御赐

吴琠(1637—1705),清代大臣,字伯美,山西沁州即今沁县人。幼时由当地著名塾师其父亲教授业,清世祖顺治十六年(1659)中进士,曾"观政"见习于掌管内外章奏与受阅密封申诉的通政司,清圣祖康熙六年(1667)出任河南确山知县。确山明末战乱"残破"严重,吴琠随即招抚"流亡",辟耕"芜废","清赋役","申冤抑",大力惩治"盗魁","兴利除害惟恐不及",使"垦田岁增","户口日益",世情大为好转。康熙十二年(1673)吴三桂起事云南,威逼中原,有人劝其疏散家眷,吴琠称"县令遣妻子归","民能安"吗?断然拒绝,而命积薪木于楼下,声言"有不虞"即"死之"。又鉴于确山位居冲要,是官军出击的必经"孔道",故吴琠未雨绸缪,先将所需"舆马粮饷"备办一齐,果然毫无仓促扰民。次年考核获得"卓异"即一省官员最优,未久调赴京师。

此后,吴琠一路仕进,康熙二十八年(1689)升为兵部副职侍郎,又升湖广巡抚、湖广总督、刑部尚书,康熙三十七年(1698)拜保和殿大学士。但其虽官至一品,却为人谦谨,洁身自爱,所任多有"惠政"。尤"熟谙旧章"故典、律令条程,"参决"事务无不"允当","奏对"皆尽其诚,举荐者均为"贤能吏",屡蒙天子"称善"奖掖。康熙三十九年(1700)御书"风度端凝",制以龙绫匾额赐赠之。越二年,吴琠年迈"乞休",康熙帝口谕慰留,再赐御书"思诚堂"匾额嘉勉。翌年,再赐亲临宋代书法大师米芾之《千字文》,附言其后赞曰,"吴琠宽厚和平,持己清廉",任封疆大员"军民受其实惠",到"朝中"则"面折廷诤",直谏不讳,"朕甚重其能得大臣之体"。据云,吴琠曾在故乡沁州特建"御书碑楼"供奉。此外,还御书特赐吴琠联语"约失之鲜矣,诚乐莫大焉""恒心依北斗,生意属西铭""无技喜推天下士,有怀爱读古人书"与御制诗集一部、珍稀铜雀台瓦砚、云砚各一方等。康熙四十四年(1705)正月,又派官赐送病中的吴琠御膳一席,并口谕不必朝拜"在家谢恩"即可。未久吴琠故世,翰林院拟出祭文,康熙帝阅罢认为写得不够"未能尽琠",敕令"改撰",吏部奏请补"大学士缺员",又以吴琠丧事未毕诏示缓议,痛言"朕心不忍也",对这位股肱之臣的怀念之情可谓溢于言表。继赐谥号“文端”，有《思诚堂集》二卷存世。

《漳水源头》应系吴琠早年之作。漳水，即从山西境内流入河北的漳河，其上游分清漳、浊漳两河；清漳河有东、西二源，东源之北河发源于山西昔阳，南河发源于和顺，西源也发源于和顺，东、西源入左权后汇合；浊漳河有北、南、西三源，北源发源于山西榆社，南源发源于长子，西源发源于沁县，有铜鞮水之称，三源入襄垣后汇合；清漳、浊漳两河又在河北涉县汇合，流入海河水系。吴琠中进士后“观政”通政司，公事不多，遂返故乡闲居等待授官。其间，曾赴漳水源头实际就是沁县浊漳河西源游览，赋成此诗。据说唐五代时这里已有了庙宇，年年祭祀不绝。现尚存部分明清建筑遗迹，庙中的“漳水源头”匾额相传也由吴琠书写。

漳水源头何处寻？	漳河流水的源头该到何处找寻？
古碑残墅①碧云深。	古碑破馆已深埋于层层的绿云。
一溪瀑翠清如醴②，	一溪流瀑仿佛翠玉摇荡清洌如酒，
万里飞声势若骎③。	万里飞泻的波声却赛似群马狂奔。
客路无尘④朝帝国⑤，	踏过尘俗了无的客路拜访圣地，
乡山有径到灵岑⑥。	家乡的山丛也有这样通灵的幽径。
携来共羡登临⑦事，	相携的友朋皆有欣喜游览的快慰，
谁识当年老子⑧心？	但谁人可识得当年果老超然的道心？

【注释】

① **墅**：本义为田舍草庐，也转称另建于家宅之外的郊野闲息楼馆即别墅。

② **醴**：甜酒，也指甘泉。

③ **骎**：读作 qīn，形容马疾行状，典出《诗经 · 四牡》“驾彼四骆，载骤骎骎”。

④ **无尘**：不着尘埃，无有世俗凡尘。

⑤ **帝国**：天帝、仙家的居处。

⑥ **灵岑**：岑，山小而高，也指崖岸；灵岑，神灵崖岸，此处指漳水源头。

⑦ **登临：** 登山临水，泛指游览，典出《楚辞·九辩》“憭栗兮若在远行，登山临水兮送将归”。

⑧ **老子：** 姓李，名耳，字伯阳，又称老聃，我国春秋时期哲人，为周天子朝中“守藏室”即管理图书等重要器物的官员，其学术思想以“自隐”“无名”为本，晚年留下《道德经》5000言，从位于今河南灵宝县的函谷关骑青牛出关西去“莫知其所终”，后被道教尊为祖师。但是，浊漳河西源的漳水源头，庙中所奉之神为“八仙”之一的张果老，据《沁州志》载，张果老曾“隐中条山，往来汾沁间，时止漳源”，曾多次栖居于此，因此建庙祭祀，又因其号通玄先生，故也称通玄先生庙，而张果老实名张果，老是因其高寿之敬称。所以，此处的老子或有指张果老之意。

123. 陈廷敬:《珏山》

▶ 阅读小引:《康熙字典》的钦定主编　被夸为“皇城相府”的故里家宅

陈廷敬（1638—1712），清代重臣，字子端，号说岩，晚号午亭，山西阳城人，生于明思宗崇祯十一年夏历11月27日，从《近世中西史日对照表》查证此日恰是公历1638年年底的12月31日。

清世祖顺治十五年（1658），廷敬举进士并入选翰林院，成为优里挑优得以继续深造栽培的庶吉士。因博学多识诗文俱佳，很快崭露头角。顺治十八年（1661）全国举子会试京师，23岁即出任同考官，作为主考官的助手负责阅卷事宜。清圣祖康熙八年（1669）31岁时升为国家最高学府副职国子监司业。康熙十四年（1675）升为内阁学士兼礼部侍郎，且兼专为天子“进讲”的经筵讲官，不久再升翰林院主官掌院学士，教习庶吉士，又令“日直弘德殿”即天天到康熙帝办公处待命听旨。帝甚“器之”，曾赐“貂皮五十、表里缎各二”等物。康熙十九年（1680），赏诸臣西域进贡的石榴子且命赋诗，廷敬呈《赐石榴子恭纪》，以“安石种栽红豆蔻，火珠光迸赤玻璃；风霜历后含苞实，只有丹心老不迷”大获圣赞，再“进所著诗集”，帝阅后更赞其“清雅醇厚”，“非集字累句之初学所能窥也”，特“赐诗题”即书写诗集之名于“卷端”。

康熙二十五年（1686）廷敬迁升工部尚书，同时作为总裁官之一“修辑”《大清一统志》《明史》《三朝圣训》《政治典训》《方略》等。后来，其儿女亲家、湖广巡抚张汧因“赍银赴京行贿”案发下狱，廷敬上疏请辞，诏准其“解任”但“仍管修书事”，未久复职，继“累调户、吏二部”尚书，康熙四十二年（1703）拜一品文渊阁大学士。康熙四十九年（1710），颁上谕予“大学士陈廷敬等”，称“朕留意典籍”，“编定群书”，而“字学并关切要”，遂令“酌订一书”，“垂示永久”，这就是《康熙字典》的缘起。但钦定总阅官陈廷敬、张玉书两年内俱皆辞世，《康熙字典》则成书于康熙五十五年（1716），故真正使之圆满告竣的还是28位兢兢业业的学者纂修官。

廷敬事奉康熙帝40多年，备受宠信，屡蒙恩赏，仅御赐诗作直指其名者就有六七首以及临前人书法多幅等。廷敬告老“乞休”时，帝以“卿为耆旧，可称完人”赞之，还为其家宅题写了“午亭山村”门额与联语“春归乔木深荫茂，秋到黄花晚节香”。廷敬死后“上深惜之”，又“亲制挽诗一章”，赐白银千两，“命皇三子”以“茶酒”祭奠，“部院大臣”一律赴丧，谥号“文贞”，有《午亭文编》《午亭史评》等传世。廷敬家宅，如今已被设置成为旅游景点，但定名“皇城相府”则多有信史无考的夸张宣传。

这首《珏山》，可能是康熙三十一年（1692）廷敬回乡为父守孝期间所作。珏山是其故乡附近一座名山，海拔973米，主峰两峰对峙，奇伟秀丽，每逢八月中秋，一轮皓月从峰间缓缓升起，颇为壮观，谓之“珏山吐月”。诗描写的似乎就是此景，同时也寄寓了廷敬虽身居高位却对山野生活之乐的隐隐向往。

铁锁钩梯细磴①分，	铁锁勾连着扶梯石阶一层高过一层，
半空时有凤箫②闻。	半空里断续飘来宛如仙笛的玉音。
双峰夹送三清③月，	两座峰峦仿佛夹路恭送升天的皓月，
万壑全收太岳④云。	万重沟壑收尽了崇山峻岭的风云。
插汉桂榆垂欲下，	直插霄汉的桂榆像是垂垂欲下，
摩霄龙鹤动成群。	恍然中又似有腾空的龙鹤飞舞成群。
人间何限卑栖⑤意，	人世间何能限制退居下野的意愿，
待剪香茅岭上耘。	且看我终将会剪取香茅岭上耕耘。

【注释】

① **磴**：石头台阶。

② **凤箫**：古称云箫，一种上品排箫，“参差其管”排列有如“凤翼”，“萧然清亮”仿佛“凤鸣”，故也用以喻仙乐。

③ **三清**：道家宣称的玉清、上清、太清胜境，有所谓圣登玉清、真登上清、仙登太清之说，又以玉清元始天尊、上清灵宝天尊、太清道德天尊即太上老君为三清尊神。

④ **太岳**：高大的山岭；山西有太岳山，位于山西霍州、灵石与沁源、沁县之间，而珏山属于太行山系，相距五六百华里，故此处并非实指遥远的太岳山。

⑤ **卑栖**：居于卑下地位。

124. 金农：《樊川雪后至西坡庵寻陈文贞公题名》

▶ 阅读小引：投靠陈廷敬之子的落魄处士　声名骤起于晚岁的丹青怪杰

金农（1687—1763），清代书画大师、诗人，曾名金司农，字寿门、吉金等，号甚多，浙江钱塘即今杭州人。我国艺术史上极具盛誉的扬州书画家群体“扬州八怪”，包括郑板桥、罗聘、李方膺、汪士慎、高翔、黄慎、李鱓诸人，以笔风豪放畸异、逸趣迭出名播后世，而其中的首屈一指者就是金农。

金农天资聪慧，颇富诗才，也精通金石碑帖鉴赏，青年时受教于大儒何焯，但一直未能仕进，虽多处游走投谒，总“无所遇而归”。清世宗雍正二年（1724）赴京师，次年前往山西拜访陈廷敬之子陈壮履。壮履于清圣祖康熙三十六年（1697）17岁举进士，又被选拔为继续深造的翰林院庶吉士，后由翰林院编修迁日讲起居注官、五品侍读学士“入值南书房”，成为“翱翔禁庭”的天子文学侍从，曾充当影响巨大的官修辞藻典故韵仄辞书《佩文韵府》纂修兼校勘官、《御选宋金元明四朝诗》《御定历代纪事年表》校勘官、《御定佩文斋咏物诗选》编辑官，仕途前景不逊乃父。可康熙四十九年（1710）奉旨祭祀南岳衡山时，却因被弹劾骚扰地方遭到革职，仅令参纂《康熙字典》，书成后“罢归”回乡。

壮履在阳城，热忱接待了落魄无助的金农，彼此引为知交。“嗜奇好古”的金农遍读陈家藏书，居留长达四年，也到中条、王屋山以及太原等地观览，“无处不放胆题诗”，所留甚多。其间，赋有讴歌陈廷敬的诗作四首，金农自序曰“午亭山村陈文贞公居里也”，“去公薨后”即廷敬故世“十五年”，“乃游其门”，“与嗣君学士”即壮履“为笔札之徒”即拜其为师，而每思廷敬之“清德余风合于古而不可没者”则颇为敬佩，“因连缀成篇”，诗从略。这首《樊川雪后至西坡庵寻陈文贞公题名》也是此时的诗作。

陈家的午亭山村，北有樊山，西有樊水流过，故廷敬常自称故里为“樊川”，诗文中屡屡提及。西坡庵现已无存，具体所指不详，从诗中可知廷敬曾为之题名。据当地资料，午亭山村数十里外有九女湖，湖区的九女仙台为阳城古八景之一，附近有深潭名黑龙潭，潭前岩壁刻石“蛟龙窟宅”四字，取义杜甫《瞿塘两崖》“猱玃须髯古，蛟龙窟宅尊”句，也系廷敬之手书。

金农离开山西后定居扬州，不久开始蓄须，人以“髯金”称之。清高宗乾隆元年（1736），经举荐赴京应试“博学鸿词”，落榜南归。从此完全弃绝仕途，专事鬻字卖画自给。其书法创扁笔体，点画破圆为方，只折不转，横粗直细，拙朴俊奇，用稠墨又似以漆帚刷成，时称“漆书”。其画技年过“知命”始悉心精研，但融入了独特的智性与瑰异的书法底蕴，创意忤逆凡俗，风格别具机趣，神韵妙不可言，终于卓然众家之上，成为载誉千秋的丹青怪杰，有价值连城的书画作品与诗文《冬心集》传世。

余雪媚樵径①，	残雪斑驳的砍柴小径越显媚人，
精庐②策杖行。	扶一支木杖向着僧庵徐步前行。
眼明半峰影，	眼亮处跳出了半壁峰影，
心洗百泉声。	无数道泠泠作响的泉流荡涤凡心。
驯鹤襹襹③立，	温驯的仙鹤富态而又优雅，
朝曦暧暧④生。	渐升渐起的晨曦娇艳迷蒙。
樊川陈阁老⑤，	就是在这般景致围拢的岩壁，
岩壁有题名。	镌刻着樊川先生陈阁老的题名。

【注释】

① 樵径：砍柴人走的小道。

② 精庐：佛寺、僧舍，也指读书讲学之所。

③ 襹襹：读作 shī shī，指羽毛丰盛貌。

④ 暧暧：迷蒙隐约，也指繁茂。

⑤ 阁老：明清之际世人对于入阁大学士的一种通俗的尊称。

125. 吴雯:《村居》

▶ 阅读小引:诗坛大腕激赏的邋遢"仙才"　王士祯书写墓志的临终请托

吴雯(1645—1704),清代著名平民诗人,字天章,号莲洋,生于夏历甲申年末公历1645年年初。原籍关外辽阳,父以举人授官山西蒲州学正,后考中进士却不幸病故,遗属拮据难返,遂入籍蒲州永乐即今芮城永乐镇。吴雯"少朗悟","记览甚博","尤长于诗","天才雄骏"有"乡人元好问之风",但"拙于时艺"不谙科举八股,两度落第山西省试,又携诗卷赴京投谒父辈旧交,仍"久之无所遇"。

清圣祖康熙五年(1666),诗坛大腕王士祯在友人居宅偶见吴雯题诗,竟"一再读之","爱玩不忍割去"。后吴雯前来拜访,士祯欣然"跃起相见",彼此又数次相约,"饮酒赋诗"十分"相得"。某日等待上朝时,士祯将吴雯诗句"泉绕汉祠外,雪明秦树根""浓云湿西岭,春泥沾条桑""门前九曲昆仑水,千点桃花尺半鱼"等诵于科举探花、重臣叶方霭,方霭也颇"惊异",一下朝就"命驾"造访。两位名流的赏识使吴雯诗名"大噪",此后多年或为幕僚或为文客,"足迹半天下"游食南北,总因性格"迂僻寡合"等而难以腾达。康熙十八年(1679)天子"特举制科"擢选"博学鸿儒",吴雯获荐。当时获荐名士"鳞集"都下,带着"健仆"抱着诗文"巨轴","宛颜低眉"奔走"求知"者争相"驰逐"。唯吴雯独自"寂守"门可"雀罗",文华殿大学士冯溥慕名以扇求诗,也仅淡然"书二绝句答之",结果还是落榜。

然而,尽管吴雯"沦弃终身","不自修饰","衣冠垢敝或经岁不盥浴",有点邋里邋遢,"诗名之盛"则"倾动四方",与朱彝尊、陈廷敬等名臣都有唱和。官场一路高升又被尊为"一代诗宗"的王士祯,更始终对其"称道勿衰",友爱有加,二人酬答诗就有70多首。吴雯落榜返乡时,士祯特意"招饮"践别,听其"醉后狂言"。吴雯晚年买竹园数亩养老,士祯为之亲题"中条竹隐"相赠。故吴雯死前反复叮嘱其弟,"吾平生知己无逾渔洋先生",遗诗"必待先生删定",千万"勿惮跋涉"要去"往求",且请书"墓志之文","吾无憾矣"。年逾古稀、贵为尚书的士祯，也真为吴雯删定诗作辑为《莲洋诗钞》，并作序与撰写墓志铭。序中，士祯盛赞吴雯，称“汉魏以来二千余年”诗人可号为“仙才”者，“惟曹子建、李太白、苏子瞻三人而已”，“本朝大一统阅六十载，作者亦多矣，余独以仙才许蒲坂吴君”，又称此并非“私言”，“亦天下之公言也”。吴雯书法也佳，得王献之风格，为清代山西一大名家。清德宗光绪八年（1882），山西巡抚张之洞将吴雯、傅山等四位奉为“晋士楷模”且建祠祭祀。所以，其人虽“穷老以死”也可谓于愿足矣。

吴雯之诗，以两千余首之丰收入《四库全书》，纂修官之一、大学者翁方纲还为之题写画像颂词。吴雯半生萍踪，浪迹各地，诗写在山西的并不算多。其人有首作于黄河南岸的诗《河上望永乐历历然感咏》，即以“乡园云树虽相望，客路心魂转更哀”表达了对于自己一生漂泊无定的深心惆怅。而这首充满浓郁的自我安慰色彩的《村居》，则无疑作于家乡永乐。全诗清新脱俗，隽永优雅，语势妙曼，比喻巧绝，出神入化且又耐人品嚼，营造了一种兼得豪放与婉约神韵的不俗境界，称得上是一篇足可体现其诗才的上品之作。

莫向村居厌寂寥，	无须为乡村的闲居烦厌寂寥，
绿杨千树绕兰皋①。	绿杨千树盘绕着郁郁葱葱的山包。
河声卧听昆仑远，	卧听黄河的涛声畅想遥远的昆仑，
岳色晴瞻太华②高。	天色晴时望得见华岳的峰梢。
岸上桃花如绶带③，	岸上的桃花恍如绚丽的绶带，
溪边芳草似青袍。	溪边的芳草又似披裹着翠青长袍。
晚来犹好垂竿在，	到夜晚仍可以垂支钓竿，
一线清风引六鳌④。	甩开一线清风引来仙海的神鳌。

【注释】

① **兰皋**：皋，读作gāo，水边的高地；兰皋，典出《楚辞·离骚》“步余马於兰皋兮，驰椒丘且焉止息”，形容的是长满美丽草木的涯岸与山丘。

② **太华**：即西岳华山，在陕西华阴，因其西侧耸立着稍低的少华山，故有此称。

③ **绶带：** 古代帝王与官员承系印纽的丝带，均较华丽，但在色彩、长短、宽窄等方面等级区分非常严格，有的也可以围在腰间。

④ **六鳌：** 鳌是我国上古神话所称海洋中的超大型龟鳖，传说女娲炼石补天时曾“断鳌足以立四极”，又传说曾有五山浮于海，天帝恐其漂流失去“仙圣之居”，乃令“巨鳌十五”用头顶住，分为“三番”，“六万岁”一轮换，五山才“峙而不动”，但有个“龙伯之国”巨人，出门举足“不盈数步”就被山而阻，甚感别扭，于是“一钓而连六鳌”，钓起来后背“归其国”，烧鳌骨以为占卜之用，其中两山遂“沉于大海”，迫使“仙圣之播迁者”达“巨亿计”；所以，后世也以“钓鳌”比喻事业雄奇非凡，此处也隐含着对个人才能的自信。

126. 潘耒:《卦山》

▶ 阅读小引:惨遭文字狱凌迟的至亲长兄 刊刻顾炎武遗著的仁义门徒

潘耒(1646—1708),清代学者、诗人,字次耕,号止止居士,江苏吴江人。潘耒出身书香,幼具“奇慧”,因丧父由长兄潘柽章抚养。柽章也颇具“异禀”,20岁时即“博极群书”,尤“潜心史事”精于辨析,与顾炎武等学术名流多有过从,所著明朝《国史考异》寄赠炎武后,炎武深深“服其精审”,前辈大家钱谦益读罢也自叹不如。然而,柽章却不幸陷入了浙江湖州庄廷鑨文字狱案而被处死。

庄廷鑨家资“饶富”,明末入读京师国子监,后染疾目盲,欲效左丘失明撰《国语》往事,购得大学者朱国祯《明史》未竟稿,以千字酬银30两的丰厚润笔,请江浙名士包括柽章等18人重修,增补崇祯与南明弘光、隆武、永历诸朝史实,书成不久廷鑨病死。其父为告慰儿子,定名《明史辑略》,耗巨资历时5年于清世祖顺治十七年(1660)刻印完毕,“总纂”廷鑨与所请名士均刊列“卷端”。该书多据实直录,满清定鼎北京后仍尊明朝年号,仍称其开国元勋努尔哈赤为“奴酋”,称旗人兵马为“建夷”,汉族降将为“叛国”,故被小人告密,当朝权臣鳌拜下令严查,结果诛杀庄氏男丁与编、序、校者以及刻工、书商等70余人,廷鑨开棺戮尸,父囚死大牢,其弟与柽章等14人惨遭凌迟也即千刀万剐。柽章之妻发配辽宁,中途流产,不堪折磨自尽。此前,年仅17岁的潘耒艰难扶持,一路徒步相送,有《恸哭七十韵》等诗诉哀。

对此横祸,远在山西的顾炎武曾为柽章著文作诗祭奠,兼作《寄潘节士之弟耒》一诗遥致劝慰。“几无生理”的潘耒,也悟得“覆巢之余”唯有“奋志向学”,始可“亢宗名世”承继逝者,遂更加矢志求知,先受业同郡名儒徐枋,23岁专赴北方投师炎武,“自经史、音韵、算数及宗乘之学无不通贯”。清圣祖康熙十年(1671)随炎武到太原,助其为太原知府周令树校勘东汉学者荀悦的《汉纪》,刊刻时又替令树代撰序言。是年10月,炎武应太原府交城知县赵吉士之邀去访,一道“剪烛赋诗”,潘耒同行,赞美交城名胜的雄伟壮丽并称颂了吉士政绩的《卦山》就是此时的作品。

康熙十八年（1679），“特举制科”优选“博学鸿儒”，潘耒以平民身份获荐，借口“母老”婉拒，不获批准，竟考列二等第二，与朱彝尊等三人被称“四大布衣”，授翰林院检讨参修《明史》，又擢升日讲起居注官专为天子“修实录圣训”，终因年岁最轻“忌者颇众”以及心结难除等，而被以“浮躁”之名“降调”，继请乞归乡，从此避居书斋20多年，整理其兄所著《松陵文献》等，完成了《遂初堂文集》《遂初堂诗集》等著述。更可贵的是，康熙三十四年（1695）炎武逝世10多年后，正是经过潘耒搜集整理、竭力筹资与书写了评价极高的序言，其鸿篇巨制《日知录》才有幸全部刊刻。此外，潘耒还为炎武刊刻了《亭林文集》《亭林诗集》《九经误字》《石经考》《金石文字记》《谲觚十事》《顾氏谱系考》等，使这位文史哲大师的学术经典得以永世流传，也留下了报答师恩等令人赞叹的佳话。

卦山交山①阳，	卦山屹立在交山的朝阳，
孤峰独崔嵬。	巍峨的孤峰高耸云外。
下眺一气②中，	俯瞰处混沌大气缥缈无边，
棱棱③露岩崖④。	瘦丁丁的山崖岩石笼盖。
森如六爻⑤列，	森严得犹似六爻列阵，
错若万卦排。	错杂得宛若万卦铺排。
我来正雪霁⑥，	我来时恰好雪去天晴，
寒空无纤埃。	冷飕飕的长空了无尘埃。
群峰皎练明，	周遭明丽的群峰如素练垂悬，
万柏攒一苔。	万株古柏仿佛聚作一簇青苔。
远见介山⑦巅，	远远地眺望介山的峰巅，
干霄白皑皑。	凌霄直上的纯白依然皑皑。
近瞩交城城，	再注目临近的交城县城，
微茫辨楼台。	仍依稀辨得出模糊的楼台。
文峪下西溪⑧，	文峪河牵着条条溪流由西而下，
汾川自东来。	滚滚的汾水则打从东边涌来。
连山走黄河，	崇山峻岭中还有黄河越过，

屏扆却抱回[⑨]。	又像那重重的屏障半抱折回。
谁言万家县，	谁说这只是个万家小县，
形势亦壮哉。	雄奇的风光何等壮哉。
守险在良牧[⑩]，	守护险地倚靠优异的官长，
济世须雄才。	安民治世最需拔尖的英才。
利铁锢[⑪]穷岩，	是精铁方能填固至高的危岩，
健马嘶风哀。	是健马始可以吼断悲风的号哀。
刘渊[⑫]亦何人？	刘渊敢情是怎样的人杰？
石匣[⑬]为之开。	藏剑的石丛竟为其如宝匣顿开。
苍天不可问，	苍天冥冥却也难问因由，
浩歌舒远怀。	且引吭高歌舒一舒宏浩的心怀。

【注释】

① **卦山交山**：卦山也称万卦山，是山西的名山，据云因层峦叠翠、诸峰耸峙有似八卦排列而得名，位于交城县城西北交山东麓，卦山也是优美的景区与道教活动场所，有始建于唐太宗贞观六年（632）、明清时重修的天宁寺等尚存；交山即吕梁山脉在交城境内一段的称呼。

② **一气**：此处指天地混沌之气、茫茫大气，典出《庄子·大宗师》“彼方且与造物者为人，而游乎天地之一气”。

③ **棱棱**：形容瘦削兀立之状。

④ **崖**：此处协韵应读作 ái。

⑤ **六爻**：爻读作 yáo，《易经》八卦的两个横画符号，一个是“——”，一个是“— —”，后来在解说《易经》的《易传》中将前者称作阳爻、后者称作阴爻；六爻，即重卦六画，就是自下而上排列的阳爻、阴爻六个横画符号的不同组合，也泛指运用这种组合进行占卦的方法。

⑥ **霁**：雪停雨止，天放晴。

⑦ **介山**：即位于山西介休、灵石的绵山，相传是春秋时期随晋文公出奔19年、归国后“不言禄”不争功的介之推携母隐居而死之处，故也称介山。

⑧ **文峪下西溪**：文峪即文峪河，发源于交城西北部关帝山，小小溪流从西而东下，又汇入交城的西葫芦河、西冶川等河川溪流渐渐滚大，但却转入文水，交城大片地区难得受益，故有“交城的山来交城的水，不浇那个交城浇文水”民歌传唱多年，后文峪河经孝义汇入汾河。

⑨ **屏扆却抱回**：扆，古代窗户间的屏风；屏扆，此处指地理屏障；交城绝大部分为山区，唯最东南部小片平川属于太原盆地，坐落在平川西北陲的县城就像被山半拥，故有此说。

⑩ **良牧**：贤能的地方官，准确涵义应指州郡一级，此处借指交城知县赵吉士，其时吉士刚刚完成了“交山平寇”的县政大事，扑灭了持续四五十年的当地山民武装啸聚的反叛活动，故如此用词似也含有溢美的意味。

⑪ **锢**：铸塞，即熔化铜铁填塞间隙。

⑫ **刘渊**：五胡十六国时期短暂王朝汉赵开国皇帝，匈奴冒顿单于之后，东汉末年刘渊祖父于扶罗曾参与讨伐黄巾军，董卓变乱时乘机掠据山西晋中一带，曹操秉政时分隔内迁的匈奴兵众，于扶罗之子受命为左部帅，从汉姓谓之刘豹，死后刘渊继任；刘渊从小“英慧”，“姿仪魁伟”，汉学经史、诸子等“无不综览”，“学武事”则“妙绝于众”，掌权后“明刑法，禁奸邪，轻财好施，推诚接物”，势力逐渐扩大，西晋惠帝永兴元年（304）以恢复汉朝之名，自立为汉王于左国城，在今山西离石、方山一带，复正式称帝并迁都平阳，在位6年，其后继灭亡西晋，改国号为赵，也使中原陷入所谓“五胡乱华”的长期战祸，传国26年被大将军石勒推翻，故史家称其为前赵，石勒所建新朝为后赵。

⑬ **石匣**：此处并非实指石头匣子，应系喻指山石如匣；刘渊称王时的左国城，是东汉时南匈奴入迁中原后的单于庭驻地，刘渊出任左部帅时的统辖中心，左国城紧邻交城，刘渊也曾多次来过，据称还在交城云顶山的北侧拾得古剑一柄，被视为吉兆，石匣即指此事。

127. 孔尚任：《二月朔同人游龙子祠》

▶ 阅读小引：剧作大匠主编的《平阳府志》　“竹枝词”勾画的多彩民风

孔尚任（1648—1718），清代剧作名家，字聘之，号东塘，别号岸堂，山东曲阜人。尚任是孔子六十三世孙，学识渊博，才气不凡，通晓礼乐，却一直科举不顺，难获功名。清圣祖康熙二十一年（1682），尚任应孔府衍圣公孔毓圻之请为其修订族谱，定名《孔子世家谱》，又修订孔子故里史志《阙里志》，并监造礼器，教习乐舞，备迎“圣驾”。康熙二十三年（1684）11月，康熙帝南巡归途中专程前来祭孔，亲题“万世师表”匾额。而担任御前讲经、导引天子观览孔林等“圣迹”者就是尚任，且赢得“龙颜”大悦，钦授其国子监博士，担任了国家最高学府教官。

但是，此后10多年尚任最大的贡献乃是，苦心编织，反复打磨，以云亭山人的笔名推出“借离合之情，写兴亡之感”的辉煌剧作《桃花扇》，通过名士侯方域与名妓李香君的爱恋引线，展示了明朝覆灭之前的南京政权朝纲昏暗、权臣倾轧、社会动乱的悲凉图卷。康熙三十九年（1700）一经亮相舞台，顿然轰动京师。不久，尚任却被罢官，一种说法是因其赞美了抗清将领史可法、左良玉，本人也有“命薄忍遭文字憎”的表白。可是，迄今300年来《桃花扇》被各路剧种搬演无数，近代更被改作话剧、电影，已成为我国艺术园林中长开不败的奇花。

康熙四十六年（1707），山西平阳知府、即民间所传“罗锅宰相”刘墉的爷爷刘棨筹资纂修《平阳府志》36卷，特聘尚任主持定稿。是年冬，尚任到达平阳即今山西临汾，次年二月离开，在平阳度过春节与灯节，观赏了丰富多彩的节庆活动，写成了《平阳竹枝词五十首》。以“演春”“迎春”“试灯”“踏灯”“舞肩”“蹋歌”“西昆”“乱弹”“平话”“女优”10项分类，详尽描写了当时的欢乐盛况，如演春词“青旗尚未出郊东，百戏呈来一样同；太守帘前花烂漫，谁家门巷不春风”，迎春词“大中楼下四门通，乡俗梳妆各不同；人到街心如转磨，东西南北看春风”，试灯词“横街春帖挂长绳，早见烟花一万层；明日须寻小巷去，无人闹处有红灯”，踏灯词“金弹银花向月喷，万人仰看热纷纭；判官冠带虽泥土，眼里心头亦火焚”，舞肩词“行云送去舞腰身，人看天仙仙看人；却笑歌台移不动，谁家无脚唱阳春”，踢歌词“凤阳少女踏春阳，踏到平阳胜故乡；舞袖弓鞋都未忘，街西勾断路人肠”等等，均堪称山西晋南地区民俗良风历史文化的珍贵记载。

尚任在离开平阳前，还于“二月朔”即夏历二月初一游览了名胜龙子祠，留诗二首，这首诗即其中之一。龙子祠位于平阳藐姑射山麓平水之源，相传魏晋六朝建都平阳的汉国天子刘渊曾在此拔剑斩龙，涌出泉水灌溉良田，民众大受其惠，故唐代即已建祠，渐成为祭祀神灵、举办社事的重地，宋代时就有了《龙子祠农人享神》的诗作，元世祖至元十三年（1276）增修，明清也有补葺。现存殿宇为近世复建，唯古碑碣多通尚在。此诗写得词采灵动，神韵妙曼，充分体现了这位艺术大匠的杰出才情。

远隔红尘水树幽，	远离了尘世扰攘，水与树都显得格外清幽，
宜人景物失乡愁。	宜人的景物顿使我忘却了思乡的烦忧。
含烟店柳从容发，	野店乍绿的嫩柳从容吐纳着含烟的薄雾，
破冻山泉放肆流。	刚刚破冻的山泉却已经尽情尽意奔流。
古寺春寒须问酒，	春寒犹存的古寺须请来几盅热酒暖身，
重峦雪霁[①]好登楼。	观赏冰雪初融的群峰最好就是此刻登楼。
风雷龙子[②]何年去？	那呼风唤雨携雷挟电的龙子何年而去？
遗事闲从父老求。	神奇的往事也只能闲暇时找找老辈人寻究。

【注释】

① **霁**：雪停雨止，天放晴。

② **风雷龙子**：平阳一带民间传说有关龙子祠建祠的原因，据云有妇人得巨卵于野，持归化育成一婴孩，后汉王刘渊筑城，因随筑随塌劳民甚众，婴孩遂秘变为蛇伏地而行，嘱妇人顺其行路洒灰，所过处城即立起，刘渊诧异便追寻而至，蛇化为金龙穿入地穴，刘渊迅疾拔剑砍断龙尾，忽有泉水涌出，泽润万民，故建龙子祠祭祀，奉为风雷之神，也尊称为康泽王庙。

128. 康熙皇帝爱新觉罗·玄烨:《幸西省至太原》

▶ 阅读小引:并非信史多为杜撰的“智擒鳌拜” 圣驾西巡的太原行迹

康熙皇帝爱新觉罗·玄烨(1654—1722),清世祖顺治帝第三子。当时天花传染病盛行,早夭者众。故年仅24岁的顺治帝临崩时,听从著名传教士汤若望的建议,遗诏已出过天花而可期高寿的玄烨承继,果然在位61年,成为我国在位时间最长的皇帝。

玄烨8岁登基,年号康熙,庙号圣祖,先由满人四大臣辅佐。后大臣索尼辞世,大臣鳌拜罗织罪名“擅杀”苏克萨哈,进而“专横乱政”。因此,圣祖康熙八年(1669)下旨“拿问”鳌拜,念其战功免死,不久囚毙狱中,其弟与党羽多被诛杀或流放。但民国初年的《清史稿》开始有了取自野史的记载,称康熙帝顾虑捉拿鳌拜时“多力难制”,乃选侍卫天子的满官子弟中“年少有力者为扑击之戏”练习打斗,待“鳌拜入见”时“掊而絷之”搬倒捆了起来。后又添油加醋出什么事先故意弄坏椅腿、故意用烫杯递茶致使鳌拜失手失足倒地等,杜撰成为一个情节起伏、细节生动的所谓“智擒鳌拜”的演义故事。

剪除鳌拜后,康熙帝开始“亲政”。一生中,平定吴三桂等人的“三藩之乱”,收复台湾,远征大西北打击准噶尔部的武装分裂,在黑龙江上游雅克萨粉碎了沙俄侵略,与蒙古王公“会盟”多伦、争得喀尔喀部即今外蒙一带归顺,进军西藏驱逐外来势力、组建地方政府,均有效拓展了版图、巩固了国家的主权。在经济、文化与伦理建设等领域也积极采取良策,促使社会状况逐步改善,渐趋安宁,走向相对繁荣,因此,康熙帝算得上是一个有所作为的君王。

康熙帝在位时曾一再外出“巡幸”,最著名的就是六次南巡江南,此外是三次出山海关东巡,多次北巡塞外与蒙古地区,西巡则仅有康熙四十二年(1703)的一次。据史载,是年10月11日圣驾西巡起行,21日由固关入晋,25日到达太原,“文武各官军旅及绅衿士庶”,“跪迎载道”,“争睹天颜”。26日令“尽行蠲免”山西州县未纳完的“银两米草”以示“加惠黎元之念”。27日应民众“齐集行宫前再三恳求”,决定留驾一天,出行宫与驻军演习,“亲射二次,发矢皆中”,恩赏山西巡抚等人貂服、人参，钦赐巡抚、提督学政与总兵官乃至文臣教官、武官守备以上49人各得“御书”，又“题赐”已故晋籍大学士卫周祚“表率班联”、总督于成龙“高行清粹”、尚书魏象枢“风度宏远”匾额。28日离太原，11月11日渡黄河入陕西。对山西的“收成颇佳”，“民生略有起色”，“闾阎之间俗朴尚俭”倍感欣慰，也对晋人的“过于悭吝”提出劝诫，称“节俭虽为美事，太过则亦未可为善也”。御诗《幸西省至太原》，正是对山西这种良好印象的“圣心”抒发。

11月15日，康熙帝抵达西安，“驻跸”7天，多次阅兵校场，接见应召来朝的塞北以及青海等地蒙古诸王、贝勒，封爵达赖喇嘛之弟，为西安敕建藏传佛教广仁寺亲撰碑文，遣官致祭历代诸皇陵，竭力笼络各方，抚慰官绅，稳固西北地区的民族关系，也不乏抖威风、立威仪的用意。22日起驾回銮，途经河南，于12月19日复返京师。

黎元瞻翠盖①，	黎民纷纷瞻仰着西巡的銮驾，
三晋力桑麻②。	三晋百姓最勤于耕田绩麻。
纳稼如丰稔，	官粮的缴纳总是一如丰年，
祈年忆静嘉③。	祈祷祭祀常感念国政的康嘉。
边无戍卒苦，	边境上已无有守兵的劳苦，
巷有读书家。	深巷中却增多了读书的人家。
此幸非游玩④，	朕这次幸临此地绝非游玩，
隆冬见玉花⑤。	隆冬里普降的都是碎玉般的雪花。

【注释】

① **翠盖**：天子仪仗中以翠羽为饰的华美车盖，代指帝王御驾，也借称帝王。

② **桑麻**：本义为桑树与麻，种桑养蚕取丝、植麻取纤均为古人重要的生计，故我国传统诗文中常以此借指农作物、农事活动乃至年成好坏。

③ **静嘉**：清洁净美，有赞颂社会清明之意；典出《诗经·既醉》“其告维何，笾豆静嘉”，笾豆为古代食器，竹制为笾，木制为豆，也是祭祀时常用的礼器，东汉经学家郑玄解释“笾豆之物絜清而美，政平气和所致故也”，朱熹解释“静嘉，清洁而美也”。

④ **此幸非游玩：**康熙帝西巡前曾颁“特谕”，称是应“陕西督抚诸臣”与山西、河南巡抚“合词陈奏”“谆切具请”，故“乘此冬令农隙之际”，“观览民风，询察吏治，简阅禁旅，整饬军营”，沿途一切“轻装约从”，“不许锱铢抑勒”地方，“生事扰民”，要求“民间照常贸易”，“各安生理”，并令“遍示”所过“府州县城市村庄”皆知“朕怀”；事实却是，西巡期间一路都有百姓“设香案，献果食”，“执香跪迎者”常常“填塞衢巷”，“遍满山麓”，“无不欢呼爱戴”，“感祝万寿齐天”，暗中有多少刻意安排与无谓耗费，显然是不言而喻的。

⑤ **玉花：**雪花、玉雕的花，也比喻光芒闪烁。

129. 纳兰性德:《驾幸五台恭纪》

▶ 阅读小引:传为贾宝玉原型的词苑“情种” 早逝奇才的随驾留笔

纳兰性德(1655—1685),清代诗词名家,也名纳兰成德,字容若,满族叶赫那拉氏正黄旗人。其父纳兰明珠官至一品武英殿大学士,母为皇室爱新觉罗氏、康熙帝堂姑。纳兰幼“习骑射”,后攻诗书,很快展示了出色的“文翰”才华。康熙十年(1671)“贡太学”入读国子监,深得掌监主官、顾炎武外甥、状元徐元文赏识。次年,应京师顺天府试中举,主考官则是元文之兄徐乾学。再次年全国会试又中,却因病耽误殿试。此后师从乾学“研讨学术”,并编订乾学所藏历代“说经诸书”,出资刻成诠释儒学的大型文丛《通志堂经解》。康熙十五年(1676)补殿试,高中二甲第七名进士,被康熙帝擢为亲随,授三等侍卫,司职诏旨“传宣”,又入上驷院即御马监掌管天子用马,继升至一等侍卫、三品武官,曾多次随驾康熙帝“巡狩”各地,“吟咏参谋,备受恩宠”,可惜英年染疾早逝。而其最为后世识家唏嘘感慨的,乃是那些天生“情种”般的爱恋心语、仿佛欲说还休的“人间惆怅”,也就是那些妙不可言的“纳兰词”。

据载,纳兰“貌姣好”,是个美男,毕生有多位女性使之难舍难忘。第一位是其初恋,一说为表妹,后被选入皇宫“顿成陌路”,虽曾有一见,但禁苑森严“竟不能通一语,怅然而出”;故如“掩银屏,垂翠袖;何处吹箫,脉脉情微逗;肠断月明红豆蔻,月似当时,人似当时否”,“昏鸦尽,小立恨因谁?急雪乍翻香阁絮,轻风吹到胆瓶梅;心字已成灰”等,可能就是与此相关的悲叹。第二位是其正妻卢氏,出身名门,知书识礼,婚后夫妇谐和,却因难产猝逝;故如“泪咽更无声,止向从前悔薄情,凭仗丹青重省识;盈盈,一片伤心画不成”,“一生一代一双人,争教两处销魂?相思相望不相亲,天为谁春”,还有夫人死后的梦中诗“衔恨愿为天上月,年年犹得向郎圆”等,寄托的都是这种苦楚的哀思。第三位是江南歌女沈宛,伊人才貌双全,也善填词,彼此惺惺相惜,遂应纳兰邀约赴京,成为其外室情人,传还育有一子,后因门第障碍黯然分离;词作“两鬓飘萧容易白,错把韶华虚费,便决计疏狂休悔;但有玉人常照眼，向名花美酒拼沉醉”，“心绪凄迷，红泪偷垂”，“情知此后来无计，强说欢期；一别如斯，落尽梨花月又西”以及沈宛的“雁书蝶梦皆成杳，月户云窗人悄悄”，“醒来灯未灭，心事和谁说？只有旧罗裳，偷沾泪两行”等，就是这一断头情缘的悲切诉说。

“纳兰词”辑为《饮水词》《侧帽集》，传世300多首大都缠绵绰约，凄美幽艳，篇篇漱玉，字字珠玑，一个饱含忧愁、充满温柔的贵胄公子形象呼之欲出。故有论家认为，《红楼梦》中贾宝玉的原型就是此君。甚至有该书即为纳兰所著之说，清代大学者俞樾《曲园杂纂》所收《小浮梅闲话》中即称，“《红楼梦》一书脍炙人口，世传为明珠之子而作。明珠之子何人也？余曰：明珠子名成德，字容若”。及至后世数百年，雅爱乃至痴迷“纳兰词”者一直久盛不绝，国学大师王国维则赞其为“北宋以来一人而已”，至今在部分高文化群体中仍然有着数不胜数的“知音”。

《驾幸五台恭纪》作于康熙二十二年（1683）。是年9月，康熙帝亲奉太皇太后与皇太后朝拜五台山，纳兰护驾随行，写成此诗。诗通过一组虚拟的神奇情境，极力渲染了圣上降临时的遍地辉煌，逢迎色彩颇为鲜明，属于信手留笔，也未必代表其人水准，但却是早逝的纳兰留在山西的不可多得的诗章。

杳杳丹梯[1]上，	层叠攀升的山阶杳渺无际，
迢迢翠辇[2]回[3]。	一路遥遥恭迎着圣驾巡回。
慈云笼户牖[4]，	慈仁的祥云已经落满门窗，
佛日现楼台。	佛光的异彩顿时照亮了楼台。
珠树[5]参天合，	闪烁如珠的仙树当空聚合，
金莲布地开。	金色的莲叶荷花遍地铺开。
共传天子孝，	举国盛传当今天子的孝敬，
亲侍两宫来[6]。	又亲自侍奉两宫太后礼佛前来。

【注释】

① **丹梯**：此处指高入云霄的山峰，也喻寻访仙佛之路。

② **翠辇**：翠羽装饰的帝王车驾，有喻其华美、尊贵之义。

③ **回**：繁体字为迴，本义为转，常用之还返为引申义，此处可作巡回解。

④ **户牖**：户，本义为单扇门，引申为门；牖，读作yǒu，窗户。

⑤ **珠树**：即三珠树，我国神话传说中的仙树，典出《山海经·海外南经》"三珠树在厌火北，生赤水上；其为树如柏，叶皆为珠"。

⑥ **亲侍两宫来**：康熙帝信佛，曾于康熙二十二年（1683）2月亲赴五台山，为其祖母、时年70岁的太皇太后即名垂史籍的孝庄文皇后做"延寿道场"；9月，康熙帝又侍奉太皇太后与嫡母孝惠章皇后朝拜五台山，并乘车辇"亲试"探路，过了距五台山60华里左右的龙泉关后，因长城岭一带"山势巉崿，险隘殊甚"，太皇太后无奈折回，嘱"皇帝代我行之"；康熙帝遂赴菩萨顶"驻跸"，"上承太皇太后慈谕"代祖母礼佛诸寺，纳兰性德随行，此句所言即指此事。

130. 曹寅：《中台》

▶ 阅读小引：《红楼梦》著作家的风雅祖父　《长生殿》编剧者的乐极猝死

曹寅（1658—1712），清代官员、诗文名家，字子清，号楝亭。曾祖原系明代将领，满清攻占沈阳时携子与两岁幼孙曹玺也就是曹寅之父归降，成为正白旗统领皇太极府中的“包衣”即家丁。后皇太极继位登基，到其子顺治帝入主中原，曹家一直竭诚事奉，获得信赖。曹玺曾任内廷侍卫，又娶曾为圣祖康熙帝“保母”之一的孙氏为妻，更受宠遇。康熙二年（1663）被派往南京督理江宁织造，掌管宫廷专供丝绸物品的制作，兼充天子耳目密报吏治民情，故世后赠授“尚书”官衔。

曹寅善诗文，精骑射，12岁召为天子“佩笔侍从”，15岁成为内廷侍卫并管理皇家狩猎鹰犬，19岁中二甲进士，入值上驷院即御马监，与也任此职的纳兰性德交情深厚。纳兰曾为曹家在南京官府所筑楝亭题《满江红》词以赞，纳兰辞世10年后某晚，曹寅和两位文友相聚楝亭作画对诗，曾以“忆昔宿卫明光宫，楞伽山人貌姣好；马曹狗监共嘲难，而今触痛伤枯槁”，回忆与帅哥纳兰当值皇宫，通过调侃当年的养马喂狗反衬思念之深，又以“家家争唱饮水词，纳兰心事几曾知”表达了对声名卓著、情怀微妙的非凡诗友的哀戚。

康熙三十一年（1692）曹寅受命主事江宁织造。其后，康熙帝四次南巡均由其迎驾，驻跸江宁织造府，并曾召见老年孙氏，尊称“此吾家老人也”，御题“萱瑞堂”赐之。曹寅供职“勤劳”，尤好文事，曾大量收藏与校勘、印制书籍，还奉旨主持修纂刊刻大型诗丛《全唐诗》与辞书《佩文韵府》，均成旷世经典。且其熟谙音律，喜度曲填词，组有私家戏班，自编蔡文姬之事的《续琵琶》、以唐传奇《虬髯客传》为原型《北红拂记》等。康熙四十三年（1704），曹寅出资搬演名剧《长生殿》全本，“集江南北名士为高会”，“独让”编剧者洪升“居上座”，二人各“置一本于席”，每演一折即“雠对”切磋“以合节奏”，历三昼夜始止，“极尽其兴赏之豪华”，又重金酬谢洪升，一时“传为盛事，士林荣之”。不料洪升却在乘船返杭州时醉酒落水而死，酿成一桩先喜后悲的文化憾事。

然而，因曹寅的铺张生活与超量官事应酬，渐致入不敷出，亏欠了官银，晚年已达数十万两，康熙帝几次御批“催督清偿”，曹寅猝死后则特予开恩，诏令其子曹颙接任江宁织造后“筹金补还”，其子夭亡后又令过继子曹頫接任，但均辜负圣意。清世宗雍正帝登基后，曹頫更几度“行为不端”，雍正六年（1727）终于被抄查家产，枷号示众。不久，曹寅之孙曹雪芹随家迁回北京，由锦衣玉食的童年骤然堕入困厄，却造就了一位破落才子的文学辉煌，写出“满纸荒唐言，一把辛酸泪”的《红楼梦》巨著。不过，《红楼梦》的作者究竟是谁，至今也是学界争执不已的糊涂课题。

这首《中台》见于曹寅《楝亭诗钞》，作于康熙四十八年年末（1710）。28年前康熙帝首次巡幸五台山，曹寅曾扈从护卫。到此时，曹寅似已感到不祥，或许意在祈福，故在赴京述职途中绕路朝拜了五台山，还登东台寻访当年与“白云长老”晤面处，回顾了长老的告诫。诗中所流露的潜在心理，也正是一种无可奈何的隐忧。

五台势连峙，	连绵的五台山雄伟峭拔，
峪口森谽谺[1]。	空阔严森的谷口乱石横插。
琳宫[2]娑罗树[3]，	佛宫中摇曳着娑罗圣树，
布地金莲花。	地面布满了金色的莲花。
清旸[4]晃雪岭，	清新的朝阳照耀着晃眼的雪峰，
宝网[5]纷交拏[6]。	千珠万幻的宝网闪烁交加。
修罗[7]敛指臂[8]，	恶煞的阿修罗群伙敛手，
神龙护袈裟[9]。	神龙护卫着礼佛的袈裟。
冰崖木皮厚，	寒冰笼盖的岩崖木皮沉厚，
四月麦始芽。	到四月麦苗儿才开始发芽。
道力苟不坚，	修炼的心志如若不坚，
白骨横撑叉。	就可能暴尸荒野白骨抛撒。
吾闻毗岚[10]风，	曾听说剧烈的狂风扫荡世界，
历劫过河沙[11]。	历经的劫难超过了恒河流沙。
兹山具成坏[12]，	此处的丛山俱都化作小丘，

世说徒虚夸。　　但人间的传闻总未免空自虚夸。
别峰访德云[13]，　　到别峰拜访“德云”长老，
齞然[14]树齿牙。　　大笑时亮开了两排齿牙。
出语一无多，　　话语简约绝无啰唆，
共瀹[15]园中茶。　　一道儿煎煮着园中的香茶。
松门多虎迹，　　告诫我松林中多有虎迹，
稳驾青牛车[16]。　　切记要把持好前行的车驾。

【注释】

① **谽谺**：读作hān xiā，形容山谷空广，也形容山石险峻。

② **琳宫**：本义为仙官，也用作寺院、道观的美称。

③ **娑罗树**：娑罗，古印度梵语sāla的音译，有高远之义；娑罗树是一种原产于印度的常绿乔木，相传古印度迦毗罗卫国净饭王之妻摩耶夫人，在蓝毗尼园手扶娑罗树从右胁下生出佛祖释迦牟尼，“无人扶持，即行四方”各七步，“步步举足”处都出现莲花承接佛足，佛祖晚年又在拘尸那城外跋提河边娑罗双树下圆寂入灭，娑罗树也随即“二双合为一树”，“惨然变白犹如白鹤”，“枝叶花果皮干悉皆爆裂堕落，渐惭枯悴摧折无余”，所以娑罗树被佛家视为神树圣树，备受尊崇。

④ **旸**：读作yáng，本义为日出、太阳升起，也指太阳。

⑤ **宝网**：佛教所谓的护法尊神之一帝释天宫殿悬挂的“千珠宝网”，也称因陀罗网或者帝网，据云其“千珠光影咸入一珠，一珠光影遍入千珠”，“珠珠互遍”却“参而不杂，离亦不分”，千光万色变幻莫名，传辉相溢层递不尽，故也可比喻法门境界的神异无穷。

⑥ **拏**：读作ná，执拿、牵连、格斗。

⑦ **修罗**：阿修罗的略称，梵语asura的音译，意译为不端正、非天、异类，是个非神非鬼非人、介乎神鬼人之间的怪神，常与帝释天战斗、虽听闻佛法也不能证悟的恶神。

⑧ **指臂**：手指、臂膀，用以比喻得力的助理。

⑨ **袈裟：**梵语Kasāka的音译，意译为不正色、坏色、染色等，指僧人所披法衣，是将红黄蓝白黑五种正色混浊合成予以染制，再将布裁为长方小片重新连缀一体，如同田畔，故也有割截衣、田相衣之称。

⑩ **毗岚：**梵语Vairambhaka的音译，意为狂风、猛风，劫难起时能吹坏世界的烈风。

⑪ **河沙：**即恒河沙数，形容其多；恒河是印度的河流，这种比喻用法也出自佛经。

⑫ **成坏：**坏，此处读作pēi，指土丘；另解为佛教认为万物有总、别、同、异、成、坏六相，成、坏如物之生死，有成坏无常之说。

⑬ **别峰访德云：**本义为在他山参拜德云，按佛经所讲，善财童子得文殊菩萨点化，辗转多方行“五十三参”即参拜了53位有德有道长老，成为佛门中谦恭学法的典范，善财童子“第一参”所参拜者就是德云法师，善财童子至彼处求觅七日不逢，后在别峰相见，德云为其解说了“忆念一切诸佛境界智慧光明普见法门”；但此处系借其典故喻指自己拜访高僧，曹寅诗末有注“二十八年前见白云长老于此”，白云长老所指不详。

⑭ **鼙然：**鼙读作zhěn；鼙然，喜笑貌，典出《庄子·达生》“桓公鼙然而笑曰‘此寡人之所见者也’”。

⑮ **瀹：**读作yuè，煮，以汤煮物。

⑯ **松门多虎迹，稳驾青牛车：**松门，以松为门、前植有松树的门，也借指山林；青牛车有两种涵义，其一指佛教所谓“三乘”即运载众生渡越生死到涅槃彼岸的车辆之一的牛车，“三乘”第一乘为羊车喻指“声闻乘”，第二乘为鹿车喻指“缘觉乘”，再上一乘即是牛车喻指“菩萨乘”，至此就可以无量众生，利益天人，度脱一切，由“小乘”“中乘”达到“大乘”；其二指老子李聃晚年感到周朝“德衰”，“乃乘青牛车去”，或谓骑青牛，过函谷关向西一去不返，也有到了印度之说。此二句应系白云长老对曹寅之告诫，嘱其防范世道凶险，注意把持自己。

131. 赵执信:《将游镔铁院以病不果》

阅读小引:一场观剧断送仕途的青年主考 制铁重镇的“铁母”奇闻

赵执信(1662—1744),清代著名诗人,字仲符,号秋谷,山东博山人。执信出身官宦名门,曾祖赵振业当过山西参议即行政主官布政使的助手,因合理平分晋祠水利“有德于民”,被建“生祠”纪念。从祖父赵进美官至福建按察使,是与钱谦益等大家唱和往来的诗人,执信本人则是王士祯的外甥女婿,自幼秉承“家学”,“即工吟咏”。清圣祖康熙十八年(1679)高中二甲第六名进士,擢翰林院编修。是年,又恰值天子开“博学鸿儒”特科选贤,四方被荐“雄文绩学者”聚集京师。执信与诸人“过从谈宴”常使“一座尽倾”,颇获朱彝尊等前辈“引重”。而其最为知音者,则是山西平民诗人吴雯吴莲洋。

执信“才名藉甚”,个性“峭峻”孤高,可是对落榜“博学鸿儒”的吴雯则钦佩有加,甚至有“莲洋诗格如莲花,引我亭亭出泥滓”的谦恭赞语,彼此也成为挚友。康熙二十三年(1684),22岁的青年执信即受命前来山西,出任省试主考官。其间赋诗40余首辑为《并门集》,又专请吴雯作序。返京后一年多,执信已升为承担太子、亲王教育等事务的詹事府六品右赞善,兼翰林院检讨充《明史》纂修官,仕途一片光明。然而,康熙二十八年(1689)皇后佟佳氏病亡,丧葬忌期“未满百日”,执信却因在《长生殿》作者洪升寓所与友朋“观剧饮酒”,被挟嫌者以“大不敬”参劾,遭“革职”削官。故时人有诗戏之曰“秋谷才华迥绝俦,少年科第尽风流;可怜一曲《长生殿》,断送功名到白头”。执信也以“事往浑如梦,忧来岂有端”,“十年一挥手,今日别长安”作诗自嘲。随即离京还乡,此后一直活到80多岁再未重涉宦海。

所以,主考山西就成为执信毕生唯一的官差外出,《将游镔铁院以病不果》即作于之行。镔铁是一种通过“诸铁和合”冶炼而成的硬质“利铁”,其技术可能源于古代波斯与印度等地,约在南北朝时传入我国。镔铁几近于钢,故主要用以打造刃具。太原的制铁技术,古代曾领先华夏上千年,所产“并州刀剪”尤其驰名,从唐代起已成为超级品牌,及至晚清一直盛誉不衰。镔铁院就是在太原炼铁旧址建筑的奉祀祠院,传说明朝初年某焦姓驸马都尉“为刀甚利”,此地即其作坊镔铁坑遗迹。王士祯的笔记杂录《分甘余话》中转述得更为神奇，“太原府城内有巨铁，常露其顶，掘之则深入不出，曰铁母，今有镔铁祠”。祠院的具体位置，应在至今尚存的关帝庙后墙以北半坡街东侧。从此诗可知，祠院当时名气极高。而诗虽简约，却为太原的经济历史留下了一则殊为难得的形象记录。

执信退出官场后，开始寄情山水，漫游各地，从而更真切地体悟到了时势昏暗与民间疾苦，再加上际遇悬殊、情感纠葛等因素，故其虽为晚辈亲属，对妻舅王士祯以“神韵”论诗颇多非议，纵然“天下士莫不趋风”自己却“独不执弟子之礼”，而提出“诗以言志，诗之中须有人在，诗之外尚有事在”一说，着意与士祯分庭抗礼，本人也的确创作了一些反映现实创痛的深刻诗作。晚号饴山老人，有《饴山堂集》等传世。

古院不一游，	这样的古寺院欲游而未果，
虚作并州客。	可真是妄作了并州城的羁客。
寒铁夜有芒，	寒铁的光刺据说彻夜闪烁，
秋井水无色。	秋井里的水纯净得几无颜色。
病思清冷对，	病中的思绪独伴着一片清冷，
梦觉钟梵[1]寂。	梦醒来更惆怅佛事已经沉寂。
想见静中僧，	想见那清静下来的僧家，
时时扫苔迹。	也定会时不时扫扫苍苔的痕迹。

【注释】

① **钟梵：**寺院里的钟声与诵经声，隋炀帝《与释智顗书》中有“钟梵辍响，鸡犬不闻”语，白居易《正月十五日夜东林寺学禅》中也有“新年三五东林夕，星汉迢迢钟梵迟”的诗句。

132. 王绶：《市楼金井》

▶ 阅读小引："高才"知县辨疑的平遥八景　古城标志建筑的唯一诗咏

王绶，清代官员，生卒年不详，字诚亭，甘肃兰州人。出身诗书之家，祖父王同春曾为贵州遵义知府，精于书法，有《心远堂法帖》等与诗文传世。王绶未中进士，以举人资格步入仕途，清圣祖康熙三十九年（1700）授任平遥知县。到职未久即率先捐出"俸银四百两"，带头集资整修县城外的交通枢纽惠济桥，又发动民众"环城植柳"，以至"青山白水，绿树红楼"，"春秋登眺，烟光如画"，周边环境大为美化，成为"一邑之胜"。

王绶在平遥，还有两项不可磨灭的文化贡献。其一是，倡议"立义学十区"于各乡，又于康熙四十二年（1703）再次带头"捐俸"，创建西河书院，有"后阁五楹""东西廊各三楹"与方亭、曲栏以及"庖屋"即食堂等，并撰《创建西河书院碑记》立石"以告将来"。其二是，亲自"慨然操笔，日夜编次"，劳苦"凡七阅月"，于康熙四十五年（1706）纂成《平遥县志》。因平遥明代旧志毁于战乱，康熙十二年（1673）有一简本也"宏纲虽举，节目未详"，故其所修就成为现存最早的体例内容最详尽的版本。显然，王绶是位好官，也是位被称赞为"高才"又"鸿学"的县太爷，后升任山西辽州知州。

在该版县志"艺文"编中，王绶对旧传平遥八景分别进行了辨疑。认为有"可据者四"，即"麓台叠翠""超峰晓月""源池泉涌""婴溪晚照"均为真实存在。有"不可知者亦四"，如"贺兰仙桥""凤鸟栖台""于仙药迹"，什么"凤凰鸣""神仙降"等皆"漫无可稽"，"又乏考证"，"徒得之想象而已"；至于"市楼金井"一景，王绶称市楼固然不假，但"俗传金井在市楼东南角下，深千尺，水色如金"，此前有县令"黄朗山发工掘之"却"终不可得"，也系子虚乌有之说。不过，王绶为了尊重习惯，还是将这些"八景"收入县志，且一一赋诗以记。

如今，鉴于我国历史上几乎城城必有的市楼基本荡然，又随着平遥古城被联合国教科文组织列入《世界遗产名录》，硕果仅存的平遥市楼成为了知名度极高的景观。三重檐歇山顶建构，以18.5米的高度雄峙县城中心，蓝、绿、黄三色琉璃瓦精心镶拼在屋顶的“喜”“寿”二字，寄寓了平遥先民的生存希冀，也昭示着对于后来者的美好祝愿。可惜，市楼的古人留诗几近阙如，王绶这首《市楼金井》就是迄今可见的唯一。其中的“五行气正民生遂，百尺楼高物象雄”，已经作为市楼的楹联悬挂两厢。

卤[①]沉火举异难同，	世事的浮沉兴衰总是多异而难同，
潜蓄金波养不穷。	金井下的金波蓄养着生命无穷。
官舍移阑思甄济[②]，	官衙里凭栏遥望缅怀清高的甄济，
故墙无恙号韩公[③]。	坚实的老墙仍未忘廉明的韩公。
五行[④]气正民生遂，	“五行”气正才能赢得民安人和，
百尺楼高物象雄。	巍峨的市楼炫示着物象的奇雄。
愁向景阳[⑤]陈琐事，	如何向远古的先哲诉说政事烦琐，
仲宣[⑥]宅在万山东。	最敬仰的高贤故里还是在万山之东。

【注释】

① **卤**：此处等同于“橹”字，按照东汉许慎《说文解字》的解释，橹即“大盾也”。

② **甄济**：唐代高士，为人沉静好学“以文雅称”，曾隐居多年，安禄山派人“致谒山中”，不得已赴邀，禄山大礼下拜，渐觉察禄山“反谋”，遂佯病“归庐”；禄山叛乱后特派人“封刀召之”，称如不至“断其头见我”，但甄济“色不动”，宁可“引颈待之”，来人“歔欷”感动，乃“止刀”以“实病”归报；后禄山被其子安庆绪所杀，庆绪又令将甄济强行抬到东都洛阳，恰好洛阳被唐肃宗之子李豫收复，甄济“泣涕”迎见，肃宗为了“使污贼官”即投降安氏者知羞耻，下诏让这些人罗列一圈跪拜甄济，也是对其气节给以的表彰。

③ **韩公**：所指应系明代山西巡抚韩邦奇，曾经察访平遥，有诗留题；韩邦奇陕西大荔人，明武宗时举进士，初为京官，因“上疏陈时政阙失”贬为山西平阳府通判，后转山东、浙江诸省，又因宦官“爪牙四出”扰掠

民众“疏请禁止”，并先后“作歌哀之”“作歌怨谤”，触“帝怒”，“逮至京下诏狱”，削籍夺官；明世宗时重新起用，世宗嘉靖八年（1535）出任山西巡抚，其“为政严肃”，廉洁自守，官供一概“不纳”，每日以个人俸禄“易肉一斤”食用，在职4年“引疾”归去；嘉靖三十四年（1556）陕西大地震，不幸落入塌陷火炕死难，享年78岁。

④ **五行**：水、火、木、金、土，我国古人认为构成物质的基本元素，也指五常即中华文明体系中最精辟的伦理观念，概括为仁、义、礼、智、信。

⑤ **景阳**：西晋文士张协，字景阳；张协少有俊才，父曾为蜀郡太守，西晋从晋武帝太康元年（280）后10余年，战事平息，社会安定，经济与民生多有改观，史称“太康之治”，此时张协已颇有名气，到晋惠帝时天下动乱再起，张协遂辞官隐居，唯以吟咏自娱；故南北朝梁朝人钟嵘在其《诗品》序言中评说“太康之英”，首推陆机，又推“安仁、景阳为辅”。

⑥ **仲宣**：东汉末年文学家王粲，字仲宣；王粲出身豪门，有“异才”，“博物多识”，“善属文，举笔便成”，也“善算”，“作算术略尽其理”，曾投荆州刘表，因其貌不扬与体弱不被看重，后来却颇得曹操赏识，授丞相掾即随从秘书，赐爵关内侯，随曹操南征孙权时病逝于归途，曹丕为之举葬，称王粲生前爱听“驴鸣”，请“各作一声以送之”，众人乃皆学驴叫，成为一段别致的趣话；王粲是著名的“建安七子”之一，传世作品以《登楼赋》最富盛誉，故钟嵘在其《诗品》序言中评说“建安之杰”，首推曹植，又推“公干、仲宣为辅”。

133. 方士模:《贫民行》

▶ 阅读小引:触目神伤感发的愧疚之叹　强势惩办“教案”的官事留踪

方士模,清代官员,生卒年不详,安徽歙县人。清圣祖康熙五十年(1711)中举人,清世宗雍正元年(1723)授职山西孝义知县,曾倾力兴修孝义城壕,增植树木数千株。雍正四年(1726)又纂《孝义县志》18卷,成为现存最早的当地县志。这首《贫民行》大约写于士模就任孝义知县未久。诗真实描述了其亲眼目睹的孝义西部一带穷困百姓生活惨状,官方赋税催督以及高利贷等导致的沉痛悲情,同时表达了无能为力的愧疚与苦楚,算得上是一位有良知有善心的地方官。

雍正六年(1728),士模调赴福建福安知县。当时,天主教发展迅速,与我国传统文化的摩擦加剧,不断引起“礼仪之争”,朝廷开始设限管理。而福安正是教徒极多的地区,仅教堂就有十五六座。雍正帝登基不久,福安又建教堂而被举报,并被逐级上呈。以此为发端,经礼部综合全国状况议定,乃奏请天子“严行禁除”百姓入教,诏准“依议”执行,今后凡有“聚众诵经等项从重治罪”,教堂“皆令改为公所”,以前颁发的传教“印票”均予“销毁”,洋人除“精通历数及有技能者”可以调京“效用”外一律送“澳门安插”,这就是外国教士所谓“点燃全面迫害之火的最初火花”的“福安教案”。然而,民间仍旧私传不绝,地下活动猖獗,故雍正七年(1729)再次旨令查究。士模身处敏感之县,自然不敢倦怠,立即强势惩办,捉拿知名教徒4人,追查秘藏外国教士的下落,派兵深入乡村搜捕教士与为首的文人教徒,强迫信教的“守贞女”出嫁。继又威逼上层信教者“具结脱教”,否则剥夺功名,施以大刑,并将他们押往城隍庙跪拜城隍。正是这件事,使原本籍籍无名的士模在宗教史上留下了显著的一笔。其人似也喜欢舞文弄墨,在孝义的名胜临黄塔与福安等处都有留题,还有《得月轩诗》存世。

中阳之民劳且苦,	中阳一带的贫民劳碌而又凄苦,
西山高下皆瘠土。	西山里上下都是干巴巴的瘦土。
錾坏[①]作庐长儿孙,	凿开个简陋的窑洞勉强养育儿孙,

倚萝[2]为幕云为户。	垂挂的野蒿就是屋帘，白云就是门户。
土铿然煤[3]照眼红，	砂锅底燃烧的煤火照得两眼泛红，
煅背讵[4]分寒与暑？	烘烤着精光的脊背哪分什么寒暑？
馎饦[5]克饥半糠粃[6]，	半稀半稠充肚肠多半还是粗糠，
客至仓皇戛[7]空釜。	客来了也只能手忙脚乱空敲瓦釜。
鹑衣[8]绽裂骭[9]不遮，	缀满补丁的破衣衫遮不住两肋，
鹄面皴枯[10]气如缕。	枯木般的颜面虚弱得气喘如缕。
洊[11]荒三载几室存，	持续三年的灾害无有几户幸存，
父子散窜迷所处。	逃荒离散的父子未知谁在何处。
招来田舍已榛芜，	纵然是召唤归家田舍已乱草长满，
官赋私逋[12]浩难数。	官赋私债仍没完没了浩劫难数。
我今承乏[13]怀抚绥，	而今我勉强受命来此抚理，
无术深惭众人父。	却一筹莫展真愧为百姓父母。
昨朝有檄督催科，	昨日里又收到纳粮催缴的檄文，
流民难绘[14]心酸楚。	该不该绘幅流民图，心中真是酸楚。

【注释】

① **錾坏**：錾读作zàn，雕琢金石的凿子，也指凿刻凿砸；坏，此处作pēi读，指土丘。

② **萝**：指某些能爬蔓植物，东汉许慎《说文解字》称，“萝，莪也，蒿属”。

③ **土铿然煤**：土铿，如同砂锅的古代粗糙炊具，杜甫诗《闻斛斯六官未归》中有“土铿冷疏烟”语；然煤，即燃煤。

④ **讵**：岂、怎，用以表示反问。

⑤ **馎饦**：读作bó tuō，古人所称的一种水煮面食，类似如今的面片汤。

⑥ **糠粃**：粃读作hé，米粮的碎屑；糠粃，指糠一类的粗劣食物。

⑦ **戛**：读作jiá，敲打、敲击。

⑧ **鹑衣**：鹌鹑皮毛，因其尾短而秃、片色凌乱如同打满补丁，故古人以此形容衣服的破烂，且留下了一个“鹑衣百结”的成语。

⑨ **骭**：读作gàn，肋骨，也指肋部即前胸两侧。

⑩ **鹄面皴枯**：鹄面，像天鹅一样的脸，形容消瘦；皴枯，皮肤开裂而枯干。

⑪ **洊**：同“荐”，连续、相继。

⑫ **私逋**：逋读作bū，本义为逃亡，也引申为逋责即欠债；私逋，私债、私人高利贷。

⑬ **承乏**：不胜其力，为古代官员担任职务时的自谦之语。

⑭ **流民难绘**：难以绘一幅流民图，典出王安石变法时期之事；宋神宗熙宁七年（1074）春“天下久旱，饥民流离”，推行五六年的变法弊端日益明显，此时有位管理京师城门的小官郑侠，将“流民扶老携幼困苦之状”绘图献于神宗，并称“去安石，天必雨”，引起朝廷震撼，未久安石罢职，后世将此图称为《流民图》，是我国历史上反映社会悲情的著名图卷。

134. 严遂成：《三垂冈》

▶ 阅读小引：戴孝出征赢得的初战大捷　毛泽东特意书录的咏史名篇

严遂成（1694—?），清代诗人，字崧瞻，号海珊，浙江乌程即今湖州人。清世宗雍正二年（1724）中进士，授山西临县知县。清高宗乾隆元年（1736）获举荐参加“博学鸿词”试，因“丁忧”父或母丧未赴。继升云南嵩明知州、直隶雄州知州，为官尽责，不知何故一度被罢，后复职降为知县，死于任上。

遂成早年曾携诗稿请教诗坛名宿厉鹗，但未获嘉许，乃更加发愤，终于有成，跻身为与厉鹗、袁枚等人平列的“浙西六家”。其诗雄奇绮丽，天才骏发，尤以读史诗称著于当时，本人也自负“咏古第一”，所作《明史杂咏》被誉为“诗史”，还有《海珊诗钞》等传世。这首《三垂冈》写得大气磅礴却又哀情宛然，是其最为著名的咏古诗。

据欧阳修《新五代史》载，唐末军阀混战，盘踞太原一带的晋王李克用，在邢州即今河北邢台击败昭义军节度使孟方立，回军到达潞州即今山西长治，“置酒三垂冈”庆贺。席间，伶人奏《百年歌》，唱至人“衰老之际”歌声“甚悲”，举座“凄怆”不已，当时“存勖在侧，方五岁”，“克用慨然捋须”指而笑曰“吾行老矣，此奇儿也，后二十年其能代我战于此乎？”

存勖即李克用之子李存勖，自幼随父征战四方，胆识过人，文武双全。五代后梁开平二年（908）克用故世，23岁的存勖继位晋王。克用临终赐以三支箭，嘱其“无忘乃父之志”，即解潞州之围，灭梁报仇，恢复唐室社稷。此时潞州已被后梁皇帝朱温的大军包围一年多，存勖则断然提出，称“梁人”幸灾“我大丧”，以“我少而新立无能为也”，正是其麻痹之时，最易“乘其怠击之”。遂率兵戴孝出发，疾驰六日抵达三垂冈，隐蔽集结，感叹道“此先王置酒处也”。次日凌晨恰逢大雾，存勖借此掩护发起突袭，直捣对方大营，杀伤无数，获得全胜，剪除了迫在眉睫的威胁。从此，存勖每次用兵必将三支箭“盛以锦囊”背负“前驱”，班师后奉祭祖庙。最终实现了乃父遗愿，于后梁末帝龙德三年（923）灭掉后梁称帝，定都洛阳，自谓恢复了唐朝，史称后唐。

1964年12月，毛泽东阅读《五代史》时忽有所悟，遂于29日致秘书田家英一短函，称“近读五代史后唐庄宗传三垂冈战役，记起了年轻时曾读过一首咏史诗，忘记了是何代何人所作。请你一查告我为盼！”田家英即将《三垂冈》找到送上，毛泽东随之亲笔手书一幅。如今其手书已镌成诗碑，立在了当年的战场旧地。

英雄立马起沙陀①，	横刀立马的英雄起自沙陀，
奈此朱梁②跋扈何？	飞扬跋扈的朱梁可奈我何？
只手难扶唐社稷，	只手虽然难扶衰朽的李唐王朝，
连城且拥晋山河。	却依旧拥踞着连城的三晋山河。
风云帐下奇儿在，	风云帐下大业可承的奇儿已在，
鼓角灯前老泪多。	鼓角灯前悲喜交集的老泪犹多。
萧瑟三垂冈畔路，	纵目三垂冈边萧瑟的小路，
至今人唱《百年歌》③。	至今仍有人唱着百年如梦的歌。

【注释】

① **沙陀**：我国历史上西域地区的少数民族，为西突厥别部，因属地有大沙丘，故被汉族史家称为沙陀突厥，约在今新疆巴里坤湖之东、吐鲁番市西北一带；公元六世纪中叶突厥汗国崛起，继而分裂为东、西突厥，均败亡于唐朝，一度复国，又被回纥所灭；后沙陀突厥归顺唐朝，逐渐东移，其首领朱邪赤心因军功授大同节度使，获赐李姓，名国昌，死后其子继承，就是李克用。

② **朱梁**：指朱温及其所建之梁朝；朱温原系唐末黄巢部将，后叛黄巢降唐，又在剿灭黄巢与藩镇混战中势力渐渐壮大，最终把持朝政，受封梁王，唐哀帝天祐四年（907）篡唐自立为帝，改元开平，国号大梁，我国历史由此进入五代十国时期。

③ **百年歌**：西晋文学家陆机仿照乐府诗所作的一篇10段诗作，每段表现10年，逐段描述了人从出生走向百年的生命情景，70岁时转入悲凉，最后一段则以“盈数已登肌肉单，四支百节还相患；目若浊镜口垂涎，呼吸嚬蹙反侧难，茵褥滋味不复安”，写尽了人之将逝之际的衰迈凄怆，后世多被配乐传唱。

135. 杨二酉：《难老泉声》

▶ 阅读小引：保护“贞观宝翰”的不朽伟绩　弘扬晋祠文化的杰出乡贤

杨二酉（1705—1780），清代官员，字学山，号西园，山西太原人。二酉出身富家，读书精博，清世宗雍正十一年（1733）二甲进士，又经优里挑优，成为继续深造的翰林院庶吉士，期满留任翰林院编修。此时已是清高宗乾隆元年（1736），二酉作《祈谷赋》呈送新君，得“颇有才华，聊可起用”之评，后擢为翰林供奉加协办起居事，协助记录天子“起居注”。其间几次遵圣命作文，“御览”均蒙大悦，获赐“内府葛纱六端”“御用”眼镜一副、笔墨两匣，特别是名贵“大内极品澄泥古砚一方”，二酉遂将居所更名为“宝砚堂”。

乾隆四年（1739），二酉奉旨以监察御史巡视台湾并兼理学政。在任两年，弹劾民怨甚深的台湾镇总兵，奏免积年所欠赋税，完善保甲，严缉流贼，尤其尽力于振兴教育。彼时，台湾归福建省管辖，二酉积极倡议修复闲置的台南海东书院，选拔诸生“得数十人”，以与福建顶级的福州鳌峰书院“并峙”的要求“作育多士”，并撰《海东书院记》赞扬捐资捐田官绅。当地感其“善政叠布”，使“民皆向学”，又立《学宪杨公兴行海东书院碑记》纪念，至今犹存。任满后二酉调返京师，渐升至负责监察兵部的都察院五品兵科掌印给事中。乾隆十六年（1751），受到台湾多用民夫“胥役”当差等官场“滋弊”的旧事牵连，诏令“原品”罢官，削职还乡，毕生再未起用。但恰因如此，却使之为山西名胜晋祠的维护与宣扬作出了价值更加斐然的贡献。

二酉故里即在晋祠附近，被认为是西周初年成王“桐叶封弟”时其弟叔虞的受封之处，南北朝时就有祠宇祭祀。唐代时，唐太宗曾于贞观二十年（646）正月亲撰亲书《晋祠之铭并序》刻石立碑。到了清代，许多字迹已“殆不可辨”，“颇失其质”。乾隆三十五年（1770），经二酉竭力呼吁、有司照准，乃据旧拓本“摹钩”模仿，雕制新碑一通，且扩建碑亭，并立两碑，题名“贞观宝翰”，致使太宗唯一的刻石真迹越发引人关注，终于躲过近代浩劫而保存下来。此外，二酉还参与过叔虞祠、七贤祠、文昌宫、柏月山房、同乐亭等的修复，为晋祠作过多篇碑记，题写过不少楹联、匾额，如“桐叶自当年剪得，凤凰于何时飞来”“门环山水观仁智，地接风云会虎龙”与“悬山响玉”“眼底壶天”等，均都意近旨远、颇耐品嚼。所书戏楼“水镜台”三字，精湛瑰奇，端丽淳厚，炉火纯青的翰墨技艺令人肃然起敬。

乾隆四十二年（1777），72岁的二酉又将晋祠风光归纳为内外八景，一一赋诗以记，内八景为望川晴晓、仙阁梯云、石洞茶烟、莲池映月、古柏齐年、胜瀛四照、难老泉声、双桥挂雪，外八景为悬瓮晴岚、文峰鼎峙、宝塔披霞、谷口双堤、山城烟堞、四水清畴、大寺荷风、桃源春雨，合成“晋祠全景诗”16首公之于众，描写从晋祠涌出的淙淙清泉的《难老泉声》就是其中之一。不久，这些诗作被书写于文昌阁而广为流传，至今完好无损，为提升晋祠的美学声誉与文化名气一直发挥着无与伦比的影响。

谁将玉斧开？	是谁人用神斧将此处劈破？
寒泉出岩窦。	清澈的寒泉涌出了岩头的裂口。
不谓井中冽，	且莫道井中水是何等甘冽，
且笑瓮底漏[①]。	更讨笑像一个高悬的瓮底泄漏。
潺盬[②]作远波，	潺潺移动的波痕漂向远方，
湍激知下就。	湍急的浪花却直接冲下山丘。
源源去又来，	千百年源源不断流来流去，
滚滚夜复昼。	日日夜夜滚滚喷吐就从未停休。

【注释】

① **瓮底漏**：晋祠建于太原西南晋水源头之山脚处，其山势仿佛一座大瓮高悬，故名悬瓮山；北魏郦道元《水经注》言，“《山海经》曰‘悬瓮之山，晋水出焉’”，山头的泉水就像从瓮底漏下，一年四季长流不绝，遂借《诗经·泮水》中“永锡难老”语取名“难老泉”，泉水穿越晋祠而过，异常清澈甘冽，构成了韵致奇特的美，李白曾以“晋祠流水如碧玉”赞之。

② **潺盬**：盬读作xù；潺盬，义同潺湲，水流动的样子或声音。

136. 乾隆皇帝爱新觉罗·弘历：《登黛螺顶作》

▶ 阅读小引：写诗数量古今第一的冠军天子　挪揄寺僧的讥诮“御笔”

乾隆皇帝爱新觉罗·弘历（1711—1799），清世宗雍正帝第四子，12岁被密立为太子，雍正十三年（1735）继位。登极60年时，声称不敢超越皇祖康熙帝的“纪元六十一载之数”，决定逊位太子颙琰即嘉庆皇帝，又当了三年太上皇后辞世，成为历代君王中掌权最久也是享寿最高的一位。

乾隆时期，清王朝的发展步入了巅峰。经济繁荣，民生安和，50年间全国人口即由一亿四千余万增至三亿一千余万。在军事上，则彻底粉碎了沙俄暗助几十年的新疆准噶尔武装割据，击退了尼泊尔廓尔喀人入侵西藏，平定了回族大小和卓木、四川土司大小金川等部的叛乱，绥靖台湾，降服缅甸、安南，完成了国家版图的真正统一，被其自诩为“十全武功”。同时力倡“文治”，厘定典章，推崇礼教，搜编文献，最著名的《四库全书》字数多达8亿，基本囊括了所有中华古籍。可是，也禁毁了大量有损其统治的图书，屡兴文字狱迫害士子，强化精神奴役。到晚年，社会矛盾加剧，危机渐显，且面对西方工业革命大潮，依然颟顸排拒，盲目锁国，为王朝的倾覆埋下了祸根。

乾隆帝精通汉学，尤喜为诗。以其自谓即“几务之暇无他可娱，往往做诗”，毕生所留竟有40000多首，成为古今中外诗人数量之冠。其中虽不乏平庸之作，佳品也未必阙如，《登黛螺顶作》就可以算作一篇足够优美的诗章。

黛螺顶是一座从五台山东台延伸下来的较小山峰，因其“状若旋螺，圆净可爱”得名，也名大螺顶，并建有同名古寺。乾隆帝崇佛，曾三次陪同母亲崇庆皇太后祈福五台山，母亲故世后又曾三次拜谒，尤以乾隆五十一年（1786）的第五次“朝台”最为郑重。此前不久，西藏“呈进丹书”明确尊崇乾隆帝为“曼殊师利大皇帝”，即曼殊化身人间的转轮圣王。曼殊就是五台山敬奉的文殊菩萨，乾隆帝认为“曼殊对音即满珠”，“与我朝国号相符”，象征“亿万年无量福祚也”。故三月初到达后，旋即瞻礼文殊宝相，三世活佛“章嘉国师率众喇嘛诵经迎驾”，又“适值瑞雪霏雯”，“扈从及僧俗人众咸谓天花飞舞”，是“文殊示喜也”。因而“龙颜”大悦，赋诗《至灵鹫峰文殊寺即事成句》，但充满皇腔御调，几无可取。异日瞻礼黛螺顶，主事大喇嘛为使古稀天子一举拜遍菩萨，早将“五台”各峰分别供养的孺童文殊、聪明文殊、无垢文殊、智慧文殊、狮子吼文殊统统塑像于此。佛学知识丰富的乾隆帝可能颇觉搞笑，也似乎唤回了真正的诗性灵感，遂以调侃语气记之曰，“夫菩萨言一亦可，言百千万亿亦可，岂拘五台五像乎？”进而怀着“随喜”的心境，书写了这首带有明显揶揄情趣、绝少装腔作势的“御笔”，成为其所撰300多首五台山诗中拔尖之作，诗碑至今仍立于黛螺顶。由此，还给后世留下一个变通说辞，即将走遍“五台”各峰跪拜谓之“大朝台”，将只到黛螺顶给这几个菩萨群体磕磕头的谓之“小朝台”，替那些无力或懒惰者开启了一个满足虔诚的抚慰性途径。

峦回谷抱自重重，	从峦回旋沟壑簇拥好一路万山重重，
螺顶左邻据别峰。	黛螺顶的周边雄峙着别样的青峰。
云栈屈盘历霄汉，	悬绕云间的栈道如从天边穿过，
花宫[1]独涌现芙蓉。	佛宫里清湛的荷池托起了出水芙蓉。
窗间东海初升日，	破晓的窗口掩映着东海的旭日，
阶下千年不老松。	台阶前兀立着千年不老的苍松。
供养五台曼殊像，	虽然将五个台的文殊像合殿奉养，
阇黎[2]疑未识真宗[3]。	却怀疑这些高僧并没有识透真经。

【注释】

① **花宫**：佛寺，也喻仙界。

② **阇黎**：阇读作shé；阇黎，古印度梵语acarya即阿阇黎之略称，指高僧，也泛指僧人。

③ **真宗**：佛门的真正宗旨、根本精义。

137. 沈岫云：《途中日暮》

阅读小引：官宦名门的“儒素”淑女　幸存于《随园诗话》的闺秀逸诗

沈岫云，清代女诗人，生卒年与籍贯不详，山西曲沃裴氏望族裴宗锡的儿媳。宗锡之父裴幰度曾任江西巡抚，宗锡于清高宗乾隆十五年（1750）获授山东济南府同知即行政副职，渐升至安徽巡抚，乾隆四十年（1775）调云南又转贵州巡抚。在任时理顺了铜、铅的开采监管，针对食盐专卖的“利病”进行了适当调整，将当地数百里荒野草莽“开垦成田”，“安屯养军”，还修复了贵阳的风景名胜甲秀楼，今已成为全国重点保护文物、该市的市徽性古迹。乾隆四十四年（1779）卒于“官舍”，“天子闻之悼惜”，令“祭葬如例”，敕建牌坊于故里。

宗锡出任巡抚近10年，书写过数百件、数十万字的奏章等文稿，本人又将此结集编为《抚皖奏稿》《滇黔奏稿录要》，所收之奏章件件都有乾隆帝的御批，完整地反映了当时的政治、军事、经济、税制、吏治、司法、物产、气象、地理、交通、民俗、风情等实际，现已根据清宫的档案影印出版，构成了研究乾隆时期社会状况极为翔实而丰富的史料。

宗锡字二知，任职安徽巡抚时与学者袁枚友善，多次前往江宁即今南京，拜访其著名的随园。后来袁枚在《随园诗话》中记下了这样一段文字，“裴二知中丞，巡抚皖江，每至随园，依依不去”，“举家工琴，闺阁中淡如儒素”，极有修养；“其子妇沈岫云能诗，著有《双清阁集》”；袁枚列举二首，一首是扶持公爹棺木回乡时的《在滇中送中丞柩归》“丹肮秋风返故乡，长途凄恻断人肠。朝行野雾笼残月，暮宿寒云掩夕阳。蝴蝶纸钱飘万里，杜鹃血泪落千行。军民沿路还私祭，岂独儿孙意惨伤”，另一首就是这篇《途中日暮》，诗中写到了晚霞朦胧中的中条山，飘落着碎冰一般的汾河水，春光下的蝶，高空中的鸦，置身如此美景真想去寻找神仙的人，应该是某次出行于家乡一带的作品。

袁枚又说，自己曾采集“闺秀诗”，岫云的丈夫裴端斋暗取“其诗见寄”，但“夫人不欲以文翰自矜”，端斋“戏题”两句云“偷寄香闺诗册子，妆台佯问目稍嗔”，称其“偷寄”诗作后妻子在“妆台”边佯装责问，还稍稍生了点气，“亦佳话也”。正是由于袁枚的记事以及所给予的“诗笔清新”的赞赏，才使后人有幸知道了这位晋籍贵胄才女、不可多得的闺阁诗人。

薄暮行人倦，	冥冥的暮色里越走越感到困乏，
长途景尚赊[①]。	长长的一路风光似乎总没个收煞。
条峰[②]疏夕照，	中条群峰稀疏了夕阳的残照，
汾水散冰花。	汾水上散落着碎冰摇曳的波花。
春暖香迎蝶，	早春微暖的芳馨引来翩翩彩蝶，
天空阵起鸦。	空旷的高天飞过了阵阵的寒鸦。
此身图画里，	蓦然间感觉此身就在画中，
便拟问仙家。	便想去问一问到何处寻访仙家。

【注释】

① **赊**：此处协韵应读作shā，长、远。

② **条峰**：指中条山，绵延数百里横亘于山西南端，走势狭长如条，因而得名。

138. 陶澍：《出柏井至平定州》

⊙ 阅读小引：两段儿女婚姻的慧眼识珠　左宗棠失意时刻的提携恩公

陶澍（1779—1839），清代重臣，字子霖，号云汀，湖南安化人。清仁宗嘉庆七年（1802）二甲进士，又入选翰林院庶吉士继续深造培养，期满留任翰林院编修，再任都察院监察御史等。嘉庆二十四年（1819）授职整饬监督军务的川东兵备道，一年后“治行”被荐为“四川第一”，擢山西按察使。清宣宗道光元年（1821）兼山西行政主官布政使，同年调赴安徽。道光三年（1823）升安徽巡抚，又转江苏巡抚。道光十年（1830）晋太子少保衔领二品两江总督，督理江苏、江西、安徽诸省，后因“风痹”即中风而逝。道光帝诏令“依尚书例赐恤”，加赠太子太保衔，谥号“文毅”，入祀名宦祠，并建专祠以祭。还亲撰悼文，赞其“端直宅心，勇敢任事”，“器资端亮，学术淹通”，“著望群僚”。

陶澍是当时以湖湘人士为主的“经世派”前驱，反对理学腐儒尚空谈、轻实用，倡导“义理经济”合一，讲“实学”行“实政”，以“义理”修身，以“经济”救世。半生仕宦，业绩昭彰，其思想对后来的曾国藩等人影响颇深，曾为其下属的林则徐对他也极敬佩。晚清洋务名臣张之洞认为，“道光以来人才，当以陶文毅为第一”。

而陶澍被人广为传颂的轶事，则是他对两段儿女婚姻的慧眼识珠。陶澍调任川东兵备道时途经故乡，在益阳见到随祖父读书的幼童胡林翼，叹为伟器，惊喜可“得一快婿”，恳请结为娃娃亲，10余年后与其女完婚，林翼遵从岳丈，诸项“进益非浅”，“精神殊为一变”。道光十七年（1837），陶澍“回籍省墓”路过醴陵，知县辟书院招待，嘱科考不中、落魄于此教书的左宗棠书写楹联。陶澍有家传古石名曰“印心”，入觐道光帝时又获“印心石屋”御题，宗棠遂据此拟出“春殿语从容，廿载家山印心石在；大江流日夜，八州子弟翘首公归”。陶澍阅罢“激赏不已”，无顾地位、年岁之悬殊，立即派出“舆马”将年仅25岁的宗棠请来，交谈“一日夜”识见皆同，彼此“大洽”。次年，宗棠科考又败，陶澍却“礼以上宾”，聘作总督幕府，言“君他日功名必在老夫上”，主动提出将6岁的晚生子与宗棠5岁的女儿联姻，且以“家事相付托”。未久陶澍故世，宗棠抚孤成长，亲自教读，最终实现了恩公遗愿。后来，林翼、宗棠均在平息太平天国中大显身手，建立巨功。宗棠秉性尤其刚毅坚韧，处事倔强执着，敢当大责，有“左骡子”之称。晚年时仍不顾高龄，“舆榇”即抬着棺材率军出征新疆，收复伊犁，并建议于此设省，粉碎了沙俄扩大侵略的图谋。有论家称，宗棠幸蒙陶澍赏识，“一生勋业盖悉植基于是时也”。

这首《出柏井至平定州》，作于陶澍赴任山西按察使途中。平定州清代领寿阳、乐平、盂县诸县，州治在今山西平定。陶澍从土门口入晋后，应曾留宿柏井，此地设有一处驿站，再向西行近50华里就到了平定州。如今，柏井附近部分青石驿道仍然可见，还有记载昔日驿站情景的嘉庆年间碑刻尚存。

落落人家抱驿邮①，	稀稀落落的人家环抱在驿站四周，
土门口②远石门头③。	从远处的土门口又走过了石门头。
微云度涧疑争路，	薄薄的云团仿佛夺路也似飞越沟溪，
骤雨冲崖欲放流。	冲击山崖的暴雨瞬间已放肆奔流。
地据山阿④藩晋国，	倚靠在太行之曲屏卫着三晋天地，
州如斗大拥名楼⑤。	斗大的州城却拥有声名显赫的书楼。
来朝七十二河⑥水，	想一一朝拜七十二河的河水，
应惜障泥⑦拍浪浮。	又可惜让精美的马鞍长垫逐浪浮游。

【注释】

① **驿邮**：借指驿站，我国古代为了传递文书，有五里设一邮、十里设一亭、三十里设一驿之说，邮、亭多半只供歇息，驿则兼有接待过往官员食宿的用途。

② **土门口**：即井陉口，古人所谓太行山“八陉”之一，是由河北省横穿至山西平定的一截山脉中断而形成的可通行谷道，因“四面高中央下如井”得名，所设之关称井陉关，俗称土门关，位于柏井驿站之东。

③ **石门头**：柏井驿站之西通向平定路上的一处村庄，也称石门口，如今仍然存在。

④ **山阿**：山之盘曲内凹地带，平定州城周边有小块平川，再外即太行环踞，如在山阿。

⑤ **名楼**：或指平定冠山书院，冠山书院初设于北宋末年，元代已是山西乃至北方名列前茅的书院，后几度起落，清代有所发展，从城外冠山扩建到山下的州城，清仁宗嘉庆十五年（1810）又集资整修一新，陶澍经过此地曾可能参观，20世纪初改为新式学堂。

⑥ **七十二河**：平定昔年河水多，故有此说；清圣祖康熙二十三年（1684）赵执信受命赴山西出任省试主考官，途经平定时有《宿平定州，雨竟夜，闻七十二河水大至》与《涉七十二河》诗记之。

⑦ **障泥**：即马韂，由马鞍垫子伸长而垂于两侧用以遮挡泥土的织物或皮革之类。

139. 祁寯藻:《小五台精舍夜坐　次田季高嵩年韵》

▶ 阅读小引：三代人四入翰林的门第奇迹　秉公臧否曾国藩的同治帝师

祁寯藻（1793—1866），清代重臣，字颖叔，号春圃，山西寿阳人。其父祁韵士，清高宗乾隆四十三年（1778）二甲进士，又经“优里选优”入选为翰林院庶吉士，官至户部郎中，但在任负责铸造钱币的宝泉局监督时，因局库亏铜案发配新疆伊犁三年，其间却留意察访、精心搜辑，著成《万里行程记》《皇朝藩部要略》《西陲要略》《西域释地》等书，为西北边疆史地学进行了奠基性的研究，被梁启超《中国近三百年学术史》赞为“兹学首倡之人”，晚年讲学于保定莲池书院终老。

韵士获罪时寯藻年仅12岁，不久随母亲返归寿阳，更加励志苦读。清仁宗嘉庆十九年（1814）步其父后尘高中二甲进士，且荣列第三，也入选翰林院庶吉士。后来，其弟祁宿藻、其子祁世长皆荣登进士，并均入选翰林院庶吉士而成为高官，故有“一门三学士，三代四翰林”之誉，缔造了我国科举史上绝无仅有的家族奇迹。

寯藻仕途顺利，屡获高升，清宣宗道光二十年（1840）已经官至兵部尚书，到福州查办禁烟等事，鸦片战争爆发后参与了福建防务。清文宗咸丰元年（1851）晋为一品体仁阁大学士、首席军机大臣加太子太保。是年，因洪秀全起事广西，曾国藩上《敬陈圣德三端预防流弊疏》直言朝廷之过，咸丰帝看后“怒掷其折于地”，又御批斥责。据称正是寯藻苦劝圣上，才使之免受处置。而到了咸丰四年（1854），曾氏编练的“湘勇”攻克了太平天国占据的武昌、汉口，咸丰帝为书生“建此奇功”欣喜不已，寯藻却进言“曾国藩以侍郎在籍，犹匹夫耳；匹夫居闾里一呼，蹶起从之者万余人，恐非国家福也”，认为母丧在家的国藩一如普通平民，却能从故乡迅速拉起队伍，绝非好事。后世史家多以此证明寯藻“贬抑”国藩，但从提防地方势力坐大考虑确是秉公高见。咸丰帝驾崩后，慈禧太后发动政变剪灭了对手，夺得权力。清穆宗同治元年（1862），已近古稀、辞官数年的寯藻又被召回，教授幼年同治帝读书，故世后谥号“文端”。

寯藻虽在官场却毕生勤恳治学，著述颇丰，专记寿阳地区农桑畜牧诸事的《马首农言》尤具经济史料价值。“于诗”也“致力甚深”，书法更负盛名，为士林共瞻望，引领主盟道光、咸丰诗坛书坛几十年，有《䜣䜣亭集》等传世。

《小五台精舍夜坐　次田季高嵩年韵》作于嘉庆十五年（1810）。田季高嵩年系山西盂县人，名嵩年，字季高，也是入选翰林院庶吉士的杰出进士，官至主管京城地区事务的顺天府尹。小五台是太原古城内最东侧偏南的一方高地，宋元时可能已建有类如五台山的寺院，故得其名。后来还建有园林与魁星阁等，成为游憩胜景。寯藻十六七岁时曾就读太原晋阳书院，寓居此处僧舍，与年长5岁的嵩年结为同窗好友。这首诗是其对嵩年的唱和诗，虽为少年之作却显示出了不俗的才情。从诗中也可看出，当时的太原是非常美丽的，如今的小五台除地名外其他均不复存在。

冷雨疏香地自偏，	雨珠儿冷香味儿淡更显得偏静超然，
云峰[1]缥缈落窗前。	云影朦胧的远峰却好像飞落窗前。
湖山影里城如水，	湖山掩映的城郭青碧如水，
槐柳荫中路似烟。	槐荫柳浪下的小路犹似浮动着轻烟。
一院钟声闻上界[2]，	满院悠扬的佛钟飘向九霄仙阁，
半帘月色倚凉天。	半笼窗帘的月色紧贴在爽爽的凉天。
与君更约消残暑，	愿与君再约个消夏避暑的时日，
井洌茶清试手煎。	舀一瓢甘洌的井水将清茶亲手来煎。

【注释】

① **云峰**：太原城内无山，城外两厢有东山与西山，此处所指或系东山。

② **上界**：天上的神仙居处。

140. 祁宿藻:《义学寻踪》

▶ 阅读小引:御土匪有胆有谋的年轻举人　抵抗太平军殒命的殉职大吏

祁宿藻(1801—1853),清代官员,字幼章,祁寯藻六弟,山西寿阳人。清宣宗道光五年(1825)山西省试举人,后赴京会试数度失利。其间,曾受聘为山西洪洞玉峰书院"山长"主持讲席。宿藻到任不久,有土匪武装准备侵袭洪洞县城,"县令不知所为",以致人心惶惶,宿藻随即出面"招募"士绅10人,令各自"再举"10人,"传集城内居民按户编兵",在城头"搭席棚,挂灯笼","各执器械"防守,"贼到"后"见有备不敢攻",宿藻又组织敢死勇士"下城逐之","贼乃溃遁","洪邑得以保全"。此事见于清德宗光绪八年(1882)《寿阳县志》,充分说明了宿藻的有胆有谋与无畏的担当精神,也为其后来的殉职进行了仿佛铺垫性的预示。

道光十八年(1838)宿藻考中进士,又经优选成为翰林院庶吉士继续栽培,三年期满初授翰林院编修,因"召对"得天子赏识,"特简授"即破格提拔为湖北黄州府知府复调任武昌府。由于长江"连年大水"武昌城塌陷严重,宿藻主持"堵御"修复,并令"煮粥施钱及衣棺药饵"紧急救助,"全活灾民甚众",得"政声最"之好评,"超擢"即越级晋职为广东盐运使、按察使等,中进士10年左右已升至省级行政主官二品江宁布政使,驻衙南京。清文宗咸丰元年(1851)黄河决口,水害泛滥,宿藻奉诏前往江北督办"赈务",颇为辛勤。

咸丰三年(1853),洪秀全的太平军"将东下"进攻南京,宿藻闻讯后立即"驰返江宁",搜集"库储"整顿"军械",转移城外的"商市囤米"与军粮入城,"号召义勇之士备战守"。"贼至"时,登城"指挥历三昼夜","率敢死士千余人与贼战",终因"城大兵单,援师不至","知事不可为",原有疾病急速恶化,"正月三十日"不幸"呕血数升"殒命城头。咸丰帝闻讯"悼惜",赠右都御史衔"加等优恤",其兄祁寯藻则有《哭六弟幼章三首》等诗纪哀。清穆宗同治三年(1864)太平天国被剿灭后,寯藻始派人从南京"城北僻地"寻得遗骨安葬,获追授谥号"文节"。

这首《义学寻踪》是宿藻主持洪洞玉峰书院讲席时所作，为《玉峰书院杂咏四律》之一，见于中华民国六年（1917）《重修洪洞县志》，同时还有其《洪洞感旧》一诗，且有自序云“予家老籍洪洞，已数百年于此矣。今日重至故里，殆天缘也。感而赋诗”。又据寿阳《祁氏世谱》载，祁氏元朝末年“由洪洞大槐树迁居寿阳北平舒村”，寯藻、宿藻系祁氏16代后人。鉴于宿藻诗文大都已亡失，故几首偶得存留的作品就成为这位堪称舍生取义者弥足珍贵的篇什。

层楼曲槛旧帘栊①，	楼阁层层栏杆曲曲窗仍是当年窗布窗棂，
范水模山忆孔公②。	欲效法此地的模范先哲自然想起了孔公。
绛帐③于今春寂寂，	曾经的隽美讲坛春日里依旧清冷沉寂，
虚堂尚见屋穹穹④。	空荡荡的厅堂更感觉穹顶高大宽阔恢宏。
参差⑤树木栖高鸟，	起起伏伏的丛林栖息着急待冲天的飞鸟，
欹侧⑥墙垣似醉翁。	歪歪扭扭的短墙却好似晃摇摇的醉翁。
到此敢云桃李⑦盛？	到这里执教哪敢说培育过芬芳的桃李？
奉扬⑧欣许借仁风⑨。	最欣喜尚可以讴颂前贤且借鉴一袭仁风。

【注释】

① **帘栊**：栊，本义为窗户框架内的窗格棂木；帘栊，古诗文中多用以“合”指窗帘窗户。

② **范水模山忆孔公**：范水模山，出自南北朝刘勰的《文心雕龙》，原义仅指用文字或图画描摹山水，后世也以此比喻效法模仿他人；孔公，指孔传忠，浙江桐乡人，进士出身，曾任洪洞知县，清世宗雍正三年（1725）带头“捐俸”筹金，新建书院，初名眘交书院，后改为玉峰书院，又有官绅出资购置“学田”，保证了“公费”的充足；安徽桐城派著名学者方东树的曾祖、桐城大儒方泽，也曾受邀主讲于玉峰书院。

③ **绛帐**：红色纱帐，敬称讲席；典出范晔《后汉书·马融传》，“才高博洽”的马融“教养诸生常有千数”，其“居宇器服”装饰侈丽，自己“常坐高堂”，挂着“绛纱帐”，“前授生徒，后列女乐”，弟子只能“以次相传”接力一般受教，极少“入其室者”，师道威严委实厉害。

④ **穹穹**：高而大貌。

⑤ **参差**：读作 cēn cī，长短高低不齐。

⑥ **攲侧**：攲读作 qī；攲侧，倾斜、歪斜。

⑦ **桃李**：比喻弟子、门生；典出《诗经·何彼襛矣》“何彼襛矣，华如桃李”，原为形容貌美，后渐生发出此义，包含着杰出的寓意。

⑧ **奉扬**：颂扬、宣扬。

⑨ **仁风**：施仁义如风行，旧时常用以讴歌恩泽、赞美帝王或地方官员的德政善举。

141．黄宅中：《河曲醉果》

▶ 阅读小引：林则徐激赏的桑梓县官　毕生唯一写序盛赞的边地史志

黄宅中（1796—1863），清代官员，字惺斋，号图南，山西河曲人。出身耕读世家，少时即承"庭训"，苦学诗书，23岁时山西省试举人，清宣宗道光三年（1823）中进士，又经"优里挑优"入选翰林院庶吉士深造，期满授福建福州府侯官知县，在今福州市区，继升任福州府同知即行政副职。道光八年（1828），时任陕西布政使的林则徐返乡为父守孝，宅中曾去拜访，且深获赏识。正是这一机缘，20年多后成就了我国地方史志学领域一段难能可贵的轶话。

道光十五年（1835），宅中因母丧还家守孝，越两年又父丧，居四五年始复官湖南宝庆府同知。随后，主持纂修《宝庆府志》152卷，详尽辑录了所辖邵阳、武冈、新化、城步、新宁等地诸多情况，留下了价值不菲的历史资料。道光二十五年（1845），宅中转调贵州升任大定府知府，辖如今黔西、大方、毕节到威宁、水城一带区域，即古夜郎国所在，"地处偏隅"，教化"不通"，史志更是"残缺"。宅中遂再次主持纂修，编定60卷70余万字《大定府志》，并呈送云贵总督林则徐恳请为序。道光二十九年（1849）"秋七月"，已告病"乞归"的林公拨冗写就《大定府志序》，成为其毕生所作唯一的史志前言。序中盛赞，宅中为官"所至"，"皆有循声"，自己当年"在闽里居"时就"亲见君之惠政"，又称道其每"莅官之初，必访图志"，到大定后更认为此"古蛮方"之地，"叛服"无常，"苗夷诸种"均"多于汉民"，欲"殚心教养"，"变化而整齐之"，史志"尤不可略"，故"以身率属"竭"数年之力"，将"所属诸州县一一载记，巨细靡遗"，"地必溯其自"，"物必究其原"，"凡可以昭法守、示劝惩者"，无不"郑重揭之"，感叹要不是宅中一向"视官如家，视民如子姓"，怎能"若此之实事求是乎？"不久，林公在卸任回乡途中又致函宅中，对其"编纂之勤，采辑之博，抉择之当，综核之精"再表褒奖，慨言众多清代史志中除寥寥三种外"其他则未能望及项背也"。也正由于此番评价，这位晋籍前贤的高雅政声、优绩文事才越发赢得后世的敬重。

清文宗咸丰二年（1852），宅中擢授浙江省杭嘉湖道四品道台，属于介乎省、府之间的官级。但因在离开贵州赴任途中患病，奏请“开缺”，回籍调养。从此，一直蛰居故里，自号“农庄病叟”，闭门谢客，终老余生。编定《思果斋编年诗草》等自著。这首《河曲醉果》所指的“果”，是当地盛产的一种海棠类果实海红果，较山楂果稍大，表皮红润，肉质酸甜，除鲜食外民众多以酒制贮存，即成为更加美味的闲食小吃醉果，也聊可充饥。此诗则笔意精到，用喻巧致，又蕴含着甘美出自苦寒的醒世宗旨，称得上是一篇洋溢着乡土风情的咏物妙品。

秋林小摘采盈筐，	到秋日的果林一颗一颗采满箩筐，
酒浸瓶罂[①]味更芳。	用酒浸用瓶藏滋味儿更加馨芳。
自耐寒酸经酝酿，	皆因为承受了寒凉酸苦的经久渗透，
记从园圃饱风霜。	还曾在田园里洗礼过不尽的风霜。
堆盘磊落[②]鸡心赤，	摆放盘中晶莹错杂有如鸡心暗紫，
出瓮圆匀马乳香。	出瓮时刻圆润丰盈飘着马奶的幽香。
乡里小儿红上颊，	乡间的小儿没几口就染红了面颊，
啖[③]来浑似醉槟榔。	吃起来真像是咀嚼着醉人的槟榔。

【注释】

① **罂**：古人对较大型盛物瓦器的称呼，又称大腹小口的瓶状器为罂缶，但此处为名词作动词用，义同密封。

② **磊落**：此处可作“错杂摆砌且俊美而有姿采”解。

③ **啖**：读作dàn，食用。

142. 徐继畬：《正月立春雪后适平遥馆》

⊙ 阅读小引：华盛顿纪念塔镶嵌的民主颂赞　近代启蒙先驱的无常际遇

徐继畬（1795—1873），清代大臣，字健男，号松龛，山西五台人。少时随父在京，曾拜续书《红楼梦》的名家高鹗为师。清宣宗道光六年（1826）举进士，朝考再试以第一名入选翰林院庶吉士，10年后官至知府，又升任管辖福建汀漳龙道诸州府的道台。不久，鸦片战争爆发，厦门失陷，漳州告急，继畬“镇定”布防，扼险封港，“民赖以安”。但战争的失败也使其“发指眦裂，泣下沾衣”，开始了对国家现状的反思与海外世界的认真探究。

道光二十二年（1842）继畬奉诏“入觐”，天子面询其“各国风土形势”，“奏对甚悉”，次年授福建布政使主理口岸通商，再迁福建巡抚。此间，继畬利用职务之便，广泛“荟萃采择”洋书，撰就了“依图立说”的《瀛环志略》，成为客观公正介绍欧美列国的最早期著作。譬如，对于脱英独立的美国，称“华盛顿异人也，起事勇于胜、广，割据雄于曹、刘；既已提三尺剑开疆万里，乃不僭位号，不传子孙，而创为推举之法，几于天下为公，骎骎乎三代之遗意”，认为此即符合我国古贤“遗意”的“天下为公”；又赞叹“米利坚合众国”，“不设王侯之号，不循世及之规，公器付之公论，创古今未有之局，一何奇也”。这段文字是对西方民主制度的第一次中文表述，后被浙江宁波府镌石、耶稣教徒赠送，镶嵌于美国华盛顿纪念塔第10级内壁，已成为中美关系珍贵的历史坐标。

然而，道光二十八年（1848）该书初刊后，却遭到一些颟顸官僚的指责，攻击其“轻信夷书，夸张外夷”，“尤伤国体”。道光三十年（1850）处理福州涉外“神光寺事件”时，清醒运作的继畬又遭激进分子包括在籍养病的林则徐诬告。新登基的咸丰帝诏令“还京召对”，却感其人“朴实”，遂授太仆寺少卿，不久遭“追论”免官还乡。咸丰六年（1856）平遥超山书院特聘其出任“山长”，主持讲席八年多。其间，亲编《超山书院课程》，还协助钱庄票号制订规程、改进管理，为当地经济文化贡献不俗，所撰《平遥超山书院创建重修原委碑记》至今犹在。《正月立春雪后适平遥馆》为其二首之一，所表达的正是为报知遇、不顾年迈离家赶赴平遥的感慨。

清穆宗同治四年（1865）继畲被恭亲王奕䜣举荐召回，协办“洋务”，复出任培养外语人才的总管同文馆事务大臣，主持增设了天文、算学、格物、化学、机械、西洋史地与公法等课程，亲为教科书《格物入门》作序，故被誉为我国近代大学第一任校长。同治六年（1867）美国驻华公使代表政府向其隆重赠送华盛顿画像，即见于一美元纸币者。《纽约时报》又将其多年罢官的境遇比作蒙受教会封杀的“东方伽利略”予以报道，为其所摄照片仍珍藏在美国国会图书馆。两年后以“二品顶戴”归休，《瀛环志略》则日益被有识之士“奉为指南”，开辟了我国近代启蒙的先河，康有为、梁启超均称正是“始见”此书才知道了世界，极大地推动了清末维新思潮的兴起。

河冰未泮①便征轮，	河冰未散便催动了出发的车轮，
幞被②登途及早春。	满载着行囊去追赶前路的早春。
残雪在山晴露脊，	晴日里残雪包裹的山峦微露峰脊，
峭风吹野湿无尘。	刚刚溶湿的旷野冷风吹过悄无纤尘。
生平行路轻千里，	想此生南来北去从不怕征途千里，
老去驱车怯浃旬③。	到老年却真胆怯这连轴颠簸的一旬。
犹有残书盈数箧④，	喜的是毕竟还满装着破书几箱，
为酬载酒问奇⑤人。	皆只为酬报勤学上进的平遥士人。

【注释】

① **泮**：读作pàn，消解、消散。

② **幞被**：幞读作fú，男子所佩头巾，古文中也同“袱”用，即包裹物体的布单；幞被，指被褥、行李卷。

③ **浃旬**：浃读作jiā，周匝、绕了一轮；浃旬，转过10天。

④ **箧**：读作qiè，我国古人称藏物之器，大的谓之箱，较小的谓之箧。

⑤ **载酒问奇**：典出班固《汉书·扬雄传》，西汉辞赋名家扬雄学问非常深厚，“博览无所不见”，“家素贫”但“耆酒”，故每“有好事者载酒肴”从其“游学”，经学大儒刘歆之子刘棻也曾随其“学作奇字”，后刘棻被篡权的王莽杀害，扬雄“恐不能自免”，遂从负责“校书天禄阁”的楼上跳下“几死”，又“以病”求免，却被“召为大夫”；典故原意为向饱学之士奉其所好登门求教，后世也引申为赞美勤学好问。

143. 崔光笏:《壶口》

▶ 阅读小引:骁勇而滥杀无辜的自焚守将　鸦片战争镇江一役的壮烈碑记

崔光笏(1803—?),清代官员,字正甫,号蕙田,山东庆云人。其父崔旭,清仁宗嘉庆五年(1800)中举人,曾任山西蒲县知县,颇有诗名,所著《津门百咏》竹枝词,详尽描述了当时的世情民俗包括衣食住行、吃喝玩乐等,已成为研究清中叶天津社会风貌的宝贵文献。光笏系崔旭三子,道光九年(1829)中进士,授官山西乡宁知县,继升代州知州,后转任江苏松江府知府。正是这一安排,使其在鸦片战争史上留下了一笔难得的记载。

道光二十二年(1842)夏,英军舰队北上攻破上海吴淞炮台,一路无阻驶入长江,到达镇江。镇江是清代南粮北送的"漕运"要道,派有满洲八旗兵父子相承镇守,此前又从山东青州调来八旗兵400名协防,借当年曹操军队之名号称"青州兵",是清军中的劲旅。故镇江守将海龄拒绝议和,决计"力战"。英军遂以重炮轰城,火药爆破,发动进攻。但海龄秉性骁勇蛮横,为防止"奸细",竟不断滥杀无辜汉民,以致"各家闭门胆俱寒",这样尽管八旗兵拼死阻击,激烈抵抗,伤亡惨重,百姓却绝少支持,最终陷落,海龄自焚而死。一个多月后《南京条约》签署停战,不久光笏奉令前来代理镇江知府。次年,镇江士民拟议纪念,但对于参与海龄滥杀的当地八旗兵积愤甚深,并无感怀,而只为"青州兵"建起了"忠烈祠",由光笏撰写碑文,"夏六月吉日"立石。

在碑文中,光笏盛赞"青州兵素号骁健",其"守城血战事"自己"未入境即闻人啧啧","贼之陷城也,为六月十四日","东、西、北三城楼俱被焚烧","贼乘势攀跻",其他"守兵以千数"却"皆震慑",独"青州兵"在"奋勇格杀","血积刀柄,滑不可握"依然"大呼杀贼",敌"蜂拥蚁附而至"仍"短兵相接,腾掷巷战","击毙贼且数十百人","直至全军尽溃,力不能支,始夺门以出";又称过去不少"调防兵"往往"多为民病",遭人憎恶,"青州兵"却"与民相亲爱",百姓"无恐","故战死而民思之不置",乃"立庙于城西门内,享祀以时",且"详书死者姓名于碑阴"。此后,光笏还将碑文送至青州,青州知府加撰《显忠碑》同时刻石,两碑如今尚在,镇江原碑与"忠烈祠"则荡然无存。但光笏所记,毕竟为那场屈辱的战争聚焦了些许微亮的花絮。

这首《壶口》作于道光十七年（1837），从小序推断应是在光笏任乡宁知县后期或刚升代州知州之际的一次公出之余。壶口是山西吉县与陕西宜川间的著名瀑布，汹涌的黄河滚滚而来，到此骤然收缩，只能狂奔直泻冲下，宛若巨壶注水落入一道狭窄的深谷，以至飞流激溅，惊涛怒吼，还时有彩虹闪烁，形成了雄浑磅礴、奇绝壮丽的伟大景观，某种意义上已经被定格为国魂的象征、中华民族千古不朽的精神图腾。

道光丁酉季春，因公至吉，润峰刺史款留。越日游壶口。时黄河解冻，白浪翻空，远望如云烟喷吐，洵巨观也。成七律一首。

禹功疏凿最先经①，	治水的禹王从这里最先开凿疏通，
一线奔流若建瓴②。	一股脑儿奔涌直下就像搬倒壶瓶。
石堑③横分薄烟雾，	冲过了道道石壕翻卷着轻烟薄雾，
天瓢倒海吼雷霆。	又仿佛天瓢泻入大海雷霆轰鸣。
昆仑水激千寻④白，	来自昆仑的长河激起千丈银白，
秦晋山分两岸青。	割断了山陕两岸起伏无边的翠青。
过此扁舟容破浪？	到此处再小的小舟岂能破浪？
挂帆我欲济沧溟⑤。	我却想高挂云帆飞向溟漠的苍穹。

【注释】

① **禹功疏凿最先经**：经，治理；壶口最早的记载，见于先秦典籍《尚书·禹贡》“既载壶口，治梁及岐”，意即大禹治水即从壶口开始施工，首先治理了梁山及其支脉，此处的梁山指位于今陕西合阳黄河西岸的梁山，非指山东梁山。

② **建瓴**：瓴，盛水的瓶器；建瓴，建瓴水的略称，建瓴水典出《史记·高祖本纪》“其以下兵于诸侯，譬犹居高屋之上建瓴水也”，后世用以形容难以阻挡的趋势如同翻倒了的高瓶飞涌而下的水流，也是成语“高屋建瓴”的出处。

③ **堑**：壕沟，古代也指护城河。

④ **寻**：我国古代的长度估量单位，东汉许慎《说文解字》言，“度人之两臂为寻，八尺也”，也有七尺之说。

⑤ **沧溟**：大海、苍天。

144. 艾绍濂：《狼劫》

▶ 阅读小引：饿殍遍野触目惊心的奇荒惨祸　人吃人狼吃人的血泪旧事

艾绍濂，清代官员，生卒年不详，山东济南人。清宣宗道光二十四年（1844）会试名列副榜，即进士落第者中增选的优秀。后发派山西担任小官多年，清德宗光绪初年始升为洪洞知县。未久，山西就爆发了光绪三年（1877）、四年（1878）"古所未见"的超级灾荒。按夏历计这两年为丁丑、戊寅年，故也被称为"丁戊奇荒"。

灾荒爆发的自然原由与所谓厄尔尼诺现象有关，因气候异常北方已连年歉收，光绪三年达到高峰，山西"旱魃"肆虐尤烈，殃及80多个州县，更以富饶的晋南为最。不少地区几乎一年无雨，颗粒难收。又因山西大量种植鸦片导致民间粮储严重短缺，故及至秋冬即陷入"大饥"，次年愈甚，粮价暴涨十数倍还往往"争购不得"。为了果腹，拆一间房变卖也只"十数日用度"，农田一亩不过"易钱百文或数十文"，最苦处仅可"换面几两、馍几个"而已。据山西巡抚曾国荃之奏报称，晋省"赤地千有余里"，"树皮草根之可食者，莫不饭茹殆尽"，"且多掘观音白泥以充饥者，苟延一息之残喘"，"不数日间泥性发胀，腹破肠摧，同归于尽"。又言"大祲未已，瘟疫流行，小民非死于饥饿，即死于疾病"，"死骸遍野，无人掩埋"，"民人或十损八九，或十死八九"，"市廛阒寂，鸡犬无闻，高下原田，鞠为茂草"。另一奉旨考察的大臣阎敬铭也称，"目之所见，皆系鹄面鸠形"，"耳之所闻，无非男啼女哭"，"枯骸塞途"，"残喘呼救"，"每日饿毙者何止千人"。随之，"劫夺""肆掠"之风兴起，"贼匪蠢动"，"啸聚为盗"，经官方强势打压才未形成大规模暴乱。饿极之人无奈，渐致"割死尸食之"，"刲人肉以为粮"，"甚而父食其子，夫食其妻"，"诱小儿卖食"，"入其家杀而食其肉"，乃至急切到"抱人头而生食之"。如此令人毛骨悚然之事，居然在42个州县均有发生。继之，吃惯尸体的群狼开始悍然袭杀活人，到光绪五年（1879）已有36个州县大闹狼灾，"草舍茅屋固不足以避害"，"竟有深宅大院入室攫食小儿者"，仅灵石"县属五百余村，被狼伤者四千人，较之死于旱灾，其死为尤惨也"。最终，山西1600多万人口中至少有500多万人丧生于这场惨绝人寰的浩劫。

不过，刚刚莅任的山西巡抚曾国荃竭尽全力赈灾，还是赢得了时论的颂扬，一些州县官员也颇获好评，艾绍濂就是其中之一。有一篇传世说唱文字《丁丑大祲清官谱》曾赞道，“洪洞县艾父台官讳绍濂”，“上致君下泽民果是青天”，“只因为遭荒旱子民受难，日夜间不安宁心上熬煎” ，“请富户入公衙好言相劝，劝得其一个个软了心肝，众善人捐赈银也有数万，又开了常平仓救济民间”。绍濂自己，也作有《旱劫》《瘟劫》《盗劫》与这首《狼劫》以志悲戚，收入其光绪四年（1888）转调临晋知县后主持续修的《临晋县志》中，留下了足可使后世读者触目惊心的文字缩影。

连年际大祲[1]，	连年来遭遇了特大妖孽，
百姓屡遭劫。	众百姓蒙受着轮番的浩劫。
猛兽不归山，	凶猛的野兽不归山林，
耕耘几失业。	田间的农事几乎无法作业。
适从何处来?	究竟是打从何处而来?
虎兕出于柙[2]。	如虎似犀的恶物涌出巢穴。
三五竟成群，	三三五五成群结队，
相逢尤路狭。	行路人狭道相逢惊恐难却。
闻之已胆寒，	听传言早已毛骨悚然，
见者殊心怯。	真撞见更格外胆颤心怯。
狼少纯用机，	狼少时纯用诡诈伤害，
狼多以势压。	狼多时就以威势迫胁。
力强尚可支，	力强者尚可勉强支持，
力弱竟生狎[3]。	力弱者被侮弄直至气绝。
人有见面情，	人与人均有照面之情，
狼心无浃恰。	狼心中却不具丝毫的宽协。
负隅莫敢撄[4]，	即便是倚靠墙角也未敢抗斗，
犹是在山峡。	仍仿佛陷身在深远的山阙。
相率入村墟，	还常常接二连三闯入村落，
原田人荷锸[5]。	地头的农夫只得高举铁锹对决。

全无畏惧心，	群狼则全无些许的畏惧，
一道中间夹。	包夹紧一条小道恣意阻截。
得势扑人肩，	逮机会突然扑上人肩，
咽喉双爪掐。	双爪子抓住了咽喉瞬间撕裂。
狠如饕餮⑥贪，	狠毒胜似贪残的饕餮，
血比束牲歃⑦。	就好像擒获了牲畜狂吸鲜血。
祷祀诣山神，	祭祀祷告叩拜山神，
威施严管押。	恭请您快施威灵严厉管束制约。

【注释】

① **祲**：读作jìn，日旁的云气，古人多指妖氛、不祥之气，用以喻凶灾祸乱。

② **虎兕出于柙**：全句引自《论语·季氏》；兕读作sì，秦汉典籍《尔雅·释兽》中称“兕似牛”，晋代郭璞注曰“一角，青色，重千斤”，古人视为异兽，应即指犀牛，一说系特指雌犀或野牛；柙读作xiá，关兽的笼槛。

③ **狎**：此处作“欺侮、戏弄”解。

④ **攖**：抓取、夺取，此处可作“搏斗”解。

⑤ **锸**：读作chā，古代一种与今日之铁锹功能相近的掘土工具。

⑥ **饕餮**：读作tāo tiè，我国神话传说中的一种恶兽，后多比喻贪吃与凶恶，古代青铜器则常雕制其形以为装饰，世称饕餮纹。

⑦ **歃**：读作shà，用嘴吸取。

145. 张之洞：《赠晋阳书院学子》

▶ 阅读小引：敢作敢为的“牛角”清流　奠基于“治晋”两年的洋务之旅

张之洞（1837—1909），清代名臣、晚清洋务首领，字孝达，号香涛，直隶即今河北南皮人。清文宗咸丰二年（1852）中举人第一即解元，清穆宗同治二年（1863）又夺得进士第三即探花，入选翰林院。其人“有大略”喜“博览”，“遇事敢为大言”，以勇于“台谏”上疏“纠弹时政”的所谓清流派主将成名，“清流”谐音“青牛”，故被戏称“牛角”，还有“牛头”“牛肚”“牛鞭”与“牛皮牛毛甚多”。

清德宗光绪七年（1881），之洞首掌一方，出任山西巡抚。随即确定“治晋要务”，大刀阔斧整饬“习染太坏”的官场，力主“贤否不颠倒”，“功过有黑白”，以“黩货”即贪财奏免布政使葆亨等，“举廉明吏五人”，褒奖或革职多人，带头“裁禁”巡抚衙门原定“公费”开销19550两、“饭银”6400两与收取“门包”等“陋规”，其他“通省公费”，“体察情形分别裁汰”，决不容再“如从前之颓墙倒壁，乌烟瘴气”。又针对钱粮“库底”的“滥支”“隐匿”等积弊，“一律勒限清厘”。同时细化地亩核查，理顺徭赋，鼓励垦荒积谷，严惩鸦片种植，修筑交通干道，争得土产铁货出海运销权，很快使地方财政扭亏为盈。为了振兴山西的“士气衰微”，主持创办令德书院，选“晋士楷模”傅山、吴雯等四人立祠共奉，发动绅民集资重建规制恢宏的文庙，已成为太原至今犹存的名胜。在山西，之洞不仅尽展官才，而且结识了著名的英国教士李提摩太，奠定了嗣后大办洋务的思想基础。

李提摩太传教，山西是其重要地区，并曾在太原多次演讲，介绍“哥白尼天文奇迹”“化学奇迹”与声、光、电、医知识，进行模拟磁场、氧气助燃等实验，举办仪器、车床、缝纫机、自行车展览，令官员士子对“泰西新学”惊喜不已，所建议的《富晋新规》也引起之洞关注，遂设立洋务局，发出《延访洋务人才启》，派员采购外洋设备与洋枪洋炮，谋划“试造新式机器”、办矿业、练新军，可惜主晋仅二年即被调升两广总督。在广州“设水陆师学堂，创枪炮厂，开矿务局”，疏请“岁提专款购兵舰”武装水师。后来，又在武汉建起我国最早的近代钢铁企业汉阳铁厂与配套的大冶铁矿、萍乡煤矿，“兼设枪炮钢药专厂”以及“织布、纺纱、缫丝、制麻革诸局”，还“督办粤汉铁路”；在南京“改筑西式炮台”，聘德国教官训练新式陆军“自强军”，“采东西规制广立武备、农工商、铁路、方言、军医诸学堂”，留下了灿烂业绩。但其所倡的被后人归纳为“中学为体，西学为用”之说，也导致了相当的负面影响。晚年授一品体仁阁大学士，故世后谥号“文襄”。

《赠晋阳书院学子》是之洞仿古人“演连珠”体所作系列说理诗32首之最后一首，并曾赠送晋阳书院学子。诗引经据典，耳提面命，表达了一位成功过来人对后辈的谆谆训诫。晋阳书院始建于明世宗嘉靖九年（1530），初称河汾书院，后称三立书院，清世宗雍正十一年（1733）定为此名，正式官办，旧址在太原侯家巷，光绪二十八年（1902）与令德书院一并归入山西大学堂，未久新建欧式校园，大部分遭到拆毁，仅主楼一座幸存至今。

螣蛇无足而飞，	腾蛇纵然无足可以飞翔当空，
鼯鼠五技而穷[①]。	鼯鼠虽有五技但是无一能成。
士贵知道要，	士子求学贵在领悟道义要妙，
不在夸多通。	并非为夸夸其谈炫耀样样精通。
赵武[②]言语讷，	赵武的言语钝拙扑讷，
曹参[③]清静宗。	曹参的施政唯求清静。
周勃[④]少文采，	周勃缺少涂染文字的采气，
汲黯[⑤]号愚忠。	汲黯则多了些执拗的愚忠。
诸葛[⑥]尚淡泊，	诸葛亮崇尚淡泊明志，
魏征[⑦]称田翁。	魏征被呼作田间的老翁。
晁桓[⑧]两智囊，	而晁错、桓范两个所谓的智囊，
均不保其躬[⑨]。	却难以躲得过杀身的命运。
曼倩[⑩]最多能，	机敏的东方朔能耐多多，
屈身滑稽中。	也只能混迹为小丑般的弄臣。
刘郭[⑪]饶百计，	老辣的刘郭计谋满腹，
夹河终无功。	终究是夹河一战惨败无功。

惟静识乃远，	唯有专心修业方能慧识高远，
惟朴力乃充。	唯有踏实锤炼始可力量充盈。
吾闻柱下史，	我仅知被孔圣钦敬不已的先哲老子，
无名道犹龙[12]。	才配享无法描述的如龙的尊称。

【注释】

① **螣蛇无足而飞，鼫鼠五技而穷**：螣蛇也称腾蛇，是传说中一种虽然无足却能飞翔空中的蛇；鼫鼠也称飞鼠，属于松鼠科之一种，据云其有五技却无一技精通，即能飞不能上屋、能缘不能穷木、能游不能渡谷、能穴不能掩身、能走不能先人；所以，荀况《荀子·劝学篇》中称“螣蛇无足而飞，鼫鼠五技而穷”，以阐述做事务须专心致志、浮浅贪多势必一无所成的道理；此二句提领全诗，也是其阐明主旨的点睛之笔。

② **赵武**：春秋时期晋国卿大夫，也名赵孟，曾祖赵衰、祖父赵盾均为重臣，父赵朔早亡，陷入家族内斗几至灭身，成为元杂剧《赵氏孤儿大报仇》的人物原型，几百年来被不断搬演；赵武长大后重掌家族权力，又出任晋国正卿，内政、外交多有建树，死后谥号“献文”，故又称赵文子；据云，赵武口笨，司马光《资治通鉴》中有“昔赵武呐呐而为晋贤臣”之说。

③ **曹参**：西汉开国功臣，早年随刘邦起兵反秦，刘邦称帝后论功赐爵平阳侯，“食邑平阳万六百三十户”，汉惠帝时丞相萧何故世，曹参代之，“举事无所变更，一遵萧何约事”，留下了一个“萧规曹随”的典故；为此，惠帝有些不解，曹参问“陛下自察圣武”可比高帝否？惠帝回答“安敢”，曹参又问“陛下观臣”贤于萧何否？惠帝回答“君似不及”，曹参遂言“高帝与萧何定天下，治令既明”，“陛下垂拱”无为而治、“参等守职”照办，就是上上之策，惠帝恍然；曹参死后，百姓颂歌赞其“萧何为法”，“守而勿失”，“载其清靖，民以宁一”，对这种清清静静、简政安民之道给予了颇高的评价。

④ **周勃**：西汉开国功臣，早年随刘邦起兵反秦，刘邦称帝后论功赐爵绛侯，“食绛八千一百八十户”，周勃“不好文学”但“为人木强敦厚”，刘

邦认为其人“可属大事”，断言将来“安刘氏者必勃也”；刘邦死后太后吕雉当政，吕氏亲属不少窃得高位，太后死后吕禄、吕产仍“秉汉权”，危及刘氏江山，于是周勃谋于丞相陈平，联手诛杀“诸吕”，迎立文帝刘恒登基。

⑤ **汲黯**：西汉名臣，为人“性倨”，“内行修絜”，“任气节”，“不能容人之过”，尤“好直谏，数犯主之颜色”，令汉武帝多次难堪，怒言“汲黯之戆”即其愚太“甚矣”，但又称赞“古有社稷之臣”汲黯相比“近之矣”；武帝接待臣下，有时非常随意，唯对汲黯“不冠不见”，一次汲黯前来“奏事”，武帝竟赶快先“避帐中”整理衣冠，对其“敬礼如此”传为千古轶话。

⑥ **诸葛**：诸葛亮，三国时期蜀汉丞相，我国无人不知的智者；诸葛亮著名的《诫子书》中有言“非淡泊无以明志，非宁静无以致远”，其最早则出自西汉淮南王刘安的《淮南子·主术训》“非澹薄无以明德，非宁静无以致远，非宽大无以兼覆，非慈厚无以怀众，非平正无以制断”，阐述的是古之圣贤的立身兼治世之道。

⑦ **魏征**：唐代名臣，“少孤贫”，“落拓有大志”，“好读书”尤精“纵横之说”，隋末战乱中崭露头角，曾辅佐唐高祖李渊的太子李建成深获信任，后唐太宗李世民发动玄武门政变，杀死建成与弟李元吉夺位登基，不计前嫌重用魏征为尚书左丞相，成就了“贞观之治”；但魏征经常犯颜直谏，导致太宗愤恨，某次上朝归来怒称“会须杀此田舍翁”即应该杀掉这个乡巴佬儿，皇后长孙氏“问为谁”，太宗曰魏征总是当庭“辱我”，过一会长孙氏竟穿起“朝服”出来“立于庭”，太宗“惊问其故”，长孙氏答“妾闻主明臣直，今魏征直由陛下之明故也”，“妾敢不贺”吗？太宗“乃悦”，长孙氏的贤明也赢得了后世史家的一致称道。

⑧ **晁桓**：指晁错、桓范，两个聪明一世反致亡身的人物；晁错系西汉名臣，汉文帝时因能言善辩“得幸太子”，号为“智囊”，太子登基后即汉景帝，对晁错“宠幸倾九卿”，“法令多所更定”，因上《削藩策》提议剪除藩王势力，引发以“诛晁错”“清君侧”为名的“七王”叛乱，景帝被迫将其处死，叛乱却仍未停止，后由周勃之子周亚夫率军平息；桓范系

三国时曹魏大臣，司马懿发动政变时，桓范“矫诏”假传御旨，骗开洛阳城门，投奔在外的曹氏当权宗室曹爽，为此司马懿曾惋惜“智囊往矣”，但曹爽不听桓范所献之策，屈节求降，最终被杀，桓范也随之遇害。

⑨ **躬**：身、身体。

⑩ **曼倩**：即东方朔，西汉文人，汉武帝征四方之士时上书自荐，诏拜为郎，为人滑稽诙谐，机敏多才，能耐似乎不小；但较其稍晚的学者刘向称，自己“少时”曾数次询问了解东方朔的“长老贤人”，皆言其“口谐倡辩，不能持论”，只是“喜为庸人诵说，故令后世多传闻”，史学家班固也认为“朔之诙谐，逢占射覆，其事浮浅”，不过是些卜卦、猜物之类的小聪明罢了，评价均不很高，所以武帝也仅仅是召其说笑取乐、当优伶丑角视之而已。

⑪ **刘鄩**：五代时期后梁名将，足智多谋，有“一步百计”之称誉，深得梁太祖朱温赏识，朱温死后末帝朱友贞“尤深倚重”，曾率军与占据太原等地的晋王李存勖交兵多年，最后在双方沿黄河两岸攻防的“夹河之战”中失败，末帝听信谗言，逼令“饮鸩”自尽，未久后梁灭亡。

⑫ **吾闻柱下史，无名道犹龙**：柱下史，周朝官名，汉代称侍御史，掌奏章、卷宗、四方文书等事，因常立“殿柱之下”而谓之，传老子李耳曾任柱下史，此处即指代其人；据《史记·老子韩非列传》载，孔子“问礼”老子后对弟子曰“鸟吾知其能飞，鱼吾知其能游，兽吾知其能走”，飞的可以射，游的可以钓，走的可以网，唯有龙“吾不能知其乘风云而上天”，“今日见老子其犹龙邪”，称赞老子谈吐的奥妙精深如龙之奇幻莫测，故后世也用犹龙比喻真正有道之士。

146. 杨深秀：《蕊罗春色》

阅读小引："戊戌变法"的殉难君子　堪与谭嗣同媲美的临刑吟啸

杨深秀（1849—1898），清代官员、晚清变法维新派人物，字漪村，号觜釐子，山西闻喜人。清穆宗同治九年（1870）山西省试第三，但赴京会试却几度未中，乃以举人身份"入赀"捐钱，获授了一个刑部员外郎的闲职。清德宗光绪三年（1877）山西发生"古所未见"的大灾，"赤地千有余里，饥民至五六百万之众"，以夏历计年称为"丁戊奇荒"。次年春深秀告假归乡协助赈灾，上条陈请"清理差徭"，减负便民。后灾情渐减，山西巡抚曾国荃准备重修省志，令各县先修县志，深秀受知县委托，主持完成了《闻喜县志补》，还参与了《山西通志》中《星度谱》《古迹考》的编纂。

光绪六年（1880），深秀受聘太原崇修书院"山长"主持教席，同时讲学晋阳书院。同年，在任三年的山西巡抚曾国荃调离，由卫静澜短期接替，次年张之洞莅职。未久，之洞创办太原令德书院，深秀又受聘为协讲。对其授教，当时就有"讲《尚书》""极高谈雄辩之概，诸生课余请业，竟委穷源，循循无倦"的赞美性记载。这首《蕊罗春色》，据深秀在其《雪虚声堂诗钞》中记，"卫静澜中丞课试晋阳书院，有晋中景物四题拟示诸生，各二首"。就是说，巡抚卫静澜上任后，要亲临晋阳书院主持考试，深秀遂为诸生模拟了"四题"共计8首示范性的诗作，其中一题就是《蕊罗春色》二首。除这首外，在另一首《蕊罗春色》中，有"蕊罗孤秀崛围东"之语，说明蕊罗位于太原风景名胜阳曲县的崛围山之东。崛围山至今犹在，只是诗中所描写的美景与热闹民俗已经远逊往昔。

光绪十二年（1886）深秀返京，光绪十五年（1889）考中进士，由原职迁升五品刑部郎中，继转任御史，成为专事"台谏"的"言官"。深秀"性鲠直"，指陈朝政阙失、官场邪弊，敢于"面折人过"。尤其断言"时势危迫，不革旧无以图新，不变法无以图存"，与康有为"志趋略同"，因而"定交"，开罪了不少保守官僚。光绪二十四年（1898）"戊戌变法"启动，深秀连续上疏"请定国是"，不少则皆系康有为代其拟定，提出罢科举“厘定文体”“设译书局”介绍西学、“派王公游历各国”“定游学日本章程”等，又建议“明赏罚”完善“取士之法”，以一日轮番“二十人”考核百官，测试德才“贞实”，淘汰“庸愚罢老不谙时务者”，招致诸多“廷臣”的“侧目”甚至仇视。当年夏历八月，本已退居颐和园的慈禧太后发动政变，软禁光绪，再度“训政”，仅仅百日的“维新变法”失败。彼时，“举朝惴惴”皆恐“大诛”将至，唯深秀坚持“抗疏”，诘问皇上被废因由，奏请“太后归政”。其子“苦口”劝阻则“厉声叱之”，不久遭到缉捕，四天后即与谭嗣同、康广仁、林旭、杨锐、刘光第一道被杀，史称“戊戌六君子”。其刑前所留“狱中诗”三首，有“久拚生死一毛轻，臣罪偏由积毁成”，“缧绁到今终不怨，未知谁复请长缨”之语，自认生死轻如鸿毛，罪名皆为罗织，纵“缧绁到今”关进牢房也无怨无悔，只遗憾未知谁人接过“长缨”继承。写得慷慨悲壮，大义凛然，与谭嗣同的“我自横刀向天笑，去留肝胆两昆仑”均堪称令人唏嘘不已的浩烈篇章。

蜂攒嫩蕊迓[①]轻罗，	野蜂密集的鲜嫩花蕊扑向人穿戴的丝罗，
大好岚光浸黛螺[②]。	青青的山岗仿佛浸透着云金雾紫的光泽。
万灶烟清寒食节，	万家禁火的寒食时节不见些许炊烟，
千村鼓间太平歌。	只听得千村锣鼓伴和着太平的乡歌。
听鹂花底红飞榼[③]，	坐花丛听黄鹂啼啭酒器中似有浅红飘飞，
叱犊秧边绿上蓑[④]。	禾苗旁吆喝牛犊的农夫连蓑衣都绿意婆娑。
卜筑秀容[⑤]良不远，	卜居于“秀容”距此地实在不远，
系舟山[⑥]下素心[⑦]多。	系舟山下风骨纯正的仁人志士从来多多。

【注释】

① **迓**：读作yà，迎接。

② **黛螺**：原意为画家用以渲染的青绿色，古代女子画眉也用之，后借指女子眉毛，也比喻翠绿的山峰，此处即是。

③ **榼**：读作kē，古代盛酒的器皿。

④ **蓑**：读作suō，蓑衣，即用草或棕毛编制的防雨披具，也有头戴的蓑笠。

⑤ **卜筑秀容**：卜筑，择地建宅、移来居住，唐人孟浩然有诗“卜筑依自然，檀溪不更穿”；秀容，据唐人李吉甫《元和郡县图志》载，“秀容县本汉阳曲县地，属太原郡”，“隋开皇十八年于此置忻州”，又将“县西北五十里秀容故城”置为秀容县，“属忻州”，故此处所言秀容当指阳曲。

⑥ **系舟山**：位于太原市阳曲县城东北、古忻县县城东南各20千米左右处，为汾河与滹沱河的分水岭，相传大禹治水勘察地势时曾将所乘小舟系于此山脚下，故此得名。

⑦ **素心**：心地朴实，也泛指这样的人，东晋陶渊明有诗“闻多素心人，乐于数晨夕”。

147. 曹培德：《仿杜工部秋兴》

▶ 阅读小引：昏昧朝廷引发的无端祸乱 仇杀洋人遭到斩首的替罪巡抚

曹培德（1853—1909），晋商巨富曹氏传人，字润堂，山西太谷人，故宅大院即今太谷三多堂。清德宗光绪十一年（1885）获选“拔贡”，荐拔入贡京师国子监深造，继捐钱纳官为候补知府，但未真正入仕，后即主理家政，悉心经商，于全国多地创建锦泉和、锦元懋、锦泰亨等“锦”字商号，将家族产业推向巅峰，曾出任山西总商会首任会长。其人工书画、精诗词，有《木石庵诗选》等800余篇存世，可谓明清晋商中第一诗人，且多有感时伤世“奔放激烈”之作，以光绪二十六年（1900）庚子事变为背景的《仿杜工部秋兴》就是典型的代表。

庚子事变肇始于义和团，本系起源山东的设坛画符、练拳习武、自吹刀枪不入的聚众会社。19世纪后期当地“洋教”兴盛，教会与部分百姓屡生冲突，这些“拳民”的排外倾向剧增。光绪二十五年（1899），极度仇洋的毓贤获授山东巡抚，认为“民心可用”，乃改“剿”为“抚”，设“毓”字旗纳为民团，义和团遂以“扶清灭洋”之名闹事，引起外交纠纷，毓贤巡抚被免。复经继任巡抚袁世凯打击，义和团流向省外。而赴京的毓贤则竭力游说招安“拳民”，得到“思倚以锄敌而立威”的慈禧太后支持，转调山西巡抚。义和团开始在天津、保定等处烧教堂、扒铁道、割电线、围攻教民、伤害教士，竟至占据涿州，焚毁京郊丰台火车站。但朝中部分愚昧重臣却进言“拳民忠勇”，“神术可用”。于是，义和团纷纷入京，遍设坛口“请神”，连烧教堂10余座，又因火烧西药房殃及前门大街数千家商铺，纵火围攻外国使馆将珍藏典籍千万卷的翰林院付诸一炬，毁坏洋火、洋纸、钢笔、眼镜、钟表等一切“洋物”，恣意“焚劫不止”，北京民众非正常致死者十数万人。

同时，毓贤在山西越发变本加厉。“命制钢刀数百”演练“拳童”，义和团首脑“出入抚署，款若上宾”，并予发粮发钱。不久，以保护之名将外国教士与子女等70多人“扃聚一室”，迫其“悔教”不从，一一推出“斩之”，“妇孺”尽死“呼号声不忍闻”，据云毓贤还亲手刺毙教会首领。在其怂恿下，山西杀害教士、修女190多人，教徒6000多人，捣毁教堂、医院200多所，占到全国被杀者的3/4左右，酿成惨烈“教案”。最终，以“八国联军”攻入北京、慈禧太后携光绪帝出逃与后来全国一人一两白银作出赔偿的“辛丑和约”，又杀掉几个大臣作为替罪羊，才结束了这场无事生非的劫难。毓贤初被流放新疆，继而追加死刑，斩首兰州。

慈禧太后一行，夏历庚子年（1900）七月出逃，一路仓皇，经宣化、大同、忻州等地到达太原后才稍安定，居留21天，闰八月初八（10月1日）再奔西安。据培德自记，《仿杜工部秋兴》即“闰八月十五夜作”，一组8首，此为第二首。诗模拟杜甫笔触，将此次出逃与唐代“安史之乱”玄宗流亡四川相比拟，悲慨之情溢于纸背，抒发了被誉为“哀音促节，读之令人酸鼻”的不尽惆怅，是真实反映当时景况的难得诗作。

破晓惊传驾已行[①]，	破晓时已惊传圣驾出京，
干戈满目正纵横。	满目的兵乱正在肆意横行。
连宵夜雨霖铃曲[②]，	夜雨连绵好一似当年玄宗的逃亡，
孤馆秋风画角[③]声。	孤零零的驿馆秋风凄切号角哀鸣。
边帅只如唐节度[④]，	抗命自保的边帅几如唐代的节度使，
廷臣谁是汉公卿[⑤]？	紫禁城有谁人能像个汉高祖的良臣？
莫嫌山路崎岖甚，	且莫怪山路崎岖难走异常，
差比当年蜀道平。	比比那玄宗逃亡的蜀道大概还算平宁。

【注释】

① **驾已行**：曹培德自注“七月二十一日西兵一早入城”，慈禧太后携光绪帝出逃。

② **霖铃曲**：即“雨霖铃”，唐代教坊乐曲，后用为词牌，系充满哀伤色彩的曲调，相传为唐玄宗所制；据唐人郑处海《明皇杂录》等书载，“安史之乱”玄宗出逃四川，至马嵬坡时护军哗变，诛杀杨贵妃之兄杨国忠，迫使玄宗缢死贵妃，嗣后玄宗“初入”险峻的褒斜峡谷，“霖雨弥旬”不息，“栈道中闻铃声”断续，令人惆怅不已，玄宗越发“悼念贵妃”，故

“采其声为‘雨霖铃曲’以寄恨”，随同的“梨园弟子惟张野狐一人”，乃用古乐器筚篥“吹之”，“遂传于世”。

③ **画角**：古代一种吹奏乐器，其形如筒，其状如角，饰以彩绘，音质低昂沉郁，凄婉苍凉，军中多用之，也是我国古诗文烘托悲怆氛围时一个常被移情化运用的特定形象。

④ **边帅只如唐节度**：此处应指庚子事变时的“东南互保”；唐节度，指唐代节度使，原是朝廷赐以旌节、负责节制调度地区军伍的长官，不少均权力膨胀，渐渐坐大，成为表面服从、实际割据一方的藩镇军阀，彼此每多争斗，甚至反叛朝廷，最终导致唐亡；庚子事变时，慈禧太后主持下达诏书向列国宣战，要求各地出兵“勤王”，两广总督李鸿章、湖广总督张之洞等坚决反对，故意声称诏书是被义和团挟持所为，李鸿章更以“此乱命也”回复，拒不“奉诏”，后又和两江总督、闽浙总督以及山东诸省巡抚一道，与列国驻上海领事商定了彼此各不相犯的“约款”，使我国大半河山避免了战乱，史家谓之“东南互保”，评价多为正面；但封疆大吏公然抗旨，也在当时遭到非议，曹培德表达的似乎就是这样的认识。

⑤ **汉公卿**：指汉高祖刘邦手下的张良、萧何、陈平、曹参之类贤良卿相，借以感叹慈禧太后身边误国重臣乏术无能。

148. 刘鹗：《登太原西城》

▶ 阅读小引：流放致死的“汉奸”买办　甲骨文收藏名家的“老残”小说

刘鹗（1857—1909），清代学者、作家、晚清维新实业人士，字铁云，江苏丹徒人。出身官僚家族，但不热衷科考，更喜研习杂学，主张借助外洋，经济富国，养民为本。清德宗光绪十三年（1887）黄河决口祸漫中原，奔赴河南“投效河工”，出任勘察“提调”崭露头角，撰制《历代黄河变迁图考》《治河五说》与算法《勾股天元草》《弧角三术》等，继任黄河下游总“提调”。后被山东巡抚以“奇才异能”举荐，清廷授其“以知府用”的头衔操办洋务，渐成为沟通外商融资借贷的“买办”人物。

光绪二十三年（1897），山西巡抚胡聘之拟建新式煤矿，请刘鹗牵线筹款，以共同开发当地资源为报偿与英国福公司签约。《登太原西城》即其为此前来时的诗作。太原西城指古城的西南门振武门，因地势低、水患多俗称水西门。刘鹗认为“晋矿开则民得养而国可富”，既然“国无素蓄”就不如“严定其制”，“任欧人开之”，“令三十年”收回，“彼之利在一时，而我之利在百世”。所以，诗作着重叙写山西的哀鸿遍地、优秀才俊缺钱深造贻误前程，表达了对时局危机、岁月急迫的担忧。而在其回京途中的另一首诗中，则以“一路弦歌归日下，百年经济起关西”的豪迈诗句，抒发了对此次运作成功的自鸣得意。

然而，此事却遭到某些地方绅商不满，纷纷上告。清廷遂将刘鹗解职，并直接监督、重新谈判签约，结果所差无多，最终引发了几年后震惊一时的山西争矿风潮。此后，刘鹗继续奔波各地，参与路矿、纺织、新式商场、进口精盐等事，还拟办电车、电灯、自来水，但皆难有成功。光绪二十六年（1900）义和团乱起，“八国联军”入侵，刘鹗赶赴北京疏通关系，从控制官仓的俄军处买来“储粟”赈济贫民，又发动葬埋无主尸骨，同时收购了大量流散文物。镌有北宋诗人黄庭坚题记的稀世唐琴“九霄环佩”即为其所得，现存故宫博物院。

光绪二十九年（1903）殷墟甲骨发现的第四年，刘鹗精选个人所藏1058片，编印《铁云藏龟》首度面世，考定其系“殷人刀笔”，成为甲骨文研究奠基之作。同年，在上海《绣像小说》杂志上发表社会谴责小说《老残游记》，后由

《天津日日新闻》载完。据称，刘鹗有位文友连梦青，涉嫌泄密朝廷内幕于报界而遭追捕，逃至上海充任记者，生活窘迫，刘鹗知其孤高不受钱财，故信笔写小说送之增其稿酬，孰料歪打正着却成精品。小说以游医老残的见闻为线，揭示了官场的横暴昏暗与百姓苦难，也描述了山东一带地方风情，写人状物、叙事议理都很出色，百年来印刷版本数不胜数，20世纪60年代被联合国教科文组织列为世界文学名著。此外，刘鹗还编印过《铁云藏印》《铁云藏陶》《铁云藏货》与《十一弦馆琴谱》以及鼎彝、碑帖、字画等，为后世留下了瑰宝，在我国文化史上有着不可磨灭的贡献。

可是，刘鹗也因其“买办”身份屡蒙谤责，“世俗交谪，目为汉奸”。光绪三十四年（1908）终被以“违法罔利”罪名发配新疆，次年脑病突发死于迪化即今乌鲁木齐，成为新旧交替时代一位事迹复杂、极难评价又略带悲剧色彩的角色。

山势西来太崒嵍[1]，	西来的山势连绵起伏高峻嵯峨，
汾河南下日悠悠。	悠悠南下的汾水日夜奔流。
摩天黄鹄[2]毛难满，	本可冲天的鹏鸟难拥有饱满的羽毛，
遍地哀鸿[3]泪不收。	哀鸿遍地的贫民泪雨就未见停休。
眼底关河秦社稷[4]，	眼底的关河真好像秦朝时的社稷，
胸中文字鲁春秋[5]。	胸中的文字却仰承着古典的丰厚。
尼山渺矣龙川去[6]，	圣贤遥遥远逝、逝川一去无回，
独立苍茫岁月遒[7]。	独立苍茫更感到岁月急迫时不我留。

【注释】

① **崒嵍**：读作zú qiú，也作嵍崒，高峻起伏貌，典出班固《西都赋》“巖峻嵍崒，金石峥嵘”。

② **黄鹄**：天鹅的一种，也比喻逸士贤才，典出屈原《卜居》“宁与黄鹄比翼乎？将与鸡鹜争食乎？”

③ **哀鸿**：悲鸣的鸿雁，典出《诗经·鸿雁》“鸿雁于飞，哀鸣嗷嗷”，后多用以比喻苦难百姓流离失所、凄楚无依。

④ **秦社稷**：秦，陕西简称、秦朝；社稷，江山；秦社稷，此处表面似写登高可望陕西山河，实际上是借指秦朝的短暂表达了对晚清王朝命运的担忧。

⑤ **鲁春秋**：春秋，东周时期鲁国编年史，传为孔子修订而成，为儒家经典之一，另有鲁国太史所记的鲁春秋，孔子可能引用，据称秦始皇焚书时毁佚；此处借以自指腹中学问丰厚。

⑥ **尼山渺矣龙川去**：尼山原名尼丘山，在山东曲阜，据《史记·孔子世家》载，孔子父母曾“祷于尼丘”即在此拜神求子而“得孔子”，也被后人视为孔子诞生地，因避讳其孔丘之名改称尼山；龙川似指汾河，太原古城西有龙山、天龙山，汾河沿山傍城一路川流不息而下；故此句隐含有圣人远逝、光阴如水、时不我待的寓意。

⑦ **遒**：读作qiú，本义为迫、迫近，引申为达到极点，再转义为劲健有力。

149. 李春溥:《洪洞大槐树怀古》

▶ 阅读小引:两次上书“争矿”的敢言御史　离乡移民怀想的根祖图腾

李春溥(1865—1927),清代官员,字荫南,山西翼城人。清德宗光绪十一年(1885)拔贡,由地方选拔入贡京师国子监深造。光绪十五年(1889)中举,任吏部主事等职,后任掌管山东、四川、甘肃等地的监察御史。事迹传世不多,唯当年在山西“争矿”事件中的两次上书留下了尚可记载的一笔。

光绪二十三年(1897),山西巡抚胡聘之拟建新式煤矿,通过洋务内行刘鹗牵线借款,与英国福公司签订“办晋省矿务”合约,拟于共同开发平定、盂县、潞安、泽州等地资源,遭到某些地方绅商的告状。清廷遂直接监督,重新谈判签约,结果大同小异,福公司还宣布发行“山西股票”120万英镑。光绪三十一年(1905)铁路修至平定即今阳泉,福公司派员前来勘测准备采掘,引起当地聚众抗拒,爆发冲突。英国驻华公使依约发出照会,清廷无言以对,答应解决。

就是在此背景下,春溥上书光绪帝力主不能示弱,称“若事复一事让而又让,我中国又从何富强哉?”不久,听说将由山西按察使丁宝铨来京处理,春溥恐其“欲求速结”,“误受”洋人愚弄,或允“合办”或“许其试办一处”而“酿成重大交涉”,再次上书请令宝铨“竭力磋磨”,“勿稍退让,以保利权”。两次上书,均获时论好评。

然而,一些激进青年则不断鼓呼,推进事端。山西大学堂开始罢课游行,太原各校相率跟进,要求收回矿权。留学日本的晋籍同盟会人士乘机发难,巧借同学李培仁溺亡一事,虚构其悲愤自杀的《蹈海绝命书》渲染,运回遗体高调追悼,大造声势,更加导致舆情亢奋,风潮升级。清廷迫于压力,只得与福公司议定由山西筹银275万两赔偿违约,赎回矿权,山西近代民营企业“保晋公司”因此诞生。如今审视,这一情绪化的“争矿”举动徒增地方负担,并未带来多少实际好处。

辛亥革命后春溥去职归乡,《洪洞大槐树怀古》即其后不久所作。洪洞大槐树是明朝初年规模浩大的移民行动的历史标志。当时,中原百姓因战乱锐减,土地荒芜，而太行山阻隔幸以避祸的山西则相反，在全国不到6000万人口中就有400多万，超过河南、河北二省380万的总和。故朱元璋称帝后随即推行“狭乡之民”“迁之宽乡”的政策，先后18次历时四五十年，将数十万计山西百姓移往外地，洪洞广济寺就是一个重要的集散地，是发放“川资”“凭照”的“点行”处。离乡者从这里拜别故土，一去无回，广济寺前这株“树身数围，荫遮数亩”的大槐树，就凝聚着最醒目的记忆与恒久的怀想，世代相传也就有了“要问老家在何处？山西洪洞大槐树”的民谣与种种故事。后来，大槐树原址已籍籍无闻，难以寻索。中华民国二年（1913），经辞官回籍的士绅景大启查访断定，筹资擘划，竖立“古大槐树处”碑刻于故地，修复残存石经塔基，且建碑亭，筑牌坊，起长廊，设“茶室一间”以“款待过客”“聊解渴烦”，又邀请各路人士观览“广征题咏”宣传，春溥当在其列而撰此诗。如今，这里已成为不少外地乃至外籍华人前来寻根问祖的图腾性景观。

苍苍秦岭松，　　苍苍莽莽的秦岭青松，
郁郁汉宫柳。　　郁郁葱葱的汉宫翠柳。
长留天地间，　　仿佛天地间永恒的存在，
谁与争悠久？　　谁可能与其比论悠久？
云山[1]有大槐，　　云山脚就有着这样的大槐，
垂荫可数亩。　　垂落的浓荫遮盖数亩。
聚族万千家，　　万户千家聚族而居，
鳞比难齿数。　　密麻麻的院顶如鱼鳞相凑。
有明洪永[2]年，　　明王朝洪武永乐时期，
朔南迁户口[3]。　　向南方移出了大量人口。
天涯各一方，　　远去天涯各奔他乡，
至今不忘祖。　　却至今不忘此地的根祖。
民国改革初，　　中华民国建国的初年，
行役[4]归故土。　　离职的官员退归故土。
基址何处寻，　　欲寻索大槐原址未知何处，
殷勤问才叟。　　乃请教聪慧的老者认真访求。

昔日树参天，	昔日里曾经巨树参天，
今时何所有？	到这时还有什么留存？
丰碑矗其前，	于是乎竖起丰碑矗立其前，
高塔⑤耸其后。	高高的石经塔耸峙其后。
廊庑焕然新，	堂屋长廊焕然一新，
景君⑥功居首。	景君的功绩理应为首。
贺君⑦大文章，	贺君的碑文大著洋洋，
武君⑧大书手。	武君的书法堪称妙手。
古迹今复存，	古迹如今再现容颜，
斯人亦不朽。	诸位的声名也将不朽。
我来且停车，	我来时当即停车而下，
瞻仰周道右⑨。	半绕着道边的胜境瞻仰久久。

【注释】

① **云山**：指洪洞县城西部的罗云山，为吕梁山系的支脉，大槐树即在此山麓。

② **洪永**：洪武、永乐；洪武为明太祖朱元璋的年号，永乐为明成祖朱棣的年号；据资料载，明朝初年山西移民的时间从洪武三年（1370）起到永乐十五年（1417）止。

③ **户口**：此处户指家庭，口指人丁，与现代所指意义尚有不同。

④ **行役**：原意为跋涉于军役、劳役、公役之途，典出《诗经·陟岵》“予子行役，夙夜无已”，引申为行旅之事，也借指外出做小官。

⑤ **高塔**：应指此地石经幢，正名楞严神咒幢，俗称石经塔；明朝移民的出发“点行”处洪洞广济寺，始建于唐太宗贞观二年（628），金章宗承安五年（1200）由高僧惠琏法师主持，以优质巨石制就此幢，全高9.4米，八角状15级，镌有洪洞人士吕琢所书、为佛门中人必诵早课的佛顶万行首楞神咒佛经，还有佛教故事等大量浮雕图案，刻工非常精卓；清朝初年广济寺毁于汾河水患，唯余此幢，后被移至大槐树北侧，现已成为弥足珍贵的文物。

⑥ **景君**：即景大启，字尔宇，洪洞大槐树附近贾村人，清末在山东做过典史即县衙门掌管缉捕、牢狱的小官，入中华民国后倡议竖立“古大槐树处”碑，复修景观，并编撰《山西洪洞古大槐树志》。

⑦ **贺君**：贺柏寿，字莘辅，洪洞塾堡村人，清末拔贡，参加朝考获授知县，在河南任职，为“古大槐树处”碑文的著作者。

⑧ **武君**：武春荣，洪洞县城内人，清末拔贡，“古大槐树处”碑文的书写者。

⑨ **周道右**：周，环绕；道右，原意为周朝属官，掌天子出行的前道车，“王出入，则持马陪乘”居于道车之右，此处双关道路右侧，有恭敬观览的寓意。

150. 陆钟琦：《题金桧门总宪观剧绝句》

▶ 阅读小引：辛亥革命时期的山西起义　一家多口乱枪毙命的新任巡抚

陆钟琦（1848—1911），清代官员，字申甫，京师顺天府宛平人，原籍浙江萧山。少时即“以孝称”，清德宗光绪十五年（1889）中进士，授翰林院编修。义和团乱起，对朝中支持者有“异议”，上司“弗听”，“八国联军”入京时曾闭户自尽，“遇救获免”。后出京任职，宣统三年（1911）由江苏布政使调升山西巡抚，抵太原仅4天，10月10日辛亥革命武昌新军起义，“未逾月”其命运就遭到毁灭性的打击。

新军是清朝末年以“习洋枪，学西法”编组的“新建陆军”，其中许多留学外国的青年充当军官。这些人大多憎恶专制，倾向共和，不少都是孙中山领导的同盟会员。所以，武昌起义一经爆发，各地新军纷纷响应，成为埋葬大清帝国的掘墓先锋。

当时，山西新军共“一协两标”即一旅两团均驻太原城郊，日本陆军士官学校毕业两年的阎锡山已担任标统即团长。阎锡山是同盟会员，还是其骨干组织“铁血丈夫团”成员，又借助自己地位联合同道，在新军中暗自扩展反清势力，武昌起义后更多次商讨举事。10月22日陕西新军起义，钟琦为防不测，决定将两标新军南北分割调离。其间，其子陆光熙也是阎锡山留学日本的同学，从北京赶来，并与阎锡山晤谈。有说法是欲劝其父“和平让渡”，也有说法是与父谋划对策。但此时，一标新军已以“助守”潼关之名开始南调，10月28日夜领到平时不准配备的弹药，严令翌日必须开拔。又因请发“棉衣未得”，传言开拔中途将遭袭击，士兵“闻之愤激”。且阎锡山等当天已秘密议定，弹药到手立刻起义。遂于次日凌晨，策动威望较高的管带即营长姚以价誓师发难，率众占领城垣“突入抚署”。“陆抚”起身叱责，“语未竟”就遭射杀，妻唐氏“并遇害”，光熙“奔救”不及“亦被击死”。新军协统即旅长谭振德赶来制止，同被“毙之”，旧军与满族武装很快均被打垮或投降。旋即宣布“光复”，推举阎锡山为都督成立山西军政府，山西的近代历史由此肇始。不久，阎锡山表示“陆抚之坚贞，谭协统之忠勇”，光熙“公子之勇毅”，“均足为我们敬佩”，“吾人不能以革命的事业抹杀他们的人格”，下令礼葬。行将崩溃的清廷也“诏褒其忠孝节义萃於一门”，谥号“文烈”，“旌表”其妻。

钟琦诗文传世极少，仅知苏州寒山寺有其一幅长联，《题金桧门总宪观剧绝句》很可能是其仅存的诗作。金桧门即清高宗乾隆元年（1736）状元金德瑛，官至一品都察院左都御史，俗称“总宪”。其人甚爱戏曲，晚年作“观剧绝句”30首，“借傀儡之登场，寓无穷之劝惩”，虽“节取”通俗却“言归典据”，“举一人一事比兴讽喻，犹咏史之变体”，是“正人心”“维教化”蕴含着伦理旨趣的娱乐名作，及至清末仍有不少官绅题和、题赞。但光绪三十四年（1908）版的《桧门观剧诗》，题者30多人并无钟琦此诗，后始见于民国总统徐世昌主编的《晚晴簃诗汇》，故系其晚年所作无疑，也不能排除成于山西。而诗中之言，则几乎成为了钟琦乱枪毙命的谶语、人生结局的不幸预示。

虞陛赓歌①际盛时，	真遇上舜帝时君与臣殿前和歌的盛世，
人间弦管不教②持。	人间的吹唱娱乐都能将教化无形维持。
寓言本是南华③旨，	深沉奥妙的寓意或许有如南华真经，
翻作西涯乐府④辞。	也可以转化为通俗易懂的乐府新词。
登场鲍老⑤意阑珊，	逗趣的角儿上场照样兴味索然，
粉墨⑥徒留壁上观。	演过来演过去不过是隔空的远观。
一首加官⑦先道破，	开头的一曲“跳加官”早已道破，
退场多是不堪看。	退场时刻的苦楚多半是难忍难看。

【注释】

① **虞陛赓歌**：虞陛，舜帝有虞氏宫殿台阶；赓歌，唱和之歌；典出《尚书·虞书》，舜帝时乐舞《箫韶》“九阕”完成，引得“凤凰来仪”，“百兽率舞”，舜帝乃歌“股肱喜哉，元首起哉，百工熙哉”以赞美其辅佐的臣工，重臣皋陶随之“赓载”歌曰“元首明哉，股肱良哉，庶事康哉”，被后世推崇为君臣和谐的盛世景象，有喻指乾隆时期的意味。

② **不教**：此处指无形之教、非刻意施教之教，典出《吕氏春秋·君守》“不教之教，无言之诏”。

③ **南华**：指《庄子》，战国道家学派主要代表庄周及其门徒所撰，庄周据称曾隐居于南华山，唐玄宗天宝元年（724）诏封其为“南华真人”，后《庄子》也被称为《南华经》。

④ **西涯乐府**：指明代文学家李东阳所撰《拟古乐府》，李东阳字西涯，故有此称；其乐府诗100首，皆取载于史册之“奇踪异事”，“或因人命题，或缘事立义”，模仿通俗浅显的汉代乐府诗“托诸韵语，各为篇什”，表达了鲜明的爱憎褒贬，阐发了个人认可的、实际也是正统的精神取向与道德理念。

⑤ **鲍老**：古代歌舞戏曲中引人笑乐的滑稽角色。

⑥ **粉墨**：优伶登场前敷粉涂墨化妆，借指演戏。

⑦ **加官**：即“跳加官”，旧时戏曲的一种表演仪式，每遇节庆、祈祝等演出活动开场时，或有官绅显贵到席时，则由一演员身穿红袍，头戴面具，以“天官”扮相独角登台，合着锣鼓节奏变换造型，夸张走步，边舞边跳，边拉开手中的条幅逐一展开，多书“天官赐福”“加官进禄”“指日高昇”或“洪福齐天”“招财进宝”之类吉祥语以表恭贺。